新聞連載小説総覧

平成期
(1989~2017)

日外アソシエーツ

Catalog of Serial Novels
in
Newspaper
1989-2017

Compiled by

Nichigai Associates, Inc.

©2018 by Nichigai Associates, Inc.

Printed in Japan

本書はディジタルデータでご利用いただくことが
できます。詳細はお問い合わせください。

●編集担当● 荒井 理恵
装 丁：赤田 麻衣子

刊行にあたって

　新聞が誕生した明治期以降、文学的価値と大衆性を備えた小説が紙上で発表されてきた。分野も歴史小説・家庭小説・経済小説など多岐にわたり、読者数が多い新聞での連載は、エンターテイメント性の高い作品やベストセラーを生み、作家にとっては重要な作品発表の場となった。近年では、掲載紙37社という大規模連載で注目を集めた五木寛之の「親鸞 完結篇」（北海道新聞ほか 2013 年 7 月 1 日〜2014 年 7 月 6 日）、直木賞を受賞した安部龍太郎の「等伯」（日本経済新聞社 2011 年 1 月 22 日〜2012 年 5 月 13 日）、テレビドラマ化された池井戸潤の「ルーズヴェルト・ゲーム」（熊本日日新聞ほか 2009 年 4 月 3 日〜2010 年 2 月 27 日）などが話題となった。

　ただ、こうした連載情報をウェブ上で公開している新聞社は多いが、いざ調べようとしても全てを記録していることは少なく、過去に遡って情報を得ることは難しい。

　本書は、1989（平成元）年から 2018（平成 30）年 3 月までの間に日本国内の新聞（全国紙・ブロック紙・地方紙）で発表された連載小説を対象として調査、新聞社別・作家別に初出紙・掲載紙情報を記載した目録である。

　編集にあたり、最新かつ精確な情報を盛り込むべく、新聞社に問い合わせを行った。有り難いことに関係各社のご協力を得ることができたが、編集部の力及ばず掲載を断念した新聞もあることをお断りしておく。記載内容には誤りがないよう努めたが、不十分な点もあるかと思われる。お気づきの点はご教示いただければ幸いである。

　最後に、貴重な時間を割いて連載の詳細に関する問い合わせに快くご協力いただいた関係各社の皆様に深く感謝する次第である。本書が、文学を愛する読者のためのガイドとして、また作家研究のためのツールとして活用されることを期待する。

2018 年 3 月

日外アソシエーツ

凡　例

1．本書の内容

　　本書は、1989（平成元）年から 2018（平成 30）年 3 月までに、日本国内の新聞に発表された連載小説を新聞社別・作家別に記載した目録である。

2．収録対象

(1) 日刊の全国紙・ブロック紙・地方紙に連載した小説を収録対象とした。
(2) 伝記・ノンフィクション・文学賞公募受賞作品は、収録対象外とした。
(3) 収録数は新聞社 49 社、のべ 2,817 作品である。

3．記載事項

(1) 新聞社別一覧
　　・連載作品の収録にあたっては、新聞社ウェブサイト、社史・年史を参考にした。また、一部の新聞社へ直接問い合わせを行った。
　　・作品名の冒頭には索引用の番号を付した。
　　・複数の新聞で連載した作品は、表記を統一した。
　　　　地域名見出し
　　　　都道府県見出し
　　　　新聞名
　　　　作品番号／作品名／作家／挿画家
　　　　連載期間／刊行／注記

(2) 作家別一覧
　　・見出しとした作家名は 457 人である。
　　・作家名の読みは調査の上、編集部で適切と思われる読みを補記したものは、末尾に＊を付した。
　　・掲載紙データの冒頭には新聞社一覧と共通の番号を付した。
　　・図書データは、2018 年 3 月までに刊行された 2,511 点を収録した。名作などの再掲載作品は、比較的入手しやすい最近の図書を収録した。
　　・見出しの作家と図書データの著者が一致している場合、図書の著者名は省略した。

作家名／作家名読み／生没年
作品名
作品番号／新聞名／連載期間／刊行
◇書名／巻次／著者／出版者／出版年月／ページ数
大きさ／叢書名／定価（刊行時）／ISBN など

4．排　列

（1）新聞社別一覧
・全国紙は先頭に排列し、地方紙は新聞社の本社所在地を「北海道」「東北」「関東」「中部」「近畿」「中国」「四国」「九州・沖縄」の８つのブロックに分け、さらに都道府県順に排列した。
・作品は新聞の連載年月日順に排列した。

（2）作家別一覧
・姓の読み・名の読みの五十音順に排列した。濁音・半濁音は清音扱いとし、ヂ→シ、ヅ→スとみなした。拗促音は直音扱いとし、長音（音引き）は無視した。
・同一作家の作品は作品名の五十音順に排列した。
・新聞掲載データは、作品番号順に排列した。
・図書データは刊行年順に排列した。

5．索　引

（1）作品名索引
・「新聞社別一覧」を対象に作品名を五十音順に排列し、作家名を（　）で補記した。本文における所在は作品番号で示した。

（2）挿画家名索引
・「新聞社別一覧」を対象に作品の挿画家名を五十音順に排列した。同一挿画家については作品名の五十音順とし、作家名を（　）で補記した。本文における所在は作品番号で示した。

6．参考資料

記載データは主に次の資料に依っている。
新聞連載データ：「文藝年鑑」新潮社
　　　　　　　　　新聞社の公式ウェブサイト・データベース
　　　　　　　　　新聞社刊行の社史・年史
図書データ：「JAPAN/MARC」「bookplus」

目　　次

新聞社別一覧 ・・・・・・・・・・・・・・・ 1

全国

朝日新聞 ・・・・・・・・・・・・・・・ 3
読売新聞 ・・・・・・・・・・・・・・・ 7
毎日新聞 ・・・・・・・・・・・・・・・ 12
日本経済新聞社 ・・・・・・・・・・・ 16
産経新聞 ・・・・・・・・・・・・・・・ 19

北海道

北海道　北海道新聞 ・・・・・・・・・・・ 22

東北

青森県　東奥日報 ・・・・・・・・・ 26
岩手県　岩手日報 ・・・・・・・・・ 30
宮城県　河北新報 ・・・・・・・・・ 34
秋田県　秋田魁新報 ・・・・・・・・・ 38
山形県　山形新聞 ・・・・・・・・・ 42
福島県　福島民報 ・・・・・・・・・ 45
福島県　福島民友 ・・・・・・・・・ 47

関東

茨城県　茨城新聞 ・・・・・・・・・ 51
栃木県　下野新聞 ・・・・・・・・・ 53
群馬県　上毛新聞 ・・・・・・・・・ 55
埼玉県　埼玉新聞 ・・・・・・・・・ 58
千葉県　千葉日報 ・・・・・・・・・ 58
東京都　東京新聞 ・・・・・・・・・ 60
神奈川県　神奈川新聞 ・・・・・・・・・ 64

中部

新潟県　新潟日報 ・・・・・・・・・・・ 67
富山県　北日本新聞 ・・・・・・・・・ 73
富山県　富山新聞 ・・・・・・・・・ 75
石川県　北國新聞 ・・・・・・・・・ 80
福井県　福井新聞 ・・・・・・・・・ 84
山梨県　山梨日日新聞 ・・・・・・・・・ 86

長野県　信濃毎日新聞 ・・・・・・・・・ 89
岐阜県　岐阜新聞 ・・・・・・・・・ 95
静岡県　静岡新聞 ・・・・・・・・・・・ 100
愛知県　中日新聞 ・・・・・・・・・・・ 103

近畿

京都府　京都新聞 ・・・・・・・・・・・ 108
兵庫県　神戸新聞 ・・・・・・・・・・・ 111
奈良県　奈良新聞 ・・・・・・・・・・・ 115

中国

鳥取県　日本海新聞 ・・・・・・・・・・ 117
島根県　山陰中央新報 ・・・・・・・ 121
岡山県　山陽新聞 ・・・・・・・・・・・ 124
広島県　中国新聞 ・・・・・・・・・・・ 127

四国

徳島県　徳島新聞 ・・・・・・・・・・・ 133
香川県　四国新聞 ・・・・・・・・・・・ 136
愛媛県　愛媛新聞 ・・・・・・・・・・・ 139
高知県　高知新聞 ・・・・・・・・・・・ 142

九州・沖縄

福岡県　西日本新聞 ・・・・・・・・・・ 148
佐賀県　佐賀新聞 ・・・・・・・・・・・ 151
長崎県　長崎新聞 ・・・・・・・・・・・ 155
熊本県　熊本日日新聞 ・・・・・・・・ 158
大分県　大分合同新聞 ・・・・・・・・ 168
宮崎県　宮崎日日新聞 ・・・・・・・・ 172
鹿児島県　南日本新聞 ・・・・・・・・ 174
沖縄県　琉球新報 ・・・・・・・・・・・ 179

作家別一覧 ・・・・・・・・・・・ 183
作品名索引 ・・・・・・・・・・・ 445
挿画家名索引 ・・・・・・・・・・・ 467

(6)

新聞社別一覧

全国

朝日新聞

0001 「バーバラが歌っている」　落合恵子・作　宇野亞喜良・画
　　　㊥ 1989年5月19日～1990年2月13日　夕刊

0002 「銀座のカラス」　椎名誠・作　沢野ひとし・画
　　　㊥ 1989年11月23日～1991年2月11日　朝刊

0003 「斜影はるかな国」　逢坂剛・作　堀越千秋・画
　　　㊥ 1990年2月14日～1991年3月2日　夕刊

0004 「軽蔑」　中上健次・作　合田佐和子・画
　　　㊥ 1991年2月13日～1991年10月17日　朝刊

0005 「TOKYO発千夜一夜」　森瑤子・作　スミコ・デイビス, 浅賀行雄, 橋本シャーン, 太田螢一, 飯野和好, 田村能里子・画
　　　㊥ 1991年3月4日～1991年10月31日　夕刊

0006 「朝のガスパール」　筒井康隆・作　真鍋博・画
　　　㊥ 1991年10月18日～1992年3月31日　朝刊

0007 「悲しみの港」　小川国夫・作　司修・画
　　　㊥ 1991年11月1日～1992年9月30日　夕刊

0008 「麻酔」　渡辺淳一・作　酒井信義・画
　　　㊥ 1992年4月1日～1992年12月31日　朝刊

0009 「天狗争乱」　吉村昭・作　風間完・画
　　　㊥ 1992年10月1日～1993年10月9日　夕刊

0010 「夢に殉ず」　曽野綾子・作　毛利彰・画
　　　㊥ 1993年1月1日～1993年12月31日　朝刊

0011 「クレオパトラ」　宮尾登美子・作　谷川泰宏・画
　　　㊥ 1993年10月3日～1996年3月31日　日曜版

0012 「勇士は還らず」　佐々木譲・作　北村治・画
　　　㊥ 1993年10月12日～1994年8月23日　夕刊

0013 「女」　遠藤周作・作　風間完・画
　　　㊥ 1994年1月1日～1994年10月30日　朝刊

0014 「霧の密約」　伴野朗・作　山野辺進・画
　　　㊥ 1994年8月24日～1995年7月10日　夕刊

0015 「朱紋様」　皆川博子・作　東啓三郎・画
[連] 1994年10月31日〜1994年12月21日 朝刊

0016 「これからの松」　澤田ふじ子・作　江口準次・画
[連] 1994年12月22日〜1995年2月10日 朝刊

0017 「残映」　杉本章子・作　蓬田やすひろ・画
[連] 1995年2月11日〜1995年4月4日 朝刊

0018 「チンギス・ハーンの一族」　陳舜臣・作　畠中光享・画
[連] 1995年4月5日〜1997年5月31日 朝刊

0019 「異人館」　白石一郎・作　岩田信夫, 百鬼丸・画
[連] 1995年7月11日〜1996年8月31日 夕刊

0020 「理由」　宮部みゆき・作　木村桂子・画
[連] 1996年9月2日〜1997年9月20日 夕刊

0021 「平成三十年」　堺屋太一・作　大沼映夫・画
[連] 1997年6月1日〜1998年7月26日 朝刊

0022 「漁火」　高橋治・作　風間完・画
[連] 1997年9月22日〜2000年9月2日 夕刊

0023 「エイジ」　重松清・作　長谷川集平・画
[連] 1998年6月29日〜1998年8月15日 夕刊

0024 「百年の預言」　髙樹のぶ子・作　門坂流・画
[連] 1998年7月27日〜1999年9月5日 朝刊

0025 「もうひとつの季節」　保坂和志・作　花岡道子・画
[連] 1998年8月17日〜1998年10月20日 夕刊

0026 「オレンジ・アンド・タール」　藤沢周・作　飯野和好・画
[連] 1998年10月21日〜1998年12月19日 夕刊

0027 「ダブル」　服部真澄・作　板垣俊・画
[連] 1998年12月21日〜1999年3月8日 夕刊

0028 「陰陽師 生成り姫」　夢枕獏・作　村上豊・画
[連] 1999年4月21日〜1999年10月9日 夕刊

0029 「沙中の回廊」　宮城谷昌光・作　原田維夫・画
[連] 1999年9月6日〜2000年8月22日 朝刊

0030 「人が見たら蛙に化れ」　村田喜代子・作　堀越千秋・画
[連] 2000年8月21日〜2001年6月10日 朝刊

0031 「官能小説家」　高橋源一郎・作　松本小雪, しりあがり寿・画
[連] 2000年9月4日〜2001年6月30日 夕刊

0032	「静かな大地」 池澤夏樹・作 山本容子・画	
	ⓤ 2001年6月12日〜2002年8月31日 朝刊	
0033	「椿山課長の七日間」 浅田次郎・作 安西水丸・画	
	ⓤ 2001年7月2日〜2002年4月16日 夕刊	
0034	「8月の果て」 柳美里・作 井筒啓之・画	
	ⓤ 2002年4月17日〜2004年3月16日 夕刊	
0035	「新・地底旅行」 奥泉光・作 木内達朗・画	
	ⓤ 2002年9月1日〜2003年6月30日 朝刊	
0036	「終わりからの旅」 辻井喬・作 大津英敏・画	
	ⓤ 2003年7月1日〜2004年9月15日 朝刊	
0037	「かわうその祭り」 出久根達郎・作 土橋とし子・画	
	ⓤ 2004年4月1日〜2004年10月16日 夕刊	
0038	「讃歌」 篠田節子・作 遠藤彰子・画	
	ⓤ 2004年9月16日〜2005年4月16日 朝刊	
0039	「彰義隊」 吉村昭・作 村上豊・画	
	ⓤ 2004年10月18日〜2005年8月19日 夕刊	
0040	「花はさくら木」 辻原登・作 南伸坊・画	
	ⓤ 2005年4月17日〜2005年11月27日 朝刊	
0041	「ひとがた流し」 北村薫・作 おーなり由子・画	
	ⓤ 2005年8月20日〜2006年3月23日 夕刊	
0042	「メタボラ」 桐野夏生・作 水口理恵子・画	
	ⓤ 2005年11月28日〜2006年12月21日 朝刊	
0043	「悪人」 吉田修一・作 束芋・画	
	ⓤ 2006年3月24日〜2007年1月29日 夕刊	
0044	「宿神」 夢枕獏・作 飯野和好・画	
	ⓤ 2006年12月22日〜2008年1月19日 朝刊	
0045	「愛しの座敷わらし」 荻原浩・作 浅賀行雄・画	
	ⓤ 2007年1月31日〜2007年11月19日 夕刊	
0046	「ねたあとに」 長嶋有・作 高野文子・画	
	ⓤ 2007年11月20日〜2008年7月26日 夕刊	
0047	「徒然王子」 島田雅彦・作 内澤旬子・画	
	ⓤ 2008年1月20日〜2009年2月15日 朝刊	
0048	「親子三代、犬一匹」 藤野千夜・作 風忍・画	
	ⓤ 2008年7月28日〜2009年6月8日 夕刊	

朝日新聞（全国）　　　　　　　新聞社別一覧　　　　　　　　*0049～0065*

0049　「麗しき花実」　　乙川優三郎・作　中一弥・画
　　　　⊕ 2009年2月16日～2009年9月9日　朝刊

0050　「聖なる怠け者の冒険」　　森見登美彦・作　フジモトマサル・画
　　　　⊕ 2009年6月9日～2010年2月20日　夕刊

0051　「七夜物語」　　川上弘美・作　酒井駒子・画
　　　　⊕ 2009年9月10日～2011年5月5日　朝刊

0052　「獅子頭（シーズトオ）」　　楊逸・作　佐々木悟郎・画
　　　　⊕ 2010年2月22日～2011年1月7日　夕刊

0053　「青銭大名」　　東郷隆・作　村上豊・画
　　　　⊕ 2011年1月11日～2011年11月19日　夕刊

0054　「沈黙の町で」　　奥田英朗・作　唐仁原教久・画
　　　　⊕ 2011年5月7日～2012年7月12日　朝刊

0055　「ガソリン生活」　　伊坂幸太郎・作　寺田克也・画
　　　　⊕ 2011年11月21日～2012年12月10日　夕刊

0056　「聖痕」　　筒井康隆・作　筒井伸輔・画
　　　　⊕ 2012年7月13日～2013年3月13日　朝刊

0057　「私はテレビに出たかった」　　松尾スズキ・作　吉田戦車・画
　　　　⊕ 2012年12月11日～2013年12月28日　夕刊

0058　「荒神」　　宮部みゆき・作　こうの史代・画
　　　　⊕ 2013年3月14日～2014年4月30日　朝刊

0059　「精鋭」　　今野敏・作　山田ケンジ・画
　　　　⊕ 2014年1月4日～2014年9月30日　夕刊

0060　「こころ」　　夏目漱石・作
　　　　⊕ 2014年4月20日～2014年9月25日　月曜～金曜朝刊

0061　「マイストーリー 私の物語」　　林真理子・作　三溝美知子・画
　　　　⊕ 2014年5月1日～2015年3月31日　朝刊

0062　「豆大福と珈琲」　　片岡義男・作　寺門孝之・画
　　　　⊕ 2014年10月1日～2014年11月1日　夕刊

0063　「三四郎」　　夏目漱石・作
　　　　⊕ 2014年10月1日～2015年3月23日　月曜～金曜朝刊

0064　「口笛鳥」　　道尾秀介・作　塩田雅紀・画
　　　　⊕ 2014年11月4日～2015年3月11日　夕刊

0065　「ふなふな船橋」　　吉本ばなな・作　山西ゲンイチ・画
　　　　⊕ 2015年3月12日～2015年8月31日　夕刊

0066 「それから」　夏目漱石・作
　　　⚉ 2015年4月1日〜2015年9月7日　月曜〜金曜朝刊

0067 「春に散る」　沢木耕太郎・作　中田春彌・画
　　　⚉ 2015年4月1日〜2016年8月31日　朝刊

0068 「ぼくがきみを殺すまで」　あさのあつこ・作　鴻池朋子・画
　　　⚉ 2015年9月1日〜2015年12月28日　夕刊

0069 「門」　夏目漱石・作
　　　⚉ 2015年9月21日〜2016年3月3日　月曜〜金曜朝刊

0070 「うめ婆行状記」　宇江佐真理・作　安里英晴・画
　　　⚉ 2016年1月12日〜2016年3月15日　夕刊

0071 「夢十夜」　夏目漱石・作
　　　⚉ 2016年3月9日〜2016年3月22日　月曜〜金曜朝刊

0072 「私をくいとめて」　綿矢りさ・作　わたせせいぞう・画
　　　⚉ 2016年4月1日〜2016年12月16日　金曜夕刊

0073 「クラウドガール」　金原ひとみ・作　山城えりか・画
　　　⚉ 2016年9月1日〜2016年12月30日　朝刊

0074 「国宝」　吉田修一・作　束芋・画
　　　⚉ 2017年1月1日〜連載中　朝刊

0075 「ディス・イズ・ザ・デイ（THIS IS THE DAY）」　津村記久子・作　内
巻敦子・画
　　　⚉ 2017年1月6日〜2018年3月30日　金曜夕刊

読売新聞

0076 「きょうがきのうに」　田中小実昌・作　野見山暁治・画
　　　⚉ 1989年1月4日〜1989年7月19日　夕刊

0077 「うたかた」　渡辺淳一・作　酒井信義・画
　　　⚉ 1989年2月28日〜1990年2月26日　朝刊

0078 「本を読む女」　林真理子・作　小松久子・画
　　　⚉ 1989年7月20日〜1990年2月3日　夕刊

0079 「君を見上げて」　山田太一・作　灘本唯人・画
　　　⚉ 1990年2月5日〜1990年8月16日　夕刊

0080 「菊亭八百善の人びと」　宮尾登美子・作　広瀬きよみ・画
　　　⚉ 1990年2月27日〜1991年3月20日　朝刊

0081 「白い空」　立松和平・作　梁島晃一・画

	連 1990年8月17日～1991年5月15日 夕刊	
0082	「おかあさん疲れたよ」 田辺聖子・作 川村みづえ・画	
	連 1991年3月21日～1992年5月24日 朝刊	
0083	「捨てられない日」 黒井千次・作 志村節子・画	
	連 1991年5月16日～1991年12月17日 夕刊	
0084	「かかし長屋」 半村良・作 蓬田やすひろ・画	
	連 1991年12月18日～1992年8月20日 夕刊	
0085	「南総里見八犬伝」 平岩弓枝・作 佐多芳郎・画	
	連 1992年1月5日～1992年8月20日 日曜朝刊	
0086	「椿と花水木 万次郎の生涯」 津本陽・作 伊藤三喜庵・画	
	連 1992年5月25日～1993年11月3日 朝刊	
0087	「私的休暇白書」 佐野洋・作 山野辺進・画	
	連 1992年8月21日～1993年4月27日 夕刊	
0088	「風雲児」 白石一郎・作 香取正樹・画	
	連 1993年4月28日～1994年8月26日 夕刊	
0089	「愛死」 瀬戸内寂聴・作 横尾忠則・画	
	連 1993年11月4日～1994年9月5日 朝刊	
0090	「家族の時代」 清水義範・作 峰岸達・画	
	連 1994年8月27日～1995年3月27日 夕刊	
0091	「天の瞳」 灰谷健次郎・作 坪谷令子・画	
	連 1994年9月6日～1995年8月30日 朝刊	
0092	「城盗り秀吉」 山田智彦・作 風間完・画	
	連 1995年3月28日～1995年12月13日 夕刊	
0093	「激しい夢」 村松友視・作 田中靖夫・画	
	連 1995年8月31日～1996年9月10日 朝刊	
0094	「卑弥呼」 久世光彦・作 建石修志・画	
	連 1995年12月14日～1997年1月25日 夕刊	
0095	「麗しき日日」 小島信夫・作 篠田桃紅・画	
	連 1996年9月11日～1997年4月9日 朝刊	
0096	「イン ザ・ミソスープ」 村上龍・作 村上龍・画	
	連 1997年1月27日～1997年7月31日 夕刊	
0097	「翔べ 麒麟」 辻原登・作 傅益瑤・画	
	連 1997年4月10日～1998年5月8日 朝刊	
0098	「恋する家族」 三田誠広・作 やまだ紫・画	

0099～0115 新聞社別一覧 読売新聞（全国）

㊥ 1997年8月1日～1998年2月28日 夕刊

0099「アメリカ彦蔵」 吉村昭・作 村上豊・画

㊥ 1998年3月2日～1999年2月27日 夕刊

0100「ロストワールド」 林真理子・作 村上みどり・画

㊥ 1998年5月9日～1999年1月15日 朝刊

0101「すばらしい新世界」 池澤夏樹・作 池澤夏樹・画

㊥ 1999年1月16日～2000年1月10日 朝刊

0102「京伝怪異帖」 高橋克彦・作 宇野亞喜良・画

㊥ 1999年3月1日～2000年1月22日 夕刊

0103「ゼロ発信」 赤瀬川原平・作 赤瀬川原平・画

㊥ 2000年1月11日～2000年6月4日 朝刊

0104「ゆきずりの唇」 連城三紀彦・作 蓬田やすひろ・画

㊥ 2000年1月24日～2000年9月2日 夕刊

0105「弥陀の橋は」 津本陽・作 村上豊・画

㊥ 2000年6月5日～2001年9月23日 朝刊

0106「坊ちゃん忍者 幕末見聞録」 奥泉光・作 木田安彦・画

㊥ 2000年9月4日～2001年5月2日 夕刊

0107「光ってみえるもの、あれは」 川上弘美・作 片山健・画

㊥ 2001年5月7日～2002年3月4日 夕刊

0108「近くて遠い旅」 坂上弘・作 小泉淳作・画

㊥ 2001年9月24日～2002年5月12日 朝刊

0109「冬の標」 乙川優三郎・作 中一弥・画

㊥ 2002年3月5日～2002年11月8日 夕刊

0110「青山一髪」 陳舜臣・作 李庚・画

㊥ 2002年5月13日～2003年6月22日 朝刊

0111「宇田川心中」 小林恭二・作 ミルキイ・イソベ・画

㊥ 2002年11月9日～2003年8月23日 夕刊

0112「二百年の子供」 大江健三郎・作 舟越桂・画

㊥ 2003年1月4日～2003年10月25日 土曜朝刊

0113「幻覚」 渡辺淳一・作 酒井信義・画

㊥ 2003年6月23日～2004年4月30日 朝刊

0114「トリアングル」 俵万智・作 おおの麻理・画

㊥ 2003年8月25日～2004年3月4日 夕刊

0115「海のふた」 よしもとばなな・作 名嘉睦稔・画

新聞連載小説総覧 平成期（1989～2017） **9**

[連] 2003年11月8日〜2004年5月1日　土曜朝刊

0116 「告白」　町田康・作　畑中純・画

[連] 2004年3月5日〜2005年3月8日　夕刊

0117 「にぎやかな天地」　宮本輝・作　坂上楠生・画

[連] 2004年5月1日〜2005年7月15日　朝刊

0118 「イソップ株式会社」　井上ひさし・作　和田誠・画

[連] 2004年5月15日〜2005年1月29日　土曜朝刊

0119 「ミーナの行進」　小川洋子・作　寺田順三・画

[連] 2005年2月12日〜2005年12月24日　土曜朝刊

0120 「空より高く」　重松清・作　唐仁原教久・画

[連] 2005年3月9日〜2005年11月19日　夕刊

0121 「光の指で触れよ・すばらしい新世界Ⅱ」　池澤夏樹・作

[連] 2005年7月16日〜2006年8月18日　朝刊

0122 「八日目の蟬」　角田光代・作　水上多摩江・画

[連] 2005年11月21日〜2006年7月24日　夕刊

0123 「川の光」　松浦寿輝・作　島津和子・画

[連] 2006年7月25日〜2007年4月23日　夕刊

0124 「声をたずねて、君に」　沢木耕太郎・作　百瀬恒彦〔写真〕，中島恵可・画

[連] 2006年8月19日〜2007年11月11日　朝刊

0125 「無人島のミミ」　中沢新一・作　吉田戦車・画

[連] 2007年1月13日〜2008年1月5日　土曜朝刊

0126 「美女いくさ」　諸田玲子・作　安里英晴・画

[連] 2007年4月25日〜2008年2月29日　夕刊

0127 「ストロベリー・フィールズ」　小池真理子・作　柄澤齊・画

[連] 2007年11月13日〜2008年12月31日　朝刊

0128 「朝顔男」　唐十郎・作　うらたじゅん・画

[連] 2008年3月3日〜2008年10月1日　夕刊

0129 「SOSの猿」　伊坂幸太郎・作　高木桜子・画

[連] 2008年10月3日〜2009年7月18日　夕刊

0130 「三島屋変調百物語事続」　宮部みゆき・作　南伸坊・画

[連] 2009年1月1日〜2010年1月31日　朝刊

0131 「優しいおとな」　桐野夏生・作　スカイエマ・画

[連] 2009年2月7日〜2009年12月26日　土曜朝刊

0132 「かたちだけの愛」　平野啓一郎・作　オカダミカ・画

　　　　🚋 2009年7月22日〜2010年7月9日　夕刊

0133　「母の遺産」　水村美苗・作　山口晃・画
　　　　🚋 2010年1月16日〜2011年4月2日　土曜朝刊

0134　「草原の風」　宮城谷昌光・作　原田維夫・画
　　　　🚋 2010年2月1日〜2011年8月31日　朝刊

0135　「あかりの湖畔」　青山七恵・作　木村彩子・画
　　　　🚋 2010年7月12日〜2011年4月9日　夕刊

0136　「ペトロ」　今野敏・作　浅野隆広・画
　　　　🚋 2011年4月11日〜2011年12月28日　夕刊

0137　「川の光2—タミーを救え！」　松浦寿輝・作　島津和子・画
　　　　🚋 2011年9月1日〜2012年10月28日　朝刊

0138　「笑うハーレキン」　道尾秀介・作　横尾智子・画
　　　　🚋 2012年1月4日〜2012年10月27日　夕刊

0139　「怒り」　吉田修一・作　政田武史・画
　　　　🚋 2012年10月29日〜2013年10月19日　朝刊

0140　「忍者月輪」　津本陽・作　深井国・画
　　　　🚋 2012年10月29日〜2013年10月31日　夕刊

0141　「消滅〜VANISHINGPOINT」　恩田陸・作　とり・みき・画
　　　　🚋 2013年10月20日〜2014年10月31日　朝刊

0142　「朝露通信」　保坂和志・作　熊井正・画
　　　　🚋 2013年11月1日〜2014年6月21日　夕刊

0143　「空にみずうみ」　佐伯一麦・作　樋口たつの・画
　　　　🚋 2014年6月23日〜2015年5月26日　夕刊

0144　「魂の沃野」　北方謙三・作　西のぼる・画
　　　　🚋 2014年11月1日〜2016年1月16日　朝刊

0145　「青空と逃げる」　辻村深月・作　佐伯佳美・画
　　　　🚋 2015年5月27日〜2016年5月21日　夕刊

0146　「花咲舞が黙ってない」　池井戸潤・作　龍神貴之・画
　　　　🚋 2016年1月17日〜2016年10月10日　朝刊

0147　「R帝国」　中村文則・作　猫将軍・画
　　　　🚋 2016年5月23日〜2017年2月2日　夕刊

0148　「愛なき世界」　三浦しをん・作　青井秋・画
　　　　🚋 2016年10月12日〜2017年9月29日　朝刊

0149　「落花」　澤田瞳子・作　村田涼平・画

毎日新聞（全国）　　　　　　　新聞社別一覧　　　　　　　*0150～0165*

　　　　　　⦿ 2017年2月3日～2017年11月18日　夕刊
0150　「黄金夜会」　橋本治・作　maegamimami・画
　　　　　　⦿ 2017年9月30日～連載中　朝刊
0151　「よその島」　井上荒野・作　森泉岳土・画
　　　　　　⦿ 2017年11月20日～連載中　夕刊

毎日新聞

0152　「山の暮れに」　水上勉・作　安久利徳・画
　　　　　　⦿ 1989年2月20日～1989年12月31日　朝刊
0153　「まだ見ぬ故郷」　長部日出雄・作　水戸成幸・画
　　　　　　⦿ 1990年1月3日～1991年3月31日　朝刊
0154　「遊平の旅」　青野聰・作　清塚紀子・画
　　　　　　⦿ 1990年3月12日～1991年6月6日　夕刊
0155　「柳生十兵衛死す」　山田風太郎・作　畑農照雄・画
　　　　　　⦿ 1991年4月1日～1992年3月25日　朝刊
0156　「汚名」　杉本苑子・作　堂昌一・画
　　　　　　⦿ 1991年6月7日～1991年12月16日　夕刊
0157　「天辺の椅子」　古川薫・作　成瀬数富・画
　　　　　　⦿ 1991年12月17日～1992年9月30日　夕刊
0158　「藏」　宮尾登美子・作　智内兄助・画
　　　　　　⦿ 1992年3月26日～1993年4月26日　朝刊
0159　「砂漠の岸に咲け」　笹倉明・作　押原譲〔写真〕
　　　　　　⦿ 1992年10月1日～1994年4月30日　夕刊
0160　「イーストサイド・ワルツ」　小林信彦・作　川村みづえ・画
　　　　　　⦿ 1993年4月27日～1993年10月3日　朝刊
0161　「素晴らしき家族旅行」　林真理子・作　伊藤秀男・画
　　　　　　⦿ 1993年10月4日～1994年6月28日　朝刊
0162　「夢源氏剣祭文」　小池一夫・作　森田曠平・画
　　　　　　⦿ 1993年11月7日～1994年11月20日　日曜版
0163　「もう、きみには頼まない―石坂泰三の世界」　城山三郎・作
　　　　　　⦿ 1994年4月4日～1994年10月30日　朝刊
0164　「忘れられた帝国」　島田雅彦・作　島田雅彦・画
　　　　　　⦿ 1994年5月6日～1994年11月30日　夕刊
0165　「同僚の悪口」　村松友視・作　黒鉄ヒロシ・画

12　新聞連載小説総覧 平成期（1989～2017）

	⦿ 1994年6月29日～1994年12月31日　朝刊
0166	「三日月物語」　橋本治・作　岡田嘉夫・画
	⦿ 1994年10月2日～1996年3月31日　日曜版
0167	「真田忍俠記」　津本陽・作　米倉斉加年・画
	⦿ 1994年11月27日～1996年9月29日　日曜版
0168	「かくも短き眠り」　船戸与一・作　安久利徳・画
	⦿ 1994年12月1日～1995年12月28日　夕刊
0169	「花櫓」　皆川博子・作　朝倉摂・画
	⦿ 1995年1月1日～1995年9月30日　朝刊
0170	「光の大地」　辻邦生・作　山本容子・画
	⦿ 1995年10月1日～1996年3月13日　朝刊
0171	「惜別の海」　澤田ふじ子・作　蓬田やすひろ・画
	⦿ 1996年1月4日～1997年9月19日　夕刊
0172	「風の行方」　佐藤愛子・作　梶山俊夫・画
	⦿ 1996年3月14日～1997年4月1日　朝刊
0173	「怒濤のごとく」　白石一郎・作　西のぼる・画
	⦿ 1996年10月6日～1998年9月27日　日曜版
0174	「さんじらこ」　芦原すなお・作　片山健・画
	⦿ 1997年4月2日～1997年12月2日　朝刊
0175	「ボクの町」　乃南アサ・作　ささめやゆき・画
	⦿ 1997年9月24日～1998年6月22日　夕刊
0176	「草原の椅子」　宮本輝・作　北村公司・画
	⦿ 1997年12月3日～1998年12月31日　朝刊
0177	「本能寺」　池宮彰一郎・作　堂昌一・画
	⦿ 1998年6月23日～1999年6月30日　夕刊
0178	「國難―蒙古来る」　早坂暁・作　木村美智子・画
	⦿ 1998年10月4日～2000年3月26日　日曜版
0179	「天球は翔ける」　陳舜臣・作　畠中光享・画
	⦿ 1999年1月1日～1999年12月14日　朝刊
0180	「新宿鮫 風化水脈」　大沢在昌・作　河野治彦・画
	⦿ 1999年7月1日～2000年8月28日　夕刊
0181	「すべて辛抱」　半村良・作　穂積和夫・画
	⦿ 1999年12月15日～2000年12月31日　朝刊
0182	「箸墓幻想」　内田康夫・作　宇野亞喜良・画

毎日新聞（全国）　　　　　　新聞社別一覧　　　　　　0183〜0199

　　　　　㊙ 2000年4月2日〜2001年6月24日　日曜版
0183　「木洩れ日の坂」　北原亞以子・作　蓬田やすひろ・画
　　　　　㊙ 2000年8月29日〜2001年9月29日　夕刊
0184　「黒龍の柩」　北方謙三・作　百鬼丸・画
　　　　　㊙ 2001年1月1日〜2002年4月30日　朝刊
0185　「手紙」　東野圭吾・作　宮嶋康子・画
　　　　　㊙ 2001年7月1日〜2002年10月27日　日曜版
0186　「大黒屋光太夫」　吉村昭・作　村上豊・画
　　　　　㊙ 2001年10月1日〜2002年10月31日　夕刊
0187　「香乱記」　宮城谷昌光・作　原田維夫・画
　　　　　㊙ 2002年5月1日〜2003年10月23日　朝刊
0188　「墓石の伝説」　逢坂剛・作　渡邊伸綱・画
　　　　　㊙ 2002年11月1日〜2003年12月27日　夕刊
0189　「ラストドリーム」　志水辰夫・作　藤田新策・画
　　　　　㊙ 2002年11月3日〜2004年3月28日　日曜版
0190　「哀歌」　曽野綾子・作　毛利彰・画
　　　　　㊙ 2003年10月24日〜2004年11月25日　朝刊
0191　「魂萌え！」　桐野夏生・作　水口理恵子・画
　　　　　㊙ 2004年1月5日〜2004年12月28日　夕刊
0192　「小樽 北の墓標」　西村京太郎・作　小野利明・画
　　　　　㊙ 2004年4月4日〜2005年3月27日　日曜版
0193　「虹の彼方」　小池真理子・作　柄澤齊・画
　　　　　㊙ 2004年11月26日〜2005年12月13日　朝刊
0194　「女信長」　佐藤賢一・作　西のぼる・画
　　　　　㊙ 2005年1月4日〜2005年12月28日　夕刊
0195　「おとこ坂 おんな坂」　阿刀田高・作　文殊四郎義博・画
　　　　　㊙ 2005年4月2日〜2006年3月26日　日曜版
0196　「西遊記」　平岩弓枝・作　蓬田やすひろ・画
　　　　　㊙ 2005年12月14日〜2007年7月10日　朝刊
0197　「一瞬でいい」　唯川恵・作　小山内仁美・画
　　　　　㊙ 2006年1月4日〜2006年12月28日　夕刊
0198　「めぐらし屋」　堀江敏幸・作　清塚紀子・画
　　　　　㊙ 2006年4月2日〜2006年9月24日　日曜版
0199　「斜陽に立つ」　古川薫・作　安久利徳・画

14　新聞連載小説総覧 平成期（1989〜2017）

[連] 2006年10月1日〜2008年2月24日 日曜版

0200 「英雄の書」 宮部みゆき・作 宮嶋康子・画
[連] 2007年1月4日〜2008年3月31日 夕刊

0201 「許されざる者」 辻原登・作 宇野亞喜良・画
[連] 2007年7月11日〜2009年2月28日 朝刊

0202 「チッチと子」 石田衣良・作 久保田眞由美・画
[連] 2008年3月2日〜2009年3月29日 日曜版

0203 「横道世之介」 吉田修一・作 南川史門・画
[連] 2008年4月1日〜2009年3月31日 夕刊

0204 「下流の宴」 林真理子・作 水上みのり・画
[連] 2009年3月1日〜2009年12月31日 朝刊

0205 「葦舟、飛んだ」 津島佑子・作 井筒啓之・画
[連] 2009年4月1日〜2010年5月15日 夕刊

0206 「ひそやかな花園」 角田光代・作 荒井良二・画
[連] 2009年4月5日〜2010年4月25日 日曜版

0207 「三十光年の星たち」 宮本輝・作 赤井稚佳・画
[連] 2010年1月1日〜2010年12月31日 朝刊

0208 「銀婚式」 篠田節子・作 小野利明・画
[連] 2010年5月2日〜2011年4月24日 日曜版

0209 「四十八人目の忠臣」 諸田玲子・作 安里英晴・画
[連] 2010年5月17日〜2011年5月31日 夕刊

0210 「マルセル」 髙樹のぶ子・作 佐藤泰生・画
[連] 2011年1月1日〜2011年12月31日 朝刊

0211 「獅子王」 重松清・作 原口健一郎・画
[連] 2011年5月1日〜2012年7月29日 日曜版

0212 「海と月の迷路」 大沢在昌・作 河野治彦・画
[連] 2011年6月1日〜2012年8月31日 夕刊

0213 「だから荒野」 桐野夏生・作 金子しずか・画
[連] 2012年1月1日〜2012年9月15日 朝刊

0214 「神秘」 白石一文・作 小林直未・画
[連] 2012年9月1日〜2013年12月28日 夕刊

0215 「アトミック・ボックス」 池澤夏樹・作 影山徹・画
[連] 2012年9月16日〜2013年7月20日 朝刊

0216 「劉邦」 宮城谷昌光・作 原田維夫・画

日本経済新聞社（全国）　　　新聞社別一覧　　　0217〜0232

　　　⊕ 2013年7月21日〜2015年2月28日　朝刊
0217 「あなたが消えた夜に」　中村文則・作　ゴトウヒロシ・画
　　　⊕ 2014年1月4日〜2014年11月29日　夕刊
0218 「ベトナムの桜」　平岩弓枝・作　蓬田やすひろ・画
　　　⊕ 2014年1月12日〜2014年12月21日　日曜版
0219 「孤道」　内田康夫・作　木内達朗・画
　　　⊕ 2014年12月1日〜2015年8月12日　夕刊
0220 「ストロベリーライフ」　荻原浩・作　佃二葉・画
　　　⊕ 2015年1月11日〜2016年2月28日　日曜版
0221 「マチネの終わりに」　平野啓一郎・作　石井正信・画
　　　⊕ 2015年3月1日〜2016年1月10日　朝刊
0222 「津軽双花」　葉室麟・作　中川学・画
　　　⊕ 2015年8月24日〜2015年12月28日　夕刊
0223 「満月の泥枕」　道尾秀介・作　山本重也・画
　　　⊕ 2016年1月4日〜2016年12月28日　夕刊
0224 「我らがパラダイス」　林真理子・作　横尾智子・画
　　　⊕ 2016年1月11日〜2016年12月11日　朝刊
0225 「その話はやめておきましょう」　井上荒野・作　楯川友佳子・画
　　　⊕ 2016年3月6日〜2017年1月29日　日曜版
0226 「おもかげ」　浅田次郎・作　井筒啓之・画
　　　⊕ 2016年12月13日〜2017年7月31日　朝刊
0227 「カットバック」　今野敏・作　河野治彦・画
　　　⊕ 2017年1月4日〜2017年10月31日　夕刊
0228 「待ち遠しい」　柴崎友香・作　赤井稚佳・画
　　　⊕ 2017年2月5日〜2018年3月25日　日曜版
0229 「我らが少女A」　高村薫・作　多田和博〔監修〕
　　　⊕ 2017年8月1日〜連載中　朝刊
0230 「炎のなかへ」　石田衣良・作　望月ミネタロウ・画
　　　⊕ 2017年11月1日〜連載中　夕刊

日本経済新聞社

0231 「褐色の祭り」　連城三紀彦・作　小島俊男・画
　　　⊕ 1989年7月31日〜1990年8月31日　朝刊
0232 「ばさらの群れ」　童門冬二・作　三芳悌吉・画

16　新聞連載小説総覧 平成期（1989〜2017）

	新聞社別一覧	日本経済新聞社（全国）

夕 1989年11月1日〜1990年3月24日　夕刊

0233　「サザンスコール」　髙樹のぶ子・作　安久利徳・画

夕 1990年3月26日〜1991年5月2日　夕刊

0234　「男の一生」　遠藤周作・作　風間完・画

夕 1990年9月1日〜1991年9月13日　朝刊

0235　「春朧」　高橋治・作　村上豊・画

夕 1991年5月7日〜1992年8月8日　夕刊

0236　「夜の哀しみ」　三浦哲郎・作　米谷清和・画

夕 1991年9月14日〜1992年9月13日　朝刊

0237　「姫の戦国」　永井路子・作　中島千波・画

夕 1992年8月10日〜1993年11月13日　夕刊

0238　「朝の歓び」　宮本輝・作　佐藤泰生・画

夕 1992年9月14日〜1993年10月17日　朝刊

0239　「大わらんじの男」　津本陽・作　深井国・画

夕 1993年10月18日〜1995年8月31日　朝刊

0240　「花音」　伊集院静・作　長友啓典・画

夕 1993年11月15日〜1995年1月28日　夕刊

0241　「ぬばたま」　藤堂志津子・作　灘本唯人・画

夕 1995年1月30日〜1995年8月16日　夕刊

0242　「風の群像」　杉本苑子・作　堂昌一・画

夕 1995年8月17日〜1997年2月7日　夕刊

0243　「失楽園」　渡辺淳一・作　村松秀太郎・画

夕 1995年9月1日〜1996年10月9日　朝刊

0244　「海の稲妻」　神坂次郎・作　西のぼる・画

夕 1996年10月10日〜1997年11月30日　朝刊

0245　「刑事たちの夏」　久間十義・作　遠藤彰子・画

夕 1997年2月8日〜1998年5月2日　夕刊

0246　「いよよ華やぐ」　瀬戸内寂聴・作　岡田嘉夫・画

夕 1997年12月1日〜1998年12月13日　朝刊

0247　「饗宴」　高橋昌男・作　深井国・画

夕 1998年5月6日〜1999年7月24日　夕刊

0248　「風の生涯」　辻井喬・作　酒井信義・画

夕 1998年12月15日〜2000年4月3日　朝刊

0249　「信長燃ゆ」　安部龍太郎・作　西のぼる・画

㊖ 1999年7月26日〜2001年5月2日 夕刊
0250 「発熱」 辻原登・作 小杉小二郎・画
㊖ 2000年4月4日〜2001年4月24日 朝刊
0251 「平家」 池宮彰一郎・作 大野俊明・画
㊖ 2001年4月25日〜2003年2月28日 朝刊
0252 「あぶり繪」 星川清司・作 穂積和夫・画
㊖ 2001年5月7日〜2002年7月27日 夕刊
0253 「鉄塔家族」 佐伯一麦・作 柄澤齊・画
㊖ 2002年7月29日〜2003年11月15日 夕刊
0254 「新リア王」 高村薫・作 深井国・画
㊖ 2003年3月1日〜2004年10月31日 朝刊
0255 「ホーム・ドラマ」 榊東行・作 佐々木悟郎・画
㊖ 2003年11月17日〜2005年5月28日 夕刊
0256 「愛の流刑地」 渡辺淳一・作 小松久子・画
㊖ 2004年11月1日〜2006年1月31日 朝刊
0257 「妊婦にあらず」 諸田玲子・作 宇野亞喜良・画
㊖ 2005年5月30日〜2006年7月8日 夕刊
0258 「世界を創った男―チンギス・ハン」 堺屋太一・作 大沼映夫・画
㊖ 2006年2月1日〜2007年8月5日 朝刊
0259 「地の日天の海」 内田康夫・作 戸屋勝利・画
㊖ 2006年7月10日〜2007年9月29日 夕刊
0260 「望郷の道」 北方謙三・作 天明屋尚・画
㊖ 2007年8月6日〜2008年9月29日 朝刊
0261 「薄暮」 篠田節子・作 影山徹・画
㊖ 2007年10月1日〜2008年10月18日 夕刊
0262 「甘苦上海」 髙樹のぶ子・作 佐藤泰生・画
㊖ 2008年9月30日〜2009年10月31日 朝刊
0263 「おたふく」 山本一力・作 原田維夫・画
㊖ 2008年10月20日〜2009年11月7日 夕刊
0264 「韃靼の馬」 辻原登・作 宇野亞喜良・画
㊖ 2009年11月1日〜2011年1月21日 朝刊
0265 「無花果の森」 小池真理子・作 柄澤齊・画
㊖ 2009年11月9日〜2010年12月14日 夕刊
0266 「空の拳」 角田光代・作 池田進吾・画

	㊳ 2010年12月15日～2012年2月1日　夕刊	

0267　「等伯」　安部龍太郎・作　西のぼる・画

㊳ 2011年1月22日～2012年5月13日　朝刊

0268　「ファミレス」　重松清・作　峰岸達・画

㊳ 2012年2月2日～2013年3月30日　夕刊

0269　「黒書院の六兵衛」　浅田次郎・作　宇野信哉・画

㊳ 2012年5月14日～2013年4月17日　朝刊

0270　「天下 家康伝」　火坂雅志・作　大野俊明・画

㊳ 2013年4月1日～2014年10月11日　夕刊

0271　「波止場浪漫」　諸田玲子・作　横田美砂緒・画

㊳ 2013年4月18日～2014年7月9日　朝刊

0272　「禁断のスカルペル」　久間十義・作　板垣しゅん・画

㊳ 2014年7月10日～2015年5月31日　朝刊

0273　「擁壁の町」　貴志祐介・作　浅賀行雄・画

㊳ 2014年10月14日～2015年12月28日　夕刊

0274　「迷いの旅籠」　宮部みゆき・作　北村さゆり・画

㊳ 2015年6月1日～2016年6月30日　朝刊

0275　「森へ行きましょう」　川上弘美・作　皆川明・画

㊳ 2016年1月4日～2017年2月18日　夕刊

0276　「琥珀の夢―小説、鳥井信治郎と末裔」　伊集院静・作　福山小夜・画

㊳ 2016年7月1日～2017年9月5日　朝刊

0277　「万波を翔る」　木内昇・作　福田美蘭・画

㊳ 2017年2月20日～2018年3月24日　夕刊

0278　「愉楽にて」　林真理子・作　伊藤彰剛・画

㊳ 2017年9月6日～連載中　朝刊

0279　「つみびと」　山田詠美・作　横尾忠則・画

㊳ 2018年3月26日～連載中　夕刊

産経新聞

0280　「白い航跡」　吉村昭・作　鴇田幹・画

㊳ 1989年7月10日～1990年7月4日　夕刊

0281　「女と男の肩書」　藤堂志津子・作　濱野彰親・画

㊳ 1989年9月16日～1990年10月31日　朝刊

0282　「湯呑茶碗」　半村良・作　小林秀美・画

[連] 1990年7月5日〜1991年6月15日 夕刊
0283 「天の伽藍」 津本陽・作 山野辺進・画
[連] 1991年2月1日〜1992年1月30日 朝刊
0284 「にっぽん国恋愛事件」 笹倉明・作 神山由美・画
[連] 1991年6月17日〜1992年8月26日 夕刊
0285 「イエロー・サブマリン」 山際淳司・作 鶴岡伸寿・画
[連] 1992年8月27日〜1993年3月31日 夕刊
0286 「カラコルムの風」 工藤美代子・作 横塚繁・画
[連] 1993年4月1日〜1994年5月2日 夕刊
0287 「雪辱—小説2・26事件」 もりたなるお・作 もりたなるお・画
[連] 1994年2月1日〜1994年10月30日 朝刊
0288 「人間の幸福」 宮本輝・作 坂上楠生・画
[連] 1994年5月6日〜1995年1月31日 夕刊
0289 「火焔のリンガ」 有沢創司・作 宇野亞喜良・画
[連] 1995年4月5日〜1995年12月31日 朝刊
0290 「太公望」 宮城谷昌光・作 西のぼる・画
[連] 1996年1月3日〜1998年3月31日 朝刊
0291 「呪縛」 高杉良・作 山野辺進・画
[連] 1998年6月29日〜1999年8月19日 朝刊
0292 「坂の上の雲」 司馬遼太郎・作 下高原健二・画
[連] 1999年1月11日〜2000年6月20日 月曜〜土曜朝刊
0293 「日本侵略」 麻生幾・作
[連] 1999年8月23日〜2000年9月30日 朝刊
0294 「約束の冬」 宮本輝・作 坂上楠生・画
[連] 2000年10月1日〜2001年10月31日 朝刊
0295 「ナポレオンの夜」 藤本ひとみ・作 山崎正夫・画
[連] 2001年11月1日〜2003年4月30日 朝刊
0296 「ニッポン泥棒」 大沢在昌・作 河野治彦・画
[連] 2003年5月1日〜2004年6月30日 朝刊
0297 「四つの嘘」 大石静・作 堀内肇・画
[連] 2004年7月1日〜2004年12月31日 朝刊
0298 「象の背中」 秋元康・作 はやし・ひろ・画
[連] 2005年1月1日〜2005年6月30日 朝刊
0299 「楽園」 宮部みゆき・作 水野真帆・画

　　　　⊕ 2005年7月1日〜2006年8月13日　朝刊
0300　「あじさい日記」　渡辺淳一・作　深井国・画
　　　　⊕ 2006年8月15日〜2007年4月30日　朝刊
0301　「ほうき星」　山本一力・作　原田維夫・画
　　　　⊕ 2007年5月1日〜2008年4月30日　朝刊
0302　「舶来屋」　幸田真音・作　元田敬三〔写真〕
　　　　⊕ 2008年5月1日〜2008年12月31日　朝刊
0303　「世界は俺が回してる」　なかにし礼・作　宇野亞喜良・画
　　　　⊕ 2009年1月1日〜2009年8月31日　朝刊
0304　「三人の二代目」　堺屋太一・作　大津英敏・画
　　　　⊕ 2009年9月1日〜2010年12月31日　朝刊
0305　「ダン吉 南海に駆けた男」　将口泰浩・作　〔写真〕
　　　　⊕ 2011年1月1日〜2011年7月20日　朝刊
0306　「法服の王国」　黒木亮・作
　　　　⊕ 2011年7月21日〜2012年9月30日　朝刊
0307　「紅と白 高杉晋作伝」　関厚夫・作
　　　　⊕ 2012年10月1日〜2013年5月31日　朝刊
0308　「ミッション建国」　楡周平・作
　　　　⊕ 2013年6月1日〜2014年3月31日　朝刊
0309　「アキとカズ 遥かなる祖国」　喜多由浩・作　筑紫直弘・画
　　　　⊕ 2014年4月1日〜2015年3月31日　朝刊
0310　「標的 特捜検事・冨永真一」　真山仁・作　〔写真〕
　　　　⊕ 2016年7月25日〜2017年3月2日　朝刊
0311　「朝けの空に 貞明皇后66年」　川瀬弘至・作　〔写真〕
　　　　⊕ 2017年3月3日〜2017年9月23日　朝刊

北海道

北海道

北海道新聞

0312 「新とはずがたり」 杉本苑子・作 深井国・画
　　 1989年1月4日～1989年11月11日 夕刊

0313 「さまよう霧の恋歌」 高橋治・作 風間完・画
　　 1989年7月1日～1990年7月31日 朝刊

0314 「生きている心臓」 加賀乙彦・作 大沼映夫・画
　　 1989年11月13日～1990年11月10日 夕刊

0315 「夢のまた夢」 津本陽・作 村上豊・画
　　 1990年8月1日～1993年8月31日 朝刊

0316 「私本平家物語 流離の海」 澤田ふじ子・作 西のぼる・画
　　 1990年11月12日～1991年12月28日 夕刊

0317 「銀河の雫」 髙樹のぶ子・作 安久利徳・画
　　 1992年1月4日～1993年2月27日 夕刊

0318 「孟嘗君」 宮城谷昌光・作 佐多芳郎・画
　　 1993年3月1日～1995年8月31日 夕刊

0319 「夜に忍びこむもの」 渡辺淳一・作 福田千恵子・画
　　 1993年9月1日～1994年3月21日 朝刊

0320 「彦九郎山河」 吉村昭・作 秋野卓美・画
　　 1994年3月23日～1994年12月31日 朝刊

0321 「黒い揚羽蝶」 遠藤周作・作 風間完・画
　　 1995年1月1日～1995年3月25日 朝刊

0322 「夢の通ひ路」 村松友視・作 宇野亞喜良・画
　　 1995年5月8日～1995年9月7日 朝刊

0323 「恩寵の谷」 立松和平・作 山野辺進・画
　　 1995年9月1日～1996年12月28日 夕刊

0324 「百日紅の咲かない夏」 三浦哲郎・作 風間完・画
　　 1995年9月8日～1996年7月14日 朝刊

| | | 新聞社別一覧 | 北海道新聞（北海道） |

0325~0341

0325 「夢時計」　黒井千次・作　大津英敏・画
　　　　（連）1996年7月16日〜1997年7月5日　朝刊

0326 「木曽義仲」　山田智彦・作　東啓三郎・画
　　　　（連）1997年1月4日〜1998年7月4日　夕刊

0327 「怪談」　阿刀田高・作　宇野亞喜良・画
　　　　（連）1997年7月6日〜1998年6月30日　朝刊

0328 「奔馬の夢」　津本陽・作　村上豊・画
　　　　（連）1998年7月1日〜2000年5月7日　朝刊

0329 「秘花」　連城三紀彦・作　蓬田やすひろ・画
　　　　（連）1998年7月6日〜1999年8月14日　夕刊

0330 「楽隊のうさぎ」　中沢けい・作　増田常徳・画
　　　　（連）1999年8月16日〜2000年2月19日　夕刊

0331 「海霧」　原田康子・作　羽生輝・画
　　　　（連）2000年2月21日〜2002年4月13日　夕刊

0332 「満水子1996」　髙樹のぶ子・作　山本文彦・画
　　　　（連）2000年5月8日〜2001年5月6日　朝刊

0333 「てるてる坊主の照子さん」　なかにし礼・作　峰岸達・画
　　　　（連）2001年5月8日〜2002年4月14日　朝刊

0334 「あやめ横丁の人々」　宇江佐真理・作　安里英晴・画
　　　　（連）2002年4月15日〜2002年12月28日　夕刊

0335 「エ・アロール それがどうしたの」　渡辺淳一・作　北村公司・画
　　　　（連）2002年4月16日〜2002年12月31日　朝刊

0336 「化生の海」　内田康夫・作　中原脩・画
　　　　（連）2003年1月1日〜2003年10月31日　朝刊

0337 「百年佳約」　村田喜代子・作　堀越千秋・画
　　　　（連）2003年1月6日〜2003年10月18日　夕刊

0338 「とんび」　重松清・作　塚本やすし・画
　　　　（連）2003年10月20日〜2004年7月10日　夕刊

0339 「絶海にあらず」　北方謙三・作　岩田健太朗・画
　　　　（連）2003年11月1日〜2005年2月28日　朝刊

0340 「水霊」　稲葉真弓・作　小川ひさこ・画
　　　　（連）2004年7月12日〜2005年3月5日　夕刊

0341 「名もなき毒」　宮部みゆき・作　杉田比呂美・画
　　　　（連）2005年3月1日〜2005年12月31日　朝刊

北海道新聞（北海道）　　　　　新聞社別一覧　　　　　*0342〜0358*

0342「情歌」　北原亞以子・作　蓬田やすひろ・画
　　　㊀2005年3月7日〜2006年2月4日　夕刊

0343「戦力外通告」　藤田宜永・作　唐仁原教久・画
　　　㊀2006年1月1日〜2006年12月31日　朝刊

0344「5年3組リョウタ組」　石田衣良・作　横尾智子・画
　　　㊀2006年2月6日〜2006年11月4日　夕刊

0345「遊女のあと」　諸田玲子・作　深井国・画
　　　㊀2006年11月6日〜2007年12月28日　夕刊

0346「新三河物語」　宮城谷昌光・作　村上豊・画
　　　㊀2007年1月1日〜2008年8月31日　朝刊

0347「下天を謀る」　安部龍太郎・作　西のぼる・画
　　　㊀2008年1月4日〜2009年5月2日　夕刊

0348「親鸞」　五木寛之・作　山口晃・画
　　　㊀2008年9月1日〜2009年8月31日　朝刊

0349「魔王の愛」　宮内勝典・作　大竹伸朗・画
　　　㊀2009年5月7日〜2010年5月1日　夕刊

0350「氷山の南」　池澤夏樹・作　影山徹・画
　　　㊀2009年9月1日〜2010年9月30日　朝刊

0351「夢違」　恩田陸・作　味戸ケイコ・画
　　　㊀2010年5月6日〜2011年5月2日　夕刊

0352「グッバイマイラブ」　佐藤洋二郎・作　酒井信義・画
　　　㊀2010年10月1日〜2011年11月6日　朝刊

0353「親鸞 激動篇」　五木寛之・作　山口晃・画
　　　㊀2011年1月1日〜2011年12月11日　朝刊

0354「アクアマリンの神殿」　海堂尊・作　深海魚・画
　　　㊀2011年5月6日〜2012年6月30日　夕刊

0355「天佑なり」　幸田真音・作　村上豊・画
　　　㊀2011年11月7日〜2012年12月31日　朝刊

0356「水軍遥かなり」　加藤廣・作　山崎正夫・画
　　　㊀2012年7月1日〜2013年9月28日　夕刊

0357「雨の狩人」　大沢在昌・作　河野治彦・画
　　　㊀2013年1月1日〜2014年2月28日　朝刊

0358「親鸞 完結篇」　五木寛之・作　山口晃・画
　　　㊀2013年7月1日〜2014年7月6日　朝刊

0359～0367 新聞社別一覧 **北海道新聞（北海道）**

0359 「乙女の家」　朝倉かすみ・作　後藤美月・画
　　　㊤ 2013年9月30日～2014年9月30日　夕刊

0360 「拳の先」　角田光代・作　池田進吾・画
　　　㊤ 2014年3月1日～2015年4月25日　朝刊

0361 「記憶の渚にて」　白石一文・作　井上よう子・画
　　　㊤ 2014年10月1日～2015年12月1日　夕刊

0362 「沈黙法廷」　佐々木譲・作　宮崎光二・画
　　　㊤ 2015年4月26日～2016年6月22日　朝刊

0363 「ウォーターゲーム」　吉田修一・作　下田昌克・画
　　　㊤ 2015年12月2日～2016年11月4日　夕刊

0364 「影ぞ恋しき」　葉室麟・作　西のぼる・画
　　　㊤ 2016年6月23日～2017年7月31日　朝刊

0365 「三島屋変調百物語 あやかし草紙」　宮部みゆき・作　原田維夫・画
　　　㊤ 2016年11月5日～2017年10月31日　夕刊

0366 「とめどなく囁く」　桐野夏生・作　内澤旬子・画
　　　㊤ 2017年8月1日～連載中　朝刊

0367 「緋の河」　桜木紫乃・作　赤津ミワコ・画
　　　㊤ 2017年11月1日～連載中　夕刊

新聞連載小説総覧 平成期（1989～2017）　**25**

東北

青森県

東奥日報

0368 「生きよ義経」　三好京三・作　堂昌一・画
　　　　1989年5月8日〜1990年2月21日　夕刊

0369 「泥棒令嬢とペテン紳士」　高橋三千綱・作　鈴木慶夫・画
　　　　1989年8月23日〜1990年7月2日　朝刊

0370 「武神の階―名将・上杉謙信―」　津本陽・作　鴇田幹・画
　　　　1990年2月22日〜1991年3月19日　夕刊

0371 「ここに地終わり海始まる」　宮本輝・作　大竹明輝・画
　　　　1990年7月3日〜1991年3月12日　朝刊

0372 「湖のある街」　林真理子・作　粕谷侑子・画
　　　　1991年3月13日〜1991年12月20日　朝刊

0373 「宮本武蔵 血戦録」　光瀬龍・作　金森達・画
　　　　1991年3月20日〜1991年12月19日　夕刊

0374 「海の街道」　童門冬二・作　八木義之介・画
　　　　1991年12月20日〜1992年12月19日　夕刊

0375 「やさしい季節」　赤川次郎・作　山本タカト・画
　　　　1991年12月21日〜1992年10月25日　朝刊

0376 「鳩を飛ばす日」　ねじめ正一・作　植松利光・画
　　　　1992年10月26日〜1993年6月4日　朝刊

0377 「余燼」　北方謙三・作　中一弥・画
　　　　1992年12月21日〜1994年4月23日　夕刊

0378 「生くることにも心せき 小説・太宰治」　野原一夫・作　桜庭利弘・画
　　　　1993年4月4日〜1994年4月3日　日曜朝刊

0379 「父と子の荒野」　小林久三・作　依光隆・画
　　　　1993年6月5日〜1994年3月13日　朝刊

0380 「恋歌書き」　阿久悠・作　井筒啓之・画

	ⓦ 1994年3月14日〜1994年11月8日　朝刊
0381	「天狗風」　宮部みゆき・作　矢野徳・画
	ⓦ 1994年4月25日〜1995年6月30日　夕刊
0382	「燃えて赤壁」　赤羽堯・作　渋谷重弘・画
	ⓦ 1994年11月9日〜1994年12月31日　朝刊
0383	「エンドレスピーク―遠い嶺―」　森村誠一・作　安岡旦・画
	ⓦ 1995年1月1日〜1996年1月21日　朝刊
0384	「空飛ぶ虚ろ舟」　古川薫・作　西のぼる・画
	ⓦ 1995年7月1日〜1996年4月10日　夕刊
0385	「くちづけ」　赤川次郎・作　矢野徳・画
	ⓦ 1996年1月22日〜1996年10月31日　朝刊
0386	「揚羽の蝶」　佐藤雅美・作　横塚繁・画
	ⓦ 1996年4月11日〜1997年4月11日　夕刊
0387	「浅き夢見し」　赤瀬川隼・作　小林秀美・画
	ⓦ 1996年11月1日〜1997年7月20日　朝刊
0388	「名君の碑」　中村彰彦・作　鴇田幹・画
	ⓦ 1997年4月12日〜1998年7月7日　夕刊
0389	「幸福の船」　平岩弓枝・作　深井国・画
	ⓦ 1997年7月21日〜1998年3月15日　朝刊
0390	「神の裁き」　佐木隆三・作　杉山新一・画
	ⓦ 1998年3月16日〜1999年1月31日　朝刊
0391	「敵対狼群」　森村誠一・作　和田義彦・画
	ⓦ 1998年7月8日〜1999年11月19日　夕刊
0392	「ダブルフェイス」　久間十義・作　畑農照雄・画
	ⓦ 1999年2月1日〜1999年10月28日　朝刊
0393	「恋わずらい」　高橋三千綱・作　山本博通・画
	ⓦ 1999年10月29日〜2000年7月7日　朝刊
0394	「黒衣の宰相―小説・金地院崇伝」　火坂雅志・作　西のぼる・画
	ⓦ 1999年11月20日〜2001年5月22日　夕刊
0395	「花も嵐も　女優田中絹代の一生」　古川薫・作　岐部たかし・画
	ⓦ 2000年7月8日〜2001年6月20日　朝刊
0396	「津軽太平記」　獏不次男・作　高橋憲彦・画
	ⓦ 2001年1月7日〜2001年12月30日　日曜朝刊
0397	「枝豆そら豆」　梓澤要・作　菊池ひと美・画

東奥日報（青森県）　　　　新聞社別一覧　　　　0398〜0413

　　　　⑭ 2001年5月23日〜2002年7月10日　夕刊

0398　「あいつ」　香納諒一・作　北村公司・画
　　　　⑭ 2001年6月21日〜2002年6月15日　朝刊

0399　「鍵谷茂兵衛物語 疑獄・尾去沢銅山事件」　葉治英哉・作　佐藤雄司・画
　　　　⑭ 2002年1月6日〜2002年12月9日　日曜朝刊

0400　「正義の基準」　森村誠一・作　和田義彦・画
　　　　⑭ 2002年6月16日〜2003年7月2日　朝刊

0401　「猫の似づら絵師」　出久根達郎・作　磯倉哲・画
　　　　⑭ 2002年7月11日〜2003年4月11日　夕刊

0402　「風に立つ人 黄金半島・下北物語」　村元督・作　川端要一・画
　　　　⑭ 2003年1月5日〜2003年12月28日　日曜朝刊

0403　「化生怨堕羅」　諸田玲子・作　矢野徳・画
　　　　⑭ 2003年4月12日〜2004年6月7日　夕刊

0404　「銀行特命捜査」　池井戸潤・作　河野治彦・画
　　　　⑭ 2003年7月3日〜2004年6月7日　朝刊

0405　「空の上の家 ミス・ヴィードル号ミステリー」　瓜生利吉・作　沢野ひとし・画
　　　　⑭ 2004年1月4日〜2004年12月26日　日曜朝刊

0406　「乱調」　藤田宜永・作　ゴトウヒロシ・画
　　　　⑭ 2004年6月8日〜2005年4月29日　朝刊

0407　「天地人」　火坂雅志・作　中村麻美・画
　　　　⑭ 2004年6月8日〜2005年12月26日　夕刊

0408　「きのうの世界」　恩田陸・作　鈴木理策〔写真〕
　　　　⑭ 2005年4月30日〜2006年3月19日　朝刊

0409　「そろそろ旅に」　松井今朝子・作　熊田正男・画
　　　　⑭ 2006年1月4日〜2007年1月11日　夕刊

0410　「青春の条件」　森村誠一・作　堂昌一・画
　　　　⑭ 2006年3月20日〜2007年4月1日　朝刊

0411　「命もいらず名もいらず」　山本兼一・作　北村さゆり・画
　　　　⑭ 2007年1月12日〜2008年2月12日　夕刊

0412　「ゆうとりあ」　熊谷達也・作　山本重也・画
　　　　⑭ 2007年4月2日〜2008年2月3日　朝刊

0413　「花筏」　鳥越碧・作　井上茉莉子・画
　　　　⑭ 2008年2月4日〜2008年8月31日　朝刊

_0414~0430_ 新聞社別一覧 **東奥日報（青森県）**

_0414_ 「紙の月」 角田光代・作 満岡玲子・画
 ㊤ 2008年2月13日～2008年10月14日 夕刊

_0415_ 「親鸞」 五木寛之・作 山口晃・画
 ㊤ 2008年9月1日～2009年8月31日 朝刊

_0416_ 「神の手」 久坂部羊・作 柴田長俊, 武田典子・画
 ㊤ 2008年10月15日～2009年9月5日 夕刊

_0417_ 「外ケ浜の男」 田澤拓也・作 沢野ひとし・画
 ㊤ 2009年4月5日～2010年3月28日 日曜朝刊

_0418_ 「三人の二代目」 堺屋太一・作 大津英敏・画
 ㊤ 2009年9月1日～2010年12月31日 朝刊

_0419_ 「真田三代」 火坂雅志・作 安芸良・画
 ㊤ 2009年9月7日～2011年7月12日 夕刊

_0420_ 「親鸞 激動篇」 五木寛之・作 山口晃・画
 ㊤ 2011年1月1日～2011年12月11日 朝刊

_0421_ 「ペテロの葬列」 宮部みゆき・作 尾崎千春・画
 ㊤ 2011年7月13日～2013年10月3日 夕刊

_0422_ 「正妻 慶喜と美賀子」 林真理子・作 山口はるみ・画
 ㊤ 2011年12月13日～2012年12月9日 朝刊

_0423_ 「紫匂う」 葉室麟・作 村田涼平・画
 ㊤ 2012年12月11日～2013年6月30日 朝刊

_0424_ 「親鸞 完結篇」 五木寛之・作 山口晃・画
 ㊤ 2013年7月1日～2014年7月6日 朝刊

_0425_ 「幻想探偵社」 堀川アサコ・作 金沢まりこ・画
 ㊤ 2013年10月4日～2014年6月6日 夕刊

_0426_ 「終わった人」 内館牧子・作 横尾智子・画
 ㊤ 2014年6月9日～2015年5月22日 夕刊

_0427_ 「竜は動かず 奥羽越列藩同盟顛末」 上田秀人・作 遠藤拓人・画
 ㊤ 2014年7月8日～2015年7月31日 朝刊

_0428_ 「草花たちの静かな誓い」 宮本輝・作 赤井稚佳・画
 ㊤ 2015年5月25日～2016年7月21日 夕刊

_0429_ 「家康」 安部龍太郎・作 正子公也・画
 ㊤ 2015年8月1日～2016年6月4日 朝刊

_0430_ 「秀吉の活」 木下昌輝・作 遠藤拓人・画

[連] 2016年6月5日〜2017年4月1日 朝刊

0431 「護られなかった者たちへ」 中山七里・作 ケッソクヒデキ・画

[連] 2016年7月22日〜2017年9月1日 夕刊

0432 「家康 不惑篇」 安部龍太郎・作 永井秀樹・画

[連] 2017年4月2日〜2018年2月9日 朝刊

0433 「わが殿」 畠中恵・作 山本祥子・画

[連] 2017年9月4日〜連載中 夕刊

0434 「茶聖」 伊東潤・作 渡邊ちょんと・画

[連] 2018年2月10日〜連載中 朝刊

岩手県

岩手日報

0435 「生きよ義経」 三好京三・作 堂昌一・画

[連] 1989年3月29日〜1990年1月20日 夕刊

0436 「泥棒令嬢とペテン紳士」 高橋三千綱・作 鈴木慶夫・画

[連] 1989年11月10日〜1990年9月19日 朝刊

0437 「決戦の時」 遠藤周作・作 秋野卓美・画

[連] 1990年1月22日〜1991年1月26日 夕刊

0438 「ここに地終わり海始まる」 宮本輝・作 大竹明輝・画

[連] 1990年9月20日〜1991年6月1日 朝刊

0439 「宮本武蔵 血戦録」 光瀬龍・作 金森達・画

[連] 1991年1月28日〜1991年10月26日 夕刊

0440 「風の暦」 赤瀬川隼・作 山野辺進・画

[連] 1991年6月2日〜1992年1月5日 朝刊

0441 「海の司令官—小西行長—」 白石一郎・作 としフクダ・画

[連] 1991年10月28日〜1993年2月9日 夕刊

0442 「始発駅」 長部日出雄・作 幹英生・画

[連] 1992年1月6日〜1992年9月16日 朝刊

0443 「流氷の墓場」 村松友視・作 成瀬数富・画

[連] 1992年9月17日〜1993年5月21日 朝刊

0444 「余燼」 北方謙三・作 中一弥・画

0445～0460　　　　　　　　　新聞社別一覧　　　　　　　岩手日報（岩手県）

　　　　　　連 1993年2月10日～1994年6月23日　夕刊

0445　「海の蝶」　高橋治・作　横塚繁・画
　　　　　　連 1993年5月22日～1994年6月1日　朝刊

0446　「恋歌書き」　阿久悠・作　井筒啓之・画
　　　　　　連 1994年6月2日～1995年1月27日　朝刊

0447　「天狗風」　宮部みゆき・作　矢野徳・画
　　　　　　連 1994年6月24日～1995年9月2日　夕刊

0448　「エンドレスピーク─遠い嶺─」　森村誠一・作　安岡旦・画
　　　　　　連 1995年1月28日～1996年2月16日　朝刊

0449　「夜明け前の女たち」　童門冬二・作　伊勢田邦貴・画
　　　　　　連 1995年9月4日～1996年9月17日　夕刊

0450　「空白の瞬間」　安西篤子・作　船山滋生・画
　　　　　　連 1996年2月17日～1996年11月21日　朝刊

0451　「ゴンザとソウザ ペテルブルグの青春」　ねじめ正一・作　植松利光・画
　　　　　　連 1996年9月18日～1997年8月25日　夕刊

0452　「阿修羅の海」　浅田次郎・作　柳沢達朗・画
　　　　　　連 1996年11月22日～1997年11月12日　朝刊

0453　「戦国守札録」　安部龍太郎・作　西のぼる・画
　　　　　　連 1997年8月26日～1998年10月16日　夕刊

0454　「人魚を食べた女」　山崎洋子・作　白石むつみ・画
　　　　　　連 1997年11月13日～1998年7月18日　朝刊

0455　「銀行 男たちの決断」　山田智彦・作　小野利明・画
　　　　　　連 1998年7月19日～1999年9月3日　朝刊

0456　「白梅の匂う闇」　川田弥一郎・作　堂昌一・画
　　　　　　連 1998年10月17日～1999年10月15日　夕刊

0457　「つま恋」　井沢満・作　本くに子・画
　　　　　　連 1999年9月4日～2000年6月10日　朝刊

0458　「ラストダンス」　もりたなるお・作　もりたなるお・画
　　　　　　連 1999年10月16日～2000年10月25日　夕刊

0459　「ほろほろ三銃士」　永倉萬治・作　真鍋太郎・画
　　　　　　連 2000年6月11日～2000年12月16日　朝刊　※最後の一話は永倉有子
　　　　が執筆

0460　「狐闇」　北森鴻・作　北谷しげひさ・画
　　　　　　連 2000年12月17日～2001年8月29日　朝刊

新聞連載小説総覧 平成期（1989～2017）　**31**

0461 「銀輪の覇者」　斎藤純・作　板垣崇志・画
[連] 2001年1月4日～2002年3月19日 夕刊
0462 「甚五郎異聞」　赤瀬川隼・作　堂昌一・画
[連] 2001年8月30日～2002年8月31日 朝刊
0463 「果実祭」　和田はつ子・作　加藤孝雄・画
[連] 2002年3月20日～2003年3月26日 夕刊
0464 「天明の密偵」　中津文彦・作　吉田光彦・画
[連] 2002年9月1日～2003年8月10日 朝刊
0465 「火のみち」　乃南アサ・作　服部純栄・画
[連] 2003年3月27日～2004年7月31日 夕刊
0466 「火神」　竹山洋・作　安芸良・画
[連] 2003年8月12日～2004年8月30日 朝刊
0467 「恋せども、愛せども」　唯川恵・作　メグホソキ・画
[連] 2004年8月2日～2005年3月22日 夕刊
0468 「影のない訪問者」　笹本稜平・作　岡村昌明・画
[連] 2004年8月31日～2005年8月4日 朝刊
0469 「金の日、銀の月」　井沢満・作　毬月絵美・画
[連] 2005年3月23日～2006年2月4日 夕刊
0470 「絆」　江上剛・作　管野研一・画
[連] 2005年8月5日～2006年6月14日 朝刊
0471 「摘蕾の果て」　大崎善生・作　森流一郎・画
[連] 2006年2月6日～2006年11月9日 夕刊
0472 「アリアドネの糸―遙かなるカマイシ」　松田十刻・作　澤口たまみ・画
[連] 2006年6月15日～2007年4月30日 朝刊
0473 「決壊」　高嶋哲夫・作　渡邊伸綱・画
[連] 2006年11月10日～2007年11月17日 夕刊
0474 「ザシキボッコの風」　及川和男・作　小坂修治・画
[連] 2007年5月1日～2007年9月16日 朝刊
0475 「めだかの学校」　垣根涼介・作　井筒りつこ・画
[連] 2007年9月17日～2008年8月25日 朝刊
0476 「シューカツ！」　石田衣良・作　楠裕紀子・画
[連] 2007年11月19日～2008年9月9日 夕刊
0477 「親鸞」　五木寛之・作　山口晃・画

	2008年9月1日～2009年8月31日　朝刊
0478	「数えずの井戸」　京極夏彦・作　葛飾北斎・画
	2008年9月10日～2010年1月13日　夕刊
0479	「県庁おもてなし課」　有川浩・作　大矢正和・画
	2009年9月1日～2010年5月8日　朝刊
0480	「語りつづけろ、届くまで」　大沢在昌・作　河野治彦・画
	2010年1月14日～2010年11月26日　夕刊　※2010年7月1日から朝刊に連載
0481	「散り椿」　葉室麟・作　浅野隆広・画
	2010年5月9日～2011年1月10日　朝刊
0482	「親鸞 激動篇」　五木寛之・作　山口晃・画
	2011年1月1日～2011年12月18日　朝刊
0483	「ペテロの葬列」　宮部みゆき・作　尾崎千春・画
	2011年1月11日～2012年7月30日　朝刊
0484	「光の王国 秀衡と西行」　梓澤要・作　中川学・画
	2012年1月1日～2012年7月21日　朝刊
0485	「明日の色」　新野剛志・作　亀澤裕也・画
	2012年7月22日～2013年6月28日　朝刊
0486	「吉田松陰 大和燦々」　秋山香乃・作　中村麻美・画
	2013年6月29日～2014年1月17日　朝刊
0487	「親鸞 完結篇」　五木寛之・作　山口晃・画
	2013年7月1日～2014年7月6日　朝刊
0488	「ガーディアン」　大村友貴美・作　古山拓・画
	2014年5月1日～2015年5月6日　朝刊
0489	「終わった人」　内館牧子・作　横尾智子・画
	2014年7月8日～2015年3月1日　朝刊
0490	「家康」　安部龍太郎・作　正子公也・画
	2015年9月15日～2016年7月19日　朝刊
0491	「柳は萌ゆる」　平谷美樹・作　古山拓・画
	2016年7月20日～2018年2月17日　朝刊
0492	「暴虎の牙」　柚月裕子・作　管野研一・画
	2018年2月19日～連載中　朝刊

宮城県

河北新報

0493 「夢ざめの坂」　陳舜臣・作　畑農照雄・画
　　　　⊕ 1989年9月20日～1990年7月21日　朝刊

0494 「小説 昭和怪物伝 小林一三」　富永滋人・作　水戸成幸・画
　　　　⊕ 1989年11月13日～1990年2月13日　夕刊

0495 「生きている心臓」　加賀乙彦・作　大沼映夫・画
　　　　⊕ 1989年11月14日～1990年11月8日　夕刊

0496 「小説 昭和怪物伝 松永安左ヱ門」　祖田浩一・作　辰巳一平・画
　　　　⊕ 1990年2月14日～1990年6月1日　夕刊

0497 「小説 昭和怪物伝 永田雅一」　和巻耿介・作　小松完好・画
　　　　⊕ 1990年6月2日～1990年9月28日　夕刊

0498 「噴きあげる潮 小説・ジョン万次郎」　有明夏夫・作　吉松八重樹・画
　　　　⊕ 1990年7月22日～1991年3月7日　朝刊

0499 「小説 昭和怪物伝 薩摩治郎八」　丸川賀世子・作　田沢茂・画
　　　　⊕ 1990年9月29日～1991年2月2日　夕刊

0500 「私本平家物語 流離の海」　澤田ふじ子・作　西のぼる・画
　　　　⊕ 1990年11月12日～1991年12月28日　夕刊

0501 「虹の刺客」　森村誠一・作　福田隆義・画
　　　　⊕ 1991年3月8日～1992年5月21日　朝刊

0502 「銀河の雫」　髙樹のぶ子・作　安久利徳・画
　　　　⊕ 1992年1月4日～1993年2月27日　夕刊

0503 「天狗藤吉郎」　山田智彦・作　堂昌一・画
　　　　⊕ 1992年5月22日～1993年8月31日　朝刊

0504 「孟嘗君」　宮城谷昌光・作　佐多芳郎・画
　　　　⊕ 1993年3月1日～1995年8月31日　夕刊

0505 「恨みし人も」　高橋義夫・作　大竹明輝・画
　　　　⊕ 1993年9月1日～1994年7月24日　朝刊

0506 「独眼竜政宗」　津本陽・作　畑農照雄・画
　　　　⊕ 1994年7月25日～1995年7月23日　朝刊

0507~0523 新聞社別一覧 河北新報（宮城県）

0507 「西郷首」 西木正明・作 鈴木透・画
㊟ 1995年7月24日～1996年4月4日 朝刊

0508 「恩寵の谷」 立松和平・作 山野辺進・画
㊟ 1995年9月1日～1996年12月28日 夕刊

0509 「乱世が好き」 岳宏一郎・作 熊田正男・画
㊟ 1996年4月5日～1996年12月31日 朝刊

0510 「火怨―北の耀星 アテルイ」 高橋克彦・作 吉田光彦・画
㊟ 1997年1月1日～1998年4月24日 朝刊

0511 「木曽義仲」 山田智彦・作 東啓三郎・画
㊟ 1997年1月4日～1998年7月4日 夕刊

0512 「異聞おくのほそ道」 童門冬二・作 文月信・画
㊟ 1998年4月25日～1999年3月27日 朝刊

0513 「秘花」 連城三紀彦・作 蓬田やすひろ・画
㊟ 1998年7月6日～1999年8月14日 夕刊

0514 「青雲遥かに」 佐藤雅美・作 神崎あきら・画
㊟ 1999年3月28日～2000年3月19日 朝刊

0515 「楽隊のうさぎ」 中沢けい・作 増田常徳・画
㊟ 1999年8月16日～2000年2月19日 夕刊

0516 「海霧」 原田康子・作 羽生輝・画
㊟ 2000年2月21日～2002年4月13日 夕刊

0517 「瀬越しの半六」 東郷隆・作 安里英晴・画
㊟ 2000年3月20日～2000年12月31日 朝刊

0518 「幸福の不等式」 高任和夫・作 なかだえり・画
㊟ 2001年1月1日～2001年11月20日 朝刊

0519 「相剋の森」 熊谷達也・作 高山文孝・画
㊟ 2001年11月21日～2002年10月18日 朝刊

0520 「あやめ横丁の人々」 宇江佐真理・作 安里英晴・画
㊟ 2002年4月16日～2002年12月28日 夕刊

0521 「ダイヤモンド・シーカーズ」 瀬名秀明・作 市川智子・画
㊟ 2002年10月19日～2003年10月22日 朝刊

0522 「百年佳約」 村田喜代子・作 堀越千秋・画
㊟ 2003年1月6日～2003年10月20日 夕刊

0523 「永遠の朝の暗闇」 岩井志麻子・作 横松桃子・画
㊟ 2003年10月23日～2004年6月26日 朝刊

0524 「よろしく」　嵐山光三郎・作　安西水丸・画
[連] 2004年6月27日～2005年3月31日　朝刊
0525 「名もなき毒」　宮部みゆき・作　杉田比呂美・画
[連] 2005年4月1日～2006年1月30日　朝刊
0526 「戦力外通告」　藤田宜永・作　唐仁原教久・画
[連] 2006年1月31日～2007年1月29日　朝刊
0527 「オー！ ファーザー」　伊坂幸太郎・作　遠藤拓人・画
[連] 2006年4月3日～2007年4月28日　夕刊
0528 「造花の蜜」　連城三紀彦・作　板垣しゅん・画
[連] 2007年1月30日～2008年1月13日　朝刊
0529 「ゆうとりあ」　熊谷達也・作　山本重也・画
[連] 2007年5月1日～2008年5月10日　夕刊
0530 「いつか他人になる日」　赤川次郎・作　井上あきむ・画
[連] 2008年1月14日～2008年10月26日　朝刊
0531 「紙の月」　角田光代・作　満岡玲子・画
[連] 2008年5月12日～2009年1月15日　夕刊
0532 「沙棗 義経になった男」　平谷美樹・作　平谷美樹・画
[連] 2008年10月27日～2010年9月30日　朝刊
0533 「パンドラの匣」　太宰治・作　恩地孝四郎・画
[連] 2009年6月1日～2009年8月14日　夕刊
0534 「たづねびと」　太宰治・作
[連] 2009年8月17日～2009年8月22日　夕刊
0535 「舌切雀」　太宰治・作
[連] 2009年8月31日～2009年9月12日　夕刊
0536 「女賊」　太宰治・作
[連] 2009年9月14日～2009年9月18日　夕刊
0537 「惜別」　太宰治・作
[連] 2009年9月24日～2009年12月8日　夕刊
0538 「銀河鉄道の夜」　宮沢賢治・作　畑中純・画
[連] 2010年1月4日～2010年2月3日　夕刊
0539 「風の又三郎」　宮沢賢治・作　畑中純・画
[連] 2010年2月4日～2010年3月1日　夕刊
0540 「坊っちゃん」　夏目漱石・作　丹羽和子・画
[連] 2010年3月2日～2010年4月28日　夕刊

0541～0557　　　　　　　　新聞社別一覧　　　　　**河北新報（宮城県）**

0541　「蜘蛛の糸」　芥川龍之介・作　蓬田やすひろ・画
　　　　🔄 2010年4月30日～2010年5月1日　夕刊

0542　「トロッコ」　芥川龍之介・作　蓬田やすひろ・画
　　　　🔄 2010年5月6日～2010年5月8日　夕刊

0543　「鼻」　芥川龍之介・作　蓬田やすひろ・画
　　　　🔄 2010年5月10日～2010年5月13日　夕刊

0544　「杜子春」　芥川龍之介・作　蓬田やすひろ・画
　　　　🔄 2010年5月15日～2010年5月22日　夕刊

0545　「山椒大夫」　森鷗外・作　西のぼる・画
　　　　🔄 2010年5月24日～2010年6月9日　夕刊

0546　「ごん狐」　新美南吉・作　かすや昌宏・画
　　　　🔄 2010年6月10日～2010年6月14日　夕刊

0547　「恩讐の彼方に」　菊池寛・作　早川司寿乃・画
　　　　🔄 2010年6月15日～2010年7月1日　夕刊

0548　「高野聖」　泉鏡花・作　安里英晴・画
　　　　🔄 2010年7月2日～2010年8月4日　夕刊

0549　「幻談」　幸田露伴・作　西のぼる・画
　　　　🔄 2010年8月5日～2010年8月18日　夕刊

0550　「野菊の墓」　伊藤左千夫・作　成田君子・画
　　　　🔄 2010年8月19日～2010年9月13日　夕刊

0551　「風立ちぬ」　堀辰雄・作　花井正子・画
　　　　🔄 2010年9月14日～2010年11月1日　夕刊

0552　「青葉と天使」　伊集院静・作　福山小夜・画
　　　　🔄 2010年10月1日～2012年3月22日　朝刊

0553　「カンガルーマーチ」　小鶴・作　いがらしみきお・画
　　　　🔄 2011年1月4日～2011年9月29日　夕刊

0554　「ペテロの葬列」　宮部みゆき・作　尾崎千春・画
　　　　🔄 2011年10月3日～2013年8月10日　夕刊

0555　「天佑なり」　幸田真音・作　村上豊・画
　　　　🔄 2012年3月23日～2013年5月16日　朝刊

0556　「潮の音、空の色、海の詩」　熊谷達也・作　松本孝志・画
　　　　🔄 2013年5月17日～2014年4月8日　朝刊

0557　「ヤマンタカ 新伝・大菩薩峠」　夢枕獏・作　西風・画
　　　　🔄 2013年10月1日～2015年5月7日　夕刊

秋田魁新報（秋田県）　　　　　新聞社別一覧　　　　　*0558〜0572*

0558「かんかん橋の向こう側」　あさのあつこ・作　佐藤みき・画
　　⓪2014年4月9日〜2015年2月28日　朝刊

0559「河井継之助 龍が哭く」　秋山香乃・作　中村麻美・画
　　⓪2015年3月1日〜2016年2月19日　朝刊

0560「沈黙法廷」　佐々木譲・作　宮崎光二・画
　　⓪2015年5月11日〜2016年9月28日　夕刊

0561「護られなかった者たちへ」　中山七里・作　ケッソクヒデキ・画
　　⓪2016年2月20日〜2016年11月25日　朝刊

0562「影ぞ恋しき」　葉室麟・作　西のぼる・画
　　⓪2016年10月1日〜2018年2月6日　夕刊

0563「風神雷神 Juppiter, Aeolus」　原田マハ・作　森美夏・画
　　⓪2016年11月26日〜2018年3月17日　朝刊

0564「緋の河」　桜木紫乃・作　赤津ミワコ・画
　　⓪2018年2月9日〜連載中　夕刊

秋田県

秋田魁新報

0565「花ある季節」　安西篤子・作　田沢茂・画
　　⓪1989年2月17日〜1989年10月18日　朝刊

0566「決戦の時」　遠藤周作・作　秋野卓美・画
　　⓪1989年8月16日〜1990年6月12日　夕刊

0567「銀河動物園」　畑山博・作　水戸成幸・画
　　⓪1989年10月19日〜1990年8月1日　朝刊

0568「悠久の波紋」　堀和久・作　安東延由・画
　　⓪1990年6月13日〜1991年5月9日　夕刊

0569「幻夏祭」　皆川博子・作　佐々木壮六・画
　　⓪1990年8月2日〜1991年4月4日　朝刊

0570「丁半国境」　西木正明・作　松井叔生・画
　　⓪1991年4月5日〜1992年1月16日　朝刊

0571「海の司令官―小西行長―」　白石一郎・作　としフクダ・画
　　⓪1991年5月10日〜1992年5月19日　夕刊

0572「悪の華」　立松和平・作　島谷晃・画

38　新聞連載小説総覧 平成期（1989〜2017）

	1992年1月17日～1992年10月4日　朝刊
0573	「余燼」　北方謙三・作　中一弥・画
	1992年5月20日～1993年6月25日　夕刊
0574	「揺れて」　落合恵子・作　太田國廣・画
	1992年10月5日～1993年9月9日　朝刊
0575	「徳川御三卿 江戸の嵐」　南原幹雄・作　熊田正男・画
	1993年6月26日～1994年4月26日　夕刊
0576	「危険な隣人」　笹沢左保・作　加藤孝雄・画
	1993年9月10日～1994年7月1日　朝刊
0577	「天狗風」　宮部みゆき・作　矢野徳・画
	1994年4月27日～1995年4月15日　夕刊
0578	「面一本」　出久根達郎・作　船久保直樹・画
	1994年7月2日～1995年5月20日　朝刊
0579	「空飛ぶ虚ろ舟」　古川薫・作　西のぼる・画
	1995年4月16日～1995年12月6日　夕刊
0580	「プラトン学園」　奥泉光・作　小松久子・画
	1995年5月21日～1995年12月14日　朝刊
0581	「揚羽の蝶」　佐藤雅美・作　横塚繁・画
	1995年12月7日～1996年10月2日　夕刊
0582	「家族ホテル」　内海隆一郎・作　岩田信夫, 中地智・画
	1995年12月15日～1996年10月21日　朝刊
0583	「名君の碑」　中村彰彦・作　鴇田幹・画
	1996年10月3日～1997年10月7日　夕刊
0584	「天涯の花」　宮尾登美子・作　大畑稔浩・画
	1996年10月22日～1997年4月25日　朝刊
0585	「はちまん」　内田康夫・作　小松久子・画
	1997年4月26日～1998年4月3日　朝刊
0586	「青濤」　北原亞以子・作　福田トシオ・画
	1997年10月8日～1998年9月22日　夕刊
0587	「春の城」　石牟礼道子・作　秀島由己男・画
	1998年4月4日～1999年2月20日　朝刊
0588	「屈折率」　佐々木譲・作　日置由美子・画
	1998年9月24日～1999年6月2日　夕刊
0589	「花婚式」　藤堂志津子・作　井筒啓之・画

秋田魁新報（秋田県）　　　　　新聞社別一覧　　　　　*0590〜0606*

　　　⓪ 1999年2月21日〜1999年9月2日　朝刊
0590「ばさらばさら」　宮本昌孝・作　小宮山逢邦・画
　　　⓪ 1999年6月3日〜2000年4月28日　夕刊
0591「十津川警部 愛と死の伝説」　西村京太郎・作　柳沢達朗・画
　　　⓪ 1999年9月3日〜2000年6月23日　朝刊
0592「乱舞―花の小十郎無双剣」　花家圭太郎・作　熊田正男・画
　　　⓪ 2000年4月29日〜2001年2月24日　夕刊
0593「遠ざかる祖国」　逢坂剛・作　堀越千秋・画
　　　⓪ 2000年6月24日〜2001年7月10日　朝刊
0594「枝豆そら豆」　梓澤要・作　菊池ひと美・画
　　　⓪ 2001年2月25日〜2002年1月30日　夕刊
0595「雁の橋」　澤田ふじ子・作　小沢重行・画
　　　⓪ 2001年7月11日〜2002年6月19日　朝刊
0596「果実祭」　和田はつ子・作　加藤孝雄・画
　　　⓪ 2002年1月31日〜2002年11月19日　夕刊
0597「養安先生、呼ばれ！」　西木正明・作　長友啓典・画
　　　⓪ 2002年6月20日〜2003年4月30日　朝刊
0598「火のみち」　乃南アサ・作　服部純栄・画
　　　⓪ 2002年11月20日〜2003年12月17日　夕刊
0599「梟首の島」　坂東眞砂子・作　北谷しげひさ・画
　　　⓪ 2003年5月1日〜2004年10月15日　朝刊
0600「落葉同盟」　赤川次郎・作　井上あきむ・画
　　　⓪ 2003年12月18日〜2004年9月8日　夕刊
0601「十一代将軍徳川家斉 一五万両の代償」　佐藤雅美・作　文月信・画
　　　⓪ 2004年9月10日〜2005年8月2日　夕刊
0602「乾いた魚に濡れた魚」　灰谷健次郎・作　坪谷令子・画
　　　⓪ 2004年10月16日〜2005年1月13日　朝刊
0603「隣りの若草さん」　藤本ひとみ・作　朝倉めぐみ・画
　　　⓪ 2005年1月14日〜2006年4月5日　朝刊
0604「花の小十郎はぐれ剣 鬼しぐれ」　花家圭太郎・作　小宮山逢邦・画
　　　⓪ 2005年8月3日〜2006年6月1日　夕刊
0605「藪枯らし純次」　船戸与一・作　小野利明・画
　　　⓪ 2006年4月6日〜2007年5月19日　朝刊
0606「いすゞ鳴る」　山本一力・作　原田維夫・画

40　新聞連載小説総覧 平成期（1989〜2017）

[連] 2006年6月2日〜2007年5月8日 夕刊

0607 「新徴組」 佐藤賢一・作 安里英晴・画

[連] 2007年5月9日〜2008年6月12日 夕刊

0608 「穂足のチカラ」 梶尾真治・作 サカイノビー・画

[連] 2007年5月20日〜2008年6月13日 朝刊

0609 「かあちゃん」 重松清・作 山本祐司, 森英二郎・画

[連] 2008年6月14日〜2009年4月9日 朝刊

0610 「親鸞」 五木寛之・作 山口晃・画

[連] 2008年9月1日〜2009年8月31日 朝刊

0611 「ルーズヴェルト・ゲーム」 池井戸潤・作 フジモト・ヒデト・画

[連] 2009年4月10日〜2010年3月5日 朝刊

0612 「三人の二代目」 堺屋太一・作 大津英敏・画

[連] 2009年9月1日〜2010年12月31日 朝刊

0613 「放蕩記」 村山由佳・作 結布・画

[連] 2010年3月6日〜2011年2月26日 朝刊

0614 「親鸞 激動篇」 五木寛之・作 山口晃・画

[連] 2011年1月1日〜2011年12月14日 朝刊

0615 「余命一年の種馬（スタリオン）」 石田衣良・作 楠伸生・画

[連] 2011年2月27日〜2012年3月19日 朝刊

0616 「55歳からのハローライフ」 村上龍・作 村上龍・画

[連] 2011年12月15日〜2012年7月11日 朝刊

0617 「女系の総督」 藤田宜永・作 北村裕花・画

[連] 2012年3月20日〜2013年4月1日 朝刊

0618 「わが槍を捧ぐ」 鈴木英治・作 渡邊ちょんと・画

[連] 2012年7月12日〜2013年1月8日 朝刊

0619 「はなとゆめ」 冲方丁・作 遠田志帆・画

[連] 2013年1月9日〜2013年7月29日 朝刊

0620 「透明カメレオン」 道尾秀介・作 三木謙次・画

[連] 2013年4月14日〜2014年1月23日 朝刊

0621 「親鸞 完結篇」 五木寛之・作 山口晃・画

[連] 2013年7月30日〜2014年8月4日 朝刊

0622 「リーチ先生」 原田マハ・作 佐藤直樹・画

[連] 2014年1月24日〜2015年5月6日 朝刊

0623 「御用船帰還せず」 相場英雄・作 渡邊ちょんと・画

山形新聞（山形県）　　　　新聞社別一覧　　　　*0624〜0637*

　　　⑬ 2014年8月5日〜2015年3月7日　朝刊
0624　「料理通異聞」　松井今朝子・作　いずみ朔庵・画
　　　⑬ 2015年3月8日〜2015年9月15日　朝刊
0625　「東京クルージング」　伊集院静・作　福山小夜・画
　　　⑬ 2015年5月8日〜2016年3月30日　朝刊
0626　「淳子のてっぺん」　唯川恵・作　水上みのり・画
　　　⑬ 2016年3月31日〜2017年2月18日　朝刊
0627　「ブロードキャスト」　湊かなえ・作　江頭路子・画
　　　⑬ 2017年2月19日〜2017年9月20日　朝刊
0628　「盲剣楼奇譚」　島田荘司・作　崗田屋愉一・画
　　　⑬ 2017年9月21日〜連載中　朝刊

山形県

山形新聞

0629　「高原の聖母」　澤野久雄・作　高須賀優・画
　　　⑬ 1989年3月31日〜1989年10月31日　朝刊
0630　「青雲を行く」　三好徹・作　中江蒼・画
　　　⑬ 1989年4月28日〜1990年6月26日　夕刊
0631　「泥棒令嬢とペテン紳士」　高橋三千綱・作　鈴木慶夫・画
　　　⑬ 1989年11月1日〜1990年9月9日　朝刊
0632　「武神の階—名将・上杉謙信—」　津本陽・作　鴇田幹・画
　　　⑬ 1990年6月27日〜1991年7月25日　夕刊
0633　「ここに地終わり海始まる」　宮本輝・作　大竹明輝・画
　　　⑬ 1990年9月10日〜1991年5月22日　朝刊
0634　「湖のある街」　林真理子・作　粕谷侑子・画
　　　⑬ 1991年5月23日〜1992年2月29日　朝刊
0635　「海の街道」　童門冬二・作　八木義之介・画
　　　⑬ 1991年7月26日〜1992年7月29日　夕刊
0636　「やさしい季節」　赤川次郎・作　山本タカト・画
　　　⑬ 1992年3月1日〜1993年1月5日　朝刊
0637　「神州魔風伝」　佐江衆一・作　西のぼる・画
　　　⑬ 1992年7月30日〜1993年5月20日　夕刊

42　新聞連載小説総覧 平成期（1989〜2017）

0638～0654 新聞社別一覧 山形新聞（山形県）

0638 「藍の風紋」　高橋玄洋・作　水戸成幸・画
　　　　㊣ 1993年1月6日～1993年8月29日　朝刊

0639 「余燼」　北方謙三・作　中一弥・画
　　　　㊣ 1993年5月21日～1994年9月24日　夕刊

0640 「翔んでる警視正 オリエント急行事件簿」　胡桃沢耕史・作　川池くるみ・画
　　　　㊣ 1993年8月30日～1994年5月18日　朝刊

0641 「虚飾の都」　志茂田景樹・作　吉田光彦・画
　　　　㊣ 1994年5月19日～1995年1月31日　朝刊

0642 「エンドレスピーク―遠い嶺―」　森村誠一・作　安岡旦・画
　　　　㊣ 1995年2月1日～1996年2月21日　朝刊

0643 「空飛ぶ虚ろ舟」　古川薫・作　西のぼる・画
　　　　㊣ 1995年5月1日～1996年2月15日　夕刊

0644 「揚羽の蝶」　佐藤雅美・作　横塚繁・画
　　　　㊣ 1996年2月17日～1997年2月21日　夕刊

0645 「くちづけ」　赤川次郎・作　矢野徳・画
　　　　㊣ 1996年2月23日～1996年12月1日　朝刊

0646 「浅き夢見し」　赤瀬川隼・作　小林秀美・画
　　　　㊣ 1996年12月2日～1997年8月20日　朝刊

0647 「ゴンザとソウザ ペテルブルグの青春」　ねじめ正一・作　植松利光・画
　　　　㊣ 1997年2月22日～1998年1月27日　夕刊

0648 「幸福の船」　平岩弓枝・作　深井国・画
　　　　㊣ 1997年8月21日～1998年4月15日　朝刊

0649 「螢の橋」　澤田ふじ子・作　大竹明輝・画
　　　　㊣ 1998年1月28日～1999年2月4日　夕刊

0650 「神の裁き」　佐木隆三・作　杉山新一・画
　　　　㊣ 1998年4月16日～1999年3月3日　朝刊

0651 「敵対狼群」　森村誠一・作　和田義彦・画
　　　　㊣ 1999年2月5日～2000年6月21日　夕刊

0652 「猫月夜」　立松和平・作　横松桃子・画
　　　　㊣ 1999年3月4日～2000年4月23日　朝刊

0653 「世なおし廻状」　高橋義夫・作　鴇田幹・画
　　　　㊣ 2000年4月24日～2001年2月27日　朝刊

0654 「発火点」　真保裕一・作　河野治彦・画

[連] 2001年1月4日〜2001年12月3日　夕刊
0655 「花に背いて」　鈴木由紀子・作　吉田光彦・画
[連] 2001年3月1日〜2001年10月10日　朝刊
0656 「甚五郎異聞」　赤瀬川隼・作　堂昌一・画
[連] 2001年10月11日〜2002年10月10日　朝刊
0657 「鋼鉄の叫び」　鈴木光司・作　福山小夜・画
[連] 2001年12月4日〜2003年1月6日　夕刊
0658 「猫の似づら絵師」　出久根達郎・作　磯倉哲・画
[連] 2002年10月11日〜2003年5月25日　朝刊
0659 「火のみち」　乃南アサ・作　服部純栄・画
[連] 2003年1月7日〜2004年5月7日　夕刊
0660 「銀行特命捜査」　池井戸潤・作　河野治彦・画
[連] 2003年5月26日〜2004年4月25日　朝刊
0661 「天地人」　火坂雅志・作　中村麻美・画
[連] 2004年4月26日〜2005年8月5日　朝刊
0662 「恋せども、愛せども」　唯川恵・作　メグホソキ・画
[連] 2004年5月8日〜2004年12月13日　夕刊
0663 「影のない訪問者」　笹本稜平・作　岡村昌明・画
[連] 2004年12月14日〜2006年2月1日　夕刊
0664 「きのうの世界」　恩田陸・作　鈴木理策〔写真〕
[連] 2005年8月6日〜2006年6月22日　朝刊
0665 「青春の条件」　森村誠一・作　堂昌一・画
[連] 2006年2月2日〜2007年5月1日　夕刊
0666 「摘蕾の果て」　大崎善生・作　森流一郎・画
[連] 2006年6月23日〜2007年2月5日　朝刊
0667 「新徴組」　佐藤賢一・作　安里英晴・画
[連] 2007年2月6日〜2008年3月18日　朝刊
0668 「ゆうとりあ」　熊谷達也・作　山本重也・画
[連] 2007年5月7日〜2008年5月13日　夕刊
0669 「花筏」　鳥越碧・作　井上茉莉子・画
[連] 2008年3月19日〜2008年8月31日　朝刊
0670 「紙の月」　角田光代・作　満岡玲子・画
[連] 2008年5月14日〜2009年1月17日　夕刊
0671 「親鸞」　五木寛之・作　山口晃・画

新聞社別一覧　　　福島民報（福島県）

⊕ 2008年9月1日～2009年8月31日　朝刊

0672 「ちょちょら」　畠中恵・作　林幸・画

⊕ 2009年1月19日～2009年12月15日　夕刊

0673 「三人の二代目」　堺屋太一・作　大津英敏・画

⊕ 2009年9月1日～2010年12月31日　朝刊

0674 「親鸞 激動篇」　五木寛之・作　山口晃・画

⊕ 2011年1月1日～2011年12月11日　朝刊

0675 「55歳からのハローライフ」　村上龍・作　村上龍・画

⊕ 2011年12月13日～2012年7月8日　朝刊

0676 「夢をまことに」　山本兼一・作　熊田正男・画

⊕ 2012年7月16日～2013年6月29日　朝刊

0677 「親鸞 完結篇」　五木寛之・作　山口晃・画

⊕ 2013年7月1日～2014年7月6日　朝刊

0678 「愛犬ゼルダの旅立ち」　辻仁成・作　井上茉莉子・画

⊕ 2014年7月8日～2014年12月30日　朝刊

0679 「料理通異聞」　松井今朝子・作　いずみ朔庵・画

⊕ 2015年1月1日～2015年7月10日　朝刊

0680 「最上義光」　高橋義夫・作　桑原武史・画

⊕ 2015年7月11日～2016年12月31日　朝刊

0681 「秀吉の活」　木下昌輝・作　遠藤拓人・画

⊕ 2017年1月1日～2017年10月27日　朝刊

0682 「白いジオラマ」　堂場瞬一・作　鎌田みか・画

⊕ 2017年10月28日～連載中　朝刊

福島県

福島民報

0683 「空想列車」　阿刀田高・作　井上あきむ・画

⊕ 1989年3月11日～1989年11月9日　朝刊

0684 「もう一つの旅路」　阿部牧郎・作　守田勝治・画

⊕ 1989年11月10日～1990年8月24日　朝刊

0685 「陽炎の巫女たち」　宮原昭夫・作　伊藤青子・画

⊕ 1990年8月25日～1991年1月30日　朝刊

0686 「風の暦」　赤瀬川隼・作　山野辺進・画
[連] 1991年1月31日〜1991年9月5日 朝刊
0687 「やさしい季節」　赤川次郎・作　山本タカト・画
[連] 1991年9月6日〜1992年7月11日 朝刊
0688 「余燼」　北方謙三・作　中一弥・画
[連] 1992年7月12日〜1993年8月28日 朝刊
0689 「父と子の荒野」　小林久三・作　依光隆・画
[連] 1993年8月29日〜1994年6月6日 朝刊
0690 「大逆転！」　檜山良昭・作　水戸成幸・画
[連] 1994年6月7日〜1995年2月24日 朝刊
0691 「エンドレスピーク―遠い嶺―」　森村誠一・作　安岡旦・画
[連] 1995年2月25日〜1996年3月15日 朝刊
0692 「くちづけ」　赤川次郎・作　矢野徳・画
[連] 1996年3月16日〜1996年12月25日 朝刊
0693 「阿修羅の海」　浅田次郎・作　柳沢達朗・画
[連] 1996年12月26日〜1997年12月17日 朝刊
0694 「青濤」　北原亞以子・作　福田トシオ・画
[連] 1997年12月18日〜1998年12月12日 朝刊
0695 「屈折率」　佐々木譲・作　日置由美子・画
[連] 1998年12月13日〜1999年8月28日 朝刊
0696 「黒衣の宰相―小説・金地院崇伝」　火坂雅志・作　西のぼる・画
[連] 1999年8月29日〜2000年11月28日 朝刊
0697 「あいつ」　香納諒一・作　北村公司・画
[連] 2000年12月1日〜2001年11月27日 朝刊
0698 「甚五郎異聞」　赤瀬川隼・作　堂昌一・画
[連] 2001年11月29日〜2002年11月30日 朝刊
0699 「海続く果て 人間 山本五十六」　工藤美代子・作　〔写真〕
[連] 2002年12月1日〜2003年11月25日 朝刊
0700 「天地人」　火坂雅志・作　中村麻美・画
[連] 2003年11月26日〜2005年3月12日 朝刊
0701 「剣客同心」　鳥羽亮・作　卯月みゆき・画
[連] 2005年3月13日〜2005年12月26日 朝刊
0702 「夕映え」　宇江佐真理・作　室谷雅子・画
[連] 2005年12月27日〜2006年10月14日 朝刊

0703～0718　　　　　　　新聞社別一覧　　　　　　**福島民友（福島県）**

0703　「恋雪譜 良寛と貞心尼」　工藤美代子・作　小林新一〔写真〕, 柴田長俊・画
　　　　㊥ 2006年10月15日〜2007年10月14日　朝刊

0704　「花筏」　鳥越碧・作　井上茉莉子・画
　　　　㊥ 2007年10月16日〜2008年8月31日　朝刊

0705　「親鸞」　五木寛之・作　山口晃・画
　　　　㊥ 2008年9月1日〜2009年8月31日　朝刊

0706　「夕焼け小焼けで陽が昇る」　小泉武夫・作　酒井昌之・画
　　　　㊥ 2009年4月28日〜2011年2月26日　朝刊

0707　「三人の二代目」　堺屋太一・作　大津英敏・画
　　　　㊥ 2009年9月1日〜2010年12月31日　朝刊

0708　「親鸞 激動篇」　五木寛之・作　山口晃・画
　　　　㊥ 2011年1月1日〜2011年12月11日　朝刊

0709　「光の王国 秀衡と西行」　梓澤要・作　中川学・画
　　　　㊥ 2011年12月13日〜2012年7月1日　朝刊

0710　「わが槍を捧ぐ」　鈴木英治・作　渡邊ちょんと・画
　　　　㊥ 2012年7月2日〜2012年12月31日　朝刊

0711　「はなとゆめ」　冲方丁・作　遠田志帆・画
　　　　㊥ 2013年1月1日〜2013年7月22日　朝刊

0712　「親鸞 完結篇」　五木寛之・作　山口晃・画
　　　　㊥ 2013年7月23日〜2014年7月29日　朝刊

0713　「竜は動かず 奥羽越列藩同盟顚末」　上田秀人・作　遠藤拓人・画
　　　　㊥ 2014年7月30日〜2015年8月23日　朝刊

0714　「家康」　安部龍太郎・作　正子公也・画
　　　　㊥ 2015年8月24日〜2016年6月27日　朝刊

0715　「風は西から」　村山由佳・作　わたべめぐみ・画
　　　　㊥ 2016年6月28日〜2017年5月12日　朝刊

0716　「家康 不惑篇」　安部龍太郎・作　永井秀樹・画
　　　　㊥ 2017年5月13日〜連載中　朝刊

福島民友

0717　「泥棒令嬢とペテン紳士」　高橋三千綱・作　鈴木慶夫・画
　　　　㊥ 1989年4月25日〜1990年3月4日　朝刊

0718　「ここに地終わり海始まる」　宮本輝・作　大竹明輝・画

[連] 1990年3月5日〜1990年11月12日　朝刊

0719 「夢心地の反乱」　笹沢左保・作　依光隆・画
[連] 1990年11月13日〜1991年6月18日　朝刊

0720 「白く輝く道」　平岩弓枝・作　伊勢田邦貴・画
[連] 1991年6月19日〜1992年3月22日　朝刊

0721 「始発駅」　長部日出雄・作　幹英生・画
[連] 1992年3月23日〜1992年12月5日　朝刊

0722 「座礁」　高杉良・作　安岡旦・画
[連] 1992年12月6日〜1993年8月21日　朝刊

0723 「翔んでる警視正 オリエント急行事件簿」　胡桃沢耕史・作　川池くるみ・画
[連] 1993年8月22日〜1994年5月10日　朝刊

0724 「無明山脈」　梓林太郎・作　柳沢達朗・画
[連] 1994年5月11日〜1995年2月2日　朝刊

0725 「推定有罪」　笹倉明・作　辰巳四郎・画
[連] 1995年2月3日〜1995年11月27日　朝刊

0726 「亀裂」　江波戸哲夫・作　松村あらじん・画
[連] 1995年11月28日〜1996年5月6日　朝刊

0727 「水葬海流」　今井泉・作　岐部隆・画
[連] 1996年5月8日〜1997年1月10日　朝刊

0728 「名君の碑」　中村彰彦・作　鴇田幹・画
[連] 1997年1月11日〜1998年1月25日　朝刊

0729 「幸福の船」　平岩弓枝・作　深井国・画
[連] 1998年1月26日〜1998年9月20日　朝刊

0730 「銀行 男たちの決断」　山田智彦・作　小野利明・画
[連] 1998年9月21日〜1999年11月5日　朝刊

0731 「恋わずらい」　高橋三千綱・作　山本博通・画
[連] 1999年11月6日〜2000年7月16日　朝刊

0732 「ブレイブ・ストーリー」　宮部みゆき・作　謡口早苗・画
[連] 2000年7月17日〜2001年10月26日　朝刊

0733 「群雲、大坂城へ」　岳宏一郎・作　畑農照雄・画
[連] 2001年10月27日〜2003年3月15日　朝刊

0734 「カシオペアの丘で」　重松清・作　森流一郎・画
[連] 2003年3月16日〜2004年1月30日　朝刊

0735	「火神」 竹山洋・作 安芸良・画		
	連 2004年1月31日～2005年2月19日 朝刊		
0736	「冬至祭」 清水義範・作 松本孝志・画		
	連 2005年2月20日～2005年12月23日 朝刊		
0737	「きのうの世界」 恩田陸・作 鈴木理策〔写真〕		
	連 2005年12月24日～2006年11月13日 朝刊		
0738	「オー！ ファーザー」 伊坂幸太郎・作 遠藤拓人・画		
	連 2006年11月14日～2007年10月4日 朝刊		
0739	「めだかの学校」 垣根涼介・作 井筒りつこ・画		
	連 2007年10月5日～2008年9月12日 朝刊		
0740	「瓦版屋つれづれ日誌」 池永陽・作 牧野伊三夫・画		
	連 2008年9月13日～2009年4月23日 朝刊		
0741	「神の手」 久坂部羊・作 柴田長俊, 武田典子・画		
	連 2009年4月24日～2010年1月18日 朝刊		
0742	「県庁おもてなし課」 有川浩・作 大矢正和・画		
	連 2010年1月19日～2010年9月24日 朝刊		
0743	「ペテロの葬列」 宮部みゆき・作 尾崎千春・画		
	連 2010年9月25日～2012年4月8日 朝刊		
0744	「55歳からのハローライフ」 村上龍・作 村上龍・画		
	連 2012年4月10日～2012年11月4日 朝刊		
0745	「夢をまことに」 山本兼一・作 熊田正男・画		
	連 2012年11月5日～2013年10月21日 朝刊		
0746	「サーカスナイト」 よしもとばなな・作 秋山花・画		
	連 2013年10月22日～2014年5月23日 朝刊		
0747	「それを愛とは呼ばず」 桜木紫乃・作 西川真以子・画		
	連 2014年5月24日～2014年11月12日 朝刊		
0748	「ちゃんぽん食べたかっ！」 さだまさし・作 おぐらひろかず・画		
	連 2014年11月13日～2015年5月29日 朝刊		
0749	「料理通異聞」 松井今朝子・作 いずみ朔庵・画		
	連 2015年5月30日～2015年12月8日 朝刊		
0750	「むーさんの背中」 ねじめ正一・作 満岡玲子・画		
	連 2015年12月9日～2016年8月15日 朝刊		
0751	「秀吉の活」 木下昌輝・作 遠藤拓人・画		

福島民友（福島県）　　　　　新聞社別一覧　　　　　*0752〜0752*

　　　　㊟ 2016年8月16日〜2017年6月13日　朝刊

0752　「風神雷神 Juppiter, Aeolus」　　原田マハ・作　　森美夏・画

　　　　㊟ 2017年6月14日〜連載中　朝刊

関東

茨城県

茨城新聞

0753 「桜田門外ノ変」 吉村昭・作 中一弥・画
[連] 1989年7月11日～1990年5月21日 朝刊

0754 「決戦の時」 遠藤周作・作 秋野卓美・画
[連] 1990年5月22日～1991年3月25日 朝刊

0755 「白く輝く道」 平岩弓枝・作 伊勢田邦貴・画
[連] 1991年3月26日～1991年12月28日 朝刊

0756 「華麗なる対決」 小杉健治・作 大竹明輝・画
[連] 1992年1月1日～1992年8月23日 朝刊

0757 「鳩を飛ばす日」 ねじめ正一・作 植松利光・画
[連] 1992年8月24日～1993年4月3日 朝刊

0758 「澪通りひともし頃」 北原亞以子・作 東啓三郎・画
[連] 1993年4月4日～1993年11月18日 朝刊

0759 「父と子の荒野」 小林久三・作 依光隆・画
[連] 1993年11月19日～1994年8月27日 朝刊

0760 「独眼竜政宗」 津本陽・作 畑農照雄・画
[連] 1994年8月28日～1995年8月30日 朝刊

0761 「夜明け前の女たち」 童門冬二・作 伊勢田邦貴・画
[連] 1995年8月31日～1996年7月9日 朝刊

0762 「くちづけ」 赤川次郎・作 矢野徳・画
[連] 1996年7月10日～1997年4月20日 朝刊

0763 「ゴンザとソウザ ペテルブルグの青春」 ねじめ正一・作 植松利光・画
[連] 1997年4月21日～1998年1月27日 朝刊

0764 「幸福の船」 平岩弓枝・作 深井国・画
[連] 1998年1月28日～1998年9月22日 朝刊

0765 「異聞おくのほそ道」 童門冬二・作 文月信・画

茨城新聞（茨城県）　　　　　　　新聞社別一覧　　　　　　　　*0766〜0781*

　　　⑯ 1998年9月23日〜1999年8月27日　朝刊

0766　「異端の夏」　　藤田宜永・作　岐部たかし・画

　　　⑯ 1999年8月28日〜2000年5月29日　朝刊

0767　「ぼろぼろ三銃士」　　永倉萬治・作　真鍋太郎・画

　　　⑯ 2000年5月30日〜2000年12月3日　朝刊　※最後の一話は永倉有子が
　　　執筆

0768　「花も嵐も 女優田中絹代の一生」　　古川薫・作　岐部たかし・画

　　　⑯ 2000年12月4日〜2001年11月16日　朝刊

0769　「鋼鉄の叫び」　　鈴木光司・作　福山小夜・画

　　　⑯ 2001年11月17日〜2002年10月7日　朝刊

0770　「猫の似づら絵師」　　出久根達郎・作　磯倉哲・画

　　　⑯ 2002年10月8日〜2003年5月24日　朝刊

0771　「銀行特命捜査」　　池井戸潤・作　河野治彦・画

　　　⑯ 2003年5月25日〜2004年4月29日　朝刊

0772　「落葉同盟」　　赤川次郎・作　井上あきむ・画

　　　⑯ 2004年4月30日〜2005年1月26日　朝刊

0773　「剣客同心」　　鳥羽亮・作　卯月みゆき・画

　　　⑯ 2005年1月27日〜2005年11月11日　朝刊

0774　「きのうの世界」　　恩田陸・作　鈴木理策〔写真〕

　　　⑯ 2005年11月12日〜2006年10月3日　朝刊

0775　「いすゞ鳴る」　　山本一力・作　原田維夫・画

　　　⑯ 2006年10月4日〜2007年9月17日　朝刊

0776　「命もいらず名もいらず」　　山本兼一・作　北村さゆり・画

　　　⑯ 2007年9月18日〜2008年8月10日　朝刊

0777　「これから」　　杉山隆男・作　森流一郎・画

　　　⑯ 2008年8月11日〜2009年4月29日　朝刊

0778　「ここがロドスだ、ここで跳べ！」　　山川健一・作　井上茉莉子・画

　　　⑯ 2009年5月3日〜2009年8月31日　朝刊

0779　「三人の二代目」　　堺屋太一・作　大津英敏・画

　　　⑯ 2009年9月1日〜2010年12月31日　朝刊

0780　「親鸞 激動篇」　　五木寛之・作　山口晃・画

　　　⑯ 2011年1月1日〜2011年12月16日　朝刊

0781　「正妻 慶喜と美賀子」　　林真理子・作　山口はるみ・画

　　　⑯ 2011年12月17日〜2012年12月14日　朝刊

52　新聞連載小説総覧 平成期（1989〜2017）

0782〜0795　　　　　新聞社別一覧　　　　　**下野新聞（栃木県）**

0782　「紫匂う」　葉室麟・作　村田涼平・画
　　　　⏺ 2012年12月15日〜2013年7月4日　朝刊

0783　「親鸞 完結篇」　五木寛之・作　山口晃・画
　　　　⏺ 2013年7月5日〜2014年7月11日　朝刊

0784　「終わった人」　内館牧子・作　横尾智子・画
　　　　⏺ 2014年7月12日〜2015年3月5日　朝刊

0785　「料理通異聞」　松井今朝子・作　いずみ朔庵・画
　　　　⏺ 2015年3月6日〜2015年9月12日　朝刊

0786　「バルス」　楡周平・作　岡田航也・画
　　　　⏺ 2015年9月13日〜2016年5月30日　朝刊

0787　「風は西から」　村山由佳・作　わたべめぐみ・画
　　　　⏺ 2016年5月31日〜2017年4月14日　朝刊

0788　「雨上がりの川」　森沢明夫・作　オカヤイヅミ・画
　　　　⏺ 2017年4月15日〜2017年12月23日　朝刊

0789　「また明日」　群ようこ・作　丹下京子・画
　　　　⏺ 2017年12月24日〜連載中　朝刊

栃木県

下野新聞

0790　「武神の階—名将・上杉謙信—」　津本陽・作　鴇田幹・画
　　　　⏺ 1990年1月4日〜1990年11月26日　朝刊

0791　「虹の刺客」　森村誠一・作　福田隆義・画
　　　　⏺ 1990年11月27日〜1992年2月15日　朝刊

0792　「始発駅」　長部日出雄・作　幹英生・画
　　　　⏺ 1992年2月16日〜1992年10月29日　朝刊

0793　「神州魔風伝」　佐江衆一・作　西のぼる・画
　　　　⏺ 1992年10月30日〜1993年6月30日　朝刊

0794　「恨みし人も」　高橋義夫・作　大竹明輝・画
　　　　⏺ 1993年7月1日〜1994年5月27日　朝刊

0795　「恋歌書き」　阿久悠・作　井筒啓之・画
　　　　⏺ 1994年5月28日〜1995年1月22日　朝刊

新聞連載小説総覧 平成期（1989〜2017）　**53**

0796 「寒雷」　立松和平・作　さきやあきら・画
[連] 1995年1月23日〜1995年7月4日 朝刊
0797 「エンドレスピーク—遠い嶺—」　森村誠一・作　安岡旦・画
[連] 1995年7月5日〜1996年7月24日 朝刊
0798 「乱世が好き」　岳宏一郎・作　熊田正男・画
[連] 1996年7月25日〜1997年4月25日 朝刊
0799 「火怨—北の耀星 アテルイ」　高橋克彦・作　吉田光彦・画
[連] 1997年4月26日〜1998年8月21日 朝刊
0800 「銀行 男たちの決断」　山田智彦・作　小野利明・画
[連] 1998年8月22日〜1999年10月6日 朝刊
0801 「猫月夜」　立松和平・作　横松桃子・画
[連] 1999年10月7日〜2000年11月27日 朝刊
0802 「あいつ」　香納諒一・作　北村公司・画
[連] 2000年11月28日〜2001年11月24日 朝刊
0803 「枝豆そら豆」　梓澤要・作　菊池ひと美・画
[連] 2001年11月25日〜2002年11月6日 朝刊
0804 「カシオペアの丘で」　重松清・作　森流一郎・画
[連] 2002年11月7日〜2003年9月25日 朝刊
0805 「火神」　竹山洋・作　安芸良・画
[連] 2003年9月26日〜2004年10月15日 朝刊
0806 「影のない訪問者」　笹本稜平・作　岡村昌明・画
[連] 2004年10月16日〜2005年9月18日 朝刊
0807 「花の小十郎はぐれ剣 鬼しぐれ」　花家圭太郎・作　小宮山逢邦・画
[連] 2005年9月19日〜2006年7月23日 朝刊
0808 「青春の条件」　森村誠一・作　堂昌一・画
[連] 2006年7月24日〜2007年8月4日 朝刊
0809 「造花の蜜」　連城三紀彦・作　板垣しゅん・画
[連] 2007年8月5日〜2008年7月20日 朝刊
0810 「のっぴきならぬ」　岩井三四二・作　上田みゆき・画
[連] 2008年7月21日〜2009年1月22日 朝刊
0811 「瓦版屋つれづれ日誌」　池永陽・作　牧野伊三夫・画
[連] 2009年1月23日〜2009年9月1日 朝刊
0812 「三人の二代目」　堺屋太一・作　大津英敏・画
[連] 2009年9月1日〜2010年12月31日 朝刊

0813	「親鸞 激動篇」	五木寛之・作 山口晃・画
	Ⓡ 2011年1月1日～2011年12月11日 朝刊	
0814	「55歳からのハローライフ」	村上龍・作 村上龍・画
	Ⓡ 2011年12月13日～2012年7月8日 朝刊	
0815	「明日の色」	新野剛志・作 亀澤裕也・画
	Ⓡ 2012年7月10日～2013年6月16日 朝刊	
0816	「めだか、太平洋を往け」	重松清・作 小林万希子・画
	Ⓡ 2013年6月17日～2014年3月29日 朝刊	
0817	「愛犬ゼルダの旅立ち」	辻仁成・作 井上茉莉子・画
	Ⓡ 2014年3月30日～2014年9月13日 朝刊	
0818	「御用船帰還せず」	相場英雄・作 渡邊ちょんと・画
	Ⓡ 2014年9月14日～2015年4月16日 朝刊	
0819	「料理通異聞」	松井今朝子・作 いずみ朔庵・画
	Ⓡ 2015年4月17日～2015年10月26日 朝刊	
0820	「家康」	安部龍太郎・作 正子公也・画
	Ⓡ 2015年10月27日～2016年8月29日 朝刊	
0821	「護られなかった者たちへ」	中山七里・作 ケッソクヒデキ・画
	Ⓡ 2016年8月30日～2017年6月6日 朝刊	
0822	「わが殿」	畠中恵・作 山本祥子・画
	Ⓡ 2017年6月7日～連載中 朝刊	

群馬県

上毛新聞

0823	「青雲を行く」	三好徹・作 中江蒼・画
	Ⓡ 1989年4月6日～1990年3月20日 朝刊	
0824	「もう一つの旅路」	阿部牧郎・作 守田勝治・画
	Ⓡ 1989年8月10日～1990年5月23日 朝刊	
0825	「武神の階―名将・上杉謙信―」	津本陽・作 鴇田幹・画
	Ⓡ 1990年3月21日～1991年2月11日 朝刊	
0826	「宮本武蔵 血戦録」	光瀬龍・作 金森達・画
	Ⓡ 1991年2月13日～1991年10月1日 朝刊	
0827	「海の司令官―小西行長―」	白石一郎・作 としフクダ・画

[連] 1991年10月2日〜1992年10月23日 朝刊
0828 「余燼」 北方謙三・作 中一弥・画
[連] 1992年7月5日〜1993年8月22日 朝刊
0829 「藍の風紋」 高橋玄洋・作 水戸成幸・画
[連] 1992年10月24日〜1993年6月19日 朝刊
0830 「父と子の荒野」 小林久三・作 依光隆・画
[連] 1993年6月20日〜1994年3月28日 朝刊
0831 「澪通りひともし頃」 北原亞以子・作 東啓三郎・画
[連] 1993年8月23日〜1994年4月7日 朝刊
0832 「恋歌書き」 阿久悠・作 井筒啓之・画
[連] 1994年3月29日〜1994年11月23日 朝刊
0833 「徳川御三卿 江戸の嵐」 南原幹雄・作 熊田正男・画
[連] 1994年4月8日〜1995年2月15日 朝刊
0834 「天狗風」 宮部みゆき・作 矢野徳・画
[連] 1995年2月16日〜1996年2月14日 朝刊
0835 「くちづけ」 赤川次郎・作 矢野徳・画
[連] 1996年2月15日〜1996年11月24日 朝刊
0836 「浅き夢見し」 赤瀬川隼・作 小林秀美・画
[連] 1996年11月25日〜1997年8月13日 朝刊
0837 「幸福の船」 平岩弓枝・作 深井国・画
[連] 1997年8月14日〜1998年4月7日 朝刊
0838 「青濤」 北原亞以子・作 福田トシオ・画
[連] 1998年4月8日〜1999年4月3日 朝刊
0839 「つま恋」 井沢満・作 本くに子・画
[連] 1999年4月4日〜2000年1月10日 朝刊
0840 「世なおし廻状」 高橋義夫・作 鴇田幹・画
[連] 2000年1月11日〜2000年11月15日 朝刊
0841 「小説 小栗上野介」 童門冬二・作 伊野孝行・画
[連] 2000年10月7日〜2001年9月30日 朝刊
0842 「群雲、大坂城へ」 岳宏一郎・作 畑農照雄・画
[連] 2001年10月1日〜2003年2月17日 朝刊
0843 「正義の基準」 森村誠一・作 和田義彦・画
[連] 2003年2月18日〜2004年3月4日 朝刊
0844 「十一代将軍徳川家斉 一五万両の代償」 佐藤雅美・作 文月信・画

	⏍ 2004年3月5日～2005年2月3日 朝刊	
0845	「魔物」　大沢在昌・作　河野治彦・画	
	⏍ 2005年2月4日～2006年3月31日 朝刊	
0846	「オー！ ファーザー」　伊坂幸太郎・作　遠藤拓人・画	
	⏍ 2006年4月1日～2007年2月21日 朝刊	
0847	「いすゞ鳴る」　山本一力・作　原田維夫・画	
	⏍ 2007年2月22日～2008年2月5日 朝刊	
0848	「数えずの井戸」　京極夏彦・作　葛飾北斎・画	
	⏍ 2008年2月6日～2009年3月3日 朝刊	
0849	「オルゴォル」　朱川湊人・作　岩清水さやか・画	
	⏍ 2009年3月4日～2009年11月11日 朝刊	
0850	「真田三代」　火坂雅志・作　安芸良・画	
	⏍ 2009年11月12日～2010年5月13日 朝刊	
0851	「ペテロの葬列」　宮部みゆき・作　尾崎千春・画	
	⏍ 2011年5月14日～2012年11月25日 朝刊	
0852	「夢をまことに」　山本兼一・作　熊田正男・画	
	⏍ 2012年11月26日～2013年11月10日 朝刊	
0853	「サーカスナイト」　よしもとばなな・作　秋山花・画	
	⏍ 2013年11月12日～2014年6月14日 朝刊	
0854	「それを愛とは呼ばず」　桜木紫乃・作　西川真以子・画	
	⏍ 2014年6月15日～2014年12月3日 朝刊	
0855	「終わった人」　内館牧子・作　横尾智子・画	
	⏍ 2014年12月4日～2015年7月25日 朝刊	
0856	「バルス」　楡周平・作　岡田航也・画	
	⏍ 2015年7月28日～2016年4月13日 朝刊	
0857	「風は西から」　村山由佳・作　わたべめぐみ・画	
	⏍ 2016年4月14日～2017年2月26日 朝刊	
0858	「死の川を越えて」　中村紀雄・作　岡田啓介・画	
	⏍ 2016年12月5日～連載中　月曜・火曜朝刊	
0859	「雨上がりの川」　森沢明夫・作　オカヤイヅミ・画	
	⏍ 2017年2月27日～2017年11月5日 朝刊	
0860	「また明日」　群ようこ・作　丹下京子・画	
	⏍ 2017年11月6日～連載中 朝刊	

埼玉県

埼玉新聞

0861 「ぶしゅうえんなみむら 武州・円阿弥村」　正野三郎・作　月岡良太郎・画
　　　⑭ 1999年5月18日〜1999年10月19日　朝刊

0862 「冬の鎖 秩父夜祭殺人事件」　海庭良和・作　〔写真〕
　　　⑭ 2006年1月9日〜2006年9月12日　朝刊

0863 「あかね色の道 甲斐姫翔る」　山名美和子・作　〔写真〕
　　　⑭ 2012年2月1日〜2012年9月28日　朝刊

0864 「新・塙保己一物語 風ひかる道」　本庄慧一郎・作　中野耕一・画
　　　⑭ 2014年4月30日〜2014年9月19日　火曜〜金曜朝刊

0865 「赤い風〜三富新田物語」　梶よう子・作　池田美弥子・画
　　　⑭ 2017年6月1日〜2017年10月12日　月曜〜金曜朝刊

千葉県

千葉日報

0866 「生きよ義経」　三好京三・作　堂昌一・画
　　　⑭ 1989年7月26日〜1990年3月29日　朝刊

0867 「武神の階―名将・上杉謙信―」　津本陽・作　鴇田幹・画
　　　⑭ 1990年3月30日〜1991年2月19日　朝刊

0868 「宮本武蔵 血戦録」　光瀬龍・作　金森達・画
　　　⑭ 1991年2月20日〜1991年10月10日　朝刊

0869 「白く輝く道」　平岩弓枝・作　伊勢田邦貴・画
　　　⑭ 1991年10月11日〜1992年7月16日　朝刊

0870 「二つの橋」　荒川法勝・作　加藤由利・画
　　　⑭ 1992年7月17日〜1993年5月24日　朝刊

0871 「海の蝶」　高橋治・作　横塚繁・画
　　　⑭ 1993年5月25日〜1994年6月5日　朝刊

0872	「無明山脈」　梓林太郎・作　柳沢達朗・画	
	1994年6月6日〜1995年3月1日　朝刊	
0873	「エンドレスピーク―遠い嶺―」　森村誠一・作　安岡旦・画	
	1995年3月2日〜1996年3月20日　朝刊	
0874	「空白の瞬間」　安西篤子・作　船山滋生・画	
	1996年3月22日〜1995年12月25日　朝刊	
0875	「浅き夢見し」　赤瀬川隼・作　小林秀美・画	
	1996年12月26日〜1997年9月12日　朝刊	
0876	「火怨―北の耀星 アテルイ」　高橋克彦・作　吉田光彦・画	
	1997年9月13日〜1999年1月9日　朝刊	
0877	「銀行 男たちの決断」　山田智彦・作　小野利明・画	
	1999年1月10日〜2000年2月24日　朝刊	
0878	「ばさらばさら」　宮本昌孝・作　小宮山逢邦・画	
	2000年2月25日〜2001年1月30日　朝刊	
0879	「乱舞―花の小十郎無双剣」　花家圭太郎・作　熊田正男・画	
	2001年1月31日〜2001年12月6日　朝刊	
0880	「鋼鉄の叫び」　鈴木光司・作　福山小夜・画	
	2001年12月7日〜2002年10月28日　朝刊	
0881	「カシオペアの丘で」　重松清・作　森流一郎・画	
	2002年10月29日〜2003年9月15日　朝刊	
0882	「落葉同盟」　赤川次郎・作　井上あきむ・画	
	2003年9月17日〜2004年6月15日　朝刊	
0883	「冬至祭」　清水義範・作　松本孝志・画	
	2004年6月16日〜2005年4月18日　朝刊	
0884	「よろしく」　嵐山光三郎・作　安西水丸・画	
	2005年4月19日〜2006年1月21日　朝刊	
0885	「青春の条件」　森村誠一・作　堂昌一・画	
	2006年1月22日〜2007年2月2日　朝刊	
0886	「ゆうとりあ」　熊谷達也・作　山本重也・画	
	2007年2月3日〜2007年12月8日　朝刊	
0887	「紙の月」　角田光代・作　満岡玲子・画	
	2007年12月9日〜2008年7月1日　朝刊	
0888	「いつか他人になる日」　赤川次郎・作　井上あきむ・画	
	2008年7月2日〜2009年4月15日　朝刊	

東京新聞（東京都）　　　　　　新聞社別一覧　　　　　　　0889～0903

0889　「語りつづけろ、届くまで」　大沢在昌・作　河野治彦・画
　　　　🚲 2009年4月16日～2010年1月29日　朝刊

0890　「化合―警視庁科学特捜班序章」　今野敏・作　小沢信一・画
　　　　🚲 2010年1月30日～2010年9月11日　朝刊

0891　「ペテロの葬列」　宮部みゆき・作　尾崎千春・画
　　　　🚲 2010年9月12日～2012年3月26日　朝刊

0892　「正妻 慶喜と美賀子」　林真理子・作　山口はるみ・画
　　　　🚲 2012年3月27日～2013年3月26日　朝刊

0893　「紫匂う」　葉室麟・作　村田涼平・画
　　　　🚲 2013年3月27日～2013年10月14日　朝刊

0894　「潮の音、空の色、海の詩」　熊谷達也・作　松本孝志・画
　　　　🚲 2013年10月16日～2014年9月8日　朝刊

0895　「竜は動かず 奥羽越列藩同盟顚末」　上田秀人・作　遠藤拓人・画
　　　　🚲 2014年9月9日～2015年10月3日　朝刊

0896　「バルス」　楡周平・作　岡田航也・画
　　　　🚲 2015年10月4日～2016年6月20日　朝刊

0897　「護られなかった者たちへ」　中山七里・作　ケッソクヒデキ・画
　　　　🚲 2016年6月21日～2017年3月28日　朝刊

0898　「風神雷神 Juppiter, Aeolus」　原田マハ・作　森美夏・画
　　　　🚲 2017年3月29日～連載中　朝刊

東京都

東京新聞

0899　「新とはずがたり」　杉本苑子・作　深井国・画
　　　　🚲 1989年1月4日～1989年11月11日　夕刊

0900　「さまよう霧の恋歌」　高橋治・作　風間完・画
　　　　🚲 1989年7月1日～1990年7月31日　朝刊

0901　「生きている心臓」　加賀乙彦・作　大沼映夫・画
　　　　🚲 1989年11月13日～1990年11月10日　夕刊

0902　「夢のまた夢」　津本陽・作　村上豊・画
　　　　🚲 1990年8月1日～1993年8月31日　朝刊

0903　「私本平家物語 流離の海」　澤田ふじ子・作　西のぼる・画

[連] 1990年11月12日〜1991年12月28日 夕刊

0904 「銀河の雫」 髙樹のぶ子・作 安久利徳・画

[連] 1992年1月4日〜1993年2月27日 夕刊

0905 「孟嘗君」 宮城谷昌光・作 佐多芳郎・画

[連] 1993年3月1日〜1995年8月31日 夕刊

0906 「銭五の海」 南原幹雄・作 一峰大二・画

[連] 1993年4月19日〜1994年11月5日 夕刊

0907 「夜に忍びこむもの」 渡辺淳一・作 福田千恵子・画

[連] 1993年9月1日〜1994年3月21日 朝刊

0908 「彦九郎山河」 吉村昭・作 秋野卓美・画

[連] 1994年3月23日〜1994年12月31日 朝刊

0909 「関ヶ原連判状」 安部龍太郎・作 西のぼる・画

[連] 1994年11月14日〜1996年3月30日 夕刊

0910 「黒い揚羽蝶」 遠藤周作・作 風間完・画

[連] 1995年1月1日〜1995年3月25日 朝刊

0911 「夢の通ひ路」 村松友視・作 宇野亞喜良・画

[連] 1995年5月8日〜1995年9月7日 朝刊

0912 「恩寵の谷」 立松和平・作 山野辺進・画

[連] 1995年9月1日〜1996年12月28日 夕刊

0913 「百日紅の咲かない夏」 三浦哲郎・作 風間完・画

[連] 1995年9月8日〜1996年7月14日 朝刊

0914 「尾張春風伝」 清水義範・作 加藤正音・画

[連] 1996年4月2日〜1997年6月20日 夕刊

0915 「夢時計」 黒井千次・作 大津英敏・画

[連] 1996年7月16日〜1997年7月5日 朝刊

0916 「木曽義仲」 山田智彦・作 東啓三郎・画

[連] 1997年1月4日〜1998年7月4日 夕刊

0917 「天国への階段」 白川道・作 北川健次・画

[連] 1997年6月30日〜1998年9月2日 夕刊

0918 「怪談」 阿刀田高・作 宇野亞喜良・画

[連] 1997年7月6日〜1998年6月30日 朝刊

0919 「奔馬の夢」 津本陽・作 村上豊・画

[連] 1998年1月1日〜2000年5月7日 朝刊

0920 「秘花」 連城三紀彦・作 蓬田やすひろ・画

東京新聞（東京都）　　　　　新聞社別一覧　　　　　　0921〜0937

　　　　⑱ 1998年7月6日〜1999年8月14日　夕刊
0921　「楽隊のうさぎ」　中沢けい・作　増田常徳・画
　　　　⑱ 1999年8月16日〜2000年2月19日　夕刊
0922　「海霧」　原田康子・作　羽生輝・画
　　　　⑱ 2000年2月21日〜2002年4月13日　夕刊
0923　「満水子1996」　髙樹のぶ子・作　山本文彦・画
　　　　⑱ 2000年5月8日〜2001年5月6日　朝刊
0924　「てるてる坊主の照子さん」　なかにし礼・作　峰岸達・画
　　　　⑱ 2001年5月8日〜2002年4月14日　朝刊
0925　「あやめ横丁の人々」　宇江佐真理・作　安里英晴・画
　　　　⑱ 2002年4月15日〜2002年12月28日　夕刊
0926　「エ・アロール それがどうしたの」　渡辺淳一・作　北村公司・画
　　　　⑱ 2002年4月16日〜2002年12月31日　朝刊
0927　「化生の海」　内田康夫・作　中原脩・画
　　　　⑱ 2003年1月1日〜2003年10月31日　朝刊
0928　「百年佳約」　村田喜代子・作　堀越千秋・画
　　　　⑱ 2003年1月6日〜2003年10月18日　夕刊
0929　「とんび」　重松清・作　塚本やすし・画
　　　　⑱ 2003年10月20日〜2004年7月10日　夕刊
0930　「絶海にあらず」　北方謙三・作　岩田健太朗・画
　　　　⑱ 2003年11月1日〜2005年2月28日　朝刊
0931　「水霊」　稲葉真弓・作　小川ひさこ・画
　　　　⑱ 2004年7月12日〜2005年3月5日　夕刊
0932　「名もなき毒」　宮部みゆき・作　杉田比呂美・画
　　　　⑱ 2005年3月1日〜2005年12月31日　朝刊
0933　「情歌」　北原亞以子・作　蓬田やすひろ・画
　　　　⑱ 2005年3月7日〜2006年2月4日　夕刊
0934　「戦力外通告」　藤田宜永・作　唐仁原教久・画
　　　　⑱ 2006年1月1日〜2006年12月31日　朝刊
0935　「5年3組リョウタ組」　石田衣良・作　横尾智子・画
　　　　⑱ 2006年2月6日〜2006年11月4日　夕刊
0936　「遊女のあと」　諸田玲子・作　深井国・画
　　　　⑱ 2006年11月6日〜2007年12月28日　夕刊
0937　「新三河物語」　宮城谷昌光・作　村上豊・画

62　新聞連載小説総覧 平成期（1989〜2017）

㊟ 2007年1月1日～2008年8月31日 朝刊
0938 「下天を謀る」 安部龍太郎・作 西のぼる・画
㊟ 2008年1月4日～2009年5月2日 夕刊
0939 「親鸞」 五木寛之・作 山口晃・画
㊟ 2008年9月1日～2009年8月31日 朝刊
0940 「魔王の愛」 宮内勝典・作 大竹伸朗・画
㊟ 2009年5月7日～2010年5月1日 夕刊
0941 「氷山の南」 池澤夏樹・作 影山徹・画
㊟ 2009年9月1日～2010年9月30日 朝刊
0942 「夢違」 恩田陸・作 味戸ケイコ・画
㊟ 2010年5月6日～2011年5月2日 夕刊
0943 「グッバイマイラブ」 佐藤洋二郎・作 酒井信義・画
㊟ 2010年10月1日～2011年11月6日 朝刊
0944 「親鸞 激動篇」 五木寛之・作 山口晃・画
㊟ 2011年1月1日～2011年12月11日 朝刊
0945 「アクアマリンの神殿」 海堂尊・作 深海魚・画
㊟ 2011年5月6日～2012年6月30日 夕刊
0946 「天佑なり」 幸田真音・作 村上豊・画
㊟ 2011年11月7日～2012年12月31日 朝刊
0947 「水軍遥かなり」 加藤廣・作 山崎正夫・画
㊟ 2012年7月1日～2013年9月28日 夕刊
0948 「雨の狩人」 大沢在昌・作 河野治彦・画
㊟ 2013年1月1日～2014年2月28日 朝刊
0949 「親鸞 完結篇」 五木寛之・作 山口晃・画
㊟ 2013年7月1日～2014年7月6日 朝刊
0950 「乙女の家」 朝倉かすみ・作 後藤美月・画
㊟ 2013年9月30日～2014年9月30日 夕刊
0951 「拳の先」 角田光代・作 池田進吾・画
㊟ 2014年3月1日～2015年4月25日 朝刊
0952 「記憶の渚にて」 白石一文・作 井上よう子・画
㊟ 2014年10月1日～2015年12月1日 夕刊
0953 「沈黙法廷」 佐々木譲・作 宮崎光二・画
㊟ 2015年4月26日～2016年6月22日 朝刊
0954 「ウォーターゲーム」 吉田修一・作 下田昌克・画

神奈川新聞（神奈川県）　　　　新聞社別一覧　　　　0955～0968

　　　⊕ 2015年12月2日～2016年11月4日　夕刊
0955　「影ぞ恋しき」　葉室麟・作　西のぼる・画
　　　⊕ 2016年6月23日～2017年7月31日　朝刊
0956　「三島屋変調百物語 あやかし草紙」　宮部みゆき・作　原田維夫・画
　　　⊕ 2016年11月5日～2017年10月31日　夕刊
0957　「とめどなく囁く」　桐野夏生・作　内澤旬子・画
　　　⊕ 2017年8月1日～連載中　朝刊
0958　「緋の河」　桜木紫乃・作　赤津ミワコ・画
　　　⊕ 2017年11月1日～連載中　夕刊

神奈川県

神奈川新聞

0959　「青雲を行く」　三好徹・作　中江蒼・画
　　　⊕ 1989年8月13日～1990年7月27日　朝刊
0960　「ここに地終わり海始まる」　宮本輝・作　大竹明輝・画
　　　⊕ 1990年7月28日～1991年4月8日　朝刊
0961　「白く輝く道」　平岩弓枝・作　伊勢田邦貴・画
　　　⊕ 1991年4月9日～1992年1月12日　朝刊
0962　「海の司令官―小西行長―」　白石一郎・作　としフクダ・画
　　　⊕ 1992年1月13日～1993年2月2日　朝刊
0963　「海の蝶」　高橋治・作　横塚繁・画
　　　⊕ 1993年2月3日～1994年2月16日　朝刊
0964　「翼ある船は」　内海隆一郎・作　峰岸達・画
　　　⊕ 1994年2月17日～1994年11月3日　朝刊
0965　「推定有罪」　笹倉明・作　辰巳四郎・画
　　　⊕ 1994年11月4日～1995年8月28日　朝刊
0966　「空白の瞬間」　安西篤子・作　船山滋生・画
　　　⊕ 1995年8月29日～1996年6月2日　朝刊
0967　「水葬海流」　今井泉・作　岐部隆・画
　　　⊕ 1996年6月3日～1997年2月5日　朝刊
0968　「浅き夢見し」　赤瀬川隼・作　小林秀美・画
　　　⊕ 1997年2月6日～1997年10月25日　朝刊

64　新聞連載小説総覧 平成期（1989～2017）

| | | 新聞社別一覧 | 神奈川新聞（神奈川県） |

0969 「人魚を食べた女」　山崎洋子・作　白石むつみ・画
　　　　⚟ 1997年10月26日～1998年6月30日　朝刊

0970 「銀行 男たちの決断」　山田智彦・作　小野利明・画
　　　　⚟ 1998年7月1日～1999年8月15日　朝刊

0971 「猫月夜」　立松和平・作　横松桃子・画
　　　　⚟ 1999年8月17日～2000年10月6日　朝刊

0972 「小説 小栗上野介」　童門冬二・作　伊野孝行・画
　　　　⚟ 2000年10月7日～2001年9月30日　朝刊

0973 「私説 山田五十鈴」　升本喜年・作　坂井榮雄・画
　　　　⚟ 2001年10月1日～2002年9月15日　朝刊

0974 「くろふね」　佐々木譲・作　高橋晴雅・画
　　　　⚟ 2002年9月16日～2003年8月29日　朝刊

0975 「銀行特命捜査」　池井戸潤・作　河野治彦・画
　　　　⚟ 2003年8月30日～2004年8月3日　朝刊

0976 「一夜城戦譜」　祖父江一郎・作　河野健一郎・画
　　　　⚟ 2004年8月5日～2005年8月6日　朝刊

0977 「きのうの世界」　恩田陸・作　鈴木理策〔写真〕
　　　　⚟ 2005年8月7日～2006年6月27日　朝刊

0978 「夕映え」　宇江佐真理・作　室谷雅子・画
　　　　⚟ 2006年6月29日～2007年4月17日　朝刊

0979 「造花の蜜」　連城三紀彦・作　板垣しゅん・画
　　　　⚟ 2007年4月19日～2008年4月1日　朝刊

0980 「湘南七里ケ浜物語―日周変動」　軍司貞則・作
　　　　⚟ 2008年4月2日～2009年8月31日　朝刊

0981 「三人の二代目」　堺屋太一・作　大津英敏・画
　　　　⚟ 2009年9月1日～2010年12月31日　朝刊

0982 「親鸞 激動篇」　五木寛之・作　山口晃・画
　　　　⚟ 2011年1月1日～2011年12月11日　朝刊

0983 「55歳からのハローライフ」　村上龍・作　村上龍・画
　　　　⚟ 2011年12月13日～2012年7月8日　朝刊

0984 「わが槍を捧ぐ」　鈴木英治・作　渡邊ちょんと・画
　　　　⚟ 2012年7月10日～2013年1月8日　朝刊

0985 「めだか、太平洋を往け」　重松清・作　小林万希子・画
　　　　⚟ 2013年1月9日～2013年10月22日　朝刊

0986 「ヤマンタカ 新伝・大菩薩峠」　夢枕獏・作　西風・画
[連] 2013年10月23日〜2015年2月13日 朝刊

0987 「料理通異聞」　松井今朝子・作　いずみ朔庵・画
[連] 2015年2月14日〜2015年8月23日 朝刊

0988 「バルス」　楡周平・作　岡田航也・画
[連] 2015年8月24日〜2016年5月10日 朝刊

0989 「風は西から」　村山由佳・作　わたべめぐみ・画
[連] 2016年5月11日〜2017年3月24日 朝刊

0990 「雨上がりの川」　森沢明夫・作　オカヤイヅミ・画
[連] 2017年3月25日〜2017年12月3日 朝刊

0991 「茶聖」　伊東潤・作　渡邊ちょんと・画
[連] 2017年12月4日〜連載中 朝刊

中部

新潟県

新潟日報

0992 「泥棒令嬢とペテン紳士」　高橋三千綱・作　鈴木慶夫・画
　　　⓪ 1989年7月28日～1990年8月3日　夕刊

0993 「武神の階―名将・上杉謙信―」　津本陽・作　鴇田幹・画
　　　⓪ 1990年1月25日～1990年12月18日　朝刊

0994 「湖のある街」　林真理子・作　粕谷侑子・画
　　　⓪ 1990年12月19日～1991年11月20日　夕刊

0995 「虹の刺客」　森村誠一・作　福田隆義・画
　　　⓪ 1990年12月19日～1992年3月6日　朝刊

0996 「天狗藤吉郎」　山田智彦・作　堂昌一・画
　　　⓪ 1992年3月7日～1993年6月22日　朝刊

0997 「流氷の墓場」　村松友視・作　成瀬数富・画
　　　⓪ 1992年6月1日～1993年3月23日　夕刊

0998 「藍の風紋」　高橋玄洋・作　水戸成幸・画
　　　⓪ 1993年3月24日～1993年12月27日　夕刊

0999 「海の蝶」　高橋治・作　横塚繁・画
　　　⓪ 1993年6月23日～1994年7月4日　朝刊

1000 「父と子の荒野」　小林久三・作　依光隆・画
　　　⓪ 1994年1月4日～1994年11月30日　夕刊

1001 「天狗風」　宮部みゆき・作　矢野徳・画
　　　⓪ 1994年7月5日～1995年7月3日　朝刊

1002 「エンドレスピーク―遠い嶺―」　森村誠一・作　安岡旦・画
　　　⓪ 1994年12月1日～1996年3月8日　夕刊

1003 「聖将上杉謙信」　小松重男・作　田村元・画
　　　⓪ 1995年7月4日～1996年3月17日　朝刊

1004 「夜明け前の女たち」　童門冬二・作　伊勢田邦貴・画
　　　⓪ 1996年3月9日～1997年3月19日　夕刊

新潟日報（新潟県）　　　新聞社別一覧　　　*1005〜1021*

1005 「空白の瞬間」　安西篤子・作　船山滋生・画
　　㊂ 1996年3月18日〜1996年12月22日　朝刊

1006 「阿修羅の海」　浅田次郎・作　柳沢達朗・画
　　㊂ 1996年12月23日〜1997年12月13日　朝刊

1007 「赤かぶ検事奮闘記 三人の酒呑童子」　和久峻三・作　たまいいずみ・画
　　㊂ 1997年3月21日〜1998年2月28日　夕刊

1008 「時空伝奇 瀧夜叉姫」　井沢元彦・作　北村公司・画
　　㊂ 1997年12月14日〜1998年10月22日　朝刊

1009 「火怨―北の耀星 アテルイ」　高橋克彦・作　吉田光彦・画
　　㊂ 1998年3月2日〜1999年9月24日　夕刊

1010 「屈折率」　佐々木譲・作　日置由美子・画
　　㊂ 1998年10月23日〜1999年7月7日　朝刊

1011 「黒衣の宰相―小説・金地院崇伝」　火坂雅志・作　西のぼる・画
　　㊂ 1999年7月8日〜2000年10月7日　朝刊

1012 「猫月夜」　立松和平・作　横松桃子・画
　　㊂ 1999年9月25日〜2001年2月10日　夕刊

1013 「世なおし廻状」　高橋義夫・作　鴇田幹・画
　　㊂ 2000年10月8日〜2001年8月14日　朝刊

1014 「狐闇」　北森鴻・作　北谷しげひさ・画
　　㊂ 2001年2月13日〜2001年12月10日　夕刊

1015 「花に背いて」　鈴木由紀子・作　吉田光彦・画
　　㊂ 2001年8月15日〜2002年3月26日　朝刊

1016 「相剋の森」　熊谷達也・作　高山文孝・画
　　㊂ 2001年12月11日〜2003年1月21日　夕刊

1017 「ダローガ」　藤沢周・作　鈴木力・画
　　㊂ 2002年3月27日〜2003年1月14日　朝刊

1018 「海続く果て 人間 山本五十六」　工藤美代子・作　〔写真〕
　　㊂ 2003年1月15日〜2004年1月9日　朝刊

1019 「猫の似づら絵師」　出久根達郎・作　磯倉哲・画
　　㊂ 2003年1月22日〜2003年10月17日　夕刊

1020 「銀行特命捜査」　池井戸潤・作　河野治彦・画
　　㊂ 2003年10月20日〜2004年12月1日　夕刊

1021 「天地人」　火坂雅志・作　中村麻美・画
　　㊂ 2004年1月10日〜2005年4月26日　朝刊

68　新聞連載小説総覧 平成期（1989〜2017）

1022	「坊っちやん」	夏目漱石・作	丹羽和子・画
	邇 2004年2月3日〜2004年4月9日 火曜〜土曜朝刊		
1023	「山椒大夫」	森鷗外・作	西のぼる・画
	邇 2004年4月13日〜2004年5月1日 火曜〜土曜朝刊		
1024	「トロツコ」	芥川龍之介・作	蓬田やすひろ・画
	邇 2004年5月5日〜2004年5月7日 火曜〜土曜朝刊		
1025	「蜘蛛の糸」	芥川龍之介・作	蓬田やすひろ・画
	邇 2004年5月11日〜2004年5月12日 火曜〜土曜朝刊		
1026	「河童」	芥川龍之介・作	蓬田やすひろ・画
	邇 2004年5月13日〜2004年6月18日 火曜〜土曜朝刊		
1027	「銀河鉄道の夜」	宮沢賢治・作	畑中純・画
	邇 2004年6月22日〜2004年7月27日 火曜〜土曜朝刊		
1028	「風の又三郎」	宮沢賢治・作	畑中純・画
	邇 2004年7月28日〜2004年8月25日 火曜〜土曜朝刊		
1029	「走れメロス」	太宰治・作	作田えつ子・画
	邇 2004年8月27日〜2004年9月4日 火曜〜土曜朝刊		
1030	「瘤取り」	太宰治・作	作田えつ子・画
	邇 2004年9月7日〜2004年9月15日 火曜〜土曜朝刊		
1031	「雪の夜の話」	太宰治・作	作田えつ子・画
	邇 2004年9月16日〜2004年9月21日 火曜〜土曜朝刊		
1032	「おしゃれ童子」	太宰治・作	作田えつ子・画
	邇 2004年9月21日〜2004年9月24日 火曜〜土曜朝刊		
1033	「富嶽百景」	太宰治・作	作田えつ子・画
	邇 2004年9月25日〜2004年10月8日 火曜〜土曜朝刊		
1034	「花のき村と盗人たち」	新美南吉・作	かすや昌宏・画
	邇 2004年10月13日〜2004年10月22日 火曜〜土曜朝刊		
1035	「和太郎さんと牛」	新美南吉・作	かすや昌宏・画
	邇 2004年10月23日〜2004年11月5日 火曜〜土曜朝刊		
1036	「手袋を買ひに」	新美南吉・作	かすや昌宏・画
	邇 2004年11月6日〜2004年11月10日 火曜〜土曜朝刊		
1037	「ごん狐」	新美南吉・作	かすや昌宏・画
	邇 2004年11月11日〜2004年11月16日 火曜〜土曜朝刊		
1038	「幻談」	幸田露伴・作	西のぼる・画
	邇 2004年11月18日〜2004年12月3日 火曜〜土曜朝刊		

新潟日報（新潟県）	新聞社別一覧	*1039〜1055*

1039 「よろしく」　嵐山光三郎・作　安西水丸・画
　　　㊙ 2004年12月2日〜2005年11月1日　夕刊

1040 「観画談」　幸田露伴・作　西のぼる・画
　　　㊙ 2004年12月4日〜2004年12月18日　火曜〜土曜朝刊

1041 「蘆声」　幸田露伴・作　西のぼる・画
　　　㊙ 2004年12月21日〜2004年12月30日　火曜〜土曜朝刊

1042 「高野聖」　泉鏡花・作　安里英晴・画
　　　㊙ 2005年1月5日〜2005年2月11日　火曜〜土曜朝刊

1043 「杜子春」　芥川龍之介・作　蓬田やすひろ・画
　　　㊙ 2005年2月12日〜2005年2月22日　火曜〜土曜朝刊

1044 「鼻」　芥川龍之介・作　蓬田やすひろ・画
　　　㊙ 2005年2月23日〜2005年2月28日　火曜〜土曜朝刊

1045 「羅生門」　芥川龍之介・作　蓬田やすひろ・画
　　　㊙ 2005年3月1日〜2005年3月4日　火曜〜土曜朝刊

1046 「セロ弾きのゴーシュ」　宮沢賢治・作　畑中純・画
　　　㊙ 2005年3月5日〜2005年3月16日　火曜〜土曜朝刊

1047 「注文の多い料理店」　宮沢賢治・作　畑中純・画
　　　㊙ 2005年3月17日〜2005年3月22日　火曜〜土曜朝刊

1048 「吾輩は猫である」　夏目漱石・作　丹羽和子・画
　　　㊙ 2005年3月23日〜2006年4月7日　火曜〜土曜朝刊

1049 「魔物」　大沢在昌・作　河野治彦・画
　　　㊙ 2005年4月27日〜2006年6月22日　朝刊

1050 「絆」　江上剛・作　管野研一・画
　　　㊙ 2005年11月2日〜2006年11月16日　夕刊

1051 「放浪記」　林芙美子・作　高藤暁子・画
　　　㊙ 2006年4月11日〜2006年7月26日　火曜〜土曜朝刊

1052 「恋雪譜 良寛と貞心尼」　工藤美代子・作　小林新一〔写真〕, 柴田長俊・画
　　　㊙ 2006年6月23日〜2007年6月25日　朝刊

1053 「夜叉ケ池」　泉鏡花・作　安里英晴・画
　　　㊙ 2006年7月27日〜2006年9月1日　火曜〜土曜朝刊

1054 「水仙」　太宰治・作　作田えつ子・画
　　　㊙ 2006年9月5日〜2006年9月15日　火曜〜土曜朝刊

1055 「貧の意地」　太宰治・作　作田えつ子・画
　　　㊙ 2006年9月19日〜2006年9月27日　火曜〜土曜朝刊

70　新聞連載小説総覧 平成期（1989〜2017）

| | 新聞社別一覧 | 新潟日報（新潟県） |

1056〜1072

1056 「風と光と二十の私と」　坂口安吾・作　〔写真〕
　　　㊸ 2006年10月11日〜2006年10月25日　火曜〜土曜朝刊

1057 「桜の森の満開の下」　坂口安吾・作　坂口綱男〔写真〕
　　　㊸ 2006年10月26日〜2006年11月15日　火曜〜土曜朝刊

1058 「肝臓先生」　坂口安吾・作　〔写真〕
　　　㊸ 2006年11月16日〜2006年12月13日　火曜〜土曜朝刊

1059 「オー！ ファーザー」　伊坂幸太郎・作　遠藤拓人・画
　　　㊸ 2006年11月17日〜2007年12月13日　夕刊

1060 「造花の蜜」　連城三紀彦・作　板垣しゅん・画
　　　㊸ 2007年6月26日〜2008年6月8日　朝刊

1061 「これから」　杉山隆男・作　森流一郎・画
　　　㊸ 2007年12月14日〜2008年10月25日　夕刊

1062 「高麗之郡古志の路」　中野不二男・作
　　　㊸ 2008年3月25日〜2009年3月6日　朝刊

1063 「瓦版屋つれづれ日誌」　池永陽・作　牧野伊三夫・画
　　　㊸ 2008年6月10日〜2008年9月10日　朝刊

1064 「親鸞」　五木寛之・作　山口晃・画
　　　㊸ 2008年9月1日〜2009年8月31日　朝刊

1065 「真田三代」　火坂雅志・作　安芸良・画
　　　㊸ 2009年7月1日〜2010年12月31日　朝刊

1066 「三人の二代目」　堺屋太一・作　大津英敏・画
　　　㊸ 2009年9月1日〜2010年12月31日　朝刊

1067 「かんかん橋を渡ったら」　あさのあつこ・作　佐藤みき・画
　　　㊸ 2011年1月1日〜2011年11月30日　朝刊

1068 「親鸞 激動篇」　五木寛之・作　山口晃・画
　　　㊸ 2011年1月1日〜2011年12月11日　朝刊

1069 「55歳からのハローライフ」　村上龍・作　村上龍・画
　　　㊸ 2011年12月13日〜2012年7月8日　朝刊

1070 「正妻 慶喜と美賀子」　林真理子・作　山口はるみ・画
　　　㊸ 2011年12月13日〜2012年12月9日　朝刊

1071 「夢をまことに」　山本兼一・作　熊田正男・画
　　　㊸ 2012年7月10日〜2013年6月23日　朝刊

1072 「紫匂う」　葉室麟・作　村田涼平・画
　　　㊸ 2012年12月11日〜2013年6月30日　朝刊

新聞連載小説総覧 平成期（1989〜2017）　**71**

新潟日報（新潟県）　　　　　新聞社別一覧　　　　　*1073〜1087*

1073 「はなとゆめ」　冲方丁・作　遠田志帆・画
　　　㊐2013年1月7日〜2013年10月23日　朝刊

1074 「サーカスナイト」　よしもとばなな・作　秋山花・画
　　　㊐2013年7月1日〜2014年1月31日　朝刊

1075 「親鸞 完結篇」　五木寛之・作　山口晃・画
　　　㊐2013年7月1日〜2014年7月6日　朝刊

1076 「ヤマンタカ 新伝・大菩薩峠」　夢枕獏・作　西風・画
　　　㊐2013年10月28日〜2015年9月24日　夕刊

1077 「かんかん橋の向こう側」　あさのあつこ・作　佐藤みき・画
　　　㊐2014年2月10日〜2014年12月31日　朝刊

1078 「御用船帰還せず」　相場英雄・作　渡邊ちょんと・画
　　　㊐2014年7月8日〜2015年2月7日　朝刊

1079 「竜と流木」　篠田節子・作　足立ゆうじ・画
　　　㊐2015年1月1日〜2015年7月21日　朝刊

1080 「河井継之助 龍が哭く」　秋山香乃・作　中村麻美・画
　　　㊐2015年2月10日〜2016年1月31日　朝刊

1081 「バルス」　楡周平・作　岡田航也・画
　　　㊐2015年7月22日〜2016年4月6日　朝刊

1082 「家康」　安部龍太郎・作　正子公也・画
　　　㊐2016年2月1日〜2016年12月4日　朝刊

1083 「むーさんの背中」　ねじめ正一・作　満岡玲子・画
　　　㊐2016年4月7日〜2016年12月14日　朝刊

1084 「風神雷神 Juppiter, Aeolus」　原田マハ・作　森美夏・画
　　　㊐2016年12月5日〜2018年3月26日　朝刊

1085 「ことことこーこ」　阿川佐和子・作　土橋とし子・画
　　　㊐2016年12月15日〜2017年9月3日　朝刊

1086 「家康 不惑篇」　安部龍太郎・作　永井秀樹・画
　　　㊐2017年9月4日〜連載中　朝刊

1087 「輝山」　澤田瞳子・作　いずみ朔庵・画
　　　㊐2018年3月27日〜連載中　朝刊

72　新聞連載小説総覧 平成期（1989〜2017）

富山県

北日本新聞

1088 「正義の剣」　佐木隆三・作　大竹明輝・画
　　　⊕ 1989年4月6日〜1990年2月11日　朝刊

1089 「武神の階―名将・上杉謙信―」　津本陽・作　鴇田幹・画
　　　⊕ 1990年1月16日〜1991年2月14日　夕刊

1090 「決戦の時」　遠藤周作・作　秋野卓美・画
　　　⊕ 1990年2月12日〜1990年12月15日　朝刊

1091 「虹の刺客」　森村誠一・作　福田隆義・画
　　　⊕ 1990年12月16日〜1992年3月4日　朝刊

1092 「湖のある街」　林真理子・作　粕谷侑子・画
　　　⊕ 1991年2月15日〜1992年1月21日　夕刊

1093 「やさしい季節」　赤川次郎・作　山本タカト・画
　　　⊕ 1992年1月22日〜1993年1月25日　夕刊

1094 「天狗藤吉郎」　山田智彦・作　堂昌一・画
　　　⊕ 1992年3月5日〜1993年6月19日　朝刊

1095 「海の蝶」　高橋治・作　横塚繁・画
　　　⊕ 1993年1月26日〜1994年4月19日　夕刊

1096 「恨みし人も」　高橋義夫・作　大竹明輝・画
　　　⊕ 1993年6月20日〜1994年5月16日　朝刊

1097 「無明山脈」　梓林太郎・作　柳沢達朗・画
　　　⊕ 1994年4月20日〜1995年3月8日　夕刊

1098 「独眼竜政宗」　津本陽・作　畑農照雄・画
　　　⊕ 1994年5月17日〜1995年5月19日　朝刊

1099 「夢の工房」　真保裕一・作　北村公司・画
　　　⊕ 1995年3月9日〜1996年1月25日　夕刊

1100 「聖将上杉謙信」　小松重男・作　田村元・画
　　　⊕ 1995年5月20日〜1996年2月1日　朝刊

1101 「空飛ぶ虚ろ舟」　古川薫・作　西のぼる・画
　　　⊕ 1996年1月26日〜1996年10月2日　夕刊

1102 「くちづけ」　赤川次郎・作　矢野徳・画

北日本新聞（富山県）　　　新聞社別一覧　　　*1103〜1118*

　　　　⑱ 1996年2月2日〜1996年11月12日　朝刊
1103「名君の碑」　中村彰彦・作　鴇田幹・画
　　　　⑱ 1996年10月4日〜1998年1月8日　夕刊
1104「浅き夢見し」　赤瀬川隼・作　小林秀美・画
　　　　⑱ 1996年11月13日〜1997年7月31日　朝刊
1105「幸福の船」　平岩弓枝・作　深井国・画
　　　　⑱ 1997年8月1日〜1998年3月26日　朝刊
1106「青濤」　北原亞以子・作　福田トシオ・画
　　　　⑱ 1998年1月9日〜1999年3月15日　夕刊
1107「神の裁き」　佐木隆三・作　杉山新一・画
　　　　⑱ 1998年3月27日〜1999年2月12日　朝刊
1108「猫月夜」　立松和平・作　横松桃子・画
　　　　⑱ 1999年2月13日〜2000年4月5日　朝刊
1109「敵対狼群」　森村誠一・作　和田義彦・画
　　　　⑱ 1999年3月16日〜2000年7月29日　夕刊
1110「ぼろぼろ三銃士」　永倉萬治・作　真鍋太郎・画
　　　　⑱ 2000年4月6日〜2000年10月9日　朝刊　※最後の一話は永倉有子が
　　　　執筆
1111「乱舞―花の小十郎無双剣」　花家圭太郎・作　熊田正男・画
　　　　⑱ 2000年7月31日〜2001年8月6日　夕刊
1112「ブレイブ・ストーリー」　宮部みゆき・作　謡口早苗・画
　　　　⑱ 2000年10月10日〜2002年1月20日　朝刊
1113「群雲、大坂城へ」　岳宏一郎・作　畑農照雄・画
　　　　⑱ 2001年8月7日〜2003年4月8日　夕刊
1114「果実祭」　和田はつ子・作　加藤孝雄・画
　　　　⑱ 2002年1月21日〜2002年11月18日　朝刊
1115「正義の基準」　森村誠一・作　和田義彦・画
　　　　⑱ 2002年11月19日〜2003年12月4日　朝刊
1116「海続く果て　人間 山本五十六」　工藤美代子・作　〔写真〕
　　　　⑱ 2003年4月9日〜2004年6月15日　夕刊
1117「乱調」　藤田宜永・作　ゴトウヒロシ・画
　　　　⑱ 2003年12月5日〜2004年10月27日　朝刊
1118「京都感情案内」　西村京太郎・作　吉原英雄・画
　　　　⑱ 2004年6月16日〜2005年3月31日　夕刊

| | 新聞社別一覧 | 富山新聞（富山県） |

1119〜1134

1119 「男たちの大和」　辺見じゅん・作　野上祇麿〔ほか〕
　　　㊟ 2005年4月1日〜2006年7月27日　夕刊

1120 「青春の条件」　森村誠一・作　堂昌一・画
　　　㊟ 2006年1月5日〜2007年1月16日　朝刊

1121 「決壊」　高嶋哲夫・作　渡邊伸綱・画
　　　㊟ 2006年7月28日〜2007年7月27日　夕刊

1122 「ゆうとりあ」　熊谷達也・作　山本重也・画
　　　㊟ 2007年1月17日〜2007年11月21日　朝刊

1123 「造花の蜜」　連城三紀彦・作　板垣しゅん・画
　　　㊟ 2007年7月28日〜2008年9月18日　夕刊

1124 「これから」　杉山隆男・作　森流一郎・画
　　　㊟ 2007年11月22日〜2008年8月10日　朝刊

1125 「数えずの井戸」　京極夏彦・作　葛飾北斎・画
　　　㊟ 2008年8月11日〜2009年9月6日　朝刊

1126 「神の手」　久坂部羊・作　柴田長俊, 武田典子・画
　　　㊟ 2008年9月19日〜2009年8月11日　夕刊

1127 「手のひらを太陽に！」　真山仁・作　ゴトウヒロシ・画
　　　㊟ 2009年9月7日〜2010年7月24日　朝刊

1128 「砕かれざるもの」　荒山徹・作　卯月みゆき・画
　　　㊟ 2010年7月25日〜2011年2月16日　朝刊

1129 「かんかん橋を渡ったら」　あさのあつこ・作　佐藤みき・画
　　　㊟ 2011年2月17日〜2012年1月16日　朝刊

1130 「田園発港行き自転車」　宮本輝・作　藤森兼明・画
　　　㊟ 2012年1月1日〜2014年11月2日　日曜朝刊

1131 「風神雷神 Juppiter, Aeolus」　原田マハ・作　森美夏・画
　　　㊟ 2017年1月7日〜連載中　朝刊

富山新聞

1132 「花ある季節」　安西篤子・作　田沢茂・画
　　　㊟ 1989年3月12日〜1989年11月11日　朝刊

1133 「大奥の犬将軍」　筆内幸子・作　小林秀美・画
　　　㊟ 1989年7月11日〜1990年8月22日　朝刊

1134 「銀河動物園」　畑山博・作　水戸成幸・画
　　　㊟ 1989年11月12日〜1990年8月26日　朝刊

富山新聞（富山県）　　　　　新聞社別一覧　　　　　*1135〜1151*

1135　「日本海詩劇 波の翼」　中井安治・作　高野実・画
　　　㊟ 1990年8月23日〜1991年12月29日　朝刊

1136　「幻夏祭」　皆川博子・作　佐々木壮六・画
　　　㊟ 1990年8月27日〜1991年4月29日　朝刊

1137　「丁半国境」　西木正明・作　松井叔生・画
　　　㊟ 1991年4月30日〜1992年2月11日　朝刊

1138　「海の街道」　童門冬二・作　八木義之介・画
　　　㊟ 1992年1月5日〜1992年12月29日　朝刊

1139　「悪の華」　立松和平・作　島谷晃・画
　　　㊟ 1992年2月13日〜1992年11月1日　朝刊

1140　「揺れて」　落合恵子・作　太田國廣・画
　　　㊟ 1992年11月2日〜1993年10月8日　朝刊

1141　「バサラ利家」　津本陽・作　鴇田幹・画
　　　㊟ 1993年1月1日〜1994年12月31日　朝刊

1142　「座礁」　高杉良・作　安岡旦・画
　　　㊟ 1993年1月5日〜1993年11月4日　朝刊

1143　「危険な隣人」　笹沢左保・作　加藤孝雄・画
　　　㊟ 1993年10月9日〜1994年7月30日　朝刊

1144　「父と子の荒野」　小林久三・作　依光隆・画
　　　㊟ 1993年11月5日〜1994年10月7日　朝刊

1145　「面一本」　出久根達郎・作　船久保直樹・画
　　　㊟ 1994年7月31日〜1995年6月18日　朝刊

1146　「推定有罪」　笹倉明・作　辰巳四郎・画
　　　㊟ 1994年10月8日〜1995年9月29日　朝刊

1147　「プラトン学園」　奥泉光・作　小松久子・画
　　　㊟ 1995年6月19日〜1996年1月12日　朝刊

1148　「鉄路有情」　中井安治・作　〔写真〕
　　　㊟ 1995年10月3日〜1996年4月1日　朝刊

1149　「横綱への道 輪島大士物語」　杉森久英・作　三井永一・画
　　　㊟ 1996年1月1日〜1996年12月22日　朝刊

1150　「家族ホテル」　内海隆一郎・作　岩田信夫・画
　　　㊟ 1996年1月13日〜1996年11月19日　朝刊

1151　「乱世が好き」　岳宏一郎・作　熊田正男・画
　　　㊟ 1996年4月2日〜1997年2月25日　朝刊

76　新聞連載小説総覧 平成期（1989〜2017）

1152	「天涯の花」	宮尾登美子・作	大畑稔浩・画
	⓪ 1996年11月20日〜1997年5月24日 朝刊		
1153	「殺意の呼出し」	もりたなるお・作	もりたなるお・画
	⓪ 1997年3月3日〜1997年9月6日 朝刊		
1154	「はちまん」	内田康夫・作	小松久子・画
	⓪ 1997年5月25日〜1998年5月3日 朝刊		
1155	「小説蓮如 此岸の花」	百瀬明治・作	箱崎睦昌・画
	⓪ 1997年9月9日〜1998年4月23日 朝刊		
1156	「異聞おくのほそ道」	童門冬二・作	文月信・画
	⓪ 1998年4月24日〜1999年6月5日 朝刊		
1157	「春の城」	石牟礼道子・作	秀島由己男・画
	⓪ 1998年5月4日〜1999年3月22日 朝刊		
1158	「花婚式」	藤堂志津子・作	井筒啓之・画
	⓪ 1999年3月23日〜1999年10月2日 朝刊		
1159	「十津川警部 愛と死の伝説」	西村京太郎・作	柳沢達朗・画
	⓪ 1999年10月3日〜2000年7月24日 朝刊		
1160	「白梅の匂う闇」	川田弥一郎・作	堂昌一・画
	⓪ 1999年10月21日〜2000年10月14日 朝刊		
1161	「遠ざかる祖国」	逢坂剛・作	堀越千秋・画
	⓪ 2000年7月25日〜2001年8月10日 朝刊		
1162	「瀬越しの半六」	東郷隆・作	安里英晴・画
	⓪ 2000年10月16日〜2001年9月28日 朝刊		
1163	「雁の橋」	澤田ふじ子・作	小沢重行・画
	⓪ 2001年8月11日〜2002年7月22日 朝刊		
1164	「幸福の不等式」	高任和夫・作	なかだえり・画
	⓪ 2001年9月29日〜2002年10月25日 朝刊		
1165	「養安先生、呼ばれ！」	西木正明・作	長友啓典・画
	⓪ 2002年7月23日〜2003年6月2日 朝刊		
1166	「火のみち」	乃南アサ・作	服部純栄・画
	⓪ 2002年10月26日〜2004年2月28日 朝刊		
1167	「梟首の島」	坂東眞砂子・作	北谷しげひさ・画
	⓪ 2003年6月3日〜2004年11月16日 朝刊		
1168	「落葉同盟」	赤川次郎・作	井上あきむ・画
	⓪ 2004年3月1日〜2005年1月24日 朝刊		

富山新聞（富山県）　　　　　新聞社別一覧　　　　　*1169〜1185*

1169　「恋せども、愛せども」　唯川恵・作　メグホソキ・画
　　　　⓪ 2004年4月1日〜2004年10月4日　朝刊

1170　「乾いた魚に濡れた魚」　灰谷健次郎・作　坪谷令子・画
　　　　⓪ 2004年11月17日〜2005年2月13日　朝刊

1171　「よろしく」　嵐山光三郎・作　安西水丸・画
　　　　⓪ 2005年1月25日〜2005年12月20日　朝刊

1172　「隣りの若草さん」　藤本ひとみ・作　朝倉めぐみ・画
　　　　⓪ 2005年2月15日〜2006年5月5日　朝刊

1173　「突破屋」　安東能明・作　北村公司・画
　　　　⓪ 2005年12月21日〜2006年11月21日　朝刊

1174　「藪枯らし純次」　船戸与一・作　小野利明・画
　　　　⓪ 2006年5月7日〜2007年6月19日　朝刊

1175　「いすゞ鳴る」　山本一力・作　原田維夫・画
　　　　⓪ 2006年11月22日〜2008年1月23日　朝刊

1176　「われに千里の思いあり」　中村彰彦・作　宇野信哉・画
　　　　⓪ 2007年1月1日〜2008年12月31日　朝刊

1177　「穂足のチカラ」　梶尾真治・作　サカイノビー・画
　　　　⓪ 2007年6月20日〜2008年7月12日　朝刊

1178　「紙の月」　角田光代・作　満岡玲子・画
　　　　⓪ 2008年1月24日〜2008年9月21日　朝刊

1179　「かあちゃん」　重松清・作　山本祐司, 森英二郎・画
　　　　⓪ 2008年7月13日〜2009年5月10日　朝刊

1180　「ちょちょら」　畠中恵・作　林幸・画
　　　　⓪ 2008年9月23日〜2009年8月26日　朝刊

1181　「金沢城下絵巻・炎天の雪」　諸田玲子・作　横田美砂緒・画
　　　　⓪ 2009年1月1日〜2010年6月30日　朝刊

1182　「ここがロドスだ、ここで跳べ！」　山川健一・作　井上茉莉子・画
　　　　⓪ 2009年5月11日〜2009年8月31日　朝刊

1183　「ルーズヴェルト・ゲーム」　池井戸潤・作　フジモト・ヒデト・画
　　　　⓪ 2009年8月27日〜2010年9月30日　朝刊

1184　「三人の二代目」　堺屋太一・作　大津英敏・画
　　　　⓪ 2009年9月1日〜2010年12月31日　朝刊

1185　「放蕩記」　村山由佳・作　結布・画
　　　　⓪ 2010年7月1日〜2011年6月24日　朝刊

78　新聞連載小説総覧 平成期（1989〜2017）

1186「ペテロの葬列」　宮部みゆき・作　尾崎千春・画
[連] 2010年10月1日～2012年8月9日　朝刊
1187「親鸞 激動篇」　五木寛之・作　山口晃・画
[連] 2011年1月1日～2011年12月11日　朝刊
1188「余命一年の種馬（スタリオン）」　石田衣良・作　楠伸生・画
[連] 2011年6月25日～2012年7月15日　朝刊
1189「女系の総督」　藤田宜永・作　北村裕花・画
[連] 2012年7月16日～2013年8月10日　朝刊
1190「愛ふたたび」　渡辺淳一・作　唐仁原教久・画
[連] 2012年8月14日～2013年3月10日　朝刊
1191「明日の色」　新野剛志・作　亀澤裕也・画
[連] 2013年3月12日～2014年4月26日　朝刊
1192「運命の花びら」　森村誠一・作　板垣しゅん・画
[連] 2013年4月1日～2014年5月20日　朝刊
1193「親鸞 完結篇」　五木寛之・作　山口晃・画
[連] 2013年7月1日～2014年7月6日　朝刊
1194「透明カメレオン」　道尾秀介・作　三木謙次・画
[連] 2013年8月11日～2014年5月22日　朝刊
1195「リーチ先生」　原田マハ・作　佐藤直樹・画
[連] 2014年5月23日～2015年9月5日　朝刊
1196「この日のために」　幸田真音・作　村上豊・画
[連] 2014年6月17日～2015年9月3日　朝刊
1197「政略結婚」　高殿円・作　白浜鷗・画
[連] 2015年9月4日～2016年6月6日　朝刊
1198「東京クルージング」　伊集院静・作　福山小夜・画
[連] 2015年9月6日～2016年7月31日　朝刊
1199「淳子のてっぺん」　唯川恵・作　水上みのり・画
[連] 2016年4月1日～2017年2月20日　朝刊
1200「秀吉の活」　木下昌輝・作　遠藤拓人・画
[連] 2016年6月7日～2017年6月6日　朝刊
1201「ブロードキャスト」　湊かなえ・作　江頭路子・画
[連] 2017年2月21日～2017年9月23日　朝刊
1202「家康 不惑篇」　安部龍太郎・作　永井秀樹・画
[連] 2017年6月7日～連載中　朝刊

1203 「盲剣楼奇譚」　島田荘司・作　崗田屋愉一・画
[連] 2017年9月24日〜連載中 朝刊

石川県

北國新聞

1204 「花ある季節」　安西篤子・作　田沢茂・画
[連] 1989年3月12日〜1989年11月11日 朝刊

1205 「大奥の犬将軍」　筆内幸子・作　小林秀美・画
[連] 1989年7月10日〜1990年8月21日 夕刊

1206 「銀河動物園」　畑山博・作　水戸成幸・画
[連] 1989年11月12日〜1990年8月26日 朝刊

1207 「日本海詩劇 波の翼」　中井安治・作　高野実・画
[連] 1990年8月22日〜1991年12月28日 夕刊

1208 「幻夏祭」　皆川博子・作　佐々木壮六・画
[連] 1990年8月27日〜1991年4月29日 朝刊

1209 「丁半国境」　西木正明・作　松井叔生・画
[連] 1991年4月30日〜1992年2月11日 朝刊

1210 「海の街道」　童門冬二・作　八木義之介・画
[連] 1992年1月4日〜1992年12月28日 夕刊

1211 「悪の華」　立松和平・作　島谷晃・画
[連] 1992年2月13日〜1992年11月1日 朝刊

1212 「揺れて」　落合恵子・作　太田國廣・画
[連] 1992年11月2日〜1993年10月8日 朝刊

1213 「バサラ利家」　津本陽・作　鴇田幹・画
[連] 1993年1月1日〜1994年12月31日 朝刊

1214 「座礁」　高杉良・作　安岡旦・画
[連] 1993年1月4日〜1993年11月2日 夕刊

1215 「危険な隣人」　笹沢左保・作　加藤孝雄・画
[連] 1993年10月9日〜1994年7月30日 朝刊

1216 「父と子の荒野」　小林久三・作　依光隆・画
[連] 1993年11月4日〜1994年10月6日 夕刊

1217 「面一本」　出久根達郎・作　船久保直樹・画

		新聞社別一覧	北國新聞（石川県）

1218～1234

　�連 1994年7月31日～1995年6月18日　朝刊

1218　「推定有罪」　笹倉明・作　辰巳四郎・画

　�連 1994年10月7日～1995年9月28日　夕刊

1219　「プラトン学園」　奥泉光・作　小松久子・画

　�連 1995年6月19日～1996年1月12日　朝刊

1220　「鉄路有情」　中井安治・作　〔写真〕

　�連 1995年10月2日～1996年3月30日　夕刊

1221　「横綱への道 輪島大士物語」　杉森久英・作　三井永一・画

　�連 1996年1月1日～1996年12月22日　朝刊

1222　「家族ホテル」　内海隆一郎・作　岩田信夫・画

　㊻ 1996年1月13日～1996年11月19日　朝刊

1223　「乱世が好き」　岳宏一郎・作　熊田正男・画

　㊻ 1996年4月1日～1997年2月24日　夕刊

1224　「天涯の花」　宮尾登美子・作　大畑稔浩・画

　㊻ 1996年11月20日～1997年5月24日　朝刊

1225　「殺意の呼出し」　もりたなるお・作　もりたなるお・画

　㊻ 1997年3月1日～1997年9月5日　夕刊

1226　「はちまん」　内田康夫・作　小松久子・画

　㊻ 1997年5月25日～1998年5月3日　朝刊

1227　「小説蓮如 此岸の花」　百瀬明治・作　箱崎睦昌・画

　㊻ 1997年9月8日～1998年4月22日　夕刊

1228　「異聞おくのほそ道」　童門冬二・作　文月信・画

　㊻ 1998年4月23日～1999年6月4日　夕刊

1229　「春の城」　石牟礼道子・作　秀島由己男・画

　㊻ 1998年5月4日～1999年3月22日　朝刊

1230　「花婚式」　藤堂志津子・作　井筒啓之・画

　㊻ 1999年3月23日～1999年10月2日　朝刊

1231　「十津川警部 愛と死の伝説」　西村京太郎・作　柳沢達朗・画

　㊻ 1999年10月3日～2000年7月24日　朝刊

1232　「白梅の匂う闇」　川田弥一郎・作　堂昌一・画

　㊻ 1999年10月20日～2000年10月13日　夕刊

1233　「遠ざかる祖国」　逢坂剛・作　堀越千秋・画

　㊻ 2000年7月25日～2001年8月10日　朝刊

1234　「瀬越しの半六」　東郷隆・作　安里英晴・画

新聞連載小説総覧 平成期（1989～2017）　**81**

北國新聞（石川県） 新聞社別一覧 *1235～1251*

　　　　　⊕ 2000年10月14日～2001年9月27日　夕刊
1235「雁の橋」　澤田ふじ子・作　小沢重行・画
　　　　　⊕ 2001年8月11日～2002年7月22日　朝刊
1236「幸福の不等式」　高任和夫・作　なかだえり・画
　　　　　⊕ 2001年9月28日～2002年10月24日　夕刊
1237「養安先生、呼ばれ！」　西木正明・作　長友啓典・画
　　　　　⊕ 2002年7月23日～2003年6月2日　朝刊
1238「火のみち」　乃南アサ・作　服部純栄・画
　　　　　⊕ 2002年10月25日～2004年2月27日　夕刊
1239「梟首の島」　坂東眞砂子・作　北谷しげひさ・画
　　　　　⊕ 2003年6月3日～2004年11月16日　朝刊
1240「落葉同盟」　赤川次郎・作　井上あきむ・画
　　　　　⊕ 2004年2月28日～2005年1月22日　夕刊
1241「恋せども、愛せども」　唯川恵・作　メグホソキ・画
　　　　　⊕ 2004年4月1日～2004年10月4日　朝刊
1242「乾いた魚に濡れた魚」　灰谷健次郎・作　坪谷令子・画
　　　　　⊕ 2004年11月17日～2005年2月13日　朝刊
1243「よろしく」　嵐山光三郎・作　安西水丸・画
　　　　　⊕ 2005年1月24日～2005年12月19日　夕刊
1244「隣りの若草さん」　藤本ひとみ・作　朝倉めぐみ・画
　　　　　⊕ 2005年2月15日～2006年5月5日　朝刊
1245「突破屋」　安東能明・作　北村公司・画
　　　　　⊕ 2005年12月20日～2006年11月20日　夕刊
1246「藪枯らし純次」　船戸与一・作　小野利明・画
　　　　　⊕ 2006年5月7日～2007年6月19日　朝刊
1247「いすゞ鳴る」　山本一力・作　原田維夫・画
　　　　　⊕ 2006年11月21日～2008年1月22日　夕刊
1248「われに千里の思いあり」　中村彰彦・作　宇野信哉・画
　　　　　⊕ 2007年1月1日～2008年12月31日　朝刊
1249「穂足のチカラ」　梶尾真治・作　サカイノビー・画
　　　　　⊕ 2007年6月20日～2008年7月12日　朝刊
1250「紙の月」　角田光代・作　満岡玲子・画
　　　　　⊕ 2008年1月23日～2008年9月20日　夕刊
1251「かあちゃん」　重松清・作　山本祐司, 森英二郎・画

82　新聞連載小説総覧 平成期（1989～2017）

[連] 2008年7月13日～2009年5月10日　朝刊
1252「ちょちょら」　畠中恵・作　林幸・画
[連] 2008年9月22日～2009年8月25日　夕刊
1253「金沢城下絵巻・炎天の雪」　諸田玲子・作　横田美砂緒・画
[連] 2009年1月1日～2010年6月30日　朝刊
1254「ここがロドスだ、ここで跳べ！」　山川健一・作　井上茉莉子・画
[連] 2009年5月11日～2009年8月31日　朝刊
1255「ルーズヴェルト・ゲーム」　池井戸潤・作　フジモト・ヒデト・画
[連] 2009年8月26日～2010年9月29日　夕刊
1256「三人の二代目」　堺屋太一・作　大津英敏・画
[連] 2009年9月1日～2010年12月31日　朝刊
1257「放蕩記」　村山由佳・作　結布・画
[連] 2010年7月1日～2011年6月24日　朝刊
1258「ペテロの葬列」　宮部みゆき・作　尾崎千春・画
[連] 2010年9月30日～2012年8月8日　夕刊
1259「親鸞 激動篇」　五木寛之・作　山口晃・画
[連] 2011年1月1日～2011年12月11日　朝刊
1260「余命一年の種馬（スタリオン）」　石田衣良・作　楠伸生・画
[連] 2011年6月25日～2012年7月15日　朝刊
1261「女系の総督」　藤田宜永・作　北村裕花・画
[連] 2012年7月16日～2013年8月10日　朝刊
1262「愛ふたたび」　渡辺淳一・作　唐仁原教久・画
[連] 2012年8月13日～2013年3月9日　夕刊
1263「明日の色」　新野剛志・作　亀澤裕也・画
[連] 2013年3月11日～2014年4月25日　夕刊
1264「運命の花びら」　森村誠一・作　板垣しゅん・画
[連] 2013年4月1日～2014年5月20日　朝刊
1265「親鸞 完結篇」　五木寛之・作　山口晃・画
[連] 2013年7月1日～2014年7月6日　朝刊
1266「透明カメレオン」　道尾秀介・作　三木謙次・画
[連] 2013年8月11日～2014年5月22日　朝刊
1267「リーチ先生」　原田マハ・作　佐藤直樹・画
[連] 2014年5月23日～2015年9月5日　朝刊
1268「この日のために」　幸田真音・作　村上豊・画

福井新聞（福井県）　　　　新聞社別一覧　　　　*1269～1282*

　　　　　㊣ 2014年6月16日～2015年9月2日　夕刊
1269「政略結婚」　高殿円・作　白浜鴎・画
　　　　　㊣ 2015年9月3日～2016年6月4日　夕刊
1270「東京クルージング」　伊集院静・作　福山小夜・画
　　　　　㊣ 2015年9月6日～2016年7月31日　朝刊
1271「淳子のてっぺん」　唯川恵・作　水上みのり・画
　　　　　㊣ 2016年4月1日～2017年2月20日　朝刊
1272「秀吉の活」　木下昌輝・作　遠藤拓人・画
　　　　　㊣ 2016年6月7日～2017年6月5日　夕刊
1273「ブロードキャスト」　湊かなえ・作　江頭路子・画
　　　　　㊣ 2017年2月21日～2017年9月23日　朝刊
1274「家康 不惑篇」　安部龍太郎・作　永井秀樹・画
　　　　　㊣ 2017年6月6日～連載中　夕刊
1275「盲剣楼奇譚」　島田荘司・作　崗田屋愉一・画
　　　　　㊣ 2017年9月24日～連載中　朝刊

福井県

福井新聞

1276「泥棒令嬢とペテン紳士」　高橋三千綱・作　鈴木慶夫・画
　　　　　㊣ 1989年6月16日～1990年4月24日　朝刊
1277「ここに地終わり海始まる」　宮本輝・作　大竹明輝・画
　　　　　㊣ 1990年4月25日～1991年1月4日　朝刊
1278「鐘―かね―」　内田康夫・作　船山滋生・画
　　　　　㊣ 1991年1月5日～1991年8月16日　朝刊
1279「華麗なる対決」　小杉健治・作　大竹明輝・画
　　　　　㊣ 1991年8月17日～1992年4月7日　朝刊
1280「やさしい季節」　赤川次郎・作　山本タカト・画
　　　　　㊣ 1992年4月8日～1993年2月11日　朝刊
1281「藍の風紋」　高橋玄洋・作　水戸成幸・画
　　　　　㊣ 1993年2月13日～1993年10月7日　朝刊
1282「翔んでる警視正 オリエント急行事件簿」　胡桃沢耕史・作　川池くるみ・画

84　新聞連載小説総覧 平成期（1989～2017）

1283〜1299　　　　　　　新聞社別一覧　　　　　　**福井新聞（福井県）**

　　　⊕ 1993年10月8日〜1994年3月27日　朝刊

1283　「水仙は見ていた」　馬田昌保・作　志田弥広・画

　　　⊕ 1994年3月1日〜1995年2月7日　朝刊

1284　「みどりの光芒」　小嵐九八郎・作　磯倉哲・画

　　　⊕ 1995年2月8日〜1995年10月23日　朝刊

1285　「空白の瞬間」　安西篤子・作　船山滋生・画

　　　⊕ 1995年10月24日〜1996年7月28日　朝刊

1286　「揚羽の蝶」　佐藤雅美・作　横塚繁・画

　　　⊕ 1996年7月29日〜1997年6月3日　朝刊

1287　「ヤマダ一家の辛抱」　群ようこ・作　土橋とし子・画

　　　⊕ 1997年6月4日〜1998年2月17日　朝刊

1288　「青濤」　北原亞以子・作　福田トシオ・画

　　　⊕ 1998年2月18日〜1999年2月12日　朝刊

1289　「猫月夜」　立松和平・作　横松桃子・画

　　　⊕ 1999年2月13日〜2000年4月5日　朝刊

1290　「ブレイブ・ストーリー」　宮部みゆき・作　謡口早苗・画

　　　⊕ 2000年4月6日〜2001年7月17日　朝刊

1291　「緩やかな反転」　新津きよみ・作　ばば・のりこ・画

　　　⊕ 2001年7月18日〜2002年6月13日　朝刊

1292　「鋼鉄の叫び」　鈴木光司・作　福山小夜・画

　　　⊕ 2002年6月14日〜2003年5月5日　朝刊

1293　「永遠の朝の暗闇」　岩井志麻子・作　横松桃子・画

　　　⊕ 2003年5月7日〜2004年1月10日　朝刊

1294　「乱調」　藤田宜永・作　ゴトウヒロシ・画

　　　⊕ 2004年5月14日〜2005年4月4日　朝刊

1295　「魔物」　大沢在昌・作　河野治彦・画

　　　⊕ 2005年4月5日〜2006年5月29日　朝刊

1296　「恋雪譜 良寛と貞心尼」　工藤美代子・作　小林新一〔写真〕, 柴田長俊・画

　　　⊕ 2006年5月30日〜2007年5月31日　朝刊

1297　「造花の蜜」　連城三紀彦・作　板垣しゅん・画

　　　⊕ 2007年6月1日〜2008年5月15日　朝刊

1298　「これから」　杉山隆男・作　森流一郎・画

　　　⊕ 2008年5月11日〜2009年2月2日　朝刊

1299　「瓦版屋つれづれ日誌」　池永陽・作　牧野伊三夫・画

山梨日日新聞（山梨県）　　　　新聞社別一覧　　　　*1300〜1313*

　　　⊕ 2009年2月3日〜2009年9月12日　朝刊
1300　「三人の二代目」　堺屋太一・作　大津英敏・画
　　　⊕ 2009年9月1日〜2010年12月31日　朝刊
1301　「家康の子」　植松三十里・作　勢克史・画
　　　⊕ 2011年1月1日〜2011年7月29日　朝刊
1302　「親鸞 激動篇」　五木寛之・作　山口晃・画
　　　⊕ 2011年1月1日〜2011年12月11日　朝刊
1303　「55歳からのハローライフ」　村上龍・作　村上龍・画
　　　⊕ 2011年12月13日〜2012年7月8日　朝刊
1304　「愛ふたたび」　渡辺淳一・作　唐仁原教久・画
　　　⊕ 2012年7月10日〜2012年12月9日　朝刊
1305　「はなとゆめ」　冲方丁・作　遠田志帆・画
　　　⊕ 2012年12月11日〜2013年7月1日　朝刊
1306　「親鸞 完結篇」　五木寛之・作　山口晃・画
　　　⊕ 2013年7月1日〜2014年7月6日　朝刊
1307　「この日のために」　幸田真音・作　村上豊・画
　　　⊕ 2014年7月8日〜2015年7月10日　朝刊
1308　「家康」　安部龍太郎・作　正子公也・画
　　　⊕ 2015年7月11日〜2016年5月15日　朝刊
1309　「秀吉の活」　木下昌輝・作　遠藤拓人・画
　　　⊕ 2016年5月16日〜2017年3月12日　朝刊
1310　「わが殿」　畠中恵・作　山本祥子・画
　　　⊕ 2017年3月13日〜連載中　朝刊

山梨県

山梨日日新聞

1311　「桜田門外ノ変」　吉村昭・作　中一弥・画
　　　⊕ 1989年5月19日〜1990年3月30日　朝刊
1312　「もう一つの旅路」　阿部牧郎・作　守田勝治・画
　　　⊕ 1989年8月18日〜1990年5月31日　朝刊
1313　「武神の階—名将・上杉謙信—」　津本陽・作　鴇田幹・画
　　　⊕ 1990年3月31日〜1991年2月21日　朝刊

1314	「陽炎の巫女たち」 宮原昭夫・作 伊藤青子・画	
	連 1990年6月1日〜1990年11月5日 朝刊	
1315	「鐘―かね―」 内田康夫・作 船山滋生・画	
	連 1990年11月6日〜1991年6月18日 朝刊	
1316	「虹の刺客」 森村誠一・作 福田隆義・画	
	連 1991年2月22日〜1992年5月12日 朝刊	
1317	「湖のある街」 林真理子・作 粕谷侑子・画	
	連 1991年6月19日〜1992年3月28日 朝刊	
1318	「やさしい季節」 赤川次郎・作 山本タカト・画	
	連 1992年3月29日〜1993年2月1日 朝刊	
1319	「余燼」 北方謙三・作 中一弥・画	
	連 1992年5月18日〜1993年7月4日 朝刊	
1320	「海の蝶」 高橋治・作 横塚繁・画	
	連 1993年7月5日〜1994年7月17日 朝刊	
1321	「天狗風」 宮部みゆき・作 矢野徳・画	
	連 1994年7月18日〜1995年7月16日 朝刊	
1322	「幕末維新 風雲録」 今川徳三・作 鴇田幹・画	
	連 1994年10月6日〜1995年3月23日 朝刊	
1323	「西郷首」 西木正明・作 鈴木透・画	
	連 1995年6月1日〜1996年2月14日 朝刊	
1324	「空飛ぶ虚ろ舟」 古川薫・作 西のぼる・画	
	連 1995年7月17日〜1996年3月13日 朝刊	
1325	「揚羽の蝶」 佐藤雅美・作 横塚繁・画	
	連 1996年3月14日〜1997年1月18日 朝刊	
1326	「名君の碑」 中村彰彦・作 鴇田幹・画	
	連 1997年1月19日〜1998年2月3日 朝刊	
1327	「青濤」 北原亞以子・作 福田トシオ・画	
	連 1998年2月4日〜1999年1月29日 朝刊	
1328	「屈折率」 佐々木譲・作 日置由美子・画	
	連 1999年1月30日〜1999年10月15日 朝刊	
1329	「つま恋」 井沢満・作 本くに子・画	
	連 1999年10月16日〜2000年7月19日 朝刊	
1330	「乱舞―花の小十郎無双剣」 花家圭太郎・作 熊田正男・画	
	連 2000年7月20日〜2001年5月15日 朝刊	

1331「私説 山田五十鈴」　升本喜年・作　坂井榮雄・画
㊇ 2001年5月16日〜2002年4月20日　朝刊
1332「果実祭」　和田はつ子・作　加藤孝雄・画
㊇ 2002年4月21日〜2003年2月7日　朝刊
1333「火のみち」　乃南アサ・作　服部純栄・画
㊇ 2003年2月8日〜2004年3月5日　朝刊
1334「落葉同盟」　赤川次郎・作　井上あきむ・画
㊇ 2004年3月6日〜2004年11月25日　朝刊
1335「金の日、銀の月」　井沢満・作　毬月絵美・画
㊇ 2005年5月27日〜2006年2月3日　朝刊
1336「摘蕾の果て」　大崎善生・作　森流一郎・画
㊇ 2006年2月4日〜2006年9月15日　朝刊
1337「決壊」　高嶋哲夫・作　渡邊伸綱・画
㊇ 2006年9月16日〜2007年7月7日　朝刊
1338「新徴組」　佐藤賢一・作　安里英晴・画
㊇ 2007年7月8日〜2008年8月10日　朝刊
1339「親鸞」　五木寛之・作　山口晃・画
㊇ 2008年9月1日〜2009年8月31日　朝刊
1340「県庁おもてなし課」　有川浩・作　大矢正和・画
㊇ 2009年9月1日〜2010年5月8日　朝刊
1341「化合一警視庁科学特捜班序章」　今野敏・作　小沢信一・画
㊇ 2010年5月9日〜2010年12月20日　朝刊
1342「親鸞 激動篇」　五木寛之・作　山口晃・画
㊇ 2011年1月1日〜2011年12月11日　朝刊
1343「正妻 慶喜と美賀子」　林真理子・作　山口はるみ・画
㊇ 2011年12月13日〜2012年12月9日　朝刊
1344「朝ごはん」　川上健一・作　阪本トクロウ・画
㊇ 2012年1月5日〜2012年8月6日　朝刊
1345「めだか、太平洋を往け」　重松清・作　小林万希子・画
㊇ 2012年12月11日〜2013年9月24日　朝刊
1346「サーカスナイト」　よしもとばなな・作　秋山花・画
㊇ 2013年9月25日〜2014年4月26日　朝刊
1347「愛犬ゼルダの旅立ち」　辻仁成・作　井上茉莉子・画
㊇ 2014年4月27日〜2014年10月21日　朝刊

1348~1362　　　　　　　新聞社別一覧　　　　信濃毎日新聞（長野県）

1348 「ちゃんぽん食べたかっ！」　さだまさし・作　おぐらひろかず・画
　　　　⊕ 2014年10月22日〜2015年5月8日　朝刊

1349 「草花たちの静かな誓い」　宮本輝・作　赤井稚佳・画
　　　　⊕ 2015年5月9日〜2016年2月24日　朝刊

1350 「むーさんの背中」　ねじめ正一・作　満岡玲子・画
　　　　⊕ 2016年2月25日〜2016年10月31日　朝刊

1351 「秀吉の活」　木下昌輝・作　遠藤拓人・画
　　　　⊕ 2016年11月1日〜2017年8月28日　朝刊

1352 「雨上がりの川」　森沢明夫・作　オカヤイヅミ・画
　　　　⊕ 2017年8月29日〜連載中　朝刊

長野県

信濃毎日新聞

1353 「花ある季節」　安西篤子・作　田沢茂・画
　　　　⊕ 1989年3月6日〜1989年11月5日　朝刊

1354 「大姫と雉」　大坪かず子・作　万純・マッカーラム・画
　　　　⊕ 1989年5月8日〜1989年9月1日　夕刊

1355 「青雲を行く」　三好徹・作　中江蒼・画
　　　　⊕ 1989年8月10日〜1990年10月4日　夕刊

1356 「与作とたんころ」　中川承平・作　黒岩章人・画
　　　　⊕ 1989年9月4日〜1989年12月28日　夕刊

1357 「銀河動物園」　畑山博・作　水戸成幸・画
　　　　⊕ 1989年11月6日〜1990年8月20日　朝刊

1358 「行くよスワン」　寺島俊治・作　二木六徳・画
　　　　⊕ 1990年1月4日〜1990年4月10日　夕刊

1359 「雷沢の探検」　平林治康・作　春原邦子・画
　　　　⊕ 1990年4月11日〜1990年7月11日　夕刊

1360 「すみれぐさ」　高橋忠治・作　黒岩章人・画
　　　　⊕ 1990年7月12日〜1990年11月14日　夕刊

1361 「幻夏祭」　皆川博子・作　佐々木壮六・画
　　　　⊕ 1990年8月21日〜1991年4月23日　朝刊

1362 「虹の刺客」　森村誠一・作　福田隆義・画

信濃毎日新聞（長野県）　　　新聞社別一覧　　　*1363〜1379*

　　　　🚃 1990年10月5日〜1992年3月26日　夕刊

1363「ひびけ高原の空へ」　高田充也・作　北島新平・画

　　　　🚃 1990年11月15日〜1991年2月21日　夕刊

1364「こぼれ星はぐれ星」　宮下和男・作　大隅泰男・画

　　　　🚃 1991年2月22日〜1991年7月12日　夕刊

1365「白く輝く道」　平岩弓枝・作　伊勢田邦貴・画

　　　　🚃 1991年4月24日〜1992年1月26日　朝刊

1366「丁半国境」　西木正明・作　松井叔生・画

　　　　🚃 1991年7月6日〜1992年4月4日　土曜夕刊

1367「鬼の話」　はまみつを・作　和田春奈・画

　　　　🚃 1991年7月15日〜1991年11月28日　夕刊

1368「七色の海」　浅川かよ子・作　北島新平・画

　　　　🚃 1991年11月29日〜1992年3月25日　夕刊

1369「悪の華」　立松和平・作　島谷晃・画

　　　　🚃 1992年1月27日〜1992年10月16日　朝刊

1370「神鳴山のカラス」　中繁彦・作　二木六徳・画

　　　　🚃 1992年3月26日〜1992年7月27日　夕刊

1371「天狗藤吉郎」　山田智彦・作　堂昌一・画

　　　　🚃 1992年3月27日〜1993年10月7日　夕刊

1372「始発駅」　長部日出雄・作　幹英生・画

　　　　🚃 1992年5月2日〜1993年2月20日　土曜夕刊

1373「新酒呑童子」　小沢さとし・作　遠竹弘幸・画

　　　　🚃 1992年7月28日〜1993年3月11日　夕刊

1374「揺れて」　落合恵子・作　太田國廣・画

　　　　🚃 1992年10月17日〜1993年9月21日　朝刊

1375「座礁」　高杉良・作　安岡旦・画

　　　　🚃 1993年2月27日〜1994年2月12日　土曜夕刊

1376「チバレリューのめがね」　高橋忠治・作　津田櫓冬・画

　　　　🚃 1993年3月12日〜1993年7月8日　夕刊

1377「春のオリオン」　石原きくよ・作　黒岩章人・画

　　　　🚃 1993年7月9日〜1993年10月4日　夕刊

1378「危険な隣人」　笹沢左保・作　加藤孝雄・画

　　　　🚃 1993年9月22日〜1994年7月14日　朝刊

1379「夢の設計図」　牛丸仁・作　亀子誠・画

90　新聞連載小説総覧 平成期（1989〜2017）

| | 1993年10月5日～1994年3月25日　夕刊 |

1380 「澪通りひともし頃」　北原亞以子・作　東啓三郎・画
　　　⚲ 1993年10月8日～1994年7月11日　夕刊

1381 「無明山脈」　梓林太郎・作　柳沢達朗・画
　　　⚲ 1994年2月19日～1995年2月25日　土曜夕刊

1382 「ひみつがいっぱいかくれてる！」　とみざわゆみこ・作　とみざわＹ・まこと・画
　　　⚲ 1994年3月29日～1994年7月5日　夕刊

1383 「夢みる木たち」　寺島俊治・作　北島新平・画
　　　⚲ 1994年7月6日～1994年11月17日　夕刊

1384 「独眼竜政宗」　津本陽・作　畑農照雄・画
　　　⚲ 1994年7月12日～1995年9月21日　夕刊

1385 「面一本」　出久根達郎・作　船久保直樹・画
　　　⚲ 1994年7月15日～1995年6月1日　朝刊

1386 「山はあさやけ」　井口紀子・作　黒岩章人・画
　　　⚲ 1994年11月18日～1995年3月23日　夕刊

1387 「エンドレスピーク—遠い嶺—」　森村誠一・作　安岡旦・画
　　　⚲ 1995年3月4日～1996年9月7日　土曜夕刊

1388 「霧の王子」　はまみつを・作　和田春奈・画
　　　⚲ 1995年3月24日～1995年9月20日　夕刊

1389 「プラトン学園」　奥泉光・作　小松久子・画
　　　⚲ 1995年6月2日～1995年12月26日　朝刊

1390 「野性のうた」　宮下和男・作　北島新平・画
　　　⚲ 1995年9月21日～1996年6月21日　夕刊

1391 「夜明け前の女たち」　童門冬二・作　伊勢田邦貴・画
　　　⚲ 1995年9月22日～1996年10月2日　夕刊

1392 「家族ホテル」　内海隆一郎・作　岩田信夫・画
　　　⚲ 1995年12月27日～1996年11月2日　朝刊

1393 「弘介のゆめ」　羽生田敏・作　丸山武彦・画
　　　⚲ 1996年6月24日～1996年11月6日　夕刊

1394 「赤かぶ検事奮闘記 三人の酒呑童子」　和久峻三・作　たまいいずみ・画
　　　⚲ 1996年9月14日～1997年10月25日　土曜夕刊

1395 「名君の碑」　中村彰彦・作　鴇田幹・画
　　　⚲ 1996年10月3日～1998年1月7日　夕刊

信濃毎日新聞（長野県）　　　新聞社別一覧　　　1396〜1412

1396 「天涯の花」　宮尾登美子・作　大畑稔浩・画
　　　㊣ 1996年11月3日〜1997年5月8日　朝刊

1397 「星からのはこ舟」　和田登・作　和田春奈・画
　　　㊣ 1996年11月7日〜1997年4月24日　夕刊

1398 「幕末の少年」　いぶき彰吾・作　小林葉子・画
　　　㊣ 1997年4月25日〜1997年8月25日　夕刊

1399 「はちまん」　内田康夫・作　小松久子・画
　　　㊣ 1997年5月9日〜1998年4月17日　朝刊

1400 「はすの咲く村」　高橋忠治・作　北島新平・画
　　　㊣ 1997年8月26日〜1998年8月20日　夕刊

1401 「幸福の船」　平岩弓枝・作　深井国・画
　　　㊣ 1997年11月1日〜1998年9月26日　土曜夕刊

1402 「青濤」　北原亞以子・作　福田トシオ・画
　　　㊣ 1998年1月8日〜1999年3月12日　夕刊

1403 「春の城」　石牟礼道子・作　秀島由己男・画
　　　㊣ 1998年4月18日〜1999年3月5日　朝刊

1404 「ニャーオーン」　寺島俊治・作　黒岩章人・画
　　　㊣ 1998年8月21日〜1999年1月4日　夕刊

1405 「花城家の鬼」　はまみつを・作　斎藤俊雄・画
　　　㊣ 1999年1月5日〜1999年11月5日　夕刊

1406 「花婚式」　藤堂志津子・作　井筒啓之・画
　　　㊣ 1999年3月6日〜1999年9月16日　朝刊

1407 「つま恋」　井沢満・作　本くに子・画
　　　㊣ 1999年3月13日〜2000年2月15日　夕刊

1408 「十津川警部 愛と死の伝説」　西村京太郎・作　柳沢達朗・画
　　　㊣ 1999年9月17日〜2000年7月6日　朝刊

1409 「道のない地図」　牛丸仁・作　小坂茂・画
　　　㊣ 1999年11月6日〜2000年3月31日　夕刊

1410 「ブレイブ・ストーリー」　宮部みゆき・作　謡口早苗・画
　　　㊣ 2000年2月16日〜2001年8月24日　夕刊

1411 「水穂の国はるか」　小沢さとし・作　遠竹弘幸・画
　　　㊣ 2000年4月1日〜2000年9月12日　夕刊

1412 「遠ざかる祖国」　逢坂剛・作　堀越千秋・画
　　　㊣ 2000年7月7日〜2001年7月24日　朝刊

1413~1429	新聞社別一覧	**信濃毎日新聞（長野県）**	

1413 「雁の橋」　澤田ふじ子・作　小沢重行・画
　　　⊕ 2001年7月25日～2002年7月3日　朝刊

1414 「緩やかな反転」　新津きよみ・作　ばば・のりこ・画
　　　⊕ 2001年8月25日～2002年9月27日　夕刊

1415 「養安先生、呼ばれ！」　西木正明・作　長友啓典・画
　　　⊕ 2002年7月4日～2003年5月15日　朝刊

1416 「カシオペアの丘で」　重松清・作　森流一郎・画
　　　⊕ 2002年9月28日～2003年10月20日　夕刊

1417 「梟首の島」　坂東眞砂子・作　北谷しげひさ・画
　　　⊕ 2003年5月16日～2004年10月29日　朝刊

1418 「天地人」　火坂雅志・作　中村麻美・画
　　　⊕ 2003年10月21日～2005年5月19日　夕刊

1419 「乾いた魚に濡れた魚」　灰谷健次郎・作　坪谷令子・画
　　　⊕ 2004年10月30日～2005年1月26日　朝刊

1420 「隣りの若草さん」　藤本ひとみ・作　朝倉めぐみ・画
　　　⊕ 2005年1月27日～2006年4月17日　朝刊

1421 「きのうの世界」　恩田陸・作　鈴木理策〔写真〕
　　　⊕ 2005年5月20日～2006年6月15日　夕刊

1422 「藪枯らし純次」　船戸与一・作　小野利明・画
　　　⊕ 2006年4月18日～2007年5月31日　朝刊

1423 「オー！ ファーザー」　伊坂幸太郎・作　遠藤拓人・画
　　　⊕ 2006年6月16日～2007年7月12日　夕刊

1424 「穂足のチカラ」　梶尾真治・作　サカイノビー・画
　　　⊕ 2007年6月1日～2008年6月24日　朝刊

1425 「命もいらず名もいらず」　山本兼一・作　北村さゆり・画
　　　⊕ 2007年7月13日～2008年8月11日　夕刊

1426 「かあちゃん」　重松清・作　山本祐司, 森英二郎・画
　　　⊕ 2008年6月25日～2009年4月21日　朝刊

1427 「いつか他人になる日」　赤川次郎・作　井上あきむ・画
　　　⊕ 2008年8月12日～2009年7月27日　夕刊

1428 「ここがロドスだ、ここで跳べ！」　山川健一・作　井上茉莉子・画
　　　⊕ 2009年4月22日～2009年8月31日　朝刊

1429 「真田三代」　火坂雅志・作　安芸良・画

新聞連載小説総覧 平成期（1989～2017）　**93**

信濃毎日新聞（長野県）　　　　新聞社別一覧　　　　*1430～1445*

　　　⦿ 2009年7月1日～2010年12月31日　朝刊
1430　「ルーズヴェルト・ゲーム」　池井戸潤・作　フジモト・ヒデト・画
　　　⦿ 2009年7月28日～2010年8月28日　夕刊
1431　「三人の二代目」　堺屋太一・作　大津英敏・画
　　　⦿ 2009年9月1日～2010年12月31日　朝刊
1432　「放蕩記」　村山由佳・作　結布・画
　　　⦿ 2010年8月30日～2011年11月7日　夕刊
1433　「かんかん橋を渡ったら」　あさのあつこ・作　佐藤みき・画
　　　⦿ 2011年1月1日～2011年11月30日　朝刊
1434　「親鸞 激動篇」　五木寛之・作　山口晃・画
　　　⦿ 2011年1月1日～2011年12月11日　朝刊
1435　「余命一年の種馬（スタリオン）」　石田衣良・作　楠伸生・画
　　　⦿ 2011年11月8日～2013年2月19日　夕刊
1436　「正妻 慶喜と美賀子」　林真理子・作　山口はるみ・画
　　　⦿ 2011年12月13日～2012年12月9日　朝刊
1437　「女系の総督」　藤田宜永・作　北村裕花・画
　　　⦿ 2011年12月13日～2013年1月8日　朝刊
1438　「紫匂う」　葉室麟・作　村田涼平・画
　　　⦿ 2012年12月11日～2013年6月30日　朝刊
1439　「透明カメレオン」　道尾秀介・作　三木謙次・画
　　　⦿ 2013年1月9日～2013年10月19日　朝刊
1440　「親鸞 完結篇」　五木寛之・作　山口晃・画
　　　⦿ 2013年7月1日～2014年7月6日　朝刊
1441　「リーチ先生」　原田マハ・作　佐藤直樹・画
　　　⦿ 2013年10月20日～2015年2月3日　朝刊
1442　「御用船帰還せず」　相場英雄・作　渡邊ちょんと・画
　　　⦿ 2014年7月8日～2015年2月8日　朝刊
1443　「東京クルージング」　伊集院静・作　福山小夜・画
　　　⦿ 2015年2月4日～2015年12月31日　朝刊
1444　「信濃大名記」　池波正太郎・作　松林モトキ・画
　　　⦿ 2015年2月10日～2015年3月23日　朝刊
1445　「錯乱」　池波正太郎・作　松林モトキ・画
　　　⦿ 2015年3月24日～2015年4月25日　朝刊

94　新聞連載小説総覧 平成期（1989～2017）

1446~1459　　　　　新聞社別一覧　　　　　岐阜新聞（岐阜県）

1446　「獅子の眠り」　池波正太郎・作　松林モトキ・画
　　　　⊛ 2015年4月26日～2015年5月21日　朝刊

1447　「真田騒動―恩田木工」　池波正太郎・作　松林モトキ・画
　　　　⊛ 2015年5月22日～2015年9月3日　朝刊

1448　「首討とう大坂陣―真田幸村」　池波正太郎・作　松林モトキ・画
　　　　⊛ 2015年9月4日～2015年9月25日　朝刊

1449　「三代の風雪―真田信之」　池波正太郎・作　松林モトキ・画
　　　　⊛ 2015年9月26日～2015年10月9日　朝刊

1450　「家康」　安部龍太郎・作　正子公也・画
　　　　⊛ 2015年10月10日～2016年8月13日　朝刊

1451　「淳子のてっぺん」　唯川恵・作　水上みのり・画
　　　　⊛ 2016年1月1日～2016年11月20日　朝刊

1452　「決戦！ 関ケ原」　冲方丁, 天野純希, 東郷隆, 吉川永青, 宮本昌孝・作
　　　ヤマモトマサアキ・画
　　　　⊛ 2016年8月14日～2016年12月25日　朝刊

1453　「むーさんの背中」　ねじめ正一・作　満岡玲子・画
　　　　⊛ 2016年11月21日～2017年7月29日　朝刊

1454　「秀吉の活」　木下昌輝・作　遠藤拓人・画
　　　　⊛ 2016年12月26日～2017年5月2日　朝刊

1455　「家康 不惑篇」　安部龍太郎・作　永井秀樹・画
　　　　⊛ 2017年5月3日～2018年3月12日　朝刊

1456　「ブロードキャスト」　湊かなえ・作　江頭路子・画
　　　　⊛ 2017年7月30日～2018年3月3日　朝刊

1457　「盲剣楼奇譚」　島田荘司・作　岡田屋愉一・画
　　　　⊛ 2018年3月4日～連載中　朝刊

1458　「スキマワラシ」　恩田陸・作　丹地陽子・画
　　　　⊛ 2018年3月13日～連載中　朝刊

岐阜県

岐阜新聞

1459　「泥棒令嬢とペテン紳士」　高橋三千綱・作　鈴木慶夫・画
　　　　⊛ 1989年7月24日～1990年6月2日　朝刊

1460 「決戦の時」　遠藤周作・作　秋野卓美・画
[連] 1989年10月20日～1990年10月25日　夕刊
1461 「乱流―オランダ水理工師デレーケ―」　三宅雅子・作　金森一意・画
[連] 1990年6月3日～1991年4月6日　朝刊
1462 「虹の刺客」　森村誠一・作　福田隆義・画
[連] 1990年10月26日～1992年4月15日　夕刊
1463 「湖のある街」　林真理子・作　粕谷侑子・画
[連] 1991年4月7日～1992年1月14日　朝刊
1464 「かかみ野の風」　赤座憲久・作　早野正冬史・画
[連] 1992年1月15日～1992年4月25日　朝刊
1465 「天狗藤吉郎」　山田智彦・作　堂昌一・画
[連] 1992年4月16日～1993年10月28日　夕刊
1466 「やさしい季節」　赤川次郎・作　山本タカト・画
[連] 1992年4月26日～1993年2月28日　朝刊
1467 「赤かぶ検事奮闘記―琵琶湖慕情殺しの旅路」　和久峻三・作　山本博通・画
[連] 1993年3月1日～1993年11月11日　朝刊
1468 「恨みし人も」　高橋義夫・作　大竹明輝・画
[連] 1993年10月29日～1994年11月29日　夕刊
1469 「翔んでる警視正 オリエント急行事件簿」　胡桃沢耕史・作　川池くるみ・画
[連] 1993年11月12日～1994年7月31日　朝刊
1470 「無明山脈」　梓林太郎・作　柳沢達朗・画
[連] 1994年8月1日～1995年4月24日　朝刊
1471 「幾世の橋」　澤田ふじ子・作　鴇田幹・画
[連] 1994年12月1日～1996年3月28日　夕刊
1472 「夢の工房」　真保裕一・作　北村公司・画
[連] 1995年4月25日～1996年1月17日　朝刊
1473 「空白の瞬間」　安西篤子・作　船山滋生・画
[連] 1996年1月18日～1996年10月20日　朝刊
1474 「乱世が好き」　岳宏一郎・作　熊田正男・画
[連] 1996年3月29日～1997年2月21日　夕刊
1475 「殺意の呼出し」　もりたなるお・作　もりたなるお・画
[連] 1996年10月21日～1997年3月31日　朝刊

1476「赤かぶ検事奮闘記 三人の酒呑童子」 和久峻三・作 たまいいずみ・画
[連] 1997年2月22日〜1998年2月3日 夕刊
1477「ハナコ―ロダンのモデルになった女」 秋元藍・作 百鬼丸・画
[連] 1997年4月1日〜1997年12月31日 朝刊
1478「螢の橋」 澤田ふじ子・作 大竹明輝・画
[連] 1998年1月1日〜1998年11月8日 朝刊
1479「幸福の船」 平岩弓枝・作 深井国・画
[連] 1998年2月4日〜1998年11月10日 夕刊
1480「異聞おくのほそ道」 童門冬二・作 文月信・画
[連] 1998年11月10日〜1999年10月14日 朝刊
1481「屈折率」 佐々木譲・作 日置由美子・画
[連] 1998年11月11日〜1999年9月16日 夕刊
1482「猫月夜」 立松和平・作 横松桃子・画
[連] 1999年9月17日〜2001年2月3日 夕刊
1483「黒衣の宰相―小説・金地院崇伝」 火坂雅志・作 西のぼる・画
[連] 1999年10月15日〜2001年1月14日 朝刊
1484「発火点」 真保裕一・作 河野治彦・画
[連] 2001年1月15日〜2001年10月23日 朝刊
1485「狐闇」 北森鴻・作 北谷しげひさ・画
[連] 2001年2月5日〜2001年12月4日 夕刊
1486「甚五郎異聞」 赤瀬川隼・作 堂昌一・画
[連] 2001年10月24日〜2002年10月26日 朝刊
1487「枝豆そら豆」 梓澤要・作 菊池ひと美・画
[連] 2001年12月5日〜2003年2月1日 夕刊
1488「カシオペアの丘で」 重松清・作 森流一郎・画
[連] 2002年10月27日〜2003年9月13日 朝刊
1489「猫の似づら絵師」 出久根達郎・作 磯倉哲・画
[連] 2003年2月3日〜2003年10月29日 夕刊
1490「銀行特命捜査」 池井戸潤・作 河野治彦・画
[連] 2003年9月14日〜2004年8月19日 朝刊
1491「乱調」 藤田宜永・作 ゴトウヒロシ・画
[連] 2003年10月30日〜2004年11月29日 夕刊
1492「よろしく」 嵐山光三郎・作 安西水丸・画

岐阜新聞（岐阜県）　　　　新聞社別一覧　　　　　1493〜1509

　　　　🚋 2004年8月20日〜2005年5月24日　朝刊
1493　「影のない訪問者」　笹本稜平・作　岡村昌明・画
　　　　🚋 2004年11月30日〜2006年1月18日　夕刊
1494　「円空流し スタンドバイミー1955」　松田悠八・作　国枝英男・画
　　　　🚋 2005年5月25日〜2006年6月6日　朝刊
1495　「きのうの世界」　恩田陸・作　鈴木理策〔写真〕
　　　　🚋 2006年1月19日〜2007年2月15日　夕刊
1496　「エクサバイト」　服部真澄・作　佐々木啓成・画
　　　　🚋 2006年6月7日〜2007年2月19日　朝刊
1497　「ゆうとりあ」　熊谷達也・作　山本重也・画
　　　　🚋 2007年2月16日〜2008年2月23日　夕刊
1498　「命もいらず名もいらず」　山本兼一・作　北村さゆり・画
　　　　🚋 2007年2月20日〜2008年1月13日　朝刊
1499　「瓦版屋つれづれ日誌」　池永陽・作　牧野伊三夫・画
　　　　🚋 2008年1月14日〜2008年8月21日　朝刊
1500　「数えずの井戸」　京極夏彦・作　葛飾北斎・画
　　　　🚋 2008年2月25日〜2009年6月11日　夕刊
1501　「いつか他人になる日」　赤川次郎・作　井上あきむ・画
　　　　🚋 2008年8月22日〜2009年6月5日　朝刊
1502　「ここがロドスだ、ここで跳べ！」　山川健一・作　井上茉莉子・画
　　　　🚋 2009年6月6日〜2009年8月31日　朝刊
1503　「語りつづけろ、届くまで」　大沢在昌・作　河野治彦・画
　　　　🚋 2009年6月12日〜2010年5月28日　夕刊
1504　「三人の二代目」　堺屋太一・作　大津英敏・画
　　　　🚋 2009年9月1日〜2010年12月31日　朝刊
1505　「手のひらを太陽に！」　真山仁・作　ゴトウヒロシ・画
　　　　🚋 2010年5月29日〜2011年6月20日　夕刊
1506　「親鸞 激動篇」　五木寛之・作　山口晃・画
　　　　🚋 2011年1月1日〜2011年12月11日　朝刊
1507　「ペテロの葬列」　宮部みゆき・作　尾崎千春・画
　　　　🚋 2011年6月21日〜2013年4月26日　夕刊
1508　「55歳からのハローライフ」　村上龍・作　村上龍・画
　　　　🚋 2011年12月13日〜2012年7月8日　朝刊
1509　「愛ふたたび」　渡辺淳一・作　唐仁原教久・画

	連 2012年7月10日～2012年11月19日　朝刊
1510	「はなとゆめ」　冲方丁・作　遠田志帆・画
	連 2012年12月11日～2013年7月1日　朝刊
1511	「潮の音、空の色、海の詩」　熊谷達也・作　松本孝志・画
	連 2013年4月27日～2014年5月31日　夕刊
1512	「親鸞 完結篇」　五木寛之・作　山口晃・画
	連 2013年7月1日～2014年7月6日　朝刊
1513	「修羅と長良川」　松田悠八・作　谷口土史子・画
	連 2013年12月1日～2014年8月18日　朝刊
1514	「愛犬ゼルダの旅立ち」　辻仁成・作　井上茉莉子・画
	連 2014年6月2日～2014年12月26日　夕刊
1515	「この日のために」　幸田真音・作　村上豊・画
	連 2014年7月8日～2015年7月11日　朝刊
1516	「料理通異聞」　松井今朝子・作　いずみ朔庵・画
	連 2015年1月5日～2015年8月19日　夕刊
1517	「家康」　安部龍太郎・作　正子公也・画
	連 2015年7月12日～2016年5月16日　朝刊
1518	「バルス」　楡周平・作　岡田航也・画
	連 2015年8月20日～2016年7月1日　夕刊
1519	「護られなかった者たちへ」　中山七里・作　ケッソクヒデキ・画
	連 2016年5月17日～2017年2月21日　朝刊
1520	「決戦！ 関ケ原」　冲方丁, 天野純希, 東郷隆, 吉川永青, 宮本昌孝・作　ヤマモトマサアキ・画
	連 2016年7月2日～2016年12月8日　夕刊
1521	「ことことこーこ」　阿川佐和子・作　土橋とし子・画
	連 2016年12月9日～2017年9月30日　夕刊
1522	「家康 不惑篇」　安部龍太郎・作　永井秀樹・画
	連 2017年2月22日～2017年12月31日　朝刊
1523	「茶聖」　伊東潤・作　渡邊ちょんと・画
	連 2018年1月1日～連載中　朝刊

静岡県

静岡新聞

1524 「遠い花火」　諸井薫・作　小松久子・画
　　　1989年1月1日〜1989年12月31日　朝刊

1525 「天城女窯」　加堂秀三・作　東谷武美・画
　　　1990年1月1日〜1990年12月31日　朝刊

1526 「義経の刺客」　山田智彦・作　横塚繁・画
　　　1990年1月4日〜1991年5月2日　夕刊

1527 「伊豆修善寺殺人事件」　山村美紗・作　深井国・画
　　　1991年1月1日〜1991年5月31日　朝刊

1528 「暗闘雨夜の月」　笹沢左保・作　佐多芳郎・画
　　　1991年5月6日〜1992年5月9日　夕刊

1529 「浜名湖殺人事件」　山村美紗・作　深井国・画
　　　1991年6月1日〜1991年11月30日　朝刊

1530 「午後の惑い」　阿部牧郎・作　文月信・画
　　　1991年12月1日〜1993年3月31日　朝刊

1531 「彷徨える帝」　安部龍太郎・作　鴇田幹・画
　　　1992年5月11日〜1993年8月31日　夕刊

1532 「風の姿」　常盤新平・作　大竹明輝・画
　　　1993年4月1日〜1994年3月31日　朝刊

1533 「戦国幻野〜新・今川記〜」　皆川博子・作　西のぼる・画
　　　1993年9月1日〜1994年10月31日　夕刊

1534 「隠れ菊」　連城三紀彦・作　蓬田やすひろ・画
　　　1994年4月1日〜1995年3月31日　朝刊

1535 「水鳥の関」　平岩弓枝・作　深井国・画
　　　1994年11月1日〜1995年10月31日　夕刊

1536 「海の時計」　藤堂志津子・作　井筒啓之・画
　　　1995年4月1日〜1996年3月31日　朝刊

1537 「信康謀反」　早乙女貢・作　堂昌一・画
　　　1995年11月1日〜1996年10月31日　夕刊

1538～1554　　　　　新聞社別一覧　　　　　**静岡新聞（静岡県）**

1538　「人びとの岬」　笹倉明・作　宮嶋康子・画
　　　⊕ 1996年4月1日～1997年3月31日　朝刊

1539　「風雲の城」　津本陽・作　鴇田幹・画
　　　⊕ 1996年11月1日～1997年10月31日　夕刊

1540　「悪友の条件」　村松友視・作　北村さゆり・画
　　　⊕ 1997年4月1日～1998年3月31日　朝刊

1541　「航海者」　白石一郎・作　三井永一・画
　　　⊕ 1997年11月1日～1999年1月30日　夕刊

1542　「熱き血の誇り」　逢坂剛・作　宇野亞喜良・画
　　　⊕ 1998年4月1日～1999年3月31日　朝刊

1543　「決戦 鍵屋ノ辻」　池宮彰一郎・作　山崎正夫・画
　　　⊕ 1999年2月1日～2000年1月31日　夕刊

1544　「涙」　乃南アサ・作　水口理恵子・画
　　　⊕ 1999年4月1日～2000年3月31日　朝刊

1545　「世なおし廻状」　高橋義夫・作　鴇田幹・画
　　　⊕ 2000年2月1日～2001年2月6日　夕刊

1546　「袂のなかで」　今江祥智・作　長新太・画
　　　⊕ 2000年4月1日～2000年12月31日　朝刊

1547　「狐闇」　北森鴻・作　北谷しげひさ・画
　　　⊕ 2001年1月3日～2001年9月15日　朝刊

1548　「枝豆そら豆」　梓澤要・作　菊池ひと美・画
　　　⊕ 2001年2月7日～2002年4月1日　夕刊

1549　「鋼鉄の叫び」　鈴木光司・作　福山小夜・画
　　　⊕ 2001年9月16日～2002年8月7日　朝刊

1550　「猫の似づら絵師」　出久根達郎・作　磯倉哲・画
　　　⊕ 2002年4月2日～2002年12月28日　夕刊

1551　「ダイヤモンド・シーカーズ」　瀬名秀明・作　市川智子・画
　　　⊕ 2002年8月8日～2003年8月13日　朝刊

1552　「化生怨堕羅」　諸田玲子・作　矢野徳・画
　　　⊕ 2003年1月4日～2004年2月28日　夕刊

1553　「乱調」　藤田宜永・作　ゴトウヒロシ・画
　　　⊕ 2003年8月14日～2004年7月5日　朝刊

1554　「十一代将軍徳川家斉 一五万両の代償」　佐藤雅美・作　文月信・画
　　　⊕ 2004年3月1日～2005年4月8日　夕刊

新聞連載小説総覧 平成期（1989～2017）　**101**

静岡新聞（静岡県）　　　　　新聞社別一覧　　　　　*1555～1571*

1555　「よろしく」　嵐山光三郎・作　安西水丸・画
　　　　㊣ 2004年7月6日～2005年4月9日　朝刊

1556　「夢どの与一郎」　安部龍太郎・作　西のぼる・画
　　　　㊣ 2005年4月9日～2006年8月9日　夕刊

1557　「突破屋」　安東能明・作　北村公司・画
　　　　㊣ 2005年4月10日～2006年1月11日　朝刊

1558　「青春の条件」　森村誠一・作　堂昌一・画
　　　　㊣ 2006年1月12日～2007年1月23日　朝刊

1559　「いすゞ鳴る」　山本一力・作　原田維夫・画
　　　　㊣ 2006年8月10日～2007年8月22日　夕刊

1560　「シューカツ！」　石田衣良・作　楠裕紀子・画
　　　　㊣ 2007年1月24日～2007年9月21日　朝刊

1561　「おたあジュリア異聞」　中沢けい・作　宮本恭彦・画
　　　　㊣ 2007年8月23日～2009年2月14日　夕刊

1562　「紙の月」　角田光代・作　満岡玲子・画
　　　　㊣ 2007年9月22日～2008年4月13日　朝刊

1563　「蕪村へのタイムトンネル」　司修・作　司修・画
　　　　㊣ 2008年4月15日～2009年8月31日　朝刊

1564　「美貌の功罪」　植松三十里・作　村田涼平・画
　　　　㊣ 2009年2月16日～2010年3月1日　夕刊

1565　「三人の二代目」　堺屋太一・作　大津英敏・画
　　　　㊣ 2009年9月1日～2010年12月31日　朝刊

1566　「沈黙のレシピエント」　渥美饒児・作　山田ケンジ・画
　　　　㊣ 2010年3月2日～2011年4月28日　夕刊

1567　「親鸞 激動篇」　五木寛之・作　山口晃・画
　　　　㊣ 2011年1月1日～2011年12月11日　朝刊

1568　「ペテロの葬列」　宮部みゆき・作　尾崎千春・画
　　　　㊣ 2011年5月2日～2013年7月22日　夕刊

1569　「55歳からのハローライフ」　村上龍・作　村上龍・画
　　　　㊣ 2011年12月13日～2012年9月27日　朝刊

1570　「正妻 慶喜と美賀子」　林真理子・作　山口はるみ・画
　　　　㊣ 2011年12月13日～2012年12月9日　朝刊

1571　「紫匂う」　葉室麟・作　村田涼平・画
　　　　㊣ 2012年12月11日～2013年6月30日　朝刊

1572	「親鸞 完結篇」　五木寛之・作　山口晃・画	
	2013年7月1日〜2014年7月6日　朝刊	
1573	「ビストロ青猫 謎解きレシピ」　大石直紀・作　ちばえん・画	
	2013年7月23日〜2014年9月17日　夕刊	
1574	「御用船帰還せず」　相場英雄・作　渡邊ちょんと・画	
	2014年7月8日〜2015年2月7日　朝刊	
1575	「この日のために」　幸田真音・作　村上豊・画	
	2014年9月18日〜2016年3月16日　夕刊	
1576	「竜と流木」　篠田節子・作　足立ゆうじ・画	
	2015年2月8日〜2015年8月28日　朝刊	
1577	「家康」　安部龍太郎・作　正子公也・画	
	2015年8月29日〜2016年7月2日　朝刊	
1578	「バルス」　楡周平・作　岡田航也・画	
	2016年3月17日〜2017年3月31日　夕刊	
1579	「三年長屋」　梶よう子・作　横田美砂緒・画	
	2016年7月3日〜2017年3月19日　朝刊	
1580	「家康 不惑篇」　安部龍太郎・作　永井秀樹・画	
	2017年3月20日〜2018年1月26日　朝刊	
1581	「雨上がりの川」　森沢明夫・作　オカヤイヅミ・画	
	2017年4月3日〜連載中　夕刊	
1582	「また明日」　群ようこ・作　丹下京子・画	
	2018年1月27日〜連載中　朝刊	

愛知県

中日新聞

1583　「新とはずがたり」　杉本苑子・作　深井国・画
　　　　2015年1月4日〜1989年11月11日　夕刊

1584　「さまよう霧の恋歌」　高橋治・作　風間完・画
　　　　1989年7月1日〜1990年7月31日　朝刊

1585　「生きている心臓」　加賀乙彦・作　大沼映夫・画
　　　　1989年11月13日〜1990年11月10日　夕刊

1586　「夢のまた夢」　津本陽・作　村上豊・画

中日新聞（愛知県）　　　　　新聞社別一覧　　　　　*1587〜1603*

　　　㊥ 1990年8月1日〜1993年8月31日　朝刊
1587「私本平家物語 流離の海」　澤田ふじ子・作　西のぼる・画
　　　㊥ 1990年11月12日〜1991年12月28日　夕刊
1588「銀河の雫」　髙樹のぶ子・作　安久利徳・画
　　　㊥ 1992年1月4日〜1993年2月27日　夕刊
1589「孟嘗君」　宮城谷昌光・作　佐多芳郎・画
　　　㊥ 1993年3月1日〜1995年8月31日　夕刊
1590「銭五の海」　南原幹雄・作　一峰大二・画
　　　㊥ 1993年4月19日〜1994年11月5日　夕刊
1591「夜に忍びこむもの」　渡辺淳一・作　福田千恵子・画
　　　㊥ 1993年9月1日〜1994年3月21日　朝刊
1592「彦九郎山河」　吉村昭・作　秋野卓美・画
　　　㊥ 1994年3月23日〜1994年12月31日　朝刊
1593「関ヶ原連判状」　安部龍太郎・作　西のぼる・画
　　　㊥ 1994年11月14日〜1996年3月30日　夕刊
1594「黒い揚羽蝶」　遠藤周作・作　風間完・画
　　　㊥ 1995年1月1日〜1995年3月25日　朝刊
1595「夢の通ひ路」　村松友視・作　宇野亞喜良・画
　　　㊥ 1995年5月8日〜1995年9月7日　朝刊
1596「恩寵の谷」　立松和平・作　山野辺進・画
　　　㊥ 1995年9月1日〜1996年12月28日　夕刊
1597「百日紅の咲かない夏」　三浦哲郎・作　風間完・画
　　　㊥ 1995年9月8日〜1996年7月14日　朝刊
1598「尾張春風伝」　清水義範・作　岩田信夫・画
　　　㊥ 1996年4月2日〜1997年6月20日　夕刊
1599「夢時計」　黒井千次・作　大津英敏・画
　　　㊥ 1996年7月16日〜1997年7月5日　朝刊
1600「木曽義仲」　山田智彦・作　東啓三郎・画
　　　㊥ 1997年1月4日〜1998年7月4日　夕刊
1601「天国への階段」　白川道・作　北川健次・画
　　　㊥ 1997年6月30日〜1998年9月2日　夕刊
1602「怪談」　阿刀田高・作　宇野亞喜良・画
　　　㊥ 1997年7月6日〜1998年6月30日　朝刊
1603「奔馬の夢」　津本陽・作　村上豊・画

	⊕ 1998年7月1日～2000年5月7日　朝刊
1604	「秘花」　連城三紀彦・作　蓬田やすひろ・画
	⊕ 1998年7月6日～1999年8月14日　夕刊
1605	「楽隊のうさぎ」　中沢けい・作　増田常徳・画
	⊕ 1999年8月16日～2000年2月19日　夕刊
1606	「海霧」　原田康子・作　羽生輝・画
	⊕ 2000年2月21日～2002年4月13日　夕刊
1607	「満水子1996」　髙樹のぶ子・作　山本文彦・画
	⊕ 2000年5月8日～2001年5月6日　朝刊
1608	「てるてる坊主の照子さん」　なかにし礼・作　峰岸達・画
	⊕ 2001年5月8日～2002年4月14日　朝刊
1609	「あやめ横丁の人々」　宇江佐真理・作　安里英晴・画
	⊕ 2002年4月15日～2002年12月28日　夕刊
1610	「エ・アロール それがどうしたの」　渡辺淳一・作　北村公司・画
	⊕ 2002年4月16日～2002年12月31日　朝刊
1611	「化生の海」　内田康夫・作　中原脩・画
	⊕ 2003年1月1日～2003年10月31日　朝刊
1612	「百年佳約」　村田喜代子・作　堀越千秋・画
	⊕ 2003年1月6日～2003年10月18日　夕刊
1613	「とんび」　重松清・作　塚本やすし・画
	⊕ 2003年10月20日～2004年7月10日　夕刊
1614	「絶海にあらず」　北方謙三・作　岩田健太朗・画
	⊕ 2003年11月1日～2005年2月28日　朝刊
1615	「水霊」　稲葉真弓・作　小川ひさこ・画
	⊕ 2004年7月12日～2005年3月5日　夕刊
1616	「名もなき毒」　宮部みゆき・作　杉田比呂美・画
	⊕ 2005年3月1日～2005年12月31日　朝刊
1617	「情歌」　北原亞以子・作　蓬田やすひろ・画
	⊕ 2005年3月7日～2006年2月4日　夕刊
1618	「戦力外通告」　藤田宜永・作　唐仁原教久・画
	⊕ 2006年1月1日～2006年12月31日　朝刊
1619	「5年3組リョウタ組」　石田衣良・作　横尾智子・画
	⊕ 2006年2月6日～2006年11月4日　夕刊
1620	「遊女のあと」　諸田玲子・作　深井国・画

中日新聞（愛知県）　　　　新聞社別一覧　　　　*1621～1637*

　　　⊕ 2006年11月6日～2007年12月28日　夕刊
1621　「新三河物語」　宮城谷昌光・作　村上豊・画
　　　⊕ 2007年1月1日～2008年8月31日　朝刊
1622　「下天を謀る」　安部龍太郎・作　西のぼる・画
　　　⊕ 2008年1月4日～2009年5月2日　夕刊
1623　「親鸞」　五木寛之・作　山口晃・画
　　　⊕ 2008年9月1日～2009年8月31日　朝刊
1624　「魔王の愛」　宮内勝典・作　大竹伸朗・画
　　　⊕ 2009年5月7日～2010年5月1日　夕刊
1625　「氷山の南」　池澤夏樹・作　影山徹・画
　　　⊕ 2009年9月1日～2010年9月30日　朝刊
1626　「夢違」　恩田陸・作　味戸ケイコ・画
　　　⊕ 2010年5月6日～2011年5月2日　夕刊
1627　「グッバイマイラブ」　佐藤洋二郎・作　酒井信義・画
　　　⊕ 2010年10月1日～2011年11月6日　朝刊
1628　「親鸞 激動篇」　五木寛之・作　山口晃・画
　　　⊕ 2011年1月1日～2011年12月11日　朝刊
1629　「アクアマリンの神殿」　海堂尊・作　深海魚・画
　　　⊕ 2011年5月6日～2012年6月30日　夕刊
1630　「天佑なり」　幸田真音・作　村上豊・画
　　　⊕ 2011年11月7日～2012年12月31日　朝刊
1631　「水軍遥かなり」　加藤廣・作　山崎正夫・画
　　　⊕ 2012年7月2日～2013年9月28日　夕刊
1632　「雨の狩人」　大沢在昌・作　河野治彦・画
　　　⊕ 2013年1月1日～2014年2月28日　朝刊
1633　「親鸞 完結篇」　五木寛之・作　山口晃・画
　　　⊕ 2013年7月1日～2014年7月6日　朝刊
1634　「乙女の家」　朝倉かすみ・作　後藤美月・画
　　　⊕ 2013年9月30日～2014年9月30日　夕刊
1635　「拳の先」　角田光代・作　池田進吾・画
　　　⊕ 2014年3月1日～2015年4月25日　朝刊
1636　「記憶の渚にて」　白石一文・作　井上よう子・画
　　　⊕ 2014年10月1日～2015年12月1日　夕刊
1637　「沈黙法廷」　佐々木譲・作　宮崎光二・画

106　新聞連載小説総覧 平成期（1989～2017）

1638~1642		新聞社別一覧	中日新聞（愛知県）

㊙ 2015年4月26日～2016年6月22日　朝刊

1638　「ウォーターゲーム」　吉田修一・作　下田昌克・画

㊙ 2015年12月2日～2016年11月4日　夕刊

1639　「影ぞ恋しき」　葉室麟・作　西のぼる・画

㊙ 2016年6月23日～2017年7月31日　朝刊

1640　「三島屋変調百物語 あやかし草紙」　宮部みゆき・作　原田維夫・画

㊙ 2016年11月5日～2017年10月31日　夕刊

1641　「とめどなく囁く」　桐野夏生・作　内澤旬子・画

㊙ 2017年8月1日～連載中　朝刊

1642　「緋の河」　桜木紫乃・作　赤津ミワコ・画

㊙ 2017年11月1日～連載中　夕刊

近畿

京都府

京都新聞

1643 「親指のマリア」　秦恒平・作　池田良則・画
　　⊕ 1989年3月1日〜1989年12月31日　朝刊

1644 「もう一つの旅路」　阿部牧郎・作　守田勝治・画
　　⊕ 1989年4月20日〜1990年4月2日　夕刊

1645 「天地有情」　邦光史郎・作　玉井泉, 木村美智子, 石部虎二, 磯部茂樹,
　　原田たかし, 戸田英二, 渡辺武蔵, 野尻弘・画
　　⊕ 1990年1月1日〜1994年11月30日　朝刊

1646 「陽炎の巫女たち」　宮原昭夫・作　伊藤青子・画
　　⊕ 1990年4月3日〜1990年10月6日　夕刊

1647 「虹の刺客」　森村誠一・作　福田隆義・画
　　⊕ 1990年10月8日〜1992年3月28日　夕刊

1648 「流氷の墓場」　村松友視・作　成瀬数富・画
　　⊕ 1992年3月30日〜1993年1月20日　夕刊

1649 「海の蝶」　高橋治・作　横塚繁・画
　　⊕ 1993年1月21日〜1994年4月14日　夕刊

1650 「幾世の橋」　澤田ふじ子・作　鴇田幹・画
　　⊕ 1994年4月15日〜1995年8月4日　夕刊

1651 「百合鷗」　藤本恵子・作　中西文彦・画
　　⊕ 1994年12月1日〜1995年9月14日　朝刊

1652 「夜明け前の女たち」　童門冬二・作　伊勢田邦貴・画
　　⊕ 1995年8月5日〜1996年8月14日　夕刊

1653 「日本再生 小説 重光葵」　阿部牧郎・作　秋野靫子・画
　　⊕ 1995年9月15日〜1996年11月30日　朝刊

1654 「赤かぶ検事奮闘記 三人の酒呑童子」　和久峻三・作　たまいいずみ・画
　　⊕ 1996年8月15日〜1997年7月26日　夕刊

1655 「人魚を食べた女」　山崎洋子・作　白石むつみ・画

[連] 1997年7月28日～1998年5月23日 夕刊
1656 「薬子のいる京」 三枝和子・作 皆川千恵子・画
[連] 1997年12月7日～1998年10月30日 朝刊
1657 「屈折率」 佐々木譲・作 日置由美子・画
[連] 1998年5月25日～1999年3月29日 夕刊
1658 「町衆の城」 典厩五郎・作 藤田西洋・画
[連] 1998年11月1日～2000年2月18日 朝刊
1659 「袂のなかで」 今江祥智・作 長新太・画
[連] 2000年2月19日～2000年11月21日 朝刊
1660 「恋わずらい」 高橋三千綱・作 山本博通・画
[連] 1999年3月30日～2000年1月28日 夕刊
1661 「ブレイブ・ストーリー」 宮部みゆき・作 謡口早苗・画
[連] 2000年1月29日～2001年8月8日 夕刊
1662 「消えた教祖」 澤井繁男・作 渡辺恂三・画
[連] 2000年11月22日～2001年6月16日 朝刊
1663 「蛇」 柴田よしき・作 畠中光享・画
[連] 2001年6月17日～2002年7月2日 朝刊
1664 「甚五郎異聞」 赤瀬川隼・作 堂昌一・画
[連] 2001年8月9日～2002年10月24日 夕刊
1665 「藍色のベンチャー」 幸田真音・作 平岡靖弘・画
[連] 2002年7月3日～2003年7月22日 朝刊
1666 「カシオペアの丘で」 重松清・作 森流一郎・画
[連] 2002年10月25日～2003年11月15日 夕刊
1667 「友衛家の茶杓ダンス♪」 松村栄子・作 たぐちよしゆき・画
[連] 2003年7月23日～2004年2月13日 朝刊
1668 「火神」 竹山洋・作 安芸良・画
[連] 2003年11月17日～2005年3月1日 夕刊
1669 「京都感情案内」 西村京太郎・作 吉原英雄・画
[連] 2004年2月14日～2004年10月11日 朝刊
1670 「夢どの与一郎」 安部龍太郎・作 西のぼる・画
[連] 2004年10月13日～2005年11月20日 朝刊
1671 「金の日、銀の月」 井沢満・作 毬月絵美・画
[連] 2005年3月2日～2006年1月11日 夕刊
1672 「風の音が聞こえませんか」 小笠原慧・作 三橋遵・画

[連] 2005年11月21日〜2006年11月15日 朝刊
1673 「そろそろ旅に」 松井今朝子・作 熊田正男・画
[連] 2006年1月12日〜2007年1月18日 夕刊
1674 「オイッチニーのサン」 高野澄・作 池田良則・画
[連] 2006年11月16日〜2007年10月31日 朝刊
1675 「命もいらず名もいらず」 山本兼一・作 北村さゆり・画
[連] 2007年1月19日〜2008年2月18日 夕刊
1676 「壺霊」 内田康夫・作 小林由枝・画
[連] 2007年11月1日〜2008年8月31日 朝刊
1677 「数えずの井戸」 京極夏彦・作 葛飾北斎・画
[連] 2008年2月19日〜2009年6月6日 夕刊
1678 「親鸞」 五木寛之・作 山口晃・画
[連] 2008年9月1日〜2009年8月31日 朝刊
1679 「三人の二代目」 堺屋太一・作 大津英敏・画
[連] 2009年9月1日〜2010年12月31日 朝刊
1680 「親鸞 激動篇」 五木寛之・作 山口晃・画
[連] 2011年1月1日〜2011年12月11日 朝刊
1681 「憎まれ天使」 鏑木蓮・作 岡本かな子・画
[連] 2011年12月13日〜2012年7月15日 朝刊
1682 「夢をまことに」 山本兼一・作 熊田正男・画
[連] 2012年7月16日〜2013年6月30日 朝刊
1683 「親鸞 完結篇」 五木寛之・作 山口晃・画
[連] 2013年7月1日〜2014年7月6日 朝刊
1684 「この日のために」 幸田真音・作 村上豊・画
[連] 2014年7月8日〜2015年7月10日 朝刊
1685 「料理通異聞」 松井今朝子・作 いずみ朔庵・画
[連] 2015年7月11日〜2016年1月20日 朝刊
1686 「家康」 安部龍太郎・作 正子公也・画
[連] 2016年1月21日〜2016年11月23日 朝刊
1687 「風神雷神 Juppiter, Aeolus」 原田マハ・作 森美夏・画
[連] 2016年11月24日〜2018年3月15日 朝刊
1688 「いしいしんじ訳 源氏物語」 いしいしんじ・作 〔写真〕
[連] 2017年4月3日〜連載中 朝刊
1689 「輝山」 澤田瞳子・作 いずみ朔庵・画

🚇 2018年3月21日〜連載中　朝刊

兵庫県

神戸新聞

1690　「新とはずがたり」　杉本苑子・作　深井国・画
　　　　🚇 1989年1月4日〜1989年11月11日　夕刊

1691　「花ある季節」　安西篤子・作　田沢茂・画
　　　　🚇 1989年3月21日〜1989年11月21日　朝刊

1692　「生きている心臓」　加賀乙彦・作　大沼映夫・画
　　　　🚇 1989年11月13日〜1990年11月10日　夕刊

1693　「銀河動物園」　畑山博・作　水戸成幸・画
　　　　🚇 1989年11月22日〜1990年9月4日　朝刊

1694　「幻夏祭」　皆川博子・作　佐々木壮六・画
　　　　🚇 1990年9月5日〜1991年5月9日　朝刊

1695　「私本平家物語 流離の海」　澤田ふじ子・作　西のぼる・画
　　　　🚇 1990年11月12日〜1991年12月28日　夕刊

1696　「丁半国境」　西木正明・作　松井叔生・画
　　　　🚇 1991年5月10日〜1992年2月21日　朝刊

1697　「銀河の雫」　髙樹のぶ子・作　安久利徳・画
　　　　🚇 1992年1月4日〜1993年2月27日　夕刊

1698　「悪の華」　立松和平・作　島谷晃・画
　　　　🚇 1992年2月22日〜1992年11月11日　朝刊

1699　「揺れて」　落合恵子・作　太田國廣・画
　　　　🚇 1992年11月12日〜1993年10月20日　朝刊

1700　「孟嘗君」　宮城谷昌光・作　佐多芳郎・画
　　　　🚇 1993年3月1日〜1995年9月11日　夕刊

1701　「危険な隣人」　笹沢左保・作　加藤孝雄・画
　　　　🚇 1993年10月21日〜1994年8月10日　朝刊

1702　「面一本」　出久根達郎・作　船久保直樹・画
　　　　🚇 1994年8月11日〜1995年6月28日　朝刊

1703　「プラトン学園」　奥泉光・作　小松久子・画
　　　　🚇 1995年7月1日〜1996年1月24日　朝刊

神戸新聞（兵庫県）　　　　　新聞社別一覧　　　　　*1704〜1720*

1704　「恩寵の谷」　立松和平・作　山野辺進・画
　　　　　🚇 1995年9月12日〜1997年1月4日　夕刊

1705　「家族ホテル」　内海隆一郎・作　岩田信夫・画
　　　　　🚇 1996年1月25日〜1996年12月1日　朝刊

1706　「天涯の花」　宮尾登美子・作　大畑稔浩・画
　　　　　🚇 1996年12月2日〜1997年6月5日　朝刊

1707　「木曽義仲」　山田智彦・作　東啓三郎・画
　　　　　🚇 1997年1月16日〜1998年7月15日　夕刊

1708　「はちまん」　内田康夫・作　小松久子・画
　　　　　🚇 1997年6月6日〜1998年5月16日　朝刊

1709　「春の城」　石牟礼道子・作　秀島由己男・画
　　　　　🚇 1998年5月17日〜1999年4月3日　朝刊

1710　「秘花」　連城三紀彦・作　蓬田やすひろ・画
　　　　　🚇 1998年7月16日〜1999年8月25日　夕刊

1711　「花婚式」　藤堂志津子・作　井筒啓之・画
　　　　　🚇 1999年4月4日〜1999年10月15日　朝刊

1712　「楽隊のうさぎ」　中沢けい・作　増田常徳・画
　　　　　🚇 1999年8月26日〜2000年3月1日　夕刊

1713　「十津川警部 愛と死の伝説」　西村京太郎・作　柳沢達朗・画
　　　　　🚇 1999年10月16日〜2000年8月4日　朝刊

1714　「海霧」　原田康子・作　羽生輝・画
　　　　　🚇 2000年3月2日〜2002年4月25日　夕刊

1715　「遠ざかる祖国」　逢坂剛・作　堀越千秋・画
　　　　　🚇 2000年8月5日〜2001年8月22日　朝刊

1716　「雁の橋」　澤田ふじ子・作　小沢重行・画
　　　　　🚇 2001年8月23日〜2002年8月1日　朝刊

1717　「あやめ横丁の人々」　宇江佐真理・作　安里英晴・画
　　　　　🚇 2002年5月8日〜2003年1月23日　夕刊

1718　「養安先生、呼ばれ！」　西木正明・作　長友啓典・画
　　　　　🚇 2002年8月2日〜2003年6月13日　朝刊

1719　「百年佳約」　村田喜代子・作　堀越千秋・画
　　　　　🚇 2003年1月24日〜2003年10月28日　夕刊

1720　「梟首の島」　坂東眞砂子・作　北谷しげひさ・画

		2003年6月14日～2004年11月26日 朝刊
1721	「とんび」	重松清・作 塚本やすし・画
		2003年10月29日～2004年7月21日 夕刊
1722	「水霊」	稲葉真弓・作 小川ひさこ・画
		2004年7月22日～2005年3月15日 夕刊
1723	「乾いた魚に濡れた魚」	灰谷健次郎・作 坪谷令子・画
		2004年11月27日～2005年2月4日 朝刊
1724	「隣りの若草さん」	藤本ひとみ・作 朝倉めぐみ・画
		2005年2月5日～2006年5月16日 朝刊
1725	「情歌」	北原亞以子・作 蓬田やすひろ・画
		2005年3月16日～2006年2月15日 夕刊
1726	「5年3組リョウタ組」	石田衣良・作 横尾智子・画
		2006年2月16日～2006年11月14日 夕刊
1727	「藪枯らし純次」	船戸与一・作 小野利明・画
		2006年5月17日～2007年6月29日 朝刊
1728	「遊女のあと」	諸田玲子・作 深井国・画
		2006年11月15日～2008年1月15日 夕刊
1729	「穂足のチカラ」	梶尾真治・作 サカイノビー・画
		2007年6月30日～2008年7月23日 朝刊
1730	「下天を謀る」	安部龍太郎・作 西のぼる・画
		2008年1月16日～2009年5月16日 夕刊
1731	「かあちゃん」	重松清・作 山本祐司, 森英二郎・画
		2008年7月24日～2009年5月20日 朝刊
1732	「親鸞」	五木寛之・作 山口晃・画
		2008年9月1日～2009年8月31日 朝刊
1733	「魔王の愛」	宮内勝典・作 大竹伸朗・画
		2009年5月18日～2010年5月15日 夕刊
1734	「ルーズヴェルト・ゲーム」	池井戸潤・作 フジモト・ヒデト・画
		2009年5月21日～2010年4月15日 朝刊
1735	「三人の二代目」	堺屋太一・作 大津英敏・画
		2009年9月1日～2010年12月31日 朝刊
1736	「放蕩記」	村山由佳・作 結布・画
		2010年5月17日～2011年7月21日 夕刊

神戸新聞（兵庫県）　　　新聞社別一覧　　　1737〜1753

1737　「親鸞 激動篇」　五木寛之・作　山口晃・画
　　　㊟ 2011年1月1日〜2011年12月11日　朝刊

1738　「余命一年の種馬（スタリオン）」　石田衣良・作　楠伸生・画
　　　㊟ 2011年7月22日〜2012年10月26日　夕刊

1739　「天佑なり」　幸田真音・作　村上豊・画
　　　㊟ 2011年11月7日〜2012年12月31日　朝刊

1740　「55歳からのハローライフ」　村上龍・作　村上龍・画
　　　㊟ 2011年12月13日〜2012年7月8日　朝刊

1741　「女系の総督」　藤田宜永・作　北村裕花・画
　　　㊟ 2012年7月10日〜2013年8月4日　朝刊

1742　「水軍遥かなり」　加藤廣・作　山崎正夫・画
　　　㊟ 2012年10月27日〜2014年1月31日　夕刊

1743　「めだか、太平洋を往け」　重松清・作　小林万希子・画
　　　㊟ 2013年1月1日〜2013年10月14日　朝刊

1744　「親鸞 完結篇」　五木寛之・作　山口晃・画
　　　㊟ 2013年8月5日〜2014年8月12日　朝刊

1745　「透明カメレオン」　道尾秀介・作　三木謙次・画
　　　㊟ 2013年10月16日〜2014年7月26日　朝刊

1746　「サーカスナイト」　よしもとばなな・作　秋山花・画
　　　㊟ 2014年2月1日〜2014年10月14日　夕刊

1747　「リーチ先生」　原田マハ・作　佐藤直樹・画
　　　㊟ 2014年7月27日〜2015年11月10日　朝刊

1748　「御用船帰還せず」　相場英雄・作　渡邊ちょんと・画
　　　㊟ 2014年8月13日〜2015年3月15日　朝刊

1749　「記憶の渚にて」　白石一文・作　井上よう子・画
　　　㊟ 2014年10月15日〜2015年12月14日　夕刊

1750　「草花たちの静かな誓い」　宮本輝・作　赤井稚佳・画
　　　㊟ 2015年3月16日〜2015年12月31日　朝刊

1751　「東京クルージング」　伊集院静・作　福山小夜・画
　　　㊟ 2015年11月11日〜2016年10月3日　朝刊

1752　「料理通異聞」　松井今朝子・作　いずみ朔庵・画
　　　㊟ 2015年12月15日〜2016年8月4日　夕刊

1753　「むーさんの背中」　ねじめ正一・作　満岡玲子・画

| 1754～1767 | 新聞社別一覧 | 奈良新聞（奈良県） |

　　　　　㊉ 2016年1月1日～2016年9月6日　朝刊

1754　「秀吉の活」　木下昌輝・作　遠藤拓人・画

　　　　　㊉ 2016年8月5日～2017年8月4日　夕刊

1755　「淳子のてっぺん」　唯川恵・作　水上みのり・画

　　　　　㊉ 2016年10月4日～2017年8月24日　朝刊

1756　「ブロードキャスト」　湊かなえ・作　江頭路子・画

　　　　　㊉ 2017年1月29日～2017年8月31日　朝刊

1757　「家康 不惑篇」　安部龍太郎・作　永井秀樹・画

　　　　　㊉ 2017年8月5日～連載中　夕刊

1758　「盲剣楼奇譚」　島田荘司・作　岡田屋愉一・画

　　　　　㊉ 2017年9月1日～連載中　朝刊

奈良県

奈良新聞

1759　「高原の聖母」　澤野久雄・作　高須賀優・画

　　　　　㊉ 1989年6月24日～1990年2月1日　朝刊

1760　「夢ざめの坂」　陳舜臣・作　畑農照雄・画

　　　　　㊉ 1990年2月2日～1990年12月5日　朝刊

1761　「風の暦」　赤瀬川隼・作　山野辺進・画

　　　　　㊉ 1990年12月7日～1991年7月17日　朝刊

1762　「白く輝く道」　平岩弓枝・作　伊勢田邦貴・画

　　　　　㊉ 1991年7月18日～1992年4月24日　朝刊

1763　「鳩を飛ばす日」　ねじめ正一・作　植松利光・画

　　　　　㊉ 1992年4月25日～1992年12月2日　朝刊

1764　「藍の風紋」　高橋玄洋・作　水戸成幸・画

　　　　　㊉ 1992年12月3日～1993年8月2日　朝刊

1765　「澪通りひともし頃」　北原亞以子・作　東啓三郎・画

　　　　　㊉ 1993年8月3日～1994年3月20日　朝刊

1766　「翼ある船は」　内海隆一郎・作　峰岸達・画

　　　　　㊉ 1994年3月21日～1994年12月6日　朝刊

1767　「虚飾の都」　志茂田景樹・作　吉田光彦・画

新聞連載小説総覧 平成期（1989～2017）　**115**

奈良新聞（奈良県）　　　新聞社別一覧　　　*1768〜1783*

　　　㊣ 1994年12月7日〜1995年8月24日　朝刊
1768　「エンドレスピーク―遠い嶺―」　森村誠一・作　安岡旦・画

　　　㊣ 1995年8月25日〜1996年9月14日　朝刊
1769　「乱世が好き」　岳宏一郎・作　熊田正男・画

　　　㊣ 1996年9月16日〜1997年6月19日　朝刊
1770　「西吉野朝太平記」　童門冬二・作　〔写真〕

　　　㊣ 1997年1月20日〜1997年9月1日　月曜朝刊
1771　「火怨―北の耀星 アテルイ」　高橋克彦・作　吉田光彦・画

　　　㊣ 1997年6月20日〜1998年10月16日　朝刊
1772　「銀行 男たちの決断」　山田智彦・作　小野利明・画

　　　㊣ 1998年10月17日〜1999年12月2日　朝刊
1773　「黒衣の宰相―小説・金地院崇伝」　火坂雅志・作　西のぼる・画

　　　㊣ 1999年12月3日〜2001年3月6日　朝刊
1774　「発火点」　真保裕一・作　河野治彦・画

　　　㊣ 2001年3月7日〜2001年12月14日　朝刊
1775　「群雲、大坂城へ」　岳宏一郎・作　畑農照雄・画

　　　㊣ 2001年12月15日〜2003年5月5日　朝刊
1776　「銀行特命捜査」　池井戸潤・作　河野治彦・画

　　　㊣ 2003年5月7日〜2004年4月11日　朝刊
1777　「天地人」　火坂雅志・作　中村麻美・画

　　　㊣ 2004年4月13日〜2005年7月29日　朝刊
1778　「魔物」　大沢在昌・作　河野治彦・画

　　　㊣ 2005年7月30日〜2006年9月23日　朝刊
1779　「いすゞ鳴る」　山本一力・作　原田維夫・画

　　　㊣ 2006年9月24日〜2007年9月8日　朝刊
1780　「造花の蜜」　連城三紀彦・作　板垣しゅん・画

　　　㊣ 2007年9月9日〜2008年8月24日　朝刊
1781　「親鸞」　五木寛之・作　山口晃・画

　　　㊣ 2008年9月1日〜2009年8月31日　朝刊
1782　「三人の二代目」　堺屋太一・作　大津英敏・画

　　　㊣ 2009年9月1日〜2010年12月31日　朝刊
1783　「秀吉の活」　木下昌輝・作　遠藤拓人・画

　　　㊣ 2016年6月1日〜2017年4月9日　朝刊

中国

鳥取県

日本海新聞

1784 「生きよ義経」　三好京三・作　堂昌一・画
　　　⊕ 1989年3月23日～1989年11月22日　朝刊

1785 「泥棒令嬢とペテン紳士」　高橋三千綱・作　鈴木慶夫・画
　　　⊕ 1989年5月20日～1990年3月29日　朝刊

1786 「風と雲の伝説 異聞太閤記」　小林久三・作　加藤敏郎・画
　　　⊕ 1989年11月23日～1990年6月28日　朝刊

1787 「野望の谷」　中堂利夫・作　居島春生・画
　　　⊕ 1990年3月30日～1990年10月9日　朝刊

1788 「武神の階―名将・上杉謙信―」　津本陽・作　鴇田幹・画
　　　⊕ 1990年6月29日～1991年5月22日　朝刊

1789 「鐘―かね―」　内田康夫・作　船山滋生・画
　　　⊕ 1990年10月10日～1991年5月21日　朝刊

1790 「湖のある街」　林真理子・作　粕谷侑子・画
　　　⊕ 1991年5月22日～1992年2月28日　朝刊

1791 「宮本武蔵 血戦録」　光瀬龍・作　金森達・画
　　　⊕ 1991年5月23日～1992年1月9日　朝刊

1792 「海の街道」　童門冬二・作　八木義之介・画
　　　⊕ 1992年1月10日～1992年11月13日　朝刊

1793 「やさしい季節」　赤川次郎・作　山本タカト・画
　　　⊕ 1992年2月29日～1993年1月4日　朝刊

1794 「神州魔風伝」　佐江衆一・作　西のぼる・画
　　　⊕ 1992年11月14日～1993年7月15日　朝刊

1795 「赤かぶ検事奮闘記―琵琶湖慕情殺しの旅路」　和久峻三・作　山本博通・画
　　　⊕ 1993年1月5日～1993年9月19日　朝刊

1796 「恨みし人も」　高橋義夫・作　大竹明輝・画
[連] 1993年7月16日〜1994年6月10日　朝刊
1797 「海の蝶」　高橋治・作　横塚繁・画
[連] 1993年9月20日〜1994年10月2日　朝刊
1798 「幾世の橋」　澤田ふじ子・作　鴇田幹・画
[連] 1994年6月11日〜1995年7月16日　朝刊
1799 「無明山脈」　梓林太郎・作　柳沢達朗・画
[連] 1994年10月3日〜1995年6月28日　朝刊
1800 「夢の工房」　真保裕一・作　北村公司・画
[連] 1995年6月29日〜1996年3月23日　朝刊
1801 「西郷首」　西木正明・作　鈴木透・画
[連] 1995年7月17日〜1996年3月30日　朝刊
1802 「空白の瞬間」　安西篤子・作　船山滋生・画
[連] 1996年3月24日〜1996年12月27日　朝刊
1803 「乱世が好き」　岳宏一郎・作　熊田正男・画
[連] 1996年3月31日〜1996年12月30日　朝刊
1804 「阿修羅の海」　浅田次郎・作　柳沢達朗・画
[連] 1996年12月28日〜1997年12月19日　朝刊
1805 「赤かぶ検事奮闘記 三人の酒呑童子」　和久峻三・作　たまいいずみ・画
[連] 1996年12月31日〜1997年10月15日　朝刊
1806 「戦国守札録」　安部龍太郎・作　西のぼる・画
[連] 1997年10月16日〜1998年9月24日　朝刊
1807 「人魚を食べた女」　山崎洋子・作　白石むつみ・画
[連] 1997年12月20日〜1998年8月24日　朝刊
1808 「ダブルフェイス」　久間十義・作　畑農照雄・画
[連] 1998年8月25日〜1999年5月21日　朝刊
1809 「白梅の匂う闇」　川田弥一郎・作　堂昌一・画
[連] 1998年9月25日〜1999年7月21日　朝刊
1810 「つま恋」　井沢満・作　本くに子・画
[連] 1999年5月22日〜2000年2月26日　朝刊
1811 「黒衣の宰相―小説・金地院崇伝」　火坂雅志・作　西のぼる・画
[連] 1999年7月22日〜2000年10月21日　朝刊
1812 「ブレイブ・ストーリー」　宮部みゆき・作　謡口早苗・画
[連] 2000年2月27日〜2001年6月7日　朝刊

		新聞社別一覧	日本海新聞（鳥取県）

1813　「世なおし廻状」　高橋義夫・作　鴇田幹・画
　　　　2000年11月9日～2001年9月15日　朝刊

1814　「幸福の不等式」　高任和夫・作　なかだえり・画
　　　　2001年6月8日～2002年4月30日　朝刊

1815　「群雲、大坂城へ」　岳宏一郎・作　畑農照雄・画
　　　　2001年9月16日～2003年2月3日　朝刊

1816　「鋼鉄の叫び」　鈴木光司・作　福山小夜・画
　　　　2002年5月1日～2003年3月23日　朝刊

1817　「藍花は凛と咲き」　米村圭伍・作　柴田ゆう・画
　　　　2003年2月4日～2003年11月18日　朝刊

1818　「火のみち」　乃南アサ・作　服部純栄・画
　　　　2003年3月24日～2004年4月29日　朝刊

1819　「深重の橋」　澤田ふじ子・作　鴇田幹・画
　　　　2003年11月19日～2004年6月16日　朝刊

1820　「恋せども、愛せども」　唯川恵・作　メグホソキ・画
　　　　2004年4月30日～2004年11月2日　朝刊

1821　「火神」　竹山洋・作　安芸良・画
　　　　2004年6月17日～2005年7月5日　朝刊

1822　「よろしく」　嵐山光三郎・作　安西水丸・画
　　　　2004年11月3日～2005年8月7日　朝刊

1823　「晋作蒼き烈日」　秋山香乃・作　吉田光彦・画
　　　　2005年7月6日～2006年5月21日　朝刊

1824　「突破屋」　安東能明・作　北村公司・画
　　　　2005年8月9日～2006年5月11日　朝刊

1825　「摘蕾の果て」　大崎善生・作　森流一郎・画
　　　　2006年5月12日～2006年12月27日　朝刊

1826　「そろそろ旅に」　松井今朝子・作　熊田正男・画
　　　　2006年5月22日～2007年3月26日　朝刊

1827　「ゆうとりあ」　熊谷達也・作　山本重也・画
　　　　2006年12月28日～2007年11月1日　朝刊

1828　「命もいらず名もいらず」　山本兼一・作　北村さゆり・画
　　　　2007年3月27日～2008年2月17日　朝刊

1829　「シューカツ！」　石田衣良・作　楠裕紀子・画
　　　　2007年11月2日～2008年6月30日　朝刊

新聞連載小説総覧 平成期（1989～2017）　119

日本海新聞（鳥取県）　　　　新聞社別一覧　　　　*1830〜1846*

1830　「剣俠」　国枝史郎・作
　　　　⊕ 2008年2月25日〜2008年8月28日　朝刊

1831　「オルゴォル」　朱川湊人・作　岩清水さやか・画
　　　　⊕ 2008年7月1日〜2009年3月10日　朝刊

1832　「親鸞」　五木寛之・作　山口晃・画
　　　　⊕ 2008年9月1日〜2009年8月31日　朝刊

1833　「逃走」　薬丸岳・作　杉山喜隆・画
　　　　⊕ 2009年3月11日〜2009年11月26日　朝刊

1834　「三人の二代目」　堺屋太一・作　大津英敏・画
　　　　⊕ 2009年9月1日〜2010年12月31日　朝刊

1835　「手のひらを太陽に！」　真山仁・作　ゴトウヒロシ・画
　　　　⊕ 2009年11月27日〜2010年10月14日　朝刊

1836　「第七官界彷徨」　尾崎翠・作　KEiKO*萬桂・画
　　　　⊕ 2010年10月15日〜2011年1月9日　朝刊

1837　「親鸞 激動篇」　五木寛之・作　山口晃・画
　　　　⊕ 2011年1月1日〜2011年12月11日　朝刊

1838　「ペテロの葬列」　宮部みゆき・作　尾崎千春・画
　　　　⊕ 2011年1月10日〜2012年7月23日　朝刊

1839　「55歳からのハローライフ」　村上龍・作　村上龍・画
　　　　⊕ 2011年12月13日〜2012年7月8日　朝刊

1840　「愛ふたたび」　渡辺淳一・作　唐仁原教久・画
　　　　⊕ 2012年7月10日〜2012年12月9日　朝刊

1841　「右門捕物帖」　佐々木味津三・作
　　　　⊕ 2012年8月27日〜2014年6月21日　朝刊

1842　「紫匂う」　葉室麟・作　村田涼平・画
　　　　⊕ 2012年12月11日〜2013年6月30日　朝刊

1843　「親鸞 完結篇」　五木寛之・作　山口晃・画
　　　　⊕ 2013年7月1日〜2014年7月6日　朝刊

1844　「それを愛とは呼ばず」　桜木紫乃・作　西川真以子・画
　　　　⊕ 2014年6月22日〜2014年12月10日　朝刊

1845　「御用船帰還せず」　相場英雄・作　渡邊ちょんと・画
　　　　⊕ 2014年7月8日〜2015年2月7日　朝刊

1846　「気仙沼ミラクルガール」　五十嵐貴久・作　七字由布・画
　　　　⊕ 2014年12月11日〜2015年6月10日　朝刊

1847〜1861　　　　　　　新聞社別一覧　　　　　**山陰中央新報（島根県）**

1847　「料理通異聞」　松井今朝子・作　いずみ朔庵・画
　　　⊕ 2015年2月10日〜2015年8月19日　朝刊

1848　「果鋭」　黒川博行・作　高橋雅博・画
　　　⊕ 2015年7月14日〜2016年5月7日　朝刊

1849　「家康」　安部龍太郎・作　正子公也・画
　　　⊕ 2015年8月20日〜2016年6月23日　朝刊

1850　「風は西から」　村山由佳・作　わたべめぐみ・画
　　　⊕ 2016年5月8日〜2017年3月21日　朝刊

1851　「秀吉の活」　木下昌輝・作　遠藤拓人・画
　　　⊕ 2016年6月24日〜2017年4月20日　朝刊

1852　「雨上がりの川」　森沢明夫・作　オカヤイヅミ・画
　　　⊕ 2017年4月1日〜2017年12月9日　朝刊

1853　「家康 不惑篇」　安部龍太郎・作　永井秀樹・画
　　　⊕ 2017年4月21日〜2018年2月27日　朝刊

1854　「また明日」　群ようこ・作　丹下京子・画
　　　⊕ 2017年12月12日〜連載中　朝刊

1855　「茶聖」　伊東潤・作　渡邊ちょんと・画
　　　⊕ 2018年2月28日〜連載中　朝刊

島根県

山陰中央新報

1856　「桜田門外ノ変」　吉村昭・作　中一弥・画
　　　⊕ 1989年8月14日〜1990年6月27日　朝刊

1857　「夢ざめの坂」　陳舜臣・作　畑農照雄・画
　　　⊕ 1990年6月28日〜1991年4月30日　朝刊

1858　「虹の刺客」　森村誠一・作　福田隆義・画
　　　⊕ 1991年5月1日〜1992年7月19日　朝刊

1859　「鳩を飛ばす日」　ねじめ正一・作　植松利光・画
　　　⊕ 1992年7月20日〜1993年2月26日　朝刊

1860　「余燼」　北方謙三・作　中一弥・画
　　　⊕ 1993年2月27日〜1994年4月16日　朝刊

1861　「翼ある船は」　内海隆一郎・作　峰岸達・画

新聞連載小説総覧 平成期（1989〜2017）　**121**

山陰中央新報（島根県）　　　　新聞社別一覧　　　　*1862〜1877*

　　　⓾ 1994年4月17日〜1994年12月31日　朝刊
1862　「天下を望むな―三矢軍記―」　祖田浩一・作　八木義之介・画
　　　⓾ 1995年1月1日〜1995年5月8日　朝刊
1863　「エンドレスピーク―遠い嶺―」　森村誠一・作　安岡旦・画
　　　⓾ 1995年5月9日〜1996年5月27日　朝刊
1864　「くちづけ」　赤川次郎・作　矢野徳・画
　　　⓾ 1996年5月28日〜1997年3月7日　朝刊
1865　「ヤマダ一家の辛抱」　群ようこ・作　土橋とし子・画
　　　⓾ 1997年3月8日〜1997年11月21日　朝刊
1866　「小説・亀井茲矩 波濤の彼方へ」　伯耆坊俊夫・作　春蘆冠・画
　　　⓾ 1997年4月6日〜1998年5月17日　朝刊
1867　「螢の橋」　澤田ふじ子・作　大竹明輝・画
　　　⓾ 1997年11月22日〜1998年9月29日　朝刊
1868　「神の裁き」　佐木隆三・作　杉山新一・画
　　　⓾ 1998年9月30日〜1999年8月19日　朝刊
1869　「恋わずらい」　高橋三千綱・作　山本博通・画
　　　⓾ 1999年8月20日〜2000年4月28日　朝刊
1870　「小説・小野篁一伝 米子加茂川偲ぶ川」　伯耆坊俊夫・作　櫃田春紀・画
　　　⓾ 1999年10月3日〜2001年2月4日　朝刊
1871　「ぼろぼろ三銃士」　永倉萬治・作　真鍋太郎・画
　　　⓾ 2000年4月29日〜2000年11月1日　朝刊　※最後の一話は永倉有子が
　　　執筆
1872　「花も嵐も 女優田中絹代の一生」　古川薫・作　岐部たかし・画
　　　⓾ 2000年11月2日〜2001年10月14日　朝刊
1873　「緩やかな反転」　新津きよみ・作　ばば・のりこ・画
　　　⓾ 2001年10月16日〜2002年9月10日　朝刊
1874　「猫の似づら絵師」　出久根達郎・作　磯倉哲・画
　　　⓾ 2002年9月11日〜2003年4月26日　朝刊
1875　「永遠の朝の暗闇」　岩井志麻子・作　横松桃子・画
　　　⓾ 2003年4月27日〜2003年12月31日　朝刊
1876　「乱調」　藤田宜永・作　ゴトウヒロシ・画
　　　⓾ 2004年1月1日〜2004年11月22日　朝刊
1877　「冬至祭」　清水義範・作　松本孝志・画
　　　⓾ 2004年11月23日〜2005年9月26日　朝刊

1878〜1894　　　　　　新聞社別一覧　　　山陰中央新報（島根県）

1878「きのうの世界」　恩田陸・作　鈴木理策〔写真〕
　　㊤2005年9月27日〜2006年8月17日　朝刊

1879「青春の条件」　森村誠一・作　堂昌一・画
　　㊤2006年8月18日〜2007年8月29日　朝刊

1880「めだかの学校」　垣根涼介・作　井筒りつこ・画
　　㊤2007年8月30日〜2008年8月8日　朝刊

1881「しろがね軍記—おんな忍者・世界魔耶路の回想」　古川薫・作　〔写真〕
　　㊤2008年6月18日〜2008年9月10日　朝刊

1882「親鸞」　五木寛之・作　山口晃・画
　　㊤2008年9月1日〜2009年8月31日　朝刊

1883「三人の二代目」　堺屋太一・作　大津英敏・画
　　㊤2009年9月1日〜2010年12月31日　朝刊

1884「親鸞 激動篇」　五木寛之・作　山口晃・画
　　㊤2011年1月1日〜2011年12月11日　朝刊

1885「55歳からのハローライフ」　村上龍・作　村上龍・画
　　㊤2011年12月13日〜2012年7月8日　朝刊

1886「愛ふたたび」　渡辺淳一・作　唐仁原教久・画
　　㊤2012年7月10日〜2012年12月9日　朝刊

1887「紫匂う」　葉室麟・作　村田涼平・画
　　㊤2012年12月11日〜2013年6月29日　朝刊

1888「親鸞 完結篇」　五木寛之・作　山口晃・画
　　㊤2013年7月1日〜2014年7月6日　朝刊

1889「終わった人」　内館牧子・作　横尾智子・画
　　㊤2014年7月8日〜2015年3月1日　朝刊

1890「草花たちの静かな誓い」　宮本輝・作　赤井稚佳・画
　　㊤2015年3月2日〜2015年12月17日　朝刊

1891「河井継之助 龍が哭く」　秋山香乃・作　中村麻美・画
　　㊤2015年12月18日〜2016年12月7日　朝刊

1892「バルス」　楡周平・作　岡田航也・画
　　㊤2016年2月1日〜2016年10月17日　朝刊

1893「ことことこーこ」　阿川佐和子・作　土橋とし子・画
　　㊤2016年10月18日〜2017年7月8日　朝刊

1894「風神雷神 Juppiter, Aeolus」　原田マハ・作　森美夏・画
　　㊤2016年12月8日〜2018年3月30日　朝刊

新聞連載小説総覧 平成期（1989〜2017）　**123**

山陽新聞（岡山県）　　　　　新聞社別一覧　　　　　*1895〜1909*

1895　「白いジオラマ」　堂場瞬一・作　鎌田みか・画
　　　　⊕ 2017年7月9日〜連載中　朝刊
1896　「輝山」　澤田瞳子・作　いずみ朔庵・画
　　　　⊕ 2018年3月31日〜連載中　朝刊

岡山県

山陽新聞

1897　「決戦の時」　遠藤周作・作　秋野卓美・画
　　　　⊕ 1989年10月3日〜1990年8月5日　朝刊
1898　「夢ざめの坂」　陳舜臣・作　畑農照雄・画
　　　　⊕ 1989年12月16日〜1990年12月21日　夕刊
1899　「悠久の波紋」　堀和久・作　安東延由・画
　　　　⊕ 1990年8月7日〜1991年7月10日　朝刊
1900　「夢心地の反乱」　笹沢左保・作　依光隆・画
　　　　⊕ 1990年12月22日〜1991年9月9日　夕刊
1901　「海の司令官―小西行長―」　白石一郎・作　としフクダ・画
　　　　⊕ 1991年7月11日〜1992年7月29日　朝刊
1902　「華麗なる対決」　小杉健治・作　大竹明輝・画
　　　　⊕ 1991年9月10日〜1992年6月22日　夕刊
1903　「鳩を飛ばす日」　ねじめ正一・作　植松利光・画
　　　　⊕ 1992年6月23日〜1993年3月15日　夕刊
1904　「余燼」　北方謙三・作　中一弥・画
　　　　⊕ 1992年7月30日〜1993年9月14日　朝刊
1905　「座礁」　高杉良・作　安岡旦・画
　　　　⊕ 1993年3月16日〜1994年1月27日　夕刊
1906　「徳川御三卿 江戸の嵐」　南原幹雄・作　熊田正男・画
　　　　⊕ 1993年9月15日〜1994年7月25日　朝刊
1907　「恋歌書き」　阿久悠・作　井筒啓之・画
　　　　⊕ 1994年1月28日〜1994年11月11日　夕刊
1908　「天狗風」　宮部みゆき・作　矢野徳・画
　　　　⊕ 1994年7月26日〜1995年7月24日　朝刊
1909　「推定有罪」　笹倉明・作　辰巳四郎・画

124　新聞連載小説総覧 平成期（1989〜2017）

1910〜1925		新聞社別一覧	山陽新聞（岡山県）

㊼ 1994年11月12日〜1995年12月4日　夕刊

1910　「空飛ぶ虚ろ舟」　古川薫・作　西のぼる・画
㊼ 1995年10月1日〜1996年6月3日　朝刊

1911　「備前物語」　津本陽・作　深井国・画
㊼ 1996年6月15日〜1997年7月17日　朝刊

1912　「ヤマダ一家の辛抱」　群ようこ・作　土橋とし子・画
㊼ 1997年7月18日〜1998年4月4日　朝刊

1913　「時空伝奇 瀧夜叉姫」　井沢元彦・作　北村公司・画
㊼ 1998年4月5日〜1999年2月12日　朝刊

1914　「猫月夜」　立松和平・作　横松桃子・画
㊼ 1999年2月13日〜2000年4月7日　朝刊

1915　「ぽろぽろ三銃士」　永倉萬治・作　真鍋太郎・画
㊼ 2000年4月8日〜2000年10月12日　朝刊　※最後の一話は永倉有子が
執筆

1916　「カシオペアの丘で」　重松清・作　森流一郎・画
㊼ 2002年7月1日〜2003年5月21日　朝刊

1917　「永遠の朝の暗闇」　岩井志麻子・作　横松桃子・画
㊼ 2003年5月22日〜2004年1月27日　朝刊

1918　「京都感情案内」　西村京太郎・作　吉原英雄・画
㊼ 2004年2月21日〜2004年10月18日　朝刊

1919　「名君の門—戦国武将森忠政」　皆木和義・作　上村真未・画
㊼ 2004年11月1日〜2005年7月31日　朝刊

1920　「きのうの世界」　恩田陸・作　鈴木理策〔写真〕
㊼ 2005年8月17日〜2006年7月7日　朝刊

1921　「決壊」　高嶋哲夫・作　渡邊伸綱・画
㊼ 2006年8月1日〜2007年6月2日　朝刊

1922　「備前遊奇隊」　田辺栄一・作　藤本理恵子・画
㊼ 2006年11月1日〜2007年12月28日　夕刊

1923　「シューカツ！」　石田衣良・作　楠裕紀子・画
㊼ 2007年6月12日〜2008年2月9日　朝刊

1924　「紙の月」　角田光代・作　満岡玲子・画
㊼ 2008年2月13日〜2008年8月31日　朝刊

1925　「親鸞」　五木寛之・作　山口晃・画
㊼ 2008年9月1日〜2009年8月31日　朝刊

新聞連載小説総覧 平成期（1989〜2017）　**125**

山陽新聞（岡山県）　　　　　　　新聞社別一覧　　　　　　　*1926～1942*

1926　「三人の二代目」　堺屋太一・作　大津英敏・画
　　　　（連）2009年9月1日～2010年12月31日　朝刊

1927　「かんかん橋を渡ったら」　あさのあつこ・作　佐藤みき・画
　　　　（連）2010年11月2日～2011年10月24日　朝刊

1928　「親鸞 激動篇」　五木寛之・作　山口晃・画
　　　　（連）2011年1月1日～2011年12月11日　朝刊

1929　「55歳からのハローライフ」　村上龍・作　村上龍・画
　　　　（連）2011年12月13日～2012年7月8日　朝刊

1930　「正妻 慶喜と美賀子」　林真理子・作　山口はるみ・画
　　　　（連）2011年12月13日～2012年12月9日　朝刊

1931　「愛ふたたび」　渡辺淳一・作　唐仁原教久・画
　　　　（連）2012年7月10日～2012年12月9日　朝刊

1932　「紫匂う」　葉室麟・作　村田涼平・画
　　　　（連）2012年12月11日～2013年6月30日　朝刊

1933　「めだか、太平洋を往け」　重松清・作　小林万希子・画
　　　　（連）2012年12月11日～2013年9月23日　朝刊

1934　「親鸞 完結篇」　五木寛之・作　山口晃・画
　　　　（連）2013年7月1日～2014年7月6日　朝刊

1935　「トッピング」　川上健一・作　中山忍・画
　　　　（連）2013年9月24日～2014年4月29日　朝刊

1936　「かんかん橋の向こう側」　あさのあつこ・作　佐藤みき・画
　　　　（連）2014年4月30日～2015年3月21日　朝刊

1937　「御用船帰還せず」　相場英雄・作　渡邊ちょんと・画
　　　　（連）2014年7月8日～2015年2月8日　朝刊

1938　「料理通異聞」　松井今朝子・作　いずみ朔庵・画
　　　　（連）2015年2月10日～2015年8月19日　朝刊

1939　「草花たちの静かな誓い」　宮本輝・作　赤井稚佳・画
　　　　（連）2015年3月22日～2016年1月7日　朝刊

1940　「家康」　安部龍太郎・作　正子公也・画
　　　　（連）2015年8月20日～2016年6月23日　朝刊

1941　「むーさんの背中」　ねじめ正一・作　満岡玲子・画
　　　　（連）2016年1月8日～2016年9月13日　朝刊

1942　「秀吉の活」　木下昌輝・作　遠藤拓人・画
　　　　（連）2016年6月24日～2017年4月20日　朝刊

1943〜1957 新聞社別一覧 中国新聞（広島県）

1943 「ことことこーこ」　阿川佐和子・作　土橋とし子・画
　　　　⊕ 2016年9月14日〜2017年6月5日　朝刊

1944 「家康 不惑篇」　安部龍太郎・作　永井秀樹・画
　　　　⊕ 2017年4月21日〜2018年2月28日　朝刊

1945 「風神雷神 Juppiter, Aeolus」　原田マハ・作　森美夏・画
　　　　⊕ 2017年6月6日〜連載中　朝刊

1946 「茶聖」　伊東潤・作　渡邊ちょんと・画
　　　　⊕ 2018年3月1日〜連載中　朝刊

広島県

中国新聞

1947 「花ある季節」　安西篤子・作　田沢茂・画
　　　　⊕ 1989年3月10日〜1989年11月8日　朝刊

1948 「青雲を行く」　三好徹・作　中江蒼・画
　　　　⊕ 1989年8月16日〜1990年10月11日　夕刊

1949 「銀河動物園」　畑山博・作　水戸成幸・画
　　　　⊕ 1989年11月9日〜1990年8月22日　朝刊

1950 「幻夏祭」　皆川博子・作　佐々木壮六・画
　　　　⊕ 1990年8月23日〜1991年4月25日　朝刊

1951 「湖のある街」　林真理子・作　粕谷侑子・画
　　　　⊕ 1990年10月12日〜1991年9月14日　夕刊

1952 「丁半国境」　西木正明・作　松井叔生・画
　　　　⊕ 1991年4月26日〜1992年2月5日　朝刊

1953 「やさしい季節」　赤川次郎・作　山本タカト・画
　　　　⊕ 1991年9月17日〜1992年9月19日　夕刊

1954 「悪の華」　立松和平・作　島谷晃・画
　　　　⊕ 1992年2月6日〜1992年10月24日　朝刊

1955 「藍の風紋」　高橋玄洋・作　水戸成幸・画
　　　　⊕ 1992年9月21日〜1993年7月5日　夕刊

1956 「揺れて」　落合恵子・作　太田國廣・画
　　　　⊕ 1992年10月25日〜1993年9月28日　朝刊

1957 「澪通りひともし頃」　北原亞以子・作　東啓三郎・画

新聞連載小説総覧 平成期（1989〜2017）　**127**

中国新聞（広島県）　　　　新聞社別一覧　　　　*1958〜1974*

　　　　㊟ 1993年7月6日〜1994年4月5日　夕刊
1958「危険な隣人」　笹沢左保・作　加藤孝雄・画
　　　　㊟ 1993年9月29日〜1994年7月19日　朝刊
1959「独眼竜政宗」　津本陽・作　畑農照雄・画
　　　　㊟ 1994年4月6日〜1995年6月20日　夕刊
1960「面一本」　出久根達郎・作　船久保直樹・画
　　　　㊟ 1994年7月20日〜1995年6月4日　朝刊
1961「プラトン学園」　奥泉光・作　小松久子・画
　　　　㊟ 1995年6月5日〜1995年12月28日　朝刊
1962「夢の工房」　真保裕一・作　北村公司・画
　　　　㊟ 1995年6月21日〜1996年5月9日　夕刊
1963「家族ホテル」　内海隆一郎・作　岩田信夫・画
　　　　㊟ 1995年12月29日〜1996年11月3日　朝刊
1964「愛炎」　見延典子・作　小野利明・画
　　　　㊟ 1996年5月10日〜1997年5月20日　夕刊
1965「天涯の花」　宮尾登美子・作　大畑稔浩・画
　　　　㊟ 1996年11月4日〜1997年5月8日　朝刊
1966「はちまん」　内田康夫・作　小松久子・画
　　　　㊟ 1997年5月9日〜1998年4月17日　朝刊
1967「名君の碑」　中村彰彦・作　鎬田幹・画
　　　　㊟ 1997年5月21日〜1998年8月15日　夕刊
1968「春の城」　石牟礼道子・作　秀島由己男・画
　　　　㊟ 1998年4月18日〜1999年2月4日　朝刊
1969「敵対狼群」　森村誠一・作　和田義彦・画
　　　　㊟ 1998年8月17日〜2000年1月6日　夕刊
1970「花婚式」　藤堂志津子・作　井筒啓之・画
　　　　㊟ 1999年2月5日〜1999年9月14日　朝刊
1971「十津川警部 愛と死の伝説」　西村京太郎・作　柳沢達朗・画
　　　　㊟ 1999年9月15日〜2000年7月3日　朝刊
1972「遠ざかる祖国」　逢坂剛・作　堀越千秋・画
　　　　㊟ 2000年7月4日〜2001年7月21日　朝刊
1973「鋼鉄の叫び」　鈴木光司・作　福山小夜・画
　　　　㊟ 2001年7月18日〜2002年8月16日　夕刊
1974「雁の橋」　澤田ふじ子・作　小沢重行・画

	⊛ 2001年7月22日〜2002年6月30日　朝刊
1975	「養安先生、呼ばれ！」　西木正明・作　長友啓典・画
	⊛ 2002年7月1日〜2003年5月12日　朝刊
1976	「相剋の森」　熊谷達也・作　高山文孝・画
	⊛ 2002年8月17日〜2003年9月25日　夕刊
1977	「坊っちゃん」　夏目漱石・作　丹羽和子・画
	⊛ 2002年10月1日〜2002年12月7日　朝刊
1978	「三四郎」　夏目漱石・作　丹羽和子・画
	⊛ 2002年12月10日〜2003年5月24日　朝刊
1979	「梟首の島」　坂東眞砂子・作　北谷しげひさ・画
	⊛ 2003年5月13日〜2004年10月27日　朝刊
1980	「山椒大夫」　森鷗外・作　西のぼる・画
	⊛ 2003年5月27日〜2003年6月15日　朝刊
1981	「雁」　森鷗外・作　西のぼる・画
	⊛ 2003年6月24日〜2003年8月26日　朝刊
1982	「高瀬舟」　森鷗外・作　西のぼる・画
	⊛ 2003年9月2日〜2003年9月11日　朝刊
1983	「蜘蛛の糸」　芥川龍之介・作　蓬田やすひろ・画
	⊛ 2003年9月23日〜2003年9月24日　朝刊
1984	「トロッコ」　芥川龍之介・作　蓬田やすひろ・画
	⊛ 2003年9月25日〜2003年9月27日　朝刊
1985	「落葉同盟」　赤川次郎・作　井上あきむ・画
	⊛ 2003年9月26日〜2004年8月21日　夕刊
1986	「杜子春」　芥川龍之介・作　蓬田やすひろ・画
	⊛ 2003年9月30日〜2003年10月8日　朝刊
1987	「鼻」　芥川龍之介・作　蓬田やすひろ・画
	⊛ 2003年10月9日〜2003年10月16日　朝刊
1988	「羅生門」　芥川龍之介・作　蓬田やすひろ・画
	⊛ 2003年10月17日〜2003年10月22日　朝刊
1989	「河童」　芥川龍之介・作　蓬田やすひろ・画
	⊛ 2003年10月23日〜2003年12月3日　朝刊
1990	「風の又三郎」　宮沢賢治・作　畑中純・画
	⊛ 2003年12月9日〜2004年1月16日　朝刊
1991	「注文の多い料理店」　宮沢賢治・作　畑中純・画

中国新聞（広島県）　　　　　新聞社別一覧　　　　　　　*1992〜2008*

　　　　　　⬙ 2004年1月17日〜2004年1月22日　朝刊
1992　「セロ弾きのゴーシュ」　宮沢賢治・作　畑中純・画
　　　　　　⬙ 2004年1月23日〜2004年2月3日　朝刊
1993　「水仙月の四日」　宮沢賢治・作　畑中純・画
　　　　　　⬙ 2004年2月4日〜2004年2月7日　朝刊
1994　「銀河鉄道の夜」　宮沢賢治・作　畑中純・画
　　　　　　⬙ 2004年2月10日〜2004年3月17日　朝刊
1995　「走れメロス」　太宰治・作　作田えつ子・画
　　　　　　⬙ 2004年4月1日〜2004年4月9日　朝刊
1996　「富嶽百景」　太宰治・作　作田えつ子・画
　　　　　　⬙ 2004年4月13日〜2004年4月27日　朝刊
1997　「瘤取り」　太宰治・作　作田えつ子・画
　　　　　　⬙ 2004年4月28日〜2004年5月6日　朝刊
1998　「おしゃれ童子」　太宰治・作　作田えつ子・画
　　　　　　⬙ 2004年5月11日〜2004年5月14日　朝刊
1999　「雪の夜の話」　太宰治・作　作田えつ子・画
　　　　　　⬙ 2004年5月18日〜2004年5月20日　朝刊
2000　「貧の意地」　太宰治・作　作田えつ子・画
　　　　　　⬙ 2004年5月21日〜2004年5月28日　朝刊
2001　「水仙」　太宰治・作　作田えつ子・画
　　　　　　⬙ 2004年6月1日〜2004年6月10日　朝刊
2002　「夏の花」　原民喜・作　吉野誠・画
　　　　　　⬙ 2004年7月20日〜2004年7月27日　朝刊
2003　「夏の花 廃墟から」　原民喜・作　吉野誠・画
　　　　　　⬙ 2004年7月28日〜2004年8月6日　朝刊
2004　「夏の花 壊滅の序曲」　原民喜・作　益田久範・画
　　　　　　⬙ 2004年8月10日〜2004年8月27日　朝刊
2005　「幻談」　幸田露伴・作　西のぼる・画
　　　　　　⬙ 2004年8月31日〜2004年9月15日　朝刊
2006　「よろしく」　嵐山光三郎・作　安西水丸・画
　　　　　　⬙ 2004年9月1日〜2005年8月4日　夕刊
2007　「観画談」　幸田露伴・作　西のぼる・画
　　　　　　⬙ 2004年9月16日〜2004年10月1日　朝刊
2008　「頼山陽」　見延典子・作　西村緋禄史・画

130　新聞連載小説総覧 平成期（1989〜2017）

	ⓔ 2004年10月5日～2007年4月25日　朝刊
2009	「乾いた魚に濡れた魚」　灰谷健次郎・作　坪谷令子・画
	ⓔ 2004年10月28日～2005年1月25日　朝刊
2010	「隣りの若草さん」　藤本ひとみ・作　朝倉めぐみ・画
	ⓔ 2005年1月26日～2006年4月17日　朝刊
2011	「藪枯らし純次」　船戸与一・作　小野利明・画
	ⓔ 2006年4月18日～2007年5月31日　朝刊
2012	「オー！　ファーザー」　伊坂幸太郎・作　遠藤拓人・画
	ⓔ 2006年8月11日～2007年1月31日　夕刊
2013	「虎頭八国伝」　森福都・作　小林万希子・画
	ⓔ 2007年5月1日～2008年8月30日　朝刊
2014	「穂足のチカラ」　梶尾真治・作　サカイノビー・画
	ⓔ 2007年6月1日～2008年6月26日　朝刊
2015	「かあちゃん」　重松清・作　山本祐司, 森英二郎・画
	ⓔ 2008年6月27日～2009年4月23日　朝刊
2016	「親鸞」　五木寛之・作　山口晃・画
	ⓔ 2008年9月1日～2009年8月31日　朝刊
2017	「沙織さん」　鳴門謙祥・作　川西智尋・画
	ⓔ 2008年11月25日～2009年1月29日　夕刊
2018	「兵学校の女たち」　浜坂テッペイ・作　広島市立大学芸術学部・画
	ⓔ 2009年1月30日～2009年3月21日　夕刊
2019	「ルーズヴェルト・ゲーム」　池井戸潤・作　フジモト・ヒデト・画
	ⓔ 2009年5月7日～2010年6月8日　夕刊
2020	「氷山の南」　池澤夏樹・作　影山徹・画
	ⓔ 2009年9月1日～2010年9月30日　朝刊
2021	「三人の二代目」　堺屋太一・作　大津英敏・画
	ⓔ 2009年9月1日～2010年12月31日　朝刊
2022	「放蕩記」　村山由佳・作　結布・画
	ⓔ 2010年6月9日～2011年8月13日　夕刊
2023	「親鸞 激動篇」　五木寛之・作　山口晃・画
	ⓔ 2011年1月1日～2011年12月11日　朝刊
2024	「余命一年の種馬（スタリオン）」　石田衣良・作　楠伸生・画
	ⓔ 2011年8月15日～2012年11月20日　夕刊
2025	「正妻 慶喜と美賀子」　林真理子・作　山口はるみ・画

中国新聞（広島県）　　　　　　新聞社別一覧　　　　　　*2026〜2034*

　　　　　⊕ 2011年12月13日〜2012年12月9日　朝刊
2026　「女系の総督」　藤田宜永・作　北村裕花・画
　　　　　⊕ 2012年11月21日〜2014年3月13日　夕刊
2027　「紫匂う」　葉室麟・作　村田涼平・画
　　　　　⊕ 2012年12月11日〜2013年6月30日　朝刊
2028　「親鸞 完結篇」　五木寛之・作　山口晃・画
　　　　　⊕ 2013年7月1日〜2014年7月6日　朝刊
2029　「リーチ先生」　原田マハ・作　佐藤直樹・画
　　　　　⊕ 2014年3月14日〜2015年4月30日　夕刊　※2015年4月30日以降、中国新聞SELECTに連載
2030　「この日のために」　幸田真音・作　村上豊・画
　　　　　⊕ 2014年7月8日〜2015年7月10日　朝刊
2031　「東京クルージング」　伊集院静・作　福山小夜・画
　　　　　⊕ 2015年7月11日〜2016年6月3日　朝刊
2032　「淳子のてっぺん」　唯川恵・作　水上みのり・画
　　　　　⊕ 2016年6月4日〜2017年4月24日　朝刊
2033　「ブロードキャスト」　湊かなえ・作　江頭路子・画
　　　　　⊕ 2017年4月25日〜2017年11月27日　朝刊
2034　「盲剣楼奇譚」　島田荘司・作　岡田屋愉一・画
　　　　　⊕ 2017年11月28日〜連載中　朝刊

四国

徳島県

徳島新聞

2035 「夢ざめの坂」　陳舜臣・作　畑農照雄・画
　　　⓪ 1989年7月1日～1990年9月5日　夕刊

2036 「決戦の時」　遠藤周作・作　秋野卓美・画
　　　⓪ 1989年7月10日～1990年5月31日　朝刊

2037 「ここに地終わり海始まる」　宮本輝・作　大竹明輝・画
　　　⓪ 1990年6月1日～1991年2月6日　朝刊

2038 「夢心地の反乱」　笹沢左保・作　依光隆・画
　　　⓪ 1990年9月6日～1991年5月29日　夕刊

2039 「湖のある街」　林真理子・作　粕谷侑子・画
　　　⓪ 1991年2月7日～1991年11月12日　朝刊

2040 「宮本武蔵 血戦録」　光瀬龍・作　金森達・画
　　　⓪ 1991年5月30日～1992年3月2日　夕刊

2041 「やさしい季節」　赤川次郎・作　山本タカト・画
　　　⓪ 1991年11月13日～1992年9月11日　朝刊

2042 「写楽阿波日誌」　羽里昌・作　吉川省三・画
　　　⓪ 1992年1月17日～1992年9月25日　夕刊

2043 「華麗なる対決」　小杉健治・作　大竹明輝・画
　　　⓪ 1992年3月3日～1992年12月4日　夕刊

2044 「流氷の墓場」　村松友視・作　成瀬数富・画
　　　⓪ 1992年9月12日～1993年5月13日　朝刊

2045 「藍の風紋」　高橋玄洋・作　水戸成幸・画
　　　⓪ 1992年12月5日～1993年9月13日　夕刊

2046 「海の蝶」　高橋治・作　横塚繁・画
　　　⓪ 1993年5月14日～1994年5月18日　朝刊

2047 「澪通りひともし頃」　北原亞以子・作　東啓三郎・画

徳島新聞（徳島県）　　　　　新聞社別一覧　　　　　　　　2048〜2064

　　　　⊕ 1993年9月14日〜1994年6月17日　夕刊
2048　「無明山脈」　梓林太郎・作　柳沢達朗・画
　　　　⊕ 1994年5月19日〜1995年2月5日　朝刊
2049　「虚飾の都」　志茂田景樹・作　吉田光彦・画
　　　　⊕ 1994年6月18日〜1995年4月21日　夕刊
2050　「みどりの光芒」　小嵐九八郎・作　磯倉哲・画
　　　　⊕ 1995年2月6日〜1995年10月17日　朝刊
2051　「エンドレスピーク―遠い嶺―」　森村誠一・作　安岡旦・画
　　　　⊕ 1995年4月22日〜1996年7月23日　夕刊
2052　「空白の瞬間」　安西篤子・作　船山滋生・画
　　　　⊕ 1995年10月18日〜1996年7月17日　朝刊
2053　「くちづけ」　赤川次郎・作　矢野徳・画
　　　　⊕ 1996年7月25日〜1997年6月30日　夕刊
2054　「天涯の花」　宮尾登美子・作　大畑稔浩・画
　　　　⊕ 1996年8月25日〜1997年2月23日　朝刊
2055　「ヤマダ一家の辛抱」　群ようこ・作　土橋とし子・画
　　　　⊕ 1997年2月24日〜1997年11月4日　朝刊
2056　「浅き夢見し」　赤瀬川隼・作　小林秀美・画
　　　　⊕ 1997年7月1日〜1998年5月12日　夕刊
2057　「青濤」　北原亞以子・作　福田トシオ・画
　　　　⊕ 1997年11月5日〜1998年10月24日　朝刊
2058　「神の裁き」　佐木隆三・作　杉山新一・画
　　　　⊕ 1998年5月13日〜1999年6月3日　夕刊
2059　「屈折率」　佐々木譲・作　日置由美子・画
　　　　⊕ 1998年10月25日〜1999年7月5日　朝刊
2060　「猫月夜」　立松和平・作　横松桃子・画
　　　　⊕ 1999年6月4日〜2000年10月11日　夕刊
2061　「ばさらばさら」　宮本昌孝・作　小宮山逢邦・画
　　　　⊕ 1999年7月6日〜2000年6月2日　朝刊
2062　「ブレイブ・ストーリー」　宮部みゆき・作　謡口早苗・画
　　　　⊕ 2000年6月4日〜2001年9月4日　朝刊
2063　「花も嵐も　女優田中絹代の一生」　古川薫・作　岐部たかし・画
　　　　⊕ 2000年10月12日〜2001年11月30日　夕刊
2064　「鋼鉄の叫び」　鈴木光司・作　福山小夜・画

2065～2081 新聞社別一覧 **徳島新聞（徳島県）**

㊥ 2001年9月5日～2002年7月21日　朝刊

2065「相剋の森」　熊谷達也・作　高山文孝・画

㊥ 2001年12月1日～2003年1月10日　夕刊

2066「火のみち」　乃南アサ・作　服部純栄・画

㊥ 2002年7月22日～2003年8月22日　朝刊

2067「カシオペアの丘で」　重松清・作　森流一郎・画

㊥ 2003年1月11日～2004年2月3日　夕刊

2068「乱調」　藤田宜永・作　ゴトウヒロシ・画

㊥ 2003年8月23日～2004年7月10日　朝刊

2069「火神」　竹山洋・作　安芸良・画

㊥ 2004年2月4日～2005年5月12日　夕刊

2070「よろしく」　嵐山光三郎・作　安西水丸・画

㊥ 2004年7月11日～2005年4月10日　朝刊

2071「突破屋」　安東能明・作　北村公司・画

㊥ 2005年4月11日～2006年1月8日　朝刊

2072「きのうの世界」　恩田陸・作　鈴木理策〔写真〕

㊥ 2006年1月9日～2006年11月24日　朝刊

2073「おばけの懸想」　川本晶子・作　大崎吉之・画

㊥ 2006年11月25日～2007年9月24日　朝刊

2074「庚牛の渦」　乾荘次郎・作　松川寛・画

㊥ 2007年9月25日～2008年8月31日　朝刊

2075「親鸞」　五木寛之・作　山口晃・画

㊥ 2008年9月1日～2009年8月31日　朝刊

2076「三人の二代目」　堺屋太一・作　大津英敏・画

㊥ 2009年9月1日～2010年12月31日　朝刊

2077「親鸞 激動篇」　五木寛之・作　山口晃・画

㊥ 2011年1月1日～2011年12月11日　朝刊

2078「天佑なり」　幸田真音・作　村上豊・画

㊥ 2011年11月7日～2012年12月31日　朝刊

2079「55歳からのハローライフ」　村上龍・作　村上龍・画

㊥ 2011年12月13日～2012年7月8日　朝刊

2080「愛ふたたび」　渡辺淳一・作　唐仁原教久・画

㊥ 2012年7月10日～2012年12月9日　朝刊

2081「めだか、太平洋を往け」　重松清・作　小林万希子・画

[連] 2012年12月11日〜2013年9月23日 朝刊

2082 「親鸞 完結篇」 五木寛之・作 山口晃・画

[連] 2013年7月1日〜2014年7月6日 朝刊

2083 「サーカスナイト」 よしもとばなな・作 秋山花・画

[連] 2013年9月24日〜2014年4月25日 朝刊

2084 「愛犬ゼルダの旅立ち」 辻仁成・作 井上茉莉子・画

[連] 2014年4月26日〜2014年10月10日 朝刊

2085 「御用船帰還せず」 相場英雄・作 渡邊ちょんと・画

[連] 2014年7月8日〜2015年2月8日 朝刊

2086 「ちゃんぽん食べたかっ！」 さだまさし・作 おぐらひろかず・画

[連] 2014年10月11日〜2015年4月26日 朝刊

2087 「料理通異聞」 松井今朝子・作 いずみ朔庵・画

[連] 2015年2月10日〜2015年8月19日 朝刊

2088 「家康」 安部龍太郎・作 正子公也・画

[連] 2015年8月20日〜2016年6月23日 朝刊

2089 「むーさんの背中」 ねじめ正一・作 満岡玲子・画

[連] 2016年1月3日〜2016年9月7日 朝刊

2090 「影ぞ恋しき」 葉室麟・作 西のぼる・画

[連] 2016年6月26日〜2017年8月3日 朝刊

2091 「ことことこーこ」 阿川佐和子・作 土橋とし子・画

[連] 2016年9月10日〜2017年6月1日 朝刊

2092 「家康 不惑篇」 安部龍太郎・作 永井秀樹・画

[連] 2017年6月4日〜連載中 朝刊

2093 「とめどなく囁く」 桐野夏生・作 内澤旬子・画

[連] 2017年8月5日〜連載中 朝刊

香川県

四国新聞

2094 「高原の聖母」 澤野久雄・作 高須賀優・画

[連] 1989年3月14日〜1989年10月15日 朝刊

2095 「小説 昭和怪物伝 小林一三」 富永滋人・作 水戸成幸・画

[連] 1989年10月16日〜1989年12月27日 朝刊

2096	「小説 昭和怪物伝 松永安左ヱ門」 祖田浩一・作 辰巳一平・画	
	⊕ 1989年12月28日〜1990年3月30日 朝刊	
2097	「小説 昭和怪物伝 永田雅一」 和巻耿介・作 小松完好・画	
	⊕ 1990年3月31日〜1990年7月10日 朝刊	
2098	「鐘―かね―」 内田康夫・作 船山滋生・画	
	⊕ 1990年7月11日〜1991年2月19日 朝刊	
2099	「虹の刺客」 森村誠一・作 福田隆義・画	
	⊕ 1991年2月20日〜1992年5月7日 朝刊	
2100	「天狗藤吉郎」 山田智彦・作 堂昌一・画	
	⊕ 1992年5月8日〜1993年8月18日 朝刊	
2101	「父と子の荒野」 小林久三・作 依光隆・画	
	⊕ 1993年8月19日〜1994年5月25日 朝刊	
2102	「独眼竜政宗」 津本陽・作 畑農照雄・画	
	⊕ 1994年5月26日〜1995年5月25日 朝刊	
2103	「西郷首」 西木正明・作 鈴木透・画	
	⊕ 1995年5月26日〜1996年2月5日 朝刊	
2104	「亀裂」 江波戸哲夫・作 松村あらじん・画	
	⊕ 1996年2月6日〜1996年7月14日 朝刊	
2105	「水葬海流」 今井泉・作 岐部隆・画	
	⊕ 1996年7月15日〜1997年3月18日 朝刊	
2106	「赤かぶ検事奮闘記 三人の酒呑童子」 和久峻三・作 たまいいずみ・画	
	⊕ 1997年3月19日〜1997年12月28日 朝刊	
2107	「幸福の船」 平岩弓枝・作 深井国・画	
	⊕ 1997年12月29日〜1998年8月21日 朝刊	
2108	「銀行 男たちの決断」 山田智彦・作 小野利明・画	
	⊕ 1998年8月22日〜1999年10月3日 朝刊	
2109	「ラストダンス」 もりたなるお・作 もりたなるお・画	
	⊕ 1999年10月4日〜2000年8月5日 朝刊	
2110	「乱舞―花の小十郎無双剣」 花家圭太郎・作 熊田正男・画	
	⊕ 2000年8月6日〜2001年6月9日 朝刊	
2111	「緩やかな反転」 新津きよみ・作 ばば・のりこ・画	
	⊕ 2001年6月10日〜2002年5月4日 朝刊	
2112	「正義の基準」 森村誠一・作 和田義彦・画	
	⊕ 2002年5月5日〜2003年5月20日 朝刊	

四国新聞（香川県）　　　　　新聞社別一覧　　　　　*2113～2129*

2113　「猫の似づら絵師」　出久根達郎・作　磯倉哲・画
　　　　㊞ 2003年5月21日～2004年1月3日　朝刊

2114　「貞操問答」　菊池寛・作　にしざわさとこ・画
　　　　㊞ 2004年1月5日～2004年7月23日　朝刊

2115　「第二の接吻」　菊池寛・作　蔵本秀彦・画
　　　　㊞ 2004年7月25日～2004年11月1日　朝刊

2116　「真珠夫人」　菊池寛・作　はまのとしひろ・画
　　　　㊞ 2004年11月2日～2005年5月21日　朝刊

2117　「よろしく」　嵐山光三郎・作　安西水丸・画
　　　　㊞ 2005年5月22日～2006年2月21日　朝刊

2118　「夕映え」　宇江佐真理・作　室谷雅子・画
　　　　㊞ 2006年2月22日～2006年12月9日　朝刊

2119　「おばけの懸想」　川本晶子・作　大崎吉之・画
　　　　㊞ 2006年11月25日～2007年10月7日　朝刊

2120　「野に咲け、あざみ」　芦原すなお・作　赤松きよ・画
　　　　㊞ 2007年9月23日～2008年8月31日　朝刊

2121　「親鸞」　五木寛之・作　山口晃・画
　　　　㊞ 2008年9月1日～2009年8月31日　朝刊

2122　「三人の二代目」　堺屋太一・作　大津英敏・画
　　　　㊞ 2009年9月1日～2010年12月31日　朝刊

2123　「親鸞 激動篇」　五木寛之・作　山口晃・画
　　　　㊞ 2011年1月1日～2011年12月11日　朝刊

2124　「55歳からのハローライフ」　村上龍・作　村上龍・画
　　　　㊞ 2011年12月13日～2012年7月8日　朝刊

2125　「愛ふたたび」　渡辺淳一・作　唐仁原教久・画
　　　　㊞ 2012年7月10日～2012年12月9日　朝刊

2126　「紫匂う」　葉室麟・作　村田涼平・画
　　　　㊞ 2012年12月11日～2013年6月29日　朝刊

2127　「親鸞 完結篇」　五木寛之・作　山口晃・画
　　　　㊞ 2013年7月1日～2014年7月6日　朝刊

2128　「終わった人」　内館牧子・作　横尾智子・画
　　　　㊞ 2014年7月8日～2015年2月28日　朝刊

2129　「草花たちの静かな誓い」　宮本輝・作　赤井稚佳・画
　　　　㊞ 2015年3月1日～2015年12月16日　朝刊

2130～2143　　　　　　　新聞社別一覧　　　　　**愛媛新聞（愛媛県）**

2130　「家康」　安部龍太郎・作　正子公也・画
　　　🚋 2015年12月17日～2016年10月18日　朝刊

2131　「ことことこーこ」　阿川佐和子・作　土橋とし子・画
　　　🚋 2016年10月19日～2017年7月9日　朝刊

2132　「家康 不惑篇」　安部龍太郎・作　永井秀樹・画
　　　🚋 2017年7月10日～連載中　朝刊

愛媛県

愛媛新聞

2133　「泥棒令嬢とペテン紳士」　高橋三千綱・作　鈴木慶夫・画
　　　🚋 1989年7月10日～1990年5月17日　朝刊

2134　「ここに地終わり海始まる」　宮本輝・作　大竹明輝・画
　　　🚋 1990年5月18日～1991年1月25日　朝刊

2135　「夢ざめの坂」　陳舜臣・作　畑農照雄・画
　　　🚋 1990年5月18日～1991年5月21日　夕刊

2136　「湖のある街」　林真理子・作　粕谷侑子・画
　　　🚋 1991年1月26日～1991年11月2日　朝刊

2137　「風の暦」　赤瀬川隼・作　山野辺進・画
　　　🚋 1991年5月22日～1992年2月4日　夕刊

2138　「やさしい季節」　赤川次郎・作　山本タカト・画
　　　🚋 1991年11月3日～1992年9月3日　朝刊

2139　「余燼」　北方謙三・作　中一弥・画
　　　🚋 1992年9月4日～1993年10月17日　朝刊

2140　「徳川御三卿 江戸の嵐」　南原幹雄・作　熊田正男・画
　　　🚋 1993年10月18日～1994年8月23日　朝刊

2141　「翔んでる警視正 オリエント急行事件簿」　胡桃沢耕史・作　川池くるみ・画
　　　🚋 1993年12月1日～1994年8月17日　朝刊

2142　「無明山脈」　梓林太郎・作　柳沢達朗・画
　　　🚋 1994年8月18日～1995年5月10日　朝刊

2143　「天狗風」　宮部みゆき・作　矢野徳・画
　　　🚋 1994年8月24日～1995年8月18日　朝刊

新聞連載小説総覧 平成期（1989～2017）　**139**

愛媛新聞（愛媛県）	新聞社別一覧	*2144〜2160*

2144 「みどりの光芒」　小嵐九八郎・作　磯倉哲・画
　　　　㊇ 1995年5月11日〜1996年1月20日　朝刊

2145 「夜明け前の女たち」　童門冬二・作　伊勢田邦貴・画
　　　　㊇ 1995年8月19日〜1996年6月24日　朝刊

2146 「空白の瞬間」　安西篤子・作　船山滋生・画
　　　　㊇ 1996年1月21日〜1996年10月22日　朝刊

2147 「くちづけ」　赤川次郎・作　矢野徳・画
　　　　㊇ 1996年6月25日〜1997年4月1日　朝刊

2148 「阿修羅の海」　浅田次郎・作　柳沢達朗・画
　　　　㊇ 1996年10月28日〜1997年10月15日　朝刊

2149 「浅き夢見し」　赤瀬川隼・作　小林秀美・画
　　　　㊇ 1997年4月2日〜1997年12月15日　朝刊

2150 「青濤」　北原亞以子・作　福田トシオ・画
　　　　㊇ 1997年10月16日〜1998年10月7日　朝刊

2151 「スーパーマンの歳月」　笹倉明・作　濱田ヨシ・画
　　　　㊇ 1997年12月16日〜1998年7月19日　朝刊

2152 「時空伝奇 瀧夜叉姫」　井沢元彦・作　北村公司・画
　　　　㊇ 1998年7月20日〜1999年5月24日　朝刊

2153 「異聞おくのほそ道」　童門冬二・作　文月信・画
　　　　㊇ 1998年10月8日〜1999年9月7日　朝刊

2154 「猫月夜」　立松和平・作　横松桃子・画
　　　　㊇ 1999年9月8日〜2000年10月24日　朝刊

2155 「狐闇」　北森鴻・作　北谷しげひさ・画
　　　　㊇ 2000年10月25日〜2001年7月5日　朝刊

2156 「発火点」　真保裕一・作　河野治彦・画
　　　　㊇ 2001年7月6日〜2002年4月9日　朝刊

2157 「果実祭」　和田はつ子・作　加藤孝雄・画
　　　　㊇ 2002年4月10日〜2003年2月3日　朝刊

2158 「カシオペアの丘で」　重松清・作　森流一郎・画
　　　　㊇ 2003年2月4日〜2003年12月20日　朝刊

2159 「絶海にあらず」　北方謙三・作　岩田健太朗・画
　　　　㊇ 2003年12月21日〜2005年4月17日　朝刊

2160 「金の日、銀の月」　井沢満・作　毬月絵美・画
　　　　㊇ 2005年4月18日〜2005年12月30日　朝刊

140　新聞連載小説総覧 平成期（1989〜2017）

2161 「きのうの世界」 恩田陸・作 鈴木理策〔写真〕
[連] 2005年12月31日～2006年11月19日 朝刊
2162 「そろそろ旅に」 松井今朝子・作 熊田正男・画
[連] 2006年11月20日～2007年9月23日 朝刊
2163 「野に咲け、あざみ」 芦原すなお・作 赤松きよ・画
[連] 2007年9月24日～2008年8月31日 朝刊
2164 「親鸞」 五木寛之・作 山口晃・画
[連] 2008年9月1日～2009年8月31日 朝刊
2165 「三人の二代目」 堺屋太一・作 大津英敏・画
[連] 2009年9月1日～2010年12月31日 朝刊
2166 「親鸞 激動篇」 五木寛之・作 山口晃・画
[連] 2011年1月1日～2011年12月11日 朝刊
2167 「55歳からのハローライフ」 村上龍・作 村上龍・画
[連] 2011年12月13日～2012年7月8日 朝刊
2168 「愛ふたたび」 渡辺淳一・作 唐仁原教久・画
[連] 2012年7月10日～2012年12月9日 朝刊
2169 「はなとゆめ」 冲方丁・作 遠田志帆・画
[連] 2012年12月11日～2013年6月30日 朝刊
2170 「サーカスナイト」 よしもとばなな・作 秋山花・画
[連] 2013年7月1日～2014年1月31日 朝刊
2171 「それを愛とは呼ばず」 桜木紫乃・作 西川真以子・画
[連] 2014年2月1日～2014年7月21日 朝刊
2172 「御用船帰還せず」 相場英雄・作 渡邊ちょんと・画
[連] 2014年7月22日～2015年2月21日 朝刊
2173 「坊っちゃん」 夏目漱石・作 桜井忠温・画
[連] 2015年2月22日～2015年5月13日 朝刊
2174 「料理通異聞」 松井今朝子・作 いずみ朔庵・画
[連] 2015年5月14日～2015年11月22日 朝刊
2175 「果鋭」 黒川博行・作 高橋雅博・画
[連] 2015年11月23日～2016年9月14日 朝刊
2176 「秀吉の活」 木下昌輝・作 遠藤拓人・画
[連] 2016年9月15日～2017年7月11日 朝刊
2177 「雨上がりの川」 森沢明夫・作 オカヤイヅミ・画
[連] 2017年7月12日～2018年3月19日 朝刊

2178 「茶聖」　伊東潤・作　渡邊ちょんと・画
　　　　⊕ 2018年3月20日〜連載中　朝刊

高知県

高知新聞

2179 「花ある季節」　安西篤子・作　田沢茂・画
　　　　⊕ 1989年1月30日〜1989年9月30日　朝刊
2180 「桜田門外ノ変」　吉村昭・作　中一弥・画
　　　　⊕ 1989年7月3日〜1990年7月7日　夕刊
2181 「銀河動物園」　畑山博・作　水戸成幸・画
　　　　⊕ 1989年10月1日〜1990年7月11日　朝刊
2182 「噴きあげる潮 小説・ジョン万次郎」　有明夏夫・作　吉松八重樹・画
　　　　⊕ 1990年7月9日〜1991年11月8日　夕刊
2183 「幻夏祭」　皆川博子・作　佐々木壮六・画
　　　　⊕ 1990年7月12日〜1991年3月10日　朝刊
2184 「丁半国境」　西木正明・作　松井叔生・画
　　　　⊕ 1991年3月11日〜1991年12月19日　朝刊
2185 「海の司令官―小西行長―」　白石一郎・作　としフクダ・画
　　　　⊕ 1991年11月9日〜1993年2月18日　夕刊
2186 「悪の華」　立松和平・作　島谷晃・画
　　　　⊕ 1991年12月20日〜1992年9月4日　朝刊
2187 「揺れて」　落合恵子・作　太田國廣・画
　　　　⊕ 1992年9月5日〜1993年8月4日　朝刊
2188 「財界風雲録 志に生きたリーダーたち」　塩田潮・作　梶鮎太・画
　　　　⊕ 1993年2月19日〜1994年4月22日　夕刊
2189 「危険な隣人」　笹沢左保・作　加藤孝雄・画
　　　　⊕ 1993年8月5日〜1994年5月21日　朝刊
2190 「大逆転！」　檜山良昭・作　水戸成幸・画
　　　　⊕ 1994年4月23日〜1995年3月4日　夕刊
2191 「面一本」　出久根達郎・作　船久保直樹・画
　　　　⊕ 1994年5月22日〜1995年4月2日　朝刊
2192 「エンドレスピーク―遠い嶺―」　森村誠一・作　安岡旦・画

2193〜2209　　　　　　新聞社別一覧　　　　　　高知新聞（高知県）

　　　　㊐ 1995年3月6日〜1996年6月8日　夕刊
2193　「プラトン学園」　奥泉光・作　小松久子・画
　　　　㊐ 1995年4月3日〜1995年10月23日　朝刊
2194　「家族ホテル」　内海隆一郎・作　岩田信夫, 中地智・画
　　　　㊐ 1995年10月24日〜1996年8月24日　朝刊
2195　「水葬海流」　今井泉・作　岐部隆・画
　　　　㊐ 1996年6月10日〜1997年4月2日　夕刊
2196　「天涯の花」　宮尾登美子・作　大畑稔浩・画
　　　　㊐ 1996年8月25日〜1997年2月22日　朝刊
2197　「はちまん」　内田康夫・作　小松久子・画
　　　　㊐ 1997年2月23日〜1998年1月26日　朝刊
2198　「ゴンザとソウザ ペテルブルグの青春」　ねじめ正一・作　植松利光・画
　　　　㊐ 1997年4月3日〜1998年3月7日　夕刊
2199　「春の城」　石牟礼道子・作　秀島由己男・画
　　　　㊐ 1998年1月27日〜1998年12月8日　朝刊
2200　「奔馬の夢」　津本陽・作　村上豊・画
　　　　㊐ 1998年7月1日〜2000年9月16日　夕刊
2201　「花婚式」　藤堂志津子・作　井筒啓之・画
　　　　㊐ 1998年12月9日〜1999年6月17日　朝刊
2202　「十津川警部 愛と死の伝説」　西村京太郎・作　柳沢達朗・画
　　　　㊐ 1999年6月18日〜2000年4月2日　朝刊
2203　「遠ざかる祖国」　逢坂剛・作　堀越千秋・画
　　　　㊐ 2000年4月3日〜2001年4月13日　朝刊
2204　「ブレイブ・ストーリー」　宮部みゆき・作　謡口早苗・画
　　　　㊐ 2000年10月2日〜2002年4月17日　夕刊
2205　「花に背いて」　鈴木由紀子・作　吉田光彦・画
　　　　㊐ 2001年4月14日〜2001年11月19日　朝刊
2206　「雁の橋」　澤田ふじ子・作　小沢重行・画
　　　　㊐ 2001年11月20日〜2002年10月26日　朝刊
2207　「エ・アロール それがどうしたの」　渡辺淳一・作　北村公司・画
　　　　㊐ 2002年4月18日〜2003年2月26日　夕刊
2208　「養安先生、呼ばれ！」　西木正明・作　長友啓典・画
　　　　㊐ 2002年10月27日〜2003年9月2日　朝刊
2209　「坊っちゃん」　夏目漱石・作　丹羽和子・画

新聞連載小説総覧 平成期（1989〜2017）　143

　㊣ 2003年4月1日～2003年5月30日　夕刊
2210 「三四郎」　夏目漱石・作　丹羽和子・画
　㊣ 2003年5月31日～2003年10月18日　夕刊
2211 「梟首の島」　坂東眞砂子・作　北谷しげひさ・画
　㊣ 2003年9月3日～2005年2月10日　朝刊
2212 「山椒大夫」　森鷗外・作　西のぼる・画
　㊣ 2003年10月20日～2003年11月6日　夕刊
2213 「雁」　森鷗外・作　西のぼる・画
　㊣ 2003年11月7日～2004年1月6日　夕刊
2214 「高瀬舟」　森鷗外・作　西のぼる・画
　㊣ 2004年1月7日～2004年1月16日　夕刊
2215 「蜘蛛の糸」　芥川龍之介・作　蓬田やすひろ・画
　㊣ 2004年1月17日～2004年1月19日　夕刊
2216 「トロッコ」　芥川龍之介・作　蓬田やすひろ・画
　㊣ 2004年1月20日～2004年1月22日　夕刊
2217 「杜子春」　芥川龍之介・作　蓬田やすひろ・画
　㊣ 2004年1月23日～2004年1月30日　夕刊
2218 「鼻」　芥川龍之介・作　蓬田やすひろ・画
　㊣ 2004年1月31日～2004年2月4日　夕刊
2219 「羅生門」　芥川龍之介・作　蓬田やすひろ・画
　㊣ 2004年2月5日～2004年2月9日　夕刊
2220 「河童」　芥川龍之介・作　蓬田やすひろ・画
　㊣ 2004年2月10日～2004年3月12日　夕刊
2221 「風の又三郎」　宮沢賢治・作　畑中純・画
　㊣ 2004年3月13日～2004年4月7日　夕刊
2222 「続・噴きあげる潮」　有明夏夫・作　吉松八重樹・画
　㊣ 2004年4月4日～2006年9月3日　日曜朝刊
2223 「注文の多い料理店」　宮沢賢治・作　畑中純・画
　㊣ 2004年4月8日～2004年4月12日　夕刊
2224 「セロ弾きのゴーシュ」　宮沢賢治・作　畑中純・画
　㊣ 2004年4月13日～2004年4月21日　夕刊
2225 「水仙月の四日」　宮沢賢治・作　畑中純・画
　㊣ 2004年4月22日～2004年4月26日　夕刊
2226 「銀河鉄道の夜」　宮沢賢治・作　畑中純・画

		逦 2004年4月27日～2004年5月31日　夕刊
2227	「走れメロス」　太宰治・作　作田えつ子・画
	逦 2004年6月1日～2004年6月8日　夕刊
2228	「富嶽百景」　太宰治・作　作田えつ子・画
	逦 2004年6月9日～2004年6月18日　夕刊
2229	「瘤取り」　太宰治・作　作田えつ子・画
	逦 2004年6月21日～2004年6月28日　夕刊
2230	「おしゃれ童子」　太宰治・作　作田えつ子・画
	逦 2004年6月29日～2004年7月2日　夕刊
2231	「雪の夜の話」　太宰治・作　作田えつ子・画
	逦 2004年7月3日～2004年7月6日　夕刊
2232	「貧の意地」　太宰治・作　作田えつ子・画
	逦 2004年7月7日～2004年7月13日　夕刊
2233	「水仙」　太宰治・作　作田えつ子・画
	逦 2004年7月14日～2004年7月23日　夕刊
2234	「遠き国の妹よ」　市原麟一郎・作　森本忠彦・画
	逦 2004年7月24日～2004年8月4日　夕刊
2235	「運命の別れ道」　市原麟一郎・作　森本忠彦・画
	逦 2004年8月5日～2004年8月14日　夕刊
2236	「めざせ国境 決死の脱出」　市原麟一郎・作　森本忠彦・画
	逦 2004年8月16日～2004年8月31日　夕刊
2237	「ごん狐」　新美南吉・作　かすや昌宏・画
	逦 2004年9月1日～2004年9月4日　夕刊
2238	「和太郎さんと牛」　新美南吉・作　かすや昌宏・画
	逦 2004年9月22日～2004年10月4日　夕刊
2239	「百姓の足、坊さんの足」　新美南吉・作　かすや昌宏・画
	逦 2004年10月5日～2004年10月18日　夕刊
2240	「花のき村と盗人たち」　新美南吉・作　かすや昌宏・画
	逦 2004年10月19日～2004年10月27日　夕刊
2241	「幻談」　幸田露伴・作　西のぼる・画
	逦 2004年10月28日～2004年11月11日　夕刊
2242	「観画談」　幸田露伴・作　西のぼる・画
	逦 2004年11月12日～2004年11月25日　夕刊
2243	「蘆声」　幸田露伴・作　西のぼる・画

高知新聞（高知県）　　　新聞社別一覧　　　*2244〜2260*

　　　⑯ 2004年11月26日〜2004年12月4日　夕刊
2244　「高野聖」　泉鏡花・作　安里英晴・画
　　　⑯ 2004年12月6日〜2005年1月14日　夕刊
2245　「夜叉ケ池」　泉鏡花・作　安里英晴・画
　　　⑯ 2005年1月15日〜2005年2月9日　夕刊
2246　「歌行燈」　泉鏡花・作　安里英晴・画
　　　⑯ 2005年2月10日〜2005年3月15日　夕刊
2247　「隣りの若草さん」　藤本ひとみ・作　朝倉めぐみ・画
　　　⑯ 2005年2月11日〜2006年4月28日　朝刊
2248　「夏の花」　原民喜・作　吉野誠・画
　　　⑯ 2005年5月16日〜2005年5月24日　夕刊
2249　「夏の花 廃墟から」　原民喜・作　山本美次・画
　　　⑯ 2005年5月25日〜2005年6月3日　夕刊
2250　「夏の花 壊滅の序曲」　原民喜・作　益田久範・画
　　　⑯ 2005年6月7日〜2005年6月27日　夕刊
2251　「吾輩は猫である」　夏目漱石・作　丹羽和子・画
　　　⑯ 2005年6月28日〜2006年3月31日　夕刊
2252　「藪枯らし純次」　船戸与一・作　小野利明・画
　　　⑯ 2006年4月29日〜2007年6月7日　朝刊
2253　「いすゞ鳴る」　山本一力・作　原田維夫・画
　　　⑯ 2006年6月1日〜2007年5月11日　朝刊
2254　「穂足のチカラ」　梶尾真治・作　サカイノビー・画
　　　⑯ 2007年6月8日〜2008年6月26日　朝刊
2255　「かあちゃん」　重松清・作　山本祐司, 森英二郎・画
　　　⑯ 2008年6月27日〜2009年4月20日　朝刊
2256　「親鸞」　五木寛之・作　山口晃・画
　　　⑯ 2008年9月1日〜2009年8月31日　朝刊
2257　「でもくらしい事始め」　塩田潮・作
　　　⑯ 2009年3月2日〜2009年9月14日　朝刊
2258　「ルーズヴェルト・ゲーム」　池井戸潤・作　フジモト・ヒデト・画
　　　⑯ 2009年4月21日〜2010年3月13日　朝刊
2259　「県庁おもてなし課」　有川浩・作　大矢正和・画
　　　⑯ 2009年9月1日〜2010年5月4日　朝刊
2260　「放蕩記」　村山由佳・作　結布・画

146　新聞連載小説総覧 平成期（1989〜2017）

| | | 2261～2268 | 新聞社別一覧 | 高知新聞（高知県） |

　　　　　　㊣ 2010年3月14日～2011年3月3日　朝刊

2261　「余命一年の種馬（スタリオン）」　石田衣良・作　楠伸生・画

　　　　　　㊣ 2011年3月4日～2012年3月17日　朝刊

2262　「女系の総督」　藤田宜永・作　北村裕花・画

　　　　　　㊣ 2012年3月18日～2013年4月8日　朝刊

2263　「透明カメレオン」　道尾秀介・作　三木謙次・画

　　　　　　㊣ 2013年4月9日～2014年1月15日　朝刊

2264　「リーチ先生」　原田マハ・作　佐藤直樹・画

　　　　　　㊣ 2014年1月16日～2015年4月24日　朝刊

2265　「東京クルージング」　伊集院静・作　福山小夜・画

　　　　　　㊣ 2015年4月25日～2016年3月14日　朝刊

2266　「淳子のてっぺん」　唯川恵・作　水上みのり・画

　　　　　　㊣ 2016年3月15日～2017年1月29日　朝刊

2267　「ブロードキャスト」　湊かなえ・作　江頭路子・画

　　　　　　㊣ 2017年1月30日～2017年8月31日　朝刊

2268　「盲剣楼奇譚」　島田荘司・作　嵐田屋愉一・画

　　　　　　㊣ 2017年9月1日～連載中　朝刊

新聞連載小説総覧 平成期（1989～2017）　**147**

九州・沖縄

[福岡県]

西日本新聞

2269「さまよう霧の恋歌」　高橋治・作　風間完・画
[連] 1989年7月1日～1990年7月31日　朝刊

2270「生きている心臓」　加賀乙彦・作　大沼映夫・画
[連] 1989年11月13日～1990年11月10日　夕刊

2271「夢のまた夢」　津本陽・作　村上豊・画
[連] 1990年8月1日～1993年8月31日　朝刊

2272「私本平家物語 流離の海」　澤田ふじ子・作　西のぼる・画
[連] 1990年11月12日～1991年12月28日　夕刊

2273「銀河の雫」　高樹のぶ子・作　安久利徳・画
[連] 1992年1月4日～1993年2月27日　夕刊

2274「孟嘗君」　宮城谷昌光・作　佐多芳郎・画
[連] 1993年3月1日～1995年8月31日　夕刊

2275「夜に忍びこむもの」　渡辺淳一・作　福田千恵子・画
[連] 1993年9月1日～1994年3月21日　朝刊

2276「彦九郎山河」　吉村昭・作　秋野卓美・画
[連] 1994年3月23日～1994年12月31日　朝刊

2277「黒い揚羽蝶」　遠藤周作・作　風間完・画
[連] 1995年1月1日～1995年3月25日　朝刊

2278「夢の通ひ路」　村松友視・作　宇野亜喜良・画
[連] 1995年5月8日～1995年9月8日　朝刊

2279「恩寵の谷」　立松和平・作　山野辺進・画
[連] 1995年9月1日～1996年12月28日　夕刊

2280「百日紅の咲かない夏」　三浦哲郎・作　風間完・画
[連] 1995年9月8日～1996年7月14日　朝刊

2281「夢時計」　黒井千次・作　大津英敏・画

| | 1996年7月16日〜1997年7月5日　朝刊 |

2282　「木曽義仲」　山田智彦・作　東啓三郎・画
　　　　 1997年1月4日〜1998年7月4日　夕刊

2283　「怪談」　阿刀田高・作　宇野亞喜良・画
　　　　 1997年7月6日〜1998年6月30日　朝刊

2284　「奔馬の夢」　津本陽・作　村上豊・画
　　　　 1998年7月1日〜2000年5月7日　朝刊

2285　「秘花」　連城三紀彦・作　蓬田やすひろ・画
　　　　 1998年7月6日〜1999年8月14日　夕刊

2286　「楽隊のうさぎ」　中沢けい・作　増田常徳・画
　　　　 1999年8月16日〜2000年2月19日　夕刊

2287　「海霧」　原田康子・作　羽生輝・画
　　　　 2000年2月21日〜2002年4月13日　夕刊

2288　「満水子1996」　髙樹のぶ子・作　山本文彦・画
　　　　 2000年5月8日〜2001年5月6日　朝刊

2289　「てるてる坊主の照子さん」　なかにし礼・作　峰岸達・画
　　　　 2001年5月8日〜2002年4月14日　朝刊

2290　「あやめ横丁の人々」　宇江佐真理・作　安里英晴・画
　　　　 2002年4月15日〜2002年12月28日　夕刊

2291　「エ・アロール それがどうしたの」　渡辺淳一・作　北村公司・画
　　　　 2002年4月16日〜2002年12月31日　朝刊

2292　「化生の海」　内田康夫・作　中原脩・画
　　　　 2003年1月1日〜2003年10月31日　朝刊

2293　「百年佳約」　村田喜代子・作　堀越千秋・画
　　　　 2003年1月6日〜2003年10月18日　夕刊

2294　「とんび」　重松清・作　塚本やすし・画
　　　　 2003年10月20日〜2004年7月10日　夕刊

2295　「絶海にあらず」　北方謙三・作　岩田健太朗・画
　　　　 2003年11月1日〜2005年2月28日　朝刊

2296　「水霊」　稲葉真弓・作　小川ひさこ・画
　　　　 2004年7月12日〜2005年3月5日　夕刊

2297　「名もなき毒」　宮部みゆき・作　杉田比呂美・画
　　　　 2005年3月1日〜2005年12月31日　朝刊

2298　「情歌」　北原亞以子・作　蓬田やすひろ・画

西日本新聞（福岡県）　　　　新聞社別一覧　　　　2299〜2315

　　　　　⚙ 2005年3月7日〜2006年2月4日　夕刊
2299　「戦力外通告」　藤田宜永・作　唐仁原教久・画
　　　　　⚙ 2006年1月1日〜2006年12月31日　朝刊
2300　「5年3組リョウタ組」　石田衣良・作　横尾智子・画
　　　　　⚙ 2006年2月6日〜2006年11月4日　夕刊
2301　「遊女のあと」　諸田玲子・作　深井国・画
　　　　　⚙ 2006年11月6日〜2007年12月28日　夕刊
2302　「新三河物語」　宮城谷昌光・作　村上豊・画
　　　　　⚙ 2007年1月1日〜2008年8月31日　朝刊
2303　「下天を謀る」　安部龍太郎・作　西のぼる・画
　　　　　⚙ 2008年1月4日〜2009年5月2日　夕刊
2304　「親鸞」　五木寛之・作　山口晃・画
　　　　　⚙ 2008年9月1日〜2009年8月31日　朝刊
2305　「魔王の愛」　宮内勝典・作　大竹伸朗・画
　　　　　⚙ 2009年5月7日〜2010年5月1日　夕刊
2306　「氷山の南」　池澤夏樹・作　影山徹・画
　　　　　⚙ 2009年9月1日〜2010年9月30日　朝刊
2307　「夢違」　恩田陸・作　味戸ケイコ・画
　　　　　⚙ 2010年5月6日〜2011年5月2日　夕刊
2308　「グッバイマイラブ」　佐藤洋二郎・作　酒井信義・画
　　　　　⚙ 2010年10月1日〜2011年11月6日　朝刊
2309　「親鸞 激動篇」　五木寛之・作　山口晃・画
　　　　　⚙ 2011年1月1日〜2011年12月11日　朝刊
2310　「アクアマリンの神殿」　海堂尊・作　深海魚・画
　　　　　⚙ 2011年5月6日〜2012年6月30日　夕刊
2311　「天佑なり」　幸田真音・作　村上豊・画
　　　　　⚙ 2011年11月7日〜2012年12月31日　朝刊
2312　「水軍遥かなり」　加藤廣・作　山崎正夫・画
　　　　　⚙ 2012年7月1日〜2013年9月28日　夕刊
2313　「雨の狩人」　大沢在昌・作　河野治彦・画
　　　　　⚙ 2013年1月1日〜2014年2月28日　朝刊
2314　「親鸞 完結篇」　五木寛之・作　山口晃・画
　　　　　⚙ 2013年7月1日〜2014年7月6日　朝刊
2315　「乙女の家」　朝倉かすみ・作　後藤美月・画

2316～2329　　　　　　　新聞社別一覧　　　　　　**佐賀新聞（佐賀県）**

　　　　　⊕ 2013年9月30日～2014年9月30日　夕刊

2316　「拳の先」　角田光代・作　池田進吾・画
　　　　　⊕ 2014年3月1日～2015年4月25日　朝刊

2317　「記憶の渚にて」　白石一文・作　井上よう子・画
　　　　　⊕ 2014年10月1日～2015年12月1日　夕刊

2318　「沈黙法廷」　佐々木譲・作　宮崎光二・画
　　　　　⊕ 2015年4月26日～2016年6月22日　朝刊

2319　「ウォーターゲーム」　吉田修一・作　下田昌克・画
　　　　　⊕ 2015年12月2日～2016年11月4日　夕刊

2320　「影ぞ恋しき」　葉室麟・作　西のぼる・画
　　　　　⊕ 2016年6月23日～2017年7月31日　朝刊

2321　「三島屋変調百物語 あやかし草紙」　宮部みゆき・作　原田維夫・画
　　　　　⊕ 2016年11月5日～2017年10月31日　夕刊

2322　「とめどなく囁く」　桐野夏生・作　内澤旬子・画
　　　　　⊕ 2017年8月1日～連載中　朝刊

2323　「緋の河」　桜木紫乃・作　赤津ミワコ・画
　　　　　⊕ 2017年11月1日～連載中　夕刊

佐賀県

佐賀新聞

2324　「桜田門外ノ変」　吉村昭・作　中一弥・画
　　　　　⊕ 1989年6月7日～1990年4月16日　朝刊

2325　「もう一つの旅路」　阿部牧郎・作　守田勝治・画
　　　　　⊕ 1989年8月21日～1990年6月2日　朝刊

2326　「決戦の時」　遠藤周作・作　秋野卓美・画
　　　　　⊕ 1990年4月17日～1991年2月18日　朝刊

2327　「夢ざめの坂」　陳舜臣・作　畑農照雄・画
　　　　　⊕ 1990年6月3日～1991年4月6日　朝刊

2328　「湖のある街」　林真理子・作　粕谷侑子・画
　　　　　⊕ 1991年2月19日～1991年11月26日　朝刊

2329　「虹の刺客」　森村誠一・作　福田隆義・画
　　　　　⊕ 1991年4月7日～1992年6月21日　朝刊

新聞連載小説総覧 平成期（1989～2017）　**151**

佐賀新聞（佐賀県）　　　　新聞社別一覧　　　　*2330〜2346*

2330　「やさしい季節」　赤川次郎・作　山本タカト・画
　　　⑬ 1991年11月27日〜1992年9月28日　朝刊

2331　「余燼」　北方謙三・作　中一弥・画
　　　⑬ 1992年6月22日〜1993年8月6日　朝刊

2332　「鳩を飛ばす日」　ねじめ正一・作　植松利光・画
　　　⑬ 1992年9月29日〜1993年5月8日　朝刊

2333　「海の蝶」　高橋治・作　横塚繁・画
　　　⑬ 1993年5月9日〜1994年5月20日　朝刊

2334　「恨みし人も」　高橋義夫・作　大竹明輝・画
　　　⑬ 1993年8月7日〜1994年7月3日　朝刊

2335　「消えた春」　牛島秀彦・作　牛島郁子・画
　　　⑬ 1994年6月24日〜1994年11月21日　朝刊

2336　「幾世の橋」　澤田ふじ子・作　鴇田幹・画
　　　⑬ 1994年7月4日〜1995年8月6日　朝刊

2337　「無明山脈」　梓林太郎・作　柳沢達朗・画
　　　⑬ 1994年11月22日〜1995年8月16日　朝刊

2338　「西郷首」　西木正明・作　鈴木透・画
　　　⑬ 1995年8月7日〜1996年4月21日　朝刊

2339　「みどりの光芒」　小嵐九八郎・作　磯倉哲・画
　　　⑬ 1995年8月17日〜1996年4月30日　朝刊

2340　「夜明け前の女たち」　童門冬二・作　伊勢田邦貴・画
　　　⑬ 1996年4月22日〜1997年3月1日　朝刊

2341　「空白の瞬間」　安西篤子・作　船山滋生・画
　　　⑬ 1996年5月1日〜1997年2月3日　朝刊

2342　「ヤマダ一家の辛抱」　群ようこ・作　土橋とし子・画
　　　⑬ 1997年2月4日〜1997年10月20日　朝刊

2343　「ゴンザとソウザ ペテルブルグの青春」　ねじめ正一・作　植松利光・画
　　　⑬ 1997年3月2日〜1997年12月8日　朝刊

2344　「人魚を食べた女」　山崎洋子・作　白石むつみ・画
　　　⑬ 1997年10月21日〜1998年6月25日　朝刊

2345　「螢の橋」　澤田ふじ子・作　大竹明輝・画
　　　⑬ 1997年12月9日〜1998年10月17日　朝刊

2346　「時空伝奇 瀧夜叉姫」　井沢元彦・作　北村公司・画
　　　⑬ 1998年6月26日〜1999年5月2日　朝刊

152　新聞連載小説総覧 平成期（1989〜2017）

2347 「異聞おくのほそ道」 童門冬二・作 文月信・画
[連] 1998年10月18日～1999年9月20日 朝刊
2348 「つま恋」 井沢満・作 本くに子・画
[連] 1999年5月3日～2000年2月7日 朝刊
2349 「黒衣の宰相—小説・金地院崇伝」 火坂雅志・作 西のぼる・画
[連] 1999年9月21日～2000年12月21日 朝刊
2350 「ブレイブ・ストーリー」 宮部みゆき・作 謡口早苗・画
[連] 2000年2月8日～2001年5月20日 朝刊
2351 「発火点」 真保裕一・作 河野治彦・画
[連] 2000年12月22日～2001年9月29日 朝刊
2352 「乱舞—花の小十郎無双剣」 花家圭太郎・作 熊田正男・画
[連] 2001年5月21日～2002年3月25日 朝刊
2353 「私説 山田五十鈴」 升本喜年・作 坂井榮雄・画
[連] 2001年9月30日～2002年9月14日 朝刊
2354 「甚五郎異聞」 赤瀬川隼・作 堂昌一・画
[連] 2002年3月26日～2003年3月28日 朝刊
2355 「正義の基準」 森村誠一・作 和田義彦・画
[連] 2002年9月15日～2003年10月1日 朝刊
2356 「猫の似づら絵師」 出久根達郎・作 磯倉哲・画
[連] 2003年3月29日～2003年11月11日 朝刊
2357 「乱調」 藤田宜永・作 ゴトウヒロシ・画
[連] 2003年10月2日～2004年8月23日 朝刊
2358 「天地人」 火坂雅志・作 中村麻美・画
[連] 2003年11月12日～2005年2月26日 朝刊
2359 「よろしく」 嵐山光三郎・作 安西水丸・画
[連] 2004年8月24日～2005年5月28日 朝刊
2360 「剣客同心」 鳥羽亮・作 卯月みゆき・画
[連] 2005年2月27日～2005年12月11日 朝刊
2361 「突破屋」 安東能明・作 北村公司・画
[連] 2005年5月29日～2006年3月1日 朝刊
2362 「花の小十郎はぐれ剣 鬼しぐれ」 花家圭太郎・作 小宮山逢邦・画
[連] 2005年12月13日～2006年10月18日 朝刊
2363 「オー！ ファーザー」 伊坂幸太郎・作 遠藤拓人・画
[連] 2006年3月2日～2007年1月22日 朝刊

佐賀新聞（佐賀県）　　　新聞社別一覧　　　*2364～2380*

2364　「いすゞ鳴る」　山本一力・作　原田維夫・画
　　　㊥ 2006年10月19日～2007年10月2日　朝刊

2365　「造花の蜜」　連城三紀彦・作　板垣しゅん・画
　　　㊥ 2007年1月23日～2008年1月7日　朝刊

2366　「新徴組」　佐藤賢一・作　安里英晴・画
　　　㊥ 2007年10月3日～2008年11月17日　朝刊

2367　「いつか他人になる日」　赤川次郎・作　井上あきむ・画
　　　㊥ 2008年1月8日～2008年10月20日　朝刊

2368　「逃走」　薬丸岳・作　杉山喜隆・画
　　　㊥ 2008年10月21日～2009年7月8日　朝刊

2369　「家康、死す」　宮本昌孝・作　安芸良・画
　　　㊥ 2008年11月18日～2009年11月1日　朝刊

2370　「ここがロドスだ、ここで跳べ！」　山川健一・作　井上茉莉子・画
　　　㊥ 2009年7月9日～2009年8月31日　朝刊

2371　「三人の二代目」　堺屋太一・作　大津英敏・画
　　　㊥ 2009年9月1日～2010年12月31日　朝刊

2372　「化合―警視庁科学特捜班序章」　今野敏・作　小沢信一・画
　　　㊥ 2009年11月2日～2010年6月16日　朝刊

2373　「手のひらを太陽に！」　真山仁・作　ゴトウヒロシ・画
　　　㊥ 2010年6月17日～2011年5月2日　朝刊

2374　「親鸞 激動篇」　五木寛之・作　山口晃・画
　　　㊥ 2011年1月1日～2011年12月11日　朝刊

2375　「ペテロの葬列」　宮部みゆき・作　尾崎千春・画
　　　㊥ 2011年5月3日～2012年11月16日　朝刊

2376　「正妻 慶喜と美賀子」　林真理子・作　山口はるみ・画
　　　㊥ 2011年12月13日～2012年12月9日　朝刊

2377　「紫匂う」　葉室麟・作　村田涼平・画
　　　㊥ 2012年12月11日～2013年6月30日　朝刊

2378　「めだか、太平洋を往け」　重松清・作　小林万希子・画
　　　㊥ 2012年12月11日～2013年9月23日　朝刊

2379　「親鸞 完結篇」　五木寛之・作　山口晃・画
　　　㊥ 2013年7月1日～2014年7月6日　朝刊

2380　「サーカスナイト」　よしもとばなな・作　秋山花・画
　　　㊥ 2013年9月24日～2014年4月25日　朝刊

2381~2395　　　　　　　新聞社別一覧　　　　　　**長崎新聞（長崎県）**

2381　「それを愛とは呼ばず」　桜木紫乃・作　西川真以子・画
　　　㉙ 2014年4月26日～2014年10月15日　朝刊

2382　「御用船帰還せず」　相場英雄・作　渡邊ちょんと・画
　　　㉙ 2014年7月8日～2015年2月7日　朝刊

2383　「ちゃんぽん食べたかっ！」　さだまさし・作　おぐらひろかず・画
　　　㉙ 2014年10月16日～2015年5月1日　朝刊

2384　「料理通異聞」　松井今朝子・作　いずみ朔庵・画
　　　㉙ 2015年2月20日～2015年8月29日　朝刊

2385　「草花たちの静かな誓い」　宮本輝・作　赤井稚佳・画
　　　㉙ 2015年5月2日～2016年2月18日　朝刊

2386　「家康」　安部龍太郎・作　正子公也・画
　　　㉙ 2016年2月19日～2016年12月22日　朝刊

2387　「秀吉の活」　木下昌輝・作　遠藤拓人・画
　　　㉙ 2016年12月23日～2017年10月19日　朝刊

2388　「かちがらす」　植松三十里・作　wataboku・画
　　　㉙ 2017年6月1日～2018年1月5日　朝刊

2389　「家康 不惑篇」　安部龍太郎・作　永井秀樹・画
　　　㉙ 2017年10月20日～連載中　朝刊

長崎県

長崎新聞

2390　「桜田門外ノ変」　吉村昭・作　中一弥・画
　　　㉙ 1989年5月18日～1990年6月2日　夕刊

2391　「もう一つの旅路」　阿部牧郎・作　守田勝治・画
　　　㉙ 1989年7月23日～1990年5月4日　朝刊

2392　「ここに地終わり海始まる」　宮本輝・作　大竹明輝・画
　　　㉙ 1990年5月5日～1991年1月14日　朝刊

2393　「風と雲の伝説 異聞太閤記」　小林久三・作　加藤敏郎・画
　　　㉙ 1990年6月4日～1991年2月21日　夕刊

2394　「湖のある街」　林真理子・作　粕谷侑子・画
　　　㉙ 1991年1月15日～1991年10月22日　朝刊

2395　「宮本武蔵 血戦録」　光瀬龍・作　金森達・画

長崎新聞（長崎県）　　　　　　　新聞社別一覧　　　　　　　2396〜2411

　　　　㊦ 1991年2月22日〜1991年11月21日　夕刊
2396　「やさしい季節」　赤川次郎・作　山本タカト・画
　　　　㊞ 1991年10月23日〜1992年8月26日　朝刊
2397　「虹の刺客」　森村誠一・作　福田隆義・画
　　　　㊦ 1991年11月22日〜1993年5月18日　夕刊
2398　「流氷の墓場」　村松友視・作　成瀬数富・画
　　　　㊞ 1992年8月27日〜1993年4月30日　朝刊
2399　「海の蝶」　高橋治・作　横塚繁・画
　　　　㊞ 1993年5月1日〜1994年5月12日　朝刊
2400　「独眼竜政宗」　津本陽・作　畑農照雄・画
　　　　㊞ 1994年5月13日〜1995年5月15日　朝刊
2401　「みどりの光芒」　小嵐九八郎・作　磯倉哲・画
　　　　㊞ 1995年5月16日〜1996年1月28日　朝刊
2402　「夜明け前の女たち」　童門冬二・作　伊勢田邦貴・画
　　　　㊞ 1996年1月29日〜1996年12月7日　朝刊
2403　「ゴンザとソウザ ペテルブルグの青春」　ねじめ正一・作　植松利光・画
　　　　㊞ 1996年12月8日〜1997年9月15日　朝刊
2404　「幸福の船」　平岩弓枝・作　深井国・画
　　　　㊞ 1997年9月17日〜1998年5月12日　朝刊
2405　「神の裁き」　佐木隆三・作　杉山新一・画
　　　　㊞ 1998年5月13日〜1999年3月30日　朝刊
2406　「敵対狼群」　森村誠一・作　和田義彦・画
　　　　㊞ 1999年3月31日〜2000年5月23日　朝刊
2407　「ほろほろ三銃士」　永倉萬治・作　真鍋太郎・画
　　　　㊞ 2000年5月24日〜2000年11月27日　朝刊　※最後の一話は永倉有子
　　　　が執筆
2408　「発火点」　真保裕一・作　河野治彦・画
　　　　㊞ 2000年11月28日〜2001年9月5日　朝刊
2409　「枝豆そら豆」　梓澤要・作　菊池ひと美・画
　　　　㊞ 2001年9月6日〜2002年8月20日　朝刊
2410　「カシオペアの丘で」　重松清・作　森流一郎・画
　　　　㊞ 2002年8月21日〜2003年7月8日　朝刊
2411　「落葉同盟」　赤川次郎・作　井上あきむ・画
　　　　㊞ 2003年7月9日〜2004年4月5日　朝刊

156　新聞連載小説総覧 平成期（1989〜2017）

		新聞社別一覧	長崎新聞（長崎県）

2412 「恋せども、愛せども」　唯川恵・作　メグホソキ・画
　　　　🏣 2004年4月6日〜2004年10月8日　朝刊

2413 「冬至祭」　清水義範・作　松本孝志・画
　　　　🏣 2004年10月9日〜2005年8月12日　朝刊

2414 「摘蕾の果て」　大崎善生・作　森流一郎・画
　　　　🏣 2005年8月13日〜2006年3月28日　朝刊

2415 「オー！ ファーザー」　伊坂幸太郎・作　遠藤拓人・画
　　　　🏣 2006年3月29日〜2007年2月18日　朝刊

2416 「蝶々さん」　市川森一・作　小崎侃・画
　　　　🏣 2006年5月5日〜2008年5月3日　土曜朝刊

2417 「めだかの学校」　垣根涼介・作　井筒りつこ・画
　　　　🏣 2007年2月19日〜2008年1月28日　朝刊

2418 「帰国児たちの甲子園」　楡周平・作　中井久実代・画
　　　　🏣 2008年1月29日〜2008年10月7日　朝刊

2419 「神の手」　久坂部羊・作　柴田長俊, 武田典子・画
　　　　🏣 2008年10月8日〜2009年7月4日　朝刊

2420 「ここがロドスだ、ここで跳べ！」　山川健一・作　井上茉莉子・画
　　　　🏣 2009年7月5日〜2009年8月31日　朝刊

2421 「三人の二代目」　堺屋太一・作　大津英敏・画
　　　　🏣 2009年9月1日〜2010年12月31日　朝刊

2422 「幻日 原城攻防絵図」　市川森一・作　柏本龍太・画
　　　　🏣 2010年1月11日〜2011年4月25日　月曜朝刊

2423 「親鸞 激動篇」　五木寛之・作　山口晃・画
　　　　🏣 2011年1月1日〜2011年12月11日　朝刊

2424 「愛の乱暴」　吉田修一・作　井筒啓之・画
　　　　🏣 2011年9月18日〜2012年5月21日　朝刊

2425 「55歳からのハローライフ」　村上龍・作　村上龍・画
　　　　🏣 2011年12月13日〜2012年7月8日　朝刊

2426 「愛ふたたび」　渡辺淳一・作　唐仁原教久・画
　　　　🏣 2012年7月10日〜2012年12月8日　朝刊

2427 「夢をまことに」　山本兼一・作　熊田正男・画
　　　　🏣 2012年7月16日〜2013年6月30日　朝刊

2428 「めだか、太平洋を往け」　重松清・作　小林万希子・画

熊本日日新聞（熊本県）　　　　　　新聞社別一覧　　　　　　*2429〜2442*

　　　　　⚙ 2012年12月11日〜2013年9月23日　朝刊
2429　「親鸞 完結篇」　五木寛之・作　山口晃・画
　　　　　⚙ 2013年7月1日〜2014年7月6日　朝刊
2430　「サーカスナイト」　よしもとばなな・作　秋山花・画
　　　　　⚙ 2013年9月24日〜2014年4月24日　朝刊
2431　「それを愛とは呼ばず」　桜木紫乃・作　西川真以子・画
　　　　　⚙ 2014年4月26日〜2014年10月14日　朝刊
2432　「ちゃんぽん食べたかっ！」　さだまさし・作　おぐらひろかず・画
　　　　　⚙ 2014年9月5日〜2015年3月22日　朝刊
2433　「料理通異聞」　松井今朝子・作　いずみ朔庵・画
　　　　　⚙ 2015年3月23日〜2015年9月30日　朝刊
2434　「家康」　安部龍太郎・作　正子公也・画
　　　　　⚙ 2015年10月1日〜2016年8月4日　朝刊
2435　「秀吉の活」　木下昌輝・作　遠藤拓人・画
　　　　　⚙ 2016年8月5日〜2017年6月1日　朝刊
2436　「風神雷神 Juppiter, Aeolus」　原田マハ・作　森美夏・画
　　　　　⚙ 2017年6月2日〜連載中　朝刊

熊本県

熊本日日新聞

2437　「花ある季節」　安西篤子・作　田沢茂・画
　　　　　⚙ 1989年3月21日〜1989年11月21日　朝刊
2438　「銀河動物園」　畑山博・作　水戸成幸・画
　　　　　⚙ 1989年11月22日〜1990年9月3日　朝刊
2439　「幻夏祭」　皆川博子・作　佐々木壮六・画
　　　　　⚙ 1990年9月4日〜1991年5月5日　朝刊
2440　「丁半国境」　西木正明・作　松井叔生・画
　　　　　⚙ 1991年5月6日〜1992年2月15日　朝刊
2441　「悪の華」　立松和平・作　島谷晃・画
　　　　　⚙ 1992年2月16日〜1992年11月2日　朝刊
2442　「揺れて」　落合恵子・作　太田國廣・画

[連] 1992年11月3日～1993年10月6日 朝刊

2443「危険な隣人」　笹沢左保・作　加藤孝雄・画
[連] 1993年10月7日～1994年7月24日 朝刊

2444「面一本」　出久根達郎・作　船久保直樹・画
[連] 1994年7月25日～1995年6月9日 朝刊

2445「身は修羅の野に」　島田真祐・作　山口輝也・画
[連] 1995年4月1日～1996年3月30日 土曜夕刊

2446「プラトン学園」　奥泉光・作　小松久子・画
[連] 1995年6月10日～1996年1月1日 朝刊

2447「家族ホテル」　内海隆一郎・作　岩田信夫, 中地智・画
[連] 1996年1月3日～1996年11月5日 朝刊

2448「天涯の花」　宮尾登美子・作　大畑稔浩・画
[連] 1996年11月6日～1997年5月10日 朝刊

2449「はちまん」　内田康夫・作　小松久子・画
[連] 1997年5月11日～1998年4月16日 朝刊

2450「怪童」　島田真祐・作　山口輝也・画
[連] 1998年4月1日～1998年3月30日 土曜夕刊

2451「春の城」　石牟礼道子・作　秀島由己男・画
[連] 1998年4月17日～1999年3月1日 朝刊

2452「花ものがたり」　福島次郎・作　福島次郎・画
[連] 1998年10月3日～1998年11月14日 土曜夕刊

2453「捨て石」　佐藤雅美・作　大塚浩平・画
[連] 1999年1月9日～1999年2月13日 土曜夕刊

2454「華祭り」　村田喜代子・作　森田正孝・画
[連] 1999年2月20日～1999年3月27日 土曜夕刊

2455「花婚式」　藤堂志津子・作　井筒啓之・画
[連] 1999年3月2日～1999年9月10日 朝刊

2456「黄泉がえり」　梶尾真治・作　山部美雄・画
[連] 1999年4月10日～2000年4月1日 土曜夕刊

2457「十津川警部 愛と死の伝説」　西村京太郎・作　柳沢達朗・画
[連] 1999年9月11日～2000年6月28日 朝刊

2458「銀の旗、学校を変えよう」　島田淳子・作　中村俊雅・画
[連] 2000年4月8日～2001年3月31日 土曜夕刊

熊本日日新聞（熊本県）　　新聞社別一覧　　2459～2475

2459 「遠ざかる祖国」　逢坂剛・作　堀越千秋・画
　　　⊕ 2000年6月29日～2001年7月13日　朝刊

2460 「私説 山田五十鈴」　升本喜年・作　坂井榮雄・画
　　　⊕ 2001年4月7日～2003年1月18日　土曜夕刊

2461 「雁の橋」　澤田ふじ子・作　小沢重行・画
　　　⊕ 2001年7月14日～2002年6月19日　朝刊

2462 「二天の影」　島田真祐・作　甲斐大策・画
　　　⊕ 2002年4月1日～2003年5月26日　夕刊

2463 「養安先生、呼ばれ！」　西木正明・作　長友啓典・画
　　　⊕ 2002年6月20日～2003年4月29日　朝刊

2464 「梟首の島」　坂東眞砂子・作　北谷しげひさ・画
　　　⊕ 2003年4月30日～2004年10月13日　朝刊

2465 「坊っちゃん」　夏目漱石・作　丹羽和子・画
　　　⊕ 2003年5月27日～2003年7月24日　夕刊

2466 「山椒大夫」　森鷗外・作　西のぼる・画
　　　⊕ 2003年7月25日～2003年8月12日　夕刊

2467 「銀河鉄道の夜」　宮沢賢治・作　小林まみ・画
　　　⊕ 2003年8月13日～2003年9月5日　夕刊

2468 「三四郎」　夏目漱石・作　丹羽和子・画
　　　⊕ 2003年9月6日～2004年2月6日　夕刊

2469 「耳なし芳一」　小泉八雲・作　安達東彦・画
　　　⊕ 2004年2月7日～2004年2月16日　夕刊

2470 「おしどり」　小泉八雲・作　安達東彦・画
　　　⊕ 2004年2月17日　夕刊

2471 「乳母桜」　小泉八雲・作　安達東彦・画
　　　⊕ 2004年2月18日　夕刊

2472 「鏡と鐘と」　小泉八雲・作　安達東彦・画
　　　⊕ 2004年2月19日～2004年2月23日　夕刊

2473 「食人鬼」　小泉八雲・作　安達東彦・画
　　　⊕ 2004年2月24日～2004年2月27日　夕刊

2474 「むじな」　小泉八雲・作　安達東彦・画
　　　⊕ 2004年2月28日～2004年3月1日　夕刊

2475 「雪女」　小泉八雲・作　安達東彦・画

	㊅ 2004年3月2日～2004年3月4日　夕刊
2476	「十六桜」　小泉八雲・作　安達東彦・画
	㊅ 2004年3月5日　夕刊
2477	「青柳の話」　小泉八雲・作　安達東彦・画
	㊅ 2004年3月6日～2004年3月13日　夕刊
2478	「ろくろ首」　小泉八雲・作　安達東彦・画
	㊅ 2004年3月16日～2004年3月24日　夕刊
2479	「お貞の話」　小泉八雲・作　安達東彦・画
	㊅ 2004年3月25日～2004年3月29日　夕刊
2480	「策略」　小泉八雲・作　安達東彦・画
	㊅ 2004年3月30日～2004年3月31日　夕刊
2481	「葬られた秘密」　小泉八雲・作　安達東彦・画
	㊅ 2004年4月1日～2004年4月2日　夕刊
2482	「安藝之介の夢」　小泉八雲・作　安達東彦・画
	㊅ 2004年4月3日～2004年4月7日　夕刊
2483	「因果話」　小泉八雲・作　安達東彦・画
	㊅ 2004年4月8日～2004年4月10日　夕刊
2484	「天狗の話」　小泉八雲・作　安達東彦・画
	㊅ 2004年4月12日～2004年4月14日　夕刊
2485	「和解」　小泉八雲・作　安達東彦・画
	㊅ 2004年4月15日～2004年4月17日　夕刊
2486	「普賢菩薩の伝説」　小泉八雲・作　安達東彦・画
	㊅ 2004年4月19日　夕刊
2487	「死骸にまたがった男」　小泉八雲・作　安達東彦・画
	㊅ 2004年4月20日～2004年4月21日　夕刊
2488	「破られた約束」　小泉八雲・作　安達東彦・画
	㊅ 2004年4月22日～2004年4月26日　夕刊
2489	「閻魔の庁で」　小泉八雲・作　安達東彦・画
	㊅ 2004年4月27日～2004年4月28日　夕刊
2490	「果心居士の話」　小泉八雲・作　安達東彦・画
	㊅ 2004年4月30日～2004年5月12日　夕刊
2491	「梅津忠兵衛」　小泉八雲・作　安達東彦・画
	㊅ 2004年5月13日～2004年5月14日　夕刊

2492 「夢応の鯉魚」　小泉八雲・作　安達東彦・画
[連] 2004年5月15日〜2004年5月18日　夕刊
2493 「幽霊滝の伝説」　小泉八雲・作　安達東彦・画
[連] 2004年5月19日〜2004年5月20日　夕刊
2494 「茶碗の中」　小泉八雲・作　安達東彦・画
[連] 2004年5月21日〜2004年5月22日　夕刊
2495 「常識」　小泉八雲・作　安達東彦・画
[連] 2004年5月24日〜2004年5月25日　夕刊
2496 「生霊」　小泉八雲・作　安達東彦・画
[連] 2004年5月26日〜2004年5月27日　夕刊
2497 「蝿の話」　小泉八雲・作　安達東彦・画
[連] 2004年5月28日〜2004年5月29日　夕刊
2498 「忠五郎の話」　小泉八雲・作　安達東彦・画
[連] 2004年5月31日〜2004年6月3日　夕刊
2499 「鏡の少女」　小泉八雲・作　安達東彦・画
[連] 2004年6月4日〜2004年6月7日　夕刊
2500 「破片」　小泉八雲・作　安達東彦・画
[連] 2004年6月8日〜2004年6月9日　夕刊
2501 「振袖」　小泉八雲・作　安達東彦・画
[連] 2004年6月10日〜2004年6月11日　夕刊
2502 「菊花の約」　小泉八雲・作　安達東彦・画
[連] 2004年6月12日〜2004年6月16日　夕刊
2503 「お亀の話」　小泉八雲・作　安達東彦・画
[連] 2004年6月17日〜2004年6月19日　夕刊
2504 「宿世の恋」　小泉八雲・作　安達東彦・画
[連] 2004年6月21日〜2004年7月7日　夕刊
2505 「草ひばり」　小泉八雲・作　安達東彦・画
[連] 2004年7月8日〜2004年7月7日　夕刊
2506 「橋の上」　小泉八雲・作　安達東彦・画
[連] 2004年7月13日〜2004年7月15日　夕刊
2507 「停車場にて」　小泉八雲・作　安達東彦・画
[連] 2004年7月16日〜2004年7月20日　夕刊
2508 「人形の墓」　小泉八雲・作　安達東彦・画
[連] 2004年7月21日〜2004年7月23日　夕刊

_2509～2525_ 新聞社別一覧 **熊本日日新聞（熊本県）**

_2509_ 「夏の日の夢」 小泉八雲・作 安達東彦・画
⊕ 2004年7月24日～2004年8月2日 夕刊

_2510_ 「乾いた魚に濡れた魚」 灰谷健次郎・作 坪谷令子・画
⊕ 2004年10月14日～2005年1月10日 朝刊

_2511_ 「虫のいろいろ」 尾崎一雄・作 宮崎静夫・画
⊕ 2004年11月8日～2004年11月15日 夕刊

_2512_ 「暢気眼鏡」 尾崎一雄・作 宮崎静夫・画
⊕ 2004年11月8日～2004年11月27日 夕刊

_2513_ 「玄関風呂」 尾崎一雄・作 宮崎静夫・画
⊕ 2004年11月30日～2004年12月3日 夕刊

_2514_ 「父祖の地」 尾崎一雄・作 宮崎静夫・画
⊕ 2004年12月4日～2004年12月11日 夕刊

_2515_ 「蜂と老人」 尾崎一雄・作 宮崎静夫・画
⊕ 2004年12月13日～2004年12月24日 夕刊

_2516_ 「トロッコ」 芥川龍之介・作 蓬田やすひろ・画
⊕ 2004年12月25日～2004年12月28日 夕刊

_2517_ 「蜘蛛の糸」 芥川龍之介・作 蓬田やすひろ・画
⊕ 2005年1月4日～2005年1月5日 夕刊

_2518_ 「杜子春」 芥川龍之介・作 蓬田やすひろ・画
⊕ 2005年1月6日～2005年1月14日 夕刊

_2519_ 「隣りの若草さん」 藤本ひとみ・作 朝倉めぐみ・画
⊕ 2005年1月11日～2006年3月31日 朝刊

_2520_ 「鼻」 芥川龍之介・作 蓬田やすひろ・画
⊕ 2005年1月15日～2005年1月19日 夕刊

_2521_ 「羅生門」 芥川龍之介・作 蓬田やすひろ・画
⊕ 2005年1月20日～2005年1月25日 夕刊

_2522_ 「河童」 芥川龍之介・作 蓬田やすひろ・画
⊕ 2005年1月26日～2005年2月26日 夕刊

_2523_ 「愛子と蘆花の物語」 本田節子・作 山口輝也・画
⊕ 2005年1月27日～2006年2月13日 夕刊

_2524_ 「ごん狐」 新美南吉・作 かすや昌宏・画
⊕ 2005年2月28日～2005年3月3日 夕刊

_2525_ 「小さい太郎の悲しみ」 新美南吉・作 かすや昌宏・画
⊕ 2005年3月4日～2005年3月7日 夕刊

新聞連載小説総覧 平成期（1989～2017） **163**

熊本日日新聞（熊本県）　　　新聞社別一覧　　　2526〜2542

2526　「屁」　新美南吉・作　かすや昌宏・画
　　　　⊕ 2005年3月8日〜2005年3月15日　夕刊

2527　「手袋を買ひに」　新美南吉・作　かすや昌宏・画
　　　　⊕ 2005年3月16日〜2005年3月18日　夕刊

2528　「和太郎さんと牛」　新美南吉・作　かすや昌宏・画
　　　　⊕ 2005年3月19日〜2005年3月31日　夕刊

2529　「百姓の足、坊さんの足」　新美南吉・作　かすや昌宏・画
　　　　⊕ 2005年4月1日〜2005年4月13日　夕刊

2530　「花のき村と盗人たち」　新美南吉・作　かすや昌宏・画
　　　　⊕ 2005年4月14日〜2005年4月22日　夕刊

2531　「走れメロス」　太宰治・作　作田えつ子・画
　　　　⊕ 2005年4月25日〜2005年5月7日　夕刊

2532　「富嶽百景」　太宰治・作　作田えつ子・画
　　　　⊕ 2005年5月9日〜2005年5月19日　夕刊

2533　「瘤取り」　太宰治・作　作田えつ子・画
　　　　⊕ 2005年5月20日〜2005年5月30日　夕刊

2534　「おしゃれ童子」　太宰治・作　作田えつ子・画
　　　　⊕ 2005年5月31日〜2005年6月3日　夕刊

2535　「貧の意地」　太宰治・作　作田えつ子・画
　　　　⊕ 2005年6月4日〜2005年6月10日　夕刊

2536　「水仙」　太宰治・作　作田えつ子・画
　　　　⊕ 2005年6月11日〜2005年6月21日　夕刊

2537　「吾輩は猫である」　夏目漱石・作　丹羽和子・画
　　　　⊕ 2005年6月22日〜2006年4月3日　夕刊

2538　「新説 剣豪丸目蔵人佐」　渋谷敦・作　板井榮雄・画
　　　　⊕ 2006年2月14日〜2006年7月1日　夕刊

2539　「藪枯らし純次」　船戸与一・作　小野利明・画
　　　　⊕ 2006年4月1日〜2007年5月14日　朝刊

2540　「高瀬舟」　森鷗外・作　西のぼる・画
　　　　⊕ 2006年4月4日〜2006年4月12日　夕刊

2541　「石切り山の人びと」　竹崎有斐・作　坂口惠子・画
　　　　⊕ 2006年4月13日〜2006年8月4日　夕刊

2542　「幻炎」　島田真祐・作　東弘治・画
　　　　⊕ 2006年7月3日〜2007年1月10日　夕刊

2543「草枕」 夏目漱石・作 坂本寧・画
[連] 2006年8月1日〜2006年10月31日 夕刊
2544「花吹雪のごとく」 竹崎有斐・作 菊川有臣・画
[連] 2006年11月1日〜2007年3月17日 夕刊
2545「にげだした兵隊」 竹崎有斐・作 坂田黎一・画
[連] 2007年3月25日〜2007年6月23日 夕刊
2546「穂足のチカラ」 梶尾真治・作 サカイノビー・画
[連] 2007年5月15日〜2008年6月4日 朝刊
2547「五足の靴の旅ものがたり」 小野友道・作 安達東彦・画
[連] 2007年6月1日〜2007年8月20日 夕刊
2548「放浪記」 林芙美子・作 高藤暁子・画
[連] 2007年6月25日〜2007年9月5日 夕刊
2549「おたあジュリア異聞」 中沢けい・作 宮本恭彦・画
[連] 2007年8月27日〜2009年2月18日 夕刊
2550「風立ちぬ」 堀辰雄・作 花井正子・画
[連] 2007年9月6日〜2007年10月24日 夕刊
2551「恐ろしき一夜」 徳冨蘆花・作 板井榮雄・画
[連] 2007年10月25日〜2007年10月30日 夕刊
2552「沼山津村」 徳冨蘆花・作 栗崎英男・画
[連] 2007年10月31日〜2007年11月6日 夕刊
2553「数鹿流ケ瀧」 徳冨蘆花・作 山口輝也・画
[連] 2007年11月7日〜2007年11月13日 夕刊
2554「訪はぬ墓」 徳冨蘆花・作 安達東彦・画
[連] 2007年11月14日〜2007年11月15日 夕刊
2555「死の蔭に」 徳冨蘆花・作 栗崎英男, 山口輝也・画
[連] 2007年11月16日〜2007年12月26日 夕刊
2556「かあやん」 徳冨蘆花・作 安達東彦・画
[連] 2007年12月27日〜2007年12月28日 夕刊
2557「野菊の墓」 伊藤左千夫・作 成田君子・画
[連] 2008年1月4日〜2008年1月30日 夕刊
2558「恩讐の彼方に」 菊池寛・作 早川司寿乃・画
[連] 2008年1月31日〜2008年2月18日 夕刊
2559「武蔵野」 国木田独歩・作 伊藤香澄・画
[連] 2008年2月26日〜2008年3月10日 夕刊

熊本日日新聞（熊本県）　　　　新聞社別一覧　　　　2560〜2576

2560　「牛肉と馬鈴薯」　　国木田独歩・作　伊藤香澄・画
　　　　㊥ 2008年3月11日〜2008年3月25日　夕刊

2561　「かあちゃん」　　重松清・作　山本祐司, 森英二郎・画
　　　　㊥ 2008年6月5日〜2009年4月2日　朝刊

2562　「面影」　　平川虎臣・作　内藤謙一・画
　　　　㊥ 2009年2月19日〜2009年2月24日　夕刊

2563　「運動会」　　平川虎臣・作　内藤謙一・画
　　　　㊥ 2009年2月25日〜2009年2月27日　夕刊

2564　「ワラトベさん」　　平川虎臣・作　内藤謙一・画
　　　　㊥ 2009年2月28日〜2009年3月4日　夕刊

2565　「焚き火」　　平川虎臣・作　内藤謙一・画
　　　　㊥ 2009年3月5日〜2009年3月7日　夕刊

2566　「夏越さん」　　平川虎臣・作　内藤謙一・画
　　　　㊥ 2009年3月9日〜2009年3月10日　夕刊

2567　「子供たち」　　平川虎臣・作　内藤謙一・画
　　　　㊥ 2009年3月11日　夕刊

2568　「最初の記憶」　　徳永直・作　原賀隆一・画
　　　　㊥ 2009年3月12日〜2009年3月25日　夕刊

2569　「泣かなかった弱虫」　　徳永直・作　原賀隆一・画
　　　　㊥ 2009年3月26日〜2009年3月30日　夕刊

2570　「こんにゃく売り」　　徳永直・作　原賀隆一・画
　　　　㊥ 2009年3月31日〜2009年4月4日　夕刊

2571　「ルーズヴェルト・ゲーム」　　池井戸潤・作　フジモト・ヒデト・画
　　　　㊥ 2009年4月3日〜2010年2月27日　朝刊

2572　「マスの大旅行」　　太田黒克彦・作　原賀隆一・画
　　　　㊥ 2009年4月5日〜2009年6月27日　夕刊

2573　「放蕩記」　　村山由佳・作　結布・画
　　　　㊥ 2010年2月28日〜2011年2月21日　朝刊

2574　「親鸞 激動篇」　　五木寛之・作　山口晃・画
　　　　㊥ 2011年1月1日〜2011年12月11日　朝刊

2575　「余命一年の種馬（スタリオン）」　　石田衣良・作　楠伸生・画
　　　　㊥ 2011年2月22日〜2012年3月11日　朝刊

2576　「55歳からのハローライフ」　　村上龍・作　村上龍・画
　　　　㊥ 2011年12月13日〜2012年7月8日　朝刊

2577	「女系の総督」	藤田宜永・作	北村裕花・画
	ⓦ 2012年3月12日～2013年4月7日 朝刊		
2578	「旗本退屈男」	佐々木味津三・作	松村美絵・画
	ⓦ 2012年7月10日～2012年11月25日 夕刊		
2579	「モンタルバン」	島田真祐・作	中村賢次・画
	ⓦ 2012年8月27日～2013年10月28日 月曜夕刊		
2580	「紫匂う」	葉室麟・作	村田涼平・画
	ⓦ 2012年12月11日～2013年6月30日 朝刊		
2581	「透明カメレオン」	道尾秀介・作	三木謙次・画
	ⓦ 2013年4月8日～2014年1月17日 朝刊		
2582	「親鸞 完結篇」	五木寛之・作	山口晃・画
	ⓦ 2013年7月1日～2014年7月6日 朝刊		
2583	「リーチ先生」	原田マハ・作	佐藤直樹・画
	ⓦ 2014年1月18日～2015年5月1日 朝刊		
2584	「御用船帰還せず」	相場英雄・作	渡邊ちょんと・画
	ⓦ 2014年7月8日～2015年2月6日 朝刊		
2585	「草枕」	夏目漱石・作	門田奈々・画
	ⓦ 2015年2月7日～2015年5月14日 朝刊		
2586	「東京クルージング」	伊集院静・作	福山小夜・画
	ⓦ 2015年5月2日～2016年3月25日 朝刊		
2587	「二百十日」	夏目漱石・作	有田巧・画
	ⓦ 2015年5月15日～2015年6月18日 朝刊		
2588	「三四郎」	夏目漱石・作	横山博之・画
	ⓦ 2015年6月19日～2015年12月17日 朝刊		
2589	「吾輩は猫である」	夏目漱石・作	上田敦士・画
	ⓦ 2015年12月18日～2016年11月12日 朝刊		
2590	「淳子のてっぺん」	唯川恵・作	水上みのり・画
	ⓦ 2016年3月26日～2017年2月12日 朝刊		
2591	「坊っちゃん」	夏目漱石・作	
	ⓦ 2016年11月13日～2017年2月14日 朝刊		
2592	「ブロードキャスト」	湊かなえ・作	江頭路子・画
	ⓦ 2017年2月14日～2017年9月16日 朝刊		
2593	「こころ」	夏目漱石・作	野田竜太郎・画
	ⓦ 2017年2月15日～2017年7月30日 朝刊		

大分合同新聞（大分県）　　　新聞社別一覧　　　*2594〜2608*

2594　「黄泉がえりagain」　梶尾真治・作　村井けんたろう・画
　　　㊧ 2017年7月1日〜連載中　土曜夕刊
2595　「それから」　夏目漱石・作　村田紀美子・画
　　　㊧ 2017年7月31日〜2018年1月22日　朝刊
2596　「盲剣楼奇譚」　島田荘司・作　崗田屋愉一・画
　　　㊧ 2017年9月17日〜連載中　朝刊
2597　「門」　夏目漱石・作
　　　㊧ 2018年1月23日〜連載中　朝刊

大分県

大分合同新聞

2598　「泥棒令嬢とペテン紳士」　高橋三千綱・作　鈴木慶夫・画
　　　㊧ 1989年5月9日〜1990年3月15日　朝刊
2599　「青雲を行く」　三好徹・作　中江蒼・画
　　　㊧ 1989年8月11日〜1990年9月20日　夕刊
2600　「ここに地終わり海始まる」　宮本輝・作　大竹明輝・画
　　　㊧ 1990年3月16日〜1990年11月23日　朝刊
2601　「武神の階―名将・上杉謙信―」　津本陽・作　鴇田幹・画
　　　㊧ 1990年9月21日〜1991年10月10日　夕刊
2602　「湖のある街」　林真理子・作　粕谷侑子・画
　　　㊧ 1990年11月24日〜1991年8月30日　朝刊
2603　「やさしい季節」　赤川次郎・作　山本タカト・画
　　　㊧ 1991年8月31日〜1992年7月2日　朝刊
2604　「虹の刺客」　森村誠一・作　福田隆義・画
　　　㊧ 1991年10月11日〜1993年3月13日　夕刊
2605　「流氷の墓場」　村松友視・作　成瀬数富・画
　　　㊧ 1992年7月3日〜1993年3月2日　朝刊
2606　「海の蝶」　高橋治・作　横塚繁・画
　　　㊧ 1993年3月3日〜1994年3月9日　朝刊
2607　「天狗藤吉郎」　山田智彦・作　堂昌一・画
　　　㊧ 1993年3月15日〜1994年9月8日　夕刊
2608　「無明山脈」　梓林太郎・作　柳沢達朗・画

168　新聞連載小説総覧 平成期（1989〜2017）

	1994年3月10日～1994年11月30日　朝刊
2609	「独眼竜政宗」　津本陽・作　畑農照雄・画
	1994年9月9日～1995年11月7日　夕刊
2610	「みどりの光芒」　小嵐九八郎・作　磯倉哲・画
	1994年12月1日～1995年8月11日　朝刊
2611	「空白の瞬間」　安西篤子・作　船山滋生・画
	1995年8月12日～1996年5月13日　朝刊
2612	「夜明け前の女たち」　童門冬二・作　伊勢田邦貴・画
	1995年11月8日～1996年11月5日　夕刊
2613	「水葬海流」　今井泉・作　岐部隆・画
	1996年5月14日～1997年1月13日　朝刊
2614	「浅き夢見し」　赤瀬川隼・作　小林秀美・画
	1996年11月7日～1997年9月4日　夕刊
2615	「ヤマダ一家の辛抱」　群ようこ・作　土橋とし子・画
	1997年1月14日～1997年9月25日　朝刊
2616	「火怨―北の耀星 アテルイ」　高橋克彦・作　吉田光彦・画
	1997年9月5日～1999年3月18日　夕刊
2617	「人魚を食べた女」　山崎洋子・作　白石むつみ・画
	1997年9月26日～1998年5月27日　朝刊
2618	「屈折率」　佐々木譲・作　日置由美子・画
	1998年5月28日～1999年2月6日　朝刊
2619	「つま恋」　井沢満・作　本くに子・画
	1999年2月7日～1999年11月10日　朝刊
2620	「白梅の匂う闇」　川田弥一郎・作　堂昌一・画
	1999年3月19日～2000年2月26日　夕刊
2621	「ブレイブ・ストーリー」　宮部みゆき・作　謡口早苗・画
	1999年11月11日～2001年2月13日　朝刊
2622	「瀬越しの半六」　東郷隆・作　安里英晴・画
	2000年2月28日～2001年1月26日　夕刊
2623	「花に背いて」　鈴木由紀子・作　吉田光彦・画
	2001年1月27日～2001年10月6日　夕刊
2624	「狐闇」　北森鴻・作　北谷しげひさ・画
	2001年2月14日～2001年10月24日　朝刊
2625	「甚五郎異聞」　赤瀬川隼・作　堂昌一・画

| | | 大分合同新聞（大分県） | 新聞社別一覧 | 2626〜2642 |

　　　　⊕ 2001年10月8日〜2002年12月4日　夕刊

2626　「鋼鉄の叫び」　鈴木光司・作　福山小夜・画

　　　　⊕ 2001年10月25日〜2002年9月12日　朝刊

2627　「ダイヤモンド・シーカーズ」　瀬名秀明・作　市川智子・画

　　　　⊕ 2002年9月13日〜2003年9月12日　朝刊

2628　「藍花は凛と咲き」　米村圭伍・作　柴田ゆう・画

　　　　⊕ 2002年12月5日〜2003年11月3日　夕刊

2629　「落葉同盟」　赤川次郎・作　井上あきむ・画

　　　　⊕ 2003年9月13日〜2004年6月8日　朝刊

2630　「火神」　竹山洋・作　安芸良・画

　　　　⊕ 2003年11月4日〜2005年1月27日　夕刊

2631　「恋せども、愛せども」　唯川恵・作　メグホソキ・画

　　　　⊕ 2004年6月9日〜2004年12月10日　朝刊

2632　「金の日、銀の月」　井沢満・作　毬月絵美・画

　　　　⊕ 2004年12月11日〜2005年8月26日　朝刊

2633　「剣客同心」　鳥羽亮・作　卯月みゆき・画

　　　　⊕ 2005年1月28日〜2005年12月23日　夕刊

2634　「摘蕾の果て」　大崎善生・作　森流一郎・画

　　　　⊕ 2005年8月27日〜2006年4月9日　朝刊

2635　「そろそろ旅に」　松井今朝子・作　熊田正男・画

　　　　⊕ 2005年12月24日〜2006年12月15日　夕刊

2636　「青春の条件」　森村誠一・作　堂昌一・画

　　　　⊕ 2006年4月11日〜2007年4月19日　朝刊

2637　「命もいらず名もいらず」　山本兼一・作　北村さゆり・画

　　　　⊕ 2006年12月16日〜2007年12月28日　夕刊

2638　「ゆうとりあ」　熊谷達也・作　山本重也・画

　　　　⊕ 2007年4月20日〜2008年2月21日　朝刊

2639　「瓦版屋つれづれ日誌」　池永陽・作　牧野伊三夫・画

　　　　⊕ 2008年1月4日〜2008年9月13日　夕刊

2640　「紙の月」　角田光代・作　満岡玲子・画

　　　　⊕ 2008年2月22日〜2008年9月12日　朝刊

2641　「オルゴォル」　朱川湊人・作　岩清水さやか・画

　　　　⊕ 2008年9月13日〜2009年5月20日　朝刊

2642　「家康、死す」　宮本昌孝・作　安芸良・画

[連] 2008年9月15日〜2009年10月23日 夕刊

2643 「ここがロドスだ、ここで跳べ！」 山川健一・作 井上茉莉子・画
[連] 2009年5月21日〜2009年8月31日 朝刊

2644 「三人の二代目」 堺屋太一・作 大津英敏・画
[連] 2009年9月1日〜2010年12月31日 朝刊

2645 「手のひらを太陽に！」 真山仁・作 ゴトウヒロシ・画
[連] 2009年10月24日〜2010年10月30日 夕刊

2646 「かんかん橋を渡ったら」 あさのあつこ・作 佐藤みき・画
[連] 2010年11月1日〜2011年11月21日 夕刊

2647 「親鸞 激動篇」 五木寛之・作 山口晃・画
[連] 2011年1月1日〜2011年12月11日 朝刊

2648 「憎まれ天使」 鏑木蓮・作 岡本かな子・画
[連] 2011年11月22日〜2012年7月28日 夕刊

2649 「55歳からのハローライフ」 村上龍・作 村上龍・画
[連] 2011年12月13日〜2012年7月8日 朝刊

2650 「愛ふたたび」 渡辺淳一・作 唐仁原教久・画
[連] 2012年7月10日〜2012年12月9日 朝刊

2651 「夢をまことに」 山本兼一・作 熊田正男・画
[連] 2012年7月30日〜2013年9月7日 夕刊

2652 「紫匂う」 葉室麟・作 村田涼平・画
[連] 2012年12月11日〜2013年6月30日 朝刊

2653 「親鸞 完結篇」 五木寛之・作 山口晃・画
[連] 2013年7月1日〜2014年7月6日 朝刊

2654 「潮の音、空の色、海の詩」 熊谷達也・作 松本孝志・画
[連] 2013年9月9日〜2014年9月24日 夕刊

2655 「御用船帰還せず」 相場英雄・作 渡邊ちょんと・画
[連] 2014年7月8日〜2015年2月8日 朝刊

2656 「ちゃんぽん食べたかっ！」 さだまさし・作 おぐらひろかず・画
[連] 2014年9月25日〜2015年5月19日 夕刊

2657 「料理通異聞」 松井今朝子・作 いずみ朔庵・画
[連] 2015年2月10日〜2015年8月19日 朝刊

2658 「草花たちの静かな誓い」 宮本輝・作 赤井稚佳・画
[連] 2015年5月20日〜2016年4月21日 夕刊

2659 「河井継之助 龍が哭く」 秋山香乃・作 中村麻美・画

宮崎日日新聞（宮崎県）　　　　新聞社別一覧　　　　2660〜2673

　　　⊕ 2015年8月20日〜2016年8月7日　朝刊
2660　「護られなかった者たちへ」　中山七里・作　ケッソクヒデキ・画
　　　⊕ 2016年4月22日〜2017年3月16日　夕刊
2661　「宗麟の海」　安部龍太郎・作　安芸良・画
　　　⊕ 2016年6月18日〜2017年5月24日　朝刊
2662　「風神雷神 Juppiter, Aeolus」　原田マハ・作　森美夏・画
　　　⊕ 2017年3月17日〜連載中　夕刊
2663　「雨上がりの川」　森沢明夫・作　オカヤイヅミ・画
　　　⊕ 2017年5月25日〜2018年2月1日　朝刊
2664　「白いジオラマ」　堂場瞬一・作　鎌田みか・画
　　　⊕ 2018年2月2日〜連載中　朝刊

宮崎県

宮崎日日新聞

2665　「泥棒令嬢とペテン紳士」　高橋三千綱・作　鈴木慶夫・画
　　　⊕ 1989年6月8日〜1990年4月15日　朝刊
2666　「風と雲の伝説 異聞太閤記」　小林久三・作　加藤敏郎・画
　　　⊕ 1990年4月16日〜1990年11月17日　朝刊
2667　「夢心地の反乱」　笹沢左保・作　依光隆・画
　　　⊕ 1990年11月18日〜1991年6月21日　朝刊
2668　「宮本武蔵 血戦録」　光瀬龍・作　金森達・画
　　　⊕ 1991年6月22日〜1992年2月5日　朝刊
2669　「華麗なる対決」　小杉健治・作　大竹明輝・画
　　　⊕ 1992年2月6日〜1992年9月26日　朝刊
2670　「天狗藤吉郎」　山田智彦・作　堂昌一・画
　　　⊕ 1992年9月27日〜1994年1月6日　朝刊
2671　「恨みし人も」　高橋義夫・作　大竹明輝・画
　　　⊕ 1994年1月7日〜1994年11月28日　朝刊
2672　「推定有罪」　笹倉明・作　辰巳四郎・画
　　　⊕ 1994年11月29日〜1995年9月18日　朝刊
2673　「夜明け前の女たち」　童門冬二・作　伊勢田邦貴・画
　　　⊕ 1995年9月19日〜1996年7月25日　朝刊

172　新聞連載小説総覧 平成期（1989〜2017）

2674～2690	新聞社別一覧	**宮崎日日新聞（宮崎県）**

2674 「愛炎」　見延典子・作　小野利明・画
　　　⊕ 1996年7月26日～1997年6月1日　朝刊

2675 「浅き夢見し」　赤瀬川隼・作　小林秀美・画
　　　⊕ 1997年6月2日～1998年2月16日　朝刊

2676 「スーパーマンの歳月」　笹倉明・作　濱田ヨシ・画
　　　⊕ 1998年2月17日～1998年9月20日　朝刊

2677 「ダブルフェイス」　久間十義・作　畑農照雄・画
　　　⊕ 1998年9月21日～1999年6月15日　朝刊

2678 「猫月夜」　立松和平・作　横松桃子・画
　　　⊕ 1999年6月16日～2000年8月1日　朝刊

2679 「ブレイブ・ストーリー」　宮部みゆき・作　謠口早苗・画
　　　⊕ 2000年8月2日～2001年11月7日　朝刊

2680 「甚五郎異聞」　赤瀬川隼・作　堂昌一・画
　　　⊕ 2001年11月8日～2002年11月8日　朝刊

2681 「火のみち」　乃南アサ・作　服部純栄・画
　　　⊕ 2002年11月9日～2003年12月16日　朝刊

2682 「乱調」　藤田宜永・作　ゴトウヒロシ・画
　　　⊕ 2003年12月17日～2004年11月6日　朝刊

2683 「ダビデの夏」　押川國秋・作　大上敏夫・画
　　　⊕ 2004年11月7日～2005年9月12日　朝刊

2684 「きのうの世界」　恩田陸・作　鈴木理策〔写真〕
　　　⊕ 2005年9月13日～2006年8月2日　朝刊

2685 「青春の条件」　森村誠一・作　堂昌一・画
　　　⊕ 2006年8月3日～2007年8月14日　朝刊

2686 「ゆうとりあ」　熊谷達也・作　山本重也・画
　　　⊕ 2007年8月15日～2008年6月18日　朝刊

2687 「いつか他人になる日」　赤川次郎・作　井上あきむ・画
　　　⊕ 2008年6月19日～2009年3月31日　朝刊

2688 「ここがロドスだ、ここで跳べ！」　山川健一・作　井上茉莉子・画
　　　⊕ 2009年4月1日～2009年8月31日　朝刊

2689 「三人の二代目」　堺屋太一・作　大津英敏・画
　　　⊕ 2009年9月1日～2010年12月31日　朝刊

2690 「親鸞 激動篇」　五木寛之・作　山口晃・画
　　　⊕ 2011年1月1日～2011年12月10日　朝刊

新聞連載小説総覧 平成期（1989～2017）　173

南日本新聞（鹿児島県）　　　　新聞社別一覧　　　　2691〜2705

2691 「55歳からのハローライフ」　村上龍・作　村上龍・画
　　　㊣ 2011年12月13日〜2012年7月8日　朝刊

2692 「愛ふたたび」　渡辺淳一・作　唐仁原教久・画
　　　㊣ 2012年7月10日〜2012年12月9日　朝刊

2693 「めだか、太平洋を往け」　重松清・作　小林万希子・画
　　　㊣ 2012年12月11日〜2013年9月23日　朝刊

2694 「サーカスナイト」　よしもとばなな・作　秋山花・画
　　　㊣ 2013年9月24日〜2014年4月24日　朝刊

2695 「愛犬ゼルダの旅立ち」　辻仁成・作　井上茉莉子・画
　　　㊣ 2014年4月25日〜2014年10月19日　朝刊

2696 「御用船帰還せず」　相場英雄・作　渡邊ちょんと・画
　　　㊣ 2014年10月20日〜2015年5月21日　朝刊

2697 「料理通異聞」　松井今朝子・作　いずみ朔庵・画
　　　㊣ 2015年5月22日〜2015年11月29日　朝刊

2698 「果鋭」　黒川博行・作　高橋雅博・画
　　　㊣ 2015年11月30日〜2016年9月22日　朝刊

2699 「秀吉の活」　木下昌輝・作　遠藤拓人・画
　　　㊣ 2016年9月23日〜2017年7月20日　朝刊

2700 「雨上がりの川」　森沢明夫・作　オカヤイヅミ・画
　　　㊣ 2017年7月21日〜2018年3月28日　朝刊

2701 「また明日」　群ようこ・作　丹下京子・画
　　　㊣ 2018年3月29日〜連載中　朝刊

鹿児島県

南日本新聞

2702 「青雲を行く」　三好徹・作　中江蒼・画
　　　㊣ 1989年3月5日〜1990年2月15日　朝刊

2703 「決戦の時」　遠藤周作・作　秋野卓美・画
　　　㊣ 1990年2月16日〜1990年12月18日　朝刊

2704 「夢ざめの坂」　陳舜臣・作　畑農照雄・画
　　　㊣ 1990年4月1日〜1991年4月6日　夕刊

2705 「噴きあげる潮 小説・ジョン万次郎」　有明夏夫・作　吉松八重樹・画

		皪 1990年12月19日〜1992年2月2日　朝刊	
2706	「湖のある街」	林真理子・作　粕谷侑子・画	
		皪 1991年4月8日〜1992年3月13日　夕刊	
2707	「始発駅」	長部日出雄・作　幹英生・画	
		皪 1992年2月3日〜1992年10月14日　朝刊	
2708	「海の司令官―小西行長―」	白石一郎・作　としフクダ・画	
		皪 1992年3月14日〜1993年6月21日　夕刊	
2709	「鳩を飛ばす日」	ねじめ正一・作　植松利光・画	
		皪 1992年10月15日〜1993年5月23日　朝刊	
2710	「父と子の荒野」	小林久三・作　依光隆・画	
		皪 1993年5月24日〜1994年2月28日　朝刊	
2711	「翔んでる警視正 オリエント急行事件簿」	胡桃沢耕史・作　川池くるみ・画	
		皪 1993年6月22日〜1994年4月28日　夕刊	
2712	「恋歌書き」	阿久悠・作　井筒啓之・画	
		皪 1994年3月1日〜1994年10月26日　朝刊	
2713	「天狗風」	宮部みゆき・作　矢野徳・画	
		皪 1994年4月30日〜1995年7月8日　夕刊	
2714	「天下を望むな―三矢軍記―」	祖田浩一・作　八木義之介・画	
		皪 1994年10月27日〜1995年3月2日　朝刊	
2715	「エンドレスピーク―遠い嶺―」	森村誠一・作　安岡旦・画	
		皪 1995年3月3日〜1996年3月22日　朝刊	
2716	「西郷首」	西木正明・作　鈴木透・画	
		皪 1995年7月10日〜1996年5月16日　夕刊	
2717	「くちづけ」	赤川次郎・作　矢野徳・画	
		皪 1996年3月23日〜1996年12月31日　朝刊	
2718	「揚羽の蝶」	佐藤雅美・作　横塚繁・画	
		皪 1996年5月17日〜1997年5月21日　夕刊	
2719	「赤かぶ検事奮闘記 三人の酒呑童子」	和久峻三・作　たまいいずみ・画	
		皪 1997年1月1日〜1997年10月16日　朝刊	
2720	「浅き夢見し」	赤瀬川隼・作　小林秀美・画	
		皪 1997年5月22日〜1998年3月31日　夕刊	
2721	「幸福の船」	平岩弓枝・作　深井国・画	
		皪 1997年10月17日〜1998年6月10日　朝刊	

2722 「神の裁き」　佐木隆三・作　杉山新一・画
㊣ 1998年4月1日～1999年4月21日　夕刊
2723 「人魚を食べた女」　山崎洋子・作　白石むつみ・画
㊣ 1998年6月11日～1999年2月13日　朝刊
2724 「白梅の匂う闇」　川田弥一郎・作　堂昌一・画
㊣ 1999年2月14日～1999年12月9日　朝刊
2725 「つま恋」　井沢満・作　本くに子・画
㊣ 1999年4月22日～2000年3月25日　夕刊
2726 「恋わずらい」　高橋三千綱・作　山本博通・画
㊣ 1999年12月10日～2000年8月19日　朝刊
2727 「袂のなかで」　今江祥智・作　長新太・画
㊣ 2000年3月27日～2001年2月20日　夕刊
2728 「乱舞―花の小十郎無双剣」　花家圭太郎・作　熊田正男・画
㊣ 2000年8月20日～2001年6月25日　朝刊
2729 「狐闇」　北森鴻・作　北谷しげひさ・画
㊣ 2001年2月21日～2001年12月19日　夕刊
2730 「幸福の不等式」　高任和夫・作　なかだえり・画
㊣ 2001年6月26日～2002年5月18日　朝刊
2731 「葬送」　福迫光英・作　葛迫幸平・画
㊣ 2001年12月20日～2002年2月19日　夕刊
2732 「とびはぜ」　出水沢藍子・作　小川景一・画
㊣ 2002年2月20日～2002年3月30日　夕刊
2733 「鋼鉄の叫び」　鈴木光司・作　福山小夜・画
㊣ 2002年4月1日～2003年4月25日　夕刊
2734 「正義の基準」　森村誠一・作　和田義彦・画
㊣ 2002年5月19日～2003年6月3日　朝刊
2735 「坊っちゃん」　夏目漱石・作　丹羽和子・画
㊣ 2003年2月25日～2003年5月21日　火曜～金曜朝刊
2736 「ダイヤモンド・シーカーズ」　瀬名秀明・作　市川智子・画
㊣ 2003年4月26日～2004年7月14日　夕刊
2737 「三四郎」　夏目漱石・作　丹羽和子・画
㊣ 2003年6月3日～2003年12月29日　火曜～金曜朝刊
2738 「銀行特命捜査」　池井戸潤・作　河野治彦・画

		新聞社別一覧	南日本新聞（鹿児島県）	

⊕ 2003年6月4日〜2004年5月10日　朝刊

2739　「山椒大夫」　森鷗外・作　西のぼる・画

⊕ 2004年1月6日〜2004年1月30日　火曜〜金曜朝刊

2740　「雁」　森鷗外・作　西のぼる・画

⊕ 2004年2月3日〜2004年4月21日　火曜〜金曜朝刊

2741　「高瀬舟」　森鷗外・作　西のぼる・画

⊕ 2004年5月11日〜2004年5月21日　火曜〜金曜朝刊

2742　「冬至祭」　清水義範・作　松本孝志・画

⊕ 2004年5月11日〜2005年3月15日　朝刊

2743　「女傑松寿院―幕末に生きる」　家坂洋子・作　祝迫正豊・画

⊕ 2004年7月15日〜2005年3月16日　夕刊

2744　「風の又三郎」　宮沢賢治・作　畑中純・画

⊕ 2005年2月8日〜2005年3月15日　火曜〜金曜朝刊

2745　「影のない訪問者」　笹本稜平・作　岡村昌明・画

⊕ 2005年3月16日〜2006年2月17日　朝刊

2746　「魔物」　大沢在昌・作　河野治彦・画

⊕ 2005年3月17日〜2006年8月5日　夕刊

2747　「注文の多い料理店」　宮沢賢治・作　畑中純・画

⊕ 2005年3月29日〜2005年4月1日　火曜〜金曜朝刊

2748　「セロ弾きのゴーシュ」　宮沢賢治・作　畑中純・画

⊕ 2005年4月5日〜2005年4月15日　火曜〜金曜朝刊

2749　「水仙月の四日」　宮沢賢治・作　畑中純・画

⊕ 2005年4月19日〜2005年4月22日　火曜〜金曜朝刊

2750　「銀河鉄道の夜」　宮沢賢治・作　畑中純・画

⊕ 2005年5月10日〜2004年6月22日　火曜〜金曜朝刊

2751　「蜘蛛の糸」　芥川龍之介・作　蓬田やすひろ・画

⊕ 2005年6月28日〜2005年6月29日　火曜〜金曜朝刊

2752　「トロッコ」　芥川龍之介・作　蓬田やすひろ・画

⊕ 2005年6月30日〜2005年7月5日　火曜〜金曜朝刊

2753　「杜子春」　芥川龍之介・作　蓬田やすひろ・画

⊕ 2005年7月6日〜2005年7月15日　火曜〜金曜朝刊

2754　「鼻」　芥川龍之介・作　蓬田やすひろ・画

⊕ 2005年7月20日〜2005年7月26日　火曜〜金曜朝刊

南日本新聞（鹿児島県）　　　　新聞社別一覧　　　　*2755〜2771*

2755　「羅生門」　芥川龍之介・作　蓬田やすひろ・画
　　　⊕ 2005年7月27日〜2005年8月2日　火曜〜金曜朝刊

2756　「河童」　芥川龍之介・作　蓬田やすひろ・画
　　　⊕ 2005年8月3日〜2005年9月21日　火曜〜金曜朝刊

2757　「走れメロス」　太宰治・作　作田えつ子・画
　　　⊕ 2005年9月27日〜2005年10月6日　火曜〜金曜朝刊

2758　「富嶽百景」　太宰治・作　作田えつ子・画
　　　⊕ 2005年10月12日〜2005年10月27日　火曜〜金曜朝刊

2759　「瘤取り」　太宰治・作　作田えつ子・画
　　　⊕ 2005年11月1日〜2005年11月11日　火曜〜金曜朝刊

2760　「おしゃれ童子」　太宰治・作　作田えつ子・画
　　　⊕ 2005年11月15日〜2005年11月18日　火曜〜金曜朝刊

2761　「雪の夜の話」　太宰治・作　作田えつ子・画
　　　⊕ 2005年11月22日〜2005年11月25日　火曜〜金曜朝刊

2762　「貧の意地」　太宰治・作　作田えつ子・画
　　　⊕ 2005年11月29日〜2005年12月8日　火曜〜金曜朝刊

2763　「水仙」　太宰治・作　作田えつ子・画
　　　⊕ 2005年12月13日〜2005年12月23日　火曜〜金曜朝刊

2764　「絆」　江上剛・作　管野研一・画
　　　⊕ 2006年2月18日〜2007年12月31日　朝刊

2765　「決壊」　高嶋哲夫・作　渡邊伸綱・画
　　　⊕ 2006年8月7日〜2007年8月7日　夕刊

2766　「造花の蜜」　連城三紀彦・作　板垣しゅん・画
　　　⊕ 2007年1月1日〜2007年12月17日　朝刊

2767　「めだかの学校」　垣根涼介・作　井筒りつこ・画
　　　⊕ 2007年8月8日〜2008年9月25日　夕刊

2768　「これから」　杉山隆男・作　森流一郎・画
　　　⊕ 2007年12月18日〜2008年8月24日　朝刊

2769　「オルゴォル」　朱川湊人・作　岩清水さやか・画
　　　⊕ 2008年9月26日〜2009年2月28日　夕刊

2770　「ちょちょら」　畠中恵・作　林幸・画
　　　⊕ 2009年1月28日〜2009年11月2日　朝刊

2771　「県庁おもてなし課」　有川浩・作　大矢正和・画

⊕ 2009年11月3日〜2010年7月11日　朝刊

2772 「パンドラの匣」　太宰治・作　恩地孝四郎・画

⊕ 2010年7月13日〜2010年10月19日　朝刊

2773 「ペテロの葬列」　宮部みゆき・作　尾部千春・画

⊕ 2010年10月20日〜2012年5月3日　朝刊

2774 「55歳からのハローライフ」　村上龍・作　村上龍・画

⊕ 2012年5月4日〜2012年11月28日　朝刊

2775 「めだか、太平洋を往け」　重松清・作　小林万希子・画

⊕ 2012年12月11日〜2013年9月24日　朝刊

2776 「サーカスナイト」　よしもとばなな・作　秋山花・画

⊕ 2013年9月25日〜2014年4月26日　朝刊

2777 「それを愛とは呼ばず」　桜木紫乃・作　西川真以子・画

⊕ 2014年4月27日〜2014年10月16日　朝刊

2778 「ちゃんぽん食べたかっ！」　さだまさし・作　おぐらひろかず・画

⊕ 2014年10月17日〜2015年5月3日　朝刊

2779 「草花たちの静かな誓い」　宮本輝・作　赤井稚佳・画

⊕ 2015年5月4日〜2016年2月20日　朝刊

2780 「護られなかった者たちへ」　中山七里・作　ケッソクヒデキ・画

⊕ 2016年2月21日〜2016年11月27日　朝刊

2781 「秀吉の活」　木下昌輝・作　遠藤拓人・画

⊕ 2016年11月28日〜2017年9月26日　朝刊

2782 「雨上がりの川」　森沢明夫・作　オカヤイヅミ・画

⊕ 2017年9月27日〜連載中　朝刊

2783 「曙の獅子 薩南維新秘録」　桐野作人・作　浜田悠介・画

⊕ 2018年1月1日〜連載中　朝刊

沖縄県

琉球新報

2784 「泥棒令嬢とペテン紳士」　高橋三千綱・作　鈴木慶夫・画

⊕ 1989年4月9日〜1990年3月16日　朝刊

2785 「野望の谷」　中堂利夫・作　居島春生・画

[連] 1989年12月5日～1990年7月30日 夕刊

2786 「ここに地終わり海始まる」 宮本輝・作 大竹明輝・画

[連] 1990年7月31日～1991年6月6日 夕刊

2787 「奔流に生きる」 嘉陽安男・作 具志堅青鳥・画

[連] 1991年4月15日～1992年11月4日 朝刊

2788 「白く輝く道」 平岩弓枝・作 伊勢田邦貴・画

[連] 1991年6月7日～1992年5月7日 夕刊

2789 「鳩を飛ばす日」 ねじめ正一・作 植松利光・画

[連] 1992年5月8日～1993年1月28日 夕刊

2790 「閩人渡来記 三十六の鷹」 亀島靖・作 大城美千恵・画

[連] 1992年11月5日～1993年10月2日 朝刊

2791 「海の蝶」 高橋治・作 横塚繁・画

[連] 1993年1月29日～1994年5月7日 夕刊

2792 「早春賦」 小浜清志・作 真喜志勉・画

[連] 1993年10月4日～1994年10月1日 朝刊

2793 「灰燼の中から」 瑞慶覧長和・作 安良城孝・画

[連] 1994年10月3日～1995年3月29日 朝刊

2794 「メコンの落日」 石川文洋・作 仲地のぶひで・画

[連] 1995年1月13日～1995年9月30日 夕刊

2795 「エンドレスピーク―遠い嶺―」 森村誠一・作 安岡旦・画

[連] 1995年7月10日～1996年10月7日 朝刊

2796 「イモと大和嫁」 宮城賢秀・作 安良城孝・画

[連] 1996年10月15日～1997年10月24日 朝刊

2797 「琉球王女、百十踏揚」 与並岳生・作 安室二三雄・画

[連] 2001年1月4日～2003年2月20日 朝刊 ※2002年5月13日から夕刊に連載

2798 「すずらん横町の人々」 長堂栄吉・作 真喜志勉・画

[連] 2003年2月24日～2003年7月22日 夕刊

2799 「貘さんおいで」 謝花長順・作 新里堅道・画

[連] 2003年7月28日～2003年10月2日 朝刊

2800 「みそぎ川」 下地芳子・作 中島イソ子・画

[連] 2003年10月6日～2004年3月29日 夕刊

2801 「脚本家の民宿」 又吉栄喜・作 我如古彰一・画

[連] 2005年4月4日～2006年10月26日 夕刊

2802	「ウマーク日記」　大城貞俊・作　池原優子・画	
	⚲ 2006年11月13日〜2007年11月6日　夕刊	
2803	「武士猿（ブサーザールー）」　今野敏・作　前田比呂也・画	
	⚲ 2008年1月7日〜2008年10月17日　夕刊	
2804	「親鸞」　五木寛之・作　山口晃・画	
	⚲ 2008年9月1日〜2009年8月31日　朝刊	
2805	「南嶽記」　与並岳生・作　佐藤文彦・画	
	⚲ 2008年11月10日〜2009年2月27日　夕刊	
2806	「三人の二代目」　堺屋太一・作　大津英敏・画	
	⚲ 2009年9月1日〜2010年12月31日　朝刊	
2807	「親鸞 激動篇」　五木寛之・作　山口晃・画	
	⚲ 2011年1月3日〜2011年12月11日　朝刊	
2808	「55歳からのハローライフ」　村上龍・作　村上龍・画	
	⚲ 2011年12月13日〜2012年7月8日　朝刊	
2809	「愛ふたたび」　渡辺淳一・作　唐仁原教久・画	
	⚲ 2012年7月14日〜2012年12月8日　朝刊	
2810	「チャンミーグヮー」　今野敏・作　東光二・画	
	⚲ 2013年2月5日〜2013年9月30日　朝刊	
2811	「サーカスナイト」　よしもとばなな・作　秋山花・画	
	⚲ 2013年9月8日〜2014年5月15日　朝刊	
2812	「親鸞 完結篇」　五木寛之・作　山口晃・画	
	⚲ 2013年10月1日〜2014年10月6日　朝刊	
2813	「竜は動かず 奥羽越列藩同盟顛末」　上田秀人・作　遠藤拓人・画	
	⚲ 2014年10月7日〜2015年10月31日　朝刊	
2814	「バルス」　楡周平・作　岡田航也・画	
	⚲ 2015年11月1日〜2016年7月16日　朝刊	
2815	「走れ思徳（うみとく）続「琉球王女 百十踏揚」」　与並岳生・作　安室二三雄・画	
	⚲ 2015年11月24日〜2016年12月8日　朝刊	
2816	「武士マチムラ」　今野敏・作　東光二・画	
	⚲ 2016年8月2日〜2017年3月18日　朝刊	
2817	「仏陀の小石」　又吉栄喜・作　我如古真子・画	
	⚲ 2017年4月3日〜連載中　朝刊	

作 家 別 一 覧

【 あ 】

相場 英雄 あいば・ひでお 1967～
「御用船帰還せず」

- *0623* 秋田魁新報 2014年8月5日～2015年3月7日 朝刊
- *0818* 下野新聞 2014年9月14日～2015年4月16日 朝刊
- *1078* 新潟日報 2014年7月8日～2015年2月7日 朝刊
- *1442* 信濃毎日新聞 2014年7月8日～2015年2月8日 朝刊
- *1574* 静岡新聞 2014年7月8日～2015年2月7日 朝刊
- *1748* 神戸新聞 2014年8月13日～2015年3月15日 朝刊
- *1845* 日本海新聞 2014年7月8日～2015年2月7日 朝刊
- *1937* 山陽新聞 2014年7月8日～2015年2月8日 朝刊
- *2085* 徳島新聞 2014年7月8日～2015年2月8日 朝刊
- *2172* 愛媛新聞 2014年7月22日～2015年2月21日 朝刊
- *2382* 佐賀新聞 2014年7月8日～2015年2月7日 朝刊
- *2584* 熊本日日新聞 2014年7月8日～2015年2月6日 朝刊
- *2655* 大分合同新聞 2014年7月8日～2015年2月8日 朝刊
- *2696* 宮崎日日新聞 2014年10月20日～2015年5月21日 朝刊

◇「御用船帰還せず」 幻冬舎 2015.9 432p 20cm 1600円 ①978-4-344-02822-7

◇「御用船帰還せず」 幻冬舎 2017.6 498p 16cm （幻冬舎文庫 あ-38-3） 730円 ①978-4-344-42614-6

青野 聰 あおの・そう 1943～
「遊平の旅」

- *0154* 毎日新聞 1990年3月12日～1991年6月6日 夕刊

◇「遊平の旅」 毎日新聞社 1992.2 453p 20cm 1600円 ①4-620-10449-3

青山 七恵 あおやま・ななえ 1983～
「あかりの湖畔」

- *0135* 読売新聞 2010年7月12日～2011年4月9日 夕刊

◇「あかりの湖畔」 中央公論新社 2011.11 340p 20cm 1600円 ①978-4-12-004306-2

◇「あかりの湖畔」 中央公論新社 2014.11 375p 16cm （中公文庫 あ

80-1） 700円 ①978-4-12-206035-7

赤川 次郎　あかがわ・じろう　1948〜

「いつか他人になる日」

0530　河北新報 2008年1月14日〜2008年10月26日　朝刊

0888　千葉日報 2008年7月2日〜2009年4月15日　朝刊

1427　信濃毎日新聞 2008年8月12日〜2009年7月27日　夕刊

1501　岐阜新聞 2008年8月22日〜2009年6月5日　朝刊

2367　佐賀新聞 2008年1月8日〜2008年10月20日　朝刊

2687　宮崎日日新聞 2008年6月19日〜2009年3月31日　朝刊

　◇「いつか他人になる日」　角川書店　2009.11　411p　18cm　（カドカワ・エンタテインメント）　857円　①978-4-04-788197-6

　◇「いつか他人になる日」　KADOKAWA　2014.9　583p　15cm　（角川文庫あ6-157）　760円　①978-4-04-101489-9

「落葉同盟」

0600　秋田魁新報 2003年12月18日〜2004年9月8日　夕刊

0772　茨城新聞 2004年4月30日〜2005年1月26日　朝刊

0882　千葉日報 2003年9月17日〜2004年6月15日　朝刊

1168　富山新聞 2004年3月1日〜2005年1月24日　朝刊

1240　北國新聞 2004年2月28日〜2005年1月22日　夕刊

1334　山梨日日新聞 2004年3月6日〜2004年11月25日　朝刊

1985　中国新聞 2003年9月26日〜2004年8月21日　夕刊

2411　長崎新聞 2003年7月9日〜2004年4月5日　朝刊

2629　大分合同新聞 2003年9月13日〜2004年6月8日　朝刊

　◇「落葉同盟」　角川書店　2005.10　381p　18cm　（カドカワ・エンタテインメント）　848円　①4-04-788174-0

　◇「落葉同盟」　角川書店　2007.10　541p　15cm　（角川文庫）　705円　①978-4-04-187998-6

「くちづけ」

0385　東奥日報 1996年1月22日〜1996年10月31日　朝刊

0645　山形新聞 1996年2月23日〜1996年12月1日　朝刊

0692　福島民報 1996年3月16日〜1996年12月25日　朝刊

0762　茨城新聞 1996年7月10日〜1997年4月20日　朝刊

0835　上毛新聞 1996年2月15日〜1996年11月24日　朝刊

1102　北日本新聞 1996年2月2日〜1996年11月12日　朝刊

1864　山陰中央新報 1996年5月28日〜1997年3月7日　朝刊

2053　徳島新聞 1996年7月25日〜1997年6月30日　夕刊

作家別一覧　　　　　　　　　　　　　あかさ

2147　愛媛新聞　1996年6月25日〜1997年4月1日　朝刊

2717　南日本新聞　1996年3月23日〜1996年12月31日　朝刊

◇「くちづけ　上」　角川書店　1997.11　307p　19cm　（カドカワ・エンタテインメント）　724円　①4–04–788112–0

◇「くちづけ　下」　角川書店　1997.11　325p　19cm　（カドカワ・エンタテインメント）　724円　①4–04–788113–9

◇「くちづけ　上」　角川書店　2001.7　315p　15cm　（角川文庫）　514円　①4–04–187956–6

◇「くちづけ　下」　角川書店　2001.7　333p　15cm　（角川文庫）　552円　①4–04–187957–4

「やさしい季節」

0375　東奥日報　1991年12月21日〜1992年10月25日　朝刊

0636　山形新聞　1992年3月1日〜1993年1月5日　朝刊

0687　福島民報　1991年9月6日〜1992年7月11日　朝刊

1093　北日本新聞　1992年1月22日〜1993年1月25日　夕刊

1280　福井新聞　1992年4月8日〜1993年2月11日　朝刊

1318　山梨日日新聞　1992年3月29日〜1993年2月1日　朝刊

1466　岐阜新聞　1992年4月26日〜1993年2月28日　朝刊

1793　日本海新聞　1992年2月29日〜1993年1月4日　朝刊

1953　中国新聞　1991年9月17日〜1992年9月19日　夕刊

2041　徳島新聞　1991年11月13日〜1992年9月11日　朝刊

2138　愛媛新聞　1991年11月3日〜1992年9月3日　朝刊

2330　佐賀新聞　1991年11月27日〜1992年9月28日　朝刊

2396　長崎新聞　1991年10月23日〜1992年8月26日　朝刊

2603　大分合同新聞　1991年8月31日〜1992年7月2日　朝刊

◇「やさしい季節　上」　角川書店　1993.7　256p　18cm　（カドカワノベルズ）　760円　①4–04–771040–7

◇「やさしい季節　下」　角川書店　1993.7　246p　18cm　（カドカワノベルズ）　760円　①4–04–771041–5

◇「やさしい季節　上」　角川書店　1997.9　386p　15cm　（角川文庫）　600円　①4–04–187930–2

◇「やさしい季節　下」　角川書店　1997.9　381p　15cm　（角川文庫）　600円　①4–04–187931–0

赤座 憲久　あかざ・のりひさ　1927〜2012

「かがみ野の風」

1464　岐阜新聞　1992年1月15日〜1992年4月25日　朝刊

◇「かがみ野の風—長屋王の変」　赤座憲久作, 小沢良吉絵　小峰書店　1993.10

あかせかわ　　　　　　作家別一覧

243p　22cm　（こみね創作児童文学）　1800円　①4-338-05729-7

赤瀬川 原平　あかせがわ・げんぺい　1937〜2014
「ゼロ発信」
0103　読売新聞 2000年1月11日〜2000年6月4日　朝刊

◇「ゼロ発信」　中央公論新社　2000.9　288p　20cm　1600円　①4-12-003052-0

◇「ゼロ発信」　中央公論新社　2003.10　303p　16cm　（中公文庫）　781円　①4-12-204273-9

赤瀬川 隼　あかせがわ・しゅん　1931〜2015
「浅き夢見し」
0387　東奥日報 1996年11月1日〜1997年7月20日　朝刊

0646　山形新聞 1996年12月2日〜1997年8月20日　朝刊

0836　上毛新聞 1996年11月25日〜1997年8月13日　朝刊

0875　千葉日報 1996年12月26日〜1997年9月12日　朝刊

0968　神奈川新聞 1997年2月6日〜1997年10月25日　朝刊

1104　北日本新聞 1996年11月13日〜1997年7月31日　朝刊

2056　徳島新聞 1997年7月1日〜1998年5月12日　夕刊

2149　愛媛新聞 1997年4月2日〜1997年12月15日　朝刊

2614　大分合同新聞 1996年11月7日〜1997年9月4日　夕刊

2675　宮崎日日新聞 1997年6月2日〜1998年2月16日　朝刊

2720　南日本新聞 1997年5月22日〜1998年3月31日　夕刊

「風の暦」
0440　岩手日報 1991年6月2日〜1992年1月5日　朝刊

0686　福島民報 1991年1月31日〜1991年9月5日　朝刊

1761　奈良新聞 1990年12月7日〜1991年7月17日　朝刊

2137　愛媛新聞 1991年5月22日〜1992年2月4日　夕刊

「甚五郎異聞」
0462　岩手日報 2001年8月30日〜2002年8月31日　朝刊

0656　山形新聞 2001年10月11日〜2002年10月10日　朝刊

0698　福島民報 2001年11月29日〜2002年11月30日　朝刊

1486　岐阜新聞 2001年10月24日〜2002年10月26日　朝刊

1664　京都新聞 2001年8月9日〜2002年10月24日　夕刊

2354　佐賀新聞 2002年3月26日〜2003年3月28日　朝刊

2625　大分合同新聞 2001年10月8日〜2002年12月4日　夕刊

2680　宮崎日日新聞 2001年11月8日〜2002年11月8日　朝刊

◇「甚五郎異聞」　日本放送出版協会　2004.6　437p　20cm　2000円　①4-14-005455-7

赤羽 堯　あかばね・たかし　1937〜1997
「燃えて赤壁」

0382　東奥日報 1994年11月9日〜1994年12月31日　朝刊

◇「曹操伝三国志異聞」　文芸春秋　1995.9　204p　20cm　1600円　①4-16-315780-8

阿川 佐和子　あがわ・さわこ　1953〜
「ことことこーこ」

1085　新潟日報 2016年12月15日〜2017年9月3日　朝刊
1521　岐阜新聞 2016年12月9日〜2017年9月30日　夕刊
1893　山陰中央新報 2016年10月18日〜2017年7月8日　朝刊
1943　山陽新聞 2016年9月14日〜2017年6月5日　朝刊
2091　徳島新聞 2016年9月10日〜2017年6月1日　朝刊
2131　四国新聞 2016年10月19日〜2017年7月9日　朝刊

秋元 藍　あきもと・あい
「ハナコ―ロダンのモデルになった女」

1477　岐阜新聞 1997年4月1日〜1997年12月31日　朝刊

◇「ハナコの首―ロダンとスタニスラフスキーを魅了した女優」　講談社　2000.1　364p　20cm　2000円　①4-06-208337-X

秋元 康　あきもと・やすし　1956〜
「象の背中」

0298　産経新聞 2005年1月1日〜2005年6月30日　朝刊

◇「象の背中」　産経新聞出版　2006.4　364p　20cm　1500円　①4-594-05056-5
◇「象の背中」　産経新聞出版　2007.9　460p　16cm　（扶桑社文庫）　619円　①978-4-594-05454-0

秋山 香乃　あきやま・かの　1968〜
「河井継之助 龍が哭く」

0559　河北新報 2015年3月1日〜2016年2月19日　朝刊
1080　新潟日報 2015年2月10日〜2016年1月31日　朝刊

あく　　　　　作家別一覧

1891　山陰中央新報　2015年12月18日〜2016年12月7日　朝刊

2659　大分合同新聞　2015年8月20日〜2016年8月7日　朝刊

　　　◇「龍が哭く―河井継之助」　PHP研究所　2017.6　527p　20cm　2100円
　　　　①978-4-569-83579-2

「晋作蒼き烈日」

1823　日本海新聞　2005年7月6日〜2006年5月21日　朝刊

　　　◇「晋作蒼き烈日」　日本放送出版協会　2007.7　443p　20cm　1800円
　　　　①978-4-14-005522-9

「吉田松陰 大和燦々」

0486　岩手日報　2013年6月29日〜2014年1月17日　朝刊

　　　◇「吉田松陰大和燦々」　NHK出版　2014.10　323p　20cm　1700円　①978-
　　　　4-14-005655-4

阿久 悠　あく・ゆう　1937〜2007

「恋歌書き」

0380　東奥日報　1994年3月14日〜1994年11月8日　朝刊

0446　岩手日報　1994年6月2日〜1995年1月27日　朝刊

0795　下野新聞　1994年5月28日〜1995年1月22日　朝刊

0832　上毛新聞　1994年3月29日〜1994年11月23日　朝刊

1907　山陽新聞　1994年1月28日〜1994年11月11日　夕刊

2712　南日本新聞　1994年3月1日〜1994年10月26日　朝刊

芥川 龍之介　あくたがわ・りゅうのすけ　1892〜1927

「河童」

1026　新潟日報　2004年5月13日〜2004年6月18日　火曜〜土曜朝刊

1989　中国新聞　2003年10月23日〜2003年12月3日　朝刊

2220　高知新聞　2004年2月10日〜2004年3月12日　夕刊

2522　熊本日日新聞　2005年1月26日〜2005年2月26日　夕刊

2756　南日本新聞　2005年8月3日〜2005年9月21日　火曜〜金曜朝刊

　　　◇「羅生門 鼻―他」　日本文学館　2007.3　229p　19cm　（日本名作選　6（大
　　　　正の文豪編））　800円　①978-4-7765-1137-3
　　　◇「芥川竜之介―1892-1927」　筑摩書房　2007.11　476p　15cm　（ちくま日
　　　　本文学　2）　880円　①978-4-480-42502-7
　　　◇「河童・戯作三昧」　角川書店　2008.7　317p　15cm　（角川文庫）　400円
　　　　①978-4-04-103316-6
　　　◇「作家たちが読んだ芥川龍之介」　芥川龍之介著,別冊宝島編集部編　宝島社
　　　　2009.4　377p　16cm　（宝島社文庫　Cへ-1-3）　457円　①978-4-7966-

7081–4

◇「読んでおきたいベスト集！ 芥川龍之介」　芥川龍之介著, 別冊宝島編集部編　宝島社　2011.7　548p　16cm　（宝島社文庫）　686円　Ⓘ978–4–7966–8515–3

◇「河童―他二篇」　岩波書店　2013.4　138p　19cm　（ワイド版岩波文庫　361）　800円　Ⓘ978–4–00–007361–5

◇「河童のお弟子」　泉鏡花, 柳田國男, 芥川龍之介著, 東雅夫編　筑摩書房　2014.12　457p　15cm　（ちくま文庫　ひ21-8―柳花叢書）　1200円　Ⓘ978–4–480–43231–5

「蜘蛛の糸」

0541　河北新報　2010年4月30日～2010年5月1日　夕刊

1025　新潟日報　2004年5月11日～2004年5月12日　火曜～土曜朝刊

1983　中国新聞　2003年9月23日～2003年9月24日　朝刊

2215　高知新聞　2004年1月17日～2004年1月19日　夕刊

2517　熊本日日新聞　2005年1月4日～2005年1月5日　夕刊

2751　南日本新聞　2005年6月28日～2005年6月29日　火曜～金曜朝刊

◇「羅生門 鼻―他」　日本文学館　2007.3　229p　19cm　（日本名作選　6（大正の文豪編））　800円　Ⓘ978–4–7765–1137–3

◇「芥川龍之介短篇集」　芥川龍之介著, ジェイ・ルービン編　新潮社　2007.6　317p　20cm　1600円　Ⓘ978–4–10–304871–8

◇「蜘蛛の糸」　SDP　2008.7　93p　15cm　（SDP bunko）　350円　Ⓘ978–4–903620–29–9

◇「蜘蛛の糸―他8編」　ゴマブックス　2008.9　215p　19cm　（ケータイ名作文学）　800円　Ⓘ978–4–7771–1025–4

◇「21世紀版少年少女日本文学館　6　トロッコ・鼻」　芥川龍之介著　講談社　2009.2　253p　20cm　1400円　Ⓘ978–4–06–282656–3

◇「芥川龍之介羅生門」　やのまん　2009.4　351p　20cm　（YM books―デカい活字の千円文学！）　952円　Ⓘ978–4–903548–18–0

◇「作家たちが読んだ芥川龍之介」　芥川龍之介著, 別冊宝島編集部編　宝島社　2009.4　377p　16cm　（宝島社文庫　Cへ–1–3）　457円　Ⓘ978–4–7966–7081–4

◇「藪の中」　講談社　2009.8　155p　15cm　（講談社文庫　あ1-3）　343円　Ⓘ978–4–06–276459–9

◇「蜘蛛の糸」　角川春樹事務所　2011.4　125p　16cm　（ハルキ文庫　あ19–1―［280円文庫］）　267円　Ⓘ978–4–7584–3540–6

◇「読んでおきたいベスト集！ 芥川龍之介」　芥川龍之介著, 別冊宝島編集部編　宝島社　2011.7　548p　16cm　（宝島社文庫）　686円　Ⓘ978–4–7966–8515–3

◇「日本の名作「こわい話」傑作集」　Z会監修解説, 平尾リョウ絵　集英社　2012.8　208p　18cm　（集英社みらい文庫　あ-4-1）　620円　Ⓘ978–4–08–321111–9

◇「蜘蛛の糸・杜子春・トロッコ他十七篇」　岩波書店　2013.1　293p　19cm

（ワイド版岩波文庫　358）　1100円　①978-4-00-007358-5

◇「羅生門」　海王社　2014.6　158p　15cm　（海王社文庫）　972円　①978-4-7964-0562-1

◇「芥川龍之介名作集—心に残るロングセラー　小学生に読ませたい名作10話」　芥川龍之介著, 鬼塚りつ子責任編集　世界文化社　2015.6　143p　24cm　1200円　①978-4-418-15806-5

◇「豊かな心を育む日本童話名作集—心に残るロングセラー　「赤い鳥」の世界より」　鬼塚りつ子責任編集, 村田夕海子絵　世界文化社　2017.7　143p　24cm　1200円　①978-4-418-17811-7

「杜子春」

0544　河北新報　2010年5月15日〜2010年5月22日　夕刊

1043　新潟日報　2005年2月12日〜2005年2月22日　火曜〜土曜朝刊

1986　中国新聞　2003年9月30日〜2003年10月8日　朝刊

2217　高知新聞　2004年1月23日〜2004年1月30日　夕刊

2518　熊本日日新聞　2005年1月6日〜2005年1月14日　夕刊

2753　南日本新聞　2005年7月6日〜2005年7月15日　火曜〜金曜朝刊

◇「羅生門　鼻—他」　日本文学館　2007.3　229p　19cm　（日本名作選　6（大正の文豪編））　800円　①978-4-7765-1137-3

◇「くもの糸・杜子春—芥川龍之介短編集」　芥川龍之介作, 百瀬義行絵　新装版　講談社　2007.11　233p　18cm　（講談社青い鳥文庫　90-2）　570円　①978-4-06-148798-7

◇「芥川竜之介—1892-1927」　筑摩書房　2007.11　476p　15cm　（ちくま日本文学　2）　880円　①978-4-480-42502-7

◇「蜘蛛の糸—他8編」　ゴマブックス　2008.9　215p　19cm　（ケータイ名作文学）　800円　①978-4-7771-1025-4

◇「21世紀版少年少女日本文学館　6　トロッコ・鼻」　芥川龍之介著　講談社　2009.2　253p　20cm　1400円　①978-4-06-282656-3

◇「家族って、どんなカタチ？」　芥川龍之介, 有島武郎, 菊池寛, 太宰治, 中戸川吉二, 牧野信一, 横光利一作　くもん出版　2009.2　157p　20cm　（読書がたのしくなる・ニッポンの文学）　1000円　①978-4-7743-1401-3

◇「作家たちが読んだ芥川龍之介」　芥川龍之介著, 別冊宝島編集部編　宝島社　2009.4　377p　16cm　（宝島社文庫　Cへ-1-3）　457円　①978-4-7966-7081-4

◇「藪の中」　講談社　2009.8　155p　15cm　（講談社文庫　あ1-3）　343円　①978-4-06-276459-9

◇「蜘蛛の糸」　角川春樹事務所　2011.4　125p　16cm　（ハルキ文庫　あ19-1—［280円文庫］）　267円　①978-4-7584-3540-6

◇「読んでおきたい名作　小学6年」　川島隆太監修　成美堂出版　2011.4　207p　22cm　700円　①978-4-415-31036-7

◇「読んでおきたいベスト集！　芥川龍之介」　芥川龍之介著, 別冊宝島編集部編　宝島社　2011.7　548p　16cm　（宝島社文庫）　686円　①978-4-7966-

8515-3

◇「くもの糸・杜子春―芥川龍之介短編集 上」 芥川龍之介作, 百瀬義行絵 講談社 2011.10 256p 21cm （講談社オンデマンドブックス―講談社大きな文字の青い鳥文庫） ①978-4-06-407495-5

◇「蜘蛛の糸・杜子春・トロッコ他十七篇」 岩波書店 2013.1 293p 19cm （ワイド版岩波文庫 358） 1100円 ①978-4-00-007358-5

◇「もう一度読みたい教科書の泣ける名作」 学研教育出版編 学研教育出版 2013.8 223p 17cm 800円 ①978-4-05-405789-0

◇「くもの糸・杜子春―芥川龍之介作品集」 芥川龍之介作, ひと和絵 KADOKAWA 2014.11 212p 18cm （角川つばさ文庫 Fあ1-1） 560円 ①978-4-04-631451-2

◇「芥川龍之介名作集―心に残るロングセラー 小学生に読ませたい名作10話」 芥川龍之介著, 鬼塚りつ子責任編集 世界文化社 2015.6 143p 24cm 1200円 ①978-4-418-15806-5

◇「杜子春」 改版 KADOKAWA 2017.10 322p 15cm （角川文庫 あ2-9） 600円 ①978-4-04-106176-3

「トロツコ」

0542 河北新報 2010年5月6日～2010年5月8日 夕刊

1024 新潟日報 2004年5月5日～2004年5月7日 火曜～土曜朝刊

1984 中国新聞 2003年9月25日～2003年9月27日 朝刊

2216 高知新聞 2004年1月20日～2004年1月22日 夕刊

2516 熊本日日新聞 2004年12月25日～2004年12月28日 夕刊

2752 南日本新聞 2005年6月30日～2005年7月5日 火曜～金曜朝刊

◇「10分で読める名作 5年生」 木暮正夫, 岡信子選 学習研究社 2007.11 177p 21cm 700円 ①978-4-05-202679-9

◇「くもの糸・杜子春―芥川龍之介短編集」 芥川龍之介作, 百瀬義行絵 新装版 講談社 2007.11 233p 18cm （講談社青い鳥文庫 90-2） 570円 ①978-4-06-148798-7

◇「芥川竜之介―1892-1927」 筑摩書房 2007.11 476p 15cm （ちくま日本文学 2） 880円 ①978-4-480-42502-7

◇「蜘蛛の糸―他8編」 ゴマブックス 2008.9 215p 19cm （ケータイ名作文学） 800円 ①978-4-7771-1025-4

◇「21世紀版少年少女日本文学館 6 トロッコ・鼻」 芥川龍之介著 講談社 2009.2 253p 20cm 1400円 ①978-4-06-282656-3

◇「ようこそ、冒険の国へ！」 芥川龍之介, 海野十三, 押川春浪, 小酒井不木作 くもん出版 2009.2 157p 20cm （読書がたのしくなる・ニッポンの文学） 1000円 ①978-4-7743-1402-0

◇「蜘蛛の糸」 角川春樹事務所 2011.4 125p 16cm （ハルキ文庫 あ19-1―［280円文庫］） 267円 ①978-4-7584-3540-6

◇「読んでおきたいベスト集！ 芥川龍之介」 芥川龍之介著, 別冊宝島編集部編 宝島社 2011.7 548p 16cm （宝島社文庫） 686円 ①978-4-7966-

あくたかわ　　　　作家別一覧

8515–3
◇「くもの糸・杜子春―芥川龍之介短編集 下」　芥川龍之介作, 百瀬義行絵　講談社　2011.10　274p　21cm　（講談社オンデマンドブックス―講談社大きな文字の青い鳥文庫）　①978–4–06–407496–2

◇「蜘蛛の糸・杜子春・トロッコ他十七篇」　岩波書店　2013.1　293p　19cm　（ワイド版岩波文庫　358）　1100円　①978–4–00–007358–5

◇「くもの糸・杜子春―芥川龍之介作品集」　芥川龍之介作, ひと和絵　KADOKAWA　2014.11　212p　18cm　（角川つばさ文庫　Fあ1–1）　560円　①978–4–04–631451–2

◇「もう一度読みたい教科書の泣ける名作　再び」　学研教育出版編　学研教育出版　2014.12　223p　17cm　800円　①978–4–05–406191–0

◇「芥川龍之介名作集―心に残るロングセラー 小学生に読ませたい名作10話」　芥川龍之介著, 鬼塚りつ子責任編集　世界文化社　2015.6　143p　24cm　1200円　①978–4–418–15806–5

「鼻」

0543　河北新報　2010年5月10日〜2010年5月13日　夕刊

1044　新潟日報　2005年2月23日〜2005年2月28日　火曜〜土曜朝刊

1987　中国新聞　2003年10月9日〜2003年10月16日　朝刊

2218　高知新聞　2004年1月31日〜2004年2月4日　夕刊

2520　熊本日日新聞　2005年1月15日〜2005年1月19日　夕刊

2754　南日本新聞　2005年7月20日〜2005年7月26日　火曜〜金曜朝刊

◇「羅生門 鼻―他」　日本文学館　2007.3　229p　19cm　（日本名作選　6（大正の文豪編））　800円　①978–4–7765–1137–3

◇「芥川龍之介短篇集」　芥川龍之介著, ジェイ・ルービン編　新潮社　2007.6　317p　20cm　1600円　①978–4–10–304871–8

◇「羅生門・鼻・芋粥」　改版　角川書店　2007.6　251p　15cm　（角川文庫）　362円　①978–4–04–103315–9

◇「王朝小説集」　ランダムハウス講談社　2007.8　462p　15cm　880円　①978–4–270–10117–9

◇「くもの糸・杜子春―芥川龍之介短編集」　芥川龍之介作, 百瀬義行絵　新装版　講談社　2007.11　233p　18cm　（講談社青い鳥文庫　90–2）　570円　①978–4–06–148798–7

◇「芥川竜之介―1892–1927」　筑摩書房　2007.11　476p　15cm　（ちくま日本文学　2）　880円　①978–4–480–42502–7

◇「とっておきの笑いあります！―what a laugh！」　芥川龍之介, 巌谷小波, 岡本一平, 菊池寛, 太宰治, 豊島与志雄, 宮沢賢治, 森鷗外作　くもん出版　2007.12　149p　20cm　（読書がたのしくなる・ニッポンの文学）　1000円　①978–4–7743–1344–3

◇「蜘蛛の糸―他8編」　ゴマブックス　2008.9　215p　19cm　（ケータイ名作文学）　800円　①978–4–7771–1025–4

◇「21世紀版少年少女日本文学館　6　トロッコ・鼻」　芥川龍之介著　講談社

194　新聞連載小説総覧 平成期（1989〜2017）

作家別一覧　　　　　　　　　　あくたかわ

2009.2　253p　20cm　1400円　①978-4-06-282656-3

◇「芥川龍之介羅生門」　やのまん　2009.4　351p　20cm　（YM books―デカい活字の千円文学！）　952円　①978-4-903548-18-0

◇「作家たちが読んだ芥川龍之介」　芥川龍之介著, 別冊宝島編集部編　宝島社　2009.4　377p　16cm　（宝島社文庫　Cへ-1-3）　457円　①978-4-7966-7081-4

◇「藪の中」　講談社　2009.8　155p　15cm　（講談社文庫　あ1-3）　343円　①978-4-06-276459-9

◇「蜘蛛の糸」　角川春樹事務所　2011.4　125p　16cm　（ハルキ文庫　あ19-1―［280円文庫］）　267円　①978-4-7584-3540-6

◇「読んでおきたい名作　小学5年」　川島隆太監修　成美堂出版　2011.4　199p　22cm　700円　①978-4-415-31035-0

◇「読んでおきたいベスト集！芥川龍之介」　芥川龍之介著, 別冊宝島編集部編　宝島社　2011.7　548p　16cm　（宝島社文庫）　686円　①978-4-7966-8515-3

◇「くもの糸・杜子春―芥川龍之介短編集 下」　芥川龍之介作, 百瀬義行絵　講談社　2011.10　274p　21cm　（講談社オンデマンドブックス―講談社大きな文字の青い鳥文庫）　①978-4-06-407496-2

◇「新現代文学名作選」　塩澤寿一, 馳川澄子, 堀内雅人, 横堀利明編著, 中島国彦監修　明治書院　2012.1　256p　21cm　781円　①978-4-625-65415-2

◇「羅生門・鼻・芋粥・偸盗」　岩波書店　2012.12　182p　19cm　（ワイド版岩波文庫　357）　900円　①978-4-00-007357-8

◇「くもの糸・杜子春―芥川龍之介作品集」　芥川龍之介作, ひと和絵　KADOKAWA　2014.11　212p　18cm　（角川つばさ文庫　Fあ1-1）　560円　①978-4-04-631451-2

◇「羅生門―国会図書館所蔵図書」　ゴマブックス　2014.12　280, 5p　21cm　（近代偉人傑作選）　3500円　①978-4-7771-1591-4

◇「芥川龍之介名作集―心に残るロングセラー 小学生に読ませたい名作10話」　芥川龍之介著, 鬼塚りつ子責任編集　世界文化社　2015.6　143p　24cm　1200円　①978-4-418-15806-5

◇「羅生門・蜜柑ほか」　筑摩書房　2016.12　279p　15cm　（ちくま文庫　き41-1―教科書で読む名作）　680円　①978-4-480-43411-1

◇「「文豪とアルケミスト」文学全集」　芥川龍之介 ほか著, 神楽坂ブック倶楽部編, DMM.comラボ協力・監修　新潮社　2017.10　1冊　22cm　2200円　①978-4-10-304872-5

「羅生門」

1045　新潟日報　2005年3月1日〜2005年3月4日　火曜〜土曜朝刊

1988　中国新聞　2003年10月17日〜2003年10月22日　朝刊

2219　高知新聞　2004年2月5日〜2004年2月9日　夕刊

2521　熊本日日新聞　2005年1月20日〜2005年1月25日　夕刊

2755　南日本新聞　2005年7月27日〜2005年8月2日　火曜〜金曜朝刊

◇「羅生門 鼻─他」　日本文学館　2007.3　229p　19cm　（日本名作選　6（大正の文豪編））　800円　Ⓘ978-4-7765-1137-3

◇「芥川龍之介短篇集」　芥川龍之介著, ジェイ・ルービン編　新潮社　2007.6　317p　20cm　1600円　Ⓘ978-4-10-304871-8

◇「羅生門・鼻・芋粥」　改版　角川書店　2007.6　251p　15cm　（角川文庫）　362円　Ⓘ978-4-04-103315-9

◇「王朝小説集」　ランダムハウス講談社　2007.8　462p　15cm　880円　Ⓘ978-4-270-10117-9

◇「蜘蛛の糸─他8編」　ゴマブックス　2008.9　215p　19cm　（ケータイ名作文学）　800円　Ⓘ978-4-7771-1025-4

◇「21世紀版少年少女日本文学館　6　トロッコ・鼻」　芥川龍之介著　講談社　2009.2　253p　20cm　1400円　Ⓘ978-4-06-282656-3

◇「芥川龍之介羅生門」　やのまん　2009.4　351p　20cm　（YM books─デカい活字の千円文学！）　952円　Ⓘ978-4-903548-18-0

◇「藪の中」　講談社　2009.8　155p　15cm　（講談社文庫　あ1-3）　343円　Ⓘ978-4-06-276459-9

◇「蜘蛛の糸」　角川春樹事務所　2011.4　125p　16cm　（ハルキ文庫　あ19-1─［280円文庫］）　267円　Ⓘ978-4-7584-3540-6

◇「読んでおきたいベスト集！ 芥川龍之介」　芥川龍之介著, 別冊宝島編集部編　宝島社　2011.7　548p　16cm　（宝島社文庫）　686円　Ⓘ978-4-7966-8515-3

◇「羅生門・鼻・芋粥・偸盗」　岩波書店　2012.12　182p　19cm　（ワイド版岩波文庫　357）　900円　Ⓘ978-4-00-007357-8

◇「羅生門」　海王社　2014.6　158p　15cm　（海王社文庫）　972円　Ⓘ978-4-7964-0562-1

◇「くもの糸・杜子春─芥川龍之介作品集」　芥川龍之介作, ひと 和絵　KADOKAWA　2014.11　212p　18cm　（角川つばさ文庫　Fあ1-1）　560円　Ⓘ978-4-04-631451-2

◇「羅生門─国会図書館所蔵図書」　ゴマブックス　2014.12　280, 5p　21cm　（近代偉人傑作選）　3500円　Ⓘ978-4-7771-1591-4

◇「羅生門・蜜柑ほか」　筑摩書房　2016.12　279p　15cm　（ちくま文庫　き41-1─教科書で読む名作）　680円　Ⓘ978-4-480-43411-1

浅川 かよ子　あさかわ・かよこ

「七色の海」

1368　信濃毎日新聞　1991年11月29日～1992年3月25日　夕刊

朝倉 かすみ　あさくら・かすみ　1960～

「乙女の家」

0359　北海道新聞　2013年9月30日～2014年9月30日　夕刊

0950　東京新聞　2013年9月30日～2014年9月30日　夕刊

作家別一覧　　　　　　　　　　　　　　　　　あさた

1634　中日新聞　2013年9月30日～2014年9月30日　夕刊

2315　西日本新聞　2013年9月30日～2014年9月30日　夕刊

◇「乙女の家」　新潮社　2015.2　395p　20cm　2000円　Ⓘ978–4–10–332342–6

◇「乙女の家」　新潮社　2017.9　525p　16cm　（新潮文庫　あ–85–2）　750円　Ⓘ978–4–10–120132–0

浅田 次郎　あさだ・じろう　1951～

「阿修羅の海」

0452　岩手日報　1996年11月22日～1997年11月12日　朝刊

0693　福島民報　1996年12月26日～1997年12月17日　朝刊

1006　新潟日報　1996年12月23日～1997年12月13日　朝刊

1804　日本海新聞　1996年12月28日～1997年12月19日　朝刊

2148　愛媛新聞　1996年10月28日～1997年10月15日　朝刊

◇「シェエラザード　上」　講談社　1999.12　351p　20cm　1600円　Ⓘ4–06–209607–2

◇「シェエラザード　下」　講談社　1999.12　352p　20cm　1600円　Ⓘ4–06–209958–6

◇「シェエラザード　上」　講談社　2002.12　377p　15cm　（講談社文庫）　619円　Ⓘ4–06–273609–8

◇「シェエラザード　下」　講談社　2002.12　386p　15cm　（講談社文庫）　619円　Ⓘ4–06–273610–1

「おもかげ」

0226　毎日新聞　2016年12月13日～2017年7月31日　朝刊

◇「おもかげ」　毎日新聞出版　2017.12　377p　20cm　1500円　Ⓘ978–4–620–10832–2

「黒書院の六兵衛」

0269　日本経済新聞社　2012年5月14日～2013年4月17日　朝刊

◇「黒書院の六兵衛　上」　日本経済新聞出版社　2013.10　277p　20cm　1500円　Ⓘ978–4–532–17123–0

◇「黒書院の六兵衛　下」　日本経済新聞出版社　2013.10　253p　20cm　1500円　Ⓘ978–4–532–17124–7

◇「黒書院の六兵衛　上」　文藝春秋　2017.1　324p　16cm　（文春文庫　あ39–16）　680円　Ⓘ978–4–16–790766–2

◇「黒書院の六兵衛　下」　文藝春秋　2017.1　305p　16cm　（文春文庫　あ39–17）　680円　Ⓘ978–4–16–790767–9

「椿山課長の七日間」

0033　朝日新聞　2001年7月2日～2002年4月16日　夕刊

◇「椿山課長の七日間」 朝日新聞社 2002.10 378p 20cm 1500円 Ⓘ4–02–257786–X

◇「椿山課長の七日間」 朝日新聞社 2005.9 405p 15cm （朝日文庫） 600円 Ⓘ4–02–264352–8

◇「椿山課長の七日間」 集英社 2015.2 450p 16cm （集英社文庫 あ36–22） 660円 Ⓘ978–4–08–745281–5

あさの あつこ 1954～

「かんかん橋を渡ったら」

1067 新潟日報 2011年1月1日～2011年11月30日 朝刊

1129 北日本新聞 2011年2月17日～2012年1月16日 朝刊

1433 信濃毎日新聞 2011年1月1日～2011年11月30日 朝刊

1927 山陽新聞 2010年11月2日～2011年10月24日 朝刊

2646 大分合同新聞 2010年11月1日～2011年11月21日 夕刊

◇「かんかん橋を渡ったら」 角川書店 2013.3 568p 19cm 1800円 Ⓘ978–4–04–110357–9

◇「かんかん橋を渡ったら」 KADOKAWA 2016.1 568p 15cm （角川文庫 あ42–14） 840円 Ⓘ978–4–04–103898–7

「かんかん橋の向こう側」

0558 河北新報 2014年4月9日～2015年2月28日 朝刊

1077 新潟日報 2014年2月10日～2014年12月31日 朝刊

1936 山陽新聞 2014年4月30日～2015年3月21日 朝刊

◇「かんかん橋の向こう側」 KADOKAWA 2016.2 462p 19cm 1800円 Ⓘ978–4–04–103897–0

「ぼくがきみを殺すまで」

0068 朝日新聞 2015年9月1日～2015年12月28日 夕刊

芦原 すなお あしはら・すなお 1949～

「さんじらこ」

0174 毎日新聞 1997年4月2日～1997年12月2日 朝刊

◇「さんじらこ」 毎日新聞社 1998.2 409p 20cm 1900円 Ⓘ4–620–10585–6

「野に咲け、あざみ」

2120 四国新聞 2007年9月23日～2008年8月31日 朝刊

2163 愛媛新聞 2007年9月24日～2008年8月31日 朝刊

◇「野に咲け、あざみ」 作品社 2008.10 420p 20cm 2000円 Ⓘ978–4–86182–213–1

梓 林太郎　あずさ・りんたろう　1933〜

「無明山脈」

0724　福島民友　1994年5月11日〜1995年2月2日　朝刊

0872　千葉日報　1994年6月6日〜1995年3月1日　朝刊

1097　北日本新聞　1994年4月20日〜1995年3月8日　夕刊

1381　信濃毎日新聞　1994年2月19日〜1995年2月25日　土曜夕刊

1470　岐阜新聞　1994年8月1日〜1995年4月24日　朝刊

1799　日本海新聞　1994年10月3日〜1995年6月28日　朝刊

2048　徳島新聞　1994年5月19日〜1995年2月5日　朝刊

2142　愛媛新聞　1994年8月18日〜1995年5月10日　朝刊

2337　佐賀新聞　1994年11月22日〜1995年8月16日　朝刊

2608　大分合同新聞　1994年3月10日〜1994年11月30日　朝刊

◇「無明山脈」　徳間書店　1995.10　363p　20cm　1800円　Ⓘ4-19-860370-7

◇「殺人連峰」　徳間書店　1999.9　536p　16cm　（徳間文庫）　724円　Ⓘ4-19-891166-5

梓澤 要　あずさわ・かなめ　1953〜

「枝豆そら豆」

0397　東奥日報　2001年5月23日〜2002年7月10日　夕刊

0594　秋田魁新報　2001年2月25日〜2002年1月30日　夕刊

0803　下野新聞　2001年11月25日〜2002年11月6日　朝刊

1487　岐阜新聞　2001年12月5日〜2003年2月1日　夕刊

1548　静岡新聞　2001年2月7日〜2002年4月1日　夕刊

2409　長崎新聞　2001年9月6日〜2002年8月20日　朝刊

◇「枝豆そら豆　上」　講談社　2003.1　370p　20cm　1900円　Ⓘ4-06-211691-X

◇「枝豆そら豆　下」　講談社　2003.2　335p　20cm　1900円　Ⓘ4-06-211692-8

「光の王国 秀衡と西行」

0484　岩手日報　2012年1月1日〜2012年7月21日　朝刊

0709　福島民報　2011年12月13日〜2012年7月1日　朝刊

◇「光の王国─秀衡と西行」　文藝春秋　2013.11　374p　20cm　1900円　Ⓘ978-4-16-382760-5

麻生 幾　あそう・いく　1960〜

「日本侵略」

0293　産経新聞　1999年8月23日〜2000年9月30日　朝刊

渥美 饒児　あつみ・じょうじ　1953〜
「沈黙のレシピエント」
1566　静岡新聞 2010年3月2日〜2011年4月28日 夕刊

◇「沈黙のレシピエント」　中央公論新社　2012.12　282p　20cm　1800円　①978-4-12-004333-8

阿刀田 高　あとうだ・たかし　1935〜
「おとこ坂 おんな坂」
0195　毎日新聞 2005年4月2日〜2006年3月26日 日曜版

◇「おとこ坂おんな坂」　毎日新聞社　2006.7　357p　20cm　1700円　①4-620-10703-4

◇「おとこ坂おんな坂」　新潮社　2009.11　461p　16cm　（新潮文庫　あ-7-33）　629円　①978-4-10-125533-0

「怪談」
0327　北海道新聞 1997年7月6日〜1998年6月30日 朝刊

0918　東京新聞 1997年7月6日〜1998年6月30日 朝刊

1602　中日新聞 1997年7月6日〜1998年6月30日 朝刊

2283　西日本新聞 1997年7月6日〜1998年6月30日 朝刊

◇「怪談」　幻冬舎　1998.11　564p　19cm　2000円　①4-87728-261-0

◇「怪談」　幻冬舎　2001.4　765p　15cm　（幻冬舎文庫）　876円　①4-344-40089-5

「空想列車」
0683　福島民報 1989年3月11日〜1989年11月9日 朝刊

◇「空想列車　上」　角川書店　1990.4　300p　20cm　1000円　①4-04-872582-3

◇「空想列車　下」　角川書店　1990.4　219p　20cm　1000円　①4-04-872583-1

◇「空想列車　上」　角川書店　1992.12　327p　15cm　（角川文庫）　520円　①4-04-157610-5

◇「空想列車　下」　角川書店　1992.12　243p　15cm　（角川文庫）　430円　①4-04-157611-3

阿部 牧郎　あべ・まきお　1933〜
「午後の惑い」
1530　静岡新聞 1991年12月1日〜1993年3月31日 朝刊
「日本再生 小説 重光葵」
1653　京都新聞 1995年9月15日〜1996年11月30日 朝刊

作家別一覧　　　あへ

◇「勇断の外相重光葵」　新潮社　1997.10　557p　20cm　2400円　①4-10-368805-X

「もう一つの旅路」

0684　福島民報　1989年11月10日～1990年8月24日　朝刊

0824　上毛新聞　1989年8月10日～1990年5月23日　朝刊

1312　山梨日日新聞　1989年8月18日～1990年5月31日　朝刊

1644　京都新聞　1989年4月20日～1990年4月2日　夕刊

2325　佐賀新聞　1989年8月21日～1990年6月2日　朝刊

2391　長崎新聞　1989年7月23日～1990年5月4日　朝刊

◇「もう一つの旅路」　文芸春秋　1991.2　414p　20cm　1700円　①4-16-312320-2

安部 龍太郎　あべ・りゅうたろう　1955～

「家康」

0429　東奥日報　2015年8月1日～2016年6月4日　朝刊

0490　岩手日報　2015年9月15日～2016年7月19日　朝刊

0714　福島民報　2015年8月24日～2016年6月27日　朝刊

0820　下野新聞　2015年10月27日～2016年8月29日　朝刊

1082　新潟日報　2016年2月1日～2016年12月4日　朝刊

1308　福井新聞　2015年7月11日～2016年5月15日　朝刊

1450　信濃毎日新聞　2015年10月10日～2016年8月13日　朝刊

1517　岐阜新聞　2015年7月12日～2016年5月16日　朝刊

1577　静岡新聞　2015年8月29日～2016年7月2日　朝刊

1686　京都新聞　2016年1月21日～2016年11月23日　朝刊

1849　日本海新聞　2015年8月20日～2016年6月23日　朝刊

1940　山陽新聞　2015年8月20日～2016年6月23日　朝刊

2088　徳島新聞　2015年8月20日～2016年6月23日　朝刊

2130　四国新聞　2015年12月17日～2016年10月18日　朝刊

2386　佐賀新聞　2016年2月19日～2016年12月22日　朝刊

2434　長崎新聞　2015年10月1日～2016年8月4日　朝刊

◇「家康　1　自立篇」　幻冬舎　2016.12　453p　20cm　1700円　①978-4-344-03051-0

「家康 不惑篇」

0432　東奥日報　2017年4月2日～2018年2月9日　朝刊

0716　福島民報　2017年5月13日～連載中　朝刊

1086　新潟日報　2017年9月4日～連載中　朝刊

1202　富山新聞　2017年6月7日～連載中　朝刊

1274	北國新聞	2017年6月6日～連載中	夕刊
1455	信濃毎日新聞	2017年5月3日～2018年3月12日	朝刊
1522	岐阜新聞	2017年2月22日～2017年12月31日	朝刊
1580	静岡新聞	2017年3月20日～2018年1月26日	朝刊
1757	神戸新聞	2017年8月5日～連載中	夕刊
1853	日本海新聞	2017年4月21日～2018年2月27日	朝刊
1944	山陽新聞	2017年4月21日～2018年2月28日	朝刊
2092	徳島新聞	2017年6月4日～連載中	朝刊
2132	四国新聞	2017年7月10日～連載中	朝刊
2389	佐賀新聞	2017年10月20日～連載中	朝刊

「下天を謀る」

0347	北海道新聞	2008年1月4日～2009年5月2日	夕刊
0938	東京新聞	2008年1月4日～2009年5月2日	夕刊
1622	中日新聞	2008年1月4日～2009年5月2日	夕刊
1730	神戸新聞	2008年1月16日～2009年5月16日	夕刊
2303	西日本新聞	2008年1月4日～2009年5月2日	夕刊

- ◇「下天を謀る　上」　新潮社　2009.11　326p　20cm　1600円　Ⓘ978-4-10-378807-2
- ◇「下天を謀る　下」　新潮社　2009.11　347p　20cm　1600円　Ⓘ978-4-10-378808-9
- ◇「下天を謀る　上巻」　新潮社　2013.5　455p　16cm　（新潮文庫　あ-35-14）　670円　Ⓘ978-4-10-130525-7
- ◇「下天を謀る　下巻」　新潮社　2013.5　487p　16cm　（新潮文庫　あ-35-15）　670円　Ⓘ978-4-10-130526-4

「彷徨える帝」

1531	静岡新聞	1992年5月11日～1993年8月31日	夕刊

- ◇「彷徨える帝」　新潮社　1994.3　450p　20cm　1800円　Ⓘ4-10-378803-8
- ◇「彷徨える帝」　新潮社　1997.3　774p　16cm　（新潮文庫）　804円　Ⓘ4-10-130513-7
- ◇「彷徨える帝　上」　角川書店　2005.2　428p　15cm　（角川文庫）　743円　Ⓘ4-04-365903-2
- ◇「彷徨える帝　下」　角川書店　2005.2　458p　15cm　（角川文庫）　781円　Ⓘ4-04-365904-0

「関ヶ原連判状」

0909	東京新聞	1994年11月14日～1996年3月30日	夕刊
1593	中日新聞	1994年11月14日～1996年3月30日	夕刊

- ◇「関ヶ原連判状」　新潮社　1996.10　645p　20cm　2400円　Ⓘ4-10-378804-6
- ◇「関ヶ原連判状　上巻」　新潮社　1999.12　461p　16cm　（新潮文庫）　629

円　①4–10–130514–5

◇「関ヶ原連判状　下巻」　新潮社　1999.12　449p　16cm　（新潮文庫）　629
円　①4–10–130515–3

◇「関ヶ原連判状　上巻」　集英社　2011.3　494p　16cm　（集英社文庫　あ
35–6）　838円　①978–4–08–746680–5

◇「関ヶ原連判状　下巻」　集英社　2011.3　494p　16cm　（集英社文庫　あ
35–7）　838円　①978–4–08–746681–2

「戦国守札録」

0453　岩手日報　1997年8月26日〜1998年10月16日　夕刊

1806　日本海新聞　1997年10月16日〜1998年9月24日　朝刊

◇「神々に告ぐ　上」　角川書店　1999.7　286p　20cm　1900円　①4–04–
873168–8

◇「神々に告ぐ　下」　角川書店　1999.7　302p　20cm　1900円　①4–04–
873174–2

◇「神々に告ぐ―戦国秘譚　上」　角川書店　2002.10　312p　15cm　（角川文
庫）　571円　①4–04–365901–6

◇「神々に告ぐ―戦国秘譚　下」　角川書店　2002.10　334p　15cm　（角川文
庫）　571円　①4–04–365902–4

「宗麟の海」

2661　大分合同新聞　2016年6月18日〜2017年5月24日　朝刊

◇「宗麟の海」　NHK出版　2017.9　498p　20cm　1900円　①978–4–14–
005690–5

「等伯」

0267　日本経済新聞社　2011年1月22日〜2012年5月13日　朝刊

◇「等伯　上」　日本経済新聞出版社　2012.9　350p　20cm　1600円　①978–
4–532–17113–1

◇「等伯　下」　日本経済新聞出版社　2012.9　369p　20cm　1600円　①978–
4–532–17114–8

◇「等伯　上」　文藝春秋　2015.9　374p　16cm　（文春文庫　あ32–4）　700
円　①978–4–16–790442–5

◇「等伯　下」　文藝春秋　2015.9　406p　16cm　（文春文庫　あ32–5）　700
円　①978–4–16–790443–2

「信長燃ゆ」

0249　日本経済新聞社　1999年7月26日〜2001年5月2日　夕刊

◇「信長燃ゆ　上」　日本経済新聞社　2001.6　358p　20cm　1600円　①4–
532–17059–1

◇「信長燃ゆ　下」　日本経済新聞社　2001.6　401p　20cm　1600円　①4–
532–17060–5

◇「信長燃ゆ　上巻」　新潮社　2004.10　481p　16cm　（新潮文庫）　667円
①4–10–130516–1

◇「信長燃ゆ　下巻」　新潮社　2004.10　555p　16cm　（新潮文庫）　743円　①4–10–130517–X

「夢どの与一郎」

1556　静岡新聞　2005年4月9日〜2006年8月9日　夕刊

1670　京都新聞　2004年10月13日〜2005年11月20日　朝刊

◇「天下布武 夢どの与一郎　上」　角川書店　2006.9　347p　20cm　1600円　①4–04–873723–6

◇「天下布武 夢どの与一郎　下」　角川書店　2006.9　334p　20cm　1600円　①4–04–873728–7

◇「天下布武 夢どの与一郎　上」　角川書店　2009.12　412p　15cm　（角川文庫　16026）　667円　①978–4–04–365906–7

◇「天下布武 夢どの与一郎　下」　角川書店　2009.12　405p　15cm　（角川文庫　16027）　667円　①978–4–04–365907–4

◇「天下布武 夢どの与一郎　1」　埼玉福祉会　2013.12　398p　21cm　（大活字本シリーズ）　3300円　①978–4–88419–891–6

◇「天下布武 夢どの与一郎　2」　埼玉福祉会　2013.12　315p　21cm　（大活字本シリーズ）　3000円　①978–4–88419–892–3

◇「天下布武 夢どの与一郎　3」　埼玉福祉会　2013.12　320p　21cm　（大活字本シリーズ）　3000円　①978–4–88419–893–0

◇「天下布武 夢どの与一郎　4」　埼玉福祉会　2013.12　382p　21cm　（大活字本シリーズ）　3200円　①978–4–88419–894–7

天野 純希　あまの・すみき　1979〜

「決戦！ 関ケ原」

1452　信濃毎日新聞　2016年8月14日〜2016年12月25日　朝刊

1520　岐阜新聞　2016年7月2日〜2016年12月8日　夕刊

◇「決戦！ 関ケ原」　伊東潤, 吉川永青, 天野純希, 上田秀人, 矢野隆, 冲方丁, 葉室麟著　講談社　2014.11　298p　19cm　1600円　①978–4–06–219251–4

◇「決戦！ 関ケ原」　葉室麟, 冲方丁, 伊東潤, 天野純希, 矢野隆, 吉川永青, 木下昌輝著　講談社　2017.7　389p　15cm　（講談社文庫　け19–1―決戦！ シリーズ）　800円　①978–4–06–293716–0

◇「決戦！ 関ケ原　2」　葉室麟, 吉川永青, 東郷隆, 簑輪諒, 宮本昌孝, 天野純希, 冲方丁著　講談社　2017.7　280p　19cm　1600円　①978–4–06–220457–6

荒川 法勝　あらかわ・のりかつ　⇒荒川 法勝（あらかわ・ほうしょう）

荒川 法勝　あらかわ・ほうしょう　1921〜1998

「二つの橋」

0870　千葉日報　1992年7月17日〜1993年5月24日　朝刊

作家別一覧　　　　　　　　　　　　　　　　　ありあけ

嵐山 光三郎　あらしやま・こうざぶろう　1942〜
「よろしく」

0524　河北新報　2004年6月27日〜2005年3月31日　朝刊

0884　千葉日報　2005年4月19日〜2006年1月21日　朝刊

1039　新潟日報　2004年12月2日〜2005年11月1日　夕刊

1171　富山新聞　2005年1月25日〜2005年12月20日　朝刊

1243　北國新聞　2005年1月24日〜2005年12月19日　夕刊

1492　岐阜新聞　2004年8月20日〜2005年5月24日　朝刊

1555　静岡新聞　2004年7月6日〜2005年4月9日　朝刊

1822　日本海新聞　2004年11月3日〜2005年8月7日　朝刊

2006　中国新聞　2004年9月1日〜2005年8月4日　夕刊

2070　徳島新聞　2004年7月11日〜2005年4月10日　朝刊

2117　四国新聞　2005年5月22日〜2006年2月21日　朝刊

2359　佐賀新聞　2004年8月24日〜2005年5月28日　朝刊

　　◇「よろしく」　集英社　2006.10　312p　20cm　1900円　①4-08-774805-7

　　◇「よろしく」　集英社　2010.2　379p　16cm　（集英社文庫　あ23-4）　743円　①978-4-08-746537-2

荒山 徹　あらやま・とおる　1961〜
「砕かれざるもの」

1128　北日本新聞　2010年7月25日〜2011年2月16日　朝刊

　　◇「砕かれざるもの」　講談社　2012.7　339p　19cm　1600円　①978-4-06-217829-7

有明 夏夫　ありあけ・なつお　1936〜2002
「続・噴きあげる潮」

2222　高知新聞　2004年4月4日〜2006年9月3日　日曜朝刊

「噴きあげる潮 小説・ジョン万次郎」

0498　河北新報　1990年7月22日〜1991年3月7日　朝刊

2182　高知新聞　1990年7月9日〜1991年11月8日　夕刊

2705　南日本新聞　1990年12月19日〜1992年2月2日　朝刊

　　◇「誇るべき物語―小説・ジョン万次郎」　小学館　1993.1　509p　20cm　2300円　①4-09-387093-4

有川 浩　ありかわ・ひろ　1972〜

「県庁おもてなし課」

- *0479*　岩手日報　2009年9月1日〜2010年5月8日　朝刊
- *0742*　福島民友　2010年1月19日〜2010年9月24日　朝刊
- *1340*　山梨日日新聞　2009年9月1日〜2010年5月8日　朝刊
- *2259*　高知新聞　2009年9月1日〜2010年5月4日　朝刊
- *2771*　南日本新聞　2009年11月3日〜2010年7月11日　朝刊

◇「県庁おもてなし課」　角川書店　2011.3　461p　20cm　1600円　①978-4-04-874182-8
◇「県庁おもてなし課」　角川書店　2013.4　503p　15cm　（角川文庫　あ48-12）　705円　①978-4-04-100784-6

有沢 創司　ありさわ・そうじ　1939〜

「火焔のリンガ」

- *0289*　産経新聞　1995年4月5日〜1995年12月31日　朝刊

安西 篤子　あんざい・あつこ　1927〜

「空白の瞬間」

- *0450*　岩手日報　1996年2月17日〜1996年11月21日　朝刊
- *0874*　千葉日報　1996年3月22日〜1995年12月25日　朝刊
- *0966*　神奈川新聞　1995年8月29日〜1996年6月2日　朝刊
- *1005*　新潟日報　1996年3月18日〜1996年12月22日　朝刊
- *1285*　福井新聞　1995年10月24日〜1996年7月28日　朝刊
- *1473*　岐阜新聞　1996年1月18日〜1996年10月20日　朝刊
- *1802*　日本海新聞　1996年3月24日〜1996年12月27日　朝刊
- *2052*　徳島新聞　1995年10月18日〜1996年7月17日　朝刊
- *2146*　愛媛新聞　1996年1月21日〜1996年10月22日　朝刊
- *2341*　佐賀新聞　1996年5月1日〜1997年2月3日　朝刊
- *2611*　大分合同新聞　1995年8月12日〜1996年5月13日　朝刊

◇「空白の瞬間」　集英社　1997.4　485p　20cm　2390円　①4-08-774258-X

「花ある季節」

- *0565*　秋田魁新報　1989年2月17日〜1989年10月18日　朝刊
- *1132*　富山新聞　1989年3月12日〜1989年11月11日　朝刊
- *1204*　北國新聞　1989年3月12日〜1989年11月11日　朝刊
- *1353*　信濃毎日新聞　1989年3月6日〜1989年11月5日　朝刊
- *1691*　神戸新聞　1989年3月21日〜1989年11月21日　朝刊
- *1947*　中国新聞　1989年3月10日〜1989年11月8日　朝刊

作家別一覧　　　　　　　　　　　　　　　　いくち

2179　高知新聞 1989年1月30日〜1989年9月30日　朝刊

2437　熊本日日新聞 1989年3月21日〜1989年11月21日　朝刊

　　◇「花ある季節」　読売新聞社　1990.2　423p　20cm　1700円　①4-643-
　　　90004-0

　　◇「花ある季節」　集英社　1993.7　473p　16cm　（集英社文庫）　780円
　　　①4-08-748056-9

安東 能明　あんどう・よしあき　1956〜
「突破屋」

1173　富山新聞 2005年12月21日〜2006年11月21日　朝刊

1245　北國新聞 2005年12月20日〜2006年11月20日　夕刊

1557　静岡新聞 2005年4月10日〜2006年1月11日　朝刊

1824　日本海新聞 2005年8月9日〜2006年5月11日　朝刊

2071　徳島新聞 2005年4月11日〜2006年1月8日　朝刊

2361　佐賀新聞 2005年5月29日〜2006年3月1日　朝刊

【 い 】

家坂 洋子　いえさか・ようこ　1928〜
「女傑松寿院―幕末に生きる」

2743　南日本新聞 2004年7月15日〜2005年3月16日　夕刊

五十嵐 貴久　いがらし・たかひさ　1961〜
「気仙沼ミラクルガール」

1846　日本海新聞 2014年12月11日〜2015年6月10日　朝刊

　　◇「気仙沼ミラクルガール」　幻冬舎　2016.2　301p　19cm　1500円　①978-
　　　4-344-02895-1

井口 紀子　いぐち・のりこ
「山はあさやけ」

1386　信濃毎日新聞 1994年11月18日〜1995年3月23日　夕刊

　　◇「山はあさやけ」　井口紀子著,黒岩章人挿絵　信濃毎日新聞社　2005.6
　　　209p　22cm

新聞連載小説総覧 平成期（1989〜2017）　**207**

いけいと　　　　　　　作家別一覧

池井戸 潤　いけいど・じゅん　1963〜

「銀行特命捜査」

0404　東奥日報 2003年7月3日〜2004年6月7日　朝刊

0660　山形新聞 2003年5月26日〜2004年4月25日　朝刊

0771　茨城新聞 2003年5月25日〜2004年4月29日　朝刊

0975　神奈川新聞 2003年8月30日〜2004年8月3日　朝刊

1020　新潟日報 2003年10月20日〜2004年12月1日　夕刊

1490　岐阜新聞 2003年9月14日〜2004年8月19日　朝刊

1776　奈良新聞 2003年5月7日〜2004年4月11日　朝刊

2738　南日本新聞 2003年6月4日〜2004年5月10日　朝刊

「花咲舞が黙ってない」

0146　読売新聞 2016年1月17日〜2016年10月10日　朝刊

◇「花咲舞が黙ってない」　中央公論新社　2017.9　428p　16cm　（中公文庫 い125-1）　740円　①978-4-12-206449-2

「ルーズヴェルト・ゲーム」

0611　秋田魁新報 2009年4月10日〜2010年3月5日　朝刊

1183　富山新聞 2009年8月27日〜2010年9月30日　朝刊

1255　北國新聞 2009年8月26日〜2010年9月29日　夕刊

1430　信濃毎日新聞 2009年7月28日〜2010年8月28日　夕刊

1734　神戸新聞 2009年5月21日〜2010年4月15日　朝刊

2019　中国新聞 2009年5月7日〜2010年6月8日　夕刊

2258　高知新聞 2009年4月21日〜2010年3月13日　朝刊

2571　熊本日日新聞 2009年4月3日〜2010年2月27日　朝刊

◇「ルーズヴェルト・ゲーム」　講談社　2012.2　440p　20cm　1600円 ①978-4-06-217376-6

◇「ルーズヴェルト・ゲーム」　講談社　2014.3　497p　15cm　（講談社文庫 い85-14）　800円　①978-4-06-277795-7

池澤 夏樹　いけざわ・なつき　1945〜

「アトミック・ボックス」

0215　毎日新聞 2012年9月16日〜2013年7月20日　朝刊

◇「アトミック・ボックス」　毎日新聞社　2014.2　458p　20cm　1900円 ①978-4-620-10801-8

◇「アトミック・ボックス」　KADOKAWA　2017.2　475p　15cm　（角川文 庫　い58-7）　1000円　①978-4-04-103715-7

「静かな大地」

0032　朝日新聞 2001年6月12日〜2002年8月31日　朝刊

◇「静かな大地」　朝日新聞社　2003.9　629p　20cm　2300円　Ⓘ4-02-257873-4

◇「静かな大地」　朝日新聞社　2007.6　670p　15cm　（朝日文庫）　1000円　Ⓘ978-4-02-264400-8

「すばらしい新世界」

0101　読売新聞　1999年1月16日～2000年1月10日　朝刊

◇「すばらしい新世界」　中央公論新社　2000.9　591p　20cm　2300円　Ⓘ4-12-003053-9

◇「すばらしい新世界」　中央公論新社　2003.10　723p　16cm　（中公文庫）　1048円　Ⓘ4-12-204270-4

「光の指で触れよ・すばらしい新世界Ⅱ」

0121　読売新聞　2005年7月16日～2006年8月18日　朝刊

◇「光の指で触れよ」　中央公論新社　2008.1　521p　20cm　2200円　Ⓘ978-4-12-003868-6

◇「光の指で触れよ」　中央公論新社　2011.1　636p　16cm　（中公文庫　い3-8）　857円　Ⓘ978-4-12-205426-4

「氷山の南」

0350　北海道新聞　2009年9月1日～2010年9月30日　朝刊

0941　東京新聞　2009年9月1日～2010年9月30日　朝刊

1625　中日新聞　2009年9月1日～2010年9月30日　朝刊

2020　中国新聞　2009年9月1日～2010年9月30日　朝刊

2306　西日本新聞　2009年9月1日～2010年9月30日　朝刊

◇「氷山の南」　文藝春秋　2012.3　547p　20cm　2100円　Ⓘ978-4-16-380790-4

◇「氷山の南」　文藝春秋　2014.9　594p　16cm　（文春文庫　い30-8）　970円　Ⓘ978-4-16-790185-1

池永 陽　いけなが・よう　1950～

「瓦版屋つれづれ日誌」

0740　福島民友　2008年9月13日～2009年4月23日　朝刊

0811　下野新聞　2009年1月23日～2009年9月1日　朝刊

1063　新潟日報　2008年6月10日～2008年9月10日　朝刊

1299　福井新聞　2009年2月3日～2009年9月12日　朝刊

1499　岐阜新聞　2008年1月14日～2008年8月21日　朝刊

2639　大分合同新聞　2008年1月4日～2008年9月13日　夕刊

◇「剣客（けんきゃく）瓦版つれづれ日誌」　講談社　2010.10　331p　20cm　1700円　Ⓘ978-4-06-216568-6

◇「剣客瓦版つれづれ日誌」　講談社　2014.1　454p　15cm　（講談社文庫　い

109–4） 950円 Ⓘ978–4–06–277720–9

池波 正太郎　いけなみ・しょうたろう　1923〜1990

「首討とう大坂陣—真田幸村」

1448　信濃毎日新聞 2015年9月4日〜2015年9月25日　朝刊

◇「武士（おとこ）の紋章」　24刷改版　新潮社　2008.2　331p　16cm　（新潮文庫）　514円　Ⓘ978–4–10–115671–2

「錯乱」

1445　信濃毎日新聞 2015年3月24日〜2015年4月25日　朝刊

◇「真田騒動—恩田木工」　48刷改版　新潮社　2007.11　416p　16cm　（新潮文庫）　590円　Ⓘ978–4–10–115621–7

◇「主命にござる」　池波正太郎, 松本清張, 藤沢周平, 神坂次郎, 滝口康彦, 山田風太郎著, 縄田一男編　新潮社　2015.4　327p　16cm　（新潮文庫　い–17–86）　550円　Ⓘ978–4–10–139732–0

◇「この時代小説がすごい！ 時代小説傑作選」　伊東潤, 笹沢左保, 池波正太郎, 山田風太郎, 坂口安吾著　宝島社　2016.10　333p　16cm　（宝島社文庫　Ｃ い–12–1）　648円　Ⓘ978–4–8002–6228–8

◇「真田騒動—恩田木工　上」　埼玉福祉会　2017.6　341p　21cm　（大活字本シリーズ）　3100円　Ⓘ978–4–86596–150–8

「真田騒動—恩田木工」

1447　信濃毎日新聞 2015年5月22日〜2015年9月3日　朝刊

◇「真田騒動—恩田木工」　48刷改版　新潮社　2007.11　416p　16cm　（新潮文庫）　590円　Ⓘ978–4–10–115621–7

◇「真田騒動—恩田木工　上」　埼玉福祉会　2017.6　341p　21cm　（大活字本シリーズ）　3100円　Ⓘ978–4–86596–150–8

◇「真田騒動—恩田木工　下」　埼玉福祉会　2017.6　382p　21cm　（大活字本シリーズ）　3200円　Ⓘ978–4–86596–151–5

「三代の風雪—真田信之」

1449　信濃毎日新聞 2015年9月26日〜2015年10月9日　朝刊

◇「武士（おとこ）の紋章」　24刷改版　新潮社　2008.2　331p　16cm　（新潮文庫）　514円　Ⓘ978–4–10–115671–2

「獅子の眠り」

1446　信濃毎日新聞 2015年4月26日〜2015年5月21日　朝刊

◇「黒幕」　39刷改版　新潮社　2007.12　446p　16cm　（新潮文庫）　590円　Ⓘ978–4–10–115660–6

◇「機略縦横！ 真田戦記—傑作時代小説」　池波正太郎, 井上靖, 新宮正春, 滝口康彦, 南條範夫, 広瀬仁紀, 宮本昌孝著, 細谷正充編　PHP研究所　2008.7　237p　15cm　（PHP文庫）　552円　Ⓘ978–4–569–67065–2

作家別一覧　　　いけみや

◇「軍師の生きざま―短篇小説集」　末國善己編　作品社　2008.11　341p
20cm　1800円　Ⓘ978-4-86182-207-0
◇「軍師の生きざま」　　新田次郎, 坂口安吾, 宮本昌孝, 海音寺潮五郎, 火坂雅志,
尾﨑士郎, 隆慶一郎, 大佛次郎, 国枝史郎, 池波正太郎著, 末國善己編　実業之
日本社　2013.6　426p　16cm　（実業之日本社文庫　ん2-1）　686円
Ⓘ978-4-408-55133-3

「信濃大名記」

1444　信濃毎日新聞 2015年2月10日～2015年3月23日　朝刊

◇「武将列伝」　しなのき書房編　しなのき書房　2007.4　379p　20cm　（信州
歴史時代小説傑作集　第1巻）　1800円　Ⓘ978-4-903002-09-5
◇「真田騒動―恩田木工」　48刷改版　新潮社　2007.11　416p　16cm　（新潮
文庫）　590円　Ⓘ978-4-10-115621-7
◇「真田騒動―恩田木工　上」　埼玉福祉会　2017.6　341p　21cm　（大活字本
シリーズ）　3100円　Ⓘ978-4-86596-150-8

池宮 彰一郎　いけみや・しょういちろう　1923～2007

「決戦 鍵屋ノ辻」

1543　静岡新聞 1999年2月1日～2000年1月31日　夕刊

◇「天下騒乱―鍵屋ノ辻　上」　角川書店　2000.9　334p　20cm　1600円
Ⓘ4-04-873243-9
◇「天下騒乱―鍵屋ノ辻　下」　角川書店　2000.9　330p　20cm　1600円
Ⓘ4-04-873244-7
◇「天下騒乱―鍵屋ノ辻　上」　角川書店　2005.11　373p　15cm　（角川文
庫）　629円　Ⓘ4-04-368711-7
◇「天下騒乱―鍵屋ノ辻　下」　角川書店　2005.11　375p　15cm　（角川文
庫）　629円　Ⓘ4-04-368712-5

「平家」

0251　日本経済新聞社 2001年4月25日～2003年2月28日　朝刊

◇「平家　上巻」　角川書店　2002.11　394p　20cm　1800円　Ⓘ4-04-
873358-3
◇「平家　中巻」　角川書店　2003.4　383p　20cm　1800円　Ⓘ4-04-873426-1
◇「平家　下巻」　角川書店　2003.6　389p　20cm　1800円　Ⓘ4-04-873473-3
◇「平家　1」　角川書店　2004.11　357p　15cm　（角川文庫）　629円　Ⓘ4-
04-368706-0
◇「平家　2」　角川書店　2004.11　356p　15cm　（角川文庫）　629円　Ⓘ4-
04-368707-9
◇「平家　3」　角川書店　2004.12　365p　15cm　（角川文庫）　629円　Ⓘ4-
04-368708-7
◇「平家　4」　角川書店　2004.12　356p　15cm　（角川文庫）　629円　Ⓘ4-
04-368709-5

新聞連載小説総覧 平成期（1989～2017）　**211**

「本能寺」

0177 毎日新聞 1998年6月23日～1999年6月30日 夕刊

◇「本能寺 上巻」 毎日新聞社 2000.5 307p 20cm 1600円 ⓘ4-620-10613-5

◇「本能寺 下巻」 毎日新聞社 2000.5 307p 20cm 1600円 ⓘ4-620-10614-3

◇「本能寺 上」 角川書店 2004.1 370p 15cm （角川文庫） 629円 ⓘ4-04-368701-X

◇「本能寺 下」 角川書店 2004.1 366p 15cm （角川文庫） 629円 ⓘ4-04-368702-8

伊坂 幸太郎　いさか・こうたろう　1971～

「SOSの猿」

0129 読売新聞 2008年10月3日～2009年7月18日 夕刊

◇「SOSの猿」 中央公論新社 2009.11 292p 20cm 1500円 ⓘ978-4-12-004080-1

◇「SOSの猿」 中央公論新社 2012.11 420p 16cm （中公文庫 い117-1） 629円 ⓘ978-4-12-205717-3

「オー！ ファーザー」

0527 河北新報 2006年4月3日～2007年4月28日 夕刊

0738 福島民友 2006年11月14日～2007年10月4日 朝刊

0846 上毛新聞 2006年4月1日～2007年2月21日 朝刊

1059 新潟日報 2006年11月17日～2007年12月13日 夕刊

1423 信濃毎日新聞 2006年6月16日～2007年7月12日 夕刊

2012 中国新聞 2006年8月11日～2007年1月31日 夕刊

2363 佐賀新聞 2006年3月2日～2007年1月22日 朝刊

2415 長崎新聞 2006年3月29日～2007年2月18日 朝刊

◇「オー！ ファーザー──A family」 新潮社 2010.3 361p 20cm 1600円 ⓘ978-4-10-459604-1

◇「オー！ ファーザー」 新潮社 2013.7 557p 16cm （新潮文庫 い-69-7） 750円 ⓘ978-4-10-125027-4

「ガソリン生活」

0055 朝日新聞 2011年11月21日～2012年12月10日 夕刊

◇「ガソリン生活」 朝日新聞出版 2013.3 413p 20cm 1600円 ⓘ978-4-02-251062-4

◇「ガソリン生活」 朝日新聞出版 2016.3 521p 15cm （朝日文庫 い83-1） 780円 ⓘ978-4-02-264806-8

井沢 満　いざわ・まん　1945〜

「金の日、銀の月」

- *0469*　岩手日報 2005年3月23日〜2006年2月4日　夕刊
- *1335*　山梨日日新聞 2005年5月27日〜2006年2月3日　朝刊
- *1671*　京都新聞 2005年3月2日〜2006年1月11日　夕刊
- *2160*　愛媛新聞 2005年4月18日〜2005年12月30日　朝刊
- *2632*　大分合同新聞 2004年12月11日〜2005年8月26日　朝刊

「つま恋」

- *0457*　岩手日報 1999年9月4日〜2000年6月10日　朝刊
- *0839*　上毛新聞 1999年4月4日〜2000年1月10日　朝刊
- *1329*　山梨日日新聞 1999年10月16日〜2000年7月19日　朝刊
- *1407*　信濃毎日新聞 1999年3月13日〜2000年2月15日　夕刊
- *1810*　日本海新聞 1999年5月22日〜2000年2月26日　朝刊
- *2348*　佐賀新聞 1999年5月3日〜2000年2月7日　朝刊
- *2619*　大分合同新聞 1999年2月7日〜1999年11月10日　朝刊
- *2725*　南日本新聞 1999年4月22日〜2000年3月25日　夕刊

　◇「つま恋」　角川書店　2000.9　320p　20cm　1600円　①4-04-873240-4

井沢 満　いざわ・みつる　⇒井沢 満（いざわ・まん）

井沢 元彦　いざわ・もとひこ　1954〜

「時空伝奇 瀧夜叉姫」

- *1008*　新潟日報 1997年12月14日〜1998年10月22日　朝刊
- *1913*　山陽新聞 1998年4月5日〜1999年2月12日　朝刊
- *2152*　愛媛新聞 1998年7月20日〜1999年5月24日　朝刊
- *2346*　佐賀新聞 1998年6月26日〜1999年5月2日　朝刊

　◇「一千年の陰謀―平将門の呪縛」　角川書店　1999.10　389p　20cm　1700円　①4-04-873189-0
　◇「一千年の陰謀―平将門の呪縛」　角川書店　2002.5　637p　15cm　（角川文庫）　876円　①4-04-166214-1

いしい しんじ　1966〜

「いしいしんじ訳 源氏物語」

- *1688*　京都新聞 2017年4月3日〜連載中　朝刊

いしかわ　　　　　　　　　作家別一覧

石川 文洋　いしかわ・ぶんよう　1938〜
「メコンの落日」
　　2794　琉球新報 1995年1月13日〜1995年9月30日 夕刊

石田 衣良　いしだ・いら　1960〜
「5年3組リョウタ組」
　　0344　北海道新聞 2006年2月6日〜2006年11月4日 夕刊
　　0935　東京新聞 2006年2月6日〜2006年11月4日 夕刊
　　1619　中日新聞 2006年2月6日〜2006年11月4日 夕刊
　　1726　神戸新聞 2006年2月16日〜2006年11月14日 夕刊
　　2300　西日本新聞 2006年2月6日〜2006年11月4日 夕刊

　　　◇「5年3組リョウタ組」　角川書店　2008.1　443p　20cm　1600円　①978-4-
　　　04-873837-8
　　　◇「5年3組リョウタ組」　角川書店　2010.6　485p　15cm　（角川文庫
　　　16294）　705円　①978-4-04-385405-9
「シューカツ！」
　　0476　岩手日報 2007年11月19日〜2008年9月9日 夕刊
　　1560　静岡新聞 2007年1月24日〜2007年9月21日 朝刊
　　1829　日本海新聞 2007年11月2日〜2008年6月30日 朝刊
　　1923　山陽新聞 2007年6月12日〜2008年2月9日 朝刊

　　　◇「シューカツ！」　文藝春秋　2008.10　325p　20cm　1429円　①978-4-16-
　　　327500-0
　　　◇「シューカツ！」　文藝春秋　2011.3　422p　16cm　（文春文庫　い47-15)
　　　629円　①978-4-16-717418-7
「チッチと子」
　　0202　毎日新聞 2008年3月2日〜2009年3月29日 日曜版

　　　◇「チッチと子」　毎日新聞社　2009.10　319p　20cm　1500円　①978-4-
　　　620-10746-2
　　　◇「チッチと子」　新潮社　2013.1　414p　16cm　（新潮文庫　い-81-5)　670
　　　円　①978-4-10-125057-1
「炎のなかへ」
　　0230　毎日新聞 2017年11月1日〜連載中 夕刊
「余命一年の種馬（スタリオン）」
　　0615　秋田魁新報 2011年2月27日〜2012年3月19日 朝刊
　　1188　富山新聞 2011年6月25日〜2012年7月15日 朝刊
　　1260　北國新聞 2011年6月25日〜2012年7月15日 朝刊
　　1435　信濃毎日新聞 2011年11月8日〜2013年2月19日 夕刊

作家別一覧　　　　　　　　　　いしゆういん

1738　神戸新聞　2011年7月22日～2012年10月26日　夕刊
2024　中国新聞　2011年8月15日～2012年11月20日　夕刊
2261　高知新聞　2011年3月4日～2012年3月17日　朝刊
2575　熊本日日新聞　2011年2月22日～2012年3月11日　朝刊

◇「余命1年のスタリオン」　文藝春秋　2013.5　543p　20cm　1800円
　①978-4-16-382120-7
◇「余命1年のスタリオン　上」　文藝春秋　2015.11　333p　16cm　（文春文
　庫　い47-33）　570円　①978-4-16-790481-4
◇「余命1年のスタリオン　下」　文藝春秋　2015.11　349p　16cm　（文春文
　庫　い47-34）　570円　①978-4-16-790482-1

石原 きくよ　いしはら・きくよ*　1953～
「春のオリオン」
1377　信濃毎日新聞　1993年7月9日～1993年10月4日　夕刊

石牟礼 道子　いしむれ・みちこ　1927～2018
「春の城」
0587　秋田魁新報　1998年4月4日～1999年2月20日　朝刊
1157　富山新聞　1998年5月4日～1999年3月22日　朝刊
1229　北國新聞　1998年5月4日～1999年3月22日　朝刊
1403　信濃毎日新聞　1998年4月18日～1999年3月5日　朝刊
1709　神戸新聞　1998年5月17日～1999年4月3日　朝刊
1968　中国新聞　1998年4月18日～1999年2月4日　朝刊
2199　高知新聞　1998年1月27日～1998年12月8日　朝刊
2451　熊本日日新聞　1998年4月17日～1999年3月1日　朝刊

◇「石牟礼道子全集・不知火　第13巻　春の城—ほか」　藤原書店　2007.10
　780p　22cm　8500円　①978-4-89434-584-3
◇「完本春の城」　藤原書店　2017.7　899p　20cm　4600円　①978-4-86578-
　128-1

伊集院 静　いじゅういん・しずか　1950～
「青葉と天使」
0552　河北新報　2010年10月1日～2012年3月22日　朝刊
「花音」
0240　日本経済新聞社　1993年11月15日～1995年1月28日　夕刊
「琥珀の夢—小説、鳥井信治郎と末裔」
0276　日本経済新聞社　2016年7月1日～2017年9月5日　朝刊

新聞連載小説総覧 平成期（1989～2017）　215

いすみ　　　　　　　　作家別一覧

◇「琥珀の夢―小説鳥井信治郎　上」　集英社　2017.10　341p　20cm　1600円
　①978-4-08-771123-3
◇「琥珀の夢―小説鳥井信治郎　下」　集英社　2017.10　353p　20cm　1600円
　①978-4-08-771124-0

「東京クルージング」

0625　秋田魁新報　2015年5月8日～2016年3月30日　朝刊

1198　富山新聞　2015年9月6日～2016年7月31日　朝刊

1270　北國新聞　2015年9月6日～2016年7月31日　朝刊

1443　信濃毎日新聞　2015年2月4日～2015年12月31日　朝刊

1751　神戸新聞　2015年11月11日～2016年10月3日　朝刊

2031　中国新聞　2015年7月11日～2016年6月3日　朝刊

2265　高知新聞　2015年4月25日～2016年3月14日　朝刊

2586　熊本日日新聞　2015年5月2日～2016年3月25日　朝刊

◇「東京クルージング」　KADOKAWA　2017.2　445p　20cm　1600円
　①978-4-04-103265-7

泉 鏡花　　いずみ・きょうか　1873～1939

「歌行燈」

2246　高知新聞　2005年2月10日～2005年3月15日　夕刊

◇「泉鏡花―1873-1939」　筑摩書房　2008.3　475p　15cm　（ちくま日本文学
　11）　880円　①978-4-480-42511-9
◇「歌行燈」　改版　岩波書店　2017.6　154p　15cm　（岩波文庫　31-027-2）
　480円　①978-4-00-360028-3

「高野聖」

0548　河北新報　2010年7月2日～2010年8月4日　夕刊

1042　新潟日報　2005年1月5日～2005年2月11日　火曜～土曜朝刊

2244　高知新聞　2004年12月6日～2005年1月14日　夕刊

◇「泉鏡花―1873-1939」　筑摩書房　2008.3　475p　15cm　（ちくま日本文学
　11）　880円　①978-4-480-42511-9
◇「ちくま文学の森　3　変身ものがたり」　安野光雅, 森毅, 井上ひさし, 池内紀
　編　筑摩書房　2010.10　534p　15cm　1000円　①978-4-480-42733-5
◇「高野聖」　改版　角川書店　2013.6　317p　15cm　（角川文庫　い1-1）
　438円　①978-4-04-100849-2
◇「幻妖の水脈（みお）」　東雅夫編, 夏目漱石 ほか著　筑摩書房　2013.9　602,
　4p　15cm　（ちくま文庫　ひ21-5―日本幻想文学大全）　1300円　①978-
　4-480-43111-0

「夜叉ケ池」

1053　新潟日報　2006年7月27日～2006年9月1日　火曜～土曜朝刊

2245 高知新聞 2005年1月15日〜2005年2月9日 夕刊

◇「夜叉ヶ池・天守物語」 第32刷 岩波書店 2003.4 141p 15cm （岩波文庫） 360円 ①4-00-310273-8

出水沢 藍子 いずみさわ・あいこ 1948〜
「とびはぜ」
2732 南日本新聞 2002年2月20日〜2002年3月30日 夕刊

市川 森一 いちかわ・しんいち 1941〜2011
「幻日 原城攻防絵図」
2422 長崎新聞 2010年1月11日〜2011年4月25日 月曜朝刊

◇「幻日」 講談社 2011.6 388p 20cm 1700円 ①978-4-06-216998-1

「蝶々さん」
2416 長崎新聞 2006年5月5日〜2008年5月3日 土曜朝刊

◇「蝶々さん 上」 講談社 2008.10 405p 20cm 1700円 ①978-4-06-214973-0

◇「蝶々さん 下」 講談社 2008.10 345p 20cm 1700円 ①978-4-06-214974-7

◇「蝶々さん 上」 講談社 2011.7 515p 15cm （講談社文庫 い126-1） 790円 ①978-4-06-277025-5

◇「蝶々さん 下」 講談社 2011.7 450p 15cm （講談社文庫 い126-2） 743円 ①978-4-06-277026-2

市原 麟一郎 いちはら・りんいちろう 1921〜
「運命の別れ道」
2235 高知新聞 2004年8月5日〜2004年8月14日 夕刊

◇「いのちかがやく旅―子どもに語る戦争たいけん物語」 リーブル出版 2005 240p 19cm 952円 ①978-4-94-772766-4

「遠き国の妹よ」
2234 高知新聞 2004年7月24日〜2004年8月4日 夕刊

◇「いのちかがやく旅―子どもに語る戦争たいけん物語」 リーブル出版 2005 240p 19cm 952円 ①978-4-94-772766-4

「めざせ国境 決死の脱出」
2236 高知新聞 2004年8月16日〜2004年8月31日 夕刊

◇「いのちかがやく旅―子どもに語る戦争たいけん物語」 リーブル出版 2005 240p 19cm 952円 ①978-4-94-772766-4

五木 寛之　いつき・ひろゆき　1932～

「親鸞」

0348　北海道新聞　2008年9月1日～2009年8月31日　朝刊

0415　東奥日報　2008年9月1日～2009年8月31日　朝刊

0477　岩手日報　2008年9月1日～2009年8月31日　朝刊

0610　秋田魁新報　2008年9月1日～2009年8月31日　朝刊

0671　山形新聞　2008年9月1日～2009年8月31日　朝刊

0705　福島民報　2008年9月1日～2009年8月31日　朝刊

0939　東京新聞　2008年9月1日～2009年8月31日　朝刊

1064　新潟日報　2008年9月1日～2009年8月31日　朝刊

1339　山梨日日新聞　2008年9月1日～2009年8月31日　朝刊

1623　中日新聞　2008年9月1日～2009年8月31日　朝刊

1678　京都新聞　2008年9月1日～2009年8月31日　朝刊

1732　神戸新聞　2008年9月1日～2009年8月31日　朝刊

1781　奈良新聞　2008年9月1日～2009年8月31日　朝刊

1832　日本海新聞　2008年9月1日～2009年8月31日　朝刊

1882　山陰中央新報　2008年9月1日～2009年8月31日　朝刊

1925　山陽新聞　2008年9月1日～2009年8月31日　朝刊

2016　中国新聞　2008年9月1日～2009年8月31日　朝刊

2075　徳島新聞　2008年9月1日～2009年8月31日　朝刊

2121　四国新聞　2008年9月1日～2009年8月31日　朝刊

2164　愛媛新聞　2008年9月1日～2009年8月31日　朝刊

2256　高知新聞　2008年9月1日～2009年8月31日　朝刊

2304　西日本新聞　2008年9月1日～2009年8月31日　朝刊

2804　琉球新報　2008年9月1日～2009年8月31日　朝刊

◇「親鸞　上」　特装版　神戸新聞社　2010.1　333p　20cm　1600円　①978–4–343–00558–8

◇「親鸞　上」　特装版　西日本新聞社　2010.1　333p　20cm　1600円　①978–4–8167–0800–8

◇「親鸞　上」　講談社　2010.1　310p　20cm　1500円　①978–4–06–291000–2

◇「親鸞　下」　特装版　神戸新聞社　2010.1　333p　20cm　1600円　①978–4–343–00559–5

◇「親鸞　下」　特装版　西日本新聞社　2010.1　333p　20cm　1600円　①978–4–8167–0801–5

◇「親鸞　下」　講談社　2010.1　318p　20cm　1500円　①978–4–06–291001–9

◇「親鸞　上」　講談社　2011.10　365p　15cm　（講談社文庫　い1–77）　562円　①978–4–06–277060–6

◇「親鸞　下」　講談社　2011.10　371p　15cm　（講談社文庫　い1-78）　562円　①978-4-06-277061-3

「親鸞 完結篇」

0358　北海道新聞 2013年7月1日～2014年7月6日　朝刊

0424　東奥日報 2013年7月1日～2014年7月6日　朝刊

0487　岩手日報 2013年7月1日～2014年7月6日　朝刊

0621　秋田魁新報 2013年7月30日～2014年8月4日　朝刊

0677　山形新聞 2013年7月1日～2014年7月6日　朝刊

0712　福島民報 2013年7月23日～2014年7月29日　朝刊

0783　茨城新聞 2013年7月5日～2014年7月11日　朝刊

0949　東京新聞 2013年7月1日～2014年7月6日　朝刊

1075　新潟日報 2013年7月1日～2014年7月6日　朝刊

1193　富山新聞 2013年7月1日～2014年7月6日　朝刊

1265　北國新聞 2013年7月1日～2014年7月6日　朝刊

1306　福井新聞 2013年7月1日～2014年7月6日　朝刊

1440　信濃毎日新聞 2013年7月1日～2014年7月6日　朝刊

1512　岐阜新聞 2013年7月1日～2014年7月6日　朝刊

1572　静岡新聞 2013年7月1日～2014年7月6日　朝刊

1633　中日新聞 2013年7月1日～2014年7月6日　朝刊

1683　京都新聞 2013年7月1日～2014年7月6日　朝刊

1744　神戸新聞 2013年8月5日～2014年8月12日　朝刊

1843　日本海新聞 2013年7月1日～2014年7月6日　朝刊

1888　山陰中央新報 2013年7月1日～2014年7月6日　朝刊

1934　山陽新聞 2013年7月1日～2014年7月6日　朝刊

2028　中国新聞 2013年7月1日～2014年7月6日　朝刊

2082　徳島新聞 2013年7月1日～2014年7月6日　朝刊

2127　四国新聞 2013年7月1日～2014年7月6日　朝刊

2314　西日本新聞 2013年7月1日～2014年7月6日　朝刊

2379　佐賀新聞 2013年7月1日～2014年7月6日　朝刊

2429　長崎新聞 2013年7月1日～2014年7月6日　朝刊

2582　熊本日日新聞 2013年7月1日～2014年7月6日　朝刊

2653　大分合同新聞 2013年7月1日～2014年7月6日　朝刊

2812　琉球新報 2013年10月1日～2014年10月6日　朝刊

　　◇「親鸞　完結篇 上」　講談社　2014.11　331p　20cm　1500円　①978-4-06-291009-5

　　◇「親鸞　完結篇 下」　講談社　2014.11　347p　20cm　1500円　①978-4-06-291010-1

　　◇「親鸞　完結篇 上」　講談社　2016.5　380p　15cm　（講談社文庫　い1-

いつき　　　　　　　作家別一覧

81)　620円　①978-4-06-293351-3

◇「親鸞　完結篇 下」　講談社　2016.5　408p　15cm　（講談社文庫　い1-
82)　620円　①978-4-06-293352-0

「親鸞 激動篇」

0353　北海道新聞 2011年1月1日〜2011年12月11日　朝刊

0420　東奥日報 2011年1月1日〜2011年12月11日　朝刊

0482　岩手日報 2011年1月1日〜2011年12月18日　朝刊

0614　秋田魁新報 2011年1月1日〜2011年12月14日　朝刊

0674　山形新聞 2011年1月1日〜2011年12月11日　朝刊

0708　福島民報 2011年1月1日〜2011年12月11日　朝刊

0780　茨城新聞 2011年1月1日〜2011年12月16日　朝刊

0813　下野新聞 2011年1月1日〜2011年12月11日　朝刊

0944　東京新聞 2011年1月1日〜2011年12月11日　朝刊

0982　神奈川新聞 2011年1月1日〜2011年12月11日　朝刊

1068　新潟日報 2011年1月1日〜2011年12月11日　朝刊

1187　富山新聞 2011年1月1日〜2011年12月11日　朝刊

1259　北國新聞 2011年1月1日〜2011年12月11日　朝刊

1302　福井新聞 2011年1月1日〜2011年12月11日　朝刊

1342　山梨日日新聞 2011年1月1日〜2011年12月11日　朝刊

1434　信濃毎日新聞 2011年1月1日〜2011年12月11日　朝刊

1506　岐阜新聞 2011年1月1日〜2011年12月11日　朝刊

1567　静岡新聞 2011年1月1日〜2011年12月11日　朝刊

1628　中日新聞 2011年1月1日〜2011年12月11日　朝刊

1680　京都新聞 2011年1月1日〜2011年12月11日　朝刊

1737　神戸新聞 2011年1月1日〜2011年12月11日　朝刊

1837　日本海新聞 2011年1月1日〜2011年12月11日　朝刊

1884　山陰中央新報 2011年1月1日〜2011年12月11日　朝刊

1928　山陽新聞 2011年1月1日〜2011年12月11日　朝刊

2023　中国新聞 2011年1月1日〜2011年12月11日　朝刊

2077　徳島新聞 2011年1月1日〜2011年12月11日　朝刊

2123　四国新聞 2011年1月1日〜2011年12月11日　朝刊

2166　愛媛新聞 2011年1月1日〜2011年12月11日　朝刊

2309　西日本新聞 2011年1月1日〜2011年12月11日　朝刊

2374　佐賀新聞 2011年1月1日〜2011年12月11日　朝刊

2423　長崎新聞 2011年1月1日〜2011年12月11日　朝刊

2574　熊本日日新聞 2011年1月1日〜2011年12月11日　朝刊

2647　大分合同新聞 2011年1月1日〜2011年12月11日　朝刊

2690　宮崎日日新聞 2011年1月1日〜2011年12月10日　朝刊

作家別一覧　　　　　　　　　　　　　いとう

2807　琉球新報　2011年1月3日〜2011年12月11日　朝刊

- ◇「親鸞　激動篇 上」　特装版　講談社　2012.1　318p　20cm　1600円　①978-4-06-291030-9
- ◇「親鸞　激動篇 上」　講談社　2012.1　298p　20cm　1500円　①978-4-06-291006-4
- ◇「親鸞　激動篇 下」　特装版　講談社　2012.1　346p　20cm　1600円　①978-4-06-291031-6
- ◇「親鸞　激動篇 下」　講談社　2012.1　326p　20cm　1500円　①978-4-06-291007-1
- ◇「親鸞　激動篇 上」　講談社　2013.6　340p　15cm　（講談社文庫　い1-79）　562円　①978-4-06-277571-7
- ◇「親鸞　激動篇 下」　講談社　2013.6　375p　15cm　（講談社文庫　い1-80）　562円　①978-4-06-277572-4

伊藤 左千夫　いとう・さちお　1864〜1913
「野菊の墓」

0550　河北新報　2010年8月19日〜2010年9月13日　夕刊

2557　熊本日日新聞　2008年1月4日〜2008年1月30日　夕刊

- ◇「野菊の墓」　SDP　2008.9　78p　15cm　（SDP bunko）　350円　①978-4-903620-31-2
- ◇「21世紀版少年少女日本文学館　3　ふるさと・野菊の墓」　島崎藤村, 国木田独歩, 伊藤左千夫著　講談社　2009.2　263p　20cm　1400円　①978-4-06-282653-2
- ◇「涙の百年文学―もう一度読みたい」　風日祈舎編　太陽出版　2009.4　317p　20cm　1800円　①978-4-88469-619-1
- ◇「野菊の墓」　PHP研究所　2009.5　241p　15cm　（PHP文庫　い60-1）　343円　①978-4-569-67259-5
- ◇「野菊の墓 春の潮―松戸・矢切」　JTBパブリッシング　2010.1　191p　15cm　（名作旅訳文庫　3）　500円　①978-4-533-07726-5
- ◇「伊豆の踊子 野菊の墓」　川端康成作, 伊藤左千夫作, 牧村久実絵　講談社　2011.5　162p　18cm　（講談社青い鳥文庫　154-2）　580円　①978-4-06-285217-3
- ◇「10ラブ・ストーリーズ」　林真理子編　朝日新聞出版　2011.11　465p　15cm　（朝日文庫　は12-4）　760円　①978-4-02-264634-7
- ◇「伊豆の踊子 野菊の墓」　川端康成作, 伊藤左千夫作, 牧村久実絵　講談社　2013.5　349p　21cm　（講談社オンデマンドブックス―講談社大きな文字の青い鳥文庫）　①978-4-06-407590-7

伊東 潤　いとう・じゅん　1960～

「茶聖」

0434　東奥日報 2018年2月10日～連載中 朝刊

0991　神奈川新聞 2017年12月4日～連載中 朝刊

1523　岐阜新聞 2018年1月1日～連載中 朝刊

1855　日本海新聞 2018年2月28日～連載中 朝刊

1946　山陽新聞 2018年3月1日～連載中 朝刊

2178　愛媛新聞 2018年3月20日～連載中 朝刊

稲葉 真弓　いなば・まゆみ　1950～2014

「水霊」

0340　北海道新聞 2004年7月12日～2005年3月5日 夕刊

0931　東京新聞 2004年7月12日～2005年3月5日 夕刊

1615　中日新聞 2004年7月12日～2005年3月5日 夕刊

1722　神戸新聞 2004年7月22日～2005年3月15日 夕刊

2296　西日本新聞 2004年7月12日～2005年3月5日 夕刊

◇「環流」　講談社　2005.8　321p　20cm　1800円　①4-06-213054-8

乾 荘次郎　いぬい・そうじろう　1948～

「庚午の渦」

2074　徳島新聞 2007年9月25日～2008年8月31日 朝刊

◇「庚午の渦―幕末維新阿淡騒擾一件」　徳島新聞社　2009.1　482p　21cm
2500円　①978-4-88606-117-1

井上 荒野　いのうえ・あれの　1961～

「その話はやめておきましょう」

0225　毎日新聞 2016年3月6日～2017年1月29日 日曜版

「よその島」

0151　読売新聞 2017年11月20日～連載中 夕刊

井上 ひさし　いのうえ・ひさし　1934～2010

「イソップ株式会社」

0118　読売新聞 2004年5月15日～2005年1月29日 土曜朝刊

◇「イソップ株式会社」　井上ひさし著, 和田誠絵　中央公論新社　2005.5
303p　20cm　1600円　①4-12-003642-1

作家別一覧　　　　　　　　　　いわい

　　◇「イソップ株式会社」　中央公論新社　2008.6　321p　16cm　（中公文庫）
　　　743円　①978-4-12-204985-7
　　◇「井上ひさし短編中編小説集成　第12巻」　岩波書店　2015.9　485p　20cm
　　　4800円　①978-4-00-028772-2

いぶき 彰吾　いぶき・しょうご　1954〜
「幕末の少年」
　　1398　信濃毎日新聞　1997年4月25日〜1997年8月25日　夕刊

　　◇「竜馬にであった少年」　いぶき彰吾作, 小林葉子絵　文研出版　2000.3
　　　207p　23cm　（文研じゅべにーる）　1300円　①4-580-81257-3

今井 泉　いまい・いずみ　1935〜2013
「水葬海流」
　　0727　福島民友　1996年5月8日〜1997年1月10日　朝刊
　　0967　神奈川新聞　1996年6月3日〜1997年2月5日　朝刊
　　2105　四国新聞　1996年7月15日〜1997年3月18日　朝刊
　　2195　高知新聞　1996年6月10日〜1997年4月2日　夕刊
　　2613　大分合同新聞　1996年5月14日〜1997年1月13日　朝刊

今江 祥智　いまえ・よしとも　1932〜2015
「袂のなかで」
　　1546　静岡新聞　2000年4月1日〜2000年12月31日　朝刊
　　1659　京都新聞　2000年2月19日〜2000年11月21日　朝刊
　　2727　南日本新聞　2000年3月27日〜2001年2月20日　夕刊

　　◇「袂のなかで—Je ne veux pas avoir du mé rite, je veux ê tre heureuse…」
　　　マガジンハウス　2001.6　395p　20cm　2200円　①4-8387-1307-X

今川 徳三　いまがわ・とくぞう　1919〜
「幕末維新 風雲録」
　　1322　山梨日日新聞　1994年10月6日〜1995年3月23日　朝刊

岩井 志麻子　いわい・しまこ　1964〜
「永遠の朝の暗闇」
　　0523　河北新報　2003年10月23日〜2004年6月26日　朝刊
　　1293　福井新聞　2003年5月7日〜2004年1月10日　朝刊
　　1875　山陰中央新報　2003年4月27日〜2003年12月31日　朝刊

1917 山陽新聞 2003年5月22日〜2004年1月27日 朝刊

◇「永遠の朝の暗闇」 中央公論新社 2004.8 309p 20cm 1600円 Ⓘ4-12-003560-3

◇「永遠の朝の暗闇」 中央公論新社 2006.10 371p 16cm （中公文庫） 648円 Ⓘ4-12-204761-7

岩井 三四二　いわい・みよじ　1958〜
「のっぴきならぬ」

0810 下野新聞 2008年7月21日〜2009年1月22日 朝刊

◇「鹿王丸、翔ぶ」 講談社 2010.3 295p 20cm 1700円 Ⓘ978-4-06-216120-6

◇「鬼弾―鹿王丸、翔ぶ」 講談社 2013.1 413p 15cm （講談社文庫 い112-7） 724円 Ⓘ978-4-06-277454-3

【 う 】

宇江佐 真理　うえざ・まり　1949〜2015
「あやめ横丁の人々」

0334 北海道新聞 2002年4月15日〜2002年12月28日 夕刊

0520 河北新報 2002年4月16日〜2002年12月28日 夕刊

0925 東京新聞 2002年4月15日〜2002年12月28日 夕刊

1609 中日新聞 2002年4月15日〜2002年12月28日 夕刊

1717 神戸新聞 2002年5月8日〜2003年1月23日 夕刊

2290 西日本新聞 2002年4月15日〜2002年12月28日 夕刊

◇「あやめ横丁の人々」 講談社 2003.3 342p 20cm 1700円 Ⓘ4-06-211783-5

◇「あやめ横丁の人々」 講談社 2006.3 469p 15cm （講談社文庫） 695円 Ⓘ4-06-275333-2

「うめ婆行状記」

0070 朝日新聞 2016年1月12日〜2016年3月15日 夕刊

◇「うめ婆行状記」 朝日新聞出版 2016.3 281p 20cm 1500円 Ⓘ978-4-02-251371-7

◇「うめ婆行状記」 朝日新聞出版 2017.10 326p 15cm （朝日文庫 う17-2―［朝日時代小説文庫］） 620円 Ⓘ978-4-02-264859-4

「夕映え」

0702 福島民報 2005年12月27日〜2006年10月14日 朝刊

作家別一覧　　　　　　うえまつ

0978　神奈川新聞　2006年6月29日〜2007年4月17日　朝刊

2118　四国新聞　2006年2月22日〜2006年12月9日　朝刊

◇「夕映え」　角川春樹事務所　2007.10　462p　20cm　1800円　①978–4–7584–1095–3

◇「夕映え　上」　角川春樹事務所　2010.6　282p　16cm　（ハルキ文庫　う6–1—時代小説文庫）　552円　①978–4–7584–3479–9

◇「夕映え　下」　角川春樹事務所　2010.6　261p　16cm　（ハルキ文庫　う6–2—時代小説文庫）　552円　①978–4–7584–3480–5

◇「夕映え　上」　KADOKAWA　2014.3　311p　15cm　（角川文庫　う18–4）　560円　①978–4–04–101270–3

◇「夕映え　下」　KADOKAWA　2014.3　286p　15cm　（角川文庫　う18–5）　560円　①978–4–04–101271–0

上田 秀人　うえだ・ひでと　1959〜

「竜は動かず 奥羽越列藩同盟顛末」

0427　東奥日報　2014年7月8日〜2015年7月31日　朝刊

0713　福島民報　2014年7月30日〜2015年8月23日　朝刊

0895　千葉日報　2014年9月9日〜2015年10月3日　朝刊

2813　琉球新報　2014年10月7日〜2015年10月31日　朝刊

◇「竜は動かず—奥羽越列藩同盟顛末　上　万里波濤編」　講談社　2016.12　315p　20cm　1600円　①978–4–06–220363–0

◇「竜は動かず—奥羽越列藩同盟顛末　下　帰郷奔走編」　講談社　2016.12　314p　20cm　1600円　①978–4–06–220364–7

植松 三十里　うえまつ・みどり　1954〜

「家康の子」

1301　福井新聞　2011年1月1日〜2011年7月29日　朝刊

◇「家康の子」　中央公論新社　2011.9　356p　20cm　1800円　①978–4–12–004278–2

◇「家康の子」　中央公論新社　2014.6　423p　16cm　（中公文庫　う29–3）　760円　①978–4–12–205961–0

「かちがらす」

2388　佐賀新聞　2017年6月1日〜2018年1月5日　朝刊

「美貌の功罪」

1564　静岡新聞　2009年2月16日〜2010年3月1日　夕刊

◇「辛夷開花」　文藝春秋　2010.9　443p　20cm　1857円　①978–4–16–329570–1

牛島 秀彦　うしじま・ひでひこ　1935〜1999

「消えた春」

2335　佐賀新聞　1994年6月24日〜1994年11月21日　朝刊

牛丸 仁　うしまる・ひとし　1934〜

「道のない地図」

1409　信濃毎日新聞　1999年11月6日〜2000年3月31日　夕刊

「夢の設計図」

1379　信濃毎日新聞　1993年10月5日〜1994年3月25日　夕刊

　　◇「夢の設計図」　信濃教育会出版部　1994.9　290p　22cm　Ⓘ4–7839–1079–0

内田 康夫　うちだ・やすお　1934〜2018

「鐘―かね―」

1278　福井新聞　1991年1月5日〜1991年8月16日　朝刊

1315　山梨日日新聞　1990年11月6日〜1991年6月18日　朝刊

1789　日本海新聞　1990年10月10日〜1991年5月21日　朝刊

2098　四国新聞　1990年7月11日〜1991年2月19日　朝刊

　　◇「鐘」　講談社　1991.10　405p　20cm　1400円　Ⓘ4–06–205476–0

　　◇「鐘」　講談社　1993.10　365p　18cm　（講談社ノベルス）　800円　Ⓘ4–06–181703–5

　　◇「鐘」　講談社　1994.11　493p　15cm　（講談社文庫）　720円　Ⓘ4–06–185810–6

　　◇「鐘」　幻冬舎　2003.4　525p　16cm　（幻冬舎文庫）　686円　Ⓘ4–344–40338–X

　　◇「鐘」　角川書店　2010.11　502p　20cm　（内田康夫ベストセレクション）　2200円　Ⓘ978–4–04–874120–0

　　◇「鐘」　角川書店　2012.4　501p　15cm　（角川文庫　う1–79）　705円　Ⓘ978–4–04–100239–1

「化生の海」

0336　北海道新聞　2003年1月1日〜2003年10月31日　朝刊

0927　東京新聞　2003年1月1日〜2003年10月31日　朝刊

1611　中日新聞　2003年1月1日〜2003年10月31日　朝刊

2292　西日本新聞　2003年1月1日〜2003年10月31日　朝刊

　　◇「化生の海」　新潮社　2003.11　428p　20cm　1700円　Ⓘ4–10–418203–6

　　◇「化生の海」　講談社　2005.11　395, 17p　18cm　（講談社ノベルス）　1095円　Ⓘ4–06–182456–2

　　◇「化生の海」　新潮社　2007.2　586p　16cm　（新潮文庫）　743円　Ⓘ978–

作家別一覧　　　　　　　　　　　　　　　　うちた

　　　4–10–126726–5
　　◇「化生の海」　講談社　2012.3　559p　15cm　（講談社文庫　う5–41）　819
　　　円　Ⓘ978–4–06–277212–9

「孤道」

　0219　毎日新聞　2014年12月1日〜2015年8月12日　夕刊

　　◇「孤道」　毎日新聞出版　2017.5　326p　20cm　1500円　Ⓘ978–4–620–
　　　10829–2

「壺霊」

　1676　京都新聞　2007年11月1日〜2008年8月31日　朝刊

　　◇「壺霊　上」　角川書店　2008.12　326p　20cm　1600円　Ⓘ978–4–04–
　　　873917–7
　　◇「壺霊　下」　角川書店　2008.12　320p　20cm　1600円　Ⓘ978–4–04–
　　　873918–4
　　◇「壺霊　上」　角川書店　2011.11　279p　18cm　（カドカワ・エンタテイン
　　　メント）　819円　Ⓘ978–4–04–110082–0
　　◇「壺霊　下」　角川書店　2011.11　281p　18cm　（カドカワ・エンタテイン
　　　メント）　819円　Ⓘ978–4–04–110081–3
　　◇「壺霊　上」　角川書店　2012.9　362p　15cm　（角川文庫　う1–80）　590
　　　円　Ⓘ978–4–04–100488–3
　　◇「壺霊　下」　角川書店　2012.9　367p　15cm　（角川文庫　う1–81）　590
　　　円　Ⓘ978–4–04–100487–6
　　◇「壺霊　上」　文藝春秋　2015.11　356p　16cm　（文春文庫　う14–19）
　　　640円　Ⓘ978–4–16–790486–9
　　◇「壺霊　下」　文藝春秋　2015.11　367p　16cm　（文春文庫　う14–20）
　　　700円　Ⓘ978–4–16–790487–6

「地の日天の海」

　0259　日本経済新聞社　2006年7月10日〜2007年9月29日　夕刊

　　◇「地の日天の海　上」　角川書店　2008.6　352p　20cm　1600円　Ⓘ978–4–
　　　04–873864–4
　　◇「地の日天の海　下」　角川書店　2008.6　346p　20cm　1600円　Ⓘ978–4–
　　　04–873866–8
　　◇「地の日天の海　上」　角川書店　2010.11　305p　18cm　（カドカワ・エン
　　　タテインメント）　857円　Ⓘ978–4–04–788203–4
　　◇「地の日天の海　下」　角川書店　2010.11　301p　18cm　（カドカワ・エン
　　　タテインメント）　857円　Ⓘ978–4–04–788204–1
　　◇「地の日天の海　上」　角川書店　2011.12　398p　15cm　（角川文庫
　　　17166）　629円　Ⓘ978–4–04–100073–1
　　◇「地の日天の海　下」　角川書店　2011.12　394p　15cm　（角川文庫
　　　17167）　629円　Ⓘ978–4–04–100072–4

「箸墓幻想」

0182 毎日新聞 2000年4月2日〜2001年6月24日 日曜版

◇「箸墓幻想」 毎日新聞社 2001.8 435p 20cm 1700円 ①4-620-10648-8

◇「箸墓幻想」 角川書店 2003.9 404p 18cm （カドカワ・エンタテインメント） 857円 ①4-04-788167-8

◇「箸墓幻想」 角川書店 2004.10 487p 15cm （角川文庫） 629円 ①4-04-160762-0

「はちまん」

0585 秋田魁新報 1997年4月26日〜1998年4月3日 朝刊

1154 富山新聞 1997年5月25日〜1998年5月3日 朝刊

1226 北國新聞 1997年5月25日〜1998年5月3日 朝刊

1399 信濃毎日新聞 1997年5月9日〜1998年4月17日 朝刊

1708 神戸新聞 1997年6月6日〜1998年5月16日 朝刊

1966 中国新聞 1997年5月9日〜1998年4月17日 朝刊

2197 高知新聞 1997年2月23日〜1998年1月26日 朝刊

2449 熊本日日新聞 1997年5月11日〜1998年4月16日 朝刊

◇「はちまん 上」 角川書店 1999.1 360p 20cm 1500円 ①4-04-873093-2

◇「はちまん 下」 角川書店 1999.1 348p 20cm 1500円 ①4-04-873094-0

◇「はちまん 上」 角川書店 2001.2 309p 19cm （カドカワ・エンタテインメント） 800円 ①4-04-788155-4

◇「はちまん 下」 角川書店 2001.2 297p 19cm （カドカワ・エンタテインメント） 800円 ①4-04-788156-2

◇「はちまん 上」 角川書店 2002.9 383p 15cm （角川文庫） 590円 ①4-04-160755-8

◇「はちまん 下」 角川書店 2002.9 377p 15cm （角川文庫） 590円 ①4-04-160756-6

◇「はちまん 上」 文藝春秋 2009.5 409p 16cm （文春文庫 う14-10） 590円 ①978-4-16-766610-1

◇「はちまん 下」 文藝春秋 2009.5 398p 16cm （文春文庫 う14-11） 590円 ①978-4-16-766611-8

内館 牧子 うちだて・まきこ 1948〜

「終わった人」

0426 東奥日報 2014年6月9日〜2015年5月22日 夕刊

0489 岩手日報 2014年7月8日〜2015年3月1日 朝刊

0784 茨城新聞 2014年7月12日〜2015年3月5日 朝刊

0855 上毛新聞 2014年12月4日〜2015年7月25日 朝刊

1889	山陰中央新報 2014年7月8日～2015年3月1日 朝刊
2128	四国新聞 2014年7月8日～2015年2月28日 朝刊

◇「終わった人」 講談社 2015.9 373p 19cm 1600円 ①978-4-06-219735-9

内海 隆一郎 うつみ・りゅういちろう 1937～2015
「家族ホテル」
0582	秋田魁新報 1995年12月15日～1996年10月21日 朝刊
1150	富山新聞 1996年1月13日～1996年11月19日 朝刊
1222	北國新聞 1996年1月13日～1996年11月19日 朝刊
1392	信濃毎日新聞 1995年12月27日～1996年11月2日 朝刊
1705	神戸新聞 1996年1月25日～1996年12月1日 朝刊
1963	中国新聞 1995年12月29日～1996年11月3日 朝刊
2194	高知新聞 1995年10月24日～1996年8月24日 朝刊
2447	熊本日日新聞 1996年1月3日～1996年11月5日 朝刊

◇「家族ホテル」 講談社 1996.12 347p 20cm 2000円 ①4-06-208475-9

「翼ある船は」
0964	神奈川新聞 1994年2月17日～1994年11月3日 朝刊
1766	奈良新聞 1994年3月21日～1994年12月6日 朝刊
1861	山陰中央新報 1994年4月17日～1994年12月31日 朝刊

◇「翼ある船は」 講談社 1995.10 378p 20cm 1900円 ①4-06-207798-1

冲方 丁 うぶかた・とう 1977～
「決戦！ 関ケ原」
1452	信濃毎日新聞 2016年8月14日～2016年12月25日 朝刊
1520	岐阜新聞 2016年7月2日～2016年12月8日 夕刊

◇「決戦！ 関ケ原」 伊東潤, 吉川永青, 天野純希, 上田秀人, 矢野隆, 冲方丁, 葉室麟著 講談社 2014.11 298p 19cm 1600円 ①978-4-06-219251-4

◇「決戦！ 関ケ原」 葉室麟, 冲方丁, 伊東潤, 天野純希, 矢野隆, 吉川永青, 木下昌輝著 講談社 2017.7 389p 15cm （講談社文庫 け19-1―決戦！ シリーズ） 800円 ①978-4-06-293716-0

◇「決戦！関ケ原 2」 葉室麟, 吉川永青, 東郷隆, 簑輪諒, 宮本昌孝, 天野純希, 冲方丁著 講談社 2017.7 280p 19cm 1600円 ①978-4-06-220457-6

「はなとゆめ」
0619	秋田魁新報 2013年1月9日～2013年7月29日 朝刊
0711	福島民報 2013年1月1日～2013年7月22日 朝刊
1073	新潟日報 2013年1月7日～2013年10月23日 朝刊

1305　福井新聞　2012年12月11日～2013年7月1日　朝刊

1510　岐阜新聞　2012年12月11日～2013年7月1日　朝刊

2169　愛媛新聞　2012年12月11日～2013年6月30日　朝刊

◇「はなとゆめ」　KADOKAWA　2013.11　356p　20cm　1500円　①978-4-04-110604-4

◇「はなとゆめ」　KADOKAWA　2016.7　362p　15cm　（角川文庫　う20-10）　640円　①978-4-04-104114-7

馬田 昌保　うまだ・まさやす　1939～

「水仙は見ていた」

1283　福井新聞　1994年3月1日～1995年2月7日　朝刊

◇「水仙は見ていた　上巻」　福井新聞社　1995.4　315p　20cm　1450円

◇「水仙は見ていた　下巻」　福井新聞社　1995.4　327p　20cm　1450円

瓜生 利吉　うりゅう・りきち＊

「空の上の家 ミス・ヴィードル号ミステリー」

0405　東奥日報　2004年1月4日～2004年12月26日　日曜朝刊

【 え 】

江上 剛　えがみ・ごう　1954～

「絆」

0470　岩手日報　2005年8月5日～2006年6月14日　朝刊

1050　新潟日報　2005年11月2日～2006年11月16日　夕刊

2764　南日本新聞　2006年2月18日～2007年12月31日　朝刊

◇「絆」　扶桑社　2007.8　370p　20cm　1700円　①978-4-594-05457-1

◇「絆」　講談社　2009.8　676p　15cm　（講談社文庫　え29-4）　943円　①978-4-06-276400-1

江波戸 哲夫　えばと・てつお　1946～

「亀裂」

0726　福島民友　1995年11月28日～1996年5月6日　朝刊

2104　四国新聞　1996年2月6日～1996年7月14日　朝刊

◇「マンション戦争」　光文社　1997.4　279p　20cm　1720円　①4-334-92280-5

◇「亀裂─老朽化マンション戦記 長編情報小説」 光文社 2004.2 351p 16cm （光文社文庫） 590円 ①4-334-73638-6

遠藤 周作 えんどう・しゅうさく 1923〜1996

「男の一生」

0234 日本経済新聞社 1990年9月1日〜1991年9月13日 朝刊

◇「男の一生 上」 日本経済新聞社 1991.10 325p 20cm 1300円 ①4-532-17016-8
◇「男の一生 下」 日本経済新聞社 1991.10 307p 20cm 1300円 ①4-532-17017-6
◇「男の一生 上」 文芸春秋 1994.10 376p 16cm （文春文庫） 520円 ①4-16-712013-5
◇「男の一生 下」 文芸春秋 1994.10 366p 16cm （文春文庫） 520円 ①4-16-712014-3
◇「遠藤周作歴史小説集 5 男の一生」 講談社 1996.5 659p 20cm 2800円 ①4-06-261805-2
◇「男の一生 上」 日本経済新聞出版社 2014.1 378p 15cm （日経文芸文庫 え1-2） 680円 ①978-4-532-28024-6
◇「男の一生 下」 日本経済新聞出版社 2014.1 370p 15cm （日経文芸文庫 え1-3） 680円 ①978-4-532-28025-3

「女」

0013 朝日新聞 1994年1月1日〜1994年10月30日 朝刊

◇「遠藤周作歴史小説集 7 女」 講談社 1995.5 548p 20cm 1800円 ①4-06-261807-9
◇「女 上」 文藝春秋 1997.11 317p 16cm （文春文庫） 467円 ①4-16-712021-6
◇「女 下」 文藝春秋 1997.11 319p 16cm （文春文庫） 467円 ①4-16-712022-4

「黒い揚羽蝶」

0321 北海道新聞 1995年1月1日〜1995年3月25日 朝刊
0910 東京新聞 1995年1月1日〜1995年3月25日 朝刊
1594 中日新聞 1995年1月1日〜1995年3月25日 朝刊
2277 西日本新聞 1995年1月1日〜1995年3月25日 朝刊

「決戦の時」

0437 岩手日報 1990年1月22日〜1991年1月26日 夕刊
0566 秋田魁新報 1989年8月16日〜1990年6月12日 夕刊
0754 茨城新聞 1990年5月22日〜1991年3月25日 朝刊
1090 北日本新聞 1990年2月12日〜1990年12月15日 朝刊
1460 岐阜新聞 1989年10月20日〜1990年10月25日 夕刊

おいかわ　　　　　　　　作家別一覧

1897　山陽新聞　1989年10月3日〜1990年8月5日　朝刊
2036　徳島新聞　1989年7月10日〜1990年5月31日　朝刊
2326　佐賀新聞　1990年4月17日〜1991年2月18日　朝刊
2703　南日本新聞　1990年2月16日〜1990年12月18日　朝刊

◇「決戦の時　上」　講談社　1991.5　293p　20cm　1300円　①4-06-205038-2
◇「決戦の時　下」　講談社　1991.5　313p　20cm　1300円　①4-06-205039-0
◇「決戦の時　上」　講談社　1994.9　334p　15cm　（講談社文庫）　580円　①4-06-185755-X
◇「決戦の時　下」　講談社　1994.9　369p　15cm　（講談社文庫）　580円　①4-06-185756-8
◇「決戦の時　上」　小学館　2016.12　340p　19cm　（P+D BOOKS）　600円　①978-4-09-352290-8
◇「決戦の時　下」　小学館　2017.1　365p　18cm　（P+D BOOKS）　600円　①978-4-09-352291-5

【 お 】

及川 和男　おいかわ・かずお　1933〜
「ザシキボッコの風」
0474　岩手日報　2007年5月1日〜2007年9月16日　朝刊

◇「ザシキボッコの風」　本の泉社　2011.9　301p　20cm　1429円　①978-4-7807-0793-9

逢坂 剛　おうさか・ごう　1943〜
「熱き血の誇り」
1542　静岡新聞　1998年4月1日〜1999年3月31日　朝刊

◇「熱き血の誇り」　新潮社　1999.10　489p　20cm　1900円　①4-10-364903-8
◇「熱き血の誇り　上巻」　新潮社　2002.9　508p　16cm　（新潮文庫）　667円　①4-10-119514-5
◇「熱き血の誇り　下巻」　新潮社　2002.9　477p　16cm　（新潮文庫）　629円　①4-10-119515-3
「斜影はるかな国」
0003　朝日新聞　1990年2月14日〜1991年3月2日　夕刊

◇「斜影はるかな国」　朝日新聞社　1991.7　625p　20cm　1650円　①4-02-256309-5
◇「斜影はるかな国」　講談社　1994.7　759p　15cm　（講談社文庫）　940円

Ⓘ4-06-185715-0

◇「斜影はるかな国」　朝日新聞社　1996.3　718p　15cm　（朝日文芸文庫）
940円　Ⓘ4-02-264099-5

◇「斜影はるかな国」　文藝春秋　2003.11　733p　16cm　（文春文庫）　943円
Ⓘ4-16-752007-9

「遠ざかる祖国」

0593　秋田魁新報　2000年6月24日～2001年7月10日　朝刊

1161　富山新聞　2000年7月25日～2001年8月10日　朝刊

1233　北國新聞　2000年7月25日～2001年8月10日　朝刊

1412　信濃毎日新聞　2000年7月7日～2001年7月24日　朝刊

1715　神戸新聞　2000年8月5日～2001年8月22日　朝刊

1972　中国新聞　2000年7月4日～2001年7月21日　朝刊

2203　高知新聞　2000年4月3日～2001年4月13日　朝刊

2459　熊本日日新聞　2000年6月29日～2001年7月13日　朝刊

◇「遠ざかる祖国」　講談社　2001.12　606p　20cm　2200円　Ⓘ4-06-210887-9

◇「遠ざかる祖国　上」　講談社　2005.7　400p　15cm　（講談社文庫）　667円　Ⓘ4-06-275145-3

◇「遠ざかる祖国　下」　講談社　2005.7　448p　15cm　（講談社文庫）　695円　Ⓘ4-06-275146-1

「墓石の伝説」

0188　毎日新聞　2002年11月1日～2003年12月27日　夕刊

◇「墓石の伝説―gunfight near the O.K.corral」　毎日新聞社　2004.11　527p　20cm　1900円　Ⓘ4-620-10691-7

◇「墓石の伝説」　講談社　2008.4　694p　15cm　（講談社文庫）　952円　Ⓘ978-4-06-276036-2

大石 静　おおいし・しずか　1951～

「四つの嘘」

0297　産経新聞　2004年7月1日～2004年12月31日　朝刊

◇「四つの嘘」　幻冬舎　2005.8　398p　20cm　1600円　Ⓘ4-344-01028-0

◇「四つの嘘」　幻冬舎　2008.6　462p　16cm　（幻冬舎文庫）　686円　Ⓘ978-4-344-41131-9

大石 直紀　おおいし・なおき　1958～

「ビストロ青猫 謎解きレシピ」

1573　静岡新聞　2013年7月23日～2014年9月17日　夕刊

◇「ビストロ青猫謎解きレシピ　魔界編」　小学館　2015.2　507p　15cm　（小

学館文庫　お25–18）　750円　①978–4–09–406110–9

大江 健三郎　おおえ・けんざぶろう　1935〜
「二百年の子供」

0112　読売新聞 2003年1月4日〜2003年10月25日　土曜朝刊

◇「二百年の子供」　中央公論新社　2003.11　277p　20cm　1400円　①4–12–003476–3

◇「二百年の子供」　中央公論新社　2006.11　297p　16cm　（中公文庫）　648円　①4–12–204770–6

大崎 善生　おおさき・よしお　1957〜
「摘蕾の果て」

0471　岩手日報 2006年2月6日〜2006年11月9日　夕刊

0666　山形新聞 2006年6月23日〜2007年2月5日　朝刊

1336　山梨日日新聞 2006年2月4日〜2006年9月15日　朝刊

1825　日本海新聞 2006年5月12日〜2006年12月27日　朝刊

2414　長崎新聞 2005年8月13日〜2006年3月28日　朝刊

2634　大分合同新聞 2005年8月27日〜2006年4月9日　朝刊

◇「スワンソング」　角川書店　2007.8　342p　20cm　1500円　①978–4–04–873789–0

◇「スワンソング」　角川書店　2010.6　358p　15cm　（角川文庫　16316）　590円　①978–4–04–374006–2

大沢 在昌　おおさわ・ありまさ　1956〜
「雨の狩人」

0357　北海道新聞 2013年1月1日〜2014年2月28日　朝刊

0948　東京新聞 2013年1月1日〜2014年2月28日　朝刊

1632　中日新聞 2013年1月1日〜2014年2月28日　朝刊

2313　西日本新聞 2013年1月1日〜2014年2月28日　朝刊

◇「雨の狩人」　幻冬舎　2014.7　602p　20cm　1800円　①978–4–344–02613–1

◇「雨の狩人」　幻冬舎　2016.8　533p　18cm　（GENTOSHA NOVELS）　1300円　①978–4–344–00939–4

◇「雨の狩人　上」　幻冬舎　2017.8　417p　16cm　（幻冬舎文庫　お–4–7）　690円　①978–4–344–42633–7

◇「雨の狩人　下」　幻冬舎　2017.8　443p　16cm　（幻冬舎文庫　お–4–8）　690円　①978–4–344–42634–4

作家別一覧　　　　　　　　　　おおさわ

「海と月の迷路」

0212　毎日新聞 2011年6月1日〜2012年8月31日　夕刊

◇「海と月の迷路」　毎日新聞社　2013.9　561p　20cm　1800円　①978-4-620-10796-7

◇「海と月の迷路」　講談社　2015.10　489p　18cm　（講談社ノベルス　オC-13）　1300円　①978-4-06-299057-8

◇「海と月の迷路　上」　講談社　2016.10　399p　15cm　（講談社文庫　お45-27）　740円　①978-4-06-293508-1

◇「海と月の迷路　下」　講談社　2016.10　399p　15cm　（講談社文庫　お45-28）　740円　①978-4-06-293509-8

◇「海と月の迷路　1」　埼玉福祉会　2017.11　298p　21cm　（大活字本シリーズ）　3000円　①978-4-86596-190-4

◇「海と月の迷路　2」　埼玉福祉会　2017.11　355p　21cm　（大活字本シリーズ）　3200円　①978-4-86596-191-1

◇「海と月の迷路　3」　埼玉福祉会　2017.11　284p　21cm　（大活字本シリーズ）　2900円　①978-4-86596-192-8

◇「海と月の迷路　4」　埼玉福祉会　2017.11　352p　21cm　（大活字本シリーズ）　3200円　①978-4-86596-193-5

「語りつづけろ、届くまで」

0480　岩手日報 2010年1月14日〜2010年11月26日　夕刊

0889　千葉日報 2009年4月16日〜2010年1月29日　朝刊

1503　岐阜新聞 2009年6月12日〜2010年5月28日　夕刊

◇「語りつづけろ、届くまで」　講談社　2012.4　445p　19cm　1600円　①978-4-06-217404-6

◇「語りつづけろ、届くまで」　講談社　2014.4　331p　18cm　（講談社ノベルス　オC-12）　1080円　①978-4-06-299013-4

◇「語りつづけろ、届くまで」　講談社　2016.2　540p　15cm　（講談社文庫　お45-26）　820円　①978-4-06-293293-6

「新宿鮫 風化水脈」

0180　毎日新聞 1999年7月1日〜2000年8月28日　夕刊

◇「新宿鮫風化水脈」　毎日新聞社　2000.8　443p　20cm　1700円　①4-620-10615-1

◇「風化水脈―長編刑事小説」　光文社　2002.3　484p　18cm　（カッパ・ノベルス―新宿鮫　8）　895円　①4-334-07461-8

◇「風化水脈―長編刑事小説」　光文社　2006.3　674p　16cm　（光文社文庫―新宿鮫　8）　933円　①4-334-74028-6

◇「風化水脈―長編刑事小説」　新装版　光文社　2014.9　730p　16cm　（光文社文庫　お21-23―新宿鮫　8）　940円　①978-4-334-76801-0

「ニッポン泥棒」

0296　産経新聞 2003年5月1日〜2004年6月30日　朝刊

新聞連載小説総覧 平成期（1989〜2017）　235

おおしろ　　　　　　　作家別一覧

◇「ニッポン泥棒」　文藝春秋　2005.1　561p　20cm　1905円　①4–16–
323630–9
◇「ニッポン泥棒—長編小説」　光文社　2007.2　645p　18cm　（Kappa
novels）　1200円　①978–4–334–07648–1
◇「ニッポン泥棒　上」　文藝春秋　2008.3　463p　16cm　（文春文庫）　629
円　①978–4–16–767605–6
◇「ニッポン泥棒　下」　文藝春秋　2008.3　471p　16cm　（文春文庫）　629
円　①978–4–16–767606–3

「魔物」

0845　上毛新聞　2005年2月4日〜2006年3月31日　朝刊

1049　新潟日報　2005年4月27日〜2006年6月22日　朝刊

1295　福井新聞　2005年4月5日〜2006年5月29日　朝刊

1778　奈良新聞　2005年7月30日〜2006年9月23日　朝刊

2746　南日本新聞　2005年3月17日〜2006年8月5日　夕刊

◇「魔物　上」　角川書店　2007.11　361p　20cm　1600円　①978–4–04–
873767–8
◇「魔物　下」　角川書店　2007.11　326p　20cm　1600円　①978–4–04–
873768–5
◇「魔物　上」　角川書店　2009.11　310p　18cm　（カドカワ・エンタテイン
メント）　838円　①978–4–04–788199–0
◇「魔物　下」　角川書店　2009.11　274p　18cm　（カドカワ・エンタテイン
メント）　838円　①978–4–04–788200–3
◇「魔物　上」　角川書店　2010.11　415p　15cm　（角川文庫　16537）　667
円　①978–4–04–167129–0
◇「魔物　下」　角川書店　2010.11　383p　15cm　（角川文庫　16538）　667
円　①978–4–04–167128–3

大城 貞俊　おおしろ・さだとし　1949〜

「ウマーク日記」

2802　琉球新報　2006年11月13日〜2007年11月6日　夕刊

◇「ウマーク日記」　琉球新報社　2011.6　403p　20cm　1905円　①978–4–
89742–128–5

太田黒 克彦　おおたぐろ・かつひこ　1895〜1967

「マスの大旅行」

2572　熊本日日新聞　2009年4月5日〜2009年6月27日　夕刊

◇「マスの大旅行」　太田黒克彦著，駒宮録郎絵　講談社　昭和31　260p　19cm
◇「マスの大旅行」　太田黒克彦著，中谷千代子絵　講談社　昭和43　206p
22cm

大坪 かず子　おおつぼ・かずこ　1933〜
「大姫と雉」
1354　信濃毎日新聞　1989年5月8日〜1989年9月1日　夕刊

大村 友貴美　おおむら・ゆきみ　1965〜
「ガーディアン」
0488　岩手日報　2014年5月1日〜2015年5月6日　朝刊

◇「梟首の遺宝」　KADOKAWA　2016.8　367p　19cm　1700円　①978–4–04–104484–1

小笠原 慧　おがさわら・けい　1960〜
「風の音が聞こえませんか」
1672　京都新聞　2005年11月21日〜2006年11月15日　朝刊

◇「風の音が聞こえませんか」　角川書店　2007.8　429p　20cm　1800円　①978–4–04–873790–6
◇「風の音が聞こえませんか」　角川書店　2010.10　492p　15cm　（角川文庫16493）　781円　①978–4–04–370503–0

小川 国夫　おがわ・くにお　1927〜2008
「悲しみの港」
0007　朝日新聞　1991年11月1日〜1992年9月30日　夕刊

◇「悲しみの港」　朝日新聞社　1994.1　566p　20cm　2200円　①4–02–256696–5
◇「悲しみの港」　朝日新聞社　1997.1　526p　15cm　（朝日文芸文庫）　1100円　①4–02–264135–5
◇「悲しみの港　上」　小学館　2016.4　279p　19cm　（P+D BOOKS）　550円　①978–4–09–352263–2
◇「悲しみの港　下」　小学館　2016.4　323p　19cm　（P+D BOOKS）　600円　①978–4–09–352264–9

小川 洋子　おがわ・ようこ　1962〜
「ミーナの行進」
0119　読売新聞　2005年2月12日〜2005年12月24日　土曜朝刊

◇「ミーナの行進」　中央公論新社　2006.4　330p　20cm　1600円　①4–12–003721–5
◇「ミーナの行進」　中央公論新社　2009.6　348p　16cm　（中公文庫　お51–5）　686円　①978–4–12–205158–4

荻原 浩　おぎわら・ひろし　1956～

「愛しの座敷わらし」

0045　朝日新聞 2007年1月31日～2007年11月19日　夕刊

◇「愛しの座敷わらし」　朝日新聞出版　2008.4　435p　20cm　1800円
①978-4-02-250424-1

◇「愛しの座敷わらし　上」　朝日新聞出版　2011.5　293p　15cm　（朝日文庫
お64-1）　560円　①978-4-02-264607-1

◇「愛しの座敷わらし　下」　朝日新聞出版　2011.5　288p　15cm　（朝日文庫
お64-2）　560円　①978-4-02-264608-8

「ストロベリーライフ」

0220　毎日新聞 2015年1月11日～2016年2月28日　日曜版

◇「ストロベリーライフ」　毎日新聞出版　2016.10　351p　20cm　1600円
①978-4-620-10823-0

奥泉 光　おくいずみ・ひかる　1956～

「新・地底旅行」

0035　朝日新聞 2002年9月1日～2003年6月30日　朝刊

◇「新・地底旅行」　朝日新聞社　2004.1　477p　20cm　1900円　①4-02-
257892-0

◇「新・地底旅行」　朝日新聞社　2007.3　561p　15cm　（朝日文庫）　940円
①978-4-02-264393-3

「プラトン学園」

0580　秋田魁新報 1995年5月21日～1995年12月14日　朝刊

1147　富山新聞 1995年6月19日～1996年1月12日　朝刊

1219　北國新聞 1995年6月19日～1996年1月12日　朝刊

1389　信濃毎日新聞 1995年6月2日～1995年12月26日　朝刊

1703　神戸新聞 1995年7月1日～1996年1月24日　朝刊

1961　中国新聞 1995年6月5日～1995年12月28日　朝刊

2193　高知新聞 1995年4月3日～1995年10月23日　朝刊

2446　熊本日日新聞 1995年6月10日～1996年1月1日　朝刊

◇「プラトン学園」　講談社　1997.7　392p　20cm　1800円　①4-06-208774-
X

◇「プラトン学園」　講談社　2007.10　505p　15cm　（講談社文庫）　781円
①978-4-06-275860-4

「坊ちゃん忍者 幕末見聞録」

0106　読売新聞 2000年9月4日～2001年5月2日　夕刊

◇「坊ちゃん忍者幕末見聞録」　中央公論新社　2001.10　349p　20cm　1800円
①4-12-003197-7

◇「坊ちゃん忍者幕末見聞録」　中央公論新社　2004.10　353p　16cm　（中公文庫）　743円　Ⓘ4-12-204429-4

奥田 英朗　おくだ・ひでお　1959〜

「沈黙の町で」

0054　朝日新聞 2011年5月7日〜2012年7月12日　朝刊

◇「沈黙の町で」　朝日新聞出版　2013.2　512p　20cm　1800円　Ⓘ978-4-02-251055-6

◇「沈黙の町で」　朝日新聞出版　2016.1　577p　15cm　（朝日文庫　お74-1）840円　Ⓘ978-4-02-264805-1

尾崎 一雄　おざき・かずお　1899〜1983

「玄関風呂」

2513　熊本日日新聞 2004年11月30日〜2004年12月3日　夕刊

◇「暢気眼鏡・虫のいろいろ―他十三篇」　尾崎一雄作, 高橋英夫編　岩波書店　1998.9　326p　15cm　（岩波文庫）　600円　Ⓘ4-00-311571-6

◇「小説乃湯―お風呂小説アンソロジー」　有栖川有栖編　角川書店　2013.3　361p　15cm　（角川文庫　あ26-11）　590円　Ⓘ978-4-04-100686-3

◇「日本文学100年の名作　第3巻」　池内紀, 川本三郎, 松田哲夫編　新潮社　2014.11　514p　16cm　（新潮文庫　し-23-3）　750円　Ⓘ978-4-10-127434-8

「暢気眼鏡」

2512　熊本日日新聞 2004年11月8日〜2004年11月27日　夕刊

◇「暢気眼鏡・虫のいろいろ―他十三篇」　尾崎一雄作, 高橋英夫編　岩波書店　1998.9　326p　15cm　（岩波文庫）　600円　Ⓘ4-00-311571-6

◇「百年小説―the birth of modern Japanese literature」　ポプラクリエイティブネットワーク編　ポプラ社　2008.12　1331p　23cm　6600円　Ⓘ978-4-591-10497-2

◇「私小説の生き方」　秋山駿, 富岡幸一郎編　アーツ・アンド・クラフツ　2009.6　315p　21cm　2200円　Ⓘ978-4-901592-52-9

◇「コレクション私小説の冒険　1　貧者の誇り」　秋山駿, 勝又浩監修, 私小説研究会編　勉誠出版　2013.10　292p　19cm　1800円　Ⓘ978-4-585-29560-0

「蜂と老人」

2515　熊本日日新聞 2004年12月13日〜2004年12月24日　夕刊

◇「暢気眼鏡・虫のいろいろ―他十三篇」　尾崎一雄作, 高橋英夫編　岩波書店　1998.9　326p　15cm　（岩波文庫）　600円　Ⓘ4-00-311571-6

おさき　　　　　　　　作家別一覧

「父祖の地」

2514　熊本日日新聞　2004年12月4日〜2004年12月11日　夕刊

◇「暢気眼鏡・虫のいろいろ―他十三篇」　尾崎一雄作, 高橋英夫編　岩波書店
　1998.9　326p　15cm　（岩波文庫）　600円　①4-00-311571-6

「虫のいろいろ」

2511　熊本日日新聞　2004年11月8日〜2004年11月15日　夕刊

◇「暢気眼鏡・虫のいろいろ―他十三篇」　尾崎一雄作, 高橋英夫編　岩波書店
　1998.9　326p　15cm　（岩波文庫）　600円　①4-00-311571-6

◇「21世紀版少年少女日本文学館　15　ちいさこべ・山月記」　山本周五郎, 尾
　崎一雄, 円地文子, 中島敦, 木山捷平, 永井龍男, 原民喜著　講談社　2009.3
　279p　20cm　1400円　①978-4-06-282665-5

◇「中学生までに読んでおきたい日本文学　3　おかしい話」　松田哲夫編　あ
　すなろ書房　2010.12　287p　22cm　1800円　①978-4-7515-2623-1

◇「私小説名作選　上」　中村光夫選, 日本ペンクラブ編　講談社　2012.5
　279p　16cm　（講談社文芸文庫　な H5）　1400円　①978-4-06-290158-1

◇「日本近代短篇小説選　昭和篇2」　紅野敏郎, 紅野謙介, 千葉俊二, 宗像和重,
　山田俊治編　岩波書店　2012.9　382p　15cm　（岩波文庫　31-191-5）
　800円　①978-4-00-311915-0

尾崎 翠　おさき・みどり　1896〜1971

「第七官界彷徨」

1836　日本海新聞　2010年10月15日〜2011年1月9日　朝刊

◇「尾崎翠―1896-1971」　筑摩書房　2007.11　477p　15cm　（ちくま日本文
　学　4）　880円　①978-4-480-42504-1

◇「第七（なな）官界彷徨」　河出書房新社　2009.7　189p　15cm　（河出文庫
　お19-1）　620円　①978-4-309-40971-9

◇「第七官界彷徨・琉璃玉の耳輪―他四篇」　岩波書店　2014.6　347p　15cm
　（岩波文庫　31-196-1）　760円　①978-4-00-311961-7

長部 日出雄　おさべ・ひでお　1934〜

「始発駅」

0442　岩手日報　1992年1月6日〜1992年9月16日　朝刊

0721　福島民友　1992年3月23日〜1992年12月5日　朝刊

0792　下野新聞　1992年2月16日〜1992年10月29日　朝刊

1372　信濃毎日新聞　1992年5月2日〜1993年2月20日　土曜夕刊

2707　南日本新聞　1992年2月3日〜1992年10月14日　朝刊

◇「二人の始発駅」　新潮社　1995.7　315p　20cm　1900円　①4-10-337404-7

作家別一覧　　　　おちあい

「まだ見ぬ故郷」

0153　毎日新聞　1990年1月3日〜1991年3月31日　朝刊

◇「まだ見ぬ故郷　上」　毎日新聞社　1991.8　385p　20cm　1500円　①4–620–10442–6

◇「まだ見ぬ故郷　下」　毎日新聞社　1991.8　347p　20cm　1500円　①4–620–10443–4

◇「まだ見ぬ故郷—高山右近の生涯　上巻」　新潮社　2002.10　507p　16cm（新潮文庫）　667円　①4–10–132403–4

◇「まだ見ぬ故郷—高山右近の生涯　下巻」　新潮社　2002.10　478p　16cm（新潮文庫）　629円　①4–10–132404–2

小沢 さとし　おざわ・さとし　1938〜

「新酒呑童子」

1373　信濃毎日新聞　1992年7月28日〜1993年3月11日　夕刊

◇「新・酒呑童子物語—大江山の怪童」　総和社　1997.4　305p　21cm　1300円　①4–915486–69–9

「水穂の国はるか」

1411　信濃毎日新聞　2000年4月1日〜2000年9月12日　夕刊

押川 國秋　おしかわ・くにあき　1935〜

「ダビデの夏」

2683　宮崎日日新聞　2004年11月7日〜2005年9月12日　朝刊

落合 恵子　おちあい・けいこ　1945〜

「バーバラが歌っている」

0001　朝日新聞　1989年5月19日〜1990年2月13日　夕刊

◇「バーバラが歌っている」　朝日新聞社　1990.6　357p　20cm　1200円　①4–02–256167–X

◇「バーバラが歌っている」　〔点字資料〕　佐賀ライトハウス六星館　1990.7　5冊　28cm　各1600円

◇「バーバラが歌っている」　講談社　1993.12　420p　15cm　（講談社文庫）　620円　①4–06–185610–3

◇「バーバラが歌っている」　朝日新聞社　1995.3　393p　15cm　（朝日文芸文庫）　670円　①4–02–264061–8

「揺れて」

0574　秋田魁新報　1992年10月5日〜1993年9月9日　朝刊

1140　富山新聞　1992年11月2日〜1993年10月8日　朝刊

新聞連載小説総覧　平成期（1989〜2017）　**241**

おとかわ　　　　　　　　作家別一覧

 1212 北國新聞 1992年11月2日〜1993年10月8日　朝刊
 1374 信濃毎日新聞 1992年10月17日〜1993年9月21日　朝刊
 1699 神戸新聞 1992年11月12日〜1993年10月20日　朝刊
 1956 中国新聞 1992年10月25日〜1993年9月28日　朝刊
 2187 高知新聞 1992年9月5日〜1993年8月4日　朝刊
 2442 熊本日日新聞 1992年11月3日〜1993年10月6日　朝刊

 ◇「揺れて」　集英社　1994.4　420p　20cm　1800円　Ⓘ4-08-774062-5
 ◇「揺れて」　集英社　1997.11　487p　16cm　（集英社文庫）　743円　Ⓘ4-08-748714-8

乙川 優三郎　おとかわ・ゆうざぶろう　1953〜

「麗しき花実」

 0049 朝日新聞 2009年2月16日〜2009年9月9日　朝刊

 ◇「麗しき花実」　朝日新聞出版　2010.3　341p　20cm　1800円　Ⓘ978-4-02-250724-2
 ◇「麗しき花実」　朝日新聞出版　2013.5　422p　15cm　（朝日文庫　お56-2）680円　Ⓘ978-4-02-264703-0

「冬の標」

 0109 読売新聞 2002年3月5日〜2002年11月8日　夕刊

 ◇「冬の標」　中央公論新社　2002.12　333p　20cm　1600円　Ⓘ4-12-003342-2
 ◇「冬の標」　文藝春秋　2005.12　372p　16cm　（文春文庫）　619円　Ⓘ4-16-714165-5

小野 友道　おの・ともみち　1940〜

「五足の靴の旅ものがたり」

 2547 熊本日日新聞 2007年6月1日〜2007年8月20日　夕刊

 ◇「五足の靴の旅ものがたり」　熊本日日新聞社　2007.11　210p　18cm　（熊日新書）　952円　Ⓘ978-4-87755-293-0

恩田 陸　おんだ・りく　1964〜

「きのうの世界」

 0408 東奥日報 2005年4月30日〜2006年3月19日　朝刊
 0664 山形新聞 2005年8月6日〜2006年6月22日　朝刊
 0737 福島民友 2005年12月24日〜2006年11月13日　朝刊
 0774 茨城新聞 2005年11月12日〜2006年10月3日　朝刊
 0977 神奈川新聞 2005年8月7日〜2006年6月27日　朝刊

1421 信濃毎日新聞 2005年5月20日～2006年6月15日 夕刊

1495 岐阜新聞 2006年1月19日～2007年2月15日 夕刊

1878 山陰中央新報 2005年9月27日～2006年8月17日 朝刊

1920 山陽新聞 2005年8月17日～2006年7月7日 朝刊

2072 徳島新聞 2006年1月9日～2006年11月24日 朝刊

2161 愛媛新聞 2005年12月31日～2006年11月19日 朝刊

2684 宮崎日日新聞 2005年9月13日～2006年8月2日 朝刊

◇「きのうの世界」 講談社 2008.9 478p 20cm 1700円 ①978-4-06-214061-4

◇「きのうの世界 上」 講談社 2011.8 302p 15cm （講談社文庫 お83-7） 571円 ①978-4-06-277037-8

◇「きのうの世界 下」 講談社 2011.8 357p 15cm （講談社文庫 お83-8） 571円 ①978-4-06-277038-5

「消滅～VANISHINGPOINT」

0141 読売新聞 2013年10月20日～2014年10月31日 朝刊

◇「消滅―VANISHING POINT」 中央公論新社 2015.9 523p 20cm 1800円 ①978-4-12-004764-0

「スキマワラシ」

1458 信濃毎日新聞 2018年3月13日～連載中 夕刊

「夢違」

0351 北海道新聞 2010年5月6日～2011年5月2日 夕刊

0942 東京新聞 2010年5月6日～2011年5月2日 夕刊

1626 中日新聞 2010年5月6日～2011年5月2日 夕刊

2307 西日本新聞 2010年5月6日～2011年5月2日 夕刊

◇「夢違」 角川書店 2011.11 492p 20cm 1800円 ①978-4-04-110060-8

◇「夢違」 KADOKAWA 2014.2 501p 15cm （角川文庫 お48-5） 680円 ①978-4-04-101223-9

【 か 】

海堂 尊 かいどう・たける 1961～

「アクアマリンの神殿」

0354 北海道新聞 2011年5月6日～2012年6月30日 夕刊

0945 東京新聞 2011年5月6日～2012年6月30日 夕刊

1629 中日新聞 2011年5月6日～2012年6月30日 夕刊

2310 西日本新聞 2011年5月6日～2012年6月30日 夕刊

◇「アクアマリンの神殿」　KADOKAWA　2014.6　361p　20cm　1600円
①978-4-04-101342-7

◇「アクアマリンの神殿」　KADOKAWA　2016.6　410p　15cm　（角川文庫
か52-6）　760円　①978-4-04-104022-5

海庭 良和　かいば・よしかず　1935～
「冬の鎖 秩父夜祭殺人事件」

0862　埼玉新聞 2006年1月9日～2006年9月12日　朝刊

◇「冬の鎖―秩父夜祭殺人事件」　埼玉新聞社　2006.11　352p　20cm　1800円
①4-87889-281-1

加賀 乙彦　かが・おとひこ　1929～
「生きている心臓」

0314　北海道新聞 1989年11月13日～1990年11月10日　夕刊

0495　河北新報 1989年11月14日～1990年11月8日　夕刊

0901　東京新聞 1989年11月13日～1990年11月10日　夕刊

1585　中日新聞 1989年11月13日～1990年11月10日　夕刊

1692　神戸新聞 1989年11月13日～1990年11月10日　夕刊

2270　西日本新聞 1989年11月13日～1990年11月10日　夕刊

◇「生きている心臓　上」　講談社　1991.7　298p　20cm　1300円　①4-06-
204926-0

◇「生きている心臓　下」　講談社　1991.7　313p　20cm　1300円　①4-06-
204927-9

◇「生きている心臓　上」　講談社　1994.8　306p　16cm　（講談社文庫）
540円　①4-06-185736-3

◇「生きている心臓　下」　講談社　1994.8　332p　16cm　（講談社文庫）
540円　①4-06-185737-1

垣根 涼介　かきね・りょうすけ　1966～
「めだかの学校」

0475　岩手日報 2007年9月17日～2008年8月25日　朝刊

0739　福島民友 2007年10月5日～2008年9月12日　朝刊

1880　山陰中央新報 2007年8月30日～2008年8月8日　朝刊

2417　長崎新聞 2007年2月19日～2008年1月28日　朝刊

2767　南日本新聞 2007年8月8日～2008年9月25日　夕刊

◇「人生教習所」　中央公論新社　2011.9　458p　20cm　1700円　①978-4-
12-004277-5

◇「人生教習所　上」　中央公論新社　2013.6　302p　16cm　（中公文庫　か

74-3）　590円　①978-4-12-205802-6

◇「人生教習所　下」　中央公論新社　2013.6　287p　16cm　（中公文庫　か74-4）　590円　①978-4-12-205803-3

角田 光代　かくた・みつよ　1967〜

「紙の月」

0414　東奥日報　2008年2月13日〜2008年10月14日　夕刊

0531　河北新報　2008年5月12日〜2009年1月15日　夕刊

0670　山形新聞　2008年5月14日〜2009年1月17日　夕刊

0887　千葉日報　2007年12月9日〜2008年7月1日　朝刊

1178　富山新聞　2008年1月24日〜2008年9月21日　朝刊

1250　北國新聞　2008年1月23日〜2008年9月20日　夕刊

1562　静岡新聞　2007年9月22日〜2008年4月13日　朝刊

1924　山陽新聞　2008年2月13日〜2008年8月31日　朝刊

2640　大分合同新聞　2008年2月22日〜2008年9月12日　朝刊

◇「紙の月」　角川春樹事務所　2012.3　313p　20cm　1500円　①978-4-7584-1190-5

◇「紙の月」　角川春樹事務所　2014.9　359p　16cm　（ハルキ文庫　か8-2）　590円　①978-4-7584-3845-2

「空の拳」

0266　日本経済新聞社　2010年12月15日〜2012年2月1日　夕刊

◇「空の拳」　日本経済新聞出版社　2012.10　485p　20cm　1600円　①978-4-532-17115-5

◇「空の拳　上」　文藝春秋　2015.10　315p　16cm　（文春文庫　か32-12）　610円　①978-4-16-790462-3

◇「空の拳　下」　文藝春秋　2015.10　299p　16cm　（文春文庫　か32-13）　610円　①978-4-16-790463-0

「拳の先」

0360　北海道新聞　2014年3月1日〜2015年4月25日　朝刊

0951　東京新聞　2014年3月1日〜2015年4月25日　朝刊

1635　中日新聞　2014年3月1日〜2015年4月25日　朝刊

2316　西日本新聞　2014年3月1日〜2015年4月25日　朝刊

◇「拳の先」　文藝春秋　2016.3　540p　20cm　2200円　①978-4-16-390416-0

「ひそやかな花園」

0206　毎日新聞　2009年4月5日〜2010年4月25日　日曜版

◇「ひそやかな花園」　毎日新聞社　2010.7　313p　20cm　1500円　①978-4-620-10756-1

◇「ひそやかな花園」　講談社　2014.2　381p　15cm　（講談社文庫　か88–12）　730円　①978–4–06–277758–2

「八日目の蟬」

0122　読売新聞　2005年11月21日〜2006年7月24日　夕刊

◇「八日目の蟬」　中央公論新社　2007.3　346p　20cm　1600円　①978–4–12–003816–7

◇「八日目の蟬」　中央公論新社　2011.1　376p　16cm　（中公文庫　か61–3）　590円　①978–4–12–205425–7

◇「八日目の蟬　1」　大活字　2011.1　449p　21cm　（大活字文庫　206）　3040円　①978–4–86055–638–9

◇「八日目の蟬　2」　大活字　2011.1　337p　21cm　（大活字文庫　206）　2980円　①978–4–86055–639–6

◇「八日目の蟬　3」　大活字　2011.1　547p　21cm　（大活字文庫　206）　3100円　①978–4–86055–640–2

梶 よう子　　かじ・ようこ　1961〜

「赤い風〜三富新田物語」

0865　埼玉新聞　2017年6月1日〜2017年10月12日　月曜〜金曜朝刊

「三年長屋」

1579　静岡新聞　2016年7月3日〜2017年3月19日　朝刊

梶尾 真治　　かじお・しんじ　1947〜

「穂足のチカラ」

0608　秋田魁新報　2007年5月20日〜2008年6月13日　朝刊

1177　富山新聞　2007年6月20日〜2008年7月12日　朝刊

1249　北國新聞　2007年6月20日〜2008年7月12日　朝刊

1424　信濃毎日新聞　2007年6月1日〜2008年6月24日　朝刊

1729　神戸新聞　2007年6月30日〜2008年7月23日　朝刊

2014　中国新聞　2007年6月1日〜2008年6月26日　朝刊

2254　高知新聞　2007年6月8日〜2008年6月26日　朝刊

2546　熊本日日新聞　2007年5月15日〜2008年6月4日　朝刊

◇「穂足のチカラ」　新潮社　2008.9　548p　20cm　2000円　①978–4–10–440204–5

◇「穂足のチカラ」　新潮社　2012.1　709p　16cm　（新潮文庫　か–18–11）　890円　①978–4–10–149011–3

「黄泉がえり」

2456　熊本日日新聞　1999年4月10日〜2000年4月1日　土曜夕刊

◇「黄泉がえり」　新潮社　2000.10　376p　20cm　1700円　Ⓘ4-10-440201-X

◇「黄泉がえり」　新潮社　2002.12　476p　16cm　（新潮文庫）　629円　Ⓘ4-10-149004-X

「黄泉がえりagain」

2594　熊本日日新聞　2017年7月1日〜連載中　土曜夕刊

片岡 義男　かたおか・よしお　1939〜

「豆大福と珈琲」

0062　朝日新聞　2014年10月1日〜2014年11月1日　夕刊

◇「豆大福と珈琲」　朝日新聞出版　2016.9　199p　19cm　1700円　Ⓘ978-4-02-251411-0

加堂 秀三　かどう・しゅうぞう　1940〜2001

「天城女窯」

1525　静岡新聞　1990年1月1日〜1990年12月31日　朝刊

加藤 廣　かとう・ひろし　1930〜

「水軍遥かなり」

0356　北海道新聞　2012年7月1日〜2013年9月28日　夕刊

0947　東京新聞　2012年7月1日〜2013年9月28日　夕刊

1631　中日新聞　2012年7月2日〜2013年9月28日　夕刊

1742　神戸新聞　2012年10月27日〜2014年1月31日　夕刊

2312　西日本新聞　2012年7月1日〜2013年9月28日　夕刊

◇「水軍遥かなり」　文藝春秋　2014.2　589p　20cm　1850円　Ⓘ978-4-16-390013-1

◇「水軍遥かなり　上」　文藝春秋　2016.8　371p　16cm　（文春文庫　か39-10）　680円　Ⓘ978-4-16-790672-6

◇「水軍遥かなり　下」　文藝春秋　2016.8　315p　16cm　（文春文庫　か39-11）　670円　Ⓘ978-4-16-790673-3

金原 ひとみ　かねはら・ひとみ　1983〜

「クラウドガール」

0073　朝日新聞　2016年9月1日〜2016年12月30日　朝刊

◇「クラウドガール」　朝日新聞出版　2017.1　206p　20cm　1400円　Ⓘ978-4-02-251444-8

香納 諒一　かのう・りょういち　1963〜
「あいつ」
　　0398　東奥日報　2001年6月21日〜2002年6月15日　朝刊
　　0697　福島民報　2000年12月1日〜2001年11月27日　朝刊
　　0802　下野新聞　2000年11月28日〜2001年11月24日　朝刊

鏑木 蓮　かぶらぎ・れん　1961〜
「憎まれ天使」
　　1681　京都新聞　2011年12月13日〜2012年7月15日　朝刊
　　2648　大分合同新聞　2011年11月22日〜2012年7月28日　夕刊

　　◇「京都西陣シェアハウス―憎まれ天使・有村志穂」　講談社　2013.10　332p
　　　19cm　1600円　①978-4-06-218605-6
　　◇「京都西陣シェアハウス―憎まれ天使・有村志穂」　講談社　2017.1　477p
　　　15cm　（講談社文庫　か111-7）　840円　①978-4-06-293571-5

亀島 靖　かめしま・やすし　1943〜
「閩人渡来記 三十六の鷹」
　　2790　琉球新報　1992年11月5日〜1993年10月2日　朝刊

嘉陽 安男　かよう・やすお　1924〜2003
「奔流に生きる」
　　2787　琉球新報　1991年4月15日〜1992年11月4日　朝刊

唐 十郎　から・じゅうろう　1940〜
「朝顔男」
　　0128　読売新聞　2008年3月3日〜2008年10月1日　夕刊

　　◇「朝顔男」　中央公論新社　2009.1　302p　20cm　1900円　①978-4-12-
　　　004002-3

川上 健一　かわかみ・けんいち　1949〜
「朝ごはん」
　　1344　山梨日日新聞　2012年1月5日〜2012年8月6日　朝刊

　　◇「朝ごはん」　山梨日日新聞社　2013.2　332p　20cm　1600円　①978-4-
　　　89710-011-1
「トッピング」
　　1935　山陽新聞　2013年9月24日〜2014年4月29日　朝刊

作家別一覧　　　　　　　　　　　　　　　　　　かわた

川上 弘美　かわかみ・ひろみ　1958〜

「七夜物語」

0051　朝日新聞 2009年9月10日〜2011年5月5日　朝刊

◇「七夜物語　上」　朝日新聞出版　2012.5　449p　20cm　1800円　①978-4-02-250959-8

◇「七夜物語　下」　朝日新聞出版　2012.5　504p　20cm　1900円　①978-4-02-250960-4

◇「七夜物語　上」　朝日新聞出版　2015.5　296p　15cm　（朝日文庫　か60-1）　540円　①978-4-02-264777-1

◇「七夜物語　中」　朝日新聞出版　2015.5　331p　15cm　（朝日文庫　か60-2）　540円　①978-4-02-264778-8

◇「七夜物語　下」　朝日新聞出版　2015.5　343p　15cm　（朝日文庫　か60-3）　560円　①978-4-02-264779-5

「光ってみえるもの、あれは」

0107　読売新聞 2001年5月7日〜2002年3月4日　夕刊

◇「光ってみえるもの、あれは」　中央公論新社　2003.9　327p　20cm　1500円　①4-12-003442-9

◇「光ってみえるもの、あれは」　中央公論新社　2006.10　362p　16cm　（中公文庫）　590円　①4-12-204759-5

「森へ行きましょう」

0275　日本経済新聞社 2016年1月4日〜2017年2月18日　夕刊

◇「森へ行きましょう」　日本経済新聞出版社　2017.10　507p　20cm　1700円　①978-4-532-17144-5

川瀬 弘至　かわせ・ひろし　1968〜

「朝けの空に 貞明皇后66年」

0311　産経新聞 2017年3月3日〜2017年9月23日　朝刊

川田 弥一郎　かわだ・やいちろう　1948〜

「白梅の匂う闇」

0456　岩手日報 1998年10月17日〜1999年10月15日　夕刊

1160　富山新聞 1999年10月21日〜2000年10月14日　朝刊

1232　北國新聞 1999年10月20日〜2000年10月13日　夕刊

1809　日本海新聞 1998年9月25日〜1999年7月21日　朝刊

2620　大分合同新聞 1999年3月19日〜2000年2月26日　夕刊

2724　南日本新聞 1999年2月14日〜1999年12月9日　朝刊

◇「江戸の検屍官闇女」　講談社　2000.11　445p　20cm　2000円　①4-06-210366-4

◇「江戸の検屍官闇女」　講談社　2008.3　587p　15cm　（講談社文庫）　838
円　①978-4-06-275992-2

川本 晶子　かわもと・あきこ　1962〜
「おばけの懸想」
2073　徳島新聞 2006年11月25日〜2007年9月24日　朝刊
2119　四国新聞 2006年11月25日〜2007年10月7日　朝刊

【 き 】

木内 昇　きうち・のぼり　1967〜
「万波を翔る」
0277　日本経済新聞社 2017年2月20日〜2018年3月24日　夕刊

菊池 寛　きくち・かん　1888〜1948
「恩讐の彼方に」
0547　河北新報 2010年6月15日〜2010年7月1日　夕刊
2558　熊本日日新聞 2008年1月31日〜2008年2月18日　夕刊

◇「菊池寛—1888-1948」　筑摩書房　2008.11　475p　15cm　（ちくま日本文
学　27）　880円　①978-4-480-42527-0
◇「文豪たちが書いた泣ける名作短編集」　彩図社文芸部編纂　彩図社　2014.9
188p　15cm　590円　①978-4-8013-0012-5

「真珠夫人」
2116　四国新聞 2004年11月2日〜2005年5月21日　朝刊

◇「真珠夫人」　丹精社　2002.8　338p　21cm　1900円　①4-8391-1000-X
◇「真珠夫人」　文藝春秋　2002.8　588p　16cm　（文春文庫）　571円　①4-
16-741004-4
◇「真珠夫人　上」　新潮社　2002.8　300p　16cm　（新潮文庫）　400円
①4-10-102803-6
◇「真珠夫人　下」　新潮社　2002.8　345p　16cm　（新潮文庫）　438円
①4-10-102804-4

「第二の接吻」
2115　四国新聞 2004年7月25日〜2004年11月1日　朝刊

◇「第二の接吻—ザ・セカンド・キス」　文春ネスコ　2002.10　277p　19cm
1400円　①4-89036-167-7

「貞操問答」

2114　四国新聞　2004年1月5日〜2004年7月23日　朝刊

　　◇「貞操問答」　文藝春秋　2002.10　439p　16cm　（文春文庫）　476円　①4–
　　16–741005–2

貴志 祐介　きし・ゆうすけ　1959〜
「擁壁の町」

0273　日本経済新聞社　2014年10月14日〜2015年12月28日　夕刊

喜多 由浩　きた・よしひろ　1964〜
「アキとカズ 遥かなる祖国」

0309　産経新聞　2014年4月1日〜2015年3月31日　朝刊

　　◇「アキとカズ―遥かなる祖国」　集広舎　2015.8　388p　19cm　1500円
　　①978–4–904213–30–8

北方 謙三　きたかた・けんぞう　1947〜
「黒龍の枢」

0184　毎日新聞　2001年1月1日〜2002年4月30日　朝刊

　　◇「黒龍の枢　上巻」　毎日新聞社　2002.9　406p　20cm　1700円　①4–620–
　　10660–7
　　◇「黒龍の枢　下巻」　毎日新聞社　2002.9　376p　20cm　1700円　①4–620–
　　10661–5
　　◇「黒龍の枢　上」　幻冬舎　2005.10　493p　15cm　（幻冬舎文庫）　686円
　　①4–344–40703–2
　　◇「黒龍の枢　下」　幻冬舎　2005.10　461p　16cm　（幻冬舎文庫）　648円
　　①4–344–40704–0

「絶海にあらず」

0339　北海道新聞　2003年11月1日〜2005年2月28日　朝刊
0930　東京新聞　2003年11月1日〜2005年2月28日　朝刊
1614　中日新聞　2003年11月1日〜2005年2月28日　朝刊
2159　愛媛新聞　2003年12月21日〜2005年4月17日　朝刊
2295　西日本新聞　2003年11月1日〜2005年2月28日　朝刊

　　◇「絶海にあらず　上」　中央公論新社　2005.6　405p　20cm　1800円　①4–
　　12–003649–9
　　◇「絶海にあらず　下」　中央公論新社　2005.6　378p　20cm　1800円　①4–
　　12–003650–2
　　◇「絶海にあらず　上」　中央公論新社　2008.6　464p　16cm　（中公文庫）
　　648円　①978–4–12–205034–1

きたかた　　　　　　　　作家別一覧

◇「絶海にあらず　下」　中央公論新社　2008.6　444p　16cm　（中公文庫）
648円　Ⓘ978-4-12-205035-8
◇「絶海にあらず　1」　埼玉福祉会　2011.5　423p　21cm　（大活字本シリー
ズ）　3300円　Ⓘ978-4-88419-698-1
◇「絶海にあらず　2」　埼玉福祉会　2011.5　411p　21cm　（大活字本シリー
ズ）　3300円　Ⓘ978-4-88419-699-8
◇「絶海にあらず　3」　埼玉福祉会　2011.5　418p　21cm　（大活字本シリー
ズ）　3300円　Ⓘ978-4-88419-700-1
◇「絶海にあらず　4」　埼玉福祉会　2011.5　384p　21cm　（大活字本シリー
ズ）　3300円　Ⓘ978-4-88419-701-8

「魂の沃野」

0144　読売新聞 2014年11月1日〜2016年1月16日　朝刊

◇「魂の沃野　上」　中央公論新社　2016.9　334p　20cm　1500円　Ⓘ978-4-
12-004888-3
◇「魂の沃野　下」　中央公論新社　2016.9　308p　20cm　1500円　Ⓘ978-4-
12-004889-0

「望郷の道」

0260　日本経済新聞社 2007年8月6日〜2008年9月29日　朝刊

◇「望郷の道　上」　幻冬舎　2009.3　377p　20cm　1600円　Ⓘ978-4-344-
01643-9
◇「望郷の道　下」　幻冬舎　2009.3　322p　20cm　1600円　Ⓘ978-4-344-
01644-6
◇「望郷の道　上」　幻冬舎　2013.5　427p　16cm　（幻冬舎文庫　き-1-9）
686円　Ⓘ978-4-344-42017-5
◇「望郷の道　下」　幻冬舎　2013.5　373p　16cm　（幻冬舎文庫　き-1-10）
648円　Ⓘ978-4-344-42018-2

「余燼」

0377　東奥日報 1992年12月21日〜1994年4月23日　夕刊

0444　岩手日報 1993年2月10日〜1994年6月23日　夕刊

0573　秋田魁新報 1992年5月20日〜1993年6月25日　夕刊

0639　山形新聞 1993年5月21日〜1994年9月24日　夕刊

0688　福島民報 1992年7月12日〜1993年8月28日　朝刊

0828　上毛新聞 1992年7月5日〜1993年8月22日　朝刊

1319　山梨日日新聞 1992年5月18日〜1993年7月4日　朝刊

1860　山陰中央新報 1993年2月27日〜1994年4月16日　朝刊

1904　山陽新聞 1992年7月30日〜1993年9月14日　朝刊

2139　愛媛新聞 1992年9月4日〜1993年10月17日　朝刊

2331　佐賀新聞 1992年6月22日〜1993年8月6日　朝刊

◇「余燼　上」　講談社　1996.5　366p　20cm　1700円　Ⓘ4-06-208121-0

作家別一覧　　　　　　　　　　　　　　　きたはら

◇「余燼　下」　講談社　1996.5　362p　20cm　1700円　Ⓝ4-06-208122-9
◇「余燼　上」　講談社　1999.9　448p　15cm　（講談社文庫）　667円　Ⓝ4-06-264700-1
◇「余燼　下」　講談社　1999.9　451p　15cm　（講談社文庫）　667円　Ⓝ4-06-264701-X
◇「余燼　上」　新装版　講談社　2010.12　492p　15cm　（講談社文庫　き15-29）　743円　Ⓝ978-4-06-276832-0
◇「余燼　下」　新装版　講談社　2010.12　493p　15cm　（講談社文庫　き15-30）　743円　Ⓝ978-4-06-276833-7

北原 亞以子　きたはら・あいこ　1938～2013

「木洩れ日の坂」
0183　毎日新聞　2000年8月29日～2001年9月29日　夕刊

「情歌」
0342　北海道新聞　2005年3月7日～2006年2月4日　夕刊
0933　東京新聞　2005年3月7日～2006年2月4日　夕刊
1617　中日新聞　2005年3月7日～2006年2月4日　夕刊
1725　神戸新聞　2005年3月16日～2006年2月15日　夕刊
2298　西日本新聞　2005年3月7日～2006年2月4日　夕刊

「青濤」
0586　秋田魁新報　1997年10月8日～1998年9月22日　夕刊
0694　福島民報　1997年12月18日～1998年12月12日　朝刊
0838　上毛新聞　1998年4月8日～1999年4月3日　朝刊
1106　北日本新聞　1998年1月9日～1999年3月15日　夕刊
1288　福井新聞　1998年2月18日～1999年2月12日　朝刊
1327　山梨日日新聞　1998年2月4日～1999年1月29日　朝刊
1402　信濃毎日新聞　1998年1月8日～1999年3月12日　夕刊
2057　徳島新聞　1997年11月5日～1998年10月24日　朝刊
2150　愛媛新聞　1997年10月16日～1998年10月7日　朝刊

「澪通りひともし頃」
0758　茨城新聞　1993年4月4日～1993年11月18日　朝刊
0831　上毛新聞　1993年8月23日～1994年4月7日　朝刊
1380　信濃毎日新聞　1993年10月8日～1994年7月11日　夕刊
1765　奈良新聞　1993年8月3日～1994年3月20日　朝刊
1957　中国新聞　1993年7月6日～1994年4月5日　夕刊
2047　徳島新聞　1993年9月14日～1994年6月17日　夕刊

◇「深川澪通り灯ともし頃」　講談社　1994.11　363p　20cm　1800円　Ⓝ4-06-207180-0

◇「深川澪通り燈ともし頃」 講談社 1997.9 466p 15cm （講談社文庫）
676円 Ⓘ4-06-263609-3

北村 薫　きたむら・かおる　1949〜
「ひとがた流し」
0041　朝日新聞 2005年8月20日〜2006年3月23日 夕刊

◇「ひとがた流し」 朝日新聞社 2006.7 315p 20cm 1600円 Ⓘ4-02-
250199-5
◇「ひとがた流し」 新潮社 2009.5 397p 16cm （新潮文庫 き-17-11）
552円 Ⓘ978-4-10-137331-7

北森 鴻　きたもり・こう　1961〜2010
「狐闇」
0460　岩手日報 2000年12月17日〜2001年8月29日 朝刊
1014　新潟日報 2001年2月13日〜2001年12月10日 夕刊
1485　岐阜新聞 2001年2月5日〜2001年12月4日 夕刊
1547　静岡新聞 2001年1月3日〜2001年9月15日 朝刊
2155　愛媛新聞 2000年10月25日〜2001年7月5日 朝刊
2624　大分合同新聞 2001年2月14日〜2001年10月24日 朝刊
2729　南日本新聞 2001年2月21日〜2001年12月19日 夕刊

◇「狐闇」 講談社 2002.5 418p 20cm 1900円 Ⓘ4-06-211250-7

木下 昌輝　きのした・まさき　1974〜
「秀吉の活」
0430　東奥日報 2016年6月5日〜2017年4月1日 朝刊
0681　山形新聞 2017年1月1日〜2017年10月27日 朝刊
0751　福島民友 2016年8月16日〜2017年6月13日 朝刊
1200　富山新聞 2016年6月7日〜2017年6月6日 朝刊
1272　北國新聞 2016年6月7日〜2017年6月5日 夕刊
1309　福井新聞 2016年5月16日〜2017年3月12日 朝刊
1351　山梨日日新聞 2016年11月1日〜2017年8月28日 朝刊
1454　信濃毎日新聞 2016年12月26日〜2017年5月2日 朝刊
1754　神戸新聞 2016年8月5日〜2017年8月4日 夕刊
1783　奈良新聞 2016年6月1日〜2017年4月9日 朝刊
1851　日本海新聞 2016年6月24日〜2017年4月20日 朝刊
1942　山陽新聞 2016年6月24日〜2017年4月20日 朝刊

2176	愛媛新聞 2016年9月15日～2017年7月11日 朝刊
2387	佐賀新聞 2016年12月23日～2017年10月19日 朝刊
2435	長崎新聞 2016年8月5日～2017年6月1日 朝刊
2699	宮崎日日新聞 2016年9月23日～2017年7月20日 朝刊
2781	南日本新聞 2016年11月28日～2017年9月26日 朝刊

◇「秀吉の活」 幻冬舎 2017.11 533p 20cm 1800円 ①978-4-344-03211-8

京極 夏彦 きょうごく・なつひこ 1963～
「数えずの井戸」

0478 岩手日報 2008年9月10日～2010年1月13日 夕刊

0848 上毛新聞 2008年2月6日～2009年3月3日 朝刊

1125 北日本新聞 2008年8月11日～2009年9月6日 朝刊

1500 岐阜新聞 2008年2月25日～2009年6月11日 夕刊

1677 京都新聞 2008年2月19日～2009年6月6日 夕刊

◇「数えずの井戸」 中央公論新社 2010.1 771p 20cm 2000円 ①978-4-12-004090-0

◇「数えずの井戸」 中央公論新社 2013.6 779p 18cm （C・NOVELS 73-8―BIBLIOTHEQUE） 1300円 ①978-4-12-501251-3

◇「数えずの井戸」 KADOKAWA 2014.8 731p 15cm （角川文庫 き26-13） 920円 ①978-4-04-101596-4

◇「数えずの井戸」 中央公論新社 2017.8 731p 16cm （中公文庫 き31-4） 920円 ①978-4-12-206440-9

桐野 作人 きりの・さくじん 1954～
「曙の獅子 薩南維新秘録」

2783 南日本新聞 2018年1月1日～連載中 朝刊

桐野 夏生 きりの・なつお 1951～
「だから荒野」

0213 毎日新聞 2012年1月1日～2012年9月15日 朝刊

◇「だから荒野」 毎日新聞社 2013.10 417p 20cm 1600円 ①978-4-620-10797-4

◇「だから荒野」 文藝春秋 2016.11 459p 16cm （文春文庫 き19-19） 780円 ①978-4-16-790724-2

「魂萌え！」

0191 毎日新聞 2004年1月5日～2004年12月28日 夕刊

くさかへ　　　　　　　　作家別一覧

◇「魂萌え！」　毎日新聞社　2005.4　477p　20cm　1700円　①4-620-10690-9
◇「魂萌え！　上巻」　新潮社　2006.12　335p　16cm　（新潮文庫）　552円
　　①4-10-130633-8
◇「魂萌え！　下巻」　新潮社　2006.12　292p　16cm　（新潮文庫）　514円
　　①4-10-130634-6

「とめどなく囁く」

0366　北海道新聞　2017年8月1日～連載中　朝刊

0957　東京新聞　2017年8月1日～連載中　朝刊

1641　中日新聞　2017年8月1日～連載中　朝刊

2093　徳島新聞　2017年8月5日～連載中　朝刊

2322　西日本新聞　2017年8月1日～連載中　朝刊

「メタボラ」

0042　朝日新聞　2005年11月28日～2006年12月21日　朝刊

◇「メタボラ　上」　朝日新聞出版　2010.7　350p　15cm　（朝日文庫　き17-
　　2）　580円　①978-4-02-264554-8
◇「メタボラ　下」　朝日新聞出版　2010.7　374p　15cm　（朝日文庫　き17-
　　3）　580円　①978-4-02-264555-5
◇「メタボラ」　文藝春秋　2011.8　684p　16cm　（文春文庫）　924円
　　①978-4-16-760214-7

「優しいおとな」

0131　読売新聞　2009年2月7日～2009年12月26日　土曜朝刊

◇「優しいおとな」　中央公論新社　2010.9　306p　20cm　1500円　①978-4-
　　12-004150-1
◇「優しいおとな」　中央公論新社　2013.8　371p　16cm　（中公文庫　き41-
　　1）　648円　①978-4-12-205827-9

【く】

久坂部 羊　くさかべ・よう　1955～

「神の手」

0416　東奥日報　2008年10月15日～2009年9月5日　夕刊

0741　福島民友　2009年4月24日～2010年1月18日　朝刊

1126　北日本新聞　2008年9月19日～2009年8月11日　夕刊

2419　長崎新聞　2008年10月8日～2009年7月4日　朝刊

◇「神の手　上」　日本放送出版協会　2010.5　359p　20cm　1800円　①978-
　　4-14-005583-0
◇「神の手　下」　日本放送出版協会　2010.5　351p　20cm　1800円　①978-

4-14-005584-7

◇「神の手　上」　幻冬舎　2012.5　446p　16cm　（幻冬舎文庫　く-7-5）
686円　Ⓘ978-4-344-41860-8

◇「神の手　下」　幻冬舎　2012.5　418p　16cm　（幻冬舎文庫　く-7-6）
686円　Ⓘ978-4-344-41861-5

久世 光彦　くぜ・てるひこ　1935～2006

「卑弥呼」

0094　読売新聞　1995年12月14日～1997年1月25日　夕刊

◇「卑弥呼」　読売新聞社　1997.5　492p　22cm　1800円　Ⓘ4-643-97080-4

◇「卑弥呼」　新潮社　2000.7　601p　16cm　（新潮文庫）　781円　Ⓘ4-10-145626-7

工藤 美代子　くどう・みよこ　1950～

「海続く果て 人間 山本五十六」

0699　福島民報　2002年12月1日～2003年11月25日　朝刊
1018　新潟日報　2003年1月15日～2004年1月9日　朝刊
1116　北日本新聞　2003年4月9日～2004年6月15日　夕刊

◇「海燃ゆ―山本五十六の生涯」　講談社　2004.6　510p　20cm　2300円
Ⓘ4-06-212339-8

◇「山本五十六の生涯」　幻冬舎　2011.11　590p　16cm　（幻冬舎文庫　く-15-1）　876円　Ⓘ978-4-344-41765-6

「カラコルムの風」

0286　産経新聞　1993年4月1日～1994年5月2日　夕刊

◇「カラコルムの風」　産経新聞ニュースサービス　1994.11　416p　20cm
1600円　Ⓘ4-594-01617-0

「恋雪譜 良寛と貞心尼」

0703　福島民報　2006年10月15日～2007年10月14日　朝刊
1052　新潟日報　2006年6月23日～2007年6月25日　朝刊
1296　福井新聞　2006年5月30日～2007年5月31日　朝刊

◇「良寛の恋―炎の女貞心尼」　講談社　2007.10　350p　20cm　1600円
Ⓘ978-4-06-269271-7

国枝 史郎　くにえだ・しろう　1888～1943

「剣侠」

1830　日本海新聞　2008年2月25日～2008年8月28日　朝刊

◇「国枝史郎伝奇全集　巻4」　未知谷　1993.5　684p　22cm　8240円　Ⓘ4-

915841-08-1

国木田 独歩　くにきだ・どっぽ　1871〜1908
「牛肉と馬鈴薯」
2560　熊本日日新聞 2008年3月11日〜2008年3月25日　夕刊

◇「牛肉と馬鈴薯・酒中日記」　改版　新潮社　2005.12　382p　16cm　514円
①978-4-10-103502-4

「武蔵野」
2559　熊本日日新聞 2008年2月26日〜2008年3月10日　夕刊

◇「武蔵野」　改版　新潮社　2012.5　344p　16cm　（新潮文庫　く-1-1）
520円　①978-4-10-103501-7

邦光 史郎　くにみつ・しろう　1922〜1996
「天地有情」
1645　京都新聞 1990年1月1日〜1994年11月30日　朝刊

熊谷 達也　くまがい・たつや　1958〜
「潮の音、空の色、海の詩」
0556　河北新報 2013年5月17日〜2014年4月8日　朝刊

0894　千葉日報 2013年10月16日〜2014年9月8日　朝刊

1511　岐阜新聞 2013年4月27日〜2014年5月31日　夕刊

2654　大分合同新聞 2013年9月9日〜2014年9月24日　夕刊

◇「潮の音、空の青、海の詩」　NHK出版　2015.7　460p　20cm　1900円
①978-4-14-005668-4

「相剋の森」
0519　河北新報 2001年11月21日〜2002年10月18日　朝刊

1016　新潟日報 2001年12月11日〜2003年1月21日　夕刊

1976　中国新聞 2002年8月17日〜2003年9月25日　夕刊

2065　徳島新聞 2001年12月1日〜2003年1月10日　夕刊

◇「相剋の森」　集英社　2003.10　360p　20cm　2100円　①4-08-774670-4
◇「相剋の森」　集英社　2006.11　544p　16cm　（集英社文庫）　800円　①4-08-746096-7

「ゆうとりあ」
0412　東奥日報 2007年4月2日〜2008年2月3日　朝刊

0529　河北新報 2007年5月1日〜2008年5月10日　夕刊

0668　山形新聞 2007年5月7日〜2008年5月13日　夕刊

作家別一覧　　くろい

0886　千葉日報　2007年2月3日～2007年12月8日　朝刊

1122　北日本新聞　2007年1月17日～2007年11月21日　朝刊

1497　岐阜新聞　2007年2月16日～2008年2月23日　夕刊

1827　日本海新聞　2006年12月28日～2007年11月1日　朝刊

2638　大分合同新聞　2007年4月20日～2008年2月21日　朝刊

2686　宮崎日日新聞　2007年8月15日～2008年6月18日　朝刊

　　◇「ゆうとりあ」　文藝春秋　2009.3　376p　20cm　1714円　①978-4-16-
　　　328030-1

　　◇「ゆうとりあ」　文藝春秋　2012.1　525p　16cm　（文春文庫　く29-3）
　　　838円　①978-4-16-772403-0

胡桃沢 耕史　くるみざわ・こうし　1925～1994

「翔んでる警視正 オリエント急行事件簿」

0640　山形新聞　1993年8月30日～1994年5月18日　朝刊

0723　福島民友　1993年8月22日～1994年5月10日　朝刊

1282　福井新聞　1993年10月8日～1994年3月27日　朝刊

1469　岐阜新聞　1993年11月12日～1994年7月31日　朝刊

2141　愛媛新聞　1993年12月1日～1994年8月17日　朝刊

2711　南日本新聞　1993年6月22日～1994年4月28日　夕刊

　　◇「最後の翔んでる警視正　平成篇 11　オリエント急行事件簿」　文芸春秋
　　　1994.12　358p　18cm　880円　①4-16-315250-4

　　◇「最後の翔んでる警視正　平成篇 11　オリエント急行事件簿」　文芸春秋
　　　1996.9　428p　16cm　（文春文庫）　520円　①4-16-740221-1

黒井 千次　くろい・せんじ　1932～

「捨てられない日」

0083　読売新聞　1991年5月16日～1991年12月17日　夕刊

　　◇「捨てられない日」　読売新聞社　1992.4　367p　20cm　1600円　①4-643-
　　　92027-0

「夢時計」

0325　北海道新聞　1996年7月16日～1997年7月5日　朝刊

0915　東京新聞　1996年7月16日～1997年7月5日　朝刊

1599　中日新聞　1996年7月16日～1997年7月5日　朝刊

2281　西日本新聞　1996年7月16日～1997年7月5日　朝刊

　　◇「夢時計　上」　講談社　1997.11　303p　20cm　1600円　①4-06-208965-3

　　◇「夢時計　下」　講談社　1997.11　295p　20cm　1600円　①4-06-208966-1

新聞連載小説総覧 平成期（1989～2017）　**259**

黒川 博行　くろかわ・ひろゆき　1949〜
「果鋭」
1848　日本海新聞 2015年7月14日〜2016年5月7日　朝刊

2175　愛媛新聞 2015年11月23日〜2016年9月14日　朝刊

2698　宮崎日日新聞 2015年11月30日〜2016年9月22日　朝刊

　　◇「果鋭」　幻冬舎　2017.3　450p　20cm　1800円　①978-4-344-03088-6

黒木 亮　くろき・りょう　1957〜
「法服の王国」
0306　産経新聞 2011年7月21日〜2012年9月30日　朝刊

　　◇「法服の王国―小説裁判官　上」　産経新聞出版　2013.7　419p　20cm
　　　1800円　①978-4-8191-1215-4

　　◇「法服の王国―小説裁判官　下」　産経新聞出版　2013.7　418, 15p　20cm
　　　1800円　①978-4-8191-1216-1

　　◇「法服の王国―小説裁判官　上」　岩波書店　2016.1　500p　15cm　（岩波現
　　　代文庫―文芸　273）　1100円　①978-4-00-602273-0

　　◇「法服の王国―小説裁判官　下」　岩波書店　2016.1　511, 18p　15cm　（岩
　　　波現代文庫―文芸　274）　1100円　①978-4-00-602274-7

軍司 貞則　ぐんじ・さだのり　1948〜
「湘南七里ケ浜物語―日周変動」
0980　神奈川新聞 2008年4月2日〜2009年8月31日　朝刊

【 こ 】

小嵐 九八郎　こあらし・くはちろう　1944〜
「みどりの光芒」
1284　福井新聞 1995年2月8日〜1995年10月23日　朝刊

2050　徳島新聞 1995年2月6日〜1995年10月17日　朝刊

2144　愛媛新聞 1995年5月11日〜1996年1月20日　朝刊

2339　佐賀新聞 1995年8月17日〜1996年4月30日　朝刊

2401　長崎新聞 1995年5月16日〜1996年1月28日　朝刊

2610　大分合同新聞 1994年12月1日〜1995年8月11日　朝刊

　　◇「みどりの光芒」　文芸春秋　1996.5　405p　20cm　2000円　①4-16-
　　　316250-X

作家別一覧　　　　こいずみ

小池 一夫　こいけ・かずお　1936〜
「夢源氏剣祭文」
0162　毎日新聞 1993年11月7日〜1994年11月20日 日曜版

◇「夢源氏剣祭文　上」　小池一夫作, 森田曠平画　毎日新聞社　1995.3　176p
22cm　1800円　①4–620–10523–6
◇「夢源氏剣祭文　下」　小池一夫作, 森田曠平画　毎日新聞社　1995.3　253p
22cm　1800円　①4–620–10524–4
◇「夢源氏剣祭文」　毎日新聞出版　2016.2　331p　18cm　（μNOVEL）
1200円　①978–4–620–21009–4

小池 真理子　こいけ・まりこ　1952〜
「無花果の森」
0265　日本経済新聞社 2009年11月9日〜2010年12月14日 夕刊

◇「無花果の森」　日本経済新聞出版社　2011.6　485p　20cm　1800円
①978–4–532–17105–6
◇「無花果の森」　新潮社　2014.5　575p　16cm　（新潮文庫　こ–25–16）
790円　①978–4–10–144027–9
◇「無花果の森　上」　埼玉福祉会　2015.12　342p　21cm　（大活字本シリー
ズ）　3100円　①978–4–86596–048–8
◇「無花果の森　中」　埼玉福祉会　2015.12　366p　21cm　（大活字本シリー
ズ）　3200円　①978–4–86596–049–5
◇「無花果の森　下」　埼玉福祉会　2015.12　339p　21cm　（大活字本シリー
ズ）　3100円　①978–4–86596–050–1

「ストロベリー・フィールズ」
0127　読売新聞 2007年11月13日〜2008年12月31日 朝刊

◇「ストロベリー・フィールズ」　中央公論新社　2009.3　501p　20cm　1800
円　①978–4–12–004019–1
◇「ストロベリー・フィールズ」　中央公論新社　2012.3　655p　16cm　（中公
文庫　こ24–8）　819円　①978–4–12–205613–8

「虹の彼方」
0193　毎日新聞 2004年11月26日〜2005年12月13日 朝刊

◇「虹の彼方」　毎日新聞社　2006.4　521p　20cm　1800円　①4–620–10701–8
◇「虹の彼方」　集英社　2008.7　676p　16cm　（集英社文庫）　857円
①978–4–08–746314–9

小泉 武夫　こいずみ・たけお　1943〜
「夕焼け小焼けで陽が昇る」
0706　福島民報 2009年4月28日〜2011年2月26日 朝刊

◇「夕焼け小焼けで陽が昇る」 講談社 2013.3 393p 15cm （講談社文庫 こ68-4） 695円 ⓘ978-4-06-277485-7

小泉 八雲 こいずみ・やくも 1850～1904

「青柳の話」

2477 熊本日日新聞 2004年3月6日～2004年3月13日 夕刊

◇「怪談・奇談」 小泉八雲著, 平川祐弘編 講談社 1990.6 467p 15cm （講談社学術文庫） 1100円 ⓘ4-06-158930-X
◇「骨董・怪談」 小泉八雲著, 平川祐弘訳 河出書房新社 2014.6 397p 20cm （個人完訳小泉八雲コレクション） 2200円 ⓘ978-4-309-02299-4

「安藝之介の夢」

2482 熊本日日新聞 2004年4月3日～2004年4月7日 夕刊

◇「怪談・奇談」 小泉八雲著, 平川祐弘編 講談社 1990.6 467p 15cm （講談社学術文庫） 1100円 ⓘ4-06-158930-X
◇「骨董・怪談」 小泉八雲著, 平川祐弘訳 河出書房新社 2014.6 397p 20cm （個人完訳小泉八雲コレクション） 2200円 ⓘ978-4-309-02299-4

「生霊」

2496 熊本日日新聞 2004年5月26日～·2004年5月27日 夕刊

◇「怪談・奇談」 小泉八雲著, 平川祐弘編 講談社 1990.6 467p 15cm （講談社学術文庫） 1100円 ⓘ4-06-158930-X
◇「骨董・怪談」 小泉八雲著, 平川祐弘訳 河出書房新社 2014.6 397p 20cm （個人完訳小泉八雲コレクション） 2200円 ⓘ978-4-309-02299-4

「因果話」

2483 熊本日日新聞 2004年4月8日～2004年4月10日 夕刊

◇「怪談・奇談」 小泉八雲著, 平川祐弘編 講談社 1990.6 467p 15cm （講談社学術文庫） 1100円 ⓘ4-06-158930-X

「乳母桜」

2471 熊本日日新聞 2004年2月18日 夕刊

◇「怪談・奇談」 小泉八雲著, 平川祐弘編 講談社 1990.6 467p 15cm （講談社学術文庫） 1100円 ⓘ4-06-158930-X
◇「骨董・怪談」 小泉八雲著, 平川祐弘訳 河出書房新社 2014.6 397p 20cm （個人完訳小泉八雲コレクション） 2200円 ⓘ978-4-309-02299-4

「梅津忠兵衛」

2491 熊本日日新聞 2004年5月13日～2004年5月14日 夕刊

◇「怪談・奇談」 小泉八雲著, 平川祐弘編 講談社 1990.6 467p 15cm （講談社学術文庫） 1100円 ⓘ4-06-158930-X

「閻魔の庁で」

2489　熊本日日新聞　2004年4月27日〜2004年4月28日　夕刊

◇「怪談・奇談」　小泉八雲著, 平川祐弘編　講談社　1990.6　467p　15cm
（講談社学術文庫）　1100円　Ⓘ4-06-158930-X

「お亀の話」

2503　熊本日日新聞　2004年6月17日〜2004年6月19日　夕刊

◇「怪談・奇談」　小泉八雲著, 平川祐弘編　講談社　1990.6　467p　15cm
（講談社学術文庫）　1100円　Ⓘ4-06-158930-X

◇「骨董・怪談」　小泉八雲著, 平川祐弘訳　河出書房新社　2014.6　397p
20cm　（個人完訳小泉八雲コレクション）　2200円　Ⓘ978-4-309-02299-4

「おしどり」

2470　熊本日日新聞　2004年2月17日　夕刊

◇「怪談・奇談」　小泉八雲著, 平川祐弘編　講談社　1990.6　467p　15cm
（講談社学術文庫）　1100円　Ⓘ4-06-158930-X

◇「骨董・怪談」　小泉八雲著, 平川祐弘訳　河出書房新社　2014.6　397p
20cm　（個人完訳小泉八雲コレクション）　2200円　Ⓘ978-4-309-02299-4

「お貞の話」

2479　熊本日日新聞　2004年3月25日〜2004年3月29日　夕刊

◇「怪談・奇談」　小泉八雲著, 平川祐弘編　講談社　1990.6　467p　15cm
（講談社学術文庫）　1100円　Ⓘ4-06-158930-X

◇「骨董・怪談」　小泉八雲著, 平川祐弘訳　河出書房新社　2014.6　397p
20cm　（個人完訳小泉八雲コレクション）　2200円　Ⓘ978-4-309-02299-4

「鏡と鐘と」

2472　熊本日日新聞　2004年2月19日〜2004年2月23日　夕刊

◇「怪談・奇談」　小泉八雲著, 平川祐弘編　講談社　1990.6　467p　15cm
（講談社学術文庫）　1100円　Ⓘ4-06-158930-X

◇「骨董・怪談」　小泉八雲著, 平川祐弘訳　河出書房新社　2014.6　397p
20cm　（個人完訳小泉八雲コレクション）　2200円　Ⓘ978-4-309-02299-4

「鏡の少女」

2499　熊本日日新聞　2004年6月4日〜2004年6月7日　夕刊

◇「怪談・奇談」　小泉八雲著, 平川祐弘編　講談社　1990.6　467p　15cm
（講談社学術文庫）　1100円　Ⓘ4-06-158930-X

「果心居士の話」

2490　熊本日日新聞　2004年4月30日〜2004年5月12日　夕刊

◇「怪談・奇談」　小泉八雲著, 平川祐弘編　講談社　1990.6　467p　15cm
（講談社学術文庫）　1100円　Ⓘ4-06-158930-X

こいずみ 　　　　　　　　　　作家別一覧

「菊花の約」

2502　熊本日日新聞 2004年6月12日〜2004年6月16日　夕刊

◇「怪談・奇談」　小泉八雲著, 平川祐弘編　講談社　1990.6　467p　15cm
（講談社学術文庫）　1100円　①4-06-158930-X

「草ひばり」

2505　熊本日日新聞 2004年7月8日〜2004年7月7日　夕刊

◇「骨董・怪談」　小泉八雲著, 平川祐弘訳　河出書房新社　2014.6　397p
20cm　（個人完訳小泉八雲コレクション）　2200円　①978-4-309-02299-4

「策略」

2480　熊本日日新聞 2004年3月30日〜2004年3月31日　夕刊

◇「骨董・怪談」　小泉八雲著, 平川祐弘訳　河出書房新社　2014.6　397p
20cm　（個人完訳小泉八雲コレクション）　2200円　①978-4-309-02299-4

「死骸にまたがった男」

2487　熊本日日新聞 2004年4月20日〜2004年4月21日　夕刊

◇「怪談・奇談」　小泉八雲著, 平川祐弘編　講談社　1990.6　467p　15cm
（講談社学術文庫）　1100円　①4-06-158930-X

「十六桜」

2476　熊本日日新聞 2004年3月5日　夕刊

◇「怪談・奇談」　小泉八雲著, 平川祐弘編　講談社　1990.6　467p　15cm
（講談社学術文庫）　1100円　①4-06-158930-X
◇「骨董・怪談」　小泉八雲著, 平川祐弘訳　河出書房新社　2014.6　397p
20cm　（個人完訳小泉八雲コレクション）　2200円　①978-4-309-02299-4

「常識」

2495　熊本日日新聞 2004年5月24日〜2004年5月25日　夕刊

◇「怪談・奇談」　小泉八雲著, 平川祐弘編　講談社　1990.6　467p　15cm
（講談社学術文庫）　1100円　①4-06-158930-X
◇「骨董・怪談」　小泉八雲著, 平川祐弘訳　河出書房新社　2014.6　397p
20cm　（個人完訳小泉八雲コレクション）　2200円　①978-4-309-02299-4

「食人鬼」

2473　熊本日日新聞 2004年2月24日〜2004年2月27日　夕刊

◇「怪談・奇談」　小泉八雲著, 平川祐弘編　講談社　1990.6　467p　15cm
（講談社学術文庫）　1100円　①4-06-158930-X
◇「骨董・怪談」　小泉八雲著, 平川祐弘訳　河出書房新社　2014.6　397p
20cm　（個人完訳小泉八雲コレクション）　2200円　①978-4-309-02299-4

「宿世の恋」

2504　熊本日日新聞 2004年6月21日〜2004年7月7日　夕刊

◇「怪談・奇談」　小泉八雲著, 平川祐弘編　講談社　1990.6　467p　15cm

（講談社学術文庫）　1100円　Ⓘ4-06-158930-X

「茶碗の中」

2494　熊本日日新聞 2004年5月21日〜2004年5月22日　夕刊

◇「怪談・奇談」　小泉八雲著, 平川祐弘編　講談社　1990.6　467p　15cm
（講談社学術文庫）　1100円　Ⓘ4-06-158930-X
◇「骨董・怪談」　小泉八雲著, 平川祐弘訳　河出書房新社　2014.6　397p
20cm　（個人完訳小泉八雲コレクション）　2200円　Ⓘ978-4-309-02299-4

「忠五郎の話」

2498　熊本日日新聞 2004年5月31日〜2004年6月3日　夕刊

◇「怪談・奇談」　小泉八雲著, 平川祐弘編　講談社　1990.6　467p　15cm
（講談社学術文庫）　1100円　Ⓘ4-06-158930-X
◇「骨董・怪談」　小泉八雲著, 平川祐弘訳　河出書房新社　2014.6　397p
20cm　（個人完訳小泉八雲コレクション）　2200円　Ⓘ978-4-309-02299-4

「停車場にて」

2507　熊本日日新聞 2004年7月16日〜2004年7月20日　夕刊

◇「日本の心」　小泉八雲著, 平川祐弘編　講談社　1990.8　397p　15cm　（講
談社学術文庫）　1000円　Ⓘ4-06-158938-5

「天狗の話」

2484　熊本日日新聞 2004年4月12日〜2004年4月14日　夕刊

◇「怪談・奇談」　小泉八雲著, 平川祐弘編　講談社　1990.6　467p　15cm
（講談社学術文庫）　1100円　Ⓘ4-06-158930-X

「夏の日の夢」

2509　熊本日日新聞 2004年7月24日〜2004年8月2日　夕刊

◇「日本の心」　小泉八雲著, 平川祐弘編　講談社　1990.8　397p　15cm　（講
談社学術文庫）　1000円　Ⓘ4-06-158938-5

「人形の墓」

2508　熊本日日新聞 2004年7月21日〜2004年7月23日　夕刊

◇「日本の心」　小泉八雲著, 平川祐弘編　講談社　1990.8　397p　15cm　（講
談社学術文庫）　1000円　Ⓘ4-06-158938-5

「蝿の話」

2497　熊本日日新聞 2004年5月28日〜2004年5月29日　夕刊

◇「怪談・奇談」　小泉八雲著, 平川祐弘編　講談社　1990.6　467p　15cm
（講談社学術文庫）　1100円　Ⓘ4-06-158930-X

「橋の上」

2506　熊本日日新聞 2004年7月13日〜2004年7月15日　夕刊

「破片」

2500　熊本日日新聞 2004年6月8日〜2004年6月9日　夕刊

こいずみ 作家別一覧

◇「怪談・奇談」 小泉八雲著, 平川祐弘編 講談社 1990.6 467p 15cm
（講談社学術文庫） 1100円 Ⓘ4-06-158930-X

「普賢菩薩の伝説」

2486 熊本日日新聞 2004年4月19日 夕刊

◇「怪談・奇談」 小泉八雲著, 平川祐弘編 講談社 1990.6 467p 15cm
（講談社学術文庫） 1100円 Ⓘ4-06-158930-X

「振袖」

2501 熊本日日新聞 2004年6月10日〜2004年6月11日 夕刊

◇「怪談・奇談」 小泉八雲著, 平川祐弘編 講談社 1990.6 467p 15cm
（講談社学術文庫） 1100円 Ⓘ4-06-158930-X

「葬られた秘密」

2481 熊本日日新聞 2004年4月1日〜2004年4月2日 夕刊

◇「怪談・奇談」 小泉八雲著, 平川祐弘編 講談社 1990.6 467p 15cm
（講談社学術文庫） 1100円 Ⓘ4-06-158930-X

◇「骨董・怪談」 小泉八雲著, 平川祐弘訳 河出書房新社 2014.6 397p
20cm （個人完訳小泉八雲コレクション） 2200円 Ⓘ978-4-309-02299-4

「耳なし芳一」

2469 熊本日日新聞 2004年2月7日〜2004年2月16日 夕刊

◇「怪談・奇談」 小泉八雲著, 平川祐弘編 講談社 1990.6 467p 15cm
（講談社学術文庫） 1100円 Ⓘ4-06-158930-X

◇「骨董・怪談」 小泉八雲著, 平川祐弘訳 河出書房新社 2014.6 397p
20cm （個人完訳小泉八雲コレクション） 2200円 Ⓘ978-4-309-02299-4

「夢応の鯉魚」

2492 熊本日日新聞 2004年5月15日〜2004年5月18日 夕刊

◇「怪談・奇談」 小泉八雲著, 平川祐弘編 講談社 1990.6 467p 15cm
（講談社学術文庫） 1100円 Ⓘ4-06-158930-X

「むじな」

2474 熊本日日新聞 2004年2月28日〜2004年3月1日 夕刊

◇「怪談・奇談」 小泉八雲著, 平川祐弘編 講談社 1990.6 467p 15cm
（講談社学術文庫） 1100円 Ⓘ4-06-158930-X

「破られた約束」

2488 熊本日日新聞 2004年4月22日〜2004年4月26日 夕刊

◇「怪談・奇談」 小泉八雲著, 平川祐弘編 講談社 1990.6 467p 15cm
（講談社学術文庫） 1100円 Ⓘ4-06-158930-X

「幽霊滝の伝説」

2493 熊本日日新聞 2004年5月19日〜2004年5月20日 夕刊

◇「怪談・奇談」 小泉八雲著, 平川祐弘編 講談社 1990.6 467p 15cm

（講談社学術文庫）　1100円　Ⓘ4–06–158930–X

◇　「骨董・怪談」　小泉八雲著, 平川祐弘訳　河出書房新社　2014.6　397p
　　20cm　（個人完訳小泉八雲コレクション）　2200円　Ⓘ978–4–309–02299–4

「雪女」

2475　熊本日日新聞　2004年3月2日〜2004年3月4日　夕刊

◇　「怪談・奇談」　小泉八雲著, 平川祐弘編　講談社　1990.6　467p　15cm
　　（講談社学術文庫）　1100円　Ⓘ4–06–158930–X

◇　「骨董・怪談」　小泉八雲著, 平川祐弘訳　河出書房新社　2014.6　397p
　　20cm　（個人完訳小泉八雲コレクション）　2200円　Ⓘ978–4–309–02299–4

「ろくろ首」

2478　熊本日日新聞　2004年3月16日〜2004年3月24日　夕刊

◇　「怪談・奇談」　小泉八雲著, 平川祐弘編　講談社　1990.6　467p　15cm
　　（講談社学術文庫）　1100円　Ⓘ4–06–158930–X

「和解」

2485　熊本日日新聞　2004年4月15日〜2004年4月17日　夕刊

◇　「怪談・奇談」　小泉八雲著, 平川祐弘編　講談社　1990.6　467p　15cm
　　（講談社学術文庫）　1100円　Ⓘ4–06–158930–X

神坂 次郎　こうさか・じろう　1927〜

「海の稲妻」

0244　日本経済新聞社　1996年10月10日〜1997年11月30日　朝刊

◇　「海の稲妻　上（十郎太の巻）」　日本経済新聞社　1998.2　303p　20cm
　　1600円　Ⓘ4–532–17052–4

◇　「海の稲妻　下（助左衛門の巻）」　日本経済新聞社　1998.2　282p　20cm
　　1600円　Ⓘ4–532–17053–2

◇　「海の稲妻―根来・種子島衆がゆく　上」　講談社　2001.6　378p　15cm
　　（講談社文庫）　695円　Ⓘ4–06–273174–6

◇　「海の稲妻―根来・種子島衆がゆく　下」　講談社　2001.6　362p　15cm
　　（講談社文庫）　695円　Ⓘ4–06–273175–4

幸田 真音　こうだ・まいん　1951〜

「藍色のベンチャー」

1665　京都新聞　2002年7月3日〜2003年7月22日　朝刊

◇　「藍色のベンチャー　上巻」　新潮社　2003.10　345p　20cm　1600円　Ⓘ4–
　　10–463301–1

◇　「藍色のベンチャー　下巻」　新潮社　2003.10　334p　20cm　1600円　Ⓘ4–
　　10–463302–X

◇　「あきんど―絹屋半兵衛　上巻」　新潮社　2006.4　497p　16cm　（新潮文

庫）　667円　①4–10–121724–6

◇「あきんど―絹屋半兵衛　下巻」　新潮社　2006.4　496p　16cm　（新潮文庫）　667円　①4–10–121725–4

「この日のために」

1196　富山新聞　2014年6月17日～2015年9月3日　朝刊

1268　北國新聞　2014年6月16日～2015年9月2日　夕刊

1307　福井新聞　2014年7月8日～2015年7月10日　朝刊

1515　岐阜新聞　2014年7月8日～2015年7月11日　朝刊

1575　静岡新聞　2014年9月18日～2016年3月16日　夕刊

1684　京都新聞　2014年7月8日～2015年7月10日　朝刊

2030　中国新聞　2014年7月8日～2015年7月10日　朝刊

◇「この日のために―池田勇人・東京五輪への軌跡　上」　KADOKAWA　2016.4　270p　20cm　1600円　①978–4–04–102340–2

◇「この日のために―池田勇人・東京五輪への軌跡　下」　KADOKAWA　2016.4　271p　20cm　1600円　①978–4–04–103633–4

「天佑なり」

0355　北海道新聞　2011年11月7日～2012年12月31日　朝刊

0555　河北新報　2012年3月23日～2013年5月16日　朝刊

0946　東京新聞　2011年11月7日～2012年12月31日　朝刊

1630　中日新聞　2011年11月7日～2012年12月31日　朝刊

1739　神戸新聞　2011年11月7日～2012年12月31日　朝刊

2078　徳島新聞　2011年11月7日～2012年12月31日　朝刊

2311　西日本新聞　2011年11月7日～2012年12月31日　朝刊

◇「天佑なり―高橋是清・百年前の日本国債　上」　角川書店　2013.6　313p　20cm　1600円　①978–4–04–110474–3

◇「天佑なり―高橋是清・百年前の日本国債　下」　角川書店　2013.6　317p　20cm　1600円　①978–4–04–110475–0

◇「天佑なり―高橋是清・百年前の日本国債　上」　KADOKAWA　2015.7　414p　15cm　（角川文庫　こ24–6）　640円　①978–4–04–103171–1

◇「天佑なり―高橋是清・百年前の日本国債　下」　KADOKAWA　2015.7　427p　15cm　（角川文庫　こ24–7）　640円　①978–4–04–103172–8

「舶来屋」

0302　産経新聞　2008年5月1日～2008年12月31日　朝刊

◇「舶来屋」　新潮社　2009.7　409p　20cm　1900円　①978–4–10–463305–0

◇「舶来屋」　新潮社　2012.2　584p　16cm　（新潮文庫　こ–29–9）　750円　①978–4–10–121729–1

作家別一覧　　　　　　　　　　　　　こうた

幸田 露伴　　こうだ・ろはん　1867〜1947

「観画談」

1040　新潟日報 2004年12月4日〜2004年12月18日　火曜〜土曜朝刊

2007　中国新聞 2004年9月16日〜2004年10月1日　朝刊

2242　高知新聞 2004年11月12日〜2004年11月25日　夕刊

◇「幸田露伴―1867–1947」　筑摩書房　2008.9　477p　15cm　（ちくま日本文学 23）　880円　①978–4–480–42523–2

◇「幸田露伴集―怪談」　幸田露伴著, 東雅夫編　筑摩書房　2010.8　396p　15cm　（ちくま文庫　ふ36–15―文豪怪談傑作選）　880円　①978–4–480–42760–1

◇「幻妖の水脈（みお）」　東雅夫編, 夏目漱石 ほか著　筑摩書房　2013.9　602, 4p　15cm　（ちくま文庫　ひ21–5―日本幻想文学大全）　1300円　①978–4–480–43111–0

◇「山の怪異譚」　山の怪と民俗研究会編　河出書房新社　2017.11　188p　19cm　1200円　①978–4–309–22715–3

「幻談」

0549　河北新報 2010年8月5日〜2010年8月18日　夕刊

1038　新潟日報 2004年11月18日〜2004年12月3日　火曜〜土曜朝刊

2005　中国新聞 2004年8月31日〜2004年9月15日　朝刊

2241　高知新聞 2004年10月28日〜2004年11月11日　夕刊

◇「幸田露伴―1867–1947」　筑摩書房　2008.9　477p　15cm　（ちくま日本文学 23）　880円　①978–4–480–42523–2

◇「幸田露伴集―怪談」　幸田露伴著, 東雅夫編　筑摩書房　2010.8　396p　15cm　（ちくま文庫　ふ36–15―文豪怪談傑作選）　880円　①978–4–480–42760–1

◇「釣」　井伏鱒二, 幸田露伴, 上林暁著　ポプラ社　2010.10　167p　19cm　（百年文庫　12）　750円　①978–4–591–11894–8

◇「ちくま文学の森　10　とっておきの話」　安野光雅, 森毅, 井上ひさし, 池内紀編　筑摩書房　2011.5　537p　15cm　1200円　①978–4–480–42740–3

◇「日本文学100年の名作　第3巻」　池内紀, 川本三郎, 松田哲夫編　新潮社　2014.11　514p　16cm　（新潮文庫　し–23–3）　750円　①978–4–10–127434–8

「蘆声」

1041　新潟日報 2004年12月21日〜2004年12月30日　火曜〜土曜朝刊

2243　高知新聞 2004年11月26日〜2004年12月4日　夕刊

◇「安楽椅子の釣り師」　湯川豊編　みすず書房　2012.5　218p　20cm　（大人の本棚）　2600円　①978–4–622–08098–5

新聞連載小説総覧 平成期（1989〜2017）　**269**

小島 信夫　こじま・のぶお　1915〜2006

「麗しき日日」

0095　読売新聞 1996年9月11日〜1997年4月9日　朝刊

◇「うるわしき日々」　読売新聞社　1997.10　330p　22cm　1900円　Ⓝ4–643–97098–7

◇「うるわしき日々」　講談社　2001.2　409p　16cm　（講談社文芸文庫）1500円　Ⓝ4–06–198246–X

◇「小島信夫長篇集成　9　静温な日々/うるわしき日々」　小島信夫著, 千石英世, 中村邦生編集委員　水声社　2016.8　453p　22cm　6000円　Ⓝ978–4–8010–0119–0

小杉 健治　こすぎ・けんじ　1947〜

「華麗なる対決」

0756　茨城新聞 1992年1月1日〜1992年8月23日　朝刊

1279　福井新聞 1991年8月17日〜1992年4月7日　朝刊

1902　山陽新聞 1991年9月10日〜1992年6月22日　夕刊

2043　徳島新聞 1992年3月3日〜1992年12月4日　夕刊

2669　宮崎日日新聞 1992年2月6日〜1992年9月26日　朝刊

小鶴　こづる　1977〜

「カンガルーマーチ」

0553　河北新報 2011年1月4日〜2011年9月29日　夕刊

◇「カンガルーのマーチ」　講談社　2012.6　429p　15cm　（講談社文庫　こ79–1）　724円　Ⓝ978–4–06–277270–9

小浜 清志　こはま・きよし　1950〜

「早春賦」

2792　琉球新報 1993年10月4日〜1994年10月1日　朝刊

小林 久三　こばやし・きゅうぞう　1935〜2006

「風と雲の伝説 異聞太閤記」

1786　日本海新聞 1989年11月23日〜1990年6月28日　朝刊

2393　長崎新聞 1990年6月4日〜1991年2月21日　夕刊

2666　宮崎日日新聞 1990年4月16日〜1990年11月17日　朝刊

◇「風と雲の伝説―私説太閤記」　光風社出版　1991.5　402p　19cm　1350円　Ⓝ4–87519–183–9

◇「私説太閤記―風と雲の伝説」　光風社出版　1995.12　430p　16cm　（光風

作家別一覧　　　　こまつ

社文庫）　600円　①4-87519-931-7

「父と子の荒野」

0379　東奥日報　1993年6月5日〜1994年3月13日　朝刊

0689　福島民報　1993年8月29日〜1994年6月6日　朝刊

0759　茨城新聞　1993年11月19日〜1994年8月27日　朝刊

0830　上毛新聞　1993年6月20日〜1994年3月28日　朝刊

1000　新潟日報　1994年1月4日〜1994年11月30日　夕刊

1144　富山新聞　1993年11月5日〜1994年10月7日　朝刊

1216　北國新聞　1993年11月4日〜1994年10月6日　夕刊

2101　四国新聞　1993年8月19日〜1994年5月25日　朝刊

2710　南日本新聞　1993年5月24日〜1994年2月28日　朝刊

◇「父と子の荒野」　集英社　1995.2　317p　20cm　1500円　①4-08-774119-2

小林 恭二　こばやし・きょうじ　1957〜

「宇田川心中」

0111　読売新聞　2002年11月9日〜2003年8月23日　夕刊

◇「宇田川心中」　中央公論新社　2004.3　449p　20cm　1900円　①4-12-003509-3

◇「宇田川心中」　中央公論新社　2007.3　501p　16cm　（中公文庫）　952円　①978-4-12-204828-7

小林 信彦　こばやし・のぶひこ　1932〜

「イーストサイド・ワルツ」

0160　毎日新聞　1993年4月27日〜1993年10月3日　朝刊

◇「イーストサイド・ワルツ」　毎日新聞社　1994.3　325p　20cm　1300円　①4-620-10498-1

◇「イーストサイド・ワルツ」　新潮社　1995.11　336p　15cm　（新潮文庫）　560円　①4-10-115829-0

小松 重男　こまつ・しげお　1931〜2017

「聖将上杉謙信」

1003　新潟日報　1995年7月4日〜1996年3月17日　朝刊

1100　北日本新聞　1995年5月20日〜1996年2月1日　朝刊

◇「聖将上杉謙信」　毎日新聞社　1997.1　373p　20cm　1900円　①4-620-10560-0

◇「迷走大将上杉謙信」　小学館　1999.10　471p　15cm　（小学館文庫）　733円　①4-09-403641-5

新聞連載小説総覧 平成期（1989〜2017）　**271**

今野 敏 こんの・びん 1955～

「化合―警視庁科学特捜班序章」

0890 千葉日報 2010年1月30日～2010年9月11日 朝刊

1341 山梨日日新聞 2010年5月9日～2010年12月20日 朝刊

2372 佐賀新聞 2009年11月2日～2010年6月16日 朝刊

◇「化合」 講談社 2011.7 338p 20cm 1600円 ①978-4-06-216982-0

◇「化合―ST序章」 講談社 2013.2 261p 18cm （講談社ノベルス コC-27） 940円 ①978-4-06-182859-9

◇「ST化合エピソード0」 講談社 2014.6 407p 15cm （講談社文庫 こ25-42―警視庁科学特捜班） 700円 ①978-4-06-277798-8

「カットバック」

0227 毎日新聞 2017年1月4日～2017年10月31日 夕刊

「精鋭」

0059 朝日新聞 2014年1月4日～2014年9月30日 夕刊

◇「精鋭」 朝日新聞出版 2015.2 315p 20cm 1600円 ①978-4-02-251257-4

「チャンミーグヮー」

2810 琉球新報 2013年2月5日～2013年9月30日 朝刊

◇「チャンミーグヮー」 集英社 2014.9 347p 20cm 1600円 ①978-4-08-771574-3

「武士猿（ブサーザールー）」

2803 琉球新報 2008年1月7日～2008年10月17日 夕刊

◇「武士猿（ブサーザールー）」 集英社 2009.5 322p 20cm 1600円 ①978-4-08-771297-1

◇「武士猿（ブサーザールー）」 集英社 2012.5 405p 16cm （集英社文庫 こ28-11） 714円 ①978-4-08-746834-2

「武士マチムラ」

2816 琉球新報 2016年8月2日～2017年3月18日 朝刊

◇「武士マチムラ」 集英社 2017.9 345p 20cm 1600円 ①978-4-08-771121-9

「ペトロ」

0136 読売新聞 2011年4月11日～2011年12月28日 夕刊

◇「ペトロ」 中央公論新社 2012.4 351p 20cm 1600円 ①978-4-12-004368-0

◇「ペトロ」 中央公論新社 2015.1 397p 16cm （中公文庫 こ40-21） 680円 ①978-4-12-206061-6

【 さ 】

斎藤 純　さいとう・じゅん　1957〜
　「銀輪の覇者」
　　0461　岩手日報 2001年1月4日〜2002年3月19日　夕刊

　　◇「銀輪の覇者」　早川書房　2004.6　435p　20cm　（ハヤカワ・ミステリワールド）　2000円　①4-15-208562-2
　　◇「銀輪の覇者　上」　早川書房　2007.8　346p　16cm　（ハヤカワ文庫　JA）　760円　①978-4-15-030899-5
　　◇「銀輪の覇者　下」　早川書房　2007.8　395p　16cm　（ハヤカワ文庫　JA）　760円　①978-4-15-030900-8

佐江 衆一　さえ・しゅういち　1934〜
　「神州魔風伝」
　　0637　山形新聞 1992年7月30日〜1993年5月20日　夕刊
　　0793　下野新聞 1992年10月30日〜1993年6月30日　朝刊
　　1794　日本海新聞 1992年11月14日〜1993年7月15日　朝刊

　　◇「神州魔風伝」　講談社　1994.2　328p　20cm　1700円　①4-06-206899-0
　　◇「神州魔風伝」　講談社　1997.1　567p　15cm　（講談社文庫）　800円　①4-06-263434-1

佐伯 一麦　さえき・かずみ　1959〜
　「空にみずうみ」
　　0143　読売新聞 2014年6月23日〜2015年5月26日　夕刊

　　◇「空にみずうみ」　中央公論新社　2015.9　398p　20cm　2200円　①978-4-12-004763-3
　「鉄塔家族」
　　0253　日本経済新聞社 2002年7月29日〜2003年11月15日　夕刊

　　◇「鉄塔家族」　日本経済新聞社　2004.6　548p　22cm　2500円　①4-532-17065-6
　　◇「鉄塔家族　上」　朝日新聞社　2007.7　354p　15cm　（朝日文庫）　800円　①978-4-02-264404-6
　　◇「鉄塔家族　下」　朝日新聞社　2007.7　337p　15cm　（朝日文庫）　800円　①978-4-02-264405-3

三枝 和子　さえぐさ・かずこ　1929〜2003
「薬子のいる京」

1656　京都新聞 1997年12月7日〜1998年10月30日　朝刊

◇「薬子の京　上」　講談社　1999.1　378p　20cm　1900円　Ⓘ4-06-209502-5
◇「薬子の京　下」　講談社　1999.1　344p　20cm　1900円　Ⓘ4-06-209503-3

早乙女 貢　さおとめ・みつぐ　1926〜2008
「信康謀反」

1537　静岡新聞 1995年11月1日〜1996年10月31日　夕刊

◇「信康謀反」　文藝春秋　2000.5　340p　20cm　1905円　Ⓘ4-16-319220-4

堺屋 太一　さかいや・たいち　1935〜
「三人の二代目」

0304　産経新聞 2009年9月1日〜2010年12月31日　朝刊
0418　東奥日報 2009年9月1日〜2010年12月31日　朝刊
0612　秋田魁新報 2009年9月1日〜2010年12月31日　朝刊
0673　山形新聞 2009年9月1日〜2010年12月31日　朝刊
0707　福島民報 2009年9月1日〜2010年12月31日　朝刊
0779　茨城新聞 2009年9月1日〜2010年12月31日　朝刊
0812　下野新聞 2009年9月1日〜2010年12月31日　朝刊
0981　神奈川新聞 2009年9月1日〜2010年12月31日　朝刊
1066　新潟日報 2009年9月1日〜2010年12月31日　朝刊
1184　富山新聞 2009年9月1日〜2010年12月31日　朝刊
1256　北國新聞 2009年9月1日〜2010年12月31日　朝刊
1300　福井新聞 2009年9月1日〜2010年12月31日　朝刊
1431　信濃毎日新聞 2009年9月1日〜2010年12月31日　朝刊
1504　岐阜新聞 2009年9月1日〜2010年12月31日　朝刊
1565　静岡新聞 2009年9月1日〜2010年12月31日　朝刊
1679　京都新聞 2009年9月1日〜2010年12月31日　朝刊
1735　神戸新聞 2009年9月1日〜2010年12月31日　朝刊
1782　奈良新聞 2009年9月1日〜2010年12月31日　朝刊
1834　日本海新聞 2009年9月1日〜2010年12月31日　朝刊
1883　山陰中央新報 2009年9月1日〜2010年12月31日　朝刊
1926　山陽新聞 2009年9月1日〜2010年12月31日　朝刊
2021　中国新聞 2009年9月1日〜2010年12月31日　朝刊
2076　徳島新聞 2009年9月1日〜2010年12月31日　朝刊

2122	四国新聞 2009年9月1日～2010年12月31日 朝刊
2165	愛媛新聞 2009年9月1日～2010年12月31日 朝刊
2371	佐賀新聞 2009年9月1日～2010年12月31日 朝刊
2421	長崎新聞 2009年9月1日～2010年12月31日 朝刊
2644	大分合同新聞 2009年9月1日～2010年12月31日 朝刊
2689	宮崎日日新聞 2009年9月1日～2010年12月31日 朝刊
2806	琉球新報 2009年9月1日～2010年12月31日 朝刊

◇「三人の二代目　上」　講談社　2011.5　457p　20cm　1800円　Ⓘ978-4-06-216889-2

◇「三人の二代目　下」　講談社　2011.5　467p　20cm　1800円　Ⓘ978-4-06-216890-8

◇「三人の二代目―上杉、毛利と宇喜多　上」　講談社　2017.9　542p　15cm（講談社+α文庫　E60-1）　900円　Ⓘ978-4-06-281724-0

◇「三人の二代目―上杉、毛利と宇喜多　下」　講談社　2017.9　562p　15cm（講談社+α文庫　E60-2）　900円　Ⓘ978-4-06-281725-7

◇「堺屋太一著作集　第13巻　三人の二代目」　東京書籍　2017.10　852p　20cm　4600円　Ⓘ978-4-487-81023-9

「世界を創った男―チンギス・ハン」

0258　日本経済新聞社 2006年2月1日～2007年8月5日　朝刊

◇「チンギス・ハン―世界を創った男　1（絶対現在）」　日本経済新聞出版社　2007.7　285p　20cm　1500円　Ⓘ978-4-532-17078-3

◇「チンギス・ハン―世界を創った男　2（変化の胎動）」　日本経済新聞出版社　2007.7　330p　20cm　1600円　Ⓘ978-4-532-17079-0

◇「チンギス・ハン―世界を創った男　3（勝つ仕組み）」　日本経済新聞出版社　2007.9　296p　20cm　1500円　Ⓘ978-4-532-17080-6

◇「チンギス・ハン―世界を創った男　4（天尽地果）」　日本経済新聞出版社　2007.12　291p　20cm　1500円　Ⓘ978-4-532-17081-3

◇「世界を創った男チンギス・ハン　上　絶対現在」　日本経済新聞出版社　2011.8　429p　15cm　（日経ビジネス人文庫　602）　762円　Ⓘ978-4-532-19602-8

◇「世界を創った男チンギス・ハン　中　勝つ仕組み」　日本経済新聞出版社　2011.9　446p　15cm　（日経ビジネス人文庫　605）　762円　Ⓘ978-4-532-19605-9

◇「世界を創った男チンギス・ハン　下　天尽地果」　日本経済新聞出版社　2011.10　471p　15cm　（日経ビジネス人文庫　610）　762円　Ⓘ978-4-532-19610-3

◇「堺屋太一著作集　第11巻　世界を創った男チンギス・ハン　上」　東京書籍　2017.8　549p　20cm　3800円　Ⓘ978-4-487-81021-5

◇「堺屋太一著作集　第12巻　世界を創った男チンギス・ハン　下」　東京書籍　2017.8　532p　20cm　3800円　Ⓘ978-4-487-81022-2

さかがみ　　　　　　　　　作家別一覧

「平成三十年」

0021　朝日新聞　1997年6月1日～1998年7月26日　朝刊

- ◇「平成三十年　上」　朝日新聞社　2002.7　381p　20cm　1600円　①4-02-257753-3
- ◇「平成三十年　下」　朝日新聞社　2002.7　400p　20cm　1600円　①4-02-257754-1
- ◇「平成三十年　上」　朝日新聞社　2004.1　458p　15cm　680円　①4-02-264324-2
- ◇「平成三十年　下」　朝日新聞社　2004.1　490p　15cm　680円　①4-02-264325-0
- ◇「堺屋太一著作集　第14巻　平成三十年」　東京書籍　2017.12　773p　20cm　4500円　①978-4-487-81024-6

坂上 弘　さかがみ・ひろし　1936～

「近くて遠い旅」

0108　読売新聞　2001年9月24日～2002年5月12日　朝刊

- ◇「近くて遠い旅」　中央公論新社　2002.11　402p　20cm　3500円　①4-12-003323-6

榊 東行　さかき・とうこう

「ホーム・ドラマ」

0255　日本経済新聞社　2003年11月17日～2005年5月28日　夕刊

坂口 安吾　さかぐち・あんご　1906～1955

「風と光と二十の私と」

1056　新潟日報　2006年10月11日～2006年10月25日　火曜～土曜朝刊

- ◇「生きるための文学」　プチグラパブリッシング　2007.3　161p　18cm　（Petite bibliothèque classique　#1）　1238円　①978-4-903267-55-5
- ◇「坂口安吾―1906-1955」　筑摩書房　2008.2　477p　15cm　（ちくま日本文学 9）　880円　①978-4-480-42509-6
- ◇「風と光と二十の私と・いずこへ―他十六篇」　岩波書店　2008.11　420p　15cm　（岩波文庫）　760円　①978-4-00-311823-8
- ◇「新編・日本幻想文学集成　6」　宮沢賢治, 小川未明, 牧野信一, 坂口安吾著, 別役実, 池内紀, 種村季弘, 富士川義之編　国書刊行会　2017.6　699p　22cm　5800円　①978-4-336-06031-0

「肝臓先生」

1058　新潟日報　2006年11月16日～2006年12月13日　火曜～土曜朝刊

- ◇「肝臓先生」　角川書店　1997.12　253p　15cm　（角川文庫）　480円　①4-

04–110018–6
「桜の森の満開の下」

1057 新潟日報 2006年10月26日～2006年11月15日 火曜～土曜朝刊

◇「坂口安吾―1906–1955」 筑摩書房 2008.2 477p 15cm （ちくま日本文学 9） 880円 Ⓘ978–4–480–42509–6

◇「桜の森の満開の下・白痴―他十二篇」 岩波書店 2008.10 413p 15cm （岩波文庫） 760円 Ⓘ978–4–00–311822–1

◇「ちくま文学の森 7 悪いやつの物語」 安野光雅, 森毅, 井上ひさし, 池内紀編 筑摩書房 2011.2 499p 15cm 1100円 Ⓘ978–4–480–42737–3

◇「中学生までに読んでおきたい日本文学 8 こわい話」 松田哲夫編 あすなろ書房 2011.2 287p 22cm 1800円 Ⓘ978–4–7515–2628–6

◇「日本近代短篇小説選 昭和篇2」 紅野敏郎, 紅野謙介, 千葉俊二, 宗像和重, 山田俊治編 岩波書店 2012.9 382p 15cm （岩波文庫 31–191–5） 800円 Ⓘ978–4–00–311915–0

◇「坂口安吾全集 別巻」 筑摩書房 2012.12 818, 18p 21cm 16000円 Ⓘ978–4–480–71048–2

◇「幻妖の水脈（みお）」 東雅夫編, 夏目漱石 ほか著 筑摩書房 2013.9 602, 4p 15cm （ちくま文庫 ひ21–5―日本幻想文学大全） 1300円 Ⓘ978–4–480–43111–0

◇「堕落論・特攻隊に捧ぐ」 坂口安吾著, 七北数人編 実業之日本社 2013.12 356p 16cm （実業之日本社文庫 ん3–2―無頼派作家の夜） 600円 Ⓘ978–4–408–55155–5

◇「鬼譚」 夢枕獏編著 筑摩書房 2014.9 436, 2p 15cm （ちくま文庫 ゆ6–1） 950円 Ⓘ978–4–480–43205–6

◇「新編・日本幻想文学集成 6」 宮沢賢治, 小川未明, 牧野信一, 坂口安吾著, 別役実, 池内紀, 種村季弘, 富士川義之編 国書刊行会 2017.6 699p 22cm 5800円 Ⓘ978–4–336–06031–0

佐木 隆三 さき・りゅうぞう 1937～2015
「神の裁き」

0390 東奥日報 1998年3月16日～1999年1月31日 朝刊

0650 山形新聞 1998年4月16日～1999年3月3日 朝刊

1107 北日本新聞 1998年3月27日～1999年2月12日 朝刊

1868 山陰中央新報 1998年9月30日～1999年8月19日 朝刊

2058 徳島新聞 1998年5月13日～1999年6月3日 夕刊

2405 長崎新聞 1998年5月13日～1999年3月30日 朝刊

2722 南日本新聞 1998年4月1日～1999年4月21日 夕刊

「正義の剣」

1088 北日本新聞 1989年4月6日～1990年2月11日 朝刊

◇「正義の剣」 講談社 1992.7 339p 20cm 1700円 Ⓘ4–06–205009–9

◇「正義の剣」　講談社　1995.8　368p　15cm　（講談社文庫）　580円　Ⓘ4-06-263029-X

桜木 紫乃　さくらぎ・しの　1965〜
「それを愛とは呼ばず」
0747　福島民友　2014年5月24日〜2014年11月12日　朝刊
0854　上毛新聞　2014年6月15日〜2014年12月3日　朝刊
1844　日本海新聞　2014年6月22日〜2014年12月10日　朝刊
2171　愛媛新聞　2014年2月1日〜2014年7月21日　朝刊
2381　佐賀新聞　2014年4月26日〜2014年10月15日　朝刊
2431　長崎新聞　2014年4月26日〜2014年10月14日　朝刊
2777　南日本新聞　2014年4月27日〜2014年10月16日　朝刊

◇「それを愛とは呼ばず」　幻冬舎　2015.3　278p　20cm　1400円　Ⓘ978-4-344-02733-6
◇「それを愛とは呼ばず」　幻冬舎　2017.10　342p　16cm　（幻冬舎文庫　さ-42-1）　600円　Ⓘ978-4-344-42655-9

「緋の河」
0367　北海道新聞　2017年11月1日〜連載中　夕刊
0564　河北新報　2018年2月9日〜連載中　夕刊
0958　東京新聞　2017年11月1日〜連載中　夕刊
1642　中日新聞　2017年11月1日〜連載中　夕刊
2323　西日本新聞　2017年11月1日〜連載中　夕刊

佐々木 譲　ささき・じょう　1950〜
「屈折率」
0588　秋田魁新報　1998年9月24日〜1999年6月2日　夕刊
0695　福島民報　1998年12月13日〜1999年8月28日　朝刊
1010　新潟日報　1998年10月23日〜1999年7月7日　朝刊
1328　山梨日日新聞　1999年1月30日〜1999年10月15日　朝刊
1481　岐阜新聞　1998年11月11日〜1999年9月16日　夕刊
1657　京都新聞　1998年5月25日〜1999年3月29日　夕刊
2059　徳島新聞　1998年10月25日〜1999年7月5日　朝刊
2618　大分合同新聞　1998年5月28日〜1999年2月6日　朝刊

◇「屈折率」　講談社　1999.12　442p　20cm　2000円　Ⓘ4-06-209905-5
◇「屈折率」　講談社　2003.1　555p　15cm　（講談社文庫）　895円　Ⓘ4-06-273618-7

作家別一覧　　　　ささくら

「くろふね」

0974　神奈川新聞　2002年9月16日～2003年8月29日　朝刊

◇「くろふね」　角川書店　2003.9　459p　20cm　1800円　①4-04-873482-2
◇「くろふね」　角川書店　2008.7　468p　15cm　（角川文庫）　781円
①978-4-04-199804-5

「沈黙法廷」

0362　北海道新聞　2015年4月26日～2016年6月22日　朝刊
0560　河北新報　2015年5月11日～2016年9月28日　夕刊
0953　東京新聞　2015年4月26日～2016年6月22日　朝刊
1637　中日新聞　2015年4月26日～2016年6月22日　朝刊
2318　西日本新聞　2015年4月26日～2016年6月22日　朝刊

◇「沈黙法廷」　新潮社　2016.11　557p　20cm　2100円　①978-4-10-
455511-6

「勇士は還らず」

0012　朝日新聞　1993年10月12日～1994年8月23日　夕刊

◇「勇士は還らず」　朝日新聞社　1994.10　315p　20cm　1600円　①4-02-
256805-4
◇「勇士は還らず」　朝日新聞社　1997.11　540p　15cm　（朝日文芸文庫）
760円　①4-02-264163-0
◇「勇士は還らず」　文藝春秋　2011.8　521p　16cm　（文春文庫）　848円
①978-4-16-779602-0

佐々木 味津三　ささき・みつぞう　1896～1934

「右門捕物帖」

1841　日本海新聞　2012年8月27日～2014年6月21日　朝刊

◇「右門捕物帖　第1-2巻」　新潮社　1958　2冊　16cm　（新潮文庫）
◇「右門捕物帖　第3-4巻」　新潮社　1958　2冊　16cm　（新潮文庫）

「旗本退屈男」

2578　熊本日日新聞　2012年7月10日～2012年11月25日　夕刊

◇「旗本退屈男」　文藝春秋　2011.9　558p　16cm　（文春文庫　さ55-1）
743円　①978-4-16-780150-2

笹倉 明　ささくら・あきら　1948～

「砂漠の岸に咲け」

0159　毎日新聞　1992年10月1日～1994年4月30日　夕刊

◇「砂漠の岸に咲け」　毎日新聞社　1994.8　505p　20cm　2400円　①4-620-
10507-4

ささざわ　作家別一覧

「推定有罪」

0725　福島民友　1995年2月3日～1995年11月27日　朝刊

0965　神奈川新聞　1994年11月4日～1995年8月28日　朝刊

1146　富山新聞　1994年10月8日～1995年9月29日　朝刊

1218　北國新聞　1994年10月7日～1995年9月28日　夕刊

1909　山陽新聞　1994年11月12日～1995年12月4日　夕刊

2672　宮崎日日新聞　1994年11月29日～1995年9月18日　朝刊

◇「推定有罪」　文芸春秋　1996.12　469p　20cm　2500円　Ⓘ4-16-316670-X

◇「推定有罪」　岩波書店　2010.3　532p　15cm　（岩波現代文庫　B161）1300円　Ⓘ978-4-00-602161-0

「スーパーマンの歳月」

2151　愛媛新聞　1997年12月16日～1998年7月19日　朝刊

2676　宮崎日日新聞　1998年2月17日～1998年9月20日　朝刊

◇「ルアン―歳月」　毎日新聞社　1999.6　329p　20cm　1900円　Ⓘ4-620-10602-X

「にっぽん国恋愛事件」

0284　産経新聞　1991年6月17日～1992年8月26日　夕刊

◇「にっぽん国恋愛事件」　文芸春秋　1992.11　436p　20cm　2000円　Ⓘ4-16-313600-2

◇「にっぽん国恋愛事件」　文芸春秋　1995.7　684p　16cm　（文春文庫）800円　Ⓘ4-16-753705-2

「人びとの岬」

1538　静岡新聞　1996年4月1日～1997年3月31日　朝刊

◇「旅人岬」　日本放送出版協会　1999.10　509p　20cm　2000円　Ⓘ4-14-005332-1

笹沢 左保　ささざわ・さほ　1930～2002

「暗闘雨夜の月」

1528　静岡新聞　1991年5月6日～1992年5月9日　夕刊

◇「家光謀殺―東海道の攻防十五日」　文芸春秋　1993.3　500p　20cm　1900円　Ⓘ4-16-313770-X

◇「家光謀殺―東海道の攻防十五日」　文芸春秋　1996.3　620p　16cm　（文春文庫）680円　Ⓘ4-16-723813-6

◇「家光謀殺―東海道の攻防十五日 長編歴史小説」　光文社　2000.5　567p　16cm　（光文社文庫）743円　Ⓘ4-334-73010-8

「危険な隣人」

0576　秋田魁新報　1993年9月10日～1994年7月1日　朝刊

1143	富山新聞 1993年10月9日～1994年7月30日　朝刊	
1215	北國新聞 1993年10月9日～1994年7月30日　朝刊	
1378	信濃毎日新聞 1993年9月22日～1994年7月14日　朝刊	
1701	神戸新聞 1993年10月21日～1994年8月10日　朝刊	
1958	中国新聞 1993年9月29日～1994年7月19日　朝刊	
2189	高知新聞 1993年8月5日～1994年5月21日　朝刊	
2443	熊本日日新聞 1993年10月7日～1994年7月24日　朝刊	

◇「危険な隣人」　徳間書店　1994.9　391p　18cm　（Tokuma novels）　850円　Ⓘ4-19-850154-8

◇「危険な隣人」　徳間書店　1999.4　524p　16cm　（徳間文庫）　686円　Ⓘ4-19-891081-2

「夢心地の反乱」

0719	福島民友 1990年11月13日～1991年6月18日　朝刊	
1900	山陽新聞 1990年12月22日～1991年9月9日　夕刊	
2038	徳島新聞 1990年9月6日～1991年5月29日　夕刊	
2667	宮崎日日新聞 1990年11月18日～1991年6月21日　朝刊	

◇「追越禁止―ドライバー探偵夜明日出夫の事件簿」　講談社　1991.11　311p　18cm　（講談社ノベルス）　720円　Ⓘ4-06-181594-6

◇「追越禁止―夜明日出夫の事件簿」　講談社　1995.1　466p　15cm　（講談社文庫）　680円　Ⓘ4-06-185860-2

◇「夢心地の迷路」　日本文芸社　2000.3　429p　15cm　（日文文庫）　571円　Ⓘ4-537-08090-6

笹本 稜平　ささもと・りょうへい　1951～
「影のない訪問者」

0468	岩手日報 2004年8月31日～2005年8月4日　朝刊	
0663	山形新聞 2004年12月14日～2006年2月1日　夕刊	
0806	下野新聞 2004年10月16日～2005年9月18日　朝刊	
1493	岐阜新聞 2004年11月30日～2006年1月18日　夕刊	
2745	南日本新聞 2005年3月16日～2006年2月17日　朝刊	

◇「不正侵入」　光文社　2006.11　476p　20cm　1700円　Ⓘ4-334-92528-6

◇「不正侵入」　光文社　2009.7　594p　16cm　（光文社文庫　さ21-6）　876円　Ⓘ978-4-334-74613-1

さだ まさし　1952～
「ちゃんぽん食べたかっ！」

0748	福島民友 2014年11月13日～2015年5月29日　朝刊	

1348	山梨日日新聞 2014年10月22日～2015年5月8日 朝刊
2086	徳島新聞 2014年10月11日～2015年4月26日 朝刊
2383	佐賀新聞 2014年10月16日～2015年5月1日 朝刊
2432	長崎新聞 2014年9月5日～2015年3月22日 朝刊
2656	大分合同新聞 2014年9月25日～2015年5月19日 夕刊
2778	南日本新聞 2014年10月17日～2015年5月3日 朝刊

◇「ちゃんぽん食べたかっ！」　NHK出版　2015.5　413p　20cm　1500円
　Ⓘ978-4-14-005664-6

◇「ちゃんぽん食べたかっ！　上」　小学館　2017.6　267p　15cm　（小学館
文庫　さ15-2）　580円　Ⓘ978-4-09-406346-2

◇「ちゃんぽん食べたかっ！　下」　小学館　2017.6　265p　15cm　（小学館
文庫　さ15-3）　580円　Ⓘ978-4-09-406416-2

佐藤 愛子　さとう・あいこ　1923～

「風の行方」

0172　毎日新聞 1996年3月14日～1997年4月1日　朝刊

◇「風の行方　上」　毎日新聞社　1997.8　348p　20cm　1500円　Ⓘ4-620-
10571 6

◇「風の行方　下」　毎日新聞社　1997.8　337p　20cm　1500円　Ⓘ4-620-
10572-4

◇「風の行方　上」　集英社　1999.8　381p　16cm　（集英社文庫）　667円
　Ⓘ4-08-747094-6

◇「風の行方　下」　集英社　1999.8　378p　16cm　（集英社文庫）　667円
　Ⓘ4-08-747095-4

佐藤 賢一　さとう・けんいち　1968～

「女信長」

0194　毎日新聞 2005年1月4日～2005年12月28日　夕刊

◇「女信長」　毎日新聞社　2006.6　501p　20cm　1800円　Ⓘ4-620-10702-6

◇「女信長」　新潮社　2012.10　646p　16cm　（新潮文庫　さ-47-3）　890円
　Ⓘ978-4-10-112533-6

「新徴組」

0607　秋田魁新報 2007年5月9日～2008年6月12日　夕刊
0667　山形新聞 2007年2月6日～2008年3月18日　朝刊
1338　山梨日日新聞 2007年7月8日～2008年8月10日　朝刊
2366　佐賀新聞 2007年10月3日～2008年11月17日　朝刊

◇「新徴組」　新潮社　2010.8　480p　20cm　2000円　Ⓘ978-4-10-428002-5

◇「新徴組」　新潮社　2013.5　693p　16cm　（新潮文庫　さ-47-4）　890円

①978-4-10-112534-3

佐藤 雅美　さとう・まさよし　1941〜

「揚羽の蝶」

0386　東奥日報　1996年4月11日〜1997年4月11日　夕刊

0581　秋田魁新報　1995年12月7日〜1996年10月2日　夕刊

0644　山形新聞　1996年2月17日〜1997年2月21日　夕刊

1286　福井新聞　1996年7月29日〜1997年6月3日　朝刊

1325　山梨日日新聞　1996年3月14日〜1997年1月18日　朝刊

2718　南日本新聞　1996年5月17日〜1997年5月21日　夕刊

◇「揚羽の蝶―半次捕物控　上」　講談社　1998.9　301p　20cm　1700円　①4-06-209297-2

◇「揚羽の蝶―半次捕物控　下」　講談社　1998.9　315p　20cm　1700円　①4-06-209317-0

◇「揚羽の蝶―半次捕物控　上」　講談社　2001.12　346p　15cm　（講談社文庫）　571円　①4-06-273329-3

◇「揚羽の蝶―半次捕物控　下」　講談社　2001.12　369p　15cm　（講談社文庫）　571円　①4-06-273330-7

「十一代将軍徳川家斉 一五万両の代償」

0601　秋田魁新報　2004年9月10日〜2005年8月2日　夕刊

0844　上毛新聞　2004年3月5日〜2005年2月3日　朝刊

1554　静岡新聞　2004年3月1日〜2005年4月8日　夕刊

◇「十五万両の代償―十一代将軍家斉の生涯」　講談社　2007.12　426p　20cm　1900円　①978-4-06-214463-6

◇「十五万両の代償―十一代将軍家斉の生涯」　講談社　2010.12　621p　15cm　（講談社文庫　さ40-32）　857円　①978-4-06-276820-7

「捨て石」

2453　熊本日日新聞　1999年1月9日〜1999年2月13日　土曜夕刊

「青雲遥かに」

0514　河北新報　1999年3月28日〜2000年3月19日　朝刊

◇「青雲遙かに―大内俊助の生涯」　講談社　2006.1　529p　20cm　2100円　①4-06-213274-5

◇「青雲遥かに―大内俊助の生涯」　講談社　2009.1　781p　15cm　（講談社文庫　さ40-28）　1067円　①978-4-06-276246-5

◇「青雲遙かに―大内俊助の生涯　1」　埼玉福祉会　2016.6　324p　21cm　（大活字本シリーズ）　3100円　①978-4-86596-071-6

◇「青雲遙かに―大内俊助の生涯　2」　埼玉福祉会　2016.6　366p　21cm　（大活字本シリーズ）　3200円　①978-4-86596-072-3

◇「青雲遙かに―大内俊助の生涯　3」　埼玉福祉会　2016.6　332p　21cm

（大活字本シリーズ）　3100円　Ⓘ978-4-86596-073-0

◇「青雲遙かに―大内俊助の生涯　4」　埼玉福祉会　2016.6　345p　21cm
（大活字本シリーズ）　3100円　Ⓘ978-4-86596-074-7

佐藤 洋二郎　さとう・ようじろう　1949〜

「グッバイマイラブ」

0352　北海道新聞 2010年10月1日〜2011年11月6日　朝刊

0943　東京新聞 2010年10月1日〜2011年11月6日　朝刊

1627　中日新聞 2010年10月1日〜2011年11月6日　朝刊

2308　西日本新聞 2010年10月1日〜2011年11月6日　朝刊

◇「グッバイマイラブ」　東京新聞　2012.3　447p　20cm　1800円　Ⓘ978-4-
8083-0960-2

佐野 洋　さの・よう　1928〜2013

「私的休暇白書」

0087　読売新聞 1992年8月21日〜1993年4月27日　夕刊

◇「別人の旅―私的休暇白書」　読売新聞社　1994.2　371p　20cm　1400円
Ⓘ4-643-94004-2

◇「別人の旅―私的休暇白書 連作推理小説」　光文社　1997.12　446p　16cm
（光文社文庫）　648円　Ⓘ4-334-72515-5

澤井 繁男　さわい・しげお　1954〜

「消えた教祖」

1662　京都新聞 2000年11月22日〜2001年6月16日　朝刊

◇「一者の賦」　未知谷　2004.10　246p　20cm　2400円　Ⓘ4-89642-111-6

沢木 耕太郎　さわき・こうたろう　1947〜

「声をたずねて、君に」

0124　読売新聞 2006年8月19日〜2007年11月11日　朝刊

「春に散る」

0067　朝日新聞 2015年4月1日〜2016年8月31日　朝刊

◇「春に散る　上」　朝日新聞出版　2017.1　427p　20cm　1600円　Ⓘ978-4-
02-251441-7

◇「春に散る　下」　朝日新聞出版　2017.1　419p　20cm　1600円　Ⓘ978-4-
02-251442-4

澤田 瞳子　さわだ・とうこ　1977〜

「輝山」

1087　新潟日報 2018年3月27日〜連載中　朝刊

1689　京都新聞 2018年3月21日〜連載中　朝刊

1896　山陰中央新報 2018年3月31日〜連載中　朝刊

「落花」

0149　読売新聞 2017年2月3日〜2017年11月18日　夕刊

澤田 ふじ子　さわだ・ふじこ　1946〜

「幾世の橋」

1471　岐阜新聞 1994年12月1日〜1996年3月28日　夕刊

1650　京都新聞 1994年4月15日〜1995年8月4日　夕刊

1798　日本海新聞 1994年6月11日〜1995年7月16日　朝刊

2336　佐賀新聞 1994年7月4日〜1995年8月6日　朝刊

◇「幾世の橋」　新潮社　1996.11　452p　20cm　2300円　①4-10-376005-2

◇「幾世の橋」　新潮社　1999.9　718p　16cm　（新潮文庫）　857円　①4-10-121015-2

◇「幾世の橋」　幻冬舎　2003.6　798p　16cm　（幻冬舎文庫）　838円　①4-344-40370-3

「雁の橋」

0595　秋田魁新報 2001年7月11日〜2002年6月19日　朝刊

1163　富山新聞 2001年8月11日〜2002年7月22日　朝刊

1235　北國新聞 2001年8月11日〜2002年7月22日　朝刊

1413　信濃毎日新聞 2001年7月25日〜2002年7月3日　朝刊

1716　神戸新聞 2001年8月23日〜2002年8月1日　朝刊

1974　中国新聞 2001年7月22日〜2002年6月30日　朝刊

2206　高知新聞 2001年11月20日〜2002年10月26日　朝刊

2461　熊本日日新聞 2001年7月14日〜2002年6月19日　朝刊

◇「雁の橋」　幻冬舎　2003.1　341p　20cm　1600円　①4-344-00278-4

◇「雁の橋　上」　幻冬舎　2007.4　317p　16cm　（幻冬舎文庫）　533円　①978-4-344-40943-9

◇「雁の橋　下」　幻冬舎　2007.4　302p　16cm　（幻冬舎文庫）　533円　①978-4-344-40944-6

「これからの松」

0016　朝日新聞 1994年12月22日〜1995年2月10日　朝刊

◇「これからの松」　朝日新聞社　1995.12　250p　20cm　1700円　①4-02-256919-0

◇「真贋控帳—これからの松」　徳間書店　1999.4　286p　16cm　（徳間文庫）
514円　Ⓘ4-19-891084-7

◇「真贋控帳—これからの松 傑作時代小説」　光文社　2006.11　292p　16cm
（光文社文庫）　514円　Ⓘ4-334-74159-2

「私本平家物語 流離の海」

0316　北海道新聞　1990年11月12日〜1991年12月28日　夕刊

0500　河北新報　1990年11月12日〜1991年12月28日　夕刊

0903　東京新聞　1990年11月12日〜1991年12月28日　夕刊

1587　中日新聞　1990年11月12日〜1991年12月28日　夕刊

1695　神戸新聞　1990年11月12日〜1991年12月28日　夕刊

2272　西日本新聞　1990年11月12日〜1991年12月28日　夕刊

◇「流離の海—私本平家物語　上巻」　新潮社　1992.6　246p　20cm　1300円
Ⓘ4-10-376002-8

◇「流離の海—私本平家物語　下巻」　新潮社　1992.6　259p　20cm　1300円
Ⓘ4-10-376003-6

◇「流離の海—私本平家物語」　中央公論新社　2000.8　642p　16cm　（中公文
庫）　1095円　Ⓘ4-12-203694-1

「深重の橋」

1819　日本海新聞　2003年11月19日〜2004年6月16日　朝刊

◇「深重（じんじゅう）の橋　上」　中央公論新社　2010.2　376p　20cm　1700
円　Ⓘ978-4-12-004097-9

◇「深重（じんじゅう）の橋　下」　中央公論新社　2010.2　425p　20cm　1800
円　Ⓘ978-4-12-004098-6

◇「深重の橋　上」　中央公論新社　2013.2　462p　16cm　（中公文庫　さ28-
40）　838円　Ⓘ978-4-12-205756-2

◇「深重の橋　下」　中央公論新社　2013.2　541p　16cm　（中公文庫　さ28-
41）　952円　Ⓘ978-4-12-205757-9

「惜別の海」

0171　毎日新聞　1996年1月4日〜1997年9月19日　夕刊

◇「惜別の海　上巻」　新潮社　1998.4　318p　20cm　1800円　Ⓘ4-10-
376007-9

◇「惜別の海　下巻」　新潮社　1998.4　320p　20cm　1800円　Ⓘ4-10-
376008-7

◇「惜別の海　上」　幻冬舎　2002.2　380p　16cm　（幻冬舎文庫）　600円
Ⓘ4-344-40194-8

◇「惜別の海　中」　幻冬舎　2002.2　414p　16cm　（幻冬舎文庫）　648円
Ⓘ4-344-40195-6

◇「惜別の海　下」　幻冬舎　2002.2　459p　16cm　（幻冬舎文庫）　648円
Ⓘ4-344-40196-4

◇「惜別の海　上」　中央公論新社　2008.6　360p　16cm　（中公文庫）　686

作家別一覧　　　　　　　　　　　　　　　　　　　しいな

　　　円　①978-4-12-204988-8
◇「惜別の海　中」　中央公論新社　2008.7　390p　16cm　（中公文庫）　724
　　　円　①978-4-12-205089-1
◇「惜別の海　下」　中央公論新社　2008.8　444p　16cm　（中公文庫）　819
　　　円　①978-4-12-205038-9

「螢の橋」

0649　山形新聞　1998年1月28日～1999年2月4日　夕刊

1478　岐阜新聞　1998年1月1日～1998年11月8日　朝刊

1867　山陰中央新報　1997年11月22日～1998年9月29日　朝刊

2345　佐賀新聞　1997年12月9日～1998年10月17日　朝刊

◇「螢の橋」　幻冬舎　1999.11　358p　20cm　1600円　①4-87728-333-1
◇「螢の橋　上」　幻冬舎　2002.8　309p　16cm　（幻冬舎文庫）　533円
　　　①4-344-40265-0
◇「螢の橋　下」　幻冬舎　2002.8　332p　16cm　（幻冬舎文庫）　533円
　　　①4-344-40266-9
◇「螢の橋　上」　徳間書店　2010.9　347p　16cm　（徳間文庫　さ-11-51）
　　　629円　①978-4-19-893220-6
◇「螢の橋　下」　徳間書店　2010.9　363p　16cm　（徳間文庫　さ-11-52）
　　　629円　①978-4-19-893221-3

澤野 久雄　さわの・ひさお　1912～1992

「高原の聖母」

0629　山形新聞　1989年3月31日～1989年10月31日　朝刊

1759　奈良新聞　1989年6月24日～1990年2月1日　朝刊

2094　四国新聞　1989年3月14日～1989年10月15日　朝刊

◇「高原の聖母」　主婦の友社　1990.4　280p　20cm　1500円　①4-07-
935268-9

【し】

椎名 誠　しいな・まこと　1944～

「銀座のカラス」

0002　朝日新聞　1989年11月23日～1991年2月11日　朝刊

◇「銀座のカラス」　〔点字資料〕　佐賀ライトハウス六星館　1991.9　11冊
　　　28cm　各1600円
◇「銀座のカラス」　朝日新聞社　1991.10　505p　20cm　1600円　①4-02-
256339-7

しおた　　　　　　　　　　　　　作家別一覧

◇「銀座のカラス　上」　新潮社　1994.12　435p　15cm　（新潮文庫）　600円
　Ⓘ4-10-144813-2
◇「銀座のカラス　下」　新潮社　1994.12　439p　15cm　（新潮文庫）　600円
　Ⓘ4-10-144814-0
◇「銀座のカラス　上」　朝日新聞社　1995.8　420p　15cm　（朝日文芸文庫）
　590円　Ⓘ4-02-264076-6
◇「銀座のカラス　下」　新潮社　1995.8　426p　15cm　（朝日文芸文庫）
　590円　Ⓘ4-02-264077-4
◇「銀座のカラス　上」　小学館　2016.6　483p　15cm　（小学館文庫　し2-
　11）　750円　Ⓘ978-4-09-406306-6
◇「銀座のカラス　下」　小学館　2016.6　485p　15cm　（小学館文庫　し2-
　12）　750円　Ⓘ978-4-09-406307-3

塩田 潮　しおた・うしお　1946〜
「財界風雲録 志に生きたリーダーたち」
2188　高知新聞　1993年2月19日〜1994年4月22日　夕刊
「でもくらしい事始め」
2257　高知新聞　2009年3月2日〜2009年9月14日　朝刊

◇「熱い夜明け―でもくらしい事始め」　講談社　2010.10　302p　20cm　1800
　円　Ⓘ978-4-06-216490-0

重松 清　しげまつ・きよし　1963〜
「エイジ」
0023　朝日新聞　1998年6月29日〜1998年8月15日　夕刊

◇「エイジ」　朝日新聞社　1999.2　346p　20cm　1600円　Ⓘ4-02-257352-X
◇「エイジ―Newspaper version 1998 6.29〜8.15」　重松清著, 長谷川集平画
　朝日新聞社　1999.11　93p　22cm　1200円　Ⓘ4-02-257434-8
◇「エイジ」　朝日新聞社　2001.8　409p　15cm　（朝日文庫）　660円　Ⓘ4-
　02-264274-2
◇「エイジ」　新潮社　2004.7　463p　16cm　（新潮文庫）　667円　Ⓘ4-10-
　134916-9
「かあちゃん」
0609　秋田魁新報　2008年6月14日〜2009年4月9日　朝刊
1179　富山新聞　2008年7月13日〜2009年5月10日　朝刊
1251　北國新聞　2008年7月13日〜2009年5月10日　朝刊
1426　信濃毎日新聞　2008年6月25日〜2009年4月21日　朝刊
1731　神戸新聞　2008年7月24日〜2009年5月20日　朝刊
2015　中国新聞　2008年6月27日〜2009年4月23日　朝刊

作家別一覧　　　しげまつ

2255　高知新聞 2008年6月27日〜2009年4月20日　朝刊

2561　熊本日日新聞 2008年6月5日〜2009年4月2日　朝刊

◇「かあちゃん」　講談社　2009.5　416p　20cm　1600円　①978-4-06-215496-3

◇「かあちゃん」　講談社　2012.4　539p　15cm　（講談社文庫　し61-14）752円　①978-4-06-277230-3

「カシオペアの丘で」

0734　福島民友 2003年3月16日〜2004年1月30日　朝刊

0804　下野新聞 2002年11月7日〜2003年9月25日　朝刊

0881　千葉日報 2002年10月29日〜2003年9月15日　朝刊

1416　信濃毎日新聞 2002年9月28日〜2003年10月20日　夕刊

1488　岐阜新聞 2002年10月27日〜2003年9月13日　朝刊

1666　京都新聞 2002年10月25日〜2003年11月15日　夕刊

1916　山陽新聞 2002年7月1日〜2003年5月21日　朝刊

2067　徳島新聞 2003年1月11日〜2004年2月3日　夕刊

2158　愛媛新聞 2003年2月4日〜2003年12月20日　朝刊

2410　長崎新聞 2002年8月21日〜2003年7月8日　朝刊

◇「カシオペアの丘で　上」　講談社　2007.5　352p　20cm　1500円　①978-4-06-214002-7

◇「カシオペアの丘で　下」　講談社　2007.5　341p　20cm　1500円　①978-4-06-214003-4

◇「カシオペアの丘で　上」　講談社　2010.4　415p　15cm　（講談社文庫　し61-11）　648円　①978-4-06-276630-2

◇「カシオペアの丘で　下」　講談社　2010.4　410p　15cm　（講談社文庫　し61-12）　648円　①978-4-06-276631-9

「獅子王」

0211　毎日新聞 2011年5月1日〜2012年7月29日　日曜版

「空より高く」

0120　読売新聞 2005年3月9日〜2005年11月19日　夕刊

◇「空より高く」　中央公論新社　2012.9　299p　20cm　1500円　①978-4-12-004423-6

◇「空より高く」　中央公論新社　2015.9　360p　16cm　（中公文庫　し39-3）640円　①978-4-12-206164-4

「とんび」

0338　北海道新聞 2003年10月20日〜2004年7月10日　夕刊

0929　東京新聞 2003年10月20日〜2004年7月10日　夕刊

1613　中日新聞 2003年10月20日〜2004年7月10日　夕刊

1721　神戸新聞 2003年10月29日〜2004年7月21日　夕刊

2294　西日本新聞 2003年10月20日〜2004年7月10日　夕刊

新聞連載小説総覧 平成期（1989〜2017）　289

しのた　　　　　　　　作家別一覧

◇「とんび」　角川書店　2008.10　382p　20cm　1600円　①978-4-04-873891-0
◇「とんび」　角川書店　2011.10　420p　15cm　（角川文庫　17069）　629円　①978-4-04-364607-4
◇「とんび　上」　埼玉福祉会　2015.6　397p　21cm　（大活字本シリーズ）3300円　①978-4-86596-021-1
◇「とんび　下」　埼玉福祉会　2015.6　416p　21cm　（大活字本シリーズ）3300円　①978-4-86596-022-8

「ファミレス」

0268　日本経済新聞社　2012年2月2日～2013年3月30日　夕刊

◇「ファミレス」　日本経済新聞出版社　2013.7　386p　20cm　1700円　①978-4-532-17122-3
◇「ファミレス　上」　KADOKAWA　2016.5　326p　15cm　（角川文庫　し29-9）　640円　①978-4-04-103160-5
◇「ファミレス　下」　KADOKAWA　2016.5　323p　15cm　（角川文庫　し29-10）　640円　①978-4-04-104219-9

「めだか、太平洋を往け」

0816　下野新聞　2013年6月17日～2014年3月29日　朝刊
0985　神奈川新聞　2013年1月9日～2013年10月22日　朝刊
1345　山梨日日新聞　2012年12月11日～2013年9月24日　朝刊
1743　神戸新聞　2013年1月1日～2013年10月14日　朝刊
1933　山陽新聞　2012年12月11日～2013年9月23日　朝刊
2081　徳島新聞　2012年12月11日～2013年9月23日　朝刊
2378　佐賀新聞　2012年12月11日～2013年9月23日　朝刊
2428　長崎新聞　2012年12月11日～2013年9月23日　朝刊
2693　宮崎日日新聞　2012年12月11日～2013年9月23日　朝刊
2775　南日本新聞　2012年12月11日～2013年9月24日　朝刊

篠田 節子　　しのだ・せつこ　　1955～

「銀婚式」

0208　毎日新聞　2010年5月2日～2011年4月24日　日曜版

◇「銀婚式」　毎日新聞社　2011.12　313p　20cm　1600円　①978-4-620-10775-2
◇「銀婚式」　新潮社　2017.1　391p　16cm　（新潮文庫　し-38-8）　630円　①978-4-10-148419-8

「讃歌」

0038　朝日新聞　2004年9月16日～2005年4月16日　朝刊

◇「讃歌」　朝日新聞社　2006.1　355p　20cm　1700円　①4-02-250089-1

◇「讃歌」　朝日新聞出版　2010.1　369p　15cm　（朝日文庫　し22-3）　700円　①978-4-02-264534-0

「薄暮」

0261　日本経済新聞社　2007年10月1日〜2008年10月18日　夕刊

◇「薄暮」　日本経済新聞出版社　2009.7　449p　20cm　1800円　①978-4-532-17093-6

◇「沈黙の画布」　新潮社　2012.8　598p　16cm　（新潮文庫　し-38-7）　840円　①978-4-10-148418-1

「竜と流木」

1079　新潟日報　2015年1月1日〜2015年7月21日　朝刊

1576　静岡新聞　2015年2月8日〜2015年8月28日　朝刊

◇「竜と流木」　講談社　2016.5　316p　20cm　1600円　①978-4-06-220066-0

司馬 遼太郎　しば・りょうたろう　1923〜1996

「坂の上の雲」

0292　産経新聞　1999年1月11日〜2000年6月20日　月曜〜土曜朝刊

◇「坂の上の雲　1」　新装版　文藝春秋　2004.4　449p　20cm　1600円　①4-16-322810-1

◇「坂の上の雲　2」　新装版　文藝春秋　2004.4　373p　20cm　1500円　①4-16-322820-9

◇「坂の上の雲　3」　新装版　文藝春秋　2004.5　415p　20cm　1600円　①4-16-322900-0

◇「坂の上の雲　4」　新装版　文藝春秋　2004.5　509p　20cm　1700円　①4-16-322910-8

◇「坂の上の雲　5」　新装版　文藝春秋　2004.6　363p　20cm　1500円　①4-16-323010-6

柴崎 友香　しばさき・ともか　1973〜

「待ち遠しい」

0228　毎日新聞　2017年2月5日〜2018年3月25日　日曜版

柴田 よしき　しばた・よしき　1959〜

「蛇」

1663　京都新聞　2001年6月17日〜2002年7月2日　朝刊

◇「蛇―長篇ファンタジック・ロマン　上」　徳間書店　2003.11　354p　18cm　（Tokuma novels）　895円　①4-19-850615-9

◇「蛇―長篇ファンタジック・ロマン　下」　徳間書店　2003.11　305p　18cm

（Tokuma novels） 857円 ①4–19–850616–7

◇「蛇　上」 徳間書店 2007.9 458p 15cm （徳間文庫） 724円 ①978–4–19–892663–2

◇「蛇　下」 徳間書店 2007.9 398p 16cm （徳間文庫） 686円 ①978–4–19–892664–9

渋谷 敦　しぶや・あつし　1924～2011

「新説 剣豪丸目蔵人佐」

2538　熊本日日新聞 2006年2月14日～2006年7月1日 夕刊

◇「新説剣豪丸目蔵人佐」　熊本日日新聞社 2007.4 256p 19cm 1429円 ①978–4–87755–272–5

島田 淳子　しまだ・じゅんこ

「銀の旗、学校を変えよう」

2458　熊本日日新聞 2000年4月8日～2001年3月31日 土曜夕刊

島田 真祐　しまだ・しんすけ　1940～2017

「怪童」

2450　熊本日日新聞 1998年4月1日～1998年3月30日 土曜夕刊

「幻炎」

2542　熊本日日新聞 2006年7月3日～2007年1月10日 夕刊

◇「幻炎」　弦書房 2007.3 271p 19cm 2000円 ①978–4–902116–81–6

「二天の影」

2462　熊本日日新聞 2002年4月1日～2003年5月26日 夕刊

◇「二天の影」　講談社 2003.8 379p 20cm 1900円 ①4–06–211952–8

「身は修羅の野に」

2445　熊本日日新聞 1995年4月1日～1996年3月30日 土曜夕刊

◇「身は修羅の野に」　葦書房 1997.11 286p 20cm 2400円 ①4–7512–0688–5

「モンタルバン」

2579　熊本日日新聞 2012年8月27日～2013年10月28日 月曜夕刊

◇「モンタルバン」　石風社 2014.2 280p 20cm 1800円 ①978–4–88344–241–6

作家別一覧　　　　　　　　　　しみす

島田 荘司　しまだ・そうじ　1948〜
「盲剣楼奇譚」
 0628 秋田魁新報 2017年9月21日〜連載中 朝刊
 1203 富山新聞 2017年9月24日〜連載中 朝刊
 1275 北國新聞 2017年9月24日〜連載中 朝刊
 1457 信濃毎日新聞 2018年3月4日〜連載中 朝刊
 1758 神戸新聞 2017年9月1日〜連載中 朝刊
 2034 中国新聞 2017年11月28日〜連載中 朝刊
 2268 高知新聞 2017年9月1日〜連載中 朝刊
 2596 熊本日日新聞 2017年9月17日〜連載中 朝刊

島田 雅彦　しまだ・まさひこ　1961〜
「徒然王子」
 0047 朝日新聞 2008年1月20日〜2009年2月15日 朝刊

  ◇「徒然王子　第1部」　朝日新聞出版　2008.11　272p　20cm　1500円
  　ⓘ978-4-02-250512-5
  ◇「徒然王子　第2部」　朝日新聞出版　2009.5　394p　20cm　1900円
  　ⓘ978-4-02-250590-3

「忘れられた帝国」
 0164 毎日新聞 1994年5月6日〜1994年11月30日 夕刊

  ◇「忘れられた帝国」　毎日新聞社　1995.10　319p　20cm　1400円　ⓘ4-
  　620-10537-6
  ◇「忘れられた帝国」　新潮社　2000.1　403p　15cm　（新潮文庫）　590円
  　ⓘ4-10-118707-X

志水 辰夫　しみず・たつお　1936〜
「ラストドリーム」
 0189 毎日新聞 2002年11月3日〜2004年3月28日 日曜版

  ◇「ラストドリーム」　毎日新聞社　2004.9　407p　20cm　1700円　ⓘ4-620-
  　10687-9
  ◇「ラストドリーム」　新潮社　2007.9　488p　16cm　（新潮文庫）　667円
  　ⓘ978-4-10-134520-8

清水 義範　しみず・よしのり　1947〜
「尾張春風伝」
 0914 東京新聞 1996年4月2日〜1997年6月20日 夕刊
 1598 中日新聞 1996年4月2日〜1997年6月20日 夕刊

◇「尾張春風伝　上」　幻冬舎　1997.11　381p　19cm　1500円　Ⓘ4-87728-190-8

◇「尾張春風伝　下」　幻冬舎　1997.11　371p　19cm　1500円　Ⓘ4-87728-191-6

◇「尾張春風伝　上」　幻冬舎　2000.8　437p　16cm　（幻冬舎文庫）　648円　Ⓘ4-344-40012-7

◇「尾張春風伝　下」　幻冬舎　2000.8　438p　16cm　（幻冬舎文庫）　648円　Ⓘ4-344-40013-5

「家族の時代」

0090　読売新聞　1994年8月27日〜1995年3月27日　夕刊

◇「家族の時代」　読売新聞社　1995.6　280p　20cm　1400円　Ⓘ4-643-95046-3

◇「家族の時代」　角川書店　1998.8　349p　15cm　（角川文庫）　533円　Ⓘ4-04-180413-2

「冬至祭」

0736　福島民友　2005年2月20日〜2005年12月23日　朝刊

0883　千葉日報　2004年6月16日〜2005年4月18日　朝刊

1877　山陰中央新報　2004年11月23日〜2005年9月26日　朝刊

2413　長崎新聞　2004年10月9日〜2005年8月12日　朝刊

2742　南日本新聞　2004年5月11日〜2005年3月15日　朝刊

◇「冬至祭」　筑摩書房　2006.11　350p　20cm　1900円　Ⓘ4-480-80398-X

下地 芳子　しもじ・よしこ　1939〜

「みそぎ川」

2800　琉球新報　2003年10月6日〜2004年3月29日　夕刊

志茂田 景樹　しもだ・かげき　1940〜

「虚飾の都」

0641　山形新聞　1994年5月19日〜1995年1月31日　朝刊

1767　奈良新聞　1994年12月7日〜1995年8月24日　朝刊

2049　徳島新聞　1994年6月18日〜1995年4月21日　夕刊

◇「虚飾の都」　KIBA BOOK　1996.11　445p　19cm　1600円　Ⓘ4-916158-01-6

謝花 長順　じゃはな・ちょうじゅん　1941〜

「貘さんおいで」

2799　琉球新報　2003年7月28日〜2003年10月2日　朝刊

◇「獏さんおいで─山之口獏の詩と人生」　琉球新報社　2004.1　177p　20cm　1500円　Ⓘ4-89742-057-1

朱川 湊人　しゅかわ・みなと　1963〜
「オルゴォル」
0849　上毛新聞　2009年3月4日〜2009年11月11日　朝刊
1831　日本海新聞　2008年7月1日〜2009年3月10日　朝刊
2641　大分合同新聞　2008年9月13日〜2009年5月20日　朝刊
2769　南日本新聞　2008年9月26日〜2009年2月28日　夕刊

◇「オルゴォル」　講談社　2010.10　381p　19cm　1700円　Ⓘ978-4-06-216569-3
◇「オルゴォル」　講談社　2013.4　460p　15cm　（講談社文庫　し100-1）　724円　Ⓘ978-4-06-277507-6

将口 泰浩　しょうぐち・やすひろ　1963〜
「ダン吉 南海に駆けた男」
0305　産経新聞　2011年1月1日〜2011年7月20日　朝刊

◇「「冒険ダン吉」になった男森小弁」　産経新聞出版　2011.8　409p　20cm　1800円　Ⓘ978-4-8191-1138-6

正野 三郎　しょうの・さぶろう　1922〜
「ぶしゅうえんなみむら 武州・円阿弥村」
0861　埼玉新聞　1999年5月18日〜1999年10月19日　朝刊

◇「ぶしゅう・えんなみむら」　さきたま出版会　1998.1　257p　22cm　1300円　Ⓘ4-87891-342-8

白石 一郎　しらいし・いちろう　1931〜2004
「異人館」
0019　朝日新聞　1995年7月11日〜1996年8月31日　夕刊

◇「異人館」　朝日新聞社　1997.2　582p　20cm　2369円　Ⓘ4-02-257054-7
◇「異人館　上」　朝日新聞社　1999.11　381p　15cm　（朝日文庫）　620円　Ⓘ4-02-264215-7
◇「異人館　下」　朝日新聞社　1999.11　309p　15cm　（朝日文庫）　580円　Ⓘ4-02-264216-5
◇「異人館　上」　講談社　2001.2　427p　15cm　（講談社文庫）　667円　Ⓘ4-06-273085-5
◇「異人館　下」　講談社　2001.2　350p　15cm　（講談社文庫）　648円

Ⓘ4–06–273086–3

「海の司令官―小西行長―」

0441　岩手日報　1991年10月28日〜1993年2月9日　夕刊

0571　秋田魁新報　1991年5月10日〜1992年5月19日　夕刊

0827　上毛新聞　1991年10月2日〜1992年10月23日　朝刊

0962　神奈川新聞　1992年1月13日〜1993年2月2日　朝刊

1901　山陽新聞　1991年7月11日〜1992年7月29日　朝刊

2185　高知新聞　1991年11月9日〜1993年2月18日　夕刊

2708　南日本新聞　1992年3月14日〜1993年6月21日　夕刊

◇「海将―若き日の小西行長」　新潮社　1993.7　460p　20cm　1900円　Ⓘ4–10–393001–2

◇「海将―若き日の小西行長」　新潮社　1996.10　804p　15cm　（新潮文庫）800円　Ⓘ4–10–141806–3

「航海者」

1541　静岡新聞　1997年11月1日〜1999年1月30日　夕刊

◇「航海者　上」　幻冬舎　1999.7　383p　20cm　1700円　Ⓘ4–87728–308–0

◇「航海者　下」　幻冬舎　1999.7　362p　20cm　1700円　Ⓘ4–87728–309–9

◇「航海者　上」　幻冬舎　2001.8　437p　16cm　（幻冬舎文庫）648円　Ⓘ4–344–40143–3

◇「航海者　下」　幻冬舎　2001.8　426p　16cm　（幻冬舎文庫）648円　Ⓘ4–344–40144–1

◇「航海者―三浦按針の生涯　上」　文藝春秋　2005.4　383p　16cm　（文春文庫）　581円　Ⓘ4–16–737025–5

◇「航海者―三浦按針の生涯　下」　文藝春秋　2005.4　371p　16cm　（文春文庫）　581円　Ⓘ4–16–737026–3

「怒濤のごとく」

0173　毎日新聞　1996年10月6日〜1998年9月27日　日曜版

◇「怒濤のごとく　上」　毎日新聞社　1998.12　340p　20cm　1500円　Ⓘ4–620–10595–3

◇「怒濤のごとく　下」　毎日新聞社　1998.12　319p　20cm　1500円　Ⓘ4–620–10596–1

◇「怒濤のごとく　上」　文藝春秋　2001.12　357p　16cm　（文春文庫）　552円　Ⓘ4–16–737021–2

◇「怒濤のごとく　下」　文藝春秋　2001.12　342p　16cm　（文春文庫）　552円　Ⓘ4–16–737022–0

◇「怒濤のごとく　1」　埼玉福祉会　2013.6　339p　21cm　（大活字本シリーズ）　3100円　Ⓘ978–4–88419–873–2

◇「怒濤のごとく　2」　埼玉福祉会　2013.6　370p　21cm　（大活字本シリーズ）　3200円　Ⓘ978–4–88419–874–9

◇「怒濤のごとく　3」　埼玉福祉会　2013.6　311p　21cm　（大活字本シリーズ）　3000円　①978-4-88419-875-6

◇「怒濤のごとく　4」　埼玉福祉会　2013.6　347p　21cm　（大活字本シリーズ）　3100円　①978-4-88419-876-3

「風雲児」

0088　読売新聞　1993年4月28日～1994年8月26日　夕刊

◇「風雲児　上巻」　読売新聞社　1994.12　323p　20cm　1400円　①4-643-94098-0

◇「風雲児　下巻」　読売新聞社　1994.12　286p　20cm　1400円　①4-643-94099-9

◇「風雲児」　［点字資料］　佐賀ライトハウス「六星館」　1995.7　10冊　28cm

◇「風雲児　上」　文藝春秋　1998.1　366p　16cm　（文春文庫）　476円　①4-16-737018-2

◇「風雲児　下」　文藝春秋　1998.1　333p　16cm　（文春文庫）　476円　①4-16-737019-0

白石 一文　しらいし・かずふみ　1958～

「記憶の渚にて」

0361　北海道新聞　2014年10月1日～2015年12月1日　夕刊

0952　東京新聞　2014年10月1日～2015年12月1日　夕刊

1636　中日新聞　2014年10月1日～2015年12月1日　夕刊

1749　神戸新聞　2014年10月15日～2015年12月14日　夕刊

2317　西日本新聞　2014年10月1日～2015年12月1日　夕刊

◇「記憶の渚にて」　KADOKAWA　2016.6　489p　20cm　1700円　①978-4-04-102527-7

「神秘」

0214　毎日新聞　2012年9月1日～2013年12月28日　夕刊

◇「神秘」　毎日新聞社　2014.4　564p　20cm　1900円　①978-4-620-10804-9

◇「神秘　上」　講談社　2016.4　363p　15cm　（講談社文庫　し94-3）　700円　①978-4-06-293379-7

◇「神秘　下」　講談社　2016.4　391p　15cm　（講談社文庫　し94-4）　700円　①978-4-06-293380-3

白川 道　しらかわ・とおる　1945～2015

「天国への階段」

0917　東京新聞　1997年6月30日～1998年9月2日　夕刊

1601　中日新聞　1997年6月30日～1998年9月2日　夕刊

◇「天国への階段　上」　幻冬舎　2001.3　414p　20cm　1700円　Ⓘ4–344–00055–2

◇「天国への階段　下」　幻冬舎　2001.3　388p　20cm　1700円　Ⓘ4–344–00056–0

◇「天国への階段　上」　幻冬舎　2003.4　474p　16cm　（幻冬舎文庫）　648円　Ⓘ4–344–40347–9

◇「天国への階段　中」　幻冬舎　2003.4　470p　16cm　（幻冬舎文庫）　648円　Ⓘ4–344–40348–7

◇「天国への階段　下」　幻冬舎　2003.4　494p　16cm　（幻冬舎文庫）　648円　Ⓘ4–344–40349–5

城山 三郎　しろやま・さぶろう　1927〜2007

「もう、きみには頼まない—石坂泰三の世界」

0163　毎日新聞　1994年4月4日〜1994年10月30日　朝刊

◇「もう、きみには頼まない—石坂泰三の世界」　毎日新聞社　1995.1　309p　20cm　1500円　Ⓘ4–620–10516–3

◇「もう、きみには頼まない—石坂泰三の世界」　文藝春秋　1998.6　333p　16cm　（文春文庫）　476円　Ⓘ4–16–713923–5

◇「もう、きみには頼まない—石坂泰三の世界　上」　埼玉福祉会　2000.9　299p　22cm　（大活字本シリーズ）　3400円　Ⓘ4–88419–013–0

◇「もう、きみには頼まない—石坂泰三の世界　下」　埼玉福祉会　2000.9　327p　22cm　（大活字本シリーズ）　3500円　Ⓘ4–88419–014–9

新野 剛志　しんの・たけし　1965〜

「明日の色」

0485　岩手日報　2012年7月22日〜2013年6月28日　朝刊

0815　下野新聞　2012年7月10日〜2013年6月16日　朝刊

1191　富山新聞　2013年3月12日〜2014年4月26日　朝刊

1263　北國新聞　2013年3月11日〜2014年4月25日　夕刊

◇「明日の色」　講談社　2015.4　341p　20cm　1750円　Ⓘ978–4–06–219441–9

◇「明日の色」　講談社　2017.9　469p　15cm　（講談社文庫　し67–5）　860円　Ⓘ978–4–06–293665–1

真保 裕一　しんぽ・ゆういち　1961〜

「発火点」

0654　山形新聞　2001年1月4日〜2001年12月3日　夕刊

1484　岐阜新聞　2001年1月15日〜2001年10月23日　朝刊

作家別一覧　　　　　　　　　　　すきもと

1774　奈良新聞　2001年3月7日〜2001年12月14日　朝刊

2156　愛媛新聞　2001年7月6日〜2002年4月9日　朝刊

2351　佐賀新聞　2000年12月22日〜2001年9月29日　朝刊

2408　長崎新聞　2000年11月28日〜2001年9月5日　朝刊

◇「発火点」　講談社　2002.7　466p　20cm　1900円　Ⓘ4-06-211325-2

◇「発火点」　講談社　2005.9　573p　15cm　（講談社文庫）　819円　Ⓘ4-06-275199-2

「夢の工房」

1099　北日本新聞　1995年3月9日〜1996年1月25日　夕刊

1472　岐阜新聞　1995年4月25日〜1996年1月17日　朝刊

1800　日本海新聞　1995年6月29日〜1996年3月23日　朝刊

1962　中国新聞　1995年6月21日〜1996年5月9日　夕刊

◇「夢の工房」　講談社　2001.11　366p　19cm　1500円　Ⓘ4-06-210946-8

◇「夢の工房」　講談社　2004.11　391p　15cm　（講談社文庫）　629円　Ⓘ4-06-274914-9

【 す 】

杉本 章子　すぎもと・あきこ　1953〜2015

「残映」

0017　朝日新聞　1995年2月11日〜1995年4月4日　朝刊

◇「残映」　文芸春秋　1995.7　220p　20cm　1300円　Ⓘ4-16-315670-4

◇「残映」　文藝春秋　1998.7　228p　16cm　（文春文庫）　448円　Ⓘ4-16-749706-9

◇「残映」　埼玉福祉会　1999.10　358p　22cm　（大活字本シリーズ）　3600円

杉本 苑子　すぎもと・そのこ　1925〜2017

「汚名」

0156　毎日新聞　1991年6月7日〜1991年12月16日　夕刊

◇「汚名」　毎日新聞社　1992.4　286p　20cm　1300円　Ⓘ4-620-10452-3

◇「汚名」　講談社　1995.9　360p　15cm　（講談社文庫）　600円　Ⓘ4-06-263055-9

◇「杉本苑子全集　第18巻　竹之御所鞠子 汚名」　中央公論社　1997.10　356p　20cm　3600円　Ⓘ4-12-403461-X

◇「汚名―本多正純の悲劇」　中央公論社　1998.5　392p　16cm　（中公文庫）　743円　Ⓘ4-12-203132-X

新聞連載小説総覧 平成期（1989〜2017）　**299**

すきもり　　　　　作家別一覧

◇「汚名」　埼玉福祉会　2002.10　2冊　22cm　（大活字本シリーズ）　3500円,
3500円　Ⓘ4–88419–158–7, 4–88419–159–5

「風の群像」

0242　日本経済新聞社　1995年8月17日〜1997年2月7日　夕刊

◇「風の群像　上」　日本経済新聞社　1997.6　362p　20cm　1600円　Ⓘ4–
532–17050–8

◇「風の群像　下」　日本経済新聞社　1997.6　366p　20cm　1600円　Ⓘ4–
532–17051–6

◇「風の群像―小説・足利尊氏　上」　講談社　2000.9　423p　15cm　（講談社
文庫）　667円　Ⓘ4–06–264995–0

◇「風の群像―小説・足利尊氏　下」　講談社　2000.9　457p　15cm　（講談社
文庫）　667円　Ⓘ4–06–264996–9

「新とはずがたり」

0312　北海道新聞　1989年1月4日〜1989年11月11日　夕刊

0899　東京新聞　1989年1月4日〜1989年11月11日　夕刊

1583　中日新聞　1989年1月4日〜1989年11月11日　夕刊

1690　神戸新聞　1989年1月4日〜1989年11月11日　夕刊

◇「新とはずがたり」　講談社　1990.3　491p　20cm　1600円　Ⓘ4–06–
204807–8

◇「新とはずがたり」　講談社　1993.9　553p　15cm　（講談社文庫）　760円
Ⓘ4–06–185488–7

杉森 久英　すぎもり・ひさひで　1912〜1997

「横綱への道 輪島大士物語」

1149　富山新聞　1996年1月1日〜1996年12月22日　朝刊

1221　北國新聞　1996年1月1日〜1996年12月22日　朝刊

◇「天才横綱―輪島大士物語」　河出書房新社　1998.1　333p　20cm　2000円
Ⓘ4–309–01197–7

杉山 隆男　すぎやま・たかお　1952〜

「これから」

0777　茨城新聞　2008年8月11日〜2009年4月29日　朝刊

1061　新潟日報　2007年12月14日〜2008年10月25日　夕刊

1124　北日本新聞　2007年11月22日〜2008年8月10日　朝刊

1298　福井新聞　2008年5月11日〜2009年2月2日　朝刊

2768　南日本新聞　2007年12月18日〜2008年8月24日　朝刊

瑞慶覧 長和　ずけらん・きよし*

「灰燼の中から」

2793　琉球新報 1994年10月3日〜1995年3月29日　朝刊

鈴木 英治　すずき・えいじ　1960〜

「わが槍を捧ぐ」

0618　秋田魁新報 2012年7月12日〜2013年1月8日　朝刊

0710　福島民報 2012年7月2日〜2012年12月31日　朝刊

0984　神奈川新聞 2012年7月10日〜2013年1月8日　朝刊

◇「わが槍を捧ぐ―戦国最強の侍・可児才蔵」　角川春樹事務所　2015.2　344p
20cm　1700円　①978-4-7584-1256-8

◇「わが槍を捧ぐ―戦国最強の侍・可児才蔵」　角川春樹事務所　2016.8　390p
16cm　（ハルキ文庫　す2-32―時代小説文庫）　720円　①978-4-7584-
4025-7

鈴木 光司　すずき・こうじ　1957〜

「鋼鉄の叫び」

0657　山形新聞 2001年12月4日〜2003年1月6日　夕刊

0769　茨城新聞 2001年11月17日〜2002年10月7日　朝刊

0880　千葉日報 2001年12月7日〜2002年10月28日　朝刊

1292　福井新聞 2002年6月14日〜2003年5月5日　朝刊

1549　静岡新聞 2001年9月16日〜2002年8月7日　朝刊

1816　日本海新聞 2002年5月1日〜2003年3月23日　朝刊

1973　中国新聞 2001年7月18日〜2002年8月16日　夕刊

2064　徳島新聞 2001年9月5日〜2002年7月21日　朝刊

2626　大分合同新聞 2001年10月25日〜2002年9月12日　朝刊

2733　南日本新聞 2002年4月1日〜2003年4月25日　夕刊

◇「鋼鉄の叫び」　角川書店　2010.10　511p　20cm　1800円　①978-4-04-
874069-2

◇「鋼鉄の叫び」　角川書店　2013.7　590p　15cm　（角川文庫　す11-6）
895円　①978-4-04-100922-2

鈴木 由紀子　すずき・ゆきこ

「花に背いて」

0655　山形新聞 2001年3月1日〜2001年10月10日　朝刊

1015　新潟日報 2001年8月15日〜2002年3月26日　朝刊

2205　高知新聞 2001年4月14日〜2001年11月19日　朝刊

2623 大分合同新聞 2001年1月27日〜2001年10月6日 夕刊

◇「花に背いて―直江兼続とその妻」 幻冬舎 2002.7 470p 20cm 1800円
①4–344–00210–5

◇「花に背いて―直江兼続とその妻」 幻冬舎 2008.12 490p 16cm （幻冬舎文庫） 724円 ①978–4–344–41230–9

【 せ 】

関 厚夫 せき・あつお 1962〜
「紅と白 高杉晋作伝」

0307 産経新聞 2012年10月1日〜2013年5月31日 朝刊

◇「紅と白―高杉晋作伝」 国書刊行会 2017.6 382p 19cm 2000円
①978–4–336–06168–3

瀬戸内 寂聴 せとうち・じゃくちょう 1922〜
「愛死」

0089 読売新聞 1993年11月4日〜1994年9月5日 朝刊

◇「愛死 上」 講談社 1994.11 265p 20cm 1400円 ①4–06–207279–3
◇「愛死 下」 講談社 1994.11 277p 20cm 1400円 ①4–06–207280–7
◇「愛死 上」 講談社 1997.11 279p 15cm （講談社文庫） 486円 ①4–06–263635–2
◇「愛死 下」 講談社 1997.11 312p 15cm （講談社文庫） 486円 ①4–06–263636–0

「いよよ華やぐ」

0246 日本経済新聞社 1997年12月1日〜1998年12月13日 朝刊

◇「いよよ華やぐ 上」 新潮社 1999.3 287p 20cm 1600円 ①4–10–311213–1
◇「いよよ華やぐ 下」 新潮社 1999.3 274p 20cm 1600円 ①4–10–311214–X
◇「いよよ華やぐ 上巻」 新潮社 2001.10 359p 16cm （新潮文庫） 552円 ①4–10–114432–X
◇「いよよ華やぐ 下巻」 新潮社 2001.10 349p 16cm （新潮文庫） 552円 ①4–10–114433–8

作家別一覧　　　　　　　　　　　　　　　　　その

瀬名 秀明　　せな・ひであき　1968～
「ダイヤモンド・シーカーズ」
　0521　河北新報 2002年10月19日～2003年10月22日　朝刊
　1551　静岡新聞 2002年8月8日～2003年8月13日　朝刊
　2627　大分合同新聞 2002年9月13日～2003年9月12日　朝刊
　2736　南日本新聞 2003年4月26日～2004年7月14日　夕刊

【 そ 】

祖田 浩一　　そだ・こういち　1935～2005
「小説 昭和怪物伝 松永安左ヱ門」
　0496　河北新報 1990年2月14日～1990年6月1日　夕刊
　2096　四国新聞 1989年12月28日～1990年3月30日　朝刊
「天下を望むな―三矢軍記―」
　1862　山陰中央新報 1995年1月1日～1995年5月8日　朝刊
　2714　南日本新聞 1994年10月27日～1995年3月2日　朝刊

曽野 綾子　　その・あやこ　1931～
「哀歌」
　0190　毎日新聞 2003年10月24日～2004年11月25日　朝刊
　　◇「哀歌　上巻」　毎日新聞社　2005.3　341p　20cm　1600円　①4-620-
　　　10692-5
　　◇「哀歌　下巻」　毎日新聞社　2005.3　313p　20cm　1600円　①4-620-
　　　10693-3
　　◇「哀歌　上巻」　新潮社　2006.5　411p　16cm　（新潮文庫）　590円　①4-
　　　10-114641-1
　　◇「哀歌　下巻」　新潮社　2006.5　392p　16cm　（新潮文庫）　552円　①4-
　　　10-114642-X
「夢に殉ず」
　0010　朝日新聞 1993年1月1日～1993年12月31日　朝刊
　　◇「夢に殉ず　上」　朝日新聞社　1994.10　322p　20cm　1400円　①4-02-
　　　256741-4
　　◇「夢に殉ず　下」　朝日新聞社　1994.10　347p　20cm　1400円　①4-02-
　　　256742-2
　　◇「夢に殉ず　上」　朝日新聞社　1997.10　345p　15cm　（朝日文芸文庫）
　　　620円　①4-02-264159-2
　　◇「夢に殉ず　下」　朝日新聞社　1997.10　381p　15cm　（朝日文芸文庫）

新聞連載小説総覧 平成期（1989～2017）　**303**

そふえ　　　　　　　作家別一覧

620円　①4–02–264160–6

◇「夢に殉ず」　新潮社　1999.11　716p　16cm　（新潮文庫）　857円　①4–
10–114635–7

祖父江 一郎　そふえ・いちろう　1945～

「一夜城戦譜」

0976　神奈川新聞　2004年8月5日～2005年8月6日　朝刊

【 た 】

髙樹 のぶ子　たかぎ・のぶこ　1946～

「甘苦上海」

0262　日本経済新聞社　2008年9月30日～2009年10月31日　朝刊

◇「甘苦上海　1　夏から秋へ」　日本経済新聞出版社　2009.3　176p　19cm
1000円　①978–4–532–17091–2

◇「甘苦上海　2　火から迷へ」　日本経済新聞出版社　2009.6　193p　19cm
1000円　①978–4–532–17094–3

◇「甘苦上海　3　夜から魔へ」　日本経済新聞出版社　2009.9　183p　19cm
1000円　①978–4–532–17096–7

◇「甘苦上海　4　悲から艶へ」　日本経済新聞出版社　2009.11　177p　19cm
1000円　①978–4–532–17097–4

◇「甘苦上海」　完結版　日本経済新聞出版社　2010.6　375p　20cm　2200円
①978–4–532–17100–1

◇「甘苦上海」　文藝春秋　2013.3　477p　16cm　（文春文庫　た8–18）　800
円　①978–4–16–737318–4

「銀河の雫」

0317　北海道新聞　1992年1月4日～1993年2月27日　夕刊

0502　河北新報　1992年1月4日～1993年2月27日　夕刊

0904　東京新聞　1992年1月4日～1993年2月27日　夕刊

1588　中日新聞　1992年1月4日～1993年2月27日　夕刊

1697　神戸新聞　1992年1月4日～1993年2月27日　夕刊

2273　西日本新聞　1992年1月4日～1993年2月27日　夕刊

◇「銀河の雫」　文芸春秋　1993.9　548p　20cm　2200円　①4–16–314240–1

◇「銀河の雫」　文芸春秋　1996.11　621p　16cm　（文春文庫）　680円　①4–
16–737307–6

「サザンスコール」

0233　日本経済新聞社　1990年3月26日～1991年5月2日　夕刊

作家別一覧 　たかき

◇「サザンスコール　上」　日本経済新聞社　1991.6　309p　20cm　1300円
Ⓘ4-532-17010-9
◇「サザンスコール　下」　日本経済新聞社　1991.6　280p　20cm　1300円
Ⓘ4-532-17011-7
◇「サザンスコール」　新潮社　1994.11　599p　15cm　（新潮文庫）　720円
Ⓘ4-10-102415-4

「百年の預言」

0024　朝日新聞　1998年7月27日〜1999年9月5日　朝刊

◇「百年の預言　上」　朝日新聞社　2000.3　309p　20cm　1400円　Ⓘ4-02-257458-5
◇「百年の預言　下」　朝日新聞社　2000.3　257p　20cm　1400円　Ⓘ4-02-257459-3
◇「百年の預言　上」　朝日新聞社　2002.4　367p　15cm　（朝日文庫）　680円　Ⓘ4-02-264288-2
◇「百年の預言　下」　朝日新聞社　2002.4　311p　15cm　（朝日文庫）　640円　Ⓘ4-02-264289-0
◇「百年の預言　上巻」　新潮社　2004.12　407p　16cm　（新潮文庫）　743円
Ⓘ4-10-102420-0
◇「百年の預言　下巻」　新潮社　2004.12　350p　16cm　（新潮文庫）　705円
Ⓘ4-10-102421-9

「満水子1996」

0332　北海道新聞　2000年5月8日〜2001年5月6日　朝刊
0923　東京新聞　2000年5月8日〜2001年5月6日　朝刊
1607　中日新聞　2000年5月8日〜2001年5月6日　朝刊
2288　西日本新聞　2000年5月8日〜2001年5月6日　朝刊

◇「満水子　上」　講談社　2001.10　330p　20cm　1600円　Ⓘ4-06-210797-X
◇「満水子　下」　講談社　2001.10　279p　20cm　1600円　Ⓘ4-06-210798-8
◇「満水子　上」　講談社　2004.11　361p　15cm　（講談社文庫）　590円
Ⓘ4-06-274921-1
◇「満水子　下」　講談社　2004.11　313p　15cm　（講談社文庫）　571円
Ⓘ4-06-274922-X

「マルセル」

0210　毎日新聞　2011年1月1日〜2011年12月31日　朝刊

◇「マルセル」　毎日新聞社　2012.3　510p　20cm　1900円　Ⓘ978-4-620-10777-6
◇「マルセル」　文藝春秋　2015.5　591p　16cm　（文春文庫　た8-19）　1090円　Ⓘ978-4-16-790359-6

新聞連載小説総覧 平成期（1989〜2017）　**305**

高嶋 哲夫　たかしま・てつお　1949〜

「決壊」

0473　岩手日報 2006年11月10日〜2007年11月17日　夕刊

1121　北日本新聞 2006年7月28日〜2007年7月27日　夕刊

1337　山梨日日新聞 2006年9月16日〜2007年7月7日　朝刊

1921　山陽新聞 2006年8月1日〜2007年6月2日　朝刊

2765　南日本新聞 2006年8月7日〜2007年8月7日　夕刊

高杉 良　たかすぎ・りょう　1939〜

「座礁」

0722　福島民友 1992年12月6日〜1993年8月21日　朝刊

1142　富山新聞 1993年1月5日〜1993年11月4日　朝刊

1214　北國新聞 1993年1月4日〜1993年11月2日　夕刊

1375　信濃毎日新聞 1993年2月27日〜1994年2月12日　土曜夕刊

1905　山陽新聞 1993年3月16日〜1994年1月27日　夕刊

◇「座礁」　講談社　1994.4　461p　20cm　1800円　Ⓘ4-06-206861-3

◇「小説消費者金融―クレジット社会の罠」　講談社　1996.11　542p　15cm
（講談社文庫）　760円　Ⓘ4-06-263392-2

「呪縛」

0291　産経新聞 1998年6月29日〜1999年8月19日　朝刊

◇「呪縛　上」　角川書店　1998.12　357p　20cm　（金融腐蝕列島　2）　1500
円　Ⓘ4-04-873148-3

◇「呪縛　中」　角川書店　1999.6　342p　20cm　（金融腐蝕列島　2）　1500
円　Ⓘ4-04-873166-1

◇「呪縛　下」　角川書店　1999.8　382p　20cm　（金融腐蝕列島　2）　1500
円　Ⓘ4-04-873167-X

◇「呪縛　上」　角川書店　2000.10　542p　15cm　（角川文庫―金融腐蝕列島
2）　724円　Ⓘ4-04-164310-4

◇「呪縛　下」　角川書店　2000.10　523p　15cm　（角川文庫―金融腐蝕列島
2）　724円　Ⓘ4-04-164311-2

◇「呪縛―金融腐蝕列島 2　上」　徳間書店　2012.7　621p　15cm　（徳間文庫
た15-30）　724円　Ⓘ978-4-19-893576-4

◇「呪縛―金融腐蝕列島 2　下」　徳間書店　2012.7　599p　15cm　（徳間文庫
た15-31）　724円　Ⓘ978-4-19-893577-1

高田 充也　たかだ・みつなり　1927〜

「ひびけ高原の空へ」

1363　信濃毎日新聞 1990年11月15日〜1991年2月21日　夕刊

高任 和夫　たかとう・かずお　1946～
「幸福の不等式」
　0518　河北新報　2001年1月1日～2001年11月20日　朝刊
　1164　富山新聞　2001年9月29日～2002年10月25日　朝刊
　1236　北國新聞　2001年9月28日～2002年10月24日　夕刊
　1814　日本海新聞　2001年6月8日～2002年4月30日　朝刊
　2730　南日本新聞　2001年6月26日～2002年5月18日　朝刊

　　　◇「幸福の不等式」　日本放送出版協会　2002.12　530p　20cm　2000円　Ⓘ4–
　　　　14–005402–6
　　　◇「起業前夜　上」　講談社　2005.12　362p　15cm　（講談社文庫）　590円
　　　　Ⓘ4–06–275274–3
　　　◇「起業前夜　下」　講談社　2005.12　378p　15cm　（講談社文庫）　590円
　　　　Ⓘ4–06–275309–X

高殿 円　たかどの・まどか　1976～
「政略結婚」
　1197　富山新聞　2015年9月4日～2016年6月6日　朝刊
　1269　北國新聞　2015年9月3日～2016年6月4日　夕刊

　　　◇「政略結婚」　KADOKAWA　2017.6　357p　19cm　1500円　Ⓘ978–4–04–
　　　　104768–2

高野 澄　たかの・きよし　1938～
「オイッチニーのサン」
　1674　京都新聞　2006年11月16日～2007年10月31日　朝刊

　　　◇「オイッチニーのサン―「日本映画の父」マキノ省三ものがたり」　PHP研究
　　　　所　2008.10　439p　20cm　1700円　Ⓘ978–4–569–70274–2

高橋 治　たかはし・おさむ　1929～2015
「漁火」
　0022　朝日新聞　1997年9月22日～2000年9月2日　夕刊
「海の蝶」
　0445　岩手日報　1993年5月22日～1994年6月1日　朝刊
　0871　千葉日報　1993年5月25日～1994年6月5日　朝刊
　0963　神奈川新聞　1993年2月3日～1994年2月16日　朝刊
　0999　新潟日報　1993年6月23日～1994年7月4日　朝刊
　1095　北日本新聞　1993年1月26日～1994年4月19日　夕刊
　1320　山梨日日新聞　1993年7月5日～1994年7月17日　朝刊

1649 京都新聞 1993年1月21日～1994年4月14日 夕刊

1797 日本海新聞 1993年9月20日～1994年10月2日 朝刊

2046 徳島新聞 1993年5月14日～1994年5月18日 朝刊

2333 佐賀新聞 1993年5月9日～1994年5月20日 朝刊

2399 長崎新聞 1993年5月1日～1994年5月12日 朝刊

2606 大分合同新聞 1993年3月3日～1994年3月9日 朝刊

2791 琉球新報 1993年1月29日～1994年5月7日 夕刊

◇「海の蝶」 新潮社 1994.10 405p 20cm 1800円 ①4–10–356908–5

◇「海の蝶」 新潮社 1997.12 504p 16cm （新潮文庫） 629円 ①4–10–103922–4

「さまよう霧の恋歌」

0313 北海道新聞 1989年7月1日～1990年7月31日 朝刊

0900 東京新聞 1989年7月1日～1990年7月31日 朝刊

1584 中日新聞 1989年7月1日～1990年7月31日 朝刊

2269 西日本新聞 1989年7月1日～1990年7月31日 朝刊

◇「さまよう霧の恋歌 上」 新潮社 1991.5 271p 20cm 1400円 ①4–10–356905–0

◇「さまよう霧の恋歌 下」 新潮社 1991.5 275p 20cm 1400円 ①4–10–356906–9

◇「さまよう霧の恋歌 上巻」 新潮社 1994.11 333p 15cm （新潮文庫） 480円 ①4–10–103916–X

◇「さまよう霧の恋歌 下巻」 新潮社 1994.11 343p 15cm （新潮文庫） 480円 ①4–10–103917–8

「春朧」

0235 日本経済新聞社 1991年5月7日～1992年8月8日 夕刊

◇「春朧 上」 日本経済新聞社 1992.11 299p 20cm 1400円 ①4–532–17027–3

◇「春朧 下」 日本経済新聞社 1992.11 291p 20cm 1400円 ①4–532–17028–1

◇「春朧 上巻」 新潮社 1995.12 309p 15cm （新潮文庫） 480円 ①4–10–103918–6

◇「春朧 下巻」 新潮社 1995.12 311p 15cm （新潮文庫） 480円 ①4–10–103919–4

高橋 克彦 たかはし・かつひこ 1947～

「火怨―北の耀星 アテルイ」

0510 河北新報 1997年1月1日～1998年4月24日 朝刊

0799 下野新聞 1997年4月26日～1998年8月21日 朝刊

0876 千葉日報 1997年9月13日～1999年1月9日 朝刊

1009	新潟日報 1998年3月2日〜1999年9月24日　夕刊
1771	奈良新聞 1997年6月20日〜1998年10月16日　朝刊
2616	大分合同新聞 1997年9月5日〜1999年3月18日　夕刊

◇「火怨―北の燿星アテルイ　上」　講談社　1999.10　440p　20cm　1800円
Ⓘ4-06-209848-2

◇「火怨―北の燿星アテルイ　下」　講談社　1999.10　486p　20cm　1900円
Ⓘ4-06-209849-0

◇「火怨―北の燿星アテルイ　上」　講談社　2002.10　494p　15cm　（講談社
文庫）　762円　Ⓘ4-06-273528-8

◇「火怨―北の燿星アテルイ　下」　講談社　2002.10　555p　15cm　（講談社
文庫）　781円　Ⓘ4-06-273529-6

「京伝怪異帖」

| *0102* | 読売新聞 1999年3月1日〜2000年1月22日　夕刊 |

◇「京伝怪異帖」　中央公論新社　2000.6　507p　20cm　1900円　Ⓘ4-12-
003004-0

◇「京伝怪異帖」　〔点字資料〕　佐賀ライトハウス六星館　2000.8　9冊
26cm　全16200円

◇「京伝怪異帖」　文藝春秋　2009.7　587p　16cm　（文春文庫）　781円
Ⓘ978-4-16-716413-3

高橋 源一郎　たかはし・げんいちろう　1951〜

「官能小説家」

| *0031* | 朝日新聞 2000年9月4日〜2001年6月30日　夕刊 |

◇「官能小説家」　朝日新聞社　2002.2　441p　20cm　1800円　Ⓘ4-02-
257704-5

◇「官能小説家」　朝日新聞社　2005.5　469p　15cm　（朝日文庫）　900円
Ⓘ4-02-264348-X

高橋 玄洋　たかはし・げんよう　1929〜

「藍の風紋」

0638	山形新聞 1993年1月6日〜1993年8月29日　朝刊
0829	上毛新聞 1992年10月24日〜1993年6月19日　朝刊
0998	新潟日報 1993年3月24日〜1993年12月27日　夕刊
1281	福井新聞 1993年2月13日〜1993年10月7日　朝刊
1764	奈良新聞 1992年12月3日〜1993年8月2日　朝刊
1955	中国新聞 1992年9月21日〜1993年7月5日　夕刊
2045	徳島新聞 1992年12月5日〜1993年9月13日　夕刊

高橋 忠治　たかはし・ちゅうじ　1927〜

「すみれぐさ」

1360　信濃毎日新聞　1990年7月12日〜1990年11月14日　夕刊

「チバレリューのめがね」

1376　信濃毎日新聞　1993年3月12日〜1993年7月8日　夕刊

「はすの咲く村」

1400　信濃毎日新聞　1997年8月26日〜1998年8月20日　夕刊

高橋 昌男　たかはし・まさお　1935〜

「饗宴」

0247　日本経済新聞社　1998年5月6日〜1999年7月24日　夕刊

　　◇「饗宴」　日本経済新聞社　1999.10　485p　20cm　1900円　①4-532-17056-7
　　◇「饗宴」　新潮社　2001.12　665p　16cm　（新潮文庫）　819円　①4-10-120231-1

高橋 三千綱　たかはし・みちつな　1948〜

「恋わずらい」

0393　東奥日報　1999年10月29日〜2000年7月7日　朝刊
0731　福島民友　1999年11月6日〜2000年7月16日　朝刊
1660　京都新聞　1999年3月30日〜2000年1月28日　夕刊
1869　山陰中央新報　1999年8月20日〜2000年4月28日　朝刊
2726　南日本新聞　1999年12月10日〜2000年8月19日　朝刊

　　◇「恋わずらい」　朝日新聞社　2001.1　344p　20cm　1800円　①4-02-257556-5

「泥棒令嬢とペテン紳士」

0369　東奥日報　1989年8月23日〜1990年7月2日　朝刊
0436　岩手日報　1989年11月10日〜1990年9月19日　朝刊
0631　山形新聞　1989年11月1日〜1990年9月9日　朝刊
0717　福島民友　1989年4月25日〜1990年3月4日　朝刊
0992　新潟日報　1989年7月28日〜1990年8月3日　朝刊
1276　福井新聞　1989年6月16日〜1990年4月24日　朝刊
1459　岐阜新聞　1989年7月24日〜1990年6月2日　朝刊
1785　日本海新聞　1989年5月20日〜1990年3月29日　朝刊
2133　愛媛新聞　1989年7月10日〜1990年5月17日　朝刊
2598　大分合同新聞　1989年5月9日〜1990年3月15日　朝刊
2665　宮崎日日新聞　1989年6月8日〜1990年4月15日　朝刊

2784 琉球新報 1989年4月9日～1990年3月16日 朝刊

◇「霊能者」 角川書店 1992.5 343p 20cm 1700円 ⓘ4-04-872672-2
◇「霊能者」 角川書店 1993.4 373p 15cm （角川ホラー文庫） 640円
ⓘ4-04-145812-9

高橋 義夫 たかはし・よしお 1945～

「恨みし人も」

0505 河北新報 1993年9月1日～1994年7月24日 朝刊
0794 下野新聞 1993年7月1日～1994年5月27日 朝刊
1096 北日本新聞 1993年6月20日～1994年5月16日 朝刊
1468 岐阜新聞 1993年10月29日～1994年11月29日 夕刊
1796 日本海新聞 1993年7月16日～1994年6月10日 朝刊
2334 佐賀新聞 1993年8月7日～1994年7月3日 朝刊
2671 宮崎日日新聞 1994年1月7日～1994年11月28日 朝刊

「最上義光」

0680 山形新聞 2015年7月11日～2016年12月31日 朝刊

◇「さむらい道 上 最上義光表の合戦・奥の合戦」 中央公論新社 2017.3
380p 20cm 1900円 ⓘ978-4-12-004963-7
◇「さむらい道 下 最上義光もうひとつの関ケ原」 中央公論新社 2017.3
392p 20cm 1900円 ⓘ978-4-12-004964-4

「世なおし廻状」

0653 山形新聞 2000年4月24日～2001年2月27日 朝刊
0840 上毛新聞 2000年1月11日～2000年11月15日 朝刊
1013 新潟日報 2000年10月8日～2001年8月14日 朝刊
1545 静岡新聞 2000年2月1日～2001年2月6日 夕刊
1813 日本海新聞 2000年11月9日～2001年9月15日 朝刊

◇「天保世なおし廻状」 新潮社 2001.11 467p 20cm 2200円 ⓘ4-10-
372802-7
◇「天保世なおし廻状」 文藝春秋 2005.5 559p 16cm （文春文庫） 924
円 ⓘ4-16-757207-9

高村 薫 たかむら・かおる 1953～

「新リア王」

0254 日本経済新聞社 2003年3月1日～2004年10月31日 朝刊

◇「新リア王 上」 新潮社 2005.10 475p 20cm 1900円 ⓘ4-10-
378404-0
◇「新リア王 下」 新潮社 2005.10 396p 20cm 1900円 ⓘ4-10-

378405-9

「我らが少女A」

0229 毎日新聞 2017年8月1日～連載中 朝刊

岳 宏一郎 たけ・こういちろう 1938～

「群雲、大坂城へ」

0733 福島民友 2001年10月27日～2003年3月15日 朝刊

0842 上毛新聞 2001年10月1日～2003年2月17日 朝刊

1113 北日本新聞 2001年8月7日～2003年4月8日 夕刊

1775 奈良新聞 2001年12月15日～2003年5月5日 朝刊

1815 日本海新聞 2001年9月16日～2003年2月3日 朝刊

「乱世が好き」

0509 河北新報 1996年4月5日～1996年12月31日 朝刊

0798 下野新聞 1996年7月25日～1997年4月25日 朝刊

1151 富山新聞 1996年4月2日～1997年2月25日 朝刊

1223 北國新聞 1996年4月1日～1997年2月24日 夕刊

1474 岐阜新聞 1996年3月29日～1997年2月21日 夕刊

1769 奈良新聞 1996年9月16日～1997年6月19日 朝刊

1803 日本海新聞 1996年3月31日～1996年12月30日 朝刊

◇「乱世が好き 上」 毎日新聞社 1997.10 261p 20cm 1600円 ①4-620-10574-0

◇「乱世が好き 下」 毎日新聞社 1997.10 253p 20cm 1600円 ①4-620-10575-9

◇「軍師官兵衛 上」 講談社 2001.7 289p 15cm （講談社文庫） 629円 ①4-06-273216-5

◇「軍師官兵衛 下」 講談社 2001.7 283p 15cm （講談社文庫） 629円 ①4-06-273217-3

竹崎 有斐 たけざき・ゆうひ 1923～1993

「石切り山の人びと」

2541 熊本日日新聞 2006年4月13日～2006年8月4日 夕刊

◇「石切り山の人びと」 偕成社 1981.2 311p 18cm （偕成社文庫） 430円

◇「石切り山の人びと」 講談社 1981.9 281p 15cm （講談社文庫） 360円

「にげだした兵隊」

2545 熊本日日新聞 2007年3月25日～2007年6月23日 夕刊

◇「にげだした兵隊―原一平の戦争」 竹崎有斐作, 小林与志絵 岩崎書店 1983.8 219p 22cm （現代の創作児童文学） 1200円

「花吹雪のごとく」

2544 熊本日日新聞 2006年11月1日〜2007年3月17日 夕刊

◇「日本キリスト教児童文学全集　第13巻　花吹雪のごとく―竹崎有斐集」　竹崎有斐著　教文館　1983.12　274p　22cm　1800円

竹山 洋　たけやま・よう　1946〜
「火神」

0466 岩手日報 2003年8月12日〜2004年8月30日　朝刊

0735 福島民友 2004年1月31日〜2005年2月19日　朝刊

0805 下野新聞 2003年9月26日〜2004年10月15日　朝刊

1668 京都新聞 2003年11月17日〜2005年3月1日　夕刊

1821 日本海新聞 2004年6月17日〜2005年7月5日　朝刊

2069 徳島新聞 2004年2月4日〜2005年5月12日　夕刊

2630 大分合同新聞 2003年11月4日〜2005年1月27日　夕刊

◇「火神　上」　日本放送出版協会　2005.10　317p　20cm　1800円　Ⓘ4-14-005489-1

◇「火神　下」　日本放送出版協会　2005.10　362p　20cm　1800円　Ⓘ4-14-005490-5

太宰 治　だざい・おさむ　1909〜1948
「おしゃれ童子」

1032 新潟日報 2004年9月21日〜2004年9月24日　火曜〜土曜朝刊

1998 中国新聞 2004年5月11日〜2004年5月14日　朝刊

2230 高知新聞 2004年6月29日〜2004年7月2日　夕刊

2534 熊本日日新聞 2005年5月31日〜2005年6月3日　夕刊

2760 南日本新聞 2005年11月15日〜2005年11月18日　火曜〜金曜朝刊

◇「走れメロス」　改版　角川書店　2007.6　264p　15cm　（角川文庫）　362円　Ⓘ978-4-04-109913-1

◇「太宰治選集　1」　柏艪舎　2009.4　694p　22cm　4571円　Ⓘ978-4-434-12530-0, 978-4-434-12533-1

◇「太宰治ファッションコレクション2011」　太宰治著, パブリック・ブレイン編　パブリック・ブレイン　2011.10　118p　21cm　1200円　Ⓘ978-4-434-16008-0

◇「走れメロス」　海王社　2014.6　188p　15cm　（海王社文庫）　972円　Ⓘ978-4-7964-0563-8

「瘤取り」

1030 新潟日報 2004年9月7日〜2004年9月15日　火曜〜土曜朝刊

1997 中国新聞 2004年4月28日〜2004年5月6日　朝刊

たさい　　　　　　　　　　作家別一覧

2229　高知新聞　2004年6月21日～2004年6月28日　夕刊

2533　熊本日日新聞　2005年5月20日～2005年5月30日　夕刊

2759　南日本新聞　2005年11月1日～2005年11月11日　火曜～金曜朝刊

◇「お伽草紙」　未知谷　2007.4　158p　20cm　1800円　①978-4-89642-188-0

「舌切雀」

0535　河北新報　2009年8月31日～2009年9月12日　夕刊

◇「太宰治集—哀蚊」　太宰治著, 東雅夫編　筑摩書房　2009.8　382p　15cm（ちくま文庫　ふ36-12—文豪怪談傑作選）　880円　①978-4-480-42632-1

「水仙」

1054　新潟日報　2006年9月5日～2006年9月15日　火曜～土曜朝刊

2001　中国新聞　2004年6月1日～2004年6月10日　朝刊

2233　高知新聞　2004年7月14日～2004年7月23日　夕刊

2536　熊本日日新聞　2005年6月11日～2005年6月21日　夕刊

2763　南日本新聞　2005年12月13日～2005年12月23日　火曜～金曜朝刊

◇「太宰治選集　3」　柏艪舎　2009.4　724p　22cm　4762円　①978-4-434-12532-4, 978-4-434-12533-1

◇「我等、同じ船に乗り」　桐野夏生編　文藝春秋　2009.11　463p　16cm（文春文庫　き19-13—心に残る物語—日本文学秀作選）　686円　①978-4-16-760213-0

◇「走れメロス他〈新樹の言葉、水仙〉」　ゴマブックス　2017.3　126p　26cm（大活字名作シリーズ）　2300円　①978-4-7771-1892-2

◇「走れメロス・富嶽百景ほか」　筑摩書房　2017.4　286p　15cm　（ちくま文庫　き41-8—教科書で読む名作）　680円　①978-4-480-43418-0

「惜別」

0537　河北新報　2009年9月24日～2009年12月8日　夕刊

◇「十二月八日—太宰治戦時著作集」　毎日ワンズ　2012.12　283p　19cm　1500円　①978-4-901622-66-0

「たづねびと」

0534　河北新報　2009年8月17日～2009年8月22日　夕刊

◇「グッド・バイ」　66刷改版　新潮社　2008.9　397p　16cm　（新潮文庫）　514円　①978-4-10-100608-6

◇「太宰治選集　1」　柏艪舎　2009.4　694p　22cm　4571円　①978-4-434-12530-0, 978-4-434-12533-1

「女賊」

0536　河北新報　2009年9月14日～2009年9月18日　夕刊

◇「太宰治選集　2」　柏艪舎　2009.4　731p　22cm　4952円　①978-4-434-12531-7, 978-4-434-12533-1

314　新聞連載小説総覧 平成期 (1989～2017)

「走れメロス」

1029 新潟日報 2004年8月27日〜2004年9月4日 火曜〜土曜朝刊

1995 中国新聞 2004年4月1日〜2004年4月9日 朝刊

2227 高知新聞 2004年6月1日〜2004年6月8日 夕刊

2531 熊本日日新聞 2005年4月25日〜2005年5月7日 夕刊

2757 南日本新聞 2005年9月27日〜2005年10月6日 火曜〜金曜朝刊

◇「走れメロス」 改版 角川書店 2007.6 264p 15cm （角川文庫） 362円 ①978–4–04–109913–1

◇「走れメロス」 新装版 講談社 2007.10 236p 18cm （講談社青い鳥文庫 137–2） 570円 ①978–4–06–148792–5

◇「ほんものの友情、現在進行中！―power of friendship」 菊池寛, 国木田独歩, 太宰治, 新美南吉, 堀辰雄, 宮沢賢治作 くもん出版 2007.12 149p 20cm （読書がたのしくなる・ニッポンの文学） 1000円 ①978–4–7743–1342–9

◇「走れメロス」 ゴマブックス 2008.10 187p 19cm （ケータイ名作文学） 800円 ①978–4–7771–1112–1

◇「太宰治」 宝島社 2008.12 352p 21cm （別冊宝島―名作クラシックノベル） 714円 ①978–4–7966–6734–0

◇「人間失格 わが半生を語る―他」 日本文学館 2009.1 255p 19cm （日本名作選 8―昭和の文豪編） 800円 ①978–4–7765–1921–8

◇「走れメロス」 SDP 2009.1 235p 15cm （SDP bunko） 380円 ①978–4–903620–42–8

◇「21世紀版少年少女日本文学館 10 走れメロス・山椒魚」 太宰治, 井伏鱒二著 講談社 2009.2 245p 20cm 1400円 ①978–4–06–282660–0

◇「太宰治選集 1」 柏艪舎 2009.4 694p 22cm 4571円 ①978–4–434–12530–0, 978–4–434–12533–1

◇「太宰治選集 3」 柏艪舎 2009.4 724p 22cm 4762円 ①978–4–434–12532–4, 978–4–434–12533–1

◇「富嶽百景 走れメロス―他八篇」 岩波書店 2009.5 254p 19cm （ワイド版岩波文庫 309） 1100円 ①978–4–00–007309–7

◇「走れメロス」 ゴマブックス 2009.8 183p 15cm （ゴマ文庫 G136―ケータイ名作文学） 500円 ①978–4–7771–5143–1

◇「心をそだてるこれだけは読んでおきたい日本（にっぽん）の名作童話―決定版」 講談社 2009.10 287p 26cm 2800円 ①978–4–06–215695–0

◇「奇想と微笑―太宰治傑作選」 太宰治著, 森見登美彦編 光文社 2009.11 447p 16cm （光文社文庫 も18–1） 705円 ①978–4–334–74692–6

◇「走れメロス―太宰治名作選」 太宰治作, 藤田香絵 アスキー・メディアワークス 2010.2 237p 18cm （角川つばさ文庫 Fた1–1） 560円 ①978–4–04–631069–9

◇「走れメロス 上」 太宰治作, 村上豊絵 新装版 講談社 2010.4 299p 21cm （講談社オンデマンドブックス―講談社大きな文字の青い鳥文庫） ①978–4–06–407443–6

たさい　　　　　　　　作家別一覧

◇「読んでおきたい名作　小学6年」　川島隆太監修　成美堂出版　2011.4
207p　22cm　700円　Ⓘ978-4-415-31036-7

◇「読んでおきたいベスト集！太宰治」　太宰治著, 別冊宝島編集部編　宝島社
2011.7　647p　16cm　（宝島社文庫）　686円　Ⓘ978-4-7966-8511-5

◇「太宰治」　東京書籍　2011.8　54p　20cm　（朗読CD付き名作文学シリー
ズ朗読の時間）　1700円　Ⓘ978-4-487-80592-1

◇「走れメロス」　角川春樹事務所　2012.4　125p　16cm　（ハルキ文庫　た
21-2）　267円　Ⓘ978-4-7584-3652-6

◇「林修の「今読みたい」日本文学講座」　林修編著　宝島社　2013.10　319p
19cm　1000円　Ⓘ978-4-8002-1811-7

◇「太宰治ヴィジュアル選集」　太宰治,NHK,テレコムスタッフ著　講談社
2014.1　79p　20cm　1800円　Ⓘ978-4-06-218731-2

◇「泣ける太宰笑える太宰―太宰治アンソロジー 言視舎版」　太宰治著, 宝泉薫
編　言視舎　2014.5　190p　21cm　（言視BOOKS）　1300円　Ⓘ978-4-
905369-88-2

◇「走れメロス」　海王社　2014.6　188p　15cm　（海王社文庫）　972円
Ⓘ978-4-7964-0563-8

◇「もう一度読みたい教科書の泣ける名作　再び」　学研教育出版編　学研教育
出版　2014.12　223p　17cm　800円　Ⓘ978-4-05-406191-0

◇「太宰治名作集―心に残るロングセラー 小学生に読ませたい名作10話」　太
宰治著, 鬼塚りつ子責任編集　世界文化社　2015.6　143p　24cm　1200円
Ⓘ978-4-418-15807-2

◇「人間失格・走れメロス」　双葉社　2016.11　222p　18cm　（双葉社ジュニ
ア文庫）　620円　Ⓘ978-4-575-24006-1

◇「走れメロス―太宰治短編集」　太宰治作, 西加奈子編, 浅見よう絵　講談社
2017.2　249p　18cm　（講談社青い鳥文庫　137-3）　650円　Ⓘ978-4-06-
285609-6

◇「走れメロス他〈新樹の言葉、水仙〉」　ゴマブックス　2017.3　126p　26cm
（大活字名作シリーズ）　2300円　Ⓘ978-4-7771-1892-2

◇「走れメロス・富嶽百景ほか」　筑摩書房　2017.4　286p　15cm　（ちくま文
庫　き41-8―教科書で読む名作）　680円　Ⓘ978-4-480-43418-0

「パンドラの匣」

0533　河北新報　2009年6月1日～2009年8月14日　夕刊

2772　南日本新聞　2010年7月13日～2010年10月19日　朝刊

◇「走れメロス」　SDP　2009.1　235p　15cm　（SDP bunko）　380円
Ⓘ978-4-903620-42-8

◇「パンドラの匣」　59刷改版　新潮社　2009.4　416p　16cm　（新潮文庫
た-2-11）　514円　Ⓘ978-4-10-100611-6

◇「太宰治選集　2」　柏艪舎　2009.4　731p　22cm　4952円　Ⓘ978-4-434-
12531-7, 978-4-434-12533-1

◇「斜陽 パンドラの匣」　文藝春秋　2009.5　342p　16cm　（文春文庫　た47-
2―太宰治映画化原作コレクション　1）　390円　Ⓘ978-4-16-715112-6

316　新聞連載小説総覧 平成期（1989～2017）

◇「パンドラの匣―河北新報社版」 河北新報出版センター 2009.8 223, 3p 18cm 1000円 Ⓘ978-4-87341-235-1

◇「パンドラの匣」 ぶんか社 2009.11 236p 15cm （ぶんか社文庫 た-8-3） 467円 Ⓘ978-4-8211-5320-6

◇「泣ける太宰笑える太宰―太宰治アンソロジー 言視舎版」 太宰治著, 宝泉薫編 言視舎 2014.5 190p 21cm （言視BOOKS） 1300円 Ⓘ978-4-905369-88-2

「貧の意地」

1055 新潟日報 2006年9月19日～2006年9月27日 火曜～土曜朝刊

2000 中国新聞 2004年5月21日～2004年5月28日 朝刊

2232 高知新聞 2004年7月7日～2004年7月13日 夕刊

2535 熊本日日新聞 2005年6月4日～2005年6月10日 夕刊

2762 南日本新聞 2005年11月29日～2005年12月8日 火曜～金曜朝刊

◇「太宰治―1909-1948」 筑摩書房 2008.1 477p 15cm （ちくま日本文学 8） 880円 Ⓘ978-4-480-42508-9

◇「太宰治選集 1」 柏艪舎 2009.4 694p 22cm 4571円 Ⓘ978-4-434-12530-0, 978-4-434-12533-1

◇「奇想と微笑―太宰治傑作選」 太宰治著, 森見登美彦編 光文社 2009.11 447p 16cm （光文社文庫 も18-1） 705円 Ⓘ978-4-334-74692-6

◇「ちくま文学の森 2 心洗われる話」 安野光雅, 森毅, 井上ひさし, 池内紀編 筑摩書房 2010.9 524p 15cm 950円 Ⓘ978-4-480-42732-8

◇「中学生までに読んでおきたい日本文学 4 お金物語」 松田哲夫編 あすなろ書房 2010.12 293p 22cm 1800円 Ⓘ978-4-7515-2624-8

◇「とっておきの笑いあります！ もう一丁!!」 小川未明, 槇本楠郎, 島崎藤村, 太宰治, 菊池寛, 宮沢賢治, 夏目漱石作 くもん出版 2013.11 161p 20cm （読書がたのしくなるニッポンの文学） 1200円 Ⓘ978-4-7743-2181-3

「富嶽百景」

1033 新潟日報 2004年9月25日～2004年10月8日 火曜～土曜朝刊

1996 中国新聞 2004年4月13日～2004年4月27日 朝刊

2228 高知新聞 2004年6月9日～2004年6月18日 夕刊

2532 熊本日日新聞 2005年5月9日～2005年5月19日 夕刊

2758 南日本新聞 2005年10月12日～2005年10月27日 火曜～金曜朝刊

◇「走れメロス」 改版 角川書店 2007.6 264p 15cm （角川文庫） 362円 Ⓘ978-4-04-109913-1

◇「走れメロス」 新装版 講談社 2007.10 236p 18cm （講談社青い鳥文庫 137-2） 570円 Ⓘ978-4-06-148792-5

◇「走れメロス」 ゴマブックス 2008.10 187p 19cm （ケータイ名作文学） 800円 Ⓘ978-4-7771-1112-1

◇「太宰治」 宝島社 2008.12 352p 21cm （別冊宝島―名作クラシックノベル） 714円 Ⓘ978-4-7966-6734-0

◇「百年小説─the birth of modern Japanese literature」　ポプラクリエイティ
ブネットワーク編　ポプラ社　2008.12　1331p　23cm　6600円　Ⓘ978-4-
591-10497-2

◇「21世紀版少年少女日本文学館　10　走れメロス・山椒魚」　太宰治, 井伏鱒
二著　講談社　2009.2　245p　20cm　1400円　Ⓘ978-4-06-282660-0

◇「人間失格 富嶽百景」　PHP研究所　2009.4　333p　15cm　（PHP文庫　た
76-1）　457円　Ⓘ978-4-569-67239-7

◇「太宰治選集　1」　柏艪舎　2009.4　694p　22cm　4571円　Ⓘ978-4-434-
12530-0, 978-4-434-12533-1

◇「太宰治選集　2」　柏艪舎　2009.4　731p　22cm　4952円　Ⓘ978-4-434-
12531-7, 978-4-434-12533-1

◇「富嶽百景・走れメロス─他八篇」　岩波書店　2009.5　254p　19cm　（ワイ
ド版岩波文庫　309）　1100円　Ⓘ978-4-00-007309-7

◇「走れメロス」　ゴマブックス　2009.8　183p　15cm　（ゴマ文庫　G136─
ケータイ名作文学）　500円　Ⓘ978-4-7771-5143-1

◇「走れメロス　下」　太宰治作, 村上豊絵　新装版　講談社　2010.4　326p
21cm　（講談社オンデマンドブックス─講談社大きな文字の青い鳥文庫）
Ⓘ978-4-06-407444-3

◇「読んでおきたいベスト集！ 太宰治」　太宰治著, 別冊宝島編集部編　宝島社
2011.7　647p　16cm　（宝島社文庫）　686円　Ⓘ978-4-7966-8511-5

◇「走れメロス」　角川春樹事務所　2012.4　125p　16cm　（ハルキ文庫　た
21-2）　267円　Ⓘ978-4-7584-3652-6

◇「私小説名作選　上」　中村光夫選, 日本ペンクラブ編　講談社　2012.5
279p　16cm　（講談社文芸文庫　なH5）　1400円　Ⓘ978-4-06-290158-1

◇「富士山」　千野帽子編　角川書店　2013.9　332p　15cm　（角川文庫　あ
210-1）　667円　Ⓘ978-4-04-101008-2

◇「走れメロス」　海王社　2014.6　188p　15cm　（海王社文庫）　972円
Ⓘ978-4-7964-0563-8

◇「男性作家が選ぶ太宰治」　講談社　2015.2　257p　16cm　（講談社文芸文庫
たAK1）　1350円　Ⓘ978-4-06-290258-8

◇「人間失格・走れメロス」　双葉社　2016.11　222p　18cm　（双葉社ジュニ
ア文庫）　620円　Ⓘ978-4-575-24006-1

◇「走れメロス・富嶽百景ほか」　筑摩書房　2017.4　286p　15cm　（ちくま文
庫　き41-8─教科書で読む名作）　680円　Ⓘ978-4-480-43418-0

「雪の夜の話」

1031　新潟日報　2004年9月16日～2004年9月21日　火曜～土曜朝刊

1999　中国新聞　2004年5月18日～2004年5月20日　朝刊

2231　高知新聞　2004年7月3日～2004年7月6日　夕刊

2761　南日本新聞　2005年11月22日～2005年11月25日　火曜～金曜朝刊

◇「鶴の笛・ある手品師の話」　林芙美子著, 水谷まさる著　くもん出版　2007.
2　125p　26cm　（脳を鍛える大人の名作読本　童話）　600円　Ⓘ978-4-

◇「走れメロス」　新装版　講談社　2007.10　236p　18cm　（講談社青い鳥文庫　137-2）　570円　①978-4-06-148792-5

◇「21世紀版少年少女日本文学館　10　走れメロス・山椒魚」　太宰治, 井伏鱒二著　講談社　2009.2　245p　20cm　1400円　①978-4-06-282660-0

◇「ろまん燈籠」　28刷改版　新潮社　2009.4　330p　16cm　（新潮文庫　た-2-17）　476円　①978-4-10-100617-8

◇「太宰治選集　1」　柏艪舎　2009.4　694p　22cm　4571円　①978-4-434-12530-0, 978-4-434-12533-1

◇「太宰治選集　3」　柏艪舎　2009.4　724p　22cm　4762円　①978-4-434-12532-4, 978-4-434-12533-1

◇「女詞—太宰治アンソロジー」　凱風社　2009.5　189p　19cm　（PD叢書）　1400円　①978-4-7736-3309-2

◇「女生徒」　改版　角川書店　2009.5　279p　15cm　（角川文庫　15707）　438円　①978-4-04-109915-5

◇「走れメロス　下」　太宰治作, 村上豊絵　新装版　講談社　2010.4　326p　21cm　（講談社オンデマンドブックス—講談社大きな文字の青い鳥文庫）　①978-4-06-407444-3

◇「斜陽/雪の夜の話」　海王社　2012.11　254p　15cm　（海王社文庫）　952円　①978-4-7964-0368-9

◇「桜桃・雪の夜の話」　太宰治著, 七北数人編　実業之日本社　2013.12　353p　16cm　（実業之日本社文庫　ん3-3—無頼派作家の夜）　600円　①978-4-408-55156-2

◇「太宰治ヴィジュアル選集」　太宰治,NHK,テレコムスタッフ著　講談社　2014.1　79p　20cm　1800円　①978-4-06-218731-2

◇「太宰治名作集—心に残るロングセラー　小学生に読ませたい名作10話」　太宰治著, 鬼塚りつ子責任編集　世界文化社　2015.6　143p　24cm　1200円　①978-4-418-15807-2

◇「人間失格・走れメロス」　双葉社　2016.11　222p　18cm　（双葉社ジュニア文庫）　620円　①978-4-575-24006-1

田澤 拓也　たざわ・たくや　1952～

「外ケ浜の男」

0417　東奥日報　2009年4月5日～2010年3月28日　日曜朝刊

◇「外ケ浜の男」　角川学芸出版　2010.4　291p　20cm　1714円　①978-4-04-621424-9

立松 和平　たてまつ・わへい　1947～2010

「悪の華」

0572　秋田魁新報　1992年1月17日～1992年10月4日　朝刊

たてまつ　　　　　　　　作家別一覧

1139　富山新聞　1992年2月13日〜1992年11月1日　朝刊

1211　北國新聞　1992年2月13日〜1992年11月1日　朝刊

1369　信濃毎日新聞　1992年1月27日〜1992年10月16日　朝刊

1698　神戸新聞　1992年2月22日〜1992年11月11日　朝刊

1954　中国新聞　1992年2月6日〜1992年10月24日　朝刊

2186　高知新聞　1991年12月20日〜1992年9月4日　朝刊

2441　熊本日日新聞　1992年2月16日〜1992年11月2日　朝刊

「恩寵の谷」

0323　北海道新聞　1995年9月1日〜1996年12月28日　夕刊

0508　河北新報　1995年9月1日〜1996年12月28日　夕刊

0912　東京新聞　1995年9月1日〜1996年12月28日　夕刊

1596　中日新聞　1995年9月1日〜1996年12月28日　夕刊

1704　神戸新聞　1995年9月12日〜1997年1月4日　夕刊

2279　西日本新聞　1995年9月1日〜1996年12月28日　夕刊

◇「恩寵の谷」　新潮社　1997.6　489p　20cm　2500円　Ⓘ4-10-333606-4

◇「恩寵の谷」　河出書房新社　2001.6　636p　15cm　（河出文庫）　1200円
Ⓘ4-309-40629-7

「寒雷」

0796　下野新聞　1995年1月23日〜1995年7月4日　朝刊

◇「黙示の華」　岩波書店　1995.12　270p　20cm　1800円　Ⓘ4-00-002294-6

「白い空」

0081　読売新聞　1990年8月17日〜1991年5月15日　夕刊

◇「白い空」　読売新聞社　1991.10　388p　20cm　1600円　Ⓘ4-643-91084-4

◇「立松和平全小説　第16巻　永遠への旅立ち」　勉誠出版　2012.5　457p
22cm　4500円　Ⓘ978-4-585-01284-9

「猫月夜」

0652　山形新聞　1999年3月4日〜2000年4月23日　朝刊

0801　下野新聞　1999年10月7日〜2000年11月27日　朝刊

0971　神奈川新聞　1999年8月17日〜2000年10月6日　朝刊

1012　新潟日報　1999年9月25日〜2001年2月10日　夕刊

1108　北日本新聞　1999年2月13日〜2000年4月5日　朝刊

1289　福井新聞　1999年2月13日〜2000年4月5日　朝刊

1482　岐阜新聞　1999年9月17日〜2001年2月3日　夕刊

1914　山陽新聞　1999年2月13日〜2000年4月7日　朝刊

2060　徳島新聞　1999年6月4日〜2000年10月11日　夕刊

2154　愛媛新聞　1999年9月8日〜2000年10月24日　朝刊

2678　宮崎日日新聞　1999年6月16日〜2000年8月1日　朝刊

作家別一覧　　　　　　　　　　　たわら

◇「猫月夜　上」　河出書房新社　2002.10　293p　20cm　2200円　Ⓘ4–309–01510–7

◇「猫月夜　下」　河出書房新社　2002.10　274p　20cm　2200円　Ⓘ4–309–01511–5

◇「立松和平全小説　第26巻　生きていく「私」」　勉誠出版　2014.4　388p　22cm　4500円　Ⓘ978–4–585–01294–8

田中 小実昌　たなか・こみまさ　1925〜2000
「きょうがきのうに」
0076　読売新聞　1989年1月4日〜1989年7月19日　夕刊

◇「きょうがきのうに」　読売新聞社　1989.12　282p　20cm　1300円　Ⓘ4–643–89086–X

田辺 栄一　たなべ・えいいち*　1941〜
「備前遊奇隊」
1922　山陽新聞　2006年11月1日〜2007年12月28日　夕刊

田辺 聖子　たなべ・せいこ　1928〜
「おかあさん疲れたよ」
0082　読売新聞　1991年3月21日〜1992年5月24日　朝刊

◇「おかあさん疲れたよ　上」　講談社　1992.12　391p　20cm　1500円　Ⓘ4–06–206140–6

◇「おかあさん疲れたよ　下」　講談社　1992.12　345p　20cm　1500円　Ⓘ4–06–206141–4

◇「おかあさん疲れたよ　上」　講談社　1995.6　409p　15cm　（講談社文庫）　620円　Ⓘ4–06–185984–6

◇「おかあさん疲れたよ　下」　講談社　1995.6　366p　15cm　（講談社文庫）　600円　Ⓘ4–06–185985–4

◇「おかあさん疲れたよ」　埼玉福祉会　1998.9　4冊　22cm　（大活字本シリーズ）　3600円, 3700円, 3600円, 3400円

◇「田辺聖子全集　第21巻」　集英社　2005.8　626p　22cm　4300円　Ⓘ4–08–155021–2

俵 万智　たわら・まち　1962〜
「トリアングル」
0114　読売新聞　2003年8月25日〜2004年3月4日　夕刊

◇「トリアングル」　中央公論新社　2004.5　303p　20cm　1400円　Ⓘ4–12–003535–2

◇「トリアングル」　中央公論新社　2006.9　298p　16cm　（中公文庫）　590
円　Ⓘ4-12-204708-0

【 ち 】

陳 舜臣　ちん・しゅんしん　1924〜2015

「青山一髪」

0110　読売新聞　2002年5月13日〜2003年6月22日　朝刊

◇「青山一髪　上」　中央公論新社　2003.11　330p　20cm　1700円　Ⓘ4-12-
003465-8
◇「青山一髪　下」　中央公論新社　2003.11　336p　20cm　1700円　Ⓘ4-12-
003466-6
◇「孫文　上（武装蜂起）」　中央公論新社　2006.3　364p　16cm　（中公文庫）
686円　Ⓘ4-12-204659-9
◇「孫文　下（辛亥への道）」　中央公論新社　2006.3　381p　16cm　（中公文
庫）　686円　Ⓘ4-12-204660-2

「チンギス・ハーンの一族」

0018　朝日新聞　1995年4月5日〜1997年5月31日　朝刊

◇「チンギス・ハーンの一族　1　草原の覇者」　朝日新聞社　1997.5　381p
20cm　1700円　Ⓘ4-02-257124-1
◇「チンギス・ハーンの一族　2　中原を征く」　朝日新聞社　1997.8　388p
20cm　1700円　Ⓘ4-02-257125-X
◇「チンギス・ハーンの一族　3　滄海への道」　朝日新聞社　1997.10　388p
20cm　1800円　Ⓘ4-02-257126-8
◇「チンギス・ハーンの一族　4　斜陽万里」　朝日新聞社　1997.10　397p
20cm　1800円　Ⓘ4-02-257127-6
◇「チンギス・ハーンの一族　1　草原の覇者」　集英社　2000.5　419p　16cm
（集英社文庫）　705円　Ⓘ4-08-747193-4
◇「チンギス・ハーンの一族　2　中原を征く」　集英社　2000.5　442p　16cm
（集英社文庫）　724円　Ⓘ4-08-747194-2
◇「チンギス・ハーンの一族　3　滄海への道」　集英社　2000.6　437p　16cm
（集英社文庫）　724円　Ⓘ4-08-747207-8
◇「チンギス・ハーンの一族　4　斜陽万里」　集英社　2000.6　452p　16cm
（集英社文庫）　743円　Ⓘ4-08-747208-6
◇「チンギス・ハーンの一族　前」　集英社　2000.10　595p　21cm　（陳舜臣
中国ライブラリー　17）　3300円　Ⓘ4-08-154017-9
◇「チンギス・ハーンの一族　後」　集英社　2000.11　616p　21cm　（陳舜臣
中国ライブラリー　18）　3800円　Ⓘ4-08-154018-7
◇「チンギス・ハーンの一族　1（草原の覇者）」　中央公論新社　2007.1　419p

16cm （中公文庫） 781円 ⓘ978-4-12-204808-9

◇「チンギス・ハーンの一族 2（中原を征く）」 中央公論新社 2007.1 440p
16cm （中公文庫） 781円 ⓘ978-4-12-204809-6

◇「チンギス・ハーンの一族 3（滄海への道）」 中央公論新社 2007.2 437p
16cm （中公文庫） 819円 ⓘ978-4-12-204813-3

◇「チンギス・ハーンの一族 4（斜陽万里）」 中央公論新社 2007.2 452p
16cm （中公文庫） 819円 ⓘ978-4-12-204814-0

「天球は翔ける」

0179 毎日新聞 1999年1月1日～1999年12月14日 朝刊

◇「天球は翔ける 上」 毎日新聞社 2000.4 327p 20cm 1700円 ⓘ4-620-10611-9

◇「天球は翔ける 下」 毎日新聞社 2000.4 318p 20cm 1700円 ⓘ4-620-10612-7

◇「天球は翔ける―アメリカ大陸横断鉄道秘話 上」 集英社 2003.4 389p
16cm （集英社文庫） 686円 ⓘ4-08-747562-X

◇「天球は翔ける―アメリカ大陸横断鉄道秘話 下」 集英社 2003.4 388p
16cm （集英社文庫） 686円 ⓘ4-08-747563-8

「夢ざめの坂」

0493 河北新報 1989年9月20日～1990年7月21日 朝刊

1760 奈良新聞 1990年2月2日～1990年12月5日 朝刊

1857 山陰中央新報 1990年6月28日～1991年4月30日 朝刊

1898 山陽新聞 1989年12月16日～1990年12月21日 夕刊

2035 徳島新聞 1989年7月1日～1990年9月5日 夕刊

2135 愛媛新聞 1990年5月18日～1991年5月21日 夕刊

2327 佐賀新聞 1990年6月3日～1991年4月6日 朝刊

2704 南日本新聞 1990年4月1日～1991年4月6日 夕刊

◇「夢ざめの坂 上」 講談社 1991.6 292p 20cm 1400円 ⓘ4-06-205329-2

◇「夢ざめの坂 下」 講談社 1991.6 278p 20cm 1400円 ⓘ4-06-205330-6

◇「夢ざめの坂 上」 講談社 1994.9 316p 15cm （講談社文庫） 540円
ⓘ4-06-185765-7

◇「夢ざめの坂 下」 講談社 1994.9 311p 15cm （講談社文庫） 540円
ⓘ4-06-185766-5

◇「夢ざめの坂」 集英社 2001.9 650p 21cm （陳舜臣中国ライブラリー 9） 3400円 ⓘ4-08-154009-8

【つ】

司 修 つかさ・おさむ　1936～
「蕪村へのタイムトンネル」

1563　静岡新聞　2008年4月15日～2009年8月31日　朝刊

◇「蕪村へのタイムトンネル」　朝日新聞出版　2010.6　475p　23cm　3800円
①978-4-02-250740-2

辻 邦生　つじ・くにお　1925～1999
「光の大地」

0170　毎日新聞　1995年10月1日～1996年3月13日　朝刊

◇「光の大地」　毎日新聞社　1996.7　325p　20cm　1500円　①4-620-10547-3

辻 仁成　つじ・じんせい　⇒辻 仁成（つじ・ひとなり）

辻 仁成　つじ・ひとなり　1959～
「愛犬ゼルダの旅立ち」

0678　山形新聞　2014年7月8日～2014年12月30日　朝刊

0817　下野新聞　2014年3月30日～2014年9月13日　朝刊

1347　山梨日日新聞　2014年4月27日～2014年10月21日　朝刊

1514　岐阜新聞　2014年6月2日～2014年12月26日　夕刊

2084　徳島新聞　2014年4月26日～2014年10月10日　朝刊

2695　宮崎日日新聞　2014年4月25日～2014年10月19日　朝刊

辻井 喬　つじい・たかし　1927～2013
「終わりからの旅」

0036　朝日新聞　2003年7月1日～2004年9月15日　朝刊

◇「終わりからの旅」　朝日新聞社　2005.4　645p　20cm　2500円　①4-02-
250018-2

◇「終わりからの旅」　朝日新聞出版　2008.9　662p　15cm　（朝日文庫）
1200円　①978-4-02-261595-4

「風の生涯」

0248　日本経済新聞社　1998年12月15日～2000年4月3日　朝刊

作家別一覧　　つしはら

◇「風の生涯　上巻」　新潮社　2000.10　382p　20cm　1800円　Ⓘ4-10-340709-3

◇「風の生涯　下巻」　新潮社　2000.10　325p　20cm　1800円　Ⓘ4-10-340710-7

◇「風の生涯　上巻」　新潮社　2003.12　456p　16cm　（新潮文庫）　629円　Ⓘ4-10-102527-4

◇「風の生涯　下巻」　新潮社　2003.12　398p　16cm　（新潮文庫）　552円　Ⓘ4-10-102528-2

辻原 登　つじはら・のぼる　1945～

「韃靼の馬」

0264　日本経済新聞社　2009年11月1日～2011年1月21日　朝刊

◇「韃靼の馬」　日本経済新聞出版社　2011.7　639p　20cm　2400円　Ⓘ978-4-532-17108-7

◇「韃靼の馬　上」　集英社　2014.7　445p　16cm　（集英社文庫　つ18-4）　800円　Ⓘ978-4-08-745209-9

◇「韃靼の馬　下」　集英社　2014.7　323p　16cm　（集英社文庫　つ18-5）　660円　Ⓘ978-4-08-745210-5

「翔べ 麒麟」

0097　読売新聞　1997年4月10日～1998年5月8日　朝刊

◇「翔べ麒麟」　読売新聞社　1998.10　645p　20cm　1905円　Ⓘ4-643-98095-8

◇「翔べ麒麟　上」　文藝春秋　2001.10　401p　16cm　（文春文庫）　638円　Ⓘ4-16-731605-6

◇「翔べ麒麟　下」　文藝春秋　2001.10　379p　16cm　（文春文庫）　600円　Ⓘ4-16-731606-4

◇「翔べ麒麟　1」　埼玉福祉会　2003.11　291p　21cm　（大活字本シリーズ）　3000円　Ⓘ4-88419-224-9

◇「翔べ麒麟　2」　埼玉福祉会　2003.11　331p　21cm　（大活字本シリーズ）　3100円　Ⓘ4-88419-225-7

◇「翔べ麒麟　3」　埼玉福祉会　2003.11　339p　21cm　（大活字本シリーズ）　3100円　Ⓘ4-88419-226-5

◇「翔べ麒麟　4」　埼玉福祉会　2003.11　286p　21cm　（大活字本シリーズ）　2900円　Ⓘ4-88419-227-3

◇「翔べ麒麟　5」　埼玉福祉会　2003.11　297p　21cm　（大活字本シリーズ）　3000円　Ⓘ4-88419-228-1

◇「翔べ麒麟　上」　角川書店　2012.2　379p　15cm　（角川文庫　17266）　667円　Ⓘ978-4-04-100028-1

◇「翔べ麒麟　下」　角川書店　2012.2　355p　15cm　（角川文庫　17267）　629円　Ⓘ978-4-04-100027-4

「発熱」

0250 日本経済新聞社 2000年4月4日〜2001年4月24日 朝刊

◇「発熱 上」 日本経済新聞社 2001.6 328p 20cm 1400円 Ⓘ4–532–17061–3

◇「発熱 下」 日本経済新聞社 2001.6 309p 20cm 1400円 Ⓘ4–532–17062–1

◇「発熱 上」 文藝春秋 2005.3 350p 16cm （文春文庫） 648円 Ⓘ4–16–731608–0

◇「発熱 下」 文藝春秋 2005.3 338p 16cm （文春文庫） 648円 Ⓘ4–16–731609–9

「花はさくら木」

0040 朝日新聞 2005年4月17日〜2005年11月27日 朝刊

◇「花はさくら木」 朝日新聞社 2006.4 367p 20cm 1700円 Ⓘ4–02–250179–0

◇「花はさくら木」 朝日新聞出版 2009.9 462p 15cm （朝日文庫 じ9–1） 800円 Ⓘ978–4–02–264503–6

◇「花はさくら木 上」 埼玉福祉会 2013.12 399p 21cm （大活字本シリーズ） 3300円 Ⓘ978–4–88419–903–6

◇「花はさくら木 下」 埼玉福祉会 2013.12 418p 21cm （大活字本シリーズ） 3300円 Ⓘ978–4–88419–904–3

「許されざる者」

0201 毎日新聞 2007年7月11日〜2009年2月28日 朝刊

◇「許されざる者 上」 毎日新聞社 2009.6 430p 20cm 1700円 Ⓘ978–4–620–10735–6

◇「許されざる者 下」 毎日新聞社 2009.6 412p 20cm 1700円 Ⓘ978–4–620–10736–3

◇「許されざる者 上」 集英社 2012.8 549p 16cm （集英社文庫 つ18–1） 880円 Ⓘ978–4–08–746870–0

◇「許されざる者 下」 集英社 2012.8 525p 16cm （集英社文庫 つ18–2） 880円 Ⓘ978–4–08–746871–7

津島 佑子 つしま・ゆうこ 1947〜2016

「葦舟、飛んだ」

0205 毎日新聞 2009年4月1日〜2010年5月15日 夕刊

◇「葦舟、飛んだ」 毎日新聞社 2011.1 451p 20cm 2000円 Ⓘ978–4–620–10762–2

作家別一覧　　　　　　　つもと

辻村 深月　つじむら・みずき　1980〜
「青空と逃げる」
　　0145　読売新聞　2015年5月27日〜2016年5月21日　夕刊

筒井 康隆　つつい・やすたか　1934〜
「朝のガスパール」
　　0006　朝日新聞　1991年10月18日〜1992年3月31日　朝刊
　　　◇「朝のガスパール」　朝日新聞社　1992.8　327p　20cm　1300円　⑪4-02-256483-0
　　　◇「朝のガスパール」　新潮社　1995.8　331p　15cm　（新潮文庫）　520円　⑪4-10-117134-3
　　　◇「筒井康隆コレクション　7　朝のガスパール」　筒井康隆著, 日下三蔵編　出版芸術社　2017.11　607p　20cm　2800円　⑪978-4-88293-479-0
「聖痕」
　　0056　朝日新聞　2012年7月13日〜2013年3月13日　朝刊
　　　◇「聖痕」　新潮社　2013.5　258p　20cm　1400円　⑪978-4-10-314530-1
　　　◇「聖痕」　新潮社　2015.12　343p　16cm　（新潮文庫　つ-4-53）　590円　⑪978-4-10-117153-1

堤 清二　つつみ・せいじ　⇒辻井 喬（つじい・たかし）

津村 記久子　つむら・きくこ　1978〜
「ディス・イズ・ザ・デイ（**THIS IS THE DAY**）」
　　0075　朝日新聞　2017年1月6日〜2018年3月30日　金曜夕刊

津本 陽　つもと・よう　1929〜
「大わらんじの男」
　　0239　日本経済新聞社　1993年10月18日〜1995年8月31日　朝刊
　　　◇「大わらんじの男　1」　日本経済新聞社　1994.10　349p　20cm　1500円　⑪4-532-17037-0
　　　◇「大わらんじの男　2」　日本経済新聞社　1994.12　317p　20cm　1500円　⑪4-532-17038-9
　　　◇「大わらんじの男　3」　日本経済新聞社　1995.6　291p　20cm　1500円　⑪4-532-17039-7
　　　◇「大わらんじの男　4」　日本経済新聞社　1995.10　280p　20cm　1500円　⑪4-532-17043-5
　　　◇「大わらんじの男─八代将軍徳川吉宗　1」　文藝春秋　1998.6　349p　16cm

新聞連載小説総覧 平成期（1989〜2017）　**327**

（文春文庫）　495円　Ⓘ4–16–731438–X

◇「大わらんじの男―八代将軍徳川吉宗　2」　文藝春秋　1998.6　323p　16cm
（文春文庫）　495円　Ⓘ4–16–731439–8

◇「大わらんじの男―八代将軍徳川吉宗　3」　文藝春秋　1998.7　291p　16cm
（文春文庫）　476円　Ⓘ4–16–731440–1

◇「大わらんじの男―八代将軍徳川吉宗　4」　文藝春秋　1998.7　284p　16cm
（文春文庫）　476円　Ⓘ4–16–731441–X

◇「津本陽歴史長篇全集　第19巻　大わらんじの男　上」　角川書店　2000.1
355p　22cm　5800円　Ⓘ4–04–574519–X

◇「津本陽歴史長篇全集　第20巻　大わらんじの男　下」　角川書店　2000.2
313p　22cm　5800円　Ⓘ4–04–574520–3

◇「大わらんじの男―八代将軍徳川吉宗　1」　幻冬舎　2011.2　314p　16cm
（幻冬舎時代小説文庫　つ-2-23）　648円　Ⓘ978–4–344–41634–5

◇「大わらんじの男―八代将軍徳川吉宗　2」　幻冬舎　2011.4　238p　16cm
（幻冬舎時代小説文庫　つ-2-24）　571円　Ⓘ978–4–344–41665–9

◇「大わらんじの男―八代将軍徳川吉宗　3」　幻冬舎　2011.6　283p　16cm
（幻冬舎時代小説文庫　つ-2-25）　600円　Ⓘ978–4–344–41694–9

◇「大わらんじの男―八代将軍徳川吉宗　4」　幻冬舎　2011.8　361p　16cm
（幻冬舎時代小説文庫　つ-2-26）　686円　Ⓘ978–4–344–41731–1

◇「大わらんじの男―八代将軍徳川吉宗　5」　幻冬舎　2011.10　360p　16cm
（幻冬舎時代小説文庫　つ-2-27）　686円　Ⓘ978–4–344–41760–1

「真田忍俠記」

0167　毎日新聞 1994年11月27日～1996年9月29日 日曜版

◇「真田忍俠記　上」　毎日新聞社　1996.11　282p　20cm　1500円　Ⓘ4–
620–10554–6

◇「真田忍俠記　下」　毎日新聞社　1996.11　281p　20cm　1500円　Ⓘ4–
620–10555–4

◇「真田忍俠記　上」　講談社　2000.1　345p　15cm　（講談社文庫）　619円
Ⓘ4–06–264748–6

◇「真田忍俠記　下」　講談社　2000.1　341p　15cm　（講談社文庫）　619円
Ⓘ4–06–264749–4

◇「真田忍俠記　上」　PHP研究所　2015.5　359p　15cm　（PHP文芸文庫
つ1-7）　780円　Ⓘ978–4–569–76374–3

◇「真田忍俠記　下」　PHP研究所　2015.5　330p　15cm　（PHP文芸文庫
つ1-8）　760円　Ⓘ978–4–569–76375–0

「椿と花水木 万次郎の生涯」

0086　読売新聞 1992年5月25日～1993年11月3日 朝刊

◇「椿と花水木―万次郎の生涯　上」　読売新聞社　1994.3　404p　20cm
1500円　Ⓘ4–643–94014–X

◇「椿と花水木―万次郎の生涯　下」　読売新聞社　1994.3　366p　20cm
1500円　Ⓘ4–643–94015–8

◇「椿と花水木─万次郎の生涯　上巻」　新潮社　1996.7　479p　15cm　（新潮文庫）　640円　Ⓘ4-10-128007-X

◇「椿と花水木─万次郎の生涯　下巻」　新潮社　1996.7　440p　15cm　（新潮文庫）　600円　Ⓘ4-10-128008-8

◇「津本陽歴史長篇全集　第18巻　椿と花水木─万次郎の生涯」　角川書店　1999.5　499p　22cm　5500円　Ⓘ4-04-574518-1

◇「椿と花水木─万次郎の生涯　上」　幻冬舎　2009.2　538p　16cm　（幻冬舎文庫　つ-2-20）　800円　Ⓘ978-4-344-41258-3

◇「椿と花水木─万次郎の生涯　下」　幻冬舎　2009.2　494p　16cm　（幻冬舎文庫　つ-2-21）　762円　Ⓘ978-4-344-41259-0

「天の伽藍」

0283　産経新聞　1991年2月1日〜1992年1月30日　朝刊

◇「天の伽藍」　角川書店　1996.7　461p　20cm　1800円　Ⓘ4-04-872751-6

◇「大谷光瑞の生涯」　角川書店　1999.3　560p　15cm　（角川文庫）　838円　Ⓘ4-04-171317-X

「独眼竜政宗」

0506　河北新報　1994年7月25日〜1995年7月23日　朝刊

0760　茨城新聞　1994年8月28日〜1995年8月30日　朝刊

1098　北日本新聞　1994年5月17日〜1995年5月19日　朝刊

1384　信濃毎日新聞　1994年7月12日〜1995年9月21日　夕刊

1959　中国新聞　1994年4月6日〜1995年6月20日　夕刊

2102　四国新聞　1994年5月26日〜1995年5月25日　朝刊

2400　長崎新聞　1994年5月13日〜1995年5月15日　朝刊

2609　大分合同新聞　1994年9月9日〜1995年11月7日　夕刊

◇「独眼竜政宗　上」　文芸春秋　1996.3　301p　20cm　1500円　Ⓘ4-16-316130-9

◇「独眼竜政宗　下」　文芸春秋　1996.3　292p　20cm　1500円　Ⓘ4-16-316140-6

◇「独眼龍政宗　上」　文藝春秋　1999.4　332p　16cm　（文春文庫）　476円　Ⓘ4-16-731442-8

◇「独眼龍政宗　下」　文藝春秋　1999.4　328p　16cm　（文春文庫）　476円　Ⓘ4-16-731443-6

◇「独眼龍政宗　上」　角川書店　2009.12　384p　15cm　（角川文庫　16039）　629円　Ⓘ978-4-04-171341-9

◇「独眼龍政宗　下」　角川書店　2009.12　382p　15cm　（角川文庫　16040）　629円　Ⓘ978-4-04-171342-6

「忍者月輪」

0140　読売新聞　2012年10月29日〜2013年10月31日　夕刊

◇「忍者月輪」　中央公論新社　2014.4　412p　20cm　1700円　Ⓘ978-4-12-

つもと　　　　　作家別一覧

004609-4
◇「忍者月輪」　中央公論新社　2016.11　472p　16cm　（中公文庫　つ13-8）
740円　①978-4-12-206310-5

「バサラ利家」

1141　富山新聞 1993年1月1日～1994年12月31日　朝刊

1213　北國新聞 1993年1月1日～1994年12月31日　朝刊

◇「前田利家　上」　講談社　1994.10　310p　20cm　1500円　①4-06-
207314-5
◇「前田利家　中」　講談社　1994.11　286p　20cm　1500円　①4-06-
207361-7
◇「前田利家　下」　講談社　1994.12　286p　20cm　1500円　①4-06-
207428-1
◇「前田利家　上」　講談社　1997.9　317p　15cm　（講談社文庫）　524円
①4-06-263592-5
◇「前田利家　中」　講談社　1997.9　294p　15cm　（講談社文庫）　524円
①4-06-263593-3
◇「前田利家　下」　講談社　1997.9　317p　15cm　（講談社文庫）　524円
①4-06-263594-1

「備前物語」

1911　山陽新聞 1996年6月15日～1997年7月17日　朝刊

◇「宇喜多秀家―備前物語」　文藝春秋　1997.12　605p　20cm　2095円　①4-
16-317380-3
◇「宇喜多秀家―備前物語」　文藝春秋　2001.4　699p　16cm　838円　①4-
16-731450-9

「風雲の城」

1539　静岡新聞 1996年11月1日～1997年10月31日　夕刊

◇「暗殺の城　上」　幻冬舎　1998.3　269p　19cm　1700円　①4-87728-214-9
◇「暗殺の城　下」　幻冬舎　1998.3　252p　19cm　1700円　①4-87728-215-7
◇「暗殺の城　上」　幻冬舎　2001.4　308p　15cm　（幻冬舎文庫）　571円
①4-344-40097-6
◇「暗殺の城　下」　幻冬舎　2001.4　294p　15cm　（幻冬舎文庫）　571円
①4-344-40098-4

「武神の階―名将・上杉謙信―」

0370　東奥日報 1990年2月22日～1991年3月19日　夕刊

0632　山形新聞 1990年6月27日～1991年7月25日　夕刊

0790　下野新聞 1990年1月4日～1990年11月26日　朝刊

0825　上毛新聞 1990年3月21日～1991年2月11日　朝刊

0867　千葉日報 1990年3月30日～1991年2月19日　朝刊

0993　新潟日報 1990年1月25日～1990年12月18日　朝刊

1089　北日本新聞 1990年1月16日～1991年2月14日　夕刊

330　新聞連載小説総覧 平成期（1989～2017）

1313	山梨日日新聞	1990年3月31日～1991年2月21日　朝刊
1788	日本海新聞	1990年6月29日～1991年5月22日　朝刊
2601	大分合同新聞	1990年9月21日～1991年10月10日　夕刊

◇「武神の階」　角川書店　1991.11　474p　20cm　1600円　①4-04-872668-4

◇「武神の階」　角川書店　1997.2　580p　15cm　（角川文庫）　800円　①4-04-171313-7

◇「津本陽歴史長篇全集　第15巻　武神の階 火焔浄土」　角川書店　2001.2　437p　22cm　5800円　①4-04-574515-7

◇「武神の階　上」　新装版　角川書店　2006.12　379p　15cm　（角川文庫）　629円　①4-04-171332-3

◇「武神の階　下」　新装版　角川書店　2006.12　326p　15cm　（角川文庫）　590円　①4-04-171333-1

「奔馬の夢」

0328	北海道新聞	1998年7月1日～2000年5月7日　朝刊
0919	東京新聞	1998年1月1日～2000年5月7日　朝刊
1603	中日新聞	1998年7月1日～2000年5月7日　朝刊
2200	高知新聞	1998年7月1日～2000年9月16日　夕刊
2284	西日本新聞	1998年7月1日～2000年5月7日　朝刊

「弥陀の橋は」

0105	読売新聞	2000年6月5日～2001年9月23日　朝刊

◇「弥陀の橋は─親鸞聖人伝　上巻」　読売新聞社　2002.3　449p　20cm　1600円　①4-643-02004-0

◇「弥陀の橋は─親鸞聖人伝　下巻」　読売新聞社　2002.3　396p　20cm　1600円　①4-643-02005-9

◇「弥陀の橋は─親鸞聖人伝　上」　文藝春秋　2004.1　450p　16cm　（文春文庫）　667円　①4-16-731452-5

◇「弥陀の橋は─親鸞聖人伝　下」　文藝春秋　2004.1　403p　16cm　（文春文庫）　629円　①4-16-731453-3

「夢のまた夢」

0315	北海道新聞	1990年8月1日～1993年8月31日　朝刊
0902	東京新聞	1990年8月1日～1993年8月31日　朝刊
1586	中日新聞	1990年8月1日～1993年8月31日　朝刊
2271	西日本新聞	1990年8月1日～1993年8月31日　朝刊

◇「夢のまた夢　第1巻」　文芸春秋　1993.10　344p　20cm　1500円　①4-16-505310-4

◇「夢のまた夢　第2巻」　文芸春秋　1993.10　351p　20cm　1500円　①4-16-505320-1

◇「夢のまた夢　第3巻」　文芸春秋　1993.11　351p　20cm　1500円　①4-16-505330-9

てくね　　　　　　　　作家別一覧

◇「夢のまた夢　第4巻」　文芸春秋　1993.12　364p　20cm　1500円　Ⓘ4-16-505340-6

◇「夢のまた夢　第5巻」　文芸春秋　1994.1　382p　20cm　1500円　Ⓘ4-16-505350-3

◇「夢のまた夢　1」　文芸春秋　1996.1　365p　16cm　（文春文庫）　500円　Ⓘ4-16-731431-2

◇「夢のまた夢　2」　文芸春秋　1996.1　375p　16cm　（文春文庫）　500円　Ⓘ4-16-731432-0

◇「夢のまた夢　3」　文芸春秋　1996.1　374p　16cm　（文春文庫）　500円　Ⓘ4-16-731433-9

◇「夢のまた夢　4」　文芸春秋　1996.2　381p　16cm　（文春文庫）　500円　Ⓘ4-16-731434-7

◇「夢のまた夢　5」　文芸春秋　1996.2　413p　16cm　（文春文庫）　500円　Ⓘ4-16-731435-5

◇「津本陽歴史長篇全集　第24巻　夢のまた夢　上」　角川書店　1999.6　357p　22cm　5500円　Ⓘ4-04-574524-6

◇「津本陽歴史長篇全集　第25巻　夢のまた夢　中」　角川書店　1999.7　354p　22cm　5800円　Ⓘ4-04-574525-4

◇「津本陽歴史長篇全集　第26巻　夢のまた夢　下」　角川書店　1999.8　349p　22cm　5800円　Ⓘ4-04-574526-2

◇「夢のまた夢　1」　幻冬舎　2012.6　478p　16cm　（幻冬舎時代小説文庫　つ-2-28）　762円　Ⓘ978-4-344-41877-6

◇「夢のまた夢　2」　幻冬舎　2012.8　486p　16cm　（幻冬舎時代小説文庫　つ-2-29）　762円　Ⓘ978-4-344-41912-4

◇「夢のまた夢　3」　幻冬舎　2012.10　485p　16cm　（幻冬舎時代小説文庫　つ-2-30）　762円　Ⓘ978-4-344-41941-4

◇「夢のまた夢　4」　幻冬舎　2012.12　501p　16cm　（幻冬舎時代小説文庫　つ-2-31）　762円　Ⓘ978-4-344-41956-8

◇「夢のまた夢　5」　幻冬舎　2013.2　534p　16cm　（幻冬舎時代小説文庫　つ-2-32）　800円　Ⓘ978-4-344-41989-6

【 て 】

出久根 達郎　でくね・たつろう　1944～

「かわうその祭り」

0037　朝日新聞　2004年4月1日～2004年10月16日　夕刊

◇「かわうその祭り」　朝日新聞社　2005.3　325p　20cm　1800円　Ⓘ4-02-250012-3

◇「かわうその祭り」　角川学芸出版　2009.4　326p　15cm　（角川文庫　15661）　705円　Ⓘ978-4-04-374503-6

「猫の似づら絵師」

0401 東奥日報 2002年7月11日〜2003年4月11日 夕刊

0658 山形新聞 2002年10月11日〜2003年5月25日 朝刊

0770 茨城新聞 2002年10月8日〜2003年5月24日 朝刊

1019 新潟日報 2003年1月22日〜2003年10月17日 夕刊

1489 岐阜新聞 2003年2月3日〜2003年10月29日 夕刊

1550 静岡新聞 2002年4月2日〜2002年12月28日 夕刊

1874 山陰中央新報 2002年9月11日〜2003年4月26日 朝刊

2113 四国新聞 2003年5月21日〜2004年1月3日 朝刊

2356 佐賀新聞 2003年3月29日〜2003年11月11日 朝刊

◇「猫の似づら絵師」 文藝春秋 1998.9 264p 20cm 1429円 ①4–16–317940–2

「面一本」

0578 秋田魁新報 1994年7月2日〜1995年5月20日 朝刊

1145 富山新聞 1994年7月31日〜1995年6月18日 朝刊

1217 北國新聞 1994年7月31日〜1995年6月18日 朝刊

1385 信濃毎日新聞 1994年7月15日〜1995年6月1日 朝刊

1702 神戸新聞 1994年8月11日〜1995年6月28日 朝刊

1960 中国新聞 1994年7月20日〜1995年6月4日 朝刊

2191 高知新聞 1994年5月22日〜1995年4月2日 朝刊

2444 熊本日日新聞 1994年7月25日〜1995年6月9日 朝刊

◇「面一本」 講談社 1995.10 558p 20cm 1900円 ①4–06–207761–2

◇「面一本」 講談社 1998.12 657p 15cm （講談社文庫） 933円 ①4–06–263940–8

寺島 俊治 てらしま・としはる 1938〜

「行くよスワン」

1358 信濃毎日新聞 1990年1月4日〜1990年4月10日 夕刊

「ニャーオーン」

1404 信濃毎日新聞 1998年8月21日〜1999年1月4日 夕刊

「夢みる木たち」

1383 信濃毎日新聞 1994年7月6日〜1994年11月17日 夕刊

典厩 五郎 てんきゅう・ごろう 1939〜

「町衆の城」

1658 京都新聞 1998年11月1日〜2000年2月18日 朝刊

とうこう　　　　　　　作家別一覧

◇「町衆の城　上」　新人物往来社　2001.10　408p　20cm　2000円　①4-
　404-02943-8
◇「町衆の城　下」　新人物往来社　2001.10　400p　20cm　2000円　①4-
　404-02944-6

【と】

東郷 隆　とうごう・りゅう　1951〜
「青銭大名」
0053　朝日新聞　2011年1月11日〜2011年11月19日　夕刊

◇「青銭大名」　朝日新聞出版　2012.2　445p　20cm　2000円　①978-4-02-
　250927-7
「決戦！ 関ケ原」
1452　信濃毎日新聞　2016年8月14日〜2016年12月25日　朝刊
1520　岐阜新聞　2016年7月2日〜2016年12月8日　夕刊

◇「決戦！ 関ケ原」　伊東潤, 吉川永青, 天野純希, 上田秀人, 矢野隆, 冲方丁, 葉
　室麟著　講談社　2014.11　298p　19cm　1600円　①978-4-06-219251-4
◇「決戦！ 関ケ原」　葉室麟, 冲方丁, 伊東潤, 天野純希, 矢野隆, 吉川永青, 木下
　昌輝著　講談社　2017.7　389p　15cm　（講談社文庫　け19-1―決戦！ シ
　リーズ）　800円　①978-4-06-293716-0
◇「決戦！ 関ケ原　2」　葉室麟, 吉川永青, 東郷隆, 簑輪諒, 宮本昌孝, 天野純希,
　冲方丁著　講談社　2017.7　280p　19cm　1600円　①978-4-06-220457-6
「瀬越しの半六」
0517　河北新報　2000年3月20日〜2000年12月31日　朝刊
1162　富山新聞　2000年10月16日〜2001年9月28日　朝刊
1234　北國新聞　2000年10月14日〜2001年9月27日　夕刊
2622　大分合同新聞　2000年2月28日〜2001年1月26日　夕刊

◇「いだてん剣法―渡世人瀬越しの半六」　小学館　2005.6　509p　20cm
　2300円　①4-09-387560-X
◇「いだてん剣法―渡世人瀬越しの半六」　小学館　2008.10　604p　15cm
　（小学館文庫）　733円　①978-4-09-408314-9

藤堂 志津子　とうどう・しずこ　1949〜
「海の時計」
1536　静岡新聞　1995年4月1日〜1996年3月31日　朝刊

◇「海の時計　上」　講談社　1997.2　354p　20cm　1648円　①4-06-208531-3

作家別一覧　　　　　　　　　　　　　　とうとう

◇「海の時計　下」　講談社　1997.2　356p　20cm　1648円　Ⓘ4-06-208532-1
◇「海の時計　上」　講談社　2000.1　382p　15cm　（講談社文庫）　619円
　　Ⓘ4-06-264752-4
◇「海の時計　下」　講談社　2000.1　383p　15cm　（講談社文庫）　619円
　　Ⓘ4-06-264753-2
◇「海の時計　上」　幻冬舎　2007.4　405p　16cm　（幻冬舎文庫）　600円
　　Ⓘ978-4-344-40946-0
◇「海の時計　下」　幻冬舎　2007.4　406p　16cm　（幻冬舎文庫）　600円
　　Ⓘ978-4-344-40947-7

「女と男の肩書」

0281　産経新聞　1989年9月16日～1990年10月31日　朝刊

◇「女と男の肩書　上」　文芸春秋　1991.4　361p　20cm　1400円　Ⓘ4-16-312430-6
◇「女と男の肩書　下」　文芸春秋　1991.4　310p　20cm　1300円　Ⓘ4-16-312440-3
◇「女と男の肩書　上」　文芸春秋　1994.4　446p　16cm　（文春文庫）　530円　Ⓘ4-16-754403-2
◇「女と男の肩書　下」　文芸春秋　1994.4　398p　16cm　（文春文庫）　530円　Ⓘ4-16-754404-0

「ぬばたま」

0241　日本経済新聞社　1995年1月30日～1995年8月16日　夕刊

◇「ぬばたま」　日本経済新聞社　1997.4　265p　20cm　1300円　Ⓘ4-532-17049-4
◇「ぬばたま」　新潮社　2000.5　314p　16cm　（新潮文庫）　476円　Ⓘ4-10-140016-4

「花婚式」

0589　秋田魁新報　1999年2月21日～1999年9月2日　朝刊

1158　富山新聞　1999年3月23日～1999年10月2日　朝刊

1230　北國新聞　1999年3月23日～1999年10月2日　朝刊

1406　信濃毎日新聞　1999年3月6日～1999年9月16日　朝刊

1711　神戸新聞　1999年4月4日～1999年10月15日　朝刊

1970　中国新聞　1999年2月5日～1999年9月14日　朝刊

2201　高知新聞　1998年12月9日～1999年6月17日　朝刊

2455　熊本日日新聞　1999年3月2日～1999年9月10日　朝刊

◇「花婚式」　角川書店　2000.5　339p　20cm　1700円　Ⓘ4-04-873222-6
◇「花婚式」　角川書店　2003.2　366p　15cm　（角川文庫）　552円　Ⓘ4-04-192106-6

新聞連載小説総覧　平成期（1989～2017）　**335**

堂場 瞬一　どうば・しゅんいち　1963～

「白いジオラマ」

0682　山形新聞 2017年10月28日～連載中 朝刊

1895　山陰中央新報 2017年7月9日～連載中 朝刊

2664　大分合同新聞 2018年2月2日～連載中 朝刊

童門 冬二　どうもん・ふゆじ　1927～

「異聞おくのほそ道」

0512　河北新報 1998年4月25日～1999年3月27日 朝刊

0765　茨城新聞 1998年9月23日～1999年8月27日 朝刊

1156　富山新聞 1998年4月24日～1999年6月5日 朝刊

1228　北國新聞 1998年4月23日～1999年6月4日 夕刊

1480　岐阜新聞 1998年11月10日～1999年10月14日 朝刊

2153　愛媛新聞 1998年10月8日～1999年9月7日 朝刊

2347　佐賀新聞 1998年10月18日～1999年9月20日 朝刊

　　◇「異聞おくのほそ道」　集英社　2000.3　580p　19cm　2200円　Ⓣ4-08-774434-5

　　◇「異聞おくのほそ道」　集英社　2005.7　617p　16cm　（集英社文庫）　895円　Ⓣ4-08-747843-2

「海の街道」

0374　東奥日報 1991年12月20日～1992年12月19日 夕刊

0635　山形新聞 1991年7月26日～1992年7月29日 夕刊

1138　富山新聞 1992年1月5日～1992年12月29日 朝刊

1210　北國新聞 1992年1月4日～1992年12月28日 夕刊

1792　日本海新聞 1992年1月10日～1992年11月13日 朝刊

　　◇「海の街道―銭屋五兵衛と冒険者たち　上」　学陽書房　1997.7　348p　15cm　（人物文庫）　660円　Ⓣ4-313-75031-2

　　◇「海の街道―銭屋五兵衛と冒険者たち　下」　学陽書房　1997.7　355p　15cm　（人物文庫）　660円　Ⓣ4-313-75032-0

　　◇「銭屋五兵衛と冒険者たち」　集英社　2005.12　665p　16cm　（集英社文庫）　1000円　Ⓣ4-08-747893-9

「小説 小栗上野介」

0841　上毛新聞 2000年10月7日～2001年9月30日 朝刊

0972　神奈川新聞 2000年10月7日～2001年9月30日 朝刊

　　◇「小説小栗上野介」　集英社　2002.12　401p　19cm　1900円　Ⓣ4-08-774607-0

　　◇「小説小栗上野介―日本の近代化を仕掛けた男」　集英社　2006.8　671p　16cm　（集英社文庫）　1000円　Ⓣ4-08-746067-3

作家別一覧　　　とくとみ

「西吉野朝太平記」

1770　奈良新聞 1997年1月20日〜1997年9月1日　月曜朝刊

◇「西吉野朝太平記」　奈良新聞社　1999.5　203p　22cm　1500円　Ⓘ4-88856-019-6

「ばさらの群れ」

0232　日本経済新聞社 1989年11月1日〜1990年3月24日　夕刊

◇「ばさらの群れ」　日本経済新聞社　1990.5　273p　20cm　1200円　Ⓘ4-532-09791-6

◇「ばさらの群れ」　PHP研究所　1993.12　267p　15cm　（PHP文庫）　540円　Ⓘ4-569-56606-5

「夜明け前の女たち」

0449　岩手日報 1995年9月4日〜1996年9月17日　夕刊

0761　茨城新聞 1995年8月31日〜1996年7月9日　朝刊

1004　新潟日報 1996年3月9日〜1997年3月19日　夕刊

1391　信濃毎日新聞 1995年9月22日〜1996年10月2日　夕刊

1652　京都新聞 1995年8月5日〜1996年8月14日　夕刊

2145　愛媛新聞 1995年8月19日〜1996年6月24日　朝刊

2340　佐賀新聞 1996年4月22日〜1997年3月1日　朝刊

2402　長崎新聞 1996年1月29日〜1996年12月7日　朝刊

2612　大分合同新聞 1995年11月8日〜1996年11月5日　夕刊

2673　宮崎日日新聞 1995年9月19日〜1996年7月25日　朝刊

◇「夜明け前の女たち」　講談社　1997.10　522p　20cm　2300円　Ⓘ4-06-208025-7

◇「夜明け前の女たち」　講談社　2006.9　660p　15cm　（講談社文庫）　895円　Ⓘ4-06-275516-5

常盤 新平　ときわ・しんぺい　1931〜2013

「風の姿」

1532　静岡新聞 1993年4月1日〜1994年3月31日　朝刊

◇「風の姿」　講談社　1999.7　385p　20cm　2200円　Ⓘ4-06-209745-1

徳冨 蘆花　とくとみ・ろか　1968〜1927

「恐ろしき一夜」

2551　熊本日日新聞 2007年10月25日〜2007年10月30日　夕刊

◇「徳冨蘆花集　第2巻　青山白雲」　復刻　日本図書センター　1999.2　222p　22cm　Ⓘ4-8205-2805-X, 4-8205-2802-5, 4-8205-2803-3

新聞連載小説総覧 平成期（1989〜2017）　**337**

とくなか　　　　　　作家別一覧

「訪はぬ墓」

2554　熊本日日新聞 2007年11月14日〜2007年11月15日　夕刊

◇「徳冨蘆花集　第2巻　青山白雲」　復刻　日本図書センター　1999.2　222p
22cm　Ⓣ4–8205–2805–X, 4–8205–2802–5, 4–8205–2803–3

「かあやん」

2556　熊本日日新聞 2007年12月27日〜2007年12月28日　夕刊

「死の蔭に」

2555　熊本日日新聞 2007年11月16日〜2007年12月26日　夕刊

◇「徳冨蘆花集　第12巻　死の蔭に」　復刻　日本図書センター　1999.2
685p 図版11枚　22cm　Ⓣ4–8205–2816–5, 4–8205–2802–5, 4–8205–2814–9

「数鹿流ケ瀧」

2553　熊本日日新聞 2007年11月7日〜2007年11月13日　夕刊

◇「徳冨蘆花集　第2巻　青山白雲」　復刻　日本図書センター　1999.2　222p
22cm　Ⓣ4–8205–2805–X, 4–8205–2802–5, 4–8205–2803–3

「沼山津村」

2552　熊本日日新聞 2007年10月31日〜2007年11月6日　夕刊

◇「徳冨蘆花集　第2巻　青山白雲」　復刻　日本図書センター　1999.2　222p
22cm　Ⓣ4–8205–2805–X, 4–8205–2802–5, 4–8205–2803–3

徳永 直　とくなが・すなお　1899〜1958

「こんにゃく売り」

2570　熊本日日新聞 2009年3月31日〜2009年4月4日　夕刊

◇「徳永直文学選集」　徳永直著, 徳永直没後50年記念事業期成会「選集」編集
委員会編　熊本出版文化会館　2008.5　435p　21cm　2500円　Ⓣ978–4–
915796–69–2

「最初の記憶」

2568　熊本日日新聞 2009年3月12日〜2009年3月25日　夕刊

◇「徳永直文学選集」　徳永直著, 徳永直没後50年記念事業期成会「選集」編集
委員会編　熊本出版文化会館　2008.5　435p　21cm　2500円　Ⓣ978–4–
915796–69–2

「泣かなかった弱虫」

2569　熊本日日新聞 2009年3月26日〜2009年3月30日　夕刊

◇「泣かなかった弱虫」　徳永直著, 赤松俊子, 松永浩二郎絵　十月書房　1947.3
128p　18cm

作家別一覧　　　　　　　　　　　　　とりこえ

鳥羽 亮　とば・りょう　1946〜
「剣客同心」
0701　福島民報　2005年3月13日〜2005年12月26日　朝刊
0773　茨城新聞　2005年1月27日〜2005年11月11日　朝刊
2360　佐賀新聞　2005年2月27日〜2005年12月11日　朝刊
2633　大分合同新聞　2005年1月28日〜2005年12月23日　夕刊

◇「剣客同心」　角川春樹事務所　2006.10　437p　19cm　1400円　①4–7584–1073–9
◇「剣客同心　上」　角川春樹事務所　2008.6　275p　16cm　（ハルキ文庫—時代小説文庫）　571円　①978–4–7584–3349–5
◇「剣客同心　下」　角川春樹事務所　2008.6　318p　16cm　（ハルキ文庫—時代小説文庫）　590円　①978–4–7584–3350–1

とみざわ ゆみこ
「ひみつがいっぱいかくれてる！」
1382　信濃毎日新聞　1994年3月29日〜1994年7月5日　夕刊

富永 滋人　とみなが・しげと　1922〜1996
「小説 昭和怪物伝 小林一三」
0494　河北新報　1989年11月13日〜1990年2月13日　夕刊
2095　四国新聞　1989年10月16日〜1989年12月27日　朝刊

伴野 朗　ともの・ろう　1936〜2004
「霧の密約」
0014　朝日新聞　1994年8月24日〜1995年7月10日　夕刊

◇「霧の密約」　朝日新聞社　1995.10　503p　20cm　2000円　①4–02–256890–9

鳥越 碧　とりごえ・みどり　1944〜
「花筏」
0413　東奥日報　2008年2月4日〜2008年8月31日　朝刊
0669　山形新聞　2008年3月19日〜2008年8月31日　朝刊
0704　福島民報　2007年10月16日〜2008年8月31日　朝刊

◇「花筏—谷崎潤一郎・松子たゆたう記」　講談社　2008.11　465p　20cm　1900円　①978–4–06–215140–5
◇「花筏—谷崎潤一郎・松子たゆたう記」　講談社　2014.12　405p　15cm

新聞連載小説総覧 平成期（1989〜2017）　**339**

（講談社文庫　と31-7）　850円　①978-4-06-277991-3

【 な 】

中 繁彦　なか・しげひこ　1932〜
「神鳴山のカラス」
1370　信濃毎日新聞　1992年3月26日〜1992年7月27日　夕刊

永井 路子　ながい・みちこ　1925〜
「姫の戦国」
0237　日本経済新聞社　1992年8月10日〜1993年11月13日　夕刊

◇「姫の戦国　上」　日本経済新聞社　1994.6　321p　20cm　1500円　①4-532-17033-8
◇「姫の戦国　下」　日本経済新聞社　1994.6　317p　20cm　1500円　①4-532-17034-6
◇「永井路子歴史小説全集　第12巻　姫の戦国」　中央公論社　1995.9　597p　20cm　3800円　①4-12-403272-2
◇「姫の戦国　上」　文藝春秋　1997.7　357p　16cm　（文春文庫）　495円　①4-16-720036-8
◇「姫の戦国　下」　文藝春秋　1997.7　363p　16cm　（文春文庫）　495円　①4-16-720037-6

中井 安治　なかい・やすじ
「鉄路有情」
1148　富山新聞　1995年10月3日〜1996年4月1日　朝刊
1220　北國新聞　1995年10月2日〜1996年3月30日　夕刊

◇「鉄路有情―金沢駅開業百周年記念誌」　中井安治　1997.11　183p　21cm　2476円　①4-8330-0993-5
「日本海詩劇 波の翼」
1135　富山新聞　1990年8月23日〜1991年12月29日　朝刊
1207　北國新聞　1990年8月22日〜1991年12月28日　夕刊

◇「波の翼―日本海詩劇」　北国新聞社　1992.11　291p　19cm　1500円　①4-8330-0788-6

中上 健次　なかがみ・けんじ　1946〜1992
「軽蔑」
 0004　朝日新聞　1991年2月13日〜1991年10月17日　朝刊

 ◇「軽蔑」　朝日新聞社　1992.7　440p　20cm　1700円　Ⓘ4-02-256421-0
 ◇「中上健次全集　11」　柄谷行人 ほか編　集英社　1996.4　453p　21cm
  4800円　Ⓘ4-08-145011-0
 ◇「軽蔑」　集英社　1999.2　503p　16cm　（集英社文庫）　914円　Ⓘ4-08-
  747017-2
 ◇「軽蔑」　角川書店　2011.3　462p　15cm　（角川文庫　16734）　743円
  Ⓘ978-4-04-145612-5
 ◇「中上健次集　5　枯木灘、覇王の七日」　インスクリプト　2015.6　373p
  20cm　3500円　Ⓘ978-4-900997-55-4

中川 承平　なかがわ・しょうへい＊
「与作とたんころ」
 1356　信濃毎日新聞　1989年9月4日〜1989年12月28日　夕刊

永倉 萬治　ながくら・まんじ　1948〜2000
「ぼろぼろ三銃士」
 0459　岩手日報　2000年6月11日〜2000年12月16日　朝刊
 0767　茨城新聞　2000年5月30日〜2000年12月3日　朝刊
 1110　北日本新聞　2000年4月6日〜2000年10月9日　朝刊
 1871　山陰中央新報　2000年4月29日〜2000年11月1日　朝刊
 1915　山陽新聞　2000年4月8日〜2000年10月12日　朝刊
 2407　長崎新聞　2000年5月24日〜2000年11月27日　朝刊

 ◇「ぼろぼろ三銃士」　永倉萬治・有子著　実業之日本社　2001.12　437p
  20cm　1800円　Ⓘ4-408-53409-9

中沢 けい　なかざわ・けい　1959〜
「おたあジュリア異聞」
 1561　静岡新聞　2007年8月23日〜2009年2月14日　夕刊
 2549　熊本日日新聞　2007年8月27日〜2009年2月18日　夕刊
「楽隊のうさぎ」
 0330　北海道新聞　1999年8月16日〜2000年2月19日　夕刊
 0515　河北新報　1999年8月16日〜2000年2月19日　夕刊
 0921　東京新聞　1999年8月16日〜2000年2月19日　夕刊
 1605　中日新聞　1999年8月16日〜2000年2月19日　夕刊

なかさわ　　　　　　　　作家別一覧

    1712　神戸新聞　1999年8月26日～2000年3月1日　夕刊

    2286　西日本新聞　1999年8月16日～2000年2月19日　夕刊

    ◇「楽隊のうさぎ」　新潮社　2000.6　248p　20cm　1600円　Ⓘ4-10-437701-5

    ◇「楽隊のうさぎ」　新潮社　2003.1　340p　16cm　（新潮文庫）　514円
    Ⓘ4-10-107231-0

中沢 新一　なかざわ・しんいち　1950～
「無人島のミミ」

    0125　読売新聞　2007年1月13日～2008年1月5日　土曜朝刊

長嶋 有　ながしま・ゆう　1972～
「ねたあとに」

    0046　朝日新聞　2007年11月20日～2008年7月26日　夕刊

    ◇「ねたあとに」　朝日新聞出版　2009.2　333p　20cm　1700円　Ⓘ978-4-
    02-250531-6

    ◇「ねたあとに」　朝日新聞出版　2012.2　396p　15cm　（朝日文庫　な34-1）
    820円　Ⓘ978-4-02-264651-4

中津 文彦　なかつ・ふみひこ　1941～2012
「天明の密偵」

    0464　岩手日報　2002年9月1日～2003年8月10日　朝刊

    ◇「天明の密偵─小説・菅江真澄」　文藝春秋　2004.8　331p　20cm　1714円
    Ⓘ4-16-323260-5

    ◇「天明の密偵─小説・菅江真澄」　PHP研究所　2013.5　429p　15cm
    （PHP文芸文庫　な2-1）　800円　Ⓘ978-4-569-67991-4

長堂 栄吉　ながどう・えいきち　1932～
「すずらん横町の人々」

    2798　琉球新報　2003年2月24日～2003年7月22日　夕刊

中堂 利夫　なかどう・としお　1935～1994
「野望の谷」

    1787　日本海新聞　1990年3月30日～1990年10月9日　朝刊

    2785　琉球新報　1989年12月5日～1990年7月30日　夕刊

342　新聞連載小説総覧 平成期（1989～2017）

作家別一覧　　　なかむら

なかにし 礼　なかにし・れい　1938〜

「世界は俺が回してる」

0303　産経新聞 2009年1月1日〜2009年8月31日　朝刊

◇「世界は俺が回してる」　角川書店　2009.12　429p　20cm　1800円　①978–4–04–874008–1

◇「イカロスの流星」　角川書店　2012.9　507p　15cm　（角川文庫　な46–2）781円　①978–4–04–100480–7

「てるてる坊主の照子さん」

0333　北海道新聞 2001年5月8日〜2002年4月14日　朝刊

0924　東京新聞 2001年5月8日〜2002年4月14日　朝刊

1608　中日新聞 2001年5月8日〜2002年4月14日　朝刊

2289　西日本新聞 2001年5月8日〜2002年4月14日　朝刊

◇「てるてる坊主の照子さん　上巻」　新潮社　2002.7　301p　20cm　1600円　①4–10–445103–7

◇「てるてる坊主の照子さん　下巻」　新潮社　2002.7　310p　20cm　1600円　①4–10–445104–5

◇「てるてる坊主の照子さん　上巻」　新潮社　2003.8　271p　16cm　（新潮文庫）　438円　①4–10–115421–X

◇「てるてる坊主の照子さん　中巻」　新潮社　2003.8　255p　16cm　（新潮文庫）　400円　①4–10–115422–8

◇「てるてる坊主の照子さん　下巻」　新潮社　2003.8　224p　16cm　（新潮文庫）　400円　①4–10–115423–6

中野 不二男　なかの・ふじお　1950〜

「高麗之郡古志の路」

1062　新潟日報 2008年3月25日〜2009年3月6日　朝刊

中村 彰彦　なかむら・あきひこ　1949〜

「名君の碑」

0388　東奥日報 1997年4月12日〜1998年7月7日　夕刊

0583　秋田魁新報 1996年10月3日〜1997年10月7日　夕刊

0728　福島民友 1997年1月11日〜1998年1月25日　朝刊

1103　北日本新聞 1996年10月4日〜1998年1月8日　夕刊

1326　山梨日日新聞 1997年1月19日〜1998年2月3日　朝刊

1395　信濃毎日新聞 1996年10月3日〜1998年1月7日　夕刊

1967　中国新聞 1997年5月21日〜1998年8月15日　夕刊

◇「名君の碑—保科正之の生涯」　文藝春秋　1998.10　642p　20cm　2286円　①4–16–318030–3

新聞連載小説総覧 平成期（1989〜2017）　**343**

なかむら　　　　　　　作家別一覧

◇「名君の碑―保科正之の生涯」　文藝春秋　2001.10　698p　16cm　（文春文庫）　838円　①4–16–756705–9

「われに千里の思いあり」

1176　富山新聞　2007年1月1日〜2008年12月31日　朝刊

1248　北國新聞　2007年1月1日〜2008年12月31日　朝刊

◇「われに千里の思いあり　上　風雲児・前田利常」　文藝春秋　2008.9　413p　20cm　1800円　①978–4–16–327380–8

◇「われに千里の思いあり　中　快男児・前田光高」　文藝春秋　2008.11　418p　20cm　1800円　①978–4–16–327600–7

◇「われに千里の思いあり　下　名君・前田綱紀」　文藝春秋　2009.2　421p　20cm　1700円　①978–4–16–327760–8

◇「われに千里の思いあり　上　風雲児・前田利常」　文藝春秋　2011.5　478p　16cm　（文春文庫　な29–14）　800円　①978–4–16–756714–9

◇「われに千里の思いあり　中　快男児・前田光高」　文藝春秋　2011.5　486p　16cm　（文春文庫　な29–15）　800円　①978–4–16–756715–6

◇「われに千里の思いあり　下　名君・前田綱紀」　文藝春秋　2011.5　490p　16cm　（文春文庫　な29–16）　800円　①978–4–16–756716–3

中村 紀雄　なかむら・のりお　1940〜

「死の川を越えて」

0858　上毛新聞　2016年12月5日〜連載中　月曜・火曜朝刊

中村 文則　なかむら・ふみのり　1977〜

「あなたが消えた夜に」

0217　毎日新聞　2014年1月4日〜2014年11月29日　夕刊

◇「あなたが消えた夜に」　毎日新聞出版　2015.5　431p　20cm　1600円　①978–4–620–10817–9

「R帝国」

0147　読売新聞　2016年5月23日〜2017年2月2日　夕刊

◇「R帝国」　中央公論新社　2017.8　367p　20cm　1600円　①978–4–12–005000–8

中山 七里　なかやま・しちり　1961〜

「護られなかった者たちへ」

0431　東奥日報　2016年7月22日〜2017年9月1日　夕刊

0561　河北新報　2016年2月20日〜2016年11月25日　朝刊

0821　下野新聞　2016年8月30日〜2017年6月6日　朝刊

0897	千葉日報 2016年6月21日〜2017年3月28日　朝刊
1519	岐阜新聞 2016年5月17日〜2017年2月21日　朝刊
2660	大分合同新聞 2016年4月22日〜2017年3月16日　夕刊
2780	南日本新聞 2016年2月21日〜2016年11月27日　朝刊

◇「護られなかった者たちへ」　NHK出版　2018.1　381p　20cm　1600円
①978-4-14-005694-3

夏目 漱石　なつめ・そうせき　1867〜1916

「草枕」

2543　熊本日日新聞 2006年8月1日〜2006年10月31日　夕刊

2585　熊本日日新聞 2015年2月7日〜2015年5月14日　朝刊

◇「草枕」　PHP研究所　2009.5　347p　15cm　（PHP文庫　な51-2）　438円
①978-4-569-67258-8

◇「草枕」　小学館　2011.7　234p　15cm　（小学館文庫　な14-1）　476円
①978-4-09-408627-0

◇「定本漱石全集　第3巻　草枕 二百十日・野分」　夏目金之助著　岩波書店
2017.2　608p　20cm　4400円　①978-4-00-092823-6

「こころ」

0060　朝日新聞 2014年4月20日〜2014年9月25日　月曜〜金曜朝刊

2593　熊本日日新聞 2017年2月15日〜2017年7月30日　朝刊

◇「こころ」　SDP　2008.7　317p　15cm　（SDP bunko）　490円　①978-4-
903620-30-5

◇「こころ　上」　ゴマブックス　2008.8　191p　19cm　（ケータイ名作文学）
700円　①978-4-7771-1021-6

◇「こころ　下」　ゴマブックス　2008.8　199p　19cm　（ケータイ名作文学）
700円　①978-4-7771-1022-3

◇「夏目漱石」　宝島社　2008.12　352p　21cm　（別冊宝島―名作クラシック
ノベル）　714円　①978-4-7966-6732-6

◇「夏目漱石こころ」　やのまん　2009.4　455p　20cm　（YM books―デカい
活字の千円文学！）　952円　①978-4-903548-20-3

◇「涙の百年文学―もう一度読みたい」　風日祈舎編　太陽出版　2009.4　317p
20cm　1800円　①978-4-88469-619-1

◇「こころ」　プランクトン　2009.7　319p　15cm　（プランクトン文庫）
①978-4-904635-05-6

◇「こころ　上」　ゴマブックス　2009.8　191p　15cm　（ゴマ文庫　G138―
ケータイ名作文学）　500円　①978-4-7771-5145-5

◇「こころ　下」　ゴマブックス　2009.8　199p　15cm　（ゴマ文庫　G139―
ケータイ名作文学）　500円　①978-4-7771-5146-2

◇「読んでおきたいベスト集！ 夏目漱石」　夏目漱石著, 別冊宝島編集部編　宝
島社　2011.7　606p　16cm　（宝島社文庫）　686円　①978-4-7966-8513-

なつめ　　　　　　　　作家別一覧

9
◇「こころ」　海王社　2014.7　309p　15cm　（海王社文庫）　972円　①978-4-7964-0577-5
◇「定本漱石全集　第9巻　心」　夏目金之助著　岩波書店　2017.8　416p　20cm　4000円　①978-4-00-092829-8
◇「漱石の「こころ」を原文で読む—豊富な語釈と解説付き　前編」　夏目金之助原著作, 三井庄二編著　清水書院　2017.9　184p　21cm　1600円　①978-4-389-50060-3
◇「漱石の「こころ」を原文で読む—豊富な語釈と解説付き　後編」　夏目金之助原著作, 三井庄二編著　清水書院　2018.2　209p　21cm　1600円　①978-4-389-50061-0

「三四郎」

0063　朝日新聞　2014年10月1日～2015年3月23日　月曜～金曜朝刊
1978　中国新聞　2002年12月10日～2003年5月24日　朝刊
2210　高知新聞　2003年5月31日～2003年10月18日　夕刊
2468　熊本日日新聞　2003年9月6日～2004年2月6日　夕刊
2588　熊本日日新聞　2015年6月19日～2015年12月17日　朝刊
2737　南日本新聞　2003年6月3日～2003年12月29日　火曜～金曜朝刊

◇「三四郎　上」　ゴマブックス　2008.10　179p　19cm　（ケータイ名作文学）　700円　①978-4-7771-1109-1
◇「三四郎　下」　ゴマブックス　2008.10　227p　19cm　（ケータイ名作文学）　700円　①978-4-7771-1110-7
◇「三四郎」　SDP　2009.1　348p　15cm　（SDP bunko）　400円　①978-4-903620-45-9
◇「漱石ホラー傑作選」　夏目漱石著, 長尾剛編　PHP研究所　2009.6　252p　15cm　（PHP文庫　な51-3）　476円　①978-4-569-67271-7
◇「日本文学全集　13　樋口一葉 たけくらべ 夏目漱石 森鷗外」　池澤夏樹個人編集　樋口一葉著, 川上未映子訳, 夏目漱石著, 森鷗外著　河出書房新社　2015.2　562p　20cm　2900円　①978-4-309-72883-4
◇「定本漱石全集　第5巻　坑夫・三四郎」　夏目金之助著　岩波書店　2017.4　787p　20cm　4600円　①978-4-00-092825-0

「それから」

0066　朝日新聞　2015年4月1日～2015年9月7日　月曜～金曜朝刊
2595　熊本日日新聞　2017年7月31日～2018年1月22日　朝刊

◇「それから 門」　文藝春秋　2011.7　585p　16cm　（文春文庫）　638円　①978-4-16-715804-0
◇「それから」　集英社　2013.10　399p　16cm　（集英社文庫　な19-7）　480円　①978-4-08-752055-2
◇「定本漱石全集　第6巻　それから・門」　夏目金之助著　岩波書店　2017.5　797p　20cm　4600円　①978-4-00-092826-7

「二百十日」

2587 熊本日日新聞 2015年5月15日～2015年6月18日 朝刊

◇「二百十日・野分」 改版 岩波書店 2016.11 348p 15cm （岩波文庫 31-011-21） 700円 ⓘ978-4-00-360024-5

◇「定本漱石全集 第3巻 草枕 二百十日・野分」 夏目金之助著 岩波書店 2017.2 608p 20cm 4400円 ⓘ978-4-00-092823-6

「坊っちやん」

0540 河北新報 2010年3月2日～2010年4月28日 夕刊

1022 新潟日報 2004年2月3日～2004年4月9日 火曜～土曜朝刊

1977 中国新聞 2002年10月1日～2002年12月7日 朝刊

2173 愛媛新聞 2015年2月22日～2015年5月13日 朝刊

2209 高知新聞 2003年4月1日～2003年5月30日 夕刊

2465 熊本日日新聞 2003年5月27日～2003年7月24日 夕刊

2591 熊本日日新聞 2016年11月13日～2017年2月14日 朝刊

2735 南日本新聞 2003年2月25日～2003年5月21日 火曜～金曜朝刊

◇「坊っちゃん」 新装版 PHP研究所 2007.8 223p 16cm 720円 ⓘ978-4-569-69369-9

◇「直筆で読む「坊っちやん」」 集英社 2007.10 394p 18cm （集英社新書ヴィジュアル版） 1200円 ⓘ978-4-08-720414-8

◇「坊っちゃん」 夏目漱石作, 福田清人編 新装版 講談社 2007.10 247p 18cm （講談社青い鳥文庫 69-4） 570円 ⓘ978-4-06-148789-5

◇「坊っちゃん」 ゴマブックス 2008.9 207p 19cm （ケータイ名作文学） 800円 ⓘ978-4-7771-1069-8

◇「夏目漱石」 宝島社 2008.12 352p 21cm （別冊宝島―名作クラシックノベル） 714円 ⓘ978-4-7966-6732-6

◇「坊っちゃん」 SDP 2009.1 201p 15cm （SDP bunko） 350円 ⓘ978-4-903620-44-2

◇「21世紀版少年少女日本文学館 2 坊っちゃん」 夏目漱石著 講談社 2009.2 253p 20cm 1400円 ⓘ978-4-06-282652-5

◇「坊っちゃん」 ぶんか社 2009.7 224p 15cm （ぶんか社文庫 な-5-1） 467円 ⓘ978-4-8211-5279-7

◇「坊っちゃん―松山」 JTBパブリッシング 2010.1 207p 15cm （名作旅訳文庫 8） 500円 ⓘ978-4-533-07731-9

◇「坊っちゃん」 夏目漱石作, 森川成美構成, 優絵 集英社 2011.5 269p 18cm （集英社みらい文庫 な-2-1） 570円 ⓘ978-4-08-321020-4

◇「読んでおきたいベスト集！ 夏目漱石」 夏目漱石著, 別冊宝島編集部編 宝島社 2011.7 606p 16cm （宝島社文庫） 686円 ⓘ978-4-7966-8513-9

◇「坊っちゃん」 海王社 2012.11 190p 15cm （海王社文庫） 952円 ⓘ978-4-7964-0367-2

◇「坊っちゃん」　小学館　2013.1　218p　16cm　（小学館文庫　な14-2）
438円　①978-4-09-408787-1
◇「坊っちゃん」　夏目漱石作, 後路好章編, ちーこ挿絵　角川書店　2013.5
214p　18cm　（角川つばさ文庫　Fな3-1）　580円　①978-4-04-631314-0
◇「定本漱石全集　第2巻　倫敦塔ほか・坊ちゃん」　夏目金之助著　岩波書店
2017.1　586p　20cm　4200円　①978-4-00-092822-9
◇「坊っちゃん」　夏目漱石作, 竹中はる美編, 日本アニメーション絵　小学館
2017.3　286p　18cm　（小学館ジュニア文庫　ジな-5-1―［世界名作シリー
ズ］）　750円　①978-4-09-231156-5

「門」

0069　朝日新聞　2015年9月21日～2016年3月3日　月曜～金曜朝刊
2597　熊本日日新聞　2018年1月23日～連載中　朝刊

◇「門」　岩波書店　2007.5　264p　19cm　（ワイド版岩波文庫）　1000円
①978-4-00-007284-7
◇「漱石ホラー傑作選」　夏目漱石著, 長尾剛編　PHP研究所　2009.6　252p
15cm　（PHP文庫　な51-3）　476円　①978-4-569-67271-7
◇「それから 門」　文藝春秋　2011.7　585p　16cm　（文春文庫）　638円
①978-4-16-715804-0
◇「門」　集英社　2013.12　319p　16cm　（集英社文庫　な19-8）　460円
①978-4-08-752056-9
◇「定本漱石全集　第6巻　それから・門」　夏目金之助著　岩波書店　2017.5
797p　20cm　4600円　①978-4-00-092826-7

「夢十夜」

0071　朝日新聞　2016年3月9日～2016年3月22日　月曜～金曜朝刊

◇「夢十夜―他二篇」　岩波書店　2007.1　187p　19cm　（ワイド版岩波文庫）
900円　①978-4-00-007280-9
◇「マイ・ベスト・ミステリー　1」　日本推理作家協会編　文藝春秋　2007.8
413p　16cm　（文春文庫）　676円　①978-4-16-774001-6
◇「不思議がいっぱいあふれだす！―full of wonders and mysteries！」　芥川
龍之介, 小山内薫, 久米正雄, 小泉八雲, 太宰治, 豊島与志雄, 夏目漱石, 夢野久
作作　くもん出版　2007.12　157p　20cm　（読書がたのしくなる・ニッポ
ンの文学）　1000円　①978-4-7743-1343-6
◇「夏目漱石―1867-1916」　筑摩書房　2008.12　477p　15cm　（ちくま日本
文学　29）　880円　①978-4-480-42529-4
◇「夏目漱石」　宝島社　2008.12　352p　21cm　（別冊宝島―名作クラシック
ノベル）　714円　①978-4-7966-6732-6
◇「百年小説―the birth of modern Japanese literature」　ポプラクリエイティ
ブネットワーク編　ポプラ社　2008.12　1331p　23cm　6600円　①978-4-
591-10497-2
◇「漱石ホラー傑作選」　夏目漱石著, 長尾剛編　PHP研究所　2009.6　252p
15cm　（PHP文庫　な51-3）　476円　①978-4-569-67271-7

◇「夢」　夏目漱石, 有島武郎, 芥川龍之介, 岡本かの子, 森鷗外, 与謝野晶子, 萩原朔太郎, 横光利一著　SDP　2009.7　138p　15cm　（SDP bunko）　381円　①978-4-903620-63-3

◇「ちくま文学の森　3　変身ものがたり」　安野光雅, 森毅, 井上ひさし, 池内紀編　筑摩書房　2010.10　534p　15cm　1000円　①978-4-480-42733-5

◇「10分で読める物語　6年生」　青木伸生選　学研教育出版　2010.12　173p　21cm　700円　①978-4-05-203358-2

◇「中学生までに読んでおきたい日本文学　8　こわい話」　松田哲夫編　あすなろ書房　2011.2　287p　22cm　1800円　①978-4-7515-2628-6

◇「読んでおきたいベスト集！夏目漱石」　夏目漱石著, 別冊宝島編集部編　宝島社　2011.7　606p　16cm　（宝島社文庫）　686円　①978-4-7966-8513-9

◇「夢魔は蠢く」　東雅夫編　筑摩書房　2011.7　382p　15cm　（ちくま文庫　ふ36-16―文豪怪談傑作選　明治篇）　880円　①978-4-480-42847-9

◇「日本の名作「こわい話」傑作集」　Z会監修解説, 平尾リョウ絵　集英社　2012.8　208p　18cm　（集英社みらい文庫　あ-4-1）　620円　①978-4-08-321111-9

◇「夢十夜」　夏目漱石作, 金井田英津子画　長崎出版　2013.2　85p　22cm　2300円　①978-4-86095-559-5

◇「幻妖の水脈（みお）」　東雅夫編, 夏目漱石 ほか著　筑摩書房　2013.9　602, 4p　15cm　（ちくま文庫　ひ21-5―日本幻想文学大全）　1300円　①978-4-480-43111-0

◇「文豪たちが書いた怖い名作短編集」　彩図社文芸部編纂　彩図社　2014.1　191p　15cm　593円　①978-4-88392-966-5

◇「もっと厭な物語」　文藝春秋　2014.2　316p　16cm　（文春文庫　ク17-2）　650円　①978-4-16-790046-5

◇「コレクション近代日本文学」　石尾奈智子, 市川浩昭, 岸規子編　冬至書房　2015.3　278p　21cm　1800円　①978-4-88582-189-9

◇「夢十夜」　海王社　2015.7　188p　15cm　（海王社文庫）　972円　①978-4-7964-0743-4

◇「夢」　夏目漱石, 芥川龍之介 ほか著, 山科理絵絵　汐文社　2016.11　243p　20cm　（文豪ノ怪談ジュニア・セレクション）　1600円　①978-4-8113-2327-5

◇「夢十夜・文鳥ほか」　筑摩書房　2017.2　287p　15cm　（ちくま文庫　き41-5―教科書で読む名作）　680円　①978-4-480-43415-9

◇「定本漱石全集　第12巻　小品」　夏目金之助著　岩波書店　2017.9　944p　20cm　4800円　①978-4-00-092832-8

◇「新編・日本幻想文学集成　8」　夏目漱石, 内田百閒, 豊島与志雄, 島尾敏雄著, 富士川義之, 別役実, 堀切直人, 種村季弘編　国書刊行会　2017.12　755p　22cm　5800円　①978-4-336-06033-4

「吾輩は猫である」

1048　新潟日報　2005年3月23日〜2006年4月7日　火曜〜土曜朝刊

なると　　　　　　　作家別一覧

2251　高知新聞 2005年6月28日〜2006年3月31日　夕刊

2537　熊本日日新聞 2005年6月22日〜2006年4月3日　夕刊

2589　熊本日日新聞 2015年12月18日〜2016年11月12日　朝刊

　　◇「吾輩は猫である」　文藝春秋　2011.11　585p　16cm　（文春文庫　な31-
　　　3）　638円　①978-4-16-715805-7

　　◇「吾輩は猫である」　海王社　2016.6　507p　15cm　（海王社文庫）　972円
　　　①978-4-7964-0875-2

　　◇「吾輩は猫である」　宝島社　2016.7　558p　16cm　（宝島社文庫　Cな-13-
　　　1）　660円　①978-4-8002-5679-9

　　◇「定本漱石全集　第1巻　吾輩は猫である」　夏目金之助著　岩波書店　2016.
　　　12　749p　20cm　4600円　①978-4-00-092821-2

　　◇「吾輩は猫である　上」　夏目漱石作, 佐野洋子絵　新装版　講談社　2017.7
　　　397p　18cm　（講談社青い鳥文庫　69-5）　740円　①978-4-06-285621-8

　　◇「吾輩は猫である　下」　夏目漱石作, 佐野洋子絵　新装版　講談社　2017.7
　　　381p　18cm　（講談社青い鳥文庫　69-6）　740円　①978-4-06-285622-5

鳴門 謙祥　なると・けんしょう＊

「沙織さん」

2017　中国新聞 2008年11月25日〜2009年1月29日　夕刊

　　◇「沙織さん」　鳴門謙祥著, 川西智尋画, 神田繁輝画, 森そよか画　鳴門謙聰
　　　2016.11　51p　26cm

南原 幹雄　なんばら・みきお　1938〜

「銭五の海」

0906　東京新聞 1993年4月19日〜1994年11月5日　夕刊

1590　中日新聞 1993年4月19日〜1994年11月5日　夕刊

　　◇「銭五の海　上巻」　新潮社　1995.4　415p　20cm　1800円　①4-10-
　　　376103-2

　　◇「銭五の海　下巻」　新潮社　1995.4　414p　20cm　1800円　①4-10-
　　　376104-0

　　◇「銭五の海　上巻」　新潮社　1998.6　500p　16cm　（新潮文庫）　667円
　　　①4-10-110020-9

　　◇「銭五の海　下巻」　新潮社　1998.6　506p　16cm　（新潮文庫）　667円
　　　①4-10-110021-7

　　◇「銭五の海　上巻」　学陽書房　2005.6　499p　15cm　（人物文庫）　900円
　　　①4-313-75199-8

　　◇「銭五の海　下巻」　学陽書房　2005.6　504p　15cm　（人物文庫）　900円
　　　①4-313-75200-5

作家別一覧 にいみ

「徳川御三卿 江戸の嵐」

0575 秋田魁新報 1993年6月26日〜1994年4月26日 夕刊

0833 上毛新聞 1994年4月8日〜1995年2月15日 朝刊

1906 山陽新聞 1993年9月15日〜1994年7月25日 朝刊

2140 愛媛新聞 1993年10月18日〜1994年8月23日 朝刊

◇「徳川御三卿　上」　角川書店　1995.2　314p　20cm　1500円　Ⓘ4-04-872848-2

◇「徳川御三卿　下」　角川書店　1995.2　340p　20cm　1500円　Ⓘ4-04-872849-0

◇「徳川御三卿　上」　角川書店　1998.1　327p　15cm　（角川文庫）　533円　Ⓘ4-04-163331-1

◇「徳川御三卿　下」　角川書店　1998.1　357p　15cm　（角川文庫）　533円　Ⓘ4-04-163332-X

◇「徳川御三卿」　徳間書店　2005.8　716p　16cm　（徳間文庫）　1029円　Ⓘ4-19-892291-8

【 に 】

新津 きよみ　にいつ・きよみ　1957〜

「緩やかな反転」

1291 福井新聞 2001年7月18日〜2002年6月13日 朝刊

1414 信濃毎日新聞 2001年8月25日〜2002年9月27日 夕刊

1873 山陰中央新報 2001年10月16日〜2002年9月10日 朝刊

2111 四国新聞 2001年6月10日〜2002年5月4日 朝刊

◇「緩やかな反転」　角川書店　2003.3　385p　20cm　1800円　Ⓘ4-04-873458-X

◇「緩やかな反転」　角川書店　2010.10　517p　15cm　（角川文庫　16499）　743円　Ⓘ978-4-04-191614-8

新美 南吉　にいみ・なんきち　1913〜1943

「ごん狐」

0546 河北新報 2010年6月10日〜2010年6月14日 夕刊

1037 新潟日報 2004年11月11日〜2004年11月16日 火曜〜土曜朝刊

2237 高知新聞 2004年9月1日〜2004年9月4日 夕刊

2524 熊本日日新聞 2005年2月28日〜2005年3月3日 夕刊

◇「新美南吉30選」　春陽堂書店　2009.2　349p　20cm　（名作童話）　2500円　Ⓘ978-4-394-90267-6

新聞連載小説総覧 平成期（1989〜2017）　**351**

◇「涙の百年文学─もう一度読みたい」 風日祈舎編 太陽出版 2009.4 317p
20cm 1800円 ①978-4-88469-619-1

◇「新美南吉童話集 1 ごん狐」 新装版 大日本図書 2012.12 352p
22cm ①978-4-477-02648-0

◇「もう一度読みたい教科書の泣ける名作」 学研教育出版編 学研教育出版
2013.8 223p 17cm 800円 ①978-4-05-405789-0

◇「近代童話（メルヘン）と賢治」 信時哲郎, 外村彰, 古澤夕起子, 辻本千鶴, 森本
智子編 おうふう 2014.2 208p 21cm 2000円 ①978-4-273-03746-8

◇「鰻」 石川博編 皓星社 2017.2 283p 19cm （紙礫 5） 1800円
①978-4-7744-0623-7

「小さい太郎の悲しみ」

2525 熊本日日新聞 2005年3月4日〜2005年3月7日 夕刊

◇「新美南吉30選」 春陽堂書店 2009.2 349p 20cm （名作童話） 2500円
①978-4-394-90267-6

◇「新美南吉童話集 2 おじいさんのランプ」 新装版 大日本図書 2012.12
354p 22cm ①978-4-477-02649-7

◇「新美南吉童話選集 2」 新美南吉作, 牧野千穂絵 ポプラ社 2013.3
134p 21cm 1200円 ①978-4-591-13306-4

「手袋を買ひに」

1036 新潟日報 2004年11月6日〜2004年11月10日 火曜〜土曜朝刊

2527 熊本日日新聞 2005年3月16日〜2005年3月18日 夕刊

◇「ごんぎつね─新美南吉傑作選」 新美南吉作, ささめやゆき絵 新装版 講
談社 2008.3 237p 18cm （講談社青い鳥文庫 144-2） 570円
①978-4-06-285008-7

◇「新美南吉30選」 春陽堂書店 2009.2 349p 20cm （名作童話） 2500円
①978-4-394-90267-6

◇「21世紀版少年少女日本文学館 13 ごんぎつね・夕鶴」 新美南吉, 木下順
二著 講談社 2009.3 247p 20cm 1400円 ①978-4-06-282663-1

◇「ごんぎつね─新美南吉傑作選 上」 新美南吉作, ささめやゆき絵 新装版
講談社 2010.10 276p 21cm （講談社オンデマンドブックス─講談社大
きな文字の青い鳥文庫） ①978-4-06-407476-4

◇「新美南吉童話集 1 ごん狐」 新装版 大日本図書 2012.12 352p
22cm ①978-4-477-02648-0

◇「もう一度読みたい教科書の泣ける名作」 学研教育出版編 学研教育出版
2013.8 223p 17cm 800円 ①978-4-05-405789-0

◇「ファイン/キュート素敵かわいい作品選」 高原英理編 筑摩書房 2015.5
348p 15cm （ちくま文庫 た72-2） 900円 ①978-4-480-43262-9

「花のき村と盗人たち」

1034 新潟日報 2004年10月13日〜2004年10月22日 火曜〜土曜朝刊

2240 高知新聞 2004年10月19日〜2004年10月27日 夕刊

作家別一覧　　　　　　　　　　　　　　　　　　　　にいみ

2530　熊本日日新聞　2005年4月14日～2005年4月22日　夕刊

◇「ごんぎつね―新美南吉傑作選」　新美南吉作, ささめやゆき絵　新装版　講談社　2008.3　237p　18cm　（講談社青い鳥文庫　144-2）　570円　①978-4-06-285008-7

◇「新美南吉30選」　春陽堂書店　2009.2　349p　20cm　（名作童話）　2500円　①978-4-394-90267-6

◇「21世紀版少年少女日本文学館　13　ごんぎつね・夕鶴」　新美南吉, 木下順二著　講談社　2009.3　247p　20cm　1400円　①978-4-06-282663-1

◇「ごんぎつね―新美南吉傑作選　下」　新美南吉作, ささめやゆき絵　新装版　講談社　2010.10　261p　21cm　（講談社オンデマンドブックス―講談社大きな文字の青い鳥文庫）　①978-4-06-407477-1

◇「新美南吉童話集　3　花のき村と盗人たち」　新装版　大日本図書　2012.12　362p　22cm　①978-4-477-02650-3

◇「新美南吉童話選集　5」　新美南吉作, ささめやゆき絵　ポプラ社　2013.3　134p　21cm　1200円　①978-4-591-13309-5

◇「ごんぎつね・てぶくろを買いに」　新美南吉作, あやか絵　角川書店　2013.9　223p　18cm　（角川つばさ文庫　Fに1-1）　580円　①978-4-04-631342-3

◇「手ぶくろを買いに／ごんぎつね―ほか花のき村と盗人たち／決闘／でんでんむしのかなしみ 1ぴきの子ぎつねが, はじめて人間の町へ！」　新美南吉作, 千野えなが, pon-marsh, たはらひとえ, 佐々木メエ絵　学研プラス　2017.9　153p　21cm　（10歳までに読みたい日本名作　5）　940円　①978-4-05-204691-9

「百姓の足、坊さんの足」

2239　高知新聞　2004年10月5日～2004年10月18日　夕刊

2529　熊本日日新聞　2005年4月1日～2005年4月13日　夕刊

◇「ごんぎつね―新美南吉傑作選」　新美南吉作, ささめやゆき絵　新装版　講談社　2008.3　237p　18cm　（講談社青い鳥文庫　144-2）　570円　①978-4-06-285008-7

◇「新美南吉30選」　春陽堂書店　2009.2　349p　20cm　（名作童話）　2500円　①978-4-394-90267-6

◇「ごんぎつね―新美南吉傑作選　下」　新美南吉作, ささめやゆき絵　新装版　講談社　2010.10　261p　21cm　（講談社オンデマンドブックス―講談社大きな文字の青い鳥文庫）　①978-4-06-407477-1

◇「新美南吉童話集　3　花のき村と盗人たち」　新装版　大日本図書　2012.12　362p　22cm　①978-4-477-02650-3

◇「新美南吉童話選集　3」　新美南吉作, 武田美穂絵　ポプラ社　2013.3　134p　21cm　1200円　①978-4-591-13307-1

「屁」

2526　熊本日日新聞　2005年3月8日～2005年3月15日　夕刊

◇「ごんぎつね―新美南吉傑作選」　新美南吉作, ささめやゆき絵　新装版　講談社　2008.3　237p　18cm　（講談社青い鳥文庫　144-2）　570円

新聞連載小説総覧 平成期（1989～2017）　**353**

①978-4-06-285008-7

◇「新美南吉30選」　春陽堂書店　2009.2　349p　20cm　（名作童話）　2500円
①978-4-394-90267-6

◇「ごんぎつね―新美南吉傑作選　上」　新美南吉作, ささめやゆき絵　新装版
講談社　2010.10　276p　21cm　（講談社オンデマンドブックス―講談社大
きな文字の青い鳥文庫）　①978-4-06-407476-4

◇「新美南吉童話集　2　おじいさんのランプ」　新装版　大日本図書　2012.12
354p　22cm　①978-4-477-02649-7

◇「新美南吉童話選集　5」　新美南吉作, ささめやゆき絵　ポプラ社　2013.3
134p　21cm　1200円　①978-4-591-13309-5

◇「ごんぎつね・てぶくろを買いに」　新美南吉作, あやか絵　角川書店　2013.9
223p　18cm　（角川つばさ文庫　Fに1-1）　580円　①978-4-04-631342-3

「和太郎さんと牛」

1035　新潟日報 2004年10月23日〜2004年11月5日　火曜〜土曜朝刊

2238　高知新聞 2004年9月22日〜2004年10月4日　夕刊

2528　熊本日日新聞 2005年3月19日〜2005年3月31日　夕刊

◇「新美南吉童話集　3　花のき村と盗人たち」　新装版　大日本図書　2012.12
362p　22cm　①978-4-477-02650-3

◇「新美南吉童話選集　4」　新美南吉作, 高橋和枝絵　ポプラ社　2013.3
135p　21cm　1200円　①978-4-591-13308-8

◇「ごんぎつね・てぶくろを買いに」　新美南吉作, あやか絵　角川書店　2013.9
223p　18cm　（角川つばさ文庫　Fに1-1）　580円　①978-4-04-631342-3

西木 正明　にしき・まさあき　1940〜

「西郷首」

0507　河北新報 1995年7月24日〜1996年4月4日　朝刊

1323　山梨日日新聞 1995年6月1日〜1996年2月14日　朝刊

1801　日本海新聞 1995年7月17日〜1996年3月30日　朝刊

2103　四国新聞 1995年5月26日〜1996年2月5日　朝刊

2338　佐賀新聞 1995年8月7日〜1996年4月21日　朝刊

2716　南日本新聞 1995年7月10日〜1996年5月16日　夕刊

「丁半国境」

0570　秋田魁新報 1991年4月5日〜1992年1月16日　朝刊

1137　富山新聞 1991年4月30日〜1992年2月11日　朝刊

1209　北國新聞 1991年4月30日〜1992年2月11日　朝刊

1366　信濃毎日新聞 1991年7月6日〜1992年4月4日　土曜夕刊

1696　神戸新聞 1991年5月10日〜1992年2月21日　朝刊

1952　中国新聞 1991年4月26日〜1992年2月5日　朝刊

2184　高知新聞 1991年3月11日〜1991年12月19日　朝刊

	作家別一覧	にしむら

2440　熊本日日新聞　1991年5月6日〜1992年2月15日　朝刊

◇「丁半国境」　文芸春秋　1993.11　321p　20cm　1800円　①4-16-314340-8

「養安先生、呼ばれ！」

0597　秋田魁新報　2002年6月20日〜2003年4月30日　朝刊

1165　富山新聞　2002年7月23日〜2003年6月2日　朝刊

1237　北國新聞　2002年7月23日〜2003年6月2日　朝刊

1415　信濃毎日新聞　2002年7月4日〜2003年5月15日　朝刊

1718　神戸新聞　2002年8月2日〜2003年6月13日　朝刊

1975　中国新聞　2002年7月1日〜2003年5月12日　朝刊

2208　高知新聞　2002年10月27日〜2003年9月2日　朝刊

2463　熊本日日新聞　2002年6月20日〜2003年4月29日　朝刊

◇「養安先生、呼ばれ！」　恒文社21　2003.10　486p　20cm　2200円　①4-7704-1103-0

西村 京太郎　にしむら・きょうたろう　1930〜

「小樽 北の墓標」

0192　毎日新聞　2004年4月4日〜2005年3月27日　日曜版

◇「小樽北の墓標」　毎日新聞社　2005.7　275p　18cm　819円　①4-620-10696-8

◇「小樽北の墓標」　徳間書店　2010.10　408p　16cm　（徳間文庫　に-1-106―十津川警部シリーズ）　629円　①978-4-19-893241-1

◇「小樽北の墓標」　小学館　2015.6　433p　15cm　（小学館文庫　に16-8）　730円　①978-4-09-406176-5

「京都感情案内」

1118　北日本新聞　2004年6月16日〜2005年3月31日　夕刊

1669　京都新聞　2004年2月14日〜2004年10月11日　朝刊

1918　山陽新聞　2004年2月21日〜2004年10月18日　朝刊

◇「京都感情案内　上」　中央公論新社　2005.6　247p　18cm　（C novels）　800円　①4-12-500904-X

◇「京都感情案内　下」　中央公論新社　2005.6　206p　18cm　（C novels）　800円　①4-12-500905-8

◇「京都感情案内　上」　中央公論新社　2007.12　297p　16cm　（中公文庫）　552円　①978-4-12-204947-5

◇「京都感情案内　下」　中央公論新社　2007.12　235p　16cm　（中公文庫）　495円　①978-4-12-204948-2

◇「京都感情案内　上」　双葉社　2012.11　355p　15cm　（双葉文庫　に-01-54―[十津川警部]）　648円　①978-4-575-51532-9

◇「京都感情案内　下」　双葉社　2012.11　283p　15cm　（双葉文庫　に-01-

新聞連載小説総覧 平成期（1989〜2017）　**355**

にれ　　　　作家別一覧

　　　55―[十津川警部]）　600円　①978-4-575-51533-6

「十津川警部 愛と死の伝説」

0591　秋田魁新報 1999年9月3日～2000年6月23日　朝刊

1159　富山新聞 1999年10月3日～2000年7月24日　朝刊

1231　北國新聞 1999年10月3日～2000年7月24日　朝刊

1408　信濃毎日新聞 1999年9月17日～2000年7月6日　朝刊

1713　神戸新聞 1999年10月16日～2000年8月4日　朝刊

1971　中国新聞 1999年9月15日～2000年7月3日　朝刊

2202　高知新聞 1999年6月18日～2000年4月2日　朝刊

2457　熊本日日新聞 1999年9月11日～2000年6月28日　朝刊

　　　◇「十津川警部愛と死の伝説　上」　講談社　2000.11　248p　18cm　（講談社
　　　　ノベルス）　790円　①4-06-182158-X
　　　◇「十津川警部愛と死の伝説　下」　講談社　2000.11　261p　18cm　（講談社
　　　　ノベルス）　790円　①4-06-182159-8
　　　◇「十津川警部愛と死の伝説　上」　講談社　2003.10　343p　15cm　（講談社
　　　　文庫）　590円　①4-06-273869-4
　　　◇「十津川警部愛と死の伝説　下」　講談社　2003.10　363p　15cm　（講談社
　　　　文庫）　590円　①4-06-273870-8
　　　◇「十津川警部愛と死の伝説―長編推理小説　上」　光文社　2013.8　341p
　　　　16cm　（光文社文庫　に1-136）　629円　①978-4-334-76616-0
　　　◇「十津川警部愛と死の伝説―長編推理小説　下」　光文社　2013.8　354p
　　　　16cm　（光文社文庫　に1-137）　629円　①978-4-334-76617-7

楡 周平　にれ・しゅうへい　1957～

「帰国児たちの甲子園」

2418　長崎新聞 2008年1月29日～2008年10月7日　朝刊

「バルス」

0786　茨城新聞 2015年9月13日～2016年5月30日　朝刊

0856　上毛新聞 2015年7月28日～2016年4月13日　朝刊

0896　千葉日報 2015年10月4日～2016年6月20日　朝刊

0988　神奈川新聞 2015年8月24日～2016年5月10日　朝刊

1081　新潟日報 2015年7月22日～2016年4月6日　朝刊

1518　岐阜新聞 2015年8月20日～2016年7月1日　夕刊

1578　静岡新聞 2016年3月17日～2017年3月31日　夕刊

1892　山陰中央新報 2016年2月1日～2016年10月17日　朝刊

2814　琉球新報 2015年11月1日～2016年7月16日　朝刊

「ミッション建国」

0308　産経新聞 2013年6月1日～2014年3月31日　朝刊

作家別一覧　　　　　　　　　　　　　　　　ねしめ

◇「ミッション建国」　産経新聞出版　2014.7　431p　20cm　1700円　①978–
　4–8191–1246–8
◇「ミッション建国」　KADOKAWA　2017.4　521p　15cm　（角川文庫　に
　13–5）　840円　①978–4–04–105503–8

【 ね 】

ねじめ 正一　ねじめ・しょういち　1948〜
「ゴンザとソウザ ペテルブルグの青春」
　0451　岩手日報　1996年9月18日〜1997年8月25日　夕刊
　0647　山形新聞　1997年2月22日〜1998年1月27日　夕刊
　0763　茨城新聞　1997年4月21日〜1998年1月27日　朝刊
　2198　高知新聞　1997年4月3日〜1998年3月7日　夕刊
　2343　佐賀新聞　1997年3月2日〜1997年12月8日　朝刊
　2403　長崎新聞　1996年12月8日〜1997年9月15日　朝刊
「鳩を飛ばす日」
　0376　東奥日報　1992年10月26日〜1993年6月4日　朝刊
　0757　茨城新聞　1992年8月24日〜1993年4月3日　朝刊
　1763　奈良新聞　1992年4月25日〜1992年12月2日　朝刊
　1859　山陰中央新報　1992年7月20日〜1993年2月26日　朝刊
　1903　山陽新聞　1992年6月23日〜1993年3月15日　夕刊
　2332　佐賀新聞　1992年9月29日〜1993年5月8日　朝刊
　2709　南日本新聞　1992年10月15日〜1993年5月23日　朝刊
　2789　琉球新報　1992年5月8日〜1993年1月28日　夕刊

　◇「鳩を飛ばす日」　文芸春秋　1996.10　253p　16cm　（文春文庫）　450円
　　①4–16–755902–1
「むーさんの背中」
　0750　福島民友　2015年12月9日〜2016年8月15日　朝刊
　1083　新潟日報　2016年4月7日〜2016年12月14日　朝刊
　1350　山梨日日新聞　2016年2月25日〜2016年10月31日　朝刊
　1453　信濃毎日新聞　2016年11月21日〜2017年7月29日　朝刊
　1753　神戸新聞　2016年1月1日〜2016年9月6日　朝刊
　1941　山陽新聞　2016年1月8日〜2016年9月13日　朝刊
　2089　徳島新聞　2016年1月3日〜2016年9月7日　朝刊

　◇「むーさんの自転車」　中央公論新社　2017.8　363p　20cm　1800円
　　①978–4–12–004997–2

新聞連載小説総覧 平成期（1989〜2017）　**357**

【 の 】

乃南 アサ　　のなみ・あさ　1960～
　「涙」
　　1544　静岡新聞 1999年4月1日～2000年3月31日 朝刊

　　　◇「涙」　幻冬舎　2000.12　453p　20cm　1800円　Ⓘ4-344-00041-2
　　　◇「涙　上巻」　新潮社　2003.2　391p　16cm　（新潮文庫）　590円　Ⓘ4-10-142525-6
　　　◇「涙　下巻」　新潮社　2003.2　494p　16cm　（新潮文庫）　667円　Ⓘ4-10-142526-4

　「火のみち」
　　0465　岩手日報 2003年3月27日～2004年7月31日 夕刊
　　0598　秋田魁新報 2002年11月20日～2003年12月17日 夕刊
　　0659　山形新聞 2003年1月7日～2004年5月7日 夕刊
　　1166　富山新聞 2002年10月26日～2004年2月28日 朝刊
　　1238　北國新聞 2002年10月25日～2004年2月27日 夕刊
　　1333　山梨日日新聞 2003年2月8日～2004年3月5日 朝刊
　　1818　日本海新聞 2003年3月24日～2004年4月29日 朝刊
　　2066　徳島新聞 2002年7月22日～2003年8月22日 朝刊
　　2681　宮崎日日新聞 2002年11月9日～2003年12月16日 朝刊

　　　◇「火のみち　上」　講談社　2004.8　362p　20cm　1700円　Ⓘ4-06-212576-5
　　　◇「火のみち　下」　講談社　2004.8　297p　20cm　1600円　Ⓘ4-06-212577-3
　　　◇「火のみち　上」　講談社　2008.9　483p　15cm　（講談社文庫）　714円　Ⓘ978-4-06-276155-0
　　　◇「火のみち　下」　講談社　2008.9　409p　15cm　（講談社文庫）　695円　Ⓘ978-4-06-276156-7

　「ボクの町」
　　0175　毎日新聞 1997年9月24日～1998年6月22日 夕刊

　　　◇「ボクの町」　毎日新聞社　1998.9　426p　20cm　1600円　Ⓘ4-620-10592-9
　　　◇「ボクの町」　新潮社　2001.12　516p　16cm　（新潮文庫）　705円　Ⓘ4-10-142522-1

野原 一夫　　のはら・かずお　1922～1999
　「生くることにも心せき 小説・太宰治」
　　0378　東奥日報 1993年4月4日～1994年4月3日 日曜朝刊

◇「生くることにも心せき―小説・太宰治」 新潮社 1994.10 330p 20cm
1600円 ⓘ4-10-335306-6

【 は 】

灰谷 健次郎　はいたに・けんじろう　1934〜2006
「乾いた魚に濡れた魚」
0602　秋田魁新報 2004年10月16日〜2005年1月13日 朝刊
1170　富山新聞 2004年11月17日〜2005年2月13日 朝刊
1242　北國新聞 2004年11月17日〜2005年2月13日 朝刊
1419　信濃毎日新聞 2004年10月30日〜2005年1月26日 朝刊
1723　神戸新聞 2004年11月27日〜2005年2月4日 朝刊
2009　中国新聞 2004年10月28日〜2005年1月25日 朝刊
2510　熊本日日新聞 2004年10月14日〜2005年1月10日 朝刊

◇「天の瞳　最終話」　角川書店　2009.7　318p　15cm　（角川文庫　15798）
590円　ⓘ978-4-04-352037-4
「天の瞳」
0091　読売新聞 1994年9月6日〜1995年8月30日 朝刊

◇「天の瞳　幼年編 1」　新潮社　1996.1　341p　20cm　1600円　ⓘ4-10-338406-9
◇「天の瞳　幼年編 2」　新潮社　1996.1　322p　20cm　1600円　ⓘ4-10-338407-7
◇「天の瞳　幼年編 1」　角川書店　1998.2　343p　20cm　1500円　ⓘ4-04-873096-7
◇「天の瞳　幼年編 2」　角川書店　1998.2　322p　20cm　1500円　ⓘ4-04-873097-5
◇「天の瞳　少年編 1」　角川書店　1998.2　334p　20cm　1500円　ⓘ4-04-873100-9
◇「天の瞳　少年編 2」　角川書店　1999.4　333p　20cm　1500円　ⓘ4-04-873159-9
◇「天の瞳　幼年編 1」　角川書店　1999.6　381p　15cm　（角川文庫）　705円　ⓘ4-04-352020-4
◇「天の瞳　幼年編 2」　角川書店　1999.6　364p　15cm　（角川文庫）　667円　ⓘ4-04-352021-2
◇「天の瞳　成長編 1」　角川書店　1999.12　323p　20cm　1500円　ⓘ4-04-873204-8
◇「天の瞳　成長編 2」　角川書店　2001.2　336p　20cm　1500円　ⓘ4-04-873286-2
◇「天の瞳　少年編 1」　角川書店　2001.10　372p　15cm　（角川文庫）　600

はく　　　　　　作家別一覧

　　　　円　　①4–04–352028–X
　　◇「天の瞳　少年編2」　角川書店　2001.10　363p　15cm　（角川文庫）　600
　　　　円　　①4–04–352029–8
　　◇「天の瞳　あすなろ編1」　角川書店　2002.5　316p　20cm　1500円　①4–
　　　　04–873379–6
　　◇「天の瞳　成長編1」　角川書店　2002.8　356p　15cm　（角川文庫）　600
　　　　円　　①4–04–352031–X
　　◇「天の瞳　成長編2」　角川書店　2002.11　372p　15cm　（角川文庫）　600
　　　　円　　①4–04–352032–8
　　◇「天の瞳　あすなろ編2」　角川書店　2004.1　355p　20cm　（角川文庫）
　　　　1500円　①4–04–873512–8
　　◇「天の瞳　あすなろ編1」　角川書店　2004.3　350p　15cm　（角川文庫）
　　　　590円　①4–04–352034–4
　　◇「天の瞳　あすなろ編2」　角川書店　2006.12　392p　15cm　（角川文庫）
　　　　629円　①4–04–352035–2
　　◇「天の瞳　最終話」　角川書店　2009.7　318p　15cm　（角川文庫　15798）
　　　　590円　①978–4–04–352037–4

獏 不次男　ばく・ふじお　1934〜2011
「津軽太平記」
　0396　東奥日報　2001年1月7日〜2001年12月30日　日曜朝刊
　　◇「津軽太平記―津軽の鷹・為信公一代記」　東奥日報社　2002.3　355p
　　　　20cm　1700円　①4–88561–063–X
　　◇「津軽太平記―みちのくの鷹津軽為信一代記」　河出書房新社　2005.12
　　　　321p　20cm　1900円　①4–309–01740–1

葉治 英哉　はじ・えいさい　1928〜2016
「鍵谷茂兵衛物語 疑獄・尾去沢銅山事件」
　0399　東奥日報　2002年1月6日〜2002年12月9日　日曜朝刊
　　◇「夢とのみ―鍵屋村井茂兵衛覚書」　図書刊行会　2006.6　371p　20cm
　　　　2200円　①4–336–04770–7

橋本 治　はしもと・おさむ　1948〜
「黄金夜会」
　0150　読売新聞　2017年9月30日〜連載中　朝刊
「三日月物語」
　0166　毎日新聞　1994年10月2日〜1996年3月31日　日曜版
　　◇「三日月物語」　橋本治著, 岡田嘉夫絵　毎日新聞社　1996.9　237p　26cm

2900円 ①4–620–10550–3

秦 恒平　はた・こうへい　1935〜
「親指のマリア」
1643　京都新聞　1989年3月1日〜1989年12月31日　朝刊

◇「親指のマリア」　筑摩書房　1990.12　460p　20cm　3910円　①4–480–80297–5

畠中 恵　はたけなか・めぐみ　1959〜
「ちょちょら」
0672　山形新聞　2009年1月19日〜2009年12月15日　夕刊
1180　富山新聞　2008年9月23日〜2009年8月26日　朝刊
1252　北國新聞　2008年9月22日〜2009年8月25日　夕刊
2770　南日本新聞　2009年1月28日〜2009年11月2日　朝刊

◇「ちょちょら」　新潮社　2011.3　379p　20cm　1600円　①978–4–10–450713–9
◇「ちょちょら」　新潮社　2013.9　535p　16cm　（新潮文庫　は–37–71）710円　①978–4–10–146191–5

「わが殿」
0433　東奥日報　2017年9月4日〜連載中　夕刊
0822　下野新聞　2017年6月7日〜連載中　朝刊
1310　福井新聞　2017年3月13日〜連載中　朝刊

畑山 博　はたやま・ひろし　1935〜2001
「銀河動物園」
0567　秋田魁新報　1989年10月19日〜1990年8月1日　朝刊
1134　富山新聞　1989年11月12日〜1990年8月26日　朝刊
1206　北國新聞　1989年11月12日〜1990年8月26日　朝刊
1357　信濃毎日新聞　1989年11月6日〜1990年8月20日　朝刊
1693　神戸新聞　1989年11月22日〜1990年9月4日　朝刊
1949　中国新聞　1989年11月9日〜1990年8月22日　朝刊
2181　高知新聞　1989年10月1日〜1990年7月11日　朝刊
2438　熊本日日新聞　1989年11月22日〜1990年9月3日　朝刊

◇「銀河動物園」　毎日新聞社　1990.12　277p　20cm　1500円　①4–620–10423–X

服部 真澄　はっとり・ますみ　1961〜

「エクサバイト」

1496　岐阜新聞 2006年6月7日〜2007年2月19日　朝刊

◇「エクサバイト」　角川書店　2008.1　381p　20cm　1700円　①978-4-04-873822-4

◇「エクサバイト」　角川書店　2011.3　402p　15cm　（角川文庫　16736）743円　①978-4-04-394418-7

「ダブル」

0027　朝日新聞 1998年12月21日〜1999年3月8日　夕刊

花家 圭太郎　はなや・けいたろう　1946〜2012

「花の小十郎はぐれ剣 鬼しぐれ」

0604　秋田魁新報 2005年8月3日〜2006年6月1日　夕刊

0807　下野新聞 2005年9月19日〜2006年7月23日　朝刊

2362　佐賀新聞 2005年12月13日〜2006年10月18日　朝刊

◇「鬼しぐれ―花の小十郎はぐれ剣」　集英社　2007.3　426p　20cm　2200円　①978-4-08-774839-0

◇「鬼しぐれ―花の小十郎はぐれ剣」　集英社　2010.1　549p　16cm　（集英社文庫　は30-6）　838円　①978-4-08-746528-0

「乱舞―花の小十郎無双剣」

0592　秋田魁新報 2000年4月29日〜2001年2月24日　夕刊

0879　千葉日報 2001年1月31日〜2001年12月6日　朝刊

1111　北日本新聞 2000年7月31日〜2001年8月6日　夕刊

1330　山梨日日新聞 2000年7月20日〜2001年5月15日　朝刊

2110　四国新聞 2000年8月6日〜2001年6月9日　朝刊

2352　佐賀新聞 2001年5月21日〜2002年3月25日　朝刊

2728　南日本新聞 2000年8月20日〜2001年6月25日　朝刊

◇「乱舞―花の小十郎京はぐれ」　集英社　2002.6　462p　20cm　2200円　①4-08-774589-9

◇「乱舞―花の小十郎京はぐれ」　集英社　2004.8　570p　16cm　（集英社文庫）　838円　①4-08-747731-2

羽生田 敏　はにうだ・さとし　1934〜

「弘介のゆめ」

1393　信濃毎日新聞 1996年6月24日〜1996年11月6日　夕刊

はま みつを　1933〜2011
「鬼の話」
1367　信濃毎日新聞 1991年7月15日〜1991年11月28日　夕刊

　　◇「鬼の話」　はまみつを作, 石倉欣二絵　小峰書店　2003.5　189p　21cm
　　　（文学の森）　1500円　①4–338–17412–9
「霧の王子」
1388　信濃毎日新聞 1995年3月24日〜1995年9月20日　夕刊
「花城家の鬼」
1405　信濃毎日新聞 1999年1月5日〜1999年11月5日　夕刊

浜坂 テッペイ　はまさか・てっぺい　1941〜
「兵学校の女たち」
2018　中国新聞 2009年1月30日〜2009年3月21日　夕刊

葉室 麟　はむろ・りん　1951〜2017
「影ぞ恋しき」
0364　北海道新聞 2016年6月23日〜2017年7月31日　朝刊
0562　河北新報 2016年10月1日〜2018年2月6日　夕刊
0955　東京新聞 2016年6月23日〜2017年7月31日　朝刊
1639　中日新聞 2016年6月23日〜2017年7月31日　朝刊
2090　徳島新聞 2016年6月26日〜2017年8月3日　朝刊
2320　西日本新聞 2016年6月23日〜2017年7月31日　朝刊
「散り椿」
0481　岩手日報 2010年5月9日〜2011年1月10日　朝刊

　　◇「散り椿」　角川書店　2012.3　355p　20cm　1700円　①978–4–04–110119–
　　　3
　　◇「散り椿」　KADOKAWA　2014.12　422p　15cm　（角川文庫　時一は42–
　　　4）　680円　①978–4–04–102311–2
「津軽双花」
0222　毎日新聞 2015年8月24日〜2015年12月28日　夕刊

　　◇「津軽双花」　講談社　2016.7　276p　20cm　1550円　①978–4–06–220146–
　　　9
「紫匂う」
0423　東奥日報 2012年12月11日〜2013年6月30日　朝刊
0782　茨城新聞 2012年12月15日〜2013年7月4日　朝刊
0893　千葉日報 2013年3月27日〜2013年10月14日　朝刊

はやさか   作家別一覧

  1072 新潟日報 2012年12月11日～2013年6月30日 朝刊

  1438 信濃毎日新聞 2012年12月11日～2013年6月30日 朝刊

  1571 静岡新聞 2012年12月11日～2013年6月30日 朝刊

  1842 日本海新聞 2012年12月11日～2013年6月30日 朝刊

  1887 山陰中央新報 2012年12月11日～2013年6月29日 朝刊

  1932 山陽新聞 2012年12月11日～2013年6月30日 朝刊

  2027 中国新聞 2012年12月11日～2013年6月30日 朝刊

  2126 四国新聞 2012年12月11日～2013年6月29日 朝刊

  2377 佐賀新聞 2012年12月11日～2013年6月30日 朝刊

  2580 熊本日日新聞 2012年12月11日～2013年6月30日 朝刊

  2652 大分合同新聞 2012年12月11日～2013年6月30日 朝刊

  ◇「紫匂う」 講談社 2014.4 293p 20cm 1550円 Ⓘ978-4-06-218891-3

  ◇「紫匂う」 講談社 2016.10 381p 15cm （講談社文庫 は99-5） 720円
   Ⓘ978-4-06-293435-0

早坂 暁 はやさか・あきら 1929～2017

「國難―蒙古来る」

  0178 毎日新聞 1998年10月4日～2000年3月26日 日曜版

林 芙美子 はやし・ふみこ 1903～1951

「放浪記」

  1051 新潟日報 2006年4月11日～2006年7月26日 火曜～土曜朝刊

  2548 熊本日日新聞 2007年6月25日～2007年9月5日 夕刊

  ◇「放浪記―尾道」 JTBパブリッシング 2010.1 239p 15cm （名作旅訳
   文庫 7） 500円 Ⓘ978-4-533-07730-2

  ◇「放浪記」 角川春樹事務所 2011.2 233p 16cm （ハルキ文庫 は9-1）
   514円 Ⓘ978-4-7584-3527-7

  ◇「林芙美子放浪記」 林芙美子著, 廣畑研二校訂 復元版 論創社 2012.12
   363p 22cm 3800円 Ⓘ978-4-8460-1185-7

  ◇「放浪記」 岩波書店 2014.3 572p 15cm （岩波文庫 31-169-3） 900
   円 Ⓘ978-4-00-311693-7

林 真理子 はやし・まりこ 1954～

「下流の宴」

  0204 毎日新聞 2009年3月1日～2009年12月31日 朝刊

  ◇「下流の宴」 毎日新聞社 2010.3 426p 20cm 1600円 Ⓘ978-4-620-
   10753-0

◇「下流の宴」 文藝春秋 2013.1 510p 16cm （文春文庫 は3-39） 752
円 Ⓘ978-4-16-747640-3

「素晴らしき家族旅行」

0161 毎日新聞 1993年10月4日〜1994年6月28日 朝刊

◇「素晴らしき家族旅行」 毎日新聞社 1994.11 415p 20cm 1500円 Ⓘ4-
620-10512-0
◇「素晴らしき家族旅行」 新潮社 1997.12 494p 16cm （新潮文庫） 667
円 Ⓘ4-10-119116-6

「正妻 慶喜と美賀子」

0422 東奥日報 2011年12月13日〜2012年12月9日 朝刊

0781 茨城新聞 2011年12月17日〜2012年12月14日 朝刊

0892 千葉日報 2012年3月27日〜2013年3月26日 朝刊

1070 新潟日報 2011年12月13日〜2012年12月9日 朝刊

1343 山梨日日新聞 2011年12月13日〜2012年12月9日 朝刊

1436 信濃毎日新聞 2011年12月13日〜2012年12月9日 朝刊

1570 静岡新聞 2011年12月13日〜2012年12月9日 朝刊

1930 山陽新聞 2011年12月13日〜2012年12月9日 朝刊

2025 中国新聞 2011年12月13日〜2012年12月9日 朝刊

2376 佐賀新聞 2011年12月13日〜2012年12月9日 朝刊

◇「正妻―慶喜と美賀子 上」 講談社 2013.8 283p 20cm 1400円
Ⓘ978-4-06-218524-0
◇「正妻―慶喜と美賀子 下」 講談社 2013.8 269p 20cm 1400円
Ⓘ978-4-06-218525-7
◇「正妻―慶喜と美賀子 上」 講談社 2017.10 323p 15cm （講談社文庫
は26-13） 680円 Ⓘ978-4-06-293461-9
◇「正妻―慶喜と美賀子 下」 講談社 2017.10 312p 15cm （講談社文庫
は26-14） 660円 Ⓘ978-4-06-293462-6

「本を読む女」

0078 読売新聞 1989年7月20日〜1990年2月3日 夕刊

◇「本を読む女」 新潮社 1990.5 236p 20cm 1100円 Ⓘ4-10-363102-3
◇「本を読む女」 新潮社 1993.2 285p 15cm （新潮文庫） 400円 Ⓘ4-
10-119112-3
◇「本を読む女 1」 大活字 2006.10 375p 21cm （大活字文庫 116）
2980円 Ⓘ4-86055-334-9
◇「本を読む女 2」 大活字 2006.10 321p 21cm （大活字文庫 116）
2980円 Ⓘ4-86055-335-7
◇「本を読む女 3」 大活字 2006.10 287p 21cm （大活字文庫 116）
2980円 Ⓘ4-86055-336-5
◇「本を読む女」 集英社 2015.6 292p 16cm （集英社文庫 は4-10）

560円　①978-4-08-745328-7

「マイストーリー 私の物語」

0061　朝日新聞 2014年5月1日〜2015年3月31日　朝刊

　◇「マイストーリー——私の物語」　朝日新聞出版　2015.9　382p　20cm　1600円　①978-4-02-251299-4

「湖のある街」

0372　東奥日報 1991年3月13日〜1991年12月20日　朝刊

0634　山形新聞 1991年5月23日〜1992年2月29日　朝刊

0994　新潟日報 1990年12月19日〜1991年11月20日　夕刊

1092　北日本新聞 1991年2月15日〜1992年1月21日　夕刊

1317　山梨日日新聞 1991年6月19日〜1992年3月28日　朝刊

1463　岐阜新聞 1991年4月7日〜1992年1月14日　朝刊

1790　日本海新聞 1991年5月22日〜1992年2月28日　朝刊

1951　中国新聞 1990年10月12日〜1991年9月14日　夕刊

2039　徳島新聞 1991年2月7日〜1991年11月12日　朝刊

2136　愛媛新聞 1991年1月26日〜1991年11月2日　朝刊

2328　佐賀新聞 1991年2月19日〜1991年11月26日　朝刊

2394　長崎新聞 1991年1月15日〜1991年10月22日　朝刊

2602　大分合同新聞 1990年11月24日〜1991年8月30日　朝刊

2706　南日本新聞 1991年4月8日〜1992年3月13日　夕刊

「愉楽にて」

0278　日本経済新聞社 2017年9月6日〜連載中　朝刊

「ロストワールド」

0100　読売新聞 1998年5月9日〜1999年1月15日　朝刊

　◇「ロストワールド」　読売新聞社　1999.4　391p　20cm　1700円　①4-643-99022-8

　◇「ロストワールド」　角川書店　2002.6　463p　15cm　（角川文庫）　552円　①4-04-157935-X

「我らがパラダイス」

0224　毎日新聞 2016年1月11日〜2016年12月11日　朝刊

　◇「我らがパラダイス」　毎日新聞出版　2017.3　455p　20cm　1800円　①978-4-620-10826-1

原 民喜　はら・たみき　1905〜1951

「夏の花」

2002　中国新聞 2004年7月20日〜2004年7月27日　朝刊

2248　高知新聞 2005年5月16日〜2005年5月24日　夕刊

作家別一覧　　　　　　　　　　　　　　　　　　　　はら

◇「夏の花」　赤木かん子編, 原民喜著　ポプラ社　2008.4　32p　21cm　（ポプラ・ブック・ボックス　剣の巻 5）　Ⓘ978-4-591-10190-2

◇「いま、戦争と平和を考えてみる。」　太宰治, 峠三吉, 永井隆, 林芙美子, 原民喜, 宮沢賢治作　くもん出版　2009.2　173p　20cm　（読書がたのしくなる・ニッポンの文学）　1000円　Ⓘ978-4-7743-1405-1

◇「21世紀版少年少女日本文学館　15　ちいさこべ・山月記」　山本周五郎, 尾崎一雄, 円地文子, 中島敦, 木山捷平, 永井龍男, 原民喜著　講談社　2009.3　279p　20cm　1400円　Ⓘ978-4-06-282665-5

◇「新編原民喜詩集」　土曜美術社出版販売　2009.8　186p　19cm　（新・日本現代詩文庫　64）　1400円　Ⓘ978-4-8120-1743-2

◇「夏の花」　日本ブックエース　2010.7　209p　19cm　（平和文庫）　1000円　Ⓘ978-4-284-80078-5

◇「創刊一〇〇年三田文学名作選」　三田文学編集部編　三田文学会　2010.7　728p　21cm　1600円　Ⓘ978-4-7664-1748-7

◇「三田文学短篇選」　三田文学会編　講談社　2010.9　323p　16cm　（講談社文芸文庫　みK1）　1500円　Ⓘ978-4-06-290099-7

◇「中学生までに読んでおきたい日本文学　2　いのちの話」　松田哲夫編　あすなろ書房　2010.11　293p　22cm　1800円　Ⓘ978-4-7515-2622-4

◇「ヒロシマ・ナガサキ」　浅田次郎, 奥泉光, 川村湊, 高橋敏夫, 成田龍一編　集英社　2011.6　807p　20cm　（コレクション戦争と文学　19（閃））　3400円　Ⓘ978-4-08-157019-5

◇「作家と戦争―太平洋戦争70年」　河出書房新社　2011.6　191p　21cm　（Kawade道の手帖）　1600円　Ⓘ978-4-309-74038-6

◇「灼」　ヴィーヒェルト, キプリング, 原民喜著, 鈴木仁子, 橋本槙矩訳　ポプラ社　2011.7　135p　19cm　（百年文庫　86）　750円　Ⓘ978-4-591-12174-0

◇「ちくま哲学の森　4　いのちの書」　鶴見俊輔, 安野光雅, 森毅, 井上ひさし, 池内紀編　筑摩書房　2011.12　434p　15cm　1200円　Ⓘ978-4-480-42864-6

◇「夏の花―原民喜短編集」　原民喜著, 李軼倫訳, 日・中文学翻訳研究会編　多摩中央交流相談センター　2011.12　119p　21cm　（暁選書　1）　800円

◇「日本近代短篇小説選　昭和篇2」　紅野敏郎, 紅野謙介, 千葉俊二, 宗像和重, 山田俊治編　岩波書店　2012.9　382p　15cm　（岩波文庫　31-191-5）　800円　Ⓘ978-4-00-311915-0

◇「原民喜戦後全小説」　講談社　2015.6　579p　16cm　（講談社文芸文庫　はF4）　2200円　Ⓘ978-4-06-290276-2

◇「原爆の惨禍―名著で読む広島・長崎の記憶」　蜂谷道彦, 原民喜, 秋月辰一郎, 林京子著　原書房　2015.7　303p　20cm　1800円　Ⓘ978-4-562-05179-3

◇「読み聞かせる戦争」　日本ペンクラブ編, 加賀美幸子選　新装版　光文社　2015.7　263p　23cm　1800円　Ⓘ978-4-334-97827-3

◇「夏の花ほか　戦争文学」　原民喜 ほか著　筑摩書房　2017.1　268p　15cm　（ちくま文庫　き41-3―教科書で読む名作）　740円　Ⓘ978-4-480-43413-5

新聞連載小説総覧 平成期（1989〜2017）　**367**

「夏の花 壊滅の序曲」

2004 中国新聞 2004年8月10日〜2004年8月27日 朝刊

2250 高知新聞 2005年6月7日〜2005年6月27日 夕刊

◇「夏の花」 日本ブックエース 2010.7 209p 19cm （平和文庫） 1000円
①978-4-284-80078-5

◇「原民喜戦後全小説」 講談社 2015.6 579p 16cm （講談社文芸文庫 は
F4） 2200円 ①978-4-06-290276-2

「夏の花 廃墟から」

2003 中国新聞 2004年7月28日〜2004年8月6日 朝刊

2249 高知新聞 2005年5月25日〜2005年6月3日 夕刊

◇「夏の花」 日本ブックエース 2010.7 209p 19cm （平和文庫） 1000円
①978-4-284-80078-5

◇「創刊一〇〇年三田文学名作選」 三田文学編集部編 三田文学会 2010.7
728p 21cm 1600円 ①978-4-7664-1748-7

◇「夏の花―原民喜短編集」 原民喜著, 李鈗倫訳, 日・中文学翻訳研究会編
多摩中央交流相談センター 2011.12 119p 21cm （暁選書 1） 800円

◇「原民喜戦後全小説」 講談社 2015.6 579p 16cm （講談社文芸文庫 は
F4） 2200円 ①978-4-06-290276-2

原田 マハ　はらだ・まは　1962〜

「風神雷神 Juppiter, Aeolus」

0563 河北新報 2016年11月26日〜2018年3月17日 朝刊

0752 福島民友 2017年6月14日〜連載中 朝刊

0898 千葉日報 2017年3月29日〜連載中 朝刊

1084 新潟日報 2016年12月5日〜2018年3月26日 朝刊

1131 北日本新聞 2017年1月7日〜連載中 朝刊

1687 京都新聞 2016年11月24日〜2018年3月15日 朝刊

1894 山陰中央新報 2016年12月8日〜2018年3月30日 朝刊

1945 山陽新聞 2017年6月6日〜連載中 朝刊

2436 長崎新聞 2017年6月2日〜連載中 朝刊

2662 大分合同新聞 2017年3月17日〜連載中 夕刊

「リーチ先生」

0622 秋田魁新報 2014年1月24日〜2015年5月6日 朝刊

1195 富山新聞 2014年5月23日〜2015年9月5日 朝刊

1267 北國新聞 2014年5月23日〜2015年9月5日 朝刊

1441 信濃毎日新聞 2013年10月20日〜2015年2月3日 朝刊

1747 神戸新聞 2014年7月27日〜2015年11月10日 朝刊

2029 中国新聞 2014年3月14日～2015年4月30日　夕刊

2264 高知新聞 2014年1月16日～2015年4月24日　朝刊

2583 熊本日日新聞 2014年1月18日～2015年5月1日　朝刊

◇「リーチ先生」　集英社　2016.10　464p　20cm　1800円　①978-4-08-771011-3

原田 康子　はらだ・やすこ　1928～2009
「海霧」

0331 北海道新聞 2000年2月21日～2002年4月13日　夕刊

0516 河北新報 2000年2月21日～2002年4月13日　夕刊

0922 東京新聞 2000年2月21日～2002年4月13日　夕刊

1606 中日新聞 2000年2月21日～2002年4月13日　夕刊

1714 神戸新聞 2000年3月2日～2002年4月25日　夕刊

2287 西日本新聞 2000年2月21日～2002年4月13日　夕刊

◇「海霧　上」　講談社　2002.10　508p　20cm　2300円　①4-06-211417-8

◇「海霧　下」　講談社　2002.10　508p　20cm　2300円　①4-06-211418-6

◇「海霧　上」　講談社　2005.10　443p　15cm　（講談社文庫）　667円　①4-06-275215-8

◇「海霧　中」　講談社　2005.10　442p　15cm　（講談社文庫）　667円　①4-06-275216-6

◇「海霧　下」　講談社　2005.10　441p　15cm　（講談社文庫）　667円　①4-06-275230-1

羽里 昌　はり・まさる
「写楽阿波日誌」

2042 徳島新聞 1992年1月17日～1992年9月25日　夕刊

◇「写楽大江戸の華」　徳島新聞社　2001.4　400p　21cm　①4-88606-076-5

坂東 眞砂子　ばんどう・まさこ　1958～2014
「梟首の島」

0599 秋田魁新報 2003年5月1日～2004年10月15日　朝刊

1167 富山新聞 2003年6月3日～2004年11月16日　朝刊

1239 北國新聞 2003年6月3日～2004年11月16日　朝刊

1417 信濃毎日新聞 2003年5月16日～2004年10月29日　朝刊

1720 神戸新聞 2003年6月14日～2004年11月26日　朝刊

1979 中国新聞 2003年5月13日～2004年10月27日　朝刊

2211 高知新聞 2003年9月3日～2005年2月10日　朝刊

2464 熊本日日新聞 2003年4月30日〜2004年10月13日 朝刊

◇「梟首の島　上」　講談社　2005.12　452p　20cm　1700円　Ⓘ4-06-213147-1

◇「梟首の島　下」　講談社　2005.12　381p　20cm　1700円　Ⓘ4-06-213148-X

◇「梟首の島　上」　講談社　2009.9　552p　15cm　（講談社文庫　は48-2）790円　Ⓘ978-4-06-276467-4

◇「梟首の島　下」　講談社　2009.9　463p　15cm　（講談社文庫　は48-3）724円　Ⓘ978-4-06-276468-1

半村 良　はんむら・りょう　1933〜2002

「かかし長屋」

0084 読売新聞 1991年12月18日〜1992年8月20日 夕刊

◇「かかし長屋」　読売新聞社　1992.11　352p　20cm　1500円　Ⓘ4-643-92106-4

◇「かかし長屋」　〔点字資料〕　佐賀ライトハウス「六星館」　1992.11　5冊　28cm　全8000円

◇「かかし長屋―浅草人情物語」　祥伝社　1996.7　383p　16cm　（ノン・ポシェット）　600円　Ⓘ4-396-32511-8

◇「かかし長屋」　集英社　2001.12　397p　16cm　（集英社文庫）　648円　Ⓘ4-08-747391-0

◇「かかし長屋　上」　埼玉福祉会　2006.5　362p　21cm　（大活字本シリーズ）　3200円　Ⓘ4-88419-383-0

◇「かかし長屋　下」　埼玉福祉会　2006.5　377p　21cm　（大活字本シリーズ）　3200円　Ⓘ4-88419-384-9

「すべて辛抱」

0181 毎日新聞 1999年12月15日〜2000年12月31日 朝刊

◇「すべて辛抱　上」　毎日新聞社　2001.4　369p　20cm　1600円　Ⓘ4-620-10644-5

◇「すべて辛抱　下」　毎日新聞社　2001.4　341p　20cm　1600円　Ⓘ4-620-10645-3

◇「すべて辛抱　上」　集英社　2003.8　381p　16cm　（集英社文庫）　667円　Ⓘ4-08-747606-5

◇「すべて辛抱　下」　集英社　2003.8　359p　16cm　（集英社文庫）　629円　Ⓘ4-08-747607-3

「湯呑茶碗」

0282 産経新聞 1990年7月5日〜1991年6月15日 夕刊

◇「湯呑茶碗」　祥伝社　1996.1　578p　16cm　（ノン・ポシェット）　700円　Ⓘ4-396-32476-6

【ひ】

東野 圭吾　ひがしの・けいご　1958〜
「手紙」

　0185　毎日新聞　2001年7月1日〜2002年10月27日　日曜版

　　◇「手紙」　毎日新聞社　2003.3　357p　20cm　1600円　Ⓘ4-620-10667-4
　　◇「手紙」　文藝春秋　2006.10　428p　16cm　（文春文庫）　590円　Ⓘ4-16-711011-3
　　◇「手紙　上」　埼玉福祉会　2015.6　374p　21cm　（大活字本シリーズ）3200円　Ⓘ978-4-86596-019-8
　　◇「手紙　下」　埼玉福祉会　2015.6　400p　21cm　（大活字本シリーズ）3300円　Ⓘ978-4-86596-020-4

火坂 雅志　ひさか・まさし　1956〜2015
「黒衣の宰相―小説・金地院崇伝」

　0394　東奥日報　1999年11月20日〜2001年5月22日　夕刊
　0696　福島民報　1999年8月29日〜2000年11月28日　朝刊
　1011　新潟日報　1999年7月8日〜2000年10月7日　朝刊
　1483　岐阜新聞　1999年10月15日〜2001年1月14日　朝刊
　1773　奈良新聞　1999年12月3日〜2001年3月6日　朝刊
　1811　日本海新聞　1999年7月22日〜2000年10月21日　朝刊
　2349　佐賀新聞　1999年9月21日〜2000年12月21日　朝刊

　　◇「黒衣の宰相」　幻冬舎　2001.10　530p　20cm　2000円　Ⓘ4-344-00120-6
　　◇「黒衣の宰相」　文藝春秋　2004.8　767p　16cm　（文春文庫）　933円　Ⓘ4-16-767919-1

「真田三代」

　0419　東奥日報　2009年9月7日〜2011年7月12日　夕刊
　0850　上毛新聞　2009年11月12日〜2010年5月13日　朝刊
　1065　新潟日報　2009年7月1日〜2010年12月31日　朝刊
　1429　信濃毎日新聞　2009年7月1日〜2010年12月31日　朝刊

　　◇「真田三代　上」　NHK出版　2011.10　469p　20cm　2000円　Ⓘ978-4-14-005610-3
　　◇「真田三代　下」　NHK出版　2011.10　469p　20cm　2000円　Ⓘ978-4-14-005611-0
　　◇「真田三代　上」　文藝春秋　2014.11　537p　16cm　（文春文庫　ひ15-11）

880円 ①978-4-16-790227-8

◇「真田三代 下」 文藝春秋 2014.11 550p 16cm （文春文庫 ひ15-12）
910円 ①978-4-16-790228-5

「天下 家康伝」

0270 日本経済新聞社 2013年4月1日～2014年10月11日 夕刊

◇「天下―家康伝 上」 日本経済新聞出版社 2015.4 366p 20cm 1800円
①978-4-532-17134-6

◇「天下―家康伝 下」 日本経済新聞出版社 2015.4 390p 20cm 1800円
①978-4-532-17135-3

◇「天下―家康伝 上」 文藝春秋 2018.1 428p 16cm （文春文庫 ひ15-
14） 800円 ①978-4-16-790994-9

◇「天下―家康伝 下」 文藝春秋 2018.1 471p 16cm （文春文庫 ひ15-
15） 840円 ①978-4-16-790995-6

「天地人」

0407 東奥日報 2004年6月8日～2005年12月26日 夕刊

0661 山形新聞 2004年4月26日～2005年8月5日 朝刊

0700 福島民報 2003年11月26日～2005年3月12日 朝刊

1021 新潟日報 2004年1月10日～2005年4月26日 朝刊

1418 信濃毎日新聞 2003年10月21日～2005年5月19日 夕刊

1777 奈良新聞 2004年4月13日～2005年7月29日 朝刊

2358 佐賀新聞 2003年11月12日～2005年2月26日 朝刊

◇「天地人 上」 日本放送出版協会 2006.9 381p 20cm 1800円 ①4-
14-005503-0

◇「天地人 下」 日本放送出版協会 2006.9 421p 20cm 1800円 ①4-
14-005504-9

◇「天地人 上 天の巻」 新装版 日本放送出版協会 2008.11 292p 19cm
850円 ①978-4-14-005553-3

◇「天地人 中 地の巻」 新装版 日本放送出版協会 2008.11 333p 19cm
850円 ①978-4-14-005554-0

◇「天地人 下 人の巻」 新装版 日本放送出版協会 2008.11 282p 19cm
850円 ①978-4-14-005555-7

◇「天地人 上（天の巻）1」 新装版 大活字 2009.5 371p 21cm （大活字
文庫 165） 2950円 ①978-4-86055-504-7

◇「天地人 上（天の巻）2」 新装版 大活字 2009.5 345p 21cm （大活字
文庫 165） 2950円 ①978-4-86055-505-4

◇「天地人 上（天の巻）3」 新装版 大活字 2009.5 269p 21cm （大活字
文庫 165） 2950円 ①978-4-86055-506-1

◇「天地人 中（地の巻）1」 新装版 大活字 2009.7 313p 21cm （大活字
文庫 169） 2950円 ①978-4-86055-518-4

◇「天地人 中（地の巻）2」 新装版 大活字 2009.7 411p 21cm （大活字

文庫　169）　2950円　①978-4-86055-519-1

◇「天地人　中（地の巻）3」　新装版　大活字　2009.7　400p　21cm　（大活字
文庫　169）　2950円　①978-4-86055-520-7

◇「天地人　下（人の巻）1」　新装版　大活字　2009.9　251p　21cm　（大活字
文庫　173）　2950円　①978-4-86055-532-0

◇「天地人　下（人の巻）2」　新装版　大活字　2009.9　303p　21cm　（大活字
文庫　173）　2950円　①978-4-86055-533-7

◇「天地人　下（人の巻）3」　新装版　大活字　2009.9　377p　21cm　（大活字
文庫　173）　2950円　①978-4-86055-534-4

久間 十義　ひさま・じゅうぎ　1953～

「禁断のスカルペル」

0272　日本経済新聞社　2014年7月10日～2015年5月31日　朝刊

◇「禁断のスカルペル」　日本経済新聞出版社　2015.11　459p　20cm　1800円
①978-4-532-17137-7

「刑事たちの夏」

0245　日本経済新聞社　1997年2月8日～1998年5月2日　夕刊

◇「刑事たちの夏」　日本経済新聞社　1998.7　421p　20cm　1800円　①4-
532-17055-9

◇「刑事たちの夏　上」　幻冬舎　2000.8　390p　16cm　（幻冬舎文庫）　600
円　①4-344-40016-X

◇「刑事たちの夏　下」　幻冬舎　2000.8　375p　16cm　（幻冬舎文庫）　600
円　①4-344-40017-8

◇「刑事たちの夏　上巻」　新潮社　2009.2　394p　16cm　（新潮文庫　ひ-
30-1）　590円　①978-4-10-136871-9

◇「刑事たちの夏　下巻」　新潮社　2009.2　382p　16cm　（新潮文庫　ひ-
30-2）　590円　①978-4-10-136872-6

◇「刑事たちの夏　上」　中央公論新社　2017.1　357p　16cm　（中公文庫　ひ
35-1）　640円　①978-4-12-206344-0

◇「刑事たちの夏　下」　中央公論新社　2017.1　351p　16cm　（中公文庫　ひ
35-2）　640円　①978-4-12-206345-7

「ダブルフェイス」

0392　東奥日報　1999年2月1日～1999年10月28日　朝刊

1808　日本海新聞　1998年8月25日～1999年5月21日　朝刊

2677　宮崎日日新聞　1998年9月21日～1999年6月15日　朝刊

◇「ダブルフェイス」　幻冬舎　2000.5　462p　20cm　1800円　①4-87728-
962-3

◇「ダブルフェイス」　幻冬舎　2003.4　606p　16cm　（幻冬舎文庫）　724円
①4-344-40355-X

ひやま　　　　　　　　　　作家別一覧

◇「ダブルフェイス　上巻」　新潮社　2010.8　323p　16cm　（新潮文庫　ひ－
　30-3）　514円　Ⓘ978-4-10-136873-3
◇「ダブルフェイス　下巻」　新潮社　2010.8　315p　16cm　（新潮文庫　ひ－
　30-4）　514円　Ⓘ978-4-10-136874-0
◇「ダブルフェイス―渋谷署8階特捜本部　上」　中央公論新社　2017.6　293p
　16cm　（中公文庫　ひ35-3）　620円　Ⓘ978-4-12-206415-7
◇「ダブルフェイス―渋谷署8階特捜本部　下」　中央公論新社　2017.6　284p
　16cm　（中公文庫　ひ35-4）　620円　Ⓘ978-4-12-206416-4

檜山 良昭　ひやま・よしあき　1943～
「大逆転！」
0690　福島民報　1994年6月7日～1995年2月24日　朝刊
2190　高知新聞　1994年4月23日～1995年3月4日　夕刊

平岩 弓枝　ひらいわ・ゆみえ　1932～
「幸福の船」
0389　東奥日報　1997年7月21日～1998年3月15日　朝刊
0648　山形新聞　1997年8月21日～1998年4月15日　朝刊
0729　福島民友　1998年1月26日～1998年9月20日　朝刊
0764　茨城新聞　1998年1月28日～1998年9月22日　朝刊
0837　上毛新聞　1997年8月14日～1998年4月7日　朝刊
1105　北日本新聞　1997年8月1日～1998年3月26日　朝刊
1401　信濃毎日新聞　1997年11月1日～1998年9月26日　土曜夕刊
1479　岐阜新聞　1998年2月4日～1998年11月10日　夕刊
2107　四国新聞　1997年12月29日～1998年8月21日　朝刊
2404　長崎新聞　1997年9月17日～1998年5月12日　朝刊
2721　南日本新聞　1997年10月17日～1998年6月10日　朝刊

◇「幸福の船」　新潮社　1998.11　413p　20cm　1900円　Ⓘ4-10-327911-7
◇「幸福の船」　新潮社　2001.9　555p　16cm　（新潮文庫）　705円　Ⓘ4-10-
　124114-7
「西遊記」
0196　毎日新聞　2005年12月14日～2007年7月10日　朝刊

◇「西遊記　上」　毎日新聞社　2007.3　483p　20cm　1700円　Ⓘ978-4-620-
　10709-7
◇「西遊記　下」　毎日新聞社　2007.9　426p　20cm　1700円　Ⓘ978-4-620-
　10710-3
◇「西遊記　1」　文藝春秋　2009.3　332p　16cm　（文春文庫　ひ1-110）
　686円　Ⓘ978-4-16-771010-1

◇「西遊記　2」　文藝春秋　2009.3　359p　16cm　（文春文庫　ひ1–111）
724円　Ⓘ978–4–16–771011–8

◇「西遊記　3」　文藝春秋　2009.4　378p　16cm　（文春文庫　ひ1–112）
724円　Ⓘ978–4–16–771012–5

◇「西遊記　4」　文藝春秋　2009.4　354p　16cm　（文春文庫　ひ1–113）
686円　Ⓘ978–4–16–771013–2

「白く輝く道」

0720　福島民友　1991年6月19日～1992年3月22日　朝刊

0755　茨城新聞　1991年3月26日～1991年12月28日　朝刊

0869　千葉日報　1991年10月11日～1992年7月16日　朝刊

0961　神奈川新聞　1991年4月9日～1992年1月12日　朝刊

1365　信濃毎日新聞　1991年4月24日～1992年1月26日　朝刊

1762　奈良新聞　1991年7月18日～1992年4月24日　朝刊

2788　琉球新報　1991年6月7日～1992年5月7日　夕刊

◇「絹の道」　文芸春秋　1993.1　501p　20cm　1500円　Ⓘ4–16–313690–8

◇「絹の道」　文芸春秋　1996.3　574p　16cm　（文春文庫）　640円　Ⓘ4–16–
716864–2

「南総里見八犬伝」

0085　読売新聞　1992年1月5日～1992年8月20日　日曜朝刊

◇「南総里見八犬伝」　平岩弓枝文, 佐多芳郎画　中央公論社　1993.4　261p
25cm　3800円　Ⓘ4–12–002202–1

◇「南総里見八犬伝」　平岩弓枝文, 佐多芳郎画　中央公論社　1995.9　341p
16cm　（中公文庫）　720円　Ⓘ4–12–202415–3

「ベトナムの桜」

0218　毎日新聞　2014年1月12日～2014年12月21日　日曜版

◇「ベトナムの桜」　毎日新聞出版　2015.7　288p　20cm　1600円　Ⓘ978–4–
620–10818–6

「水鳥の関」

1535　静岡新聞　1994年11月1日～1995年10月31日　夕刊

◇「水鳥の関　上」　文芸春秋　1996.5　310p　20cm　1400円　Ⓘ4–16–
316260–7

◇「水鳥の関　下」　文芸春秋　1996.5　301p　20cm　1400円　Ⓘ4–16–
316270–4

◇「水鳥の関　上」　文藝春秋　1999.4　325p　16cm　（文春文庫）　476円
Ⓘ4–16–716869–3

◇「水鳥の関　下」　文藝春秋　1999.4　325p　16cm　（文春文庫）　476円
Ⓘ4–16–716870–7

◇「水鳥の関　上」　埼玉福祉会　2006.11　402p　21cm　（大活字本シリー
ズ）　3300円　Ⓘ4–88419–407–1

◇「水鳥の関　中」　埼玉福祉会　2006.11　403p　21cm　（大活字本シリーズ）　3300円　Ⓘ4-88419-408-X

◇「水鳥の関　下」　埼玉福祉会　2006.11　406p　21cm　（大活字本シリーズ）　3300円　Ⓘ4-88419-409-8

平川 虎臣　ひらかわ・こしん　1903〜1969

「運動会」

2563　熊本日日新聞 2009年2月25日〜2009年2月27日　夕刊

「面影」

2562　熊本日日新聞 2009年2月19日〜2009年2月24日　夕刊

◇「平川虎臣作品集」　平川虎臣作品集刊行会編集　武蔵野書房　1984.6　377p　23cm　2900円

「子供たち」

2567　熊本日日新聞 2009年3月11日　夕刊

「焚き火」

2565　熊本日日新聞 2009年3月5日〜2009年3月7日　夕刊

「夏越さん」

2566　熊本日日新聞 2009年3月9日〜2009年3月10日　夕刊

「ワラトベさん」

2564　熊本日日新聞 2009年2月28日〜2009年3月4日　夕刊

平野 啓一郎　ひらの・けいいちろう　1975〜

「かたちだけの愛」

0132　読売新聞 2009年7月22日〜2010年7月9日　夕刊

◇「かたちだけの愛」　中央公論新社　2010.12　411p　20cm　1700円　Ⓘ978-4-12-004176-1

◇「かたちだけの愛」　中央公論新社　2013.9　461p　16cm　（中公文庫　ひ30-1）　686円　Ⓘ978-4-12-205841-5

「マチネの終わりに」

0221　毎日新聞 2015年3月1日〜2016年1月10日　朝刊

◇「マチネの終わりに」　毎日新聞出版　2016.4　406p　20cm　1700円　Ⓘ978-4-620-10819-3

平林 治康　ひらばやし・はるやす　1931〜

「雷沢の探検」

1359　信濃毎日新聞 1990年4月11日〜1990年7月11日　夕刊

作家別一覧　　　　　　　　　　　　　ふじさわ

平谷 美樹　ひらや・よしき　1960〜
「沙棗 義経になった男」
　0532　河北新報　2008年10月27日〜2010年9月30日　朝刊

　　◇「義経になった男　1　三人の義経」　角川春樹事務所　2011.6　366p　16cm
　　　（ハルキ文庫　ひ7-3—時代小説文庫）　686円　①978-4-7584-3533-8
　　◇「義経になった男　2　壇ノ浦」　角川春樹事務所　2011.6　367p　16cm
　　　（ハルキ文庫　ひ7-4—時代小説文庫）　686円　①978-4-7584-3534-5
　　◇「義経になった男　3　義経北行」　角川春樹事務所　2011.6　326p　16cm
　　　（ハルキ文庫　ひ7-5—時代小説文庫）　686円　①978-4-7584-3535-2
　　◇「義経になった男　4　奥州合戦」　角川春樹事務所　2011.6　333p　16cm
　　　（ハルキ文庫　ひ7-6—時代小説文庫）　686円　①978-4-7584-3536-9

「柳は萌ゆる」
　0491　岩手日報　2016年7月20日〜2018年2月17日　朝刊

【 ふ 】

福迫 光英　ふくさこ・みつひで　1951〜
「葬送」
　2731　南日本新聞　2001年12月20日〜2002年2月19日　夕刊

福島 次郎　ふくしま・じろう　1930〜2006
「花ものがたり」
　2452　熊本日日新聞　1998年10月3日〜1998年11月14日　土曜夕刊

　　◇「花ものがたり」　福島次郎著,南嶌宏編集　熊本市現代美術館　2005.3
　　　256p　19cm　2000円

藤沢 周　ふじさわ・しゅう　1959〜
「オレンジ・アンド・タール」
　0026　朝日新聞　1998年10月21日〜1998年12月19日　夕刊

　　◇「オレンジ・アンド・タール」　朝日新聞社　2000.5　213p　20cm　1500円
　　　①4-02-257492-5
　　◇「オレンジ・アンド・タール」　光文社　2010.12　248p　16cm　（光文社文
　　　庫　ふ15-2）　495円　①978-4-334-74884-5

「ダローガ」
　1017　新潟日報　2002年3月27日〜2003年1月14日　朝刊

新聞連載小説総覧 平成期（1989〜2017）　**377**

ふした　　　　　作家別一覧

◇「ダローガ」　新潟日報事業社　2003.8　346p　20cm　2400円　①4-88862-
991-9
◇「雪闇」　河出書房新社　2007.2　499p　15cm　（河出文庫）　850円
①978-4-309-40831-6

藤田 宜永　ふじた・よしなが　1950〜
「異端の夏」

0766　茨城新聞　1999年8月28日〜2000年5月29日　朝刊

◇「異端の夏」　講談社　2001.3　466p　20cm　2200円　①4-06-210466-0
◇「異端の夏」　講談社　2004.3　587p　15cm　（講談社文庫）　800円　①4-
06-273980-1
「女系の総督」

0617　秋田魁新報　2012年3月20日〜2013年4月1日　朝刊
1189　富山新聞　2012年7月16日〜2013年8月10日　朝刊
1261　北國新聞　2012年7月16日〜2013年8月10日　朝刊
1437　信濃毎日新聞　2011年12月13日〜2013年1月8日　朝刊
1741　神戸新聞　2012年7月10日〜2013年8月4日　朝刊
2026　中国新聞　2012年11月21日〜2014年3月13日　夕刊
2262　高知新聞　2012年3月18日〜2013年4月8日　朝刊
2577　熊本日日新聞　2012年3月12日〜2013年4月7日　朝刊

◇「女系の総督」　講談社　2014.5　490p　20cm　1750円　①978-4-06-
218958-3
◇「女系の総督」　講談社　2017.3　689p　15cm　（講談社文庫　ふ38-15）
980円　①978-4-06-293624-8
「戦力外通告」

0343　北海道新聞　2006年1月1日〜2006年12月31日　朝刊
0526　河北新報　2006年1月31日〜2007年1月29日　朝刊
0934　東京新聞　2006年1月1日〜2006年12月31日　朝刊
1618　中日新聞　2006年1月1日〜2006年12月31日　朝刊
2299　西日本新聞　2006年1月1日〜2006年12月31日　朝刊

◇「戦力外通告」　講談社　2007.5　515p　20cm　1900円　①978-4-06-
214020-1
◇「戦力外通告」　講談社　2010.5　672p　15cm　（講談社文庫　ふ38-10）
905円　①978-4-06-276655-5
「乱調」

0406　東奥日報　2004年6月8日〜2005年4月29日　朝刊
1117　北日本新聞　2003年12月5日〜2004年10月27日　朝刊
1294　福井新聞　2004年5月14日〜2005年4月4日　朝刊

作家別一覧　　　　　　　　　　　　ふしもと

1491　岐阜新聞 2003年10月30日～2004年11月29日　夕刊
1553　静岡新聞 2003年8月14日～2004年7月5日　朝刊
1876　山陰中央新報 2004年1月1日～2004年11月22日　朝刊
2068　徳島新聞 2003年8月23日～2004年7月10日　朝刊
2357　佐賀新聞 2003年10月2日～2004年8月23日　朝刊
2682　宮崎日日新聞 2003年12月17日～2004年11月6日　朝刊
　　◇「乱調」　講談社　2005.6　466p　20cm　1800円　Ⓘ4-06-212953-1
　　◇「乱調」　講談社　2008.6　615p　15cm　（講談社文庫）　838円　Ⓘ978-4-06-276079-9

藤野 千夜　ふじの・ちや　1962～
「親子三代、犬一匹」
0048　朝日新聞 2008年7月28日～2009年6月8日　夕刊
　　◇「親子三代、犬一匹」　朝日新聞出版　2009.11　469p　20cm　1900円　Ⓘ978-4-02-250658-0

藤本 恵子　ふじもと・けいこ　1951～
「百合鷗」
1651　京都新聞 1994年12月1日～1995年9月14日　朝刊
　　◇「百合鷗」　朝日新聞社　1996.7　453p　20cm　2800円　Ⓘ4-02-256979-4

藤本 ひとみ　ふじもと・ひとみ　1951～
「隣りの若草さん」
0603　秋田魁新報 2005年1月14日～2006年4月5日　朝刊
1172　富山新聞 2005年2月15日～2006年5月5日　朝刊
1244　北國新聞 2005年2月15日～2006年5月5日　朝刊
1420　信濃毎日新聞 2005年1月27日～2006年4月17日　朝刊
1724　神戸新聞 2005年2月5日～2006年5月16日　朝刊
2010　中国新聞 2005年1月26日～2006年4月17日　朝刊
2247　高知新聞 2005年2月11日～2006年4月28日　朝刊
2519　熊本日日新聞 2005年1月11日～2006年3月31日　朝刊
　　◇「隣の若草さん」　白泉社　2006.7　341p　19cm　1300円　Ⓘ4-592-75011-X
「ナポレオンの夜」
0295　産経新聞 2001年11月1日～2003年4月30日　朝刊

新聞連載小説総覧 平成期（1989～2017）　**379**

筆内 幸子　ふでうち・さちこ　1916〜1997
「大奥の犬将軍」
1133　富山新聞 1989年7月11日〜1990年8月22日　朝刊

1205　北國新聞 1989年7月10日〜1990年8月21日　夕刊

　　◇「大奥の犬将軍　上」　北国新聞社　1991.9　268p　20cm　1400円　Ⓘ4-
　　8330-0740-1

　　◇「大奥の犬将軍　下」　北国新聞社　1991.9　309p　20cm　1400円　Ⓘ4-
　　8330-0741-X

船戸 与一　ふなど・よいち　1944〜2015
「かくも短き眠り」
0168　毎日新聞 1994年12月1日〜1995年12月28日　夕刊

　　◇「かくも短き眠り」　毎日新聞社　1996.6　416p　20cm　2000円　Ⓘ4-620-
　　10543-0

　　◇「かくも短き眠り」　角川書店　1998.12　491p　19cm　（カドカワ・エンタ
　　テインメント）　1040円　Ⓘ4-04-788130-9

　　◇「かくも短き眠り」　角川書店　2000.4　639p　15cm　（角川文庫）　838円
　　Ⓘ4-04-163804-6

　　◇「かくも短き眠り」　集英社　2004.3　644p　16cm　（集英社文庫）　819円
　　Ⓘ4-08-747678-2

「藪枯らし純次」
0605　秋田魁新報 2006年4月6日〜2007年5月19日　朝刊

1174　富山新聞 2006年5月7日〜2007年6月19日　朝刊

1246　北國新聞 2006年5月7日〜2007年6月19日　朝刊

1422　信濃毎日新聞 2006年4月18日〜2007年5月31日　朝刊

1727　神戸新聞 2006年5月17日〜2007年6月29日　朝刊

2011　中国新聞 2006年4月18日〜2007年5月31日　朝刊

2252　高知新聞 2006年4月29日〜2007年6月7日　朝刊

2539　熊本日日新聞 2006年4月1日〜2007年5月14日　朝刊

　　◇「藪枯らし純次」　徳間書店　2008.1　621p　20cm　2100円　Ⓘ978-4-19-
　　862470-5

　　◇「藪枯らし純次」　徳間書店　2011.3　764p　16cm　（徳間文庫　ふ-3-22）
　　800円　Ⓘ978-4-19-893326-5

古川 薫　ふるかわ・かおる　1925〜
「斜陽に立つ」
0199　毎日新聞 2006年10月1日〜2008年2月24日　日曜版

　　◇「斜陽に立つ」　毎日新聞社　2008.5　424p　20cm　1700円　Ⓘ978-4-620-

10723–3

　　◇「斜陽に立つ―乃木希典と児玉源太郎」　文藝春秋　2011.5　459p　16cm
　　（文春文庫　ふ3–17）　829円　Ⓘ978–4–16–735717–7

「しろがね軍記―おんな忍者・世界魔耶路の回想」

1881　山陰中央新報　2008年6月18日～2008年9月10日　朝刊

「空飛ぶ虚ろ舟」

0384　東奥日報　1995年7月1日～1996年4月10日　夕刊

0579　秋田魁新報　1995年4月16日～1995年12月6日　夕刊

0643　山形新聞　1995年5月1日～1996年2月15日　夕刊

1101　北日本新聞　1996年1月26日～1996年10月2日　夕刊

1324　山梨日日新聞　1995年7月17日～1996年3月13日　朝刊

1910　山陽新聞　1995年10月1日～1996年6月3日　朝刊

　　◇「空飛ぶ虚ろ舟」　文芸春秋　1996.10　301p　20cm　1800円　Ⓘ4–16–
316490–1

「天辺の椅子」

0157　毎日新聞　1991年12月17日～1992年9月30日　夕刊

　　◇「天辺の椅子」　毎日新聞社　1992.11　377p　20cm　1600円　Ⓘ4–620–
10464–7

　　◇「天辺の椅子―日露戦争と児玉源太郎」　文芸春秋　1996.5　469p　16cm
　　（文春文庫）　590円　Ⓘ4–16–735711–9

　　◇「天辺の椅子―日露戦争と児玉源太郎」　筑摩書房　2010.5　490p　15cm
　　（ちくま文庫　ふ39–1）　950円　Ⓘ978–4–480–42706–9

「花も嵐も　女優田中絹代の一生」

0395　東奥日報　2000年7月8日～2001年6月20日　朝刊

0768　茨城新聞　2000年12月4日～2001年11月16日　朝刊

1872　山陰中央新報　2000年11月2日～2001年10月14日　朝刊

2063　徳島新聞　2000年10月12日～2001年11月30日　夕刊

　　◇「花も嵐も―女優・田中絹代の生涯」　文藝春秋　2002.2　501p　20cm
2762円　Ⓘ4–16–320740–6

　　◇「花も嵐も―女優・田中絹代の生涯」　文藝春秋　2004.12　575p　16cm
　　（文春文庫）　867円　Ⓘ4–16–735716–X

【へ】

辺見 じゅん　へんみ・じゅん　1939～2011

「男たちの大和」

1119　北日本新聞　2005年4月1日～2006年7月27日　夕刊

ほうきほう　　　　　作家別一覧

◇「男たちの大和―決定版　上」　角川春樹事務所　2004.8　381p　16cm　（ハ
ルキ文庫）　700円　Ⓘ4–7584–3124–8
◇「男たちの大和―決定版　下」　角川春樹事務所　2004.8　395p　16cm　（ハ
ルキ文庫）　700円　Ⓘ4–7584–3125–6
◇「男たちの大和―小説」　角川春樹事務所　2005.11　235p　19cm　1400円
Ⓘ4–7584–1058–5
◇「男たちの大和―小説」　角川春樹事務所　2006.7　260p　16cm　（ハルキ文
庫）　640円　Ⓘ4–7584–3248–1

【 ほ 】

伯耆坊 俊夫　　ほうきぼう・としお　　1933〜
「小説・小野篁一伝 米子加茂川偲ぶ川」
1870　山陰中央新報　1999年10月3日〜2001年2月4日　朝刊

◇「米子加茂川偲ぶ川―小説小野篁一伝」　今井書店　2001.5　243p　19cm
980円　Ⓘ4–89678–048–5

「小説・亀井茲矩 波濤の彼方へ」
1866　山陰中央新報　1997年4月6日〜1998年5月17日　朝刊

保坂 和志　　ほさか・かずし　　1956〜
「朝露通信」
0142　読売新聞　2013年11月1日〜2014年6月21日　夕刊

◇「朝露通信」　中央公論新社　2014.10　376p　20cm　2000円　Ⓘ978–4–12–
004671–1
◇「あさつゆ通信」　中央公論新社　2017.11　387p　16cm　（中公文庫　ほ
12–16）　1000円　Ⓘ978–4–12–206477–5

「もうひとつの季節」
0025　朝日新聞　1998年8月17日〜1998年10月20日　夕刊

◇「もうひとつの季節」　朝日新聞社　1999.4　156p　20cm　1300円　Ⓘ4–02–
257341–4
◇「もうひとつの季節」　中央公論新社　2002.4　220p　16cm　（中公文庫）
667円　Ⓘ4–12–204001–9

星川 清司　　ほしかわ・せいじ　　1926〜2008
「あぶり繪」
0252　日本経済新聞社　2001年5月7日〜2002年7月27日　夕刊

作家別一覧　　　　　　　　　　　　　　　　　　　ほりえ

◇「あぶり繪　上」　日本経済新聞社　2002.11　354p　20cm　1800円　Ⓘ4-
532-17063-X
◇「あぶり繪　下」　日本経済新聞社　2002.11　333p　20cm　1800円　Ⓘ4-
532-17064-8

堀 和久　ほり・かずひさ　1931～
「悠久の波紋」
0568　秋田魁新報　1990年6月13日～1991年5月9日　夕刊
1899　山陽新聞　1990年8月7日～1991年7月10日　朝刊

堀 辰雄　ほり・たつお　1904～1953
「風立ちぬ」
0551　河北新報　2010年9月14日～2010年11月1日　夕刊
2550　熊本日日新聞　2007年9月6日～2007年10月24日　夕刊

◇「風立ちぬ」　SDP　2008.9　141p　15cm　（SDP bunko）　450円　Ⓘ978-
4-903620-33-6
◇「21世紀版少年少女日本文学館　7　幼年時代・風立ちぬ」　室生犀星, 佐藤春
夫, 堀辰雄著　講談社　2009.2　311p　20cm　1400円　Ⓘ978-4-06-
282657-0
◇「涙の百年文学―もう一度読みたい」　風日祈舎編　太陽出版　2009.4　317p
20cm　1800円　Ⓘ978-4-88469-619-1
◇「風立ちぬ」　ぶんか社　2009.7　156p　15cm　（ぶんか社文庫　ほ-3-1）
448円　Ⓘ978-4-8211-5281-0
◇「ちくま日本文学　039　堀辰雄―1904-1953」　堀辰雄著　筑摩書房　2009.
9　477p　15cm　880円　Ⓘ978-4-480-42569-0
◇「風立ちぬ―軽井沢」　JTBパブリッシング　2010.1　143p　15cm　（名作
旅訳文庫　5）　500円　Ⓘ978-4-533-07728-9
◇「風立ちぬ ルウベンスの偽画」　講談社　2011.12　317p　16cm　（講談社文
芸文庫　ほB2）　1300円　Ⓘ978-4-06-290142-0
◇「風立ちぬ」　角川春樹事務所　2012.4　117p　16cm　（ハルキ文庫　ほ4-
1）　267円　Ⓘ978-4-7584-3655-7
◇「風立ちぬ/菜穂子」　小学館　2013.11　293p　15cm　（小学館文庫　ほ7-
1）　514円　Ⓘ978-4-09-408877-9
◇「燃ゆる頬/風立ちぬ」　海王社　2015.7　157p　15cm　（海王社文庫）　972
円　Ⓘ978-4-7964-0744-1

堀江 敏幸　ほりえ・としゆき　1964～
「めぐらし屋」
0198　毎日新聞　2006年4月2日～2006年9月24日　日曜版

ほりかわ　　　　　　　　作家別一覧

◇「めぐらし屋」　毎日新聞社　2007.4　189p　20cm　1400円　①978-4-620-
10711-0
◇「めぐらし屋」　新潮社　2010.7　194p　16cm　（新潮文庫　ほ-16-5）　400
円　①978-4-10-129475-9
◇「めぐらし屋」　埼玉福祉会　2011.5　300p　21cm　（大活字本シリーズ）
3000円　①978-4-88419-704-9

堀川 アサコ　ほりかわ・あさこ　1964〜
「幻想探偵社」
0425　東奥日報 2013年10月4日〜2014年6月6日　夕刊

◇「幻想探偵社」　講談社　2014.10　285p　20cm　1550円　①978-4-06-
219188-3
◇「幻想探偵社」　講談社　2015.7　353p　15cm　（講談社文庫　ほ39-4）
640円　①978-4-06-293149-6

本庄 慧一郎　ほんじょう・けいいちろう　1932〜
「新・塙保己一物語 風ひかる道」
0864　埼玉新聞 2014年4月30日〜2014年9月19日　火曜〜金曜朝刊

本田 節子　ほんだ・せつこ　1931〜
「愛子と蘆花の物語」
2523　熊本日日新聞 2005年1月27日〜2006年2月13日　夕刊

◇「蘆花の妻、愛子──阿修羅のごとき夫なれど」　藤原書店　2007.10　381p
20cm　2800円　①978-4-89434-598-0

【 ま 】

升本 喜年　ますもと・きねん　1929〜
「私説 山田五十鈴」
0973　神奈川新聞 2001年10月1日〜2002年9月15日　朝刊
1331　山梨日日新聞 2001年5月16日〜2002年4月20日　朝刊
2353　佐賀新聞 2001年9月30日〜2002年9月14日　朝刊
2460　熊本日日新聞 2001年4月7日〜2003年1月18日　土曜夕刊

◇「紫陽花や山田五十鈴という女優」　草思社　2003.12　349p　20cm　1900円
①4-7942-1261-5

作家別一覧　　　　　　　まつい

又吉 栄喜　またよし・えいき　1947～

「脚本家の民宿」

2801　琉球新報　2005年4月4日～2006年10月26日　夕刊

◇　「呼び寄せる島」　光文社　2008.2　605p　20cm　2500円　①978-4-334-92595-6

「仏陀の小石」

2817　琉球新報　2017年4月3日～連載中　朝刊

町田 康　まちだ・こう　1962～

「告白」

0116　読売新聞　2004年3月5日～2005年3月8日　夕刊

◇　「告白」　中央公論新社　2005.3　676p　20cm　1900円　①4-12-003621-9
◇　「告白」　中央公論新社　2008.2　850p　16cm　（中公文庫）　1143円　①978-4-12-204969-7

松井 今朝子　まつい・けさこ　1953～

「そろそろ旅に」

0409　東奥日報　2006年1月4日～2007年1月11日　夕刊
1673　京都新聞　2006年1月12日～2007年1月18日　夕刊
1826　日本海新聞　2006年5月22日～2007年3月26日　朝刊
2162　愛媛新聞　2006年11月20日～2007年9月23日　朝刊
2635　大分合同新聞　2005年12月24日～2006年12月15日　夕刊

◇　「そろそろ旅に」　講談社　2008.3　478p　20cm　1800円　①978-4-06-214133-8
◇　「そろそろ旅に」　講談社　2011.3　563p　15cm　（講談社文庫　ま41-4）　819円　①978-4-06-276902-0

「料理通異聞」

0624　秋田魁新報　2015年3月8日～2015年9月15日　朝刊
0679　山形新聞　2015年1月1日～2015年7月10日　朝刊
0749　福島民友　2015年5月30日～2015年12月8日　朝刊
0785　茨城新聞　2015年3月6日～2015年9月12日　朝刊
0819　下野新聞　2015年4月17日～2015年10月26日　朝刊
0987　神奈川新聞　2015年2月14日～2015年8月23日　朝刊
1516　岐阜新聞　2015年1月5日～2015年8月19日　夕刊
1685　京都新聞　2015年7月11日～2016年1月20日　朝刊
1752　神戸新聞　2015年12月15日～2016年8月4日　夕刊
1847　日本海新聞　2015年2月10日～2015年8月19日　朝刊

新聞連載小説総覧 平成期（1989～2017）　　**385**

まつうら　　　　　　作家別一覧

1938　山陽新聞　2015年2月10日〜2015年8月19日　朝刊
2087　徳島新聞　2015年2月10日〜2015年8月19日　朝刊
2174　愛媛新聞　2015年5月14日〜2015年11月22日　朝刊
2384　佐賀新聞　2015年2月20日〜2015年8月29日　朝刊
2433　長崎新聞　2015年3月23日〜2015年9月30日　朝刊
2657　大分合同新聞　2015年2月10日〜2015年8月19日　朝刊
2697　宮崎日日新聞　2015年5月22日〜2015年11月29日　朝刊

◇「料理通異聞」　幻冬舎　2016.9　333p　20cm　1600円　①978-4-344-02992-7

松浦 寿輝　まつうら・ひさき　1954〜
「川の光」
0123　読売新聞　2006年7月25日〜2007年4月23日　夕刊

◇「川の光」　中央公論新社　2007.7　389p　20cm　1700円　①978-4-12-003850-1

「川の光2―タミーを救え！」
0137　読売新聞　2011年9月1日〜2012年10月28日　朝刊

◇「川の光　2　タミーを救え！」　中央公論新社　2014.2　619p　20cm　1900円　①978-4-12-004568-4

松尾 スズキ　まつお・すずき　1962〜
「私はテレビに出たかった」
0057　朝日新聞　2012年12月11日〜2013年12月28日　夕刊

◇「私はテレビに出たかった」　朝日新聞出版　2014.12　429p　20cm　1800円　①978-4-02-251238-3
◇「私はテレビに出たかった」　朝日新聞出版　2017.12　483p　15cm　（朝日文庫　ま40-1）　940円　①978-4-02-264870-9

松田 十刻　まつだ・じゅっこく　1955〜
「アリアドネの糸―遙かなるカマイシ」
0472　岩手日報　2006年6月15日〜2007年4月30日　朝刊

◇「遙かなるカマイシ」　盛岡出版コミュニティー　2010.8　471p　15cm　（もりおか文庫）　952円　①978-4-904870-14-3

松田 悠八　まつだ・ゆうや　1940〜

「円空流し スタンドバイミー**1955**」

1494　岐阜新聞　2005年5月25日〜2006年6月6日　朝刊

◇「円空流し」　冨山房インターナショナル　2009.11　302p　20cm　1600円
Ⓘ978-4-902385-72-4

「修羅と長良川」

1513　岐阜新聞　2013年12月1日〜2014年8月18日　朝刊

◇「長良川―修羅としずくと女たち」　作品社　2015.5　258p　20cm　1700円
Ⓘ978-4-86182-531-6

松村 栄子　まつむら・えいこ　1961〜

「友衛家の茶杓ダンス♪」

1667　京都新聞　2003年7月23日〜2004年2月13日　朝刊

◇「雨にもまけず粗茶一服」　マガジンハウス　2004.7　427p　19cm　1900円
Ⓘ4-8387-1449-1
◇「雨にもまけず粗茶一服　上」　ジャイブ　2008.9　282p　15cm　（ピュアフ
ル文庫）　560円　Ⓘ978-4-86176-557-5
◇「雨にもまけず粗茶一服　下」　ジャイブ　2008.11　251p　15cm　（ピュア
フル文庫）　560円　Ⓘ978-4-86176-583-4
◇「雨にもまけず粗茶一服　上」　ポプラ社　2010.3　282p　15cm　（ポプラ文
庫ピュアフル　ま-1-2）　560円　Ⓘ978-4-591-11420-9
◇「雨にもまけず粗茶一服　下」　ポプラ社　2010.3　251p　15cm　（ポプラ文
庫ピュアフル　ま-1-3）　560円　Ⓘ978-4-591-11424-7

真山 仁　まやま・じん　1962〜

「手のひらを太陽に！」

1127　北日本新聞　2009年9月7日〜2010年7月24日　朝刊
1505　岐阜新聞　2010年5月29日〜2011年6月20日　夕刊
1835　日本海新聞　2009年11月27日〜2010年10月14日　朝刊
2373　佐賀新聞　2010年6月17日〜2011年5月2日　朝刊
2645　大分合同新聞　2009年10月24日〜2010年10月30日　夕刊

「標的 特捜検事・冨永真一」

0310　産経新聞　2016年7月25日〜2017年3月2日　朝刊

◇「標的」　文藝春秋　2017.6　389p　20cm　1750円　Ⓘ978-4-16-390667-6

まるかわ　　作家別一覧

丸川 賀世子　まるかわ・かよこ　1931～2013
「小説 昭和怪物伝 薩摩治郎八」
　　0499　河北新報　1990年9月29日～1991年2月2日　夕刊

【 み 】

三浦 しをん　みうら・しをん　1976～
「愛なき世界」
　　0148　読売新聞　2016年10月12日～2017年9月29日　朝刊

三浦 哲郎　みうら・てつお　1931～2010
「百日紅の咲かない夏」
　　0324　北海道新聞　1995年9月8日～1996年7月14日　朝刊
　　0913　東京新聞　1995年9月8日～1996年7月14日　朝刊
　　1597　中日新聞　1995年9月8日～1996年7月14日　朝刊
　　2280　西日本新聞　1995年9月8日～1996年7月14日　朝刊
　　　◇「百日紅の咲かない夏」　　新潮社　1996.12　485p　20cm　1900円　①4-10-
　　　　320919-4
　　　◇「百日紅の咲かない夏」　［点字資料］　日本点字図書館（製作）　1997.12　8
　　　　冊　27cm　全16000円
　　　◇「百日紅の咲かない夏」　　新潮社　1999.11　606p　16cm　（新潮文庫）　781
　　　　円　①4-10-113516-9
「夜の哀しみ」
　　0236　日本経済新聞社　1991年9月14日～1992年9月13日　朝刊
　　　◇「夜の哀しみ　上」　新潮社　1993.2　309p　20cm　1700円　①4-10-
　　　　320916-X
　　　◇「夜の哀しみ　下」　新潮社　1993.2　285p　20cm　1700円　①4-10-
　　　　320917-8
　　　◇「夜の哀しみ　上」　新潮社　1996.3　326p　15cm　（新潮文庫）　480円
　　　　①4-10-113512-6
　　　◇「夜の哀しみ　下」　新潮社　1996.3　306p　15cm　（新潮文庫）　480円
　　　　①4-10-113513-4

水上 勉　みずかみ・つとむ　1919～2004
「山の暮れに」
　　0152　毎日新聞　1989年2月20日～1989年12月31日　朝刊

388　新聞連載小説総覧 平成期（1989～2017）

作家別一覧　　　みちお

　　◇「山の暮れに　上」　毎日新聞社　1990.5　267p　20cm　1200円　Ⓘ4–620–
　　　10411–6
　　◇「山の暮れに　下」　毎日新聞社　1990.5　295p　20cm　1200円　Ⓘ4–620–
　　　10412–4
　　◇「山の暮れに」　集英社　1993.7　580p　16cm　（集英社文庫）　880円
　　　Ⓘ4–08–748047–X
　　◇「新編水上勉全集　第15巻」　中央公論社　1996.12　572p　20cm　6800円
　　　Ⓘ4–12–490079–1

水村 美苗　みずむら・みなえ　1951〜
　「母の遺産」

　　0133　読売新聞 2010年1月16日〜2011年4月2日　土曜朝刊

　　◇「母の遺産—新聞小説」　中央公論新社　2012.3　524p　20cm　1800円
　　　Ⓘ978–4–12–004347–5
　　◇「母の遺産—新聞小説　上」　中央公論新社　2015.3　314p　16cm　（中公文
　　　庫　み46–1）　700円　Ⓘ978–4–12–206088–3
　　◇「母の遺産—新聞小説　下」　中央公論新社　2015.3　321p　16cm　（中公文
　　　庫　み46–2）　700円　Ⓘ978–4–12–206089–0

三田 誠広　みた・まさひろ　1948〜
　「恋する家族」

　　0098　読売新聞 1997年8月1日〜1998年2月28日　夕刊

　　◇「恋する家族」　読売新聞社　1998.5　304p　20cm　1600円　Ⓘ4–643–
　　　98049–4

道尾 秀介　みちお・しゅうすけ　1975〜
　「口笛鳥」

　　0064　朝日新聞 2014年11月4日〜2015年3月11日　夕刊

　　◇「風神の手」　朝日新聞出版　2018.1　418p　20cm　1700円　Ⓘ978–4–02–
　　　251514–8
　「透明カメレオン」

　　0620　秋田魁新報 2013年4月14日〜2014年1月23日　朝刊

　　1194　富山新聞 2013年8月11日〜2014年5月22日　朝刊

　　1266　北國新聞 2013年8月11日〜2014年5月22日　朝刊

　　1439　信濃毎日新聞 2013年1月9日〜2013年10月19日　朝刊

　　1745　神戸新聞 2013年10月16日〜2014年7月26日　朝刊

　　2263　高知新聞 2013年4月9日〜2014年1月15日　朝刊

　　2581　熊本日日新聞 2013年4月8日〜2014年1月17日　朝刊

◇「透明カメレオン」　KADOKAWA　2015.1　383p　20cm　1700円　Ⓘ978–4–04–101428–8

◇「透明カメレオン」　KADOKAWA　2018.1　453p　15cm　（角川文庫　み39–3）　720円　Ⓘ978–4–04–106352–1

「満月の泥枕」

0223　毎日新聞 2016年1月4日〜2016年12月28日　夕刊

◇「満月の泥枕」　毎日新聞出版　2017.6　436p　20cm　1700円　Ⓘ978–4–620–10830–8

「笑うハーレキン」

0138　読売新聞 2012年1月4日〜2012年10月27日　夕刊

◇「笑うハーレキン」　中央公論新社　2013.1　379p　20cm　1600円　Ⓘ978–4–12–004458–8

◇「笑うハーレキン」　中央公論新社　2016.1　412p　16cm　（中公文庫　み48–1）　700円　Ⓘ978–4–12–206215–3

光瀬 龍　みつせ・りゅう　1928〜1999

「宮本武蔵 血戦録」

0373　東奥日報 1991年3月20日〜1991年12月19日　夕刊

0439　岩手日報 1991年1月28日〜1991年10月26日　夕刊

0826　上毛新聞 1991年2月13日〜1991年10月1日　朝刊

0868　千葉日報 1991年2月20日〜1991年10月10日　朝刊

1791　日本海新聞 1991年5月23日〜1992年1月9日　朝刊

2040　徳島新聞 1991年5月30日〜1992年3月2日　夕刊

2395　長崎新聞 1991年2月22日〜1991年11月21日　夕刊

2668　宮崎日日新聞 1991年6月22日〜1992年2月5日　朝刊

◇「宮本武蔵血戦録」　光風社出版　1992.6　301p　20cm　1400円　Ⓘ4–87519–190–1

◇「宮本武蔵」　廣済堂出版　2002.4　532p　16cm　（廣済堂文庫 特選歴史小説）　819円　Ⓘ4–331–60931–6

水上 勉　みなかみ・つとむ　⇒水上 勉（みずかみ・つとむ）

皆川 博子　みながわ・ひろこ　1929〜

「朱紋様」

0015　朝日新聞 1994年10月31日〜1994年12月21日　朝刊

◇「朱紋様」　朝日新聞社　1998.12　277p　20cm　1700円　Ⓘ4–02–257334–1

◇「皆川博子コレクション　9　雪女郎」　皆川博子著, 日下三蔵編　出版芸術

社 2016.3 493p 20cm 2800円 ①978-4-88293-466-0

「幻夏祭」

0569 秋田魁新報 1990年8月2日〜1991年4月4日 朝刊

1136 富山新聞 1990年8月27日〜1991年4月29日 朝刊

1208 北國新聞 1990年8月27日〜1991年4月29日 朝刊

1361 信濃毎日新聞 1990年8月21日〜1991年4月23日 朝刊

1694 神戸新聞 1990年9月5日〜1991年5月9日 朝刊

1950 中国新聞 1990年8月23日〜1991年4月25日 朝刊

2183 高知新聞 1990年7月12日〜1991年3月10日 朝刊

2439 熊本日日新聞 1990年9月4日〜1991年5月5日 朝刊

◇「幻夏祭」 読売新聞社 1991.11 484p 20cm 1600円 ①4-643-91104-2

「戦国幻野〜新・今川記〜」

1533 静岡新聞 1993年9月1日〜1994年10月31日 夕刊

◇「戦国幻野―新・今川記」 講談社 1995.9 410p 20cm 1900円 ①4-06-207765-5

◇「戦国幻野―新・今川記」 講談社 1998.9 685p 15cm （講談社文庫） 952円 ①4-06-263879-7

「花櫓」

0169 毎日新聞 1995年1月1日〜1995年9月30日 朝刊

◇「花櫓」 毎日新聞社 1996.7 419p 20cm 1900円 ①4-620-10544-9

◇「花櫓」 講談社 1999.9 519p 15cm （講談社文庫） 886円 ①4-06-264698-6

◇「花櫓 上」 埼玉福祉会 2014.12 283p 21cm （大活字本シリーズ） 2900円 ①978-4-88419-969-2

◇「花櫓 中」 埼玉福祉会 2014.12 307p 21cm （大活字本シリーズ） 3000円 ①978-4-88419-970-8

◇「花櫓 下」 埼玉福祉会 2014.12 331p 21cm （大活字本シリーズ） 3100円 ①978-4-88419-971-5

皆木 和義 みなぎ・かずよし 1953〜

「名君の門―戦国武将森忠政」

1919 山陽新聞 2004年11月1日〜2005年7月31日 朝刊

◇「名君の門―戦国武将森忠政」 角川学芸出版 2005.11 309p 20cm 1600円 ①4-04-621012-5

湊 かなえ　みなと・かなえ　1973〜
「ブロードキャスト」
0627　秋田魁新報　2017年2月19日〜2017年9月20日　朝刊
1201　富山新聞　2017年2月21日〜2017年9月23日　朝刊
1273　北國新聞　2017年2月21日〜2017年9月23日　朝刊
1456　信濃毎日新聞　2017年7月30日〜2018年3月3日　朝刊
1756　神戸新聞　2017年1月29日〜2017年8月31日　朝刊
2033　中国新聞　2017年4月25日〜2017年11月27日　朝刊
2267　高知新聞　2017年1月30日〜2017年8月31日　朝刊
2592　熊本日日新聞　2017年2月14日〜2017年9月16日　朝刊

見延 典子　みのべ・のりこ　1955〜
「愛炎」
1964　中国新聞　1996年5月10日〜1997年5月20日　夕刊
2674　宮崎日日新聞　1996年7月26日〜1997年6月1日　朝刊

◇「愛の炎　上」　講談社　1998.9　288p　20cm　1700円　Ⓘ4-06-209384-7
◇「愛の炎　下」　講談社　1998.9　294p　20cm　1700円　Ⓘ4-06-209385-5

「頼山陽」
2008　中国新聞　2004年10月5日〜2007年4月25日　朝刊

◇「頼山陽　上」　徳間書店　2007.10　493p　20cm　2200円　Ⓘ978-4-19-862421-7
◇「頼山陽　下」　徳間書店　2007.10　427p　20cm　2200円　Ⓘ978-4-19-862422-4
◇「頼山陽　上」　徳間書店　2011.7　651p　15cm　（徳間文庫　み-23-1）752円　Ⓘ978-4-19-893403-3
◇「頼山陽　中」　徳間書店　2011.8　592p　15cm　（徳間文庫　み-23-2）743円　Ⓘ978-4-19-893423-1
◇「頼山陽　下」　徳間書店　2011.9　535p　15cm　（徳間文庫　み-23-3）724円　Ⓘ978-4-19-893436-1

宮内 勝典　みやうち・かつすけ　1944〜
「魔王の愛」
0349　北海道新聞　2009年5月7日〜2010年5月1日　夕刊
0940　東京新聞　2009年5月7日〜2010年5月1日　夕刊
1624　中日新聞　2009年5月7日〜2010年5月1日　夕刊
1733　神戸新聞　2009年5月18日〜2010年5月15日　夕刊
2305　西日本新聞　2009年5月7日〜2010年5月1日　夕刊

◇「魔王の愛」　新潮社　2010.11　375p　20cm　2000円　①978–4–10–
344902–7

宮尾 登美子　みやお・とみこ　1926〜2014

「菊亭八百善の人びと」

0080　読売新聞　1990年2月27日〜1991年3月20日　朝刊

◇「菊亭八百善の人びと」　新潮社　1991.10　526p　20cm　2500円　①4–10–
368502–6

◇「菊亭八百善の人びと」　新潮社　1994.12　669p　15cm　（新潮文庫）　760
円　①4–10–129307–4

◇「菊亭八百善の人びと　上」　中央公論新社　2003.3　423p　16cm　（中公文
庫）　724円　①4–12–204175–9

◇「菊亭八百善の人びと　下」　中央公論新社　2003.3　476p　16cm　（中公文
庫）　724円　①4–12–204176–7

「藏」

0158　毎日新聞　1992年3月26日〜1993年4月26日　朝刊

◇「蔵　上」　毎日新聞社　1993.9　357p　20cm　1300円　①4–620–10484–1

◇「蔵　下」　毎日新聞社　1993.9　329p　20cm　1300円　①4–620–10485–X

◇「蔵　上」　［点字資料］　日本点字図書館（製作）　1993.12　5冊　27cm　各
1700円

◇「蔵　下」　［点字資料］　日本点字図書館（製作）　1993.12　5冊　27cm　各
1700円

◇「蔵　上巻」　中央公論社　1995.7　482p　16cm　（中公文庫）　700円
①4–12–202359–9

◇「蔵　下巻」　中央公論社　1995.7　461p　16cm　（中公文庫）　700円
①4–12–202360–2

◇「藏　上」　角川書店　1998.1　410p　15cm　（角川文庫）　629円　①4–04–
171803–1

◇「藏　下」　角川書店　1998.1　395p　15cm　（角川文庫）　629円　①4–04–
171804–X

◇「藏　1」　埼玉福祉会　2008.5　353p　21cm　（大活字本シリーズ）　3200
円　①978–4–88419–499–4

◇「藏　2」　埼玉福祉会　2008.5　400p　21cm　（大活字本シリーズ）　3200
円　①978–4–88419–500–7

◇「藏　3」　埼玉福祉会　2008.5　326p　21cm　（大活字本シリーズ）　3100
円　①978–4–88419–501–4

◇「藏　4」　埼玉福祉会　2008.5　375p　21cm　（大活字本シリーズ）　3200
円　①978–4–88419–502–1

「クレオパトラ」

0011　朝日新聞　1993年10月3日〜1996年3月31日　日曜版

◇「クレオパトラ　上」　朝日新聞社　1996.10　353p　20cm　1600円　①4-02-257032-6

◇「クレオパトラ　下」　朝日新聞社　1996.10　337p　20cm　1600円　①4-02-257033-4

◇「クレオパトラ　上」　朝日新聞社　1999.11　400p　15cm　（朝日文庫）660円　①4-02-264212-2

◇「クレオパトラ　下」　朝日新聞社　1999.11　399p　15cm　（朝日文庫）660円　①4-02-264213-0

◇「クレオパトラ　上」　新潮社　2002.6　447p　16cm　（新潮文庫）　590円　①4-10-129314-7

◇「クレオパトラ　下」　新潮社　2002.6　443p　16cm　（新潮文庫）　590円　①4-10-129315-5

「天涯の花」

0584　秋田魁新報　1996年10月22日～1997年4月25日　朝刊

1152　富山新聞　1996年11月20日～1997年5月24日　朝刊

1224　北國新聞　1996年11月20日～1997年5月24日　朝刊

1396　信濃毎日新聞　1996年11月3日～1997年5月8日　朝刊

1706　神戸新聞　1996年12月2日～1997年6月5日　朝刊

1965　中国新聞　1996年11月4日～1997年5月8日　朝刊

2054　徳島新聞　1996年8月25日～1997年2月23日　朝刊

2196　高知新聞　1996年8月25日～1997年2月22日　朝刊

2448　熊本日日新聞　1996年11月6日～1997年5月10日　朝刊

◇「天涯の花」　集英社　1998.1　443p　20cm　1800円　①4-08-774309-8

◇「天涯の花」　集英社　2000.9　452p　16cm　（集英社文庫）　705円　①4-08-747236-1

◇「天涯の花」　埼玉福祉会　2001.11　3冊　22cm　（大活字本シリーズ）3200円, 3400円, 3400円　①4-88419-093-9, 4-88419-094-7, 4-88419-095-5

宮城 賢秀　みやぎ・けんしゅう　1946～

「イモと大和嫁」

2796　琉球新報　1996年10月15日～1997年10月24日　朝刊

宮城谷 昌光　みやぎたに・まさみつ　1945～

「香乱記」

0187　毎日新聞　2002年5月1日～2003年10月23日　朝刊

◇「香乱記　上巻」　毎日新聞社　2004.1　314p　20cm　1600円　①4-620-10676-3

◇「香乱記　中巻」　毎日新聞社　2004.2　306p　20cm　1600円　①4-620-

10677–1

◇「香乱記　下巻」　毎日新聞社　2004.3　298p　20cm　1600円　①4–620–10678–X

◇「香乱記　第1巻」　新潮社　2006.4　261p　16cm　（新潮文庫）　476円　①4–10–144431–5

◇「香乱記　第2巻」　新潮社　2006.4　317p　16cm　（新潮文庫）　514円　①4–10–144432–3

◇「香乱記　第3巻」　新潮社　2006.5　247p　16cm　（新潮文庫）　476円　①4–10–144433–1

◇「香乱記　第4巻」　新潮社　2006.5　308p　16cm　（新潮文庫）　514円　①4–10–144434–X

「沙中の回廊」

0029　朝日新聞　1999年9月6日～2000年8月22日　朝刊

◇「沙中の回廊　上」　朝日新聞社　2001.2　363p　20cm　1700円　①4–02–257575–1

◇「沙中の回廊　下」　朝日新聞社　2001.2　358p　20cm　1700円　①4–02–257576–X

◇「沙中の回廊　上」　朝日新聞社　2003.1　412p　15cm　（朝日文庫）　667円　①4–02–264302–1

◇「沙中の回廊　下」　朝日新聞社　2003.1　418p　15cm　（朝日文庫）　667円　①4–02–264303–X

◇「宮城谷昌光全集　第20巻」　文藝春秋　2004.6　589p　20cm　4571円　①4–16–641300–7

◇「沙中の回廊　上」　文藝春秋　2004.12　371p　16cm　（文春文庫）　581円　①4–16–725915–X

◇「沙中の回廊　下」　文藝春秋　2004.12　358p　16cm　（文春文庫）　581円　①4–16–725916–8

「新三河物語」

0346　北海道新聞　2007年1月1日～2008年8月31日　朝刊

0937　東京新聞　2007年1月1日～2008年8月31日　朝刊

1621　中日新聞　2007年1月1日～2008年8月31日　朝刊

2302　西日本新聞　2007年1月1日～2008年8月31日　朝刊

◇「新三河物語　上巻」　新潮社　2008.8　364p　20cm　1800円　①978–4–10–400422–5

◇「新三河物語　中巻」　新潮社　2008.9　360p　20cm　1800円　①978–4–10–400423–2

◇「新三河物語　下巻」　新潮社　2008.10　321p　20cm　1800円　①978–4–10–400424–9

◇「新三河物語　上巻」　新潮社　2011.4　474p　16cm　（新潮文庫　み–25–37）　629円　①978–4–10–144457–4

◇「新三河物語　中巻」　新潮社　2011.4　468p　16cm　（新潮文庫　み–25–

みやきたに　　　　作家別一覧

38)　629円　①978-4-10-144458-1

◇「新三河物語　下巻」　新潮社　2011.4　426p　16cm　（新潮文庫　み-25-
39)　590円　①978-4-10-144459-8

「草原の風」

0134　読売新聞 2010年2月1日～2011年8月31日 朝刊

◇「草原の風　上巻」　中央公論新社　2011.10　297p　20cm　1600円
①978-4-12-004288-1

◇「草原の風　中巻」　中央公論新社　2011.11　299p　20cm　1600円
①978-4-12-004302-4

◇「草原の風　下巻」　中央公論新社　2011.12　350p　20cm　1600円
①978-4-12-004308-6

◇「草原の風　上」　中央公論新社　2013.9　339p　16cm　（中公文庫　み36-
7)　590円　①978-4-12-205839-2

◇「草原の風　中」　中央公論新社　2013.10　341p　16cm　（中公文庫　み
36-8)　590円　①978-4-12-205852-1

◇「草原の風　下」　中央公論新社　2013.11　413p　16cm　（中公文庫　み
36-9)　590円　①978-4-12-205860-6

「太公望」

0290　産経新聞 1996年1月3日～1998年3月31日 朝刊

◇「太公望　上」　文藝春秋　1998.5　438p　20cm　1762円　①4-16-507080-7

◇「太公望　中」　文藝春秋　1998.6　445p　20cm　1762円　①4-16-507090-4

◇「太公望　下」　文藝春秋　1998.7　454p　20cm　1762円　①4-16-507100-5

◇「太公望　上」　文藝春秋　2001.4　490p　16cm　（文春文庫）　676円
①4-16-725910-9

◇「太公望　中」　文藝春秋　2001.4　497p　16cm　（文春文庫）　676円
①4-16-725911-7

◇「太公望　下」　文藝春秋　2001.4　513p　16cm　（文春文庫）　676円
①4-16-725912-5

◇「宮城谷昌光全集　第12巻」　文藝春秋　2003.10　586p　20cm　4571円
①4-16-641220-5

◇「宮城谷昌光全集　第13巻」　文藝春秋　2003.11　632p　20cm　4571円
①4-16-641230-2

「孟嘗君」

0318　北海道新聞 1993年3月1日～1995年8月31日 夕刊

0504　河北新報 1993年3月1日～1995年8月31日 夕刊

0905　東京新聞 1993年3月1日～1995年8月31日 夕刊

1589　中日新聞 1993年3月1日～1995年8月31日 夕刊

1700　神戸新聞 1993年3月1日～1995年9月11日 夕刊

2274　西日本新聞 1993年3月1日～1995年8月31日 夕刊

作家別一覧　　　みやさわ

◇「孟嘗君　1」　講談社　1995.9　313p　20cm　1600円　Ⓘ4-06-206652-1
◇「孟嘗君　2」　講談社　1995.9　315p　20cm　1600円　Ⓘ4-06-206653-X
◇「孟嘗君　3」　講談社　1995.10　317p　20cm　1600円　Ⓘ4-06-206654-8
◇「孟嘗君　4」　講談社　1995.11　308p　20cm　1600円　Ⓘ4-06-207895-3
◇「孟嘗君　5」　講談社　1995.11　288p　20cm　1600円　Ⓘ4-06-207896-1
◇「孟嘗君　1」　講談社　1998.9　333p　15cm　（講談社文庫）　571円　Ⓘ4-06-263862-2
◇「孟嘗君　2」　講談社　1998.9　338p　15cm　（講談社文庫）　571円　Ⓘ4-06-263863-0
◇「孟嘗君　3」　講談社　1998.9　341p　15cm　（講談社文庫）　571円　Ⓘ4-06-263864-9
◇「孟嘗君　4」　講談社　1998.10　330p　15cm　（講談社文庫）　571円　Ⓘ4-06-263904-1
◇「孟嘗君　5」　講談社　1998.10　327p　15cm　（講談社文庫）　571円　Ⓘ4-06-263905-X
◇「宮城谷昌光全集　第8巻」　文藝春秋　2002.12　684p　20cm　4571円　Ⓘ4-16-641180-2
◇「宮城谷昌光全集　第9巻」　文藝春秋　2003.1　698p　20cm　4571円　Ⓘ4-16-641190-X

「劉邦」

0216　毎日新聞　2013年7月21日〜2015年2月28日　朝刊

◇「劉邦　上」　毎日新聞出版　2015.5　356p　20cm　1600円　Ⓘ978-4-620-10811-7
◇「劉邦　中」　毎日新聞出版　2015.6　330p　20cm　1600円　Ⓘ978-4-620-10812-4
◇「劉邦　下」　毎日新聞出版　2015.7　381p　20cm　1600円　Ⓘ978-4-620-10813-1

三宅 雅子　みやけ・まさこ　1929〜

「乱流―オランダ水理工師デレーケ―」

1461　岐阜新聞　1990年6月3日〜1991年4月6日　朝刊

◇「乱流―オランダ水理工師デレーケ」　東都書房　1991.12　541p　20cm　2300円　Ⓘ4-88668-071-2
◇「乱流―オランダ水利工師デレーケ」　岐阜新聞社出版局　1999.4　564p　16cm　1000円　Ⓘ4-905958-70-9

宮沢 賢治　みやざわ・けんじ　1896〜1933

「風の又三郎」

0539　河北新報　2010年2月4日〜2010年3月1日　夕刊

1028 新潟日報 2004年7月28日～2004年8月25日 火曜～土曜朝刊

1990 中国新聞 2003年12月9日～2004年1月16日 朝刊

2221 高知新聞 2004年3月13日～2004年4月7日 夕刊

2744 南日本新聞 2005年2月8日～2005年3月15日 火曜～金曜朝刊

◇「ザ・賢治─全小説全一冊 グラスレス眼鏡無用」 大活字版 第三書館 2007.1 1023p 27cm 1900円 ①4-8074-0640-X

◇「風の又三郎」 宮沢賢治作，田原田鶴子絵 偕成社 2007.9 87p 26cm （宮沢賢治童話傑作選） 1800円 ①978-4-03-972040-5

◇「宮沢賢治─1896-1933」 筑摩書房 2007.11 477p 15cm （ちくま日本文学 3） 880円 ①978-4-480-42503-4

◇「風の又三郎」 宮澤賢治作，たなかよしかず木版画 未知谷 2008.6 115p 22cm 2000円 ①978-4-89642-233-7

◇「銀河鉄道の夜」 ゴマブックス 2008.10 195p 19cm （ケータイ名作文学） 800円 ①978-4-7771-1111-4

◇「風の又三郎」 宮沢賢治作，太田大八絵 新装版 講談社 2008.10 220p 18cm （講談社青い鳥文庫 88-6─宮沢賢治童話集 2） 570円 ①978-4-06-285050-6

◇「宮沢賢治20選」 宮沢賢治著，宮川健郎編 春陽堂書店 2008.11 382p 20cm （名作童話） 2600円 ①978-4-394-90266-9

◇「21世紀版少年少女日本文学館 8 銀河鉄道の夜」 宮沢賢治著 講談社 2009.2 297p 20cm 1400円 ①978-4-06-282658-7

◇「宮沢賢治銀河鉄道の夜」 やのまん 2009.4 382p 20cm （YM books─デカい活字の千円文学！） 952円 ①978-4-903548-21-0

◇「銀河鉄道の夜 風の又三郎 セロ弾きのゴーシュ」 PHP研究所 2009.4 317p 15cm （PHP文庫 み36-1） 419円 ①978-4-569-67238-0

◇「風の又三郎」 宮沢賢治作，太田大八絵 講談社 2009.9 246p 18cm （宮沢賢治童話集珠玉選） 850円 ①978-4-06-215739-1

◇「風の又三郎 上」 宮沢賢治作，太田大八絵 講談社 2011.4 257p 21cm （講談社オンデマンドブックス─講談社大きな文字の青い鳥文庫 宮沢賢治童話集 2） ①978-4-06-407469-6

◇「読んでおきたいベスト集！宮沢賢治」 宮沢賢治著，別冊宝島編集部編 宝島社 2011.7 589p 16cm （宝島社文庫） 686円 ①978-4-7966-8509-2

◇「注文の多い料理店 銀河鉄道の夜」 宮沢賢治作，北沢夕芸絵 集英社 2011.9 242p 18cm （集英社みらい文庫 み-2-1） 600円 ①978-4-08-321045-7

◇「注文の多い料理店」 角川春樹事務所 2012.4 125p 16cm （ハルキ文庫 み1-4） 267円 ①978-4-7584-3656-4

◇「風の又三郎」 宮沢賢治作，岩崎美奈子絵 KADOKAWA 2016.1 188p 18cm （角川つばさ文庫 Fみ1-3─宮沢賢治童話集） 560円 ①978-4-04-631547-2

◇「宮沢賢治童話全集 9 風の又三郎」 宮沢賢治著，宮沢清六，堀尾青史編集

岩崎書店　2016.9　190p　22cm　1980円　ⓘ978-4-265-01939-7, 978-4-265-10836-7

◇「宮沢賢治コレクション　1　銀河鉄道の夜―童話1・少年小説ほか」　宮沢賢治著, 天沢退二郎, 入沢康夫監修, 栗原敦, 杉浦静編集委員　筑摩書房　2016.12　383p　20cm　2500円　ⓘ978-4-480-70621-8

「銀河鉄道の夜」

0538　河北新報　2010年1月4日〜2010年2月3日　夕刊

1027　新潟日報　2004年6月22日〜2004年7月27日　火曜〜土曜朝刊

1994　中国新聞　2004年2月10日〜2004年3月17日　朝刊

2226　高知新聞　2004年4月27日〜2004年5月31日　夕刊

2467　熊本日日新聞　2003年8月13日〜2003年9月5日　夕刊

2750　南日本新聞　2005年5月10日〜2004年6月22日　火曜〜金曜朝刊

◇「ザ・賢治―全小説全一冊 グラスレス眼鏡無用」　大活字版　第三書館　2007.1　1023p　27cm　1900円　ⓘ4-8074-0640-X

◇「銀河鉄道の夜―他十四篇 童話集」　宮沢賢治作, 谷川徹三編　第80刷改版　岩波書店　2007.4　401p　15cm　（岩波文庫）　600円　ⓘ4-00-310763-2

◇「銀河鉄道の夜」　SDP　2008.9　110p　15cm　（SDP bunko）　450円　ⓘ978-4-903620-32-9

◇「銀河鉄道の夜」　ゴマブックス　2008.10　195p　19cm　（ケータイ名作文学）　800円　ⓘ978-4-7771-1111-4

◇「銀河鉄道の夜」　宮沢賢治作, 太田大八絵　新装版　講談社　2009.1　205p　18cm　（講談社青い鳥文庫　88-7―宮沢賢治童話集　3）　570円　ⓘ978-4-06-285051-3

◇「21世紀版少年少女日本文学館　8　銀河鉄道の夜」　宮沢賢治著　講談社　2009.2　297p　20cm　1400円　ⓘ978-4-06-282658-7

◇「もう一度読みたい宮沢賢治」　宮沢賢治著, 別冊宝島編集部編　宝島社　2009.4　380p　16cm　（宝島社文庫　Cへ-1-2）　457円　ⓘ978-4-7966-7079-1

◇「宮沢賢治銀河鉄道の夜」　やのまん　2009.4　382p　20cm　（YM books―デカい活字の千円文学！）　952円　ⓘ978-4-903548-21-0

◇「銀河鉄道の夜 風の又三郎 セロ弾きのゴーシュ」　PHP研究所　2009.4　317p　15cm　（PHP文庫　み36-1）　419円　ⓘ978-4-569-67238-0

◇「銀河鉄道の夜」　宮沢賢治作, 太田大八絵　講談社　2009.9　230p　18cm　（宮沢賢治童話集珠玉選）　850円　ⓘ978-4-06-215740-7

◇「銀河鉄道の夜」　自由国民社　2010.5　231p　16cm　（STANDARD COLLECTIONS）　1200円　ⓘ978-4-426-11026-0

◇「銀河鉄道の夜」　宮澤賢治著　ぶんか社　2010.6　172p　15cm　（ぶんか社文庫　み-3-1）　457円　ⓘ978-4-8211-5341-1

◇「銀河鉄道の夜」　角川春樹事務所　2011.4　115p　16cm　（ハルキ文庫　み1-3―［280円文庫］）　267円　ⓘ978-4-7584-3548-2

◇「読んでおきたいベスト集！宮沢賢治」　宮沢賢治著, 別冊宝島編集部編　宝

島社　2011.7　589p　16cm　（宝島社文庫）　686円　①978-4-7966-8509-2

◇「注文の多い料理店 銀河鉄道の夜」　宮沢賢治作, 北沢夕芸絵　集英社　2011.9　242p　18cm　（集英社みらい文庫　み-2-1）　600円　①978-4-08-321045-7

◇「銀河鉄道の夜　上」　宮沢賢治作, 太田大八絵　講談社　2011.10　245p　21cm　（講談社オンデマンドブックス―講談社大きな文字の青い鳥文庫 宮沢賢治童話集　3）　①978-4-06-407471-9

◇「銀河鉄道の夜―宮沢賢治童話集」　宮沢賢治作, ヤスダスズヒト絵　角川書店　2012.6　222p　18cm　（角川つばさ文庫　Fみ1-2）　560円　①978-4-04-631215-0

◇「銀河鉄道の夜」　海王社　2012.12　158p　15cm　（海王社文庫）　952円　①978-4-7964-0377-1

◇「銀河鉄道の夜他十四篇―童話集」　宮沢賢治作, 谷川徹三編　岩波書店　2014.1　401p　19cm　（ワイド版岩波文庫　370）　1400円　①978-4-00-007370-7

◇「銀河鉄道の夜」　双葉社　2016.7　214p　18cm　（双葉社ジュニア文庫）　630円　①978-4-575-23979-9

◇「宮沢賢治童話全集　11　銀河鉄道の夜」　宮沢賢治著, 宮沢清六, 堀尾青史編集　岩崎書店　2016.9　195p　22cm　1980円　①978-4-265-01941-0, 978-4-265-10836-7

◇「宮沢賢治コレクション　1　銀河鉄道の夜―童話1・少年小説ほか」　宮沢賢治著, 天沢退二郎, 入沢康夫監修, 栗原敦, 杉浦静編集委員　筑摩書房　2016.12　383p　20cm　2500円　①978-4-480-70621-8

◇「銀河鉄道の夜　上」　ゴマブックス　2017.3　102p　26cm　（大活字名作シリーズ）　2200円　①978-4-7771-1884-7

◇「銀河鉄道の夜　下」　ゴマブックス　2017.3　95p　26cm　（大活字名作シリーズ）　2200円　①978-4-7771-1885-4

◇「新編・日本幻想文学集成　6」　宮沢賢治, 小川未明, 牧野信一, 坂口安吾著, 別役実, 池内紀, 種村季弘, 富士川義之編　国書刊行会　2017.6　699p　22cm　5800円　①978-4-336-06031-0

「水仙月の四日」

1993　中国新聞 2004年2月4日～2004年2月7日　朝刊

2225　高知新聞 2004年4月22日～2004年4月26日　夕刊

2749　南日本新聞 2005年4月19日～2005年4月22日　火曜～金曜朝刊

◇「ザ・賢治―全小説全一冊 グラスレス眼鏡無用」　大活字版　第三書館　2007.1　1023p　27cm　1900円　①4-8074-0640-X

◇「注文の多い料理店」　SDP　2008.7　157p　15cm　（SDP bunko）　450円　①978-4-903620-27-5

◇「銀河鉄道の夜」　宮沢賢治作, 太田大八絵　新装版　講談社　2009.1　205p　18cm　（講談社青い鳥文庫　88-7―宮沢賢治童話集　3）　570円　①978-4-06-285051-3

◇「21世紀版少年少女日本文学館　8　銀河鉄道の夜」　宮沢賢治著　講談社　2009.2　297p　20cm　1400円　Ⓘ978-4-06-282658-7

◇「銀河鉄道の夜」　宮沢賢治作, 太田大八絵　講談社　2009.9　230p　18cm　（宮沢賢治童話集珠玉選）　850円　Ⓘ978-4-06-215740-7

◇「注文の多い料理店 セロひきのゴーシュ―宮沢賢治童話集」　宮沢賢治作, たちもとみちこ絵　角川書店　2010.6　213p　18cm　（角川つばさ文庫　Ｆみ1-1）　560円　Ⓘ978-4-04-631104-7

◇「注文の多い料理店」　ぶんか社　2010.12　187p　15cm　（ぶんか社文庫　み-3-2）　467円　Ⓘ978-4-8211-5373-2

◇「銀河鉄道の夜　下」　宮沢賢治作, 太田大八絵　講談社　2011.10　262p　21cm　（講談社オンデマンドブックス―講談社大きな文字の青い鳥文庫 宮沢賢治童話集　3）　Ⓘ978-4-06-407472-6

◇「注文の多い料理店」　海王社　2012.11　219p　15cm　（海王社文庫）　952円　Ⓘ978-4-7964-0366-5

◇「可愛い黒い幽霊―宮沢賢治怪異小品集」　宮沢賢治著, 東雅夫編　平凡社　2014.7　389p　16cm　（平凡社ライブラリー　814）　1400円　Ⓘ978-4-582-76814-5

◇「宮沢賢治童話全集　5　よだかの星」　宮沢賢治著, 宮沢清六, 堀尾青史編集　岩崎書店　2016.9　163p　22cm　1980円　Ⓘ978-4-265-01935-9, 978-4-265-10836-7

◇「コーヒーと小説」　庄野雄治編　mille books　2016.10　269p　19cm　1300円　Ⓘ978-4-902744-83-5

◇「宮沢賢治コレクション　2　注文の多い料理店―童話2・劇ほか」　宮沢賢治著, 天沢退二郎, 入沢康夫監修, 栗原敦, 杉浦静編集委員　筑摩書房　2017.1　335p　20cm　2500円　Ⓘ978-4-480-70622-5

「セロ弾きのゴーシュ」

1046　新潟日報　2005年3月5日〜2005年3月16日　火曜〜土曜朝刊

1992　中国新聞　2004年1月23日〜2004年2月3日　朝刊

2224　高知新聞　2004年4月13日〜2004年4月21日　夕刊

2748　南日本新聞　2005年4月5日〜2005年4月15日　火曜〜金曜朝刊

◇「ザ・賢治―全小説全一冊 グラスレス眼鏡無用」　大活字版　第三書館　2007.1　1023p　27cm　1900円　Ⓘ4-8074-0640-X

◇「宮沢賢治―1896-1933」　筑摩書房　2007.11　477p　15cm　（ちくま日本文学　3）　880円　Ⓘ978-4-480-42503-4

◇「よだかの星」　SDP　2008.11　108p　15cm　（SDP bunko）　420円　Ⓘ978-4-903620-38-1

◇「宮沢賢治20選」　宮沢賢治著, 宮川健郎編　春陽堂書店　2008.11　382p　20cm　（名作童話）　2600円　Ⓘ978-4-394-90266-9

◇「21世紀版少年少女日本文学館　8　銀河鉄道の夜」　宮沢賢治著　講談社　2009.2　297p　20cm　1400円　Ⓘ978-4-06-282658-7

◇「宮沢賢治童話集」　角川春樹事務所　2009.3　229p　16cm　（ハルキ文庫

み1–2）　680円　①978–4–7584–3401–0

◇「もう一度読みたい宮沢賢治」　宮沢賢治著, 別冊宝島編集部編　宝島社　2009.4　380p　16cm　（宝島社文庫　Cへ–1–2）　457円　①978–4–7966–7079–1

◇「宮沢賢治銀河鉄道の夜」　やのまん　2009.4　382p　20cm　（YM books—デカい活字の千円文学！）　952円　①978–4–903548–21–0

◇「銀河鉄道の夜 風の又三郎 セロ弾きのゴーシュ」　PHP研究所　2009.4　317p　15cm　（PHP文庫　み36–1）　419円　①978–4–569–67238–0

◇「銀河鉄道の夜」　ぶんか社　2010.6　172p　15cm　（ぶんか社文庫　み–3–1）　457円　①978–4–8211–5341–1

◇「読んでおきたいベスト集！宮沢賢治」　宮沢賢治著, 別冊宝島編集部編　宝島社　2011.7　589p　16cm　（宝島社文庫）　686円　①978–4–7966–8509–2

◇「注文の多い料理店 銀河鉄道の夜」　宮沢賢治作, 北沢夕芸絵　集英社　2011.9　242p　18cm　（集英社みらい文庫　み–2–1）　600円　①978–4–08–321045–7

◇「注文の多い料理店」　角川春樹事務所　2012.4　125p　16cm　（ハルキ文庫　み1–4）　267円　①978–4–7584–3656–4

◇「銀河鉄道の夜」　海王社　2012.12　158p　15cm　（海王社文庫）　952円　①978–4–7964–0377–1

◇「近代童話（メルヘン）と賢治」　信時哲郎, 外村彰, 古澤夕起子, 辻本千鶴, 森本智子編　おうふう　2014.2　208p　21cm　2000円　①978–4–273–03746–8

◇「銀河鉄道の夜」　双葉社　2016.7　214p　18cm　（双葉社ジュニア文庫）　630円　①978–4–575–23979–9

◇「宮沢賢治コレクション　1　銀河鉄道の夜—童話1・少年小説ほか」　宮沢賢治著, 天沢退二郎, 入沢康夫監修, 栗原敦, 杉浦静編集委員　筑摩書房　2016.12　383p　20cm　2500円　①978–4–480–70621–8

◇「新編・日本幻想文学集成　6」　宮沢賢治, 小川未明, 牧野信一, 坂口安吾著, 別役実, 池内紀, 種村季弘, 富士川義之編　国書刊行会　2017.6　699p　22cm　5800円　①978–4–336–06031–0

「注文の多い料理店」

1047　新潟日報 2005年3月17日〜2005年3月22日　火曜〜土曜朝刊

1991　中国新聞 2004年1月17日〜2004年1月22日　朝刊

2223　高知新聞 2004年4月8日〜2004年4月12日　夕刊

2747　南日本新聞 2005年3月29日〜2005年4月1日　火曜〜金曜朝刊

◇「ザ・賢治—全小説全一冊 グラスレス眼鏡無用」　大活字版　第三書館　2007.1　1023p　27cm　1900円　①4–8074–0640–X

◇「宮澤賢治作品選」　宮澤賢治著　増訂新版　信山社　2007.4　454p　22cm　（黒澤勉文芸・文化シリーズ　14）　5000円　①978–4–434–10560–9

◇「銀河鉄道の夜—他十四篇 童話集」　宮沢賢治作, 谷川徹三編　第80刷改版　岩波書店　2007.4　401p　15cm　（岩波文庫）　600円　①4–00–310763–2

作家別一覧　　　　　　　　　　　　　　　　　　　　みやさわ

◇「宮沢賢治―1896-1933」　筑摩書房　2007.11　477p　15cm　（ちくま日本文学　3）　880円　①978-4-480-42503-4

◇「とっておきの笑いあります！―what a laugh！」　芥川龍之介, 巌谷小波, 岡本一平, 菊池寛, 太宰治, 豊島与志雄, 宮沢賢治, 森鷗外作　くもん出版　2007.12　149p　20cm　（読書がたのしくなる・ニッポンの文学）　1000円　①978-4-7743-1344-3

◇「注文の多い料理店」　SDP　2008.7　157p　15cm　（SDP bunko）　450円　①978-4-903620-27-5

◇「銀河鉄道の夜」　ゴマブックス　2008.10　195p　19cm　（ケータイ名作文学）　800円　①978-4-7771-1111-4

◇「注文の多い料理店」　宮沢賢治作, 太田大八絵　新装版　講談社　2008.10　216p　18cm　（講談社青い鳥文庫　88-5―宮沢賢治童話集　1）　570円　①978-4-06-285049-0

◇「宮沢賢治20選」　宮沢賢治著, 宮川健郎編　春陽堂書店　2008.11　382p　20cm　（名作童話）　2600円　①978-4-394-90266-9

◇「21世紀版少年少女日本文学館　8　銀河鉄道の夜」　宮沢賢治著　講談社　2009.2　297p　20cm　1400円　①978-4-06-282658-7

◇「宮沢賢治童話集」　角川春樹事務所　2009.3　229p　16cm　（ハルキ文庫　み1-2）　680円　①978-4-7584-3401-0

◇「もう一度読みたい宮沢賢治」　宮沢賢治著, 別冊宝島編集部編　宝島社　2009.4　380p　16cm　（宝島社文庫　Cへ-1-2）　457円　①978-4-7966-7079-1

◇「宮沢賢治銀河鉄道の夜」　やのまん　2009.4　382p　20cm　（YM books―デカい活字の千円文学！）　952円　①978-4-903548-21-0

◇「注文の多い料理店」　宮沢賢治作, 太田大八絵　講談社　2009.9　237p　18cm　（宮沢賢治童話集珠玉選）　850円　①978-4-06-215738-4

◇「注文の多い料理店 セロひきのゴーシュ―宮沢賢治童話集」　宮沢賢治作, たちもとみちこ絵　角川書店　2010.6　213p　18cm　（角川つばさ文庫　Fみ1-1）　560円　①978-4-04-631104-7

◇「ほんとうは怖い賢治童話―宮沢賢治・厳選アンソロジー」　宮沢賢治著, 富永慶一郎編　彩流社　2010.7　190p　21cm　（オフサイド・ブックス　58）　1400円　①978-4-7791-1075-7

◇「教科書の物語―みんなが読んだ」　国語教科書鑑賞会編　リベラル社　2010.9　165p　21cm　1200円　①978-4-434-14971-9

◇「注文の多い料理店　上」　宮沢賢治作, 太田大八絵　新装版　講談社　2010.10　228p　21cm　（講談社オンデマンドブックス―講談社大きな文字の青い鳥文庫 宮沢賢治童話集　1）　①978-4-06-407465-8

◇「注文の多い料理店」　宮澤賢治著　ぶんか社　2010.12　187p　15cm　（ぶんか社文庫　み-3-2）　467円　①978-4-8211-5373-2

◇「中学生までに読んでおきたい日本文学　9　食べる話」　松田哲夫編　あすなろ書房　2011.3　283p　22cm　1800円　①978-4-7515-2629-3

◇「読んでおきたい名作　小学5年」　川島隆太監修　成美堂出版　2011.4　199p　22cm　700円　①978-4-415-31035-0

みやさわ　　　　　　作家別一覧

◇「読んでおきたいベスト集！宮沢賢治」　宮沢賢治著, 別冊宝島編集部編　宝島社　2011.7　589p　16cm　（宝島社文庫）　686円　①978-4-7966-8509-2

◇「宮澤賢治」　宮澤賢治著　東京書籍　2011.8　101p　20cm　（朗読CD付き名作文学シリーズ朗読の時間）　1700円　①978-4-487-80591-4

◇「注文の多い料理店　銀河鉄道の夜」　宮沢賢治作, 北沢夕芸絵　集英社　2011.9　242p　18cm　（集英社みらい文庫　み-2-1）　600円　①978-4-08-321045-7

◇「注文の多い料理店」　角川春樹事務所　2012.4　125p　16cm　（ハルキ文庫　み1-4）　267円　①978-4-7584-3656-4

◇「BUNGO—文豪短篇傑作選」　芥川龍之介, 岡本かの子, 梶井基次郎, 坂口安吾, 太宰治, 谷崎潤一郎, 永井荷風, 林芙美子, 三浦哲郎, 宮沢賢治, 森鷗外著　角川書店　2012.8　299p　15cm　（角川文庫　ん45-1）　552円　①978-4-04-100320-6

◇「注文の多い料理店」　海王社　2012.11　219p　15cm　（海王社文庫）　952円　①978-4-7964-0366-5

◇「はじめてであう日本文学　1　ぞっとする話」　紀田順一郎監修　成美堂出版　2013.4　223p　22cm　800円　①978-4-415-31523-2

◇「もう一度読みたい教科書の泣ける名作」　学研教育出版編　学研教育出版　2013.8　223p　17cm　800円　①978-4-05-405789-0

◇「銀河鉄道の夜他十四篇—童話集」　宮沢賢治作, 谷川徹三編　岩波書店　2014.1　401p　19cm　（ワイド版岩波文庫　370）　1400円　①978-4-00-007370-7

◇「近代童話（メルヘン）と賢治」　信時哲郎, 外村彰, 古澤夕起子, 辻本千鶴, 森本智子編　おうふう　2014.2　208p　21cm　2000円　①978-4-273-03746-8

◇「国語教科書にでてくる物語　5年生・6年生」　齋藤孝著　ポプラ社　2014.4　292p　18cm　（ポプラポケット文庫　808-3）　700円　①978-4-591-13918-9

◇「胸を打つ日本の美しい物語—小学生のうちに読んでおきたい」　主婦と生活社編　主婦と生活社　2015.11　207p　27cm　2200円　①978-4-391-14705-6

◇「宮沢賢治童話全集　4　注文の多い料理店」　宮沢賢治著, 宮沢清六, 堀尾青史編集　岩崎書店　2016.9　162p　22cm　1980円　①978-4-265-01934-2, 978-4-265-10836-7

◇「獣」　太宰治, 宮沢賢治 ほか著, 中川学絵　汐文社　2016.12　203p　20cm　（文豪ノ怪談ジュニア・セレクション）　1600円　①978-4-8113-2328-2

◇「宮沢賢治コレクション　2　注文の多い料理店—童話2・劇ほか」　宮沢賢治著, 天沢退二郎, 入沢康夫監修, 栗原敦, 杉浦静編集委員　筑摩書房　2017.1　335p　20cm　2500円　①978-4-480-70622-5

404　新聞連載小説総覧 平成期（1989〜2017）

作家別一覧　　　　みやへ

宮下 和男　みやした・かずお　1930～2017

「こぼれ星はぐれ星」

1364　信濃毎日新聞　1991年2月22日～1991年7月12日　夕刊

　　◇「落ちてきた星たち」　宮下和男作，こさかしげる画　岩崎書店　1994.12
　　　173p　22cm　（創作児童文学館　7）　1300円　①4-265-06007-2

「野性のうた」

1390　信濃毎日新聞　1995年9月21日～1996年6月21日　夕刊

　　◇「野性のうた―椋鳩十の生涯」　一草舎出版　2004.11　247p　19cm　1333円
　　　①4-902842-04-1

宮原 昭夫　みやはら・あきお　1932～

「陽炎の巫女たち」

0685　福島民報　1990年8月25日～1991年1月30日　朝刊

1314　山梨日日新聞　1990年6月1日～1990年11月5日　朝刊

1646　京都新聞　1990年4月3日～1990年10月6日　夕刊

　　◇「陽炎の巫女たち」　読売新聞社　1992.4　397p　20cm　1500円　①4-643-
　　　92026-2

宮部 みゆき　みやべ・みゆき　1960～

「英雄の書」

0200　毎日新聞　2007年1月4日～2008年3月31日　夕刊

　　◇「英雄の書　上」　毎日新聞社　2009.2　356p　20cm　1600円　①978-4-
　　　620-10733-2
　　◇「英雄の書　下」　毎日新聞社　2009.2　333p　20cm　1600円　①978-4-
　　　620-10734-9
　　◇「英雄の書」　光文社　2011.5　570p　18cm　（Kappa novels）　1200円
　　　①978-4-334-07706-8
　　◇「英雄の書　上」　新潮社　2012.7　431p　16cm　（新潮文庫　み-22-23）
　　　670円　①978-4-10-136933-4
　　◇「英雄の書　下」　新潮社　2012.7　414p　16cm　（新潮文庫　み-22-24）
　　　670円　①978-4-10-136934-1

「荒神」

0058　朝日新聞　2013年3月14日～2014年4月30日　朝刊

　　◇「荒神」　朝日新聞出版　2014.8　565p　20cm　1800円　①978-4-02-
　　　251204-8
　　◇「荒神」　新潮社　2017.7　685p　16cm　（新潮文庫　み-22-31）　940円
　　　①978-4-10-136941-9

新聞連載小説総覧 平成期（1989～2017）　**405**

みやべ　　　　　　　　　　　作家別一覧

「天狗風」

0381　東奥日報　1994年4月25日〜1995年6月30日　夕刊

0447　岩手日報　1994年6月24日〜1995年9月2日　夕刊

0577　秋田魁新報　1994年4月27日〜1995年4月15日　夕刊

0834　上毛新聞　1995年2月16日〜1996年2月14日　朝刊

1001　新潟日報　1994年7月5日〜1995年7月3日　朝刊

1321　山梨日日新聞　1994年7月18日〜1995年7月16日　朝刊

1908　山陽新聞　1994年7月26日〜1995年7月24日　朝刊

2143　愛媛新聞　1994年8月24日〜1995年8月18日　朝刊

2713　南日本新聞　1994年4月30日〜1995年7月8日　夕刊

◇「天狗風」　新人物往来社　1997.11　474p　20cm　（霊験お初捕物控　2）
1800円　Ⓘ4–404–02544–0

◇「天狗風」　講談社　2001.9　573p　15cm　（講談社文庫―霊験お初捕物控
2）　781円　Ⓘ4–06–273257–2

◇「天狗風」　新装版　講談社　2014.4　625p　15cm　（講談社文庫　み42–18
―霊験お初捕物控）　890円　Ⓘ978–4–06–277826–8

「名もなき毒」

0341　北海道新聞　2005年3月1日〜2005年12月31日　朝刊

0525　河北新報　2005年4月1日〜2006年1月30日　朝刊

0932　東京新聞　2005年3月1日〜2005年12月31日　朝刊

1616　中日新聞　2005年3月1日〜2005年12月31日　朝刊

2297　西日本新聞　2005年3月1日〜2005年12月31日　朝刊

◇「名もなき毒」　幻冬舎　2006.8　489p　20cm　1800円　Ⓘ4–344–01214–3

◇「名もなき毒」　光文社　2009.5　461p　18cm　（Kappa novels）　1200円
Ⓘ978–4–334–07683–2

◇「名もなき毒」　文藝春秋　2011.12　607p　16cm　（文春文庫　み17–9）
848円　Ⓘ978–4–16–754909–1

「ブレイブ・ストーリー」

0732　福島民友　2000年7月17日〜2001年10月26日　朝刊

1112　北日本新聞　2000年10月10日〜2002年1月20日　朝刊

1290　福井新聞　2000年4月6日〜2001年7月17日　朝刊

1410　信濃毎日新聞　2000年2月16日〜2001年8月24日　夕刊

1661　京都新聞　2000年1月29日〜2001年8月8日　夕刊

1812　日本海新聞　2000年2月27日〜2001年6月7日　朝刊

2062　徳島新聞　2000年6月4日〜2001年9月4日　朝刊

2204　高知新聞　2000年10月2日〜2002年4月17日　夕刊

2350　佐賀新聞　2000年2月8日〜2001年5月20日　朝刊

2621　大分合同新聞　1999年11月11日〜2001年2月13日　朝刊

2679 宮崎日日新聞 2000年8月2日～2001年11月7日 朝刊

◇「ブレイブ・ストーリー　上」　角川書店　2003.3　630p　20cm　1800円　Ⓘ4-04-873443-1

◇「ブレイブ・ストーリー　下」　角川書店　2003.3　659p　20cm　1800円　Ⓘ4-04-873444-X

◇「ブレイブ・ストーリー――愛蔵版」　角川書店　2003.4　1003p　22cm　5700円　Ⓘ4-04-873445-8

◇「ブレイブ・ストーリー　上」　角川書店　2006.5　460p　15cm　（角川文庫）　667円　Ⓘ4-04-361111-0

◇「ブレイブ・ストーリー　中」　角川書店　2006.5　478p　15cm　（角川文庫）　667円　Ⓘ4-04-361112-9

◇「ブレイブ・ストーリー　下」　角川書店　2006.5　493p　15cm　（角川文庫）　705円　Ⓘ4-04-361113-7

◇「ブレイブ・ストーリー　1（幽霊ビル）」　角川書店　2006.6　374p　15cm　（角川文庫）　571円　Ⓘ4-04-361107-2

◇「ブレイブ・ストーリー　2（幻界）」　角川書店　2006.6　308p　15cm　（角川文庫）　533円　Ⓘ4-04-361108-0

◇「ブレイブ・ストーリー　3（再会）」　角川書店　2006.6　360p　15cm　（角川文庫）　571円　Ⓘ4-04-361109-9

◇「ブレイブ・ストーリー　4（運命の塔）」　角川書店　2006.6　361p　15cm　（角川文庫）　571円　Ⓘ4-04-361110-2

◇「ブレイブ・ストーリー　1　幽霊ビル」　宮部みゆき作, 鶴田謙二絵　角川書店　2009.6　411p　18cm　（角川つばさ文庫　Bみ1-1）　780円　Ⓘ978-4-04-631029-3

◇「ブレイブ・ストーリー　2　幻界（ヴィジョン）」　宮部みゆき作, 鶴田謙二絵　角川書店　2009.9　333p　18cm　（角川つばさ文庫　Bみ1-2）　780円　Ⓘ978-4-04-631054-5

◇「ブレイブ・ストーリー　3　再会」　宮部みゆき作, 鶴田謙二絵　角川書店　2010.4　388p　18cm　（角川つばさ文庫　Bみ1-3）　780円　Ⓘ978-4-04-631078-1

◇「ブレイブ・ストーリー　4　運命の塔」　宮部みゆき作, 鶴田謙二絵　角川書店　2010.6　388p　18cm　（角川つばさ文庫　Bみ1-4）　780円　Ⓘ978-4-04-631079-8

「ペテロの葬列」

0421 東奥日報 2011年7月13日～2013年10月3日　夕刊

0483 岩手日報 2011年1月11日～2012年7月30日　朝刊

0554 河北新報 2011年10月3日～2013年8月10日　夕刊

0743 福島民友 2010年9月25日～2012年4月8日　朝刊

0851 上毛新聞 2011年5月14日～2012年11月25日　朝刊

0891 千葉日報 2010年9月12日～2012年3月26日　朝刊

1186 富山新聞 2010年10月1日～2012年8月9日　朝刊

1258 北國新聞 2010年9月30日～2012年8月8日 夕刊

1507 岐阜新聞 2011年6月21日～2013年4月26日 夕刊

1568 静岡新聞 2011年5月2日～2013年7月22日 夕刊

1838 日本海新聞 2011年1月10日～2012年7月23日 朝刊

2375 佐賀新聞 2011年5月3日～2012年11月16日 朝刊

2773 南日本新聞 2010年10月20日～2012年5月3日 朝刊

- ◇「ペテロの葬列」 集英社 2013.12 685p 20cm 1800円 ①978-4-08-771532-3
- ◇「ペテロの葬列 上」 文藝春秋 2016.4 407p 16cm （文春文庫 み17-10） 690円 ①978-4-16-790584-2
- ◇「ペテロの葬列 下」 文藝春秋 2016.4 462p 16cm （文春文庫 み17-11） 700円 ①978-4-16-790585-9

「迷いの旅籠」

0274 日本経済新聞社 2015年6月1日～2016年6月30日 朝刊

- ◇「三鬼―三島屋変調百物語四之続」 日本経済新聞出版社 2016.12 565p 20cm 1800円 ①978-4-532-17141-4

「三島屋変調百物語 あやかし草紙」

0365 北海道新聞 2016年11月5日～2017年10月31日 夕刊

0956 東京新聞 2016年11月5日～2017年10月31日 夕刊

1640 中日新聞 2016年11月5日～2017年10月31日 夕刊

2321 西日本新聞 2016年11月5日～2017年10月31日 夕刊

「三島屋変調百物語事続」

0130 読売新聞 2009年1月1日～2010年1月31日 朝刊

- ◇「あんじゅう―三島屋変調百物語事続」 中央公論新社 2010.7 563p 20cm 1800円 ①978-4-12-004137-2
- ◇「あんじゅう―三島屋変調百物語事続」 新人物往来社 2012.2 506p 18cm （新人物ノベルス） 905円 ①978-4-404-04142-5
- ◇「あんじゅう―三島屋変調百物語事続」 角川書店 2013.6 629p 15cm （角川文庫 み28-52） 819円 ①978-4-04-100822-5

「楽園」

0299 産経新聞 2005年7月1日～2006年8月13日 朝刊

- ◇「楽園 上」 文藝春秋 2007.8 413p 20cm 1619円 ①978-4-16-326240-6
- ◇「楽園 下」 文藝春秋 2007.8 361p 20cm 1619円 ①978-4-16-326360-1
- ◇「楽園 上」 文藝春秋 2010.2 503p 16cm （文春文庫 み17-7） 667円 ①978-4-16-754907-7
- ◇「楽園 下」 文藝春秋 2010.2 442p 16cm （文春文庫 み17-8） 648円 ①978-4-16-754908-4

作家別一覧　　　　みやもと

「理由」

0020　朝日新聞　1996年9月2日〜1997年9月20日　夕刊

　◇「理由」　朝日新聞社　1998.6　573p　20cm　1800円　Ⓘ4-02-257244-2
　◇「理由」　朝日新聞社　2002.9　630p　15cm　（朝日文庫）　857円　Ⓘ4-02-264295-5
　◇「理由」　新潮社　2004.7　686p　16cm　（新潮文庫）　857円　Ⓘ4-10-136923-2

宮本 輝　みやもと・てる　1947〜
「朝の歓び」

0238　日本経済新聞社　1992年9月14日〜1993年10月17日　朝刊

　◇「朝の歓び　上」　講談社　1994.4　357p　20cm　1400円　Ⓘ4-06-206985-7
　◇「朝の歓び　下」　講談社　1994.4　325p　20cm　1400円　Ⓘ4-06-206986-5
　◇「朝の歓び　上」　講談社　1997.4　395p　15cm　（講談社文庫）　571円　Ⓘ4-06-263477-5
　◇「朝の歓び　下」　講談社　1997.4　376p　15cm　（講談社文庫）　571円　Ⓘ4-06-263478-3
　◇「朝の歓び　上」　新装版　講談社　2014.10　430p　15cm　（講談社文庫　み16-30）　750円　Ⓘ978-4-06-277932-6
　◇「朝の歓び　下」　新装版　講談社　2014.10　403p　15cm　（講談社文庫　み16-31）　750円　Ⓘ978-4-06-277933-3

「草花たちの静かな誓い」

0428　東奥日報　2015年5月25日〜2016年7月21日　夕刊
1349　山梨日日新聞　2015年5月9日〜2016年2月24日　朝刊
1750　神戸新聞　2015年3月16日〜2015年12月31日　朝刊
1890　山陰中央新報　2015年3月2日〜2015年12月17日　朝刊
1939　山陽新聞　2015年3月22日〜2016年1月7日　朝刊
2129　四国新聞　2015年3月1日〜2015年12月16日　朝刊
2385　佐賀新聞　2015年5月2日〜2016年2月18日　朝刊
2658　大分合同新聞　2015年5月20日〜2016年4月21日　夕刊
2779　南日本新聞　2015年5月4日〜2016年2月20日　朝刊

　◇「草花たちの静かな誓い」　集英社　2016.12　395p　20cm　1700円　Ⓘ978-4-08-771020-5

「ここに地終わり海始まる」

0371　東奥日報　1990年7月3日〜1991年3月12日　朝刊
0438　岩手日報　1990年9月20日〜1991年6月1日　朝刊
0633　山形新聞　1990年9月10日〜1991年5月22日　朝刊
0718　福島民友　1990年3月5日〜1990年11月12日　朝刊

みやもと　　　　　　　　　作家別一覧

0960　神奈川新聞　1990年7月28日～1991年4月8日　朝刊
1277　福井新聞　1990年4月25日～1991年1月4日　朝刊
2037　徳島新聞　1990年6月1日～1991年2月6日　朝刊
2134　愛媛新聞　1990年5月18日～1991年1月25日　朝刊
2392　長崎新聞　1990年5月5日～1991年1月14日　朝刊
2600　大分合同新聞　1990年3月16日～1990年11月23日　朝刊
2786　琉球新報　1990年7月31日～1991年6月6日　夕刊

◇「ここに地終わり海始まる　上巻」　講談社　1991.10　302p　20cm　1300円　①4-06-205271-7
◇「ここに地終わり海始まる　下巻」　講談社　1991.10　271p　20cm　1300円　①4-06-205272-5
◇「ここに地終わり海始まる　上」　講談社　1994.10　294p　15cm　（講談社文庫）　500円　①4-06-185797-5
◇「ここに地終わり海始まる　下」　講談社　1994.10　272p　15cm　（講談社文庫）　480円　①4-06-185798-3
◇「ここに地終わり海始まる　上」　新装版　講談社　2008.5　330p　15cm　（講談社文庫）　571円　①978-4-06-276060-7
◇「ここに地終わり海始まる　下」　新装版　講談社　2008.5　299p　15cm　（講談社文庫）　571円　①978-4-06-276061-4

「三十光年の星たち」

0207　毎日新聞　2010年1月1日～2010年12月31日　朝刊

◇「三十光年の星たち　上」　毎日新聞社　2011.3　297p　20cm　1500円　①978-4-620-10767-7
◇「三十光年の星たち　下」　毎日新聞社　2011.3　290p　20cm　1500円　①978-4-620-10768-4
◇「三十光年の星たち　上巻」　新潮社　2013.11　339p　16cm　（新潮文庫　み-12-17）　630円　①978-4-10-130717-6
◇「三十光年の星たち　下巻」　新潮社　2013.11　338p　16cm　（新潮文庫　み-12-18）　630円　①978-4-10-130718-3

「草原の椅子」

0176　毎日新聞　1997年12月3日～1998年12月31日　朝刊

◇「草原の椅子　上」　毎日新聞社　1999.5　321p　20cm　1500円　①4-620-10599-6
◇「草原の椅子　下」　毎日新聞社　1999.5　361p　20cm　1500円　①4-620-10600-3
◇「草原の椅子　上」　幻冬舎　2001.4　373p　15cm　（幻冬舎文庫）　600円　①4-344-40100-X
◇「草原の椅子　下」　幻冬舎　2001.4　425p　15cm　（幻冬舎文庫）　648円　①4-344-40101-8
◇「草原の椅子　上巻」　新潮社　2008.1　393p　16cm　（新潮文庫）　590円

作家別一覧　　　　　　　　　　　　　　　　　　みやもと

Ⓘ978–4–10–130715–2
◇「草原の椅子　下巻」　新潮社　2008.1　446p　16cm　（新潮文庫）　629円
　Ⓘ978–4–10–130716–9

「田園発港行き自転車」

1130　北日本新聞　2012年1月1日〜2014年11月2日　日曜朝刊

◇「田園発港行き自転車　上」　集英社　2015.4　389p　20cm　1600円
　Ⓘ978–4–08–771604–7
◇「田園発港行き自転車　下」　集英社　2015.4　386p　20cm　1600円
　Ⓘ978–4–08–771605–4
◇「田園発港行き自転車　上」　集英社　2018.1　431p　16cm　（集英社文庫
　み32–8）　740円　Ⓘ978–4–08–745685–1
◇「田園発港行き自転車　下」　集英社　2018.1　432p　16cm　（集英社文庫
　み32–9）　740円　Ⓘ978–4–08–745686–8

「にぎやかな天地」

0117　読売新聞　2004年5月1日〜2005年7月15日　朝刊

◇「にぎやかな天地　上」　中央公論新社　2005.9　370p　20cm　1600円
　Ⓘ4–12–003666–9
◇「にぎやかな天地　下」　中央公論新社　2005.9　319p　20cm　1600円
　Ⓘ4–12–003667–7
◇「にぎやかな天地　上」　中央公論新社　2008.4　413p　16cm　（中公文庫）
　629円　Ⓘ978–4–12–205012–9
◇「にぎやかな天地　下」　中央公論新社　2008.4　366p　16cm　（中公文庫）
　590円　Ⓘ978–4–12–205013–6
◇「にぎやかな天地　上」　講談社　2012.6　454p　15cm　（講談社文庫　み
　16–28）　629円　Ⓘ978–4–06–277289–1
◇「にぎやかな天地　下」　講談社　2012.6　403p　15cm　（講談社文庫　み
　16–29）　629円　Ⓘ978–4–06–277290–7

「人間の幸福」

0288　産経新聞　1994年5月6日〜1995年1月31日　夕刊

◇「人間の幸福」　幻冬舎　1995.4　430p　20cm　1600円　Ⓘ4–87728–048–0
◇「人間の幸福」　幻冬舎　1998.4　506p　16cm　（幻冬舎文庫）　686円
　Ⓘ4–87728–584–9

「約束の冬」

0294　産経新聞　2000年10月1日〜2001年10月31日　朝刊

◇「約束の冬　上」　文藝春秋　2003.5　419p　20cm　1600円　Ⓘ4–16–
　321820–3
◇「約束の冬　下」　文藝春秋　2003.5　362p　20cm　1550円　Ⓘ4–16–
　321830–0
◇「約束の冬　上」　文藝春秋　2006.5　449p　16cm　（文春文庫）　619円
　Ⓘ4–16–734820–9

みやもと　　　　　　　　作家別一覧

　　◇「約束の冬　下」　文藝春秋　2006.5　392p　16cm　（文春文庫）　571円
　　　①4-16-734821-7

宮本 昌孝　みやもと・まさたか　1955～
「家康、死す」
　2369　佐賀新聞 2008年11月18日～2009年11月1日　朝刊
　2642　大分合同新聞 2008年9月15日～2009年10月23日　夕刊

　　◇「家康、死す　上」　講談社　2010.9　302p　20cm　1700円　①978-4-06-
　　　216501-3
　　◇「家康、死す　下」　講談社　2010.9　261p　20cm　1700円　①978-4-06-
　　　216502-0
　　◇「家康、死す　上」　講談社　2014.1　355p　15cm　（講談社文庫　み48-7）
　　　660円　①978-4-06-277718-6
　　◇「家康、死す　下」　講談社　2014.1　318p　15cm　（講談社文庫　み48-8）
　　　660円　①978-4-06-277719-3

「決戦！ 関ケ原」
　1452　信濃毎日新聞 2016年8月14日～2016年12月25日　朝刊
　1520　岐阜新聞 2016年7月2日～2016年12月8日　夕刊

　　◇「決戦！ 関ケ原」　伊東潤, 吉川永青, 天野純希, 上田秀人, 矢野隆, 冲方丁, 葉
　　　室麟著　講談社　2014.11　298p　19cm　1600円　①978-4-06-219251-4
　　◇「決戦！ 関ケ原」　葉室麟, 冲方丁, 伊東潤, 天野純希, 矢野隆, 吉川永青, 木下
　　　昌輝著　講談社　2017.7　389p　15cm　（講談社文庫　け19-1―決戦！ シ
　　　リーズ）　800円　①978-4-06-293716-0
　　◇「決戦！ 関ケ原　2」　葉室麟, 吉川永青, 東郷隆, 簑輪諒, 宮本昌孝, 天野純希,
　　　冲方丁著　講談社　2017.7　280p　19cm　1600円　①978-4-06-220457-6

「ばさらばさら」
　0590　秋田魁新報 1999年6月3日～2000年4月28日　夕刊
　0878　千葉日報 2000年2月25日～2001年1月30日　朝刊
　2061　徳島新聞 1999年7月6日～2000年6月2日　朝刊

三好 京三　みよし・きょうぞう　1931～2007
「生きよ義経」
　0368　東奥日報 1989年5月8日～1990年2月21日　夕刊
　0435　岩手日報 1989年3月29日～1990年1月20日　夕刊
　0866　千葉日報 1989年7月26日～1990年3月29日　朝刊
　1784　日本海新聞 1989年3月23日～1989年11月22日　朝刊

　　◇「生きよ義経」　新潮社　1990.5　348p　20cm　1500円　①4-10-338902-8

作家別一覧　　　　　　むらかみ

三好 徹　みよし・とおる　1931～
「青雲を行く」
0630　山形新聞　1989年4月28日～1990年6月26日　夕刊
0823　上毛新聞　1989年4月6日～1990年3月20日　朝刊
0959　神奈川新聞　1989年8月13日～1990年7月27日　朝刊
1355　信濃毎日新聞　1989年8月10日～1990年10月4日　夕刊
1948　中国新聞　1989年8月16日～1990年10月11日　夕刊
2599　大分合同新聞　1989年8月11日～1990年9月20日　夕刊
2702　南日本新聞　1989年3月5日～1990年2月15日　朝刊

◇「青雲を行く　上巻」　三一書房　1990.10　284p　20cm　1600円　①4-380-90245-5
◇「青雲を行く　下巻」　三一書房　1990.10　299p　20cm　1600円　①4-380-90246-3
◇「青雲を行く　上」　集英社　1993.12　330p　16cm　（集英社文庫）　560円　①4-08-748115-8
◇「青雲を行く　下」　集英社　1993.12　356p　16cm　（集英社文庫）　560円　①4-08-748116-6
◇「桐野利秋―青雲を行く　上」　学陽書房　1998.7　358p　15cm　（人物文庫）　660円　①4-313-75052-5
◇「桐野利秋―青雲を行く　下」　学陽書房　1998.7　381p　15cm　（人物文庫）　660円　①4-313-75053-3

【 む 】

村上 龍　むらかみ・りゅう　1952～
「イン ザ・ミソスープ」
0096　読売新聞　1997年1月27日～1997年7月31日　夕刊

◇「インザ・ミソスープ」　読売新聞社　1997.10　238p　20cm　1500円　①4-643-97099-5
◇「村上龍自選小説集　7　ドキュメントとしての小説」　集英社　2000.5　581p　22cm　2400円　①4-08-774438-8

「55歳からのハローライフ」
0616　秋田魁新報　2011年12月15日～2012年7月11日　朝刊
0675　山形新聞　2011年12月13日～2012年7月8日　朝刊
0744　福島民友　2012年4月10日～2012年11月4日　朝刊
0814　下野新聞　2011年12月13日～2012年7月8日　朝刊
0983　神奈川新聞　2011年12月13日～2012年7月8日　朝刊

新聞連載小説総覧 平成期（1989～2017）　413

1069 新潟日報 2011年12月13日〜2012年7月8日 朝刊

1303 福井新聞 2011年12月13日〜2012年7月8日 朝刊

1508 岐阜新聞 2011年12月13日〜2012年7月8日 朝刊

1569 静岡新聞 2011年12月13日〜2012年9月27日 朝刊

1740 神戸新聞 2011年12月13日〜2012年7月8日 朝刊

1839 日本海新聞 2011年12月13日〜2012年7月8日 朝刊

1885 山陰中央新報 2011年12月13日〜2012年7月8日 朝刊

1929 山陽新聞 2011年12月13日〜2012年7月8日 朝刊

2079 徳島新聞 2011年12月13日〜2012年7月8日 朝刊

2124 四国新聞 2011年12月13日〜2012年7月8日 朝刊

2167 愛媛新聞 2011年12月13日〜2012年7月8日 朝刊

2425 長崎新聞 2011年12月13日〜2012年7月8日 朝刊

2576 熊本日日新聞 2011年12月13日〜2012年7月8日 朝刊

2649 大分合同新聞 2011年12月13日〜2012年7月8日 朝刊

2691 宮崎日日新聞 2011年12月13日〜2012年7月8日 朝刊

2774 南日本新聞 2012年5月4日〜2012年11月28日 朝刊

2808 琉球新報 2011年12月13日〜2012年7月8日 朝刊

◇「55歳からのハローライフ」 幻冬舎 2012.12 333p 20cm 1500円 ①978-4-344-02286-7

◇「55歳からのハローライフ」 幻冬舎 2014.4 358p 16cm （幻冬舎文庫 む-1-34） 600円 ①978-4-344-42187-5

村田 喜代子　むらた・きよこ　1945〜

「華祭り」

2454 熊本日日新聞 1999年2月20日〜1999年3月27日 土曜夕刊

「人が見たら蛙に化れ」

0030 朝日新聞 2000年8月21日〜2001年6月10日 朝刊

◇「人が見たら蛙に化れ」 朝日新聞社 2001.12 544p 20cm 1900円 ①4-02-257686-3

◇「人が見たら蛙に化れ」 朝日新聞社 2004.9 595p 15cm （朝日文庫） 940円 ①4-02-264334-X

「百年佳約」

0337 北海道新聞 2003年1月6日〜2003年10月18日 夕刊

0522 河北新報 2003年1月6日〜2003年10月20日 夕刊

0928 東京新聞 2003年1月6日〜2003年10月18日 夕刊

1612 中日新聞 2003年1月6日〜2003年10月18日 夕刊

1719 神戸新聞 2003年1月24日〜2003年10月28日 夕刊

作家別一覧　　　　　　　むらもと

2293　西日本新聞 2003年1月6日〜2003年10月18日　夕刊

◇「百年佳約」　講談社　2004.7　357p　20cm　1800円　Ⓘ4–06–212421–1

村松 友視　むらまつ・ともみ　1940〜
「悪友の条件」
1540　静岡新聞 1997年4月1日〜1998年3月31日　朝刊

◇「悪友の条件」　講談社　1998.8　416p　20cm　2200円　Ⓘ4–06–209263–8
「同僚の悪口」
0165　毎日新聞 1994年6月29日〜1994年12月31日　朝刊

◇「同僚の悪口」　毎日新聞社　1995.4　284p　20cm　1600円　Ⓘ4–620–
10526–0
「激しい夢」
0093　読売新聞 1995年8月31日〜1996年9月10日　朝刊

◇「激しい夢」　読売新聞社　1997.2　459p　20cm　1700円　Ⓘ4–643–97010–3
「夢の通ひ路」
0322　北海道新聞 1995年5月8日〜1995年9月7日　朝刊
0911　東京新聞 1995年5月8日〜1995年9月7日　朝刊
1595　中日新聞 1995年5月8日〜1995年9月7日　朝刊
2278　西日本新聞 1995年5月8日〜1995年9月8日　朝刊

◇「夢の通い路―七つの都市の物語」　幻冬舎　1996.8　306p　19cm　1600円
Ⓘ4–87728–122–3
「流氷の墓場」
0443　岩手日報 1992年9月17日〜1993年5月21日　朝刊
0997　新潟日報 1992年6月1日〜1993年3月23日　夕刊
1648　京都新聞 1992年3月30日〜1993年1月20日　夕刊
2044　徳島新聞 1992年9月12日〜1993年5月13日　朝刊
2398　長崎新聞 1992年8月27日〜1993年4月30日　朝刊
2605　大分合同新聞 1992年7月3日〜1993年3月2日　朝刊

◇「流氷まで」　文芸春秋　1996.4　309p　20cm　1950円　Ⓘ4–16–316190–2

村元 督　むらもと・ただし　1951〜
「風に立つ人よ 黄金半島・下北物語」
0402　東奥日報 2003年1月5日〜2003年12月28日　日曜朝刊

村山 由佳　むらやま・ゆか　1964〜

「風は西から」

0715　福島民報　2016年6月28日〜2017年5月12日　朝刊

0787　茨城新聞　2016年5月31日〜2017年4月14日　朝刊

0857　上毛新聞　2016年4月14日〜2017年2月26日　朝刊

0989　神奈川新聞　2016年5月11日〜2017年3月24日　朝刊

1850　日本海新聞　2016年5月8日〜2017年3月21日　朝刊

「放蕩記」

0613　秋田魁新報　2010年3月6日〜2011年2月26日　朝刊

1185　富山新聞　2010年7月1日〜2011年6月24日　朝刊

1257　北國新聞　2010年7月1日〜2011年6月24日　朝刊

1432　信濃毎日新聞　2010年8月30日〜2011年11月7日　夕刊

1736　神戸新聞　2010年5月17日〜2011年7月21日　夕刊

2022　中国新聞　2010年6月9日〜2011年8月13日　夕刊

2260　高知新聞　2010年3月14日〜2011年3月3日　朝刊

2573　熊本日日新聞　2010年2月28日〜2011年2月21日　朝刊

◇「放蕩記」　集英社　2011.11　436p　20cm　1600円　①978-4-08-771422-7

◇「放蕩記」　集英社　2014.11　519p　16cm　（集英社文庫　む5-32）　750円　①978-4-08-745245-7

群 ようこ　むれ・ようこ　1954〜

「また明日」

0789　茨城新聞　2017年12月24日〜連載中　朝刊

0860　上毛新聞　2017年11月6日〜連載中　朝刊

1582　静岡新聞　2018年1月27日〜連載中　朝刊

1854　日本海新聞　2017年12月12日〜連載中　朝刊

2701　宮崎日日新聞　2018年3月29日〜連載中　朝刊

「ヤマダ一家の辛抱」

1287　福井新聞　1997年6月4日〜1998年2月17日　朝刊

1865　山陰中央新報　1997年3月8日〜1997年11月21日　朝刊

1912　山陽新聞　1997年7月18日〜1998年4月4日　朝刊

2055　徳島新聞　1997年2月24日〜1997年11月4日　朝刊

2342　佐賀新聞　1997年2月4日〜1997年10月20日　朝刊

2615　大分合同新聞　1997年1月14日〜1997年9月25日　朝刊

◇「ヤマダ一家の辛抱　上」　幻冬舎　2001.4　330p　16cm　（幻冬舎文庫）　571円　①4-344-40103-4

◇「ヤマダ一家の辛抱　下」　幻冬舎　2001.4　326p　16cm　（幻冬舎文庫）

作家別一覧　　　　　　　　　　　　　　　　　　　もり

571円　①4-344-40104-2

【 も 】

百瀬 明治　ももせ・めいじ　1941〜2016
「小説蓮如 此岸の花」
　1155　富山新聞 1997年9月9日〜1998年4月23日　朝刊
　1227　北國新聞 1997年9月8日〜1998年4月22日　夕刊

森 鷗外　もり・おうがい　1962〜1922
「雁」
　1981　中国新聞 2003年6月24日〜2003年8月26日　朝刊
　2213　高知新聞 2003年11月7日〜2004年1月6日　夕刊
　2740　南日本新聞 2004年2月3日〜2004年4月21日　火曜〜金曜朝刊

　◇「雁」 110刷改版　新潮社 2008.2　184p　16cm　（新潮文庫）　324円
　　　①978-4-10-102001-3
　◇「鷗外近代小説集　第6巻　かのやうに 雁ほか」　岩波書店 2012.10　424p
　　　20cm　3800円　①978-4-00-092736-9

「山椒大夫」
　0545　河北新報 2010年5月24日〜2010年6月9日　夕刊
　1023　新潟日報 2004年4月13日〜2004年5月1日　火曜〜土曜朝刊
　1980　中国新聞 2003年5月27日〜2003年6月15日　朝刊
　2212　高知新聞 2003年10月20日〜2003年11月6日　夕刊
　2466　熊本日日新聞 2003年7月25日〜2003年8月12日　夕刊
　2739　南日本新聞 2004年1月6日〜2004年1月30日　火曜〜金曜朝刊

　◇「森鷗外—1862-1922」　筑摩書房 2008.6　477p　15cm　（ちくま日本文学
　　　17）　880円　①978-4-480-42517-1
　◇「高瀬舟」　SDP 2008.11　124p　15cm　（SDP bunko）　420円　①978-
　　　4-903620-36-7
　◇「21世紀版少年少女日本文学館　1　たけくらべ・山椒大夫」　樋口一葉, 森鷗
　　　外, 小泉八雲著, 円地文子, 平井呈一訳　講談社 2009.2　269p　20cm
　　　1400円　①978-4-06-282651-8
　◇「中学生までに読んでおきたい日本文学　2　いのちの話」　松田哲夫編　あ
　　　すなろ書房 2010.11　293p　22cm　1800円　①978-4-7515-2622-4
　◇「山椒大夫・高瀬舟・阿部一族」　改版　角川書店 2012.6　301p　15cm
　　　（角川文庫　も1-2）　476円　①978-4-04-100287-2
　◇「高瀬舟/山椒大夫」　海王社 2016.7　157p　15cm　（海王社文庫）　972円

新聞連載小説総覧 平成期（1989〜2017）　**417**

①978-4-7964-0878-3

「高瀬舟」

1982 中国新聞 2003年9月2日〜2003年9月11日 朝刊

2214 高知新聞 2004年1月7日〜2004年1月16日 夕刊

2540 熊本日日新聞 2006年4月4日〜2006年4月12日 夕刊

2741 南日本新聞 2004年5月11日〜2004年5月21日 火曜〜金曜朝刊

◇「生きるって、カッコワルイこと？—ways of life」 芥川龍之介, 有島武郎, 梶井基次郎, 菊池寛, 新美南吉, 宮沢賢治, 森鷗外, 横光利一作 くもん出版 2007.12 157p 20cm （読書がたのしくなる・ニッポンの文学） 1000円 ①978-4-7743-1345-0

◇「森鷗外—1862-1922」 筑摩書房 2008.6 477p 15cm （ちくま日本文学 17） 880円 ①978-4-480-42517-1

◇「高瀬舟」 SDP 2008.11 124p 15cm （SDP bunko） 420円 ①978-4-903620-36-7

◇「21世紀版少年少女日本文学館 1 たけくらべ・山椒大夫」 樋口一葉, 森鷗外, 小泉八雲著, 円地文子, 平井呈一訳 講談社 2009.2 269p 20cm 1400円 ①978-4-06-282651-8

◇「涙の百年文学—もう一度読みたい」 風日祈舎編 太陽出版 2009.4 317p 20cm 1800円 ①978-4-88469-619-1

◇「中学生までに読んでおきたい日本文学 4 お金物語」 松田哲夫編 あすなろ書房 2010.12 293p 22cm 1800円 ①978-4-7515-2624-8

◇「山椒大夫・高瀬舟・阿部一族」 改版 角川書店 2012.6 301p 15cm （角川文庫 も1-2） 476円 ①978-4-04-100287-2

◇「BUNGO—文豪短篇傑作選」 芥川龍之介, 岡本かの子, 梶井基次郎, 坂口安吾, 太宰治, 谷崎潤一郎, 永井荷風, 林芙美子, 三浦哲郎, 宮沢賢治, 森鷗外著 角川書店 2012.8 299p 15cm （角川文庫 ん45-1） 552円 ①978-4-04-100320-6

◇「文豪たちが書いた泣ける名作短編集」 彩図社文芸部編纂 彩図社 2014.9 188p 15cm 590円 ①978-4-8013-0012-5

◇「もう一度読みたい教科書の泣ける名作 再び」 学研教育出版編 学研教育出版 2014.12 223p 17cm 800円 ①978-4-05-406191-0

◇「コレクション近代日本文学」 石尾奈智子, 市川浩昭, 岸規子編 冬至書房 2015.3 278p 21cm 1800円 ①978-4-88582-189-9

◇「京都綺談」 山前譲編 有楽出版社 2015.6 243p 19cm 1800円 ①978-4-408-59436-1

◇「教科書名短篇人間の情景」 中央公論新社編 中央公論新社 2016.4 230p 16cm （中公文庫 ち8-1） 700円 ①978-4-12-206246-7

◇「高瀬舟/山椒大夫」 海王社 2016.7 157p 15cm （海王社文庫） 972円 ①978-4-7964-0878-3

◇「高瀬舟・最後の一句ほか」 筑摩書房 2017.5 270p 15cm （ちくま文庫 き41-9—教科書で読む名作） 680円 ①978-4-480-43419-7

森 瑤子　もり・ようこ　1940〜1993
「TOKYO発千夜一夜」
0005　朝日新聞 1991年3月4日〜1991年10月31日　夕刊

　◇「東京発千夜一夜」　朝日新聞社　1992.4　476p　20cm　1600円　Ⓘ4-02-256422-9
　◇「東京発千夜一夜　上巻」　新潮社　1995.3　410p　15cm　（新潮文庫）560円　Ⓘ4-10-109415-2
　◇「東京発千夜一夜　下巻」　新潮社　1995.3　418p　15cm　（新潮文庫）560円　Ⓘ4-10-109416-0
　◇「東京発千夜一夜　上」　朝日新聞社　1996.5　311p　15cm　（朝日文芸文庫）　560円　Ⓘ4-02-264106-1
　◇「東京発千夜一夜　下」　朝日新聞社　1996.5　323p　15cm　（朝日文芸文庫）　560円　Ⓘ4-02-264107-X

森沢 明夫　もりさわ・あきお　1969〜
「雨上がりの川」
0788　茨城新聞 2017年4月15日〜2017年12月23日　朝刊
0859　上毛新聞 2017年2月27日〜2017年11月5日　朝刊
0990　神奈川新聞 2017年3月25日〜2017年12月3日　朝刊
1352　山梨日日新聞 2017年8月29日〜連載中　朝刊
1581　静岡新聞 2017年4月3日〜連載中　夕刊
1852　日本海新聞 2017年4月1日〜2017年12月9日　朝刊
2177　愛媛新聞 2017年7月12日〜2018年3月19日　朝刊
2663　大分合同新聞 2017年5月25日〜2018年2月1日　朝刊
2700　宮崎日日新聞 2017年7月21日〜2018年3月28日　朝刊
2782　南日本新聞 2017年9月27日〜連載中　朝刊

もりた なるお　1926〜2016
「殺意の呼出し」
1153　富山新聞 1997年3月3日〜1997年9月6日　朝刊
1225　北國新聞 1997年3月1日〜1997年9月5日　夕刊
1475　岐阜新聞 1996年10月21日〜1997年3月31日　朝刊
「雪辱―小説2・26事件」
0287　産経新聞 1994年2月1日〜1994年10月30日　朝刊

　◇「雪辱」　講談社　1995.2　380p　20cm　1900円　Ⓘ4-06-207394-3
「ラストダンス」
0458　岩手日報 1999年10月16日〜2000年10月25日　夕刊

もりふく　　　　　作家別一覧

2109　四国新聞 1999年10月4日～2000年8月5日　朝刊

森福 都　もりふく・みやこ　1963～
「虎頭八国伝」

2013　中国新聞 2007年5月1日～2008年8月30日　朝刊

森見 登美彦　もりみ・とみひこ　1979～
「聖なる怠け者の冒険」

0050　朝日新聞 2009年6月9日～2010年2月20日　夕刊

◇「聖なる怠け者の冒険」　朝日新聞出版　2013.5　339p　20cm　1600円
①978-4-02-250786-0

◇「聖なる怠け者の冒険」　朝日新聞出版　2016.9　367p　15cm　（朝日文庫
も23-1）　640円　①978-4-02-264822-8

森村 誠一　もりむら・せいいち　1933～
「運命の花びら」

1192　富山新聞 2013年4月1日～2014年5月20日　朝刊
1264　北國新聞 2013年4月1日～2014年5月20日　朝刊

◇「運命の花びら　上」　KADOKAWA　2015.10　371p　20cm　1900円
①978-4-04-103477-4

◇「運命の花びら　下」　KADOKAWA　2015.10　393p　20cm　1900円
①978-4-04-103478-1

「エンドレスピーク―遠い嶺―」

0383　東奥日報 1995年1月1日～1996年1月21日　朝刊
0448　岩手日報 1995年1月28日～1996年2月16日　朝刊
0642　山形新聞 1995年2月1日～1996年2月21日　朝刊
0691　福島民報 1995年2月25日～1996年3月15日　朝刊
0797　下野新聞 1995年7月5日～1996年7月24日　朝刊
0873　千葉日報 1995年3月2日～1996年3月20日　朝刊
1002　新潟日報 1994年12月1日～1996年3月8日　夕刊
1387　信濃毎日新聞 1995年3月4日～1996年9月7日　土曜夕刊
1768　奈良新聞 1995年8月25日～1996年9月14日　朝刊
1863　山陰中央新報 1995年5月9日～1996年5月27日　朝刊
2051　徳島新聞 1995年4月22日～1996年7月23日　夕刊
2192　高知新聞 1995年3月6日～1996年6月8日　夕刊
2715　南日本新聞 1995年3月3日～1996年3月22日　朝刊
2795　琉球新報 1995年7月10日～1996年10月7日　朝刊

420　新聞連載小説総覧 平成期（1989～2017）

作家別一覧　　　もりむら

◇「エンドレスピーク―はるかな嶺　上」　角川春樹事務所　1996.11　385p
20cm　1700円　⑪4–89456–067–4
◇「エンドレスピーク―はるかな嶺　下」　角川春樹事務所　1996.11　367p
20cm　1700円　⑪4–89456–068–2
◇「エンドレスピーク―長編小説　上」　光文社　1999.3　317p　18cm　（カッ
パ・ノベルス）　838円　⑪4–334–07328–X
◇「エンドレスピーク―長編小説　下」　光文社　1999.3　308p　18cm　（カッ
パ・ノベルス）　838円　⑪4–334–07329–8
◇「エンドレスピーク　上」　角川春樹事務所　2002.11　399p　16cm　（ハル
キ文庫）　800円　⑪4–7584–3015–2
◇「エンドレスピーク　下」　角川春樹事務所　2002.11　387p　16cm　（ハル
キ文庫）　800円　⑪4–7584–3016–0
◇「エンドレスピーク―長編小説　上」　光文社　2007.4　448p　16cm　（光文
社文庫）　686円　⑪978–4–334–74232–4
◇「エンドレスピーク―長編小説　下」　光文社　2007.4　436p　16cm　（光文
社文庫）　686円　⑪978–4–334–74233–1
◇「エンドレスピーク―長編小説　上」　光文社　2015.12　448p　16cm　（光
文社文庫　も2–85―森村誠一山岳ミステリー傑作セレクション）　740円
⑪978–4–334–77214–7
◇「エンドレスピーク―長編小説　下」　光文社　2015.12　437p　16cm　（光
文社文庫　も2–86―森村誠一山岳ミステリー傑作セレクション）　740円
⑪978–4–334–77215–4

「正義の基準」

0400　東奥日報　2002年6月16日〜2003年7月2日　朝刊

0843　上毛新聞　2003年2月18日〜2004年3月4日　朝刊

1115　北日本新聞　2002年11月19日〜2003年12月4日　朝刊

2112　四国新聞　2002年5月5日〜2003年5月20日　朝刊

2355　佐賀新聞　2002年9月15日〜2003年10月1日　朝刊

2734　南日本新聞　2002年5月19日〜2003年6月3日　朝刊

◇「正義の証明　上」　幻冬舎　2004.11　309p　20cm　1500円　⑪4–344–
00707–7
◇「正義の証明　下」　幻冬舎　2004.11　325p　20cm　1500円　⑪4–344–
00708–5
◇「正義の証明　上」　幻冬舎　2006.5　245p　18cm　（Gentosha novels―幻
冬舎推理叢書）　838円　⑪4–344–00925–8
◇「正義の証明　下」　幻冬舎　2006.5　253p　18cm　（Gentosha novels―幻
冬舎推理叢書）　838円　⑪4–344–00926–6
◇「正義の証明　上」　幻冬舎　2008.4　353p　16cm　（幻冬舎文庫）　600円
⑪978–4–344–41118–0
◇「正義の証明　下」　幻冬舎　2008.4　370p　16cm　（幻冬舎文庫）　600円
⑪978–4–344–41119–7

「青春の条件」

0410 東奥日報 2006年3月20日〜2007年4月1日 朝刊

0665 山形新聞 2006年2月2日〜2007年5月1日 夕刊

0808 下野新聞 2006年7月24日〜2007年8月4日 朝刊

0885 千葉日報 2006年1月22日〜2007年2月2日 朝刊

1120 北日本新聞 2006年1月5日〜2007年1月16日 朝刊

1558 静岡新聞 2006年1月12日〜2007年1月23日 朝刊

1879 山陰中央新報 2006年8月18日〜2007年8月29日 朝刊

2636 大分合同新聞 2006年4月11日〜2007年4月19日 朝刊

2685 宮崎日日新聞 2006年8月3日〜2007年8月14日 朝刊

◇「青春の条件 上」 角川春樹事務所 2007.12 286p 20cm 1600円 ①978-4-7584-1099-1

◇「青春の条件 下」 角川春樹事務所 2007.12 273p 20cm 1600円 ①978-4-7584-1100-4

◇「青春の条件―長編サスペンス 上」 有楽出版社 2010.8 260p 18cm （Joy novels） 857円 ①978-4-408-60610-1

◇「青春の条件―長編サスペンス 下」 有楽出版社 2010.8 247p 18cm （Joy novels） 857円 ①978-4-408-60611-8

◇「青春の条件 上」 角川春樹事務所 2011.10 311p 16cm （ハルキ文庫 も1-59） 667円 ①978-4-7584-3602-1

◇「青春の条件 下」 角川春樹事務所 2011.10 307p 16cm （ハルキ文庫 も1-60） 667円 ①978-4-7584-3603-8

「敵対狼群」

0391 東奥日報 1998年7月8日〜1999年11月19日 夕刊

0651 山形新聞 1999年2月5日〜2000年6月21日 夕刊

1109 北日本新聞 1999年3月16日〜2000年7月29日 夕刊

1969 中国新聞 1998年8月17日〜2000年1月6日 夕刊

2406 長崎新聞 1999年3月31日〜2000年5月23日 朝刊

「虹の刺客」

0501 河北新報 1991年3月8日〜1992年5月21日 朝刊

0791 下野新聞 1990年11月27日〜1992年2月15日 朝刊

0995 新潟日報 1990年12月19日〜1992年3月6日 朝刊

1091 北日本新聞 1990年12月16日〜1992年3月4日 朝刊

1316 山梨日日新聞 1991年2月22日〜1992年5月12日 朝刊

1362 信濃毎日新聞 1990年10月5日〜1992年3月26日 夕刊

1462 岐阜新聞 1990年10月26日〜1992年4月15日 夕刊

1647 京都新聞 1990年10月8日〜1992年3月28日 夕刊

1858 山陰中央新報 1991年5月1日〜1992年7月19日 朝刊

2099 四国新聞 1991年2月20日〜1992年5月7日 朝刊

作家別一覧　　　　　　　　　　　　　　もろた

2329　佐賀新聞　1991年4月7日〜1992年6月21日　朝刊

2397　長崎新聞　1991年11月22日〜1993年5月18日　夕刊

2604　大分合同新聞　1991年10月11日〜1993年3月13日　夕刊

◇「虹の刺客―小説・伊達騒動　上」　朝日新聞社　1993.10　380p　20cm
1500円　Ⓘ4-02-256651-5

◇「虹の刺客―小説・伊達騒動　下」　朝日新聞社　1993.10　348p　20cm
1500円　Ⓘ4-02-256652-3

◇「虹の刺客―小説・伊達騒動　上」　朝日新聞社　1997.1　318p　18cm
（Asahi novels）　880円　Ⓘ4-02-257049-0

◇「虹の刺客―小説・伊達騒動　下」　朝日新聞社　1997.1　294p　18cm
（Asahi novels）　880円　Ⓘ4-02-257050-4

◇「虹の刺客―小説・伊達騒動　上」　朝日新聞社　1999.11　490p　15cm
（朝日文庫）　780円　Ⓘ4-02-264210-6

◇「虹の刺客―小説・伊達騒動　下」　朝日新聞社　1999.11　462p　15cm
（朝日文庫）　780円　Ⓘ4-02-264211-4

◇「虹の刺客―小説・伊達騒動　上」　講談社　2007.12　547p　15cm　（講談
社文庫）　800円　Ⓘ978-4-06-275896-3

◇「虹の刺客―小説・伊達騒動　下」　講談社　2007.12　515p　15cm　（講談
社文庫）　762円　Ⓘ978-4-06-275897-0

諸井 薫　もろい・かおる　1931〜2001

「遠い花火」

1524　静岡新聞　1989年1月1日〜1989年12月31日　朝刊

諸田 玲子　もろた・れいこ　1954〜

「金沢城下絵巻・炎天の雪」

1181　富山新聞　2009年1月1日〜2010年6月30日　朝刊

1253　北國新聞　2009年1月1日〜2010年6月30日　朝刊

◇「炎天の雪　上」　集英社　2010.8　442p　20cm　1900円　Ⓘ978-4-08-
771361-9

◇「炎天の雪　下」　集英社　2010.8　450p　20cm　1900円　Ⓘ978-4-08-
771362-6

◇「炎天の雪　上」　集英社　2013.7　580p　16cm　（集英社文庫　も22-6）
870円　Ⓘ978-4-08-745090-3

◇「炎天の雪　下」　集英社　2013.7　597p　16cm　（集英社文庫　も22-7）
870円　Ⓘ978-4-08-745091-0

「妊婦にあらず」

0257　日本経済新聞社　2005年5月30日〜2006年7月8日　夕刊

◇「妊婦にあらず」　日本経済新聞社　2006.11　509p　20cm　1900円　Ⓘ4-

新聞連載小説総覧 平成期（1989〜2017）　**423**

532–17073–7

◇「奸婦にあらず」　文藝春秋　2009.11　627p　16cm　（文春文庫　も18–6）
848円　①978–4–16–767706–0

「化生怨堕羅」

0403　東奥日報　2003年4月12日〜2004年6月7日　夕刊

1552　静岡新聞　2003年1月4日〜2004年2月28日　夕刊

◇「末世炎上」　講談社　2005.1　445p　20cm　1900円　①4–06–212762–8

◇「末世炎上」　講談社　2008.6　617p　15cm　（講談社文庫）　838円
①978–4–06–276082–9

「四十八人目の忠臣」

0209　毎日新聞　2010年5月17日〜2011年5月31日　夕刊

◇「四十八人目の忠臣」　毎日新聞社　2011.10　461p　20cm　1800円　①978–
4–620–10774–5

◇「四十八人目の忠臣」　集英社　2014.10　574p　16cm　（集英社文庫　も
22–9）　880円　①978–4–08–745235–8

◇「四十八人目の忠臣　上」　埼玉福祉会　2017.11　364p　21cm　（大活字本
シリーズ）　3200円　①978–4–86596–187–4

◇「四十八人目の忠臣　中」　埼玉福祉会　2017.11　360p　21cm　（大活字本
シリーズ）　3200円　①978–4–86596–188–1

◇「四十八人目の忠臣　下」　埼玉福祉会　2017.11　320p　21cm　（大活字本
シリーズ）　3100円　①978–4–86596–189–8

「波止場浪漫」

0271　日本経済新聞社　2013年4月18日〜2014年7月9日　朝刊

◇「波止場浪漫　上」　日本経済新聞出版社　2014.12　297p　20cm　1600円
①978–4–532–17130–8

◇「波止場浪漫　下」　日本経済新聞出版社　2014.12　304p　20cm　1600円
①978–4–532–17131–5

「美女いくさ」

0126　読売新聞　2007年4月25日〜2008年2月29日　夕刊

◇「美女いくさ」　中央公論新社　2008.9　443p　20cm　1800円　①978–4–
12–003975–1

◇「美女いくさ　上」　埼玉福祉会　2011.12　337p　21cm　（大活字本シリー
ズ）　3100円　①978–4–88419–745–2

◇「美女いくさ　下」　埼玉福祉会　2011.12　364p　21cm　（大活字本シリー
ズ）　3200円　①978–4–88419–747–6

「遊女のあと」

0345　北海道新聞　2006年11月6日〜2007年12月28日　夕刊

0936　東京新聞　2006年11月6日〜2007年12月28日　夕刊

1620　中日新聞　2006年11月6日〜2007年12月28日　夕刊

作家別一覧　　　　　　　　　　　　やまかわ

1728　神戸新聞　2006年11月15日〜2008年1月15日　夕刊
2301　西日本新聞　2006年11月6日〜2007年12月28日　夕刊

◇「遊女のあと」　新潮社　2008.4　413p　20cm　1900円　Ⓘ978-4-10-423510-0
◇「遊女（ゆめ）のあと」　新潮社　2010.10　533p　16cm　（新潮文庫　も-25-11）　705円　Ⓘ978-4-10-119431-8

【 や 】

八木 荘司　やぎ・そうじ　⇒有沢 創司（ありさわ・そうじ）

薬丸 岳　やくまる・がく　1969〜
「逃走」
1833　日本海新聞　2009年3月11日〜2009年11月26日　朝刊
2368　佐賀新聞　2008年10月21日〜2009年7月8日　朝刊

◇「逃走」　講談社　2012.10　309p　20cm　1600円　Ⓘ978-4-06-217883-9
◇「逃走」　講談社　2014.7　365p　15cm　（講談社文庫　や61-5）　660円　Ⓘ978-4-06-277869-5

山川 健一　やまかわ・けんいち　1953〜
「ここがロドスだ、ここで跳べ！」
0778　茨城新聞　2009年5月3日〜2009年8月31日　朝刊
1182　富山新聞　2009年5月11日〜2009年8月31日　朝刊
1254　北國新聞　2009年5月11日〜2009年8月31日　朝刊
1428　信濃毎日新聞　2009年4月22日〜2009年8月31日　朝刊
1502　岐阜新聞　2009年6月6日〜2009年8月31日　朝刊
2370　佐賀新聞　2009年7月9日〜2009年8月31日　朝刊
2420　長崎新聞　2009年7月5日〜2009年8月31日　朝刊
2643　大分合同新聞　2009年5月21日〜2009年8月31日　朝刊
2688　宮崎日日新聞　2009年4月1日〜2009年8月31日　朝刊

◇「ここがロドスだ、ここで跳べ！」　アメーバブックス新社　2010.6　279p　20cm　1300円　Ⓘ978-4-344-99165-1

新聞連載小説総覧 平成期（1989〜2017）　**425**

山際 淳司　やまぎわ・じゅんじ　1948〜1995

「イエロー・サブマリン」

0285　産経新聞 1992年8月27日〜1993年3月31日 夕刊

◇「イエロー・サブマリン」　小学館　1998.7　411p　15cm　（小学館文庫）
657円　Ⓘ4–09–402531–6

山崎 洋子　やまざき・ようこ　1947〜

「人魚を食べた女」

0454　岩手日報 1997年11月13日〜1998年7月18日 朝刊

0969　神奈川新聞 1997年10月26日〜1998年6月30日 朝刊

1655　京都新聞 1997年7月28日〜1998年5月23日 夕刊

1807　日本海新聞 1997年12月20日〜1998年8月24日 朝刊

2344　佐賀新聞 1997年10月21日〜1998年6月25日 朝刊

2617　大分合同新聞 1997年9月26日〜1998年5月27日 朝刊

2723　南日本新聞 1998年6月11日〜1999年2月13日 朝刊

◇「人魚を食べた女」　講談社　2008.5　413p　20cm　1800円　Ⓘ978–4–06–
214707–1

山田 詠美　やまだ・えいみ　1959〜

「つみびと」

0279　日本経済新聞社 2018年3月26日〜連載中 夕刊

山田 太一　やまだ・たいち　1934〜

「君を見上げて」

0079　読売新聞 1990年2月5日〜1990年8月16日 夕刊

◇「君を見上げて」　新潮社　1990.11　276p　20cm　1250円　Ⓘ4–10–
360605–3

◇「君を見上げて」　新潮社　1993.10　325p　15cm　（新潮文庫）　440円
Ⓘ4–10–101820–0

◇「君を見上げて　上」　埼玉福祉会　2010.5　285p　21cm　（大活字本シリー
ズ）　2900円　Ⓘ978–4–88419–621–9

◇「君を見上げて　下」　埼玉福祉会　2010.5　341p　21cm　（大活字本シリー
ズ）　3100円　Ⓘ978–4–88419–622–6

山田 智彦　やまだ・ともひこ　1936〜2001

「木曽義仲」

0326　北海道新聞　1997年1月4日〜1998年7月4日　夕刊

0511　河北新報　1997年1月4日〜1998年7月4日　夕刊

0916　東京新聞　1997年1月4日〜1998年7月4日　夕刊

1600　中日新聞　1997年1月4日〜1998年7月4日　夕刊

1707　神戸新聞　1997年1月16日〜1998年7月15日　夕刊

2282　西日本新聞　1997年1月4日〜1998年7月4日　夕刊

　◇「木曽義仲　上」　日本放送出版協会　1999.4　341p　20cm　1700円　①4-14-005323-2

　◇「木曽義仲　下」　日本放送出版協会　1999.4　397p　20cm　1700円　①4-14-005324-0

「銀行 男たちの決断」

0455　岩手日報　1998年7月19日〜1999年9月3日　朝刊

0730　福島民友　1998年9月21日〜1999年11月5日　朝刊

0800　下野新聞　1998年8月22日〜1999年10月6日　朝刊

0877　千葉日報　1999年1月10日〜2000年2月24日　朝刊

0970　神奈川新聞　1998年7月1日〜1999年8月15日　朝刊

1772　奈良新聞　1998年10月17日〜1999年12月2日　朝刊

2108　四国新聞　1998年8月22日〜1999年10月3日　朝刊

　◇「銀行男たちの決断」　文藝春秋　2000.9　461p　20cm　2381円　①4-16-319490-8

　◇「銀行男たちの決断」　文藝春秋　2003.3　735p　16cm　（文春文庫）　971円　①4-16-721109-2

「城盗り秀吉」

0092　読売新聞　1995年3月28日〜1995年12月13日　夕刊

　◇「城盗り秀吉」　読売新聞社　1996.3　357p　20cm　1600円　①4-643-96004-3

　◇「城盗り秀吉」　講談社　2000.7　435p　15cm　（講談社文庫）　695円　①4-06-264941-1

「天狗藤吉郎」

0503　河北新報　1992年5月22日〜1993年8月31日　朝刊

0996　新潟日報　1992年3月7日〜1993年6月22日　朝刊

1094　北日本新聞　1992年3月5日〜1993年6月19日　朝刊

1371　信濃毎日新聞　1992年3月27日〜1993年10月7日　夕刊

1465　岐阜新聞　1992年4月16日〜1993年10月28日　夕刊

2100　四国新聞　1992年5月8日〜1993年8月18日　朝刊

2607　大分合同新聞　1993年3月15日〜1994年9月8日　夕刊

2670 宮崎日日新聞 1992年9月27日～1994年1月6日 朝刊

◇「天狗藤吉郎 上」 読売新聞社 1995.2 394p 20cm 1500円 ⓘ4-643-95005-6

◇「天狗藤吉郎 下」 読売新聞社 1995.2 405p 20cm 1500円 ⓘ4-643-95006-4

◇「天狗藤吉郎 上」 講談社 2000.5 503p 15cm （講談社文庫） 743円 ⓘ4-06-264864-4

◇「天狗藤吉郎 下」 講談社 2000.5 525p 15cm （講談社文庫） 743円 ⓘ4-06-264865-2

「義経の刺客」

1526 静岡新聞 1990年1月4日～1991年5月2日 夕刊

◇「義経の刺客 上」 文芸春秋 1992.1 350p 20cm 1500円 ⓘ4-16-312970-7

◇「義経の刺客 下」 文芸春秋 1992.1 358p 20cm 1500円 ⓘ4-16-312980-4

山田 風太郎 やまだ・ふうたろう 1922～2001

「柳生十兵衛死す」

0155 毎日新聞 1991年4月1日～1992年3月25日 朝刊

◇「柳生十兵衛死す 上」 毎日新聞社 1992.10 361, 5p 20cm 1400円 ⓘ4-620-10458-2

◇「柳生十兵衛死す 下」 毎日新聞社 1992.10 362, 3p 20cm 1400円 ⓘ4-620-10459-0

◇「柳生十兵衛死す 上」 富士見書房 1994.12 386p 15cm （時代小説文庫 263） 700円 ⓘ4-8291-1263-8

◇「柳生十兵衛死す 下」 富士見書房 1994.12 391p 15cm （時代小説文庫 264） 700円 ⓘ4-8291-1264-6

◇「柳生十兵衛死す 上」 小学館 1999.3 405p 15cm （小学館文庫） 657円 ⓘ4-09-403561-3

◇「柳生十兵衛死す 下」 小学館 1999.3 413p 15cm （小学館文庫） 657円 ⓘ4-09-403562-1

山名 美和子 やまな・みわこ 1944～

「あかね色の道 甲斐姫翔る」

0863 埼玉新聞 2012年2月1日～2012年9月28日 朝刊

◇「甲斐姫物語」 鳳書院 2013.10 321p 20cm 1600円 ⓘ978-4-87122-178-8

山村 美紗　やまむら・みさ　1934〜1996

「伊豆修善寺殺人事件」

1527　静岡新聞　1991年1月1日〜1991年5月31日　朝刊

◇「伊豆修善寺殺人事件」　角川書店　1991.9　253p　18cm　（カドカワノベルズ）　760円　①4–04–779405–8

◇「伊豆修善寺殺人事件」　角川書店　1993.9　342p　15cm　（角川文庫）　560円　①4–04–171211–4

「浜名湖殺人事件」

1529　静岡新聞　1991年6月1日〜1991年11月30日　朝刊

◇「京都・浜名湖殺人事件」　角川書店　1992.1　299p　18cm　（カドカワノベルズ）　760円　①4–04–779406–6

◇「京都・浜名湖殺人事件」　角川書店　1995.8　407p　15cm　（角川文庫）　640円　①4–04–171213–0

山本 一力　やまもと・いちりき　1948〜

「いすゞ鳴る」

0606　秋田魁新報　2006年6月2日〜2007年5月8日　夕刊

0775　茨城新聞　2006年10月4日〜2007年9月17日　朝刊

0847　上毛新聞　2007年2月22日〜2008年2月5日　朝刊

1175　富山新聞　2006年11月22日〜2008年1月23日　朝刊

1247　北國新聞　2006年11月21日〜2008年1月22日　夕刊

1559　静岡新聞　2006年8月10日〜2007年8月22日　夕刊

1779　奈良新聞　2006年9月24日〜2007年9月8日　朝刊

2253　高知新聞　2006年6月1日〜2007年5月11日　朝刊

2364　佐賀新聞　2006年10月19日〜2007年10月2日　朝刊

◇「いすゞ鳴る」　文藝春秋　2008.5　462p　20cm　1714円　①978–4–16–327020–3

◇「いすゞ鳴る」　文藝春秋　2011.1　524p　16cm　（文春文庫　や29–14）　714円　①978–4–16–767014–6

「おたふく」

0263　日本経済新聞社　2008年10月20日〜2009年11月7日　夕刊

◇「おたふく」　日本経済新聞出版社　2010.3　481p　20cm　1800円　①978–4–532–17099–8

◇「おたふく」　文藝春秋　2013.4　601p　16cm　（文春文庫　や29–20）　838円　①978–4–16–767020–7

「ほうき星」

0301　産経新聞　2007年5月1日〜2008年4月30日　朝刊

◇「ほうき星　上」　角川書店　2008.12　316p　20cm　1600円　①978-4-04-873904-7

◇「ほうき星　下」　角川書店　2008.12　314p　20cm　1600円　①978-4-04-873905-4

◇「ほうき星　上」　角川書店　2011.12　364p　15cm　（角川文庫　17186）629円　①978-4-04-100059-5

◇「ほうき星　下」　角川書店　2011.12　373p　15cm　（角川文庫　17187）629円　①978-4-04-100058-8

山本 兼一　やまもと・けんいち　1956～2014

「命もいらず名もいらず」

0411　東奥日報　2007年1月12日～2008年2月12日　夕刊

0776　茨城新聞　2007年9月18日～2008年8月10日　朝刊

1425　信濃毎日新聞　2007年7月13日～2008年8月11日　夕刊

1498　岐阜新聞　2007年2月20日～2008年1月13日　朝刊

1675　京都新聞　2007年1月19日～2008年2月18日　夕刊

1828　日本海新聞　2007年3月27日～2008年2月17日　朝刊

2637　大分合同新聞　2006年12月16日～2007年12月28日　夕刊

◇「命もいらず名もいらず　上（幕末篇）」　日本放送出版協会　2010.3　360p　20cm　1800円　①978-4-14-005580-9

◇「命もいらず名もいらず　下（明治篇）」　日本放送出版協会　2010.3　429p　20cm　1900円　①978-4-14-005581-6

◇「命もいらず名もいらず　上　幕末篇」　集英社　2013.5　486p　16cm　（集英社文庫　や43-3）　830円　①978-4-08-745065-1

◇「命もいらず名もいらず　下　明治篇」　集英社　2013.5　587p　16cm　（集英社文庫　や43-4）　880円　①978-4-08-745066-8

◇「命もいらず名もいらず　上（幕末篇）1巻」　大活字文化普及協会　2016.1　254p　26cm　（誰でも文庫　27）　1800円　①978-4-86055-728-7

◇「命もいらず名もいらず　上（幕末篇）2巻」　大活字文化普及協会　2016.1　254p　26cm　（誰でも文庫　27）　1800円　①978-4-86055-729-4

◇「命もいらず名もいらず　上（幕末篇）3巻」　大活字文化普及協会　2016.1　251p　26cm　（誰でも文庫　27）　1800円　①978-4-86055-730-0

◇「命もいらず名もいらず　下（明治篇）1巻」　大活字文化普及協会　2016.1　302p　26cm　（誰でも文庫　28）　1800円　①978-4-86055-731-7

◇「命もいらず名もいらず　下（明治篇）2巻」　大活字文化普及協会　2016.1　300p　26cm　（誰でも文庫　28）　1800円　①978-4-86055-732-4

◇「命もいらず名もいらず　下（明治篇）3巻」　大活字文化普及協会　2016.1　302p　26cm　（誰でも文庫　28）　1800円　①978-4-86055-733-1

「夢をまことに」

0676　山形新聞　2012年7月16日～2013年6月29日　朝刊

作家別一覧　　　　　　　　　　　　　　　　　　　　ゆいかわ

0745　福島民友　2012年11月5日〜2013年10月21日　朝刊

0852　上毛新聞　2012年11月26日〜2013年11月10日　朝刊

1071　新潟日報　2012年7月10日〜2013年6月23日　朝刊

1682　京都新聞　2012年7月16日〜2013年6月30日　朝刊

2427　長崎新聞　2012年7月16日〜2013年6月30日　朝刊

2651　大分合同新聞　2012年7月30日〜2013年9月7日　夕刊

◇「夢をまことに」　文藝春秋　2015.2　515p　20cm　2200円　①978-4-16-394205-6

◇「夢をまことに　上」　文藝春秋　2017.2　317p　16cm　（文春文庫　や38-8）　600円　①978-4-16-790786-0

◇「夢をまことに　下」　文藝春秋　2017.2　307p　16cm　（文春文庫　や38-9）　600円　①978-4-16-790787-7

楊 逸　やん・いー　1964〜

「獅子頭（シーズトオ）」

0052　朝日新聞　2010年2月22日〜2011年1月7日　夕刊

◇「獅子頭（シーズトォ）」　朝日新聞出版　2011.10　452p　20cm　1900円　①978-4-02-250894-2

【ゆ】

唯川 恵　ゆいかわ・けい　1955〜

「一瞬でいい」

0197　毎日新聞　2006年1月4日〜2006年12月28日　夕刊

◇「一瞬でいい」　毎日新聞社　2007.7　477p　20cm　1700円　①978-4-620-10714-1

◇「一瞬でいい　上巻」　新潮社　2012.3　329p　16cm　（新潮文庫　ゆ-7-15）　550円　①978-4-10-133435-6

◇「一瞬でいい　下巻」　新潮社　2012.3　379p　16cm　（新潮文庫　ゆ-7-16）　630円　①978-4-10-133436-3

「恋せども、愛せども」

0467　岩手日報　2004年8月2日〜2005年3月22日　夕刊

0662　山形新聞　2004年5月8日〜2004年12月13日　夕刊

1169　富山新聞　2004年4月1日〜2004年10月4日　朝刊

1241　北國新聞　2004年4月1日〜2004年10月4日　朝刊

1820　日本海新聞　2004年4月30日〜2004年11月2日　朝刊

ゆう　　　　　　　　　作家別一覧

2412　長崎新聞 2004年4月6日〜2004年10月8日　朝刊

2631　大分合同新聞 2004年6月9日〜2004年12月10日　朝刊

　　◇「恋せども、愛せども」　新潮社　2005.10　318p　20cm　1600円　Ⓘ4-10-446903-3

　　◇「恋せども、愛せども」　新潮社　2008.7　417p　16cm　（新潮文庫）　590円　Ⓘ978-4-10-133431-8

「淳子のてっぺん」

0626　秋田魁新報 2016年3月31日〜2017年2月18日　朝刊

1199　富山新聞 2016年4月1日〜2017年2月20日　朝刊

1271　北國新聞 2016年4月1日〜2017年2月20日　朝刊

1451　信濃毎日新聞 2016年1月1日〜2016年11月20日　朝刊

1755　神戸新聞 2016年10月4日〜2017年8月24日　朝刊

2032　中国新聞 2016年6月4日〜2017年4月24日　朝刊

2266　高知新聞 2016年3月15日〜2017年1月29日　朝刊

2590　熊本日日新聞 2016年3月26日〜2017年2月12日　朝刊

　　◇「淳子のてっぺん」　幻冬舎　2017.9　435p　20cm　1700円　Ⓘ978-4-344-03168-5

柳 美里　ゆう・みり　1968〜

「8月の果て」

0034　朝日新聞 2002年4月17日〜2004年3月16日　夕刊

　　◇「8月の果て」　新潮社　2004.8　832p　20cm　2600円　Ⓘ4-10-401708-6

　　◇「8月の果て　上巻」　新潮社　2007.2　552p　16cm　（新潮文庫）　705円　Ⓘ978-4-10-122931-7

　　◇「8月の果て　下巻」　新潮社　2007.2　563p　16cm　（新潮文庫）　743円　Ⓘ978-4-10-122932-4

柚月 裕子　ゆずき・ゆうこ　1968〜

「暴虎の牙」

0492　岩手日報 2018年2月19日〜連載中　朝刊

夢枕 獏　ゆめまくら・ばく　1951〜

「陰陽師 生成り姫」

0028　朝日新聞 1999年4月21日〜1999年10月9日　夕刊

　　◇「陰陽師生成り姫」　朝日新聞社　2000.4　381p　20cm　1400円　Ⓘ4-02-257498-4

　　◇「陰陽師―生成り姫」　文藝春秋　2003.7　389p　16cm　（文春文庫）　581

作家別一覧　　　　　　　　　よしかわ

円　①4–16–752809–6

「宿神」

0044　朝日新聞 2006年12月22日〜2008年1月19日　朝刊

◇「宿神　第1巻」　朝日新聞出版　2012.9　345p　20cm　1800円　①978–4–02–251002–0

◇「宿神　第2巻」　朝日新聞出版　2012.9　349p　20cm　1800円　①978–4–02–251003–7

◇「宿神　第3巻」　朝日新聞出版　2012.11　382p　20cm　1900円　①978–4–02–251023–5

◇「宿神　第4巻」　朝日新聞出版　2012.11　383p　20cm　1900円　①978–4–02–251024–2

◇「宿神　第1巻」　朝日新聞出版　2015.3　374p　15cm　（朝日文庫　ゆ3–6）760円　①978–4–02–264769–6

◇「宿神　第2巻」　朝日新聞出版　2015.3　381p　15cm　（朝日文庫　ゆ3–7）760円　①978–4–02–264770–2

◇「宿神　第3巻」　朝日新聞出版　2015.4　421p　15cm　（朝日文庫　ゆ3–8）820円　①978–4–02–264775–7

◇「宿神　第4巻」　朝日新聞出版　2015.4　429p　15cm　（朝日文庫　ゆ3–9）820円　①978–4–02–264776–4

「ヤマンタカ 新伝・大菩薩峠」

0557　河北新報 2013年10月1日〜2015年5月7日　夕刊

0986　神奈川新聞 2013年10月23日〜2015年2月13日　朝刊

1076　新潟日報 2013年10月28日〜2015年9月24日　夕刊

◇「ヤマンタカ―大菩薩峠血風録」　KADOKAWA　2016.12　556p　20cm　1800円　①978–4–04–104830–6

【 よ 】

吉川 永青　よしかわ・ながはる　1968〜

「決戦！ 関ケ原」

1452　信濃毎日新聞 2016年8月14日〜2016年12月25日　朝刊

1520　岐阜新聞 2016年7月2日〜2016年12月8日　夕刊

◇「決戦！ 関ケ原」　伊東潤, 吉川永青, 天野純希, 上田秀人, 矢野隆, 冲方丁, 葉室麟著　講談社　2014.11　298p　19cm　1600円　①978–4–06–219251–4

◇「決戦！ 関ケ原」　葉室麟, 冲方丁, 伊東潤, 天野純希, 矢野隆, 吉川永青, 木下昌輝著　講談社　2017.7　389p　15cm　（講談社文庫　け19–1―決戦！ シリーズ）　800円　①978–4–06–293716–0

◇「決戦！ 関ケ原　2」　葉室麟, 吉川永青, 東郷隆, 簑輪諒, 宮本昌孝, 天野純希,

新聞連載小説総覧 平成期（1989〜2017）　**433**

冲方丁著　講談社　2017.7　280p　19cm　1600円　①978-4-06-220457-6

吉田 修一　よしだ・しゅういち　1968〜

「愛の乱暴」

2424　長崎新聞 2011年9月18日〜2012年5月21日　朝刊

◇「愛に乱暴」　新潮社　2013.5　342p　20cm　1600円　①978-4-10-462806-3

◇「愛に乱暴　上巻」　新潮社　2018.1　244p　16cm　（新潮文庫　よ-27-6）490円　①978-4-10-128756-0

◇「愛に乱暴　下巻」　新潮社　2018.1　234p　16cm　（新潮文庫　よ-27-7）490円　①978-4-10-128757-7

「悪人」

0043　朝日新聞 2006年3月24日〜2007年1月29日　夕刊

◇「悪人」　朝日新聞社　2007.4　420p　20cm　1800円　①978-4-02-250272-8

◇「悪人　上」　朝日新聞出版　2009.11　265p　15cm　（朝日文庫　よ16-1）540円　①978-4-02-264523-4

◇「悪人　下」　朝日新聞出版　2009.11　275p　15cm　（朝日文庫　よ16-2）540円　①978-4-02-264524-1

「怒り」

0139　読売新聞 2012年10月29日〜2013年10月19日　朝刊

◇「怒り　上」　中央公論新社　2014.1　280p　20cm　1200円　①978-4-12-004586-8

◇「怒り　下」　中央公論新社　2014.1　254p　20cm　1200円　①978-4-12-004587-5

◇「怒り　上」　中央公論新社　2016.1　310p　16cm　（中公文庫　よ43-2）600円　①978-4-12-206213-9

◇「怒り　下」　中央公論新社　2016.1　279p　16cm　（中公文庫　よ43-3）600円　①978-4-12-206214-6

「ウォーターゲーム」

0363　北海道新聞 2015年12月2日〜2016年11月4日　夕刊

0954　東京新聞 2015年12月2日〜2016年11月4日　夕刊

1638　中日新聞 2015年12月2日〜2016年11月4日　夕刊

2319　西日本新聞 2015年12月2日〜2016年11月4日　夕刊

「国宝」

0074　朝日新聞 2017年1月1日〜連載中　朝刊

「横道世之介」

0203　毎日新聞 2008年4月1日〜2009年3月31日　夕刊

作家別一覧　　　　　　　　　　　　　よしむら

◇「横道世之介」　毎日新聞社　2009.9　423p　20cm　1600円　①978–4–620–
　　10743–1
◇「横道世之介」　文藝春秋　2012.11　467p　16cm　（文春文庫　よ19–5）
　　714円　①978–4–16–766505–0

吉村 昭　よしむら・あきら　1927～2006
「アメリカ彦蔵」
　0099　読売新聞　1998年3月2日～1999年2月27日　夕刊

　　◇「アメリカ彦蔵」　読売新聞社　1999.10　445p　20cm　1800円　①4–643–
　　　99043–0
　　◇「アメリカ彦蔵」　［点字資料］　佐賀ライトハウス「六星館」　1999.12　9冊
　　　27cm　全16200円
　　◇「アメリカ彦蔵」　新潮社　2001.8　562p　16cm　（新潮文庫）　819円
　　　①4–10–111741–1
　　◇「吉村昭歴史小説集成　第5巻　大黒屋光太夫/アメリカ彦蔵」　岩波書店
　　　2009.8　537p　22cm　5800円　①978–4–00–028315–1

「桜田門外ノ変」
　0753　茨城新聞　1989年7月11日～1990年5月21日　朝刊
　1311　山梨日日新聞　1989年5月19日～1990年3月30日　朝刊
　1856　山陰中央新報　1989年8月14日～1990年6月27日　朝刊
　2180　高知新聞　1989年7月3日～1990年7月7日　夕刊
　2324　佐賀新聞　1989年6月7日～1990年4月16日　朝刊
　2390　長崎新聞　1989年5月18日～1990年6月2日　夕刊

　　◇「桜田門外ノ変」　新潮社　1990.8　519p　20cm　2000円　①4–10–324221–3
　　◇「桜田門外ノ変　上巻」　新潮社　1995.4　322p　15cm　（新潮文庫）　480
　　　円　①4–10–111733–0
　　◇「桜田門外ノ変　下巻」　新潮社　1995.4　371p　15cm　（新潮文庫）　520
　　　円　①4–10–111734–9
　　◇「吉村昭歴史小説集成　第1巻　桜田門外ノ変/生麦事件」　岩波書店　2009.4
　　　615p　22cm　5600円　①978–4–00–028311–3

「彰義隊」
　0039　朝日新聞　2004年10月18日～2005年8月19日　夕刊

　　◇「彰義隊」　朝日新聞社　2005.11　395p　20cm　1800円　①4–02–250073–5
　　◇「彰義隊」　新潮社　2009.1　468p　16cm　（新潮文庫　よ–5–50）　705円
　　　①978–4–10–111750–8
　　◇「吉村昭歴史小説集成　第2巻　天狗争乱/彰義隊/幕府軍艦「回天」始末」
　　　岩波書店　2009.5　579p　22cm　5600円　①978–4–00–028312–0

「白い航跡」
　0280　産経新聞　1989年7月10日～1990年7月4日　夕刊

よしむら　　　　　作家別一覧

◇「白い航跡　上」　講談社　1991.4　253p　20cm　1200円　Ⓘ4-06-205331-4
◇「白い航跡　下」　講談社　1991.4　257p　20cm　1200円　Ⓘ4-06-205332-2
◇「白い航跡　上」　講談社　1994.6　259p　15cm　（講談社文庫）　480円
　　Ⓘ4-06-185679-0
◇「白い航跡　下」　講談社　1994.6　273p　15cm　（講談社文庫）　480円
　　Ⓘ4-06-185680-4
◇「吉村昭歴史小説集成　第8巻　ニコライ遭難/ポーツマスの旗/白い航跡」
　　岩波書店　2009.11　665p　22cm　6000円　Ⓘ978-4-00-028318-2
◇「白い航跡　上」　新装版　講談社　2009.12　306p　15cm　（講談社文庫
　　よ3-24）　581円　Ⓘ978-4-06-276541-1
◇「白い航跡　下」　新装版　講談社　2009.12　316p　15cm　（講談社文庫
　　よ3-25）　581円　Ⓘ978-4-06-276542-8

「大黒屋光太夫」

0186　毎日新聞　2001年10月1日〜2002年10月31日　夕刊

◇「大黒屋光太夫　上巻」　毎日新聞社　2003.2　258p　20cm　1500円　Ⓘ4-
　　620-10665-8
◇「大黒屋光太夫　下巻」　毎日新聞社　2003.2　244p　20cm　1500円　Ⓘ4-
　　620-10666-6
◇「大黒屋光太夫　上巻」　新潮社　2005.6　308p　16cm　（新潮文庫）　514
　　円　Ⓘ4-10-111747-0
◇「大黒屋光太夫　下巻」　新潮社　2005.6　301p　16cm　（新潮文庫）　514
　　円　Ⓘ4-10-111748-9
◇「吉村昭歴史小説集成　第5巻　大黒屋光太夫/アメリカ彦蔵」　岩波書店
　　2009.8　537p　22cm　5800円　Ⓘ978-4-00-028315-1

「天狗争乱」

0009　朝日新聞　1992年10月1日〜1993年10月9日　夕刊

◇「天狗争乱」　朝日新聞社　1994.5　451p　20cm　1800円　Ⓘ4-02-256724-4
◇「天狗争乱」　新潮社　1997.6　555p　16cm　（新潮文庫）　667円　Ⓘ4-10-
　　111738-1
◇「天狗争乱」　朝日新聞社　1999.11　586p　15cm　（朝日文庫）　740円
　　Ⓘ4-02-264209-2
◇「吉村昭歴史小説集成　第2巻　天狗争乱/彰義隊/幕府軍艦「回天」始末」
　　岩波書店　2009.5　579p　22cm　5600円　Ⓘ978-4-00-028312-0

「彦九郎山河」

0320　北海道新聞　1994年3月23日〜1994年12月31日　朝刊
0908　東京新聞　1994年3月23日〜1994年12月31日　朝刊
1592　中日新聞　1994年3月23日〜1994年12月31日　朝刊
2276　西日本新聞　1994年3月23日〜1994年12月31日　朝刊

◇「彦九郎山河」　文芸春秋　1995.9　334p　20cm　1600円　Ⓘ4-16-315820-0
◇「彦九郎山河」　文藝春秋　1998.9　425p　16cm　（文春文庫）　552円

436　新聞連載小説総覧 平成期（1989〜2017）

①4–16–716933–9

◇「吉村昭歴史小説集成　第3巻　彦九郎山河/長英逃亡」　岩波書店　2009.6
625p　22cm　5800円　①978–4–00–028313–7

吉本 ばなな　よしもと・ばなな　1964〜

「海のふた」

0115　読売新聞　2003年11月8日〜2004年5月1日　土曜朝刊

◇「海のふた」　よしもとばなな著　ロッキング・オン　2004.6　187p　20cm
1500円　①4–86052–037–8

◇「海のふた」　よしもとばなな著　中央公論新社　2006.6　203p　16cm　（中
公文庫）　495円　①4–12–204697–1

「サーカスナイト」

0746　福島民友　2013年10月22日〜2014年5月23日　朝刊

0853　上毛新聞　2013年11月12日〜2014年6月14日　朝刊

1074　新潟日報　2013年7月1日〜2014年1月31日　朝刊

1346　山梨日日新聞　2013年9月25日〜2014年4月26日　朝刊

1746　神戸新聞　2014年2月1日〜2014年10月14日　夕刊

2083　徳島新聞　2013年9月24日〜2014年4月25日　朝刊

2170　愛媛新聞　2013年7月1日〜2014年1月31日　朝刊

2380　佐賀新聞　2013年9月24日〜2014年4月25日　朝刊

2430　長崎新聞　2013年9月24日〜2014年4月24日　朝刊

2694　宮崎日日新聞　2013年9月24日〜2014年4月24日　朝刊

2776　南日本新聞　2013年9月25日〜2014年4月26日　朝刊

2811　琉球新報　2013年9月8日〜2014年5月15日　朝刊

◇「サーカスナイト」　よしもとばなな著　幻冬舎　2015.1　364p　20cm
1500円　①978–4–344–02711–4

◇「サーカスナイト」　よしもとばなな著　幻冬舎　2017.8　389p　16cm　（幻
冬舎文庫　よ–2–27）　650円　①978–4–344–42644–3

「ふなふな船橋」

0065　朝日新聞　2015年3月12日〜2015年8月31日　夕刊

◇「ふなふな船橋」　朝日新聞出版　2015.10　239p　20cm　1350円　①978–
4–022–51309–0

与並 岳生　よなみ・たけお　1940〜

「南獄記」

2805　琉球新報　2008年11月10日〜2009年2月27日　夕刊

◇「南獄記」　琉球新報社　2009.9　513p　19cm　1857円　①978–4–89742–

105-6
「走れ思徳（うみとく）続「琉球王女 百十踏揚」」

2815 琉球新報 2015年11月24日〜2016年12月8日 朝刊

◇「走れ思徳—続『琉球王女 百十踏揚』」 琉球新報社 2017.12 456p 19cm
1700円 Ⓘ978-4-89742-231-2

「琉球王女、百十踏揚」

2797 琉球新報 2001年1月4日〜2003年2月20日 朝刊

◇「琉球王女百十踏揚」 新星出版 2003.9 762p 20cm 3200円 Ⓘ4-
902193-04-3

米村 圭伍　よねむら・けいご　1956〜
「藍花は凛と咲き」

1817 日本海新聞 2003年2月4日〜2003年11月18日 朝刊

2628 大分合同新聞 2002年12月5日〜2003年11月3日 夕刊

◇「おんみつ蜜姫」 新潮社 2004.8 392p 20cm 1800円 Ⓘ4-10-430405-0
◇「おんみつ蜜姫」 新潮社 2007.1 526p 16cm （新潮文庫） 667円
Ⓘ4-10-126537-2

【 れ 】

連城 三紀彦　れんじょう・みきひこ　1948〜2013
「隠れ菊」

1534 静岡新聞 1994年4月1日〜1995年3月31日 朝刊

◇「隠れ菊」 新潮社 1996.2 580p 20cm 2000円 Ⓘ4-10-347506-4
◇「隠れ菊 上巻」 新潮社 1999.3 369p 16cm （新潮文庫） 552円
Ⓘ4-10-140516-6
◇「隠れ菊 下巻」 新潮社 1999.3 431p 16cm （新潮文庫） 590円
Ⓘ4-10-140517-4
◇「隠れ菊 上」 集英社 2013.7 369p 16cm （集英社文庫 れ1-3） 660
円 Ⓘ978-4-08-745095-8
◇「隠れ菊 下」 集英社 2013.7 430p 16cm （集英社文庫 れ1-4） 700
円 Ⓘ978-4-08-745096-5

「褐色の祭り」

0231 日本経済新聞社 1989年7月31日〜1990年8月31日 朝刊

◇「褐色の祭り 上」 日本経済新聞社 1990.11 345p 20cm 1300円 Ⓘ4-
532-09796-7

◇「褐色の祭り　下」　日本経済新聞社　1990.11　295p　20cm　1300円　①4-532-09797-5

◇「褐色の祭り　上」　文芸春秋　1993.11　394p　16cm　（文春文庫）　520円　①4-16-742009-0

◇「褐色の祭り　下」　文芸春秋　1993.11　347p　16cm　（文春文庫）　520円　①4-16-742010-4

「造花の蜜」

0528　河北新報　2007年1月30日～2008年1月13日　朝刊

0809　下野新聞　2007年8月5日～2008年7月20日　朝刊

0979　神奈川新聞　2007年4月19日～2008年4月1日　朝刊

1060　新潟日報　2007年6月26日～2008年6月8日　朝刊

1123　北日本新聞　2007年7月28日～2008年9月18日　夕刊

1297　福井新聞　2007年6月1日～2008年5月15日　朝刊

1780　奈良新聞　2007年9月9日～2008年8月24日　朝刊

2365　佐賀新聞　2007年1月23日～2008年1月7日　朝刊

2766　南日本新聞　2007年1月1日～2007年12月17日　朝刊

◇「造花の蜜」　角川春樹事務所　2008.10　485p　19cm　1800円　①978-4-7584-1124-0

「秘花」

0329　北海道新聞　1998年7月6日～1999年8月14日　夕刊

0513　河北新報　1998年7月6日～1999年8月14日　夕刊

0920　東京新聞　1998年7月6日～1999年8月14日　夕刊

1604　中日新聞　1998年7月6日～1999年8月14日　夕刊

1710　神戸新聞　1998年7月16日～1999年8月25日　夕刊

2285　西日本新聞　1998年7月6日～1999年8月14日　夕刊

◇「秘花」　東京新聞出版局　2000.9　527p　20cm　1800円　①4-8083-0714-6

◇「秘花　上巻」　新潮社　2004.3　287p　16cm　（新潮文庫）　438円　①4-10-140518-2

◇「秘花　下巻」　新潮社　2004.3　397p　16cm　（新潮文庫）　552円　①4-10-140519-0

「ゆきずりの唇」

0104　読売新聞　2000年1月24日～2000年9月2日　夕刊

◇「ゆきずりの唇」　中央公論新社　2000.10　310p　20cm　1500円　①4-12-003071-7

◇「ゆきずりの唇」　［点字資料］　佐賀ライトハウス「六星館」　2001.3　6冊　26cm　全10800円

◇「ゆきずりの唇」　中央公論新社　2003.10　381p　16cm　（中公文庫）　686円　①4-12-204272-0

【わ】

和久 峻三　わく・しゅんぞう　1930〜

「赤かぶ検事奮闘記 三人の酒呑童子」

1007　新潟日報 1997年3月21日〜1998年2月28日 夕刊

1394　信濃毎日新聞 1996年9月14日〜1997年10月25日 土曜夕刊

1476　岐阜新聞 1997年2月22日〜1998年2月3日 夕刊

1654　京都新聞 1996年8月15日〜1997年7月26日 夕刊

1805　日本海新聞 1996年12月31日〜1997年10月15日 朝刊

2106　四国新聞 1997年3月19日〜1997年12月28日 朝刊

2719　南日本新聞 1997年1月1日〜1997年10月16日 朝刊

◇「三人の酒呑童子―赤かぶ検事の名推理 長編推理小説　上」　光文社　1998.6　244p　18cm　（カッパ・ノベルス）　800円　①4-334-07293-3

◇「三人の酒呑童子―赤かぶ検事の名推理 長編推理小説　下」　光文社　1998.6　234p　18cm　（カッパ・ノベルス）　800円　①4-334-07294-1

◇「三人の酒呑童子―長編推理小説　上」　光文社　2001.9　302p　16cm　（光文社文庫―赤かぶ検事シリーズ）　514円　①4-334-73203-8

◇「三人の酒呑童子―長編推理小説　下」　光文社　2001.9　292p　16cm　（光文社文庫―赤かぶ検事シリーズ）　514円　①4-334-73204-6

「赤かぶ検事奮闘記―琵琶湖慕情殺しの旅路」

1467　岐阜新聞 1993年3月1日〜1993年11月11日 朝刊

1795　日本海新聞 1993年1月5日〜1993年9月19日 朝刊

◇「琵琶湖慕情殺しの旅路―赤かぶ検事奮戦記　上」　徳間書店　1994.4　200p　18cm　（Tokuma novels）　750円　①4-19-850083-5

◇「琵琶湖慕情殺しの旅路―赤かぶ検事奮戦記　下」　徳間書店　1994.4　219p　18cm　（Tokuma novels）　750円　①4-19-850084-3

◇「琵琶湖慕情殺しの旅路―赤かぶ検事奮戦記」　徳間書店　1996.8　478p　16cm　（徳間文庫）　660円　①4-19-890552-5

和田 登　わだ・のぼる　1936〜

「星からのはこ舟」

1397　信濃毎日新聞 1996年11月7日〜1997年4月24日 夕刊

和田 はつ子　わだ・はつこ　1952〜

「果実祭」

0463　岩手日報　2002年3月20日〜2003年3月26日　夕刊

0596　秋田魁新報　2002年1月31日〜2002年11月19日　夕刊

1114　北日本新聞　2002年1月21日〜2002年11月18日　朝刊

1332　山梨日日新聞　2002年4月21日〜2003年2月7日　朝刊

2157　愛媛新聞　2002年4月10日〜2003年2月3日　朝刊

◇「悪魔のワイン」　角川書店　2006.1　215p　15cm　（角川ホラー文庫）
514円　①4–04–340713–0

渡辺 淳一　わたなべ・じゅんいち　1933〜2014

「愛の流刑地」

0256　日本経済新聞社　2004年11月1日〜2006年1月31日　朝刊

◇「愛の流刑地　上」　幻冬舎　2006.5　382p　20cm　1600円　①4–344–
01165–1

◇「愛の流刑地　下」　幻冬舎　2006.5　334p　20cm　1600円　①4–344–
01166–X

◇「愛の流刑地　上」　幻冬舎　2007.8　454p　16cm　（幻冬舎文庫）　648円
①978–4–344–41004–6

◇「愛の流刑地　下」　幻冬舎　2007.8　414p　16cm　（幻冬舎文庫）　600円
①978–4–344–41005–3

「愛ふたたび」

1190　富山新聞　2012年8月14日〜2013年3月10日　朝刊

1262　北國新聞　2012年8月13日〜2013年3月9日　夕刊

1304　福井新聞　2012年7月10日〜2012年12月9日　朝刊

1509　岐阜新聞　2012年7月10日〜2012年11月19日　朝刊

1840　日本海新聞　2012年7月10日〜2012年12月9日　朝刊

1886　山陰中央新報　2012年7月10日〜2012年12月9日　朝刊

1931　山陽新聞　2012年7月10日〜2012年12月9日　朝刊

2080　徳島新聞　2012年7月10日〜2012年12月9日　朝刊

2125　四国新聞　2012年7月10日〜2012年12月9日　朝刊

2168　愛媛新聞　2012年7月10日〜2012年12月9日　朝刊

2426　長崎新聞　2012年7月10日〜2012年12月8日　朝刊

2650　大分合同新聞　2012年7月10日〜2012年12月9日　朝刊

2692　宮崎日日新聞　2012年7月10日〜2012年12月9日　朝刊

2809　琉球新報　2012年7月14日〜2012年12月8日　朝刊

◇「愛ふたたび」　幻冬舎　2013.6　269p　20cm　1500円　①978–4–344–
02421–2

わたなべ　　　　　　　作家別一覧

◇「愛ふたたび」　幻冬舎　2015.4　293p　16cm　（幻冬舎文庫　わ-7-5）
580円　Ⓘ978-4-344-42335-0

「あじさい日記」

0300　産経新聞　2006年8月15日〜2007年4月30日　朝刊

◇「あじさい日記」　講談社　2007.10　500p　20cm　1600円　Ⓘ978-4-06-
214319-6

◇「あじさい日記　上」　講談社　2010.7　334p　15cm　（講談社文庫　わ1-
40）　552円　Ⓘ978-4-06-276707-1

◇「あじさい日記　下」　講談社　2010.7　283p　15cm　（講談社文庫　わ1-
41）　552円　Ⓘ978-4-06-276731-6

「うたかた」

0077　読売新聞　1989年2月28日〜1990年2月26日　朝刊

◇「うたかた　上」　講談社　1990.7　271p　19cm　1200円　Ⓘ4-06-205003-
X

◇「うたかた　下」　講談社　1990.7　300p　19cm　1200円　Ⓘ4-06-205004-8

◇「うたかた　上」　講談社　1993.6　285p　15cm　（講談社文庫）　440円
Ⓘ4-06-185426-7

◇「うたかた　下」　講談社　1993.6　339p　15cm　（講談社文庫）　520円
Ⓘ4-06-185427-5

◇「うたかた　上」　集英社　1996.10　280p　15cm　（集英社文庫）　490円
Ⓘ4-08-748524-2

◇「うたかた　下」　集英社　1996.10　319p　15cm　（集英社文庫）　540円
Ⓘ4-08-748525-0

◇「うたかた」　角川書店　1996.12　454p　19cm　（渡辺淳一全集　第20巻）
2200円　Ⓘ4-04-573620-4

◇「うたかた」　集英社　2009.3　654p　15cm　（集英社文庫）　857円
Ⓘ978-4-08-746419-1

◇「うたかた」　集英社　2016.11　699p　20×13cm　（渡辺淳一恋愛小説セレ
クション　8）　3200円　Ⓘ978-4-08-781593-1

「エ・アロール それがどうしたの」

0335　北海道新聞　2002年4月16日〜2002年12月31日　朝刊

0926　東京新聞　2002年4月16日〜2002年12月31日　朝刊

1610　中日新聞　2002年4月16日〜2002年12月31日　朝刊

2207　高知新聞　2002年4月18日〜2003年2月26日　夕刊

2291　西日本新聞　2002年4月16日〜2002年12月31日　朝刊

◇「エ・アロール―それがどうしたの」　角川書店　2003.6　423p　20cm
1600円　Ⓘ4-04-873460-1

◇「エ・アロール―それがどうしたの」　角川書店　2006.4　443p　15cm　（角
川文庫）　629円　Ⓘ4-04-130739-2

作家別一覧　　　わたなべ

「幻覚」

0113　読売新聞　2003年6月23日〜2004年4月30日　朝刊

◇「幻覚」　中央公論新社　2004.9　493p　20cm　1600円　Ⓘ4-12-003567-0
◇「幻覚　上」　中央公論新社　2007.10　314p　16cm　（中公文庫）　552円
　　Ⓘ978-4-12-204921-5
◇「幻覚　下」　中央公論新社　2007.10　315p　16cm　（中公文庫）　552円
　　Ⓘ978-4-12-204922-2

「失楽園」

0243　日本経済新聞社　1995年9月1日〜1996年10月9日　朝刊

◇「失楽園　上」　講談社　1997.2　306p　20cm　1442円　Ⓘ4-06-208573-9
◇「失楽園　下」　講談社　1997.2　282p　20cm　1442円　Ⓘ4-06-208574-7
◇「失楽園」　愛蔵版　講談社　1997.11　582p　20cm　5700円　Ⓘ4-06-
　　209008-2
◇「失楽園　上」　講談社　2000.3　344p　15cm　（講談社文庫）　571円
　　Ⓘ4-06-264779-6
◇「失楽園　下」　講談社　2000.3　333p　15cm　（講談社文庫）　571円
　　Ⓘ4-06-264780-X
◇「失楽園　上」　角川書店　2004.1　323p　15cm　（角川文庫）　552円
　　Ⓘ4-04-130737-6
◇「失楽園　下」　角川書店　2004.1　308p　15cm　（角川文庫）　552円
　　Ⓘ4-04-130738-4
◇「失楽園」　集英社　2016.12　699p　20cm　（渡辺淳一恋愛小説セレクショ
　　ン　9）　3200円　Ⓘ978-4-08-781594-8

「麻酔」

0008　朝日新聞　1992年4月1日〜1992年12月31日　朝刊

◇「麻酔」　朝日新聞社　1993.7　355p　20cm　1300円　Ⓘ4-02-256658-2
◇「麻酔」　［点字資料］　佐賀ライトハウス「六星館」　1993.9　7冊　28cm
　　各1600円
◇「麻酔」　講談社　1996.8　459p　15cm　（講談社文庫）　780円　Ⓘ4-06-
　　263305-1
◇「渡辺淳一全集　第23巻　麻酔　麗しき白骨」　角川書店　1997.6　452p
　　20cm　2136円
◇「麻酔」　朝日新聞社　1997.7　436p　15cm　（朝日文芸文庫）　740円
　　Ⓘ4-02-264150-9
◇「麻酔」　講談社　2013.7　471p　15cm　（講談社文庫　わ1-46）　762円
　　Ⓘ978-4-06-277523-6

「夜に忍びこむもの」

0319　北海道新聞　1993年9月1日〜1994年3月21日　朝刊
0907　東京新聞　1993年9月1日〜1994年3月21日　朝刊
1591　中日新聞　1993年9月1日〜1994年3月21日　朝刊

新聞連載小説総覧 平成期（1989〜2017）　443

2275　西日本新聞　1993年9月1日～1994年3月21日　朝刊

◇「夜に忍びこむもの」　集英社　1994.10　245p　20cm　1200円　①4-08-774100-1

◇「夜に忍びこむもの」　集英社　1997.10　281p　16cm　（集英社文庫）　476円　①4-08-748694-X

◇「夜に忍びこむもの」　文藝春秋　2009.12　306p　16cm　（文春文庫　わ1-27）　562円　①978-4-16-714527-9

綿矢 りさ　わたや・りさ　1984～

「私をくいとめて」

0072　朝日新聞　2016年4月1日～2016年12月16日　金曜夕刊

◇「私をくいとめて」　朝日新聞出版　2017.1　222p　20cm　1400円　①978-4-02-251445-5

和巻 耿介　わまき・こうすけ　1928～1997

「小説 昭和怪物伝 永田雅一」

0497　河北新報　1990年6月2日～1990年9月28日　夕刊

2097　四国新聞　1990年3月31日～1990年7月10日　朝刊

作 品 名 索 引

作品名索引　　　　あんと

【 あ 】

藍色のベンチャー（幸田真音）‥‥‥ *1665*
愛炎（見延典子）‥‥‥‥‥‥ *1964, 2674*
哀歌（曽野綾子）‥‥‥‥‥‥‥‥ *0190*
愛犬ゼルダの旅立ち（辻仁成）‥‥ *0678,*
　　0817, 1347, 1514, 2084, 2695
愛子と蘆花の物語（本田節子）‥‥‥ *2523*
愛死（瀬戸内寂聴）‥‥‥‥‥‥‥ *0089*
あいつ（香納諒一）‥‥ *0398, 0697, 0802*
愛なき世界（三浦しをん）‥‥‥‥ *0148*
藍の風紋（高橋玄洋）‥‥‥‥‥‥ *0638,*
　　0829, 0998, 1281, 1764, 1955, 2045
愛の乱暴（吉田修一）‥‥‥‥‥‥ *2424*
愛の流刑地（渡辺淳一）‥‥‥‥‥ *0256*
藍花は凛と咲き（米村圭伍）‥‥ *1817, 2628*
愛ふたたび（渡辺淳一）‥‥‥ *1190, 1262,*
　　1304, 1509, 1840, 1886, 1931, 2080,
　　2125, 2168, 2426, 2650, 2692, 2809
青銭大名（東郷隆）‥‥‥‥‥‥‥ *0053*
青空と逃げる（辻村深月）‥‥‥‥ *0145*
青葉と天使（伊集院静）‥‥‥‥‥ *0552*
青柳の話（小泉八雲）‥‥‥‥‥‥ *2477*
赤い風～三富新田物語（梶よう子）
　　‥‥‥‥‥‥‥‥‥‥‥‥‥ *0865*
赤かぶ検事奮闘記 三人の酒呑童子
　　（和久峻三）‥‥‥‥‥‥‥ *1007,*
　　1394, 1476, 1654, 1805, 2106, 2719
赤かぶ検事奮闘記―琵琶湖慕情殺
　　しの旅路（和久峻三）‥‥ *1467, 1795*
紅と白 高杉晋作伝（関厚夫）‥‥ *0307*
あかね色の道 甲斐姫翔る（山名美和
　　子）‥‥‥‥‥‥‥‥‥‥‥ *0863*
あかりの湖畔（青山七恵）‥‥‥‥ *0135*
アキとカズ 遥かなる祖国（喜多由
　　浩）‥‥‥‥‥‥‥‥‥‥‥ *0309*
安藝之介の夢（小泉八雲）‥‥‥‥ *2482*
アクアマリンの神殿（海堂尊）
　　‥‥‥‥‥ 【 *0354, 0945, 1629, 2310*
悪人（吉田修一）‥‥‥‥‥‥‥‥ *0043*
悪の華（立松和平）‥‥‥‥‥ *0572, 1139,*

　　1211, 1369, 1698, 1954, 2186, 2441
悪友の条件（村松友視）‥‥‥‥‥ *1540*
朝けの空に 貞明皇后66年（川瀬弘
　　至）‥‥‥‥‥‥‥‥‥‥‥ *0311*
揚羽の蝶（佐藤雅美）‥‥‥‥‥‥ *0386,*
　　0581, 0644, 1286, 1325, 2718
曙の獅子 薩南維新秘録（桐野作人）
　　‥‥‥‥‥‥‥‥‥‥‥‥‥ *2783*
朱紋様（皆川博子）‥‥‥‥‥‥‥ *0015*
朝顔男（唐十郎）‥‥‥‥‥‥‥‥ *0128*
浅き夢見し（赤瀬川隼）‥‥‥‥‥ *0387,*
　　0646, 0836, 0875, 0968, 1104,
　　2056, 2149, 2614, 2675, 2720
朝ごはん（川上健一）‥‥‥‥‥‥ *1344*
朝露通信（保坂和志）‥‥‥‥‥‥ *0142*
朝のガスパール（筒井康隆）‥‥‥ *0006*
朝の歓び（宮本輝）‥‥‥‥‥‥‥ *0238*
あじさい日記（渡辺淳一）‥‥‥‥ *0300*
明日の色（新野剛志）‥‥‥‥‥‥
　　0485, 0815, 1191, 1263
葦舟、飛んだ（津島佑子）‥‥‥‥ *0205*
阿修羅の海（浅田次郎）‥‥‥‥‥
　　0452, 0693, 1006, 1804, 2148
熱き血の誇り（逢坂剛）‥‥‥‥‥ *1542*
アトミック・ボックス（池澤夏樹）
　　‥‥‥‥‥‥‥‥‥‥‥‥‥ *0215*
あなたが消えた夜に（中村文則）‥‥ *0217*
あぶり繪（星川清司）‥‥‥‥‥‥ *0252*
天城女窯（加堂秀三）‥‥‥‥‥‥ *1525*
雨上がりの川（森沢明夫）‥‥‥‥ *0788,*
　　0859, 0990, 1352, 1581,
　　1852, 2177, 2663, 2700, 2782
雨の狩人（大沢在昌）‥‥‥‥‥‥
　　0357, 0948, 1632, 2313
アメリカ彦蔵（吉村昭）‥‥‥‥‥ *0099*
あやめ横丁の人々（宇江佐真理）‥‥ *0334,*
　　0520, 0925, 1609, 1717, 2290
アリアドネの糸―遙かなるカマイ
　　シ（松田十刻）‥‥‥‥‥‥‥ *0472*
R帝国（中村文則）‥‥‥‥‥‥‥ *0147*
暗闘雨夜の月（笹沢左保）‥‥‥‥ *1528*

新聞連載小説総覧 平成期（1989～2017）　**447**

【い】

家康（安部龍太郎）················ 0429,
　　0490, 0714, 0820, 1082, 1308,
　　1450, 1517, 1577, 1686, 1849,
　　1940, 2088, 2130, 2386, 2434
家康、死す（宮本昌孝）······ 2369, 2642
家康の子（植松三十里）············ 1301
家康 不惑篇（安部龍太郎）··· 0432, 0716,
　　1086, 1202, 1274, 1455, 1522, 1580,
　　1757, 1853, 1944, 2092, 2132, 2389
イエロー・サブマリン（山際淳司）
　　···························· 0285
怒り（吉田修一）·················· 0139
生きている心臓（加賀乙彦）······· 0314,
　　0495, 0901, 1585, 1692, 2270
生きよ義経（三好京三）··········
　　　　0368, 0435, 0866, 1784
生霊（小泉八雲）·················· 2496
行くよスワン（寺島俊治）··········· 1358
幾世の橋（澤田ふじ子）··········
　　1471, 1650, 1798, 2336
生くることにも心せき 小説・太宰
　　治（野原一夫）·············· 0378
いしいしんじ訳 源氏物語（いしいし
　　んじ）························ 1688
石切り山の人びと（竹崎有斐）······ 2541
漁火（高橋治）···················· 0022
異人館（白石一郎）················ 0019
伊豆修善寺殺人事件（山村美紗）···· 1527
いすゞ鳴る（山本一力）···········
　　　0606, 0775, 0847, 1175,
　　1247, 1559, 1779, 2253, 2364
イーストサイド・ワルツ（小林信
　　彦）························· 0160
イソップ株式会社（井上ひさし）···· 0118
異端の夏（藤田宜永）·············· 0766
無花果の森（小池真理子）·········· 0265
一夜城戦譜（祖父江一郎）·········· 0976
いつか他人になる日（赤川次郎）··· 0530,
　　0888, 1427, 1501, 2367, 2687
一瞬でいい（唯川恵）·············· 0197

愛しの座敷わらし（荻原浩）········ 0045
命もいらず名もいらず（山本兼一）
　　····················· 0411,
　　0776, 1425, 1498, 1675, 1828, 2637
異聞おくのほそ道（童門冬二）···· 0512,
　　0765, 1156, 1228, 1480, 2153, 2347
イモと大和嫁（宮城賢秀）·········· 2796
いよよ華やぐ（瀬戸内寂聴）········ 0246
因果話（小泉八雲）················ 2483
イン ザ・ミソスープ（村上龍）····· 0096

【う】

ウォーターゲーム（吉田修一）
　　········· 0363, 0954, 1638, 2319
歌行燈（泉鏡花）·················· 2246
うたかた（渡辺淳一）·············· 0077
宇田川心中（小林恭二）············ 0111
乳母桜（小泉八雲）················ 2471
ウマーク日記（大城貞俊）·········· 2802
海霧（原田康子）··············· 0331,
　　0516, 0922, 1606, 1714, 2287
海続く果て 人間 山本五十六（工藤
　　美代子）············· 0699, 1018, 1116
海と月の迷路（大沢在昌）·········· 0212
海の稲妻（神坂次郎）·············· 0244
海の街道（童門冬二）··········
　　　0374, 0635, 1138, 1210, 1792
海の司令官─小西行長─（白石一
　　郎）···················· 0441,
　　0571, 0827, 0962, 1901, 2185, 2708
海の蝶（高橋治）··············· 0445,
　　0871, 0963, 0999, 1095, 1320, 1649,
　　1797, 2046, 2333, 2399, 2606, 2791
海の時計（藤堂志津子）············ 1536
海のふた（吉本ばなな）············ 0115
梅津忠兵衛（小泉八雲）············ 2491
うめ婆行状記（宇江佐真理）········ 0070
右門捕物帖（佐々木味津三）········ 1841
恨みし人も（高橋義夫）··········· 0505,
　　0794, 1096, 1468, 1796, 2334, 2671
麗しき花実（乙川優三郎）·········· 0049

作品名索引　　　　　　　かいた

麗しき日日（小島信夫）‥‥‥‥‥ 0095
運動会（平川虎臣）‥‥‥‥‥‥‥ 2563
運命の花びら（森村誠一）‥‥ 1192, 1264
運命の別れ道（市原麟一郎）‥‥‥‥ 2235

【 え 】

エ・アロール それがどうしたの（渡
　辺淳一）‥ 0335, 0926, 1610, 2207, 2291
永遠の朝の暗闇（岩井志麻子）
　‥‥‥‥‥ 0523, 1293, 1875, 1917
エイジ（重松清）‥‥‥‥‥‥‥‥ 0023
英雄の書（宮部みゆき）‥‥‥‥‥ 0200
エクサバイト（服部真澄）‥‥‥‥‥ 1496
SOSの猿（伊坂幸太郎）‥‥‥‥‥ 0129
枝豆そら豆（梓澤要）‥‥‥‥‥‥ 0397,
　　　　0594, 0803, 1487, 1548, 2409
円空流し スタンドバイミー1955
　（松田悠八）‥‥‥‥‥‥‥‥‥ 1494
エンドレスピーク―遠い嶺―（森村
　誠一）‥‥‥‥‥‥‥‥‥ 0383, 0448,
　0642, 0691, 0797, 0873, 1002, 1387,
　1768, 1863, 2051, 2192, 2715, 2795
閻魔の庁で（小泉八雲）‥‥‥‥‥ 2489

【 お 】

オイッチニーのサン（高野澄）‥‥‥ 1674
黄金夜会（橋本治）‥‥‥‥‥‥‥ 0150
大奥の犬将軍（筆内幸子）‥‥ 1133, 1205
大姫と雉（大坪かず子）‥‥‥‥‥ 1354
大わらんじの男（津本陽）‥‥‥‥‥ 0239
おかあさん疲れたよ（田辺聖子）‥‥ 0082
お亀の話（小泉八雲）‥‥‥‥‥‥ 2503
おしどり（小泉八雲）‥‥‥‥‥‥ 2470
おしゃれ童子（太宰治）‥‥‥‥‥
　　　 1032, 1998, 2230, 2534, 2760
恐ろしき一夜（徳冨蘆花）‥‥‥‥ 2551
おたあジュリア異聞（中沢けい）
　‥‥‥‥‥‥‥‥‥‥ 1561, 2549
おたふく（山本一力）‥‥‥‥‥‥ 0263
小樽 北の墓標（西村京太郎）‥‥‥ 0192

落葉同盟（赤川次郎）‥‥ 0600, 0772, 0882,
　1168, 1240, 1334, 1985, 2411, 2629
お貞の話（小泉八雲）‥‥‥‥‥‥ 2479
おとこ坂 おんな坂（阿刀田高）‥‥ 0195
男たちの大和（辺見じゅん）‥‥‥‥ 1119
男の一生（遠藤周作）‥‥‥‥‥‥ 0234
訪はぬ墓（徳冨蘆花）‥‥‥‥‥‥ 2554
乙女の家（朝倉かすみ）‥‥‥‥‥
　　　　0359, 0950, 1634, 2315
鬼の話（はまみつを）‥‥‥‥‥‥ 1367
おばけの懸想（川本晶子）‥‥ 2073, 2119
オー！ ファーザー（伊坂幸太郎）
　‥‥‥‥‥‥‥‥ 0527, 0738,
　0846, 1059, 1423, 2012, 2363, 2415
汚名（杉本苑子）‥‥‥‥‥‥‥‥ 0156
おもかげ（浅田次郎）‥‥‥‥‥‥ 0226
面影（平川虎臣）‥‥‥‥‥‥‥‥ 2562
親子三代、犬一匹（藤野千夜）‥‥‥ 0048
親指のマリア（秦恒平）‥‥‥‥‥ 1643
オルゴォル（朱川湊人）‥‥‥‥‥
　　　　0849, 1831, 2641, 2769
オレンジ・アンド・タール（藤沢周
　）‥‥‥‥‥‥‥‥‥‥‥‥‥‥ 0026
終わった人（内館牧子）‥‥‥‥ 0426,
　　　 0489, 0784, 0855, 1889, 2128
終わりからの旅（辻井喬）‥‥‥‥‥ 0036
尾張春風伝（清水義範）‥‥‥ 0914, 1598
恩讐の彼方に（菊池寛）‥‥‥ 0547, 2558
恩寵の谷（立松和平）‥‥‥‥‥ 0323,
　　　 0508, 0912, 1596, 1704, 2279
女（遠藤周作）‥‥‥‥‥‥‥‥‥ 0013
女と男の肩書（藤堂志津子）‥‥‥‥ 0281
女信長（佐藤賢一）‥‥‥‥‥‥‥ 0194
陰陽師 生成り姫（夢枕獏）‥‥‥‥ 0028

【 か 】

かあちゃん（重松清）‥‥‥‥ 0609, 1179,
　1251, 1426, 1731, 2015, 2255, 2561
かあやん（徳冨蘆花）‥‥‥‥‥‥ 2556
灰燼の中から（瑞慶覧長和）‥‥‥‥ 2793
怪談（阿刀田高）‥‥ 0327, 0918, 1602, 2283

新聞連載小説総覧 平成期（1989〜2017）　449

かいと　　　　　　作品名索引

怪童（島田真祐）‥‥‥‥‥‥‥‥‥ 2450

果鋭（黒川博行）‥‥‥ 1848, 2175, 2698

火怨—北の耀星　アテルイ（高橋克
彦）‥‥‥‥‥‥‥‥‥‥‥‥‥ 0510,
　　　0799, 0876, 1009, 1771, 2616

火焔のリンガ（有沢創司）‥‥‥‥‥ 0289

かかし長屋（半村良）‥‥‥‥‥‥‥ 0084

鏡と鐘と（小泉八雲）‥‥‥‥‥‥‥ 2472

鏡の少女（小泉八雲）‥‥‥‥‥‥‥ 2499

かがみ野の風（赤座憲久）‥‥‥‥‥ 1464

鍵谷茂兵衛物語　疑獄・尾去沢銅山
事件（葉治英哉）‥‥‥‥‥‥‥ 0399

楽隊のうさぎ（中沢けい）‥‥‥‥‥ 0330,
　　　0515, 0921, 1605, 1712, 2286

かくも短き眠り（船戸与一）‥‥‥‥ 0168

隠れ菊（連城三紀彦）‥‥‥‥‥‥‥ 1534

影ぞ恋しき（葉室麟）‥‥‥‥‥‥ 0364,
　　　0562, 0955, 1639, 2090, 2320

影のない訪問者（笹本稜平）‥‥‥‥
　　　0468, 0663, 0806, 1493, 2745

陽炎の巫女たち（宮原昭夫）
　‥‥‥‥‥‥‥‥ 0685, 1314, 1646

化合—警視庁科学特捜班序章（今野
敏）‥‥‥‥‥‥‥‥ 0890, 1341, 2372

カシオペアの丘で（重松清）‥‥‥ 0734,
　　　0804, 0881, 1416, 1488,
　　　1666, 1916, 2067, 2158, 2410

果実祭（和田はつ子）‥‥‥‥‥‥
　　　0463, 0596, 1114, 1332, 2157

果心居士の話（小泉八雲）‥‥‥‥‥ 2490

風立ちぬ（堀辰雄）‥‥‥‥‥ 0551, 2550

風と雲の伝説　異聞太閤記（小林久
三）‥‥‥‥‥‥‥ 1786, 2393, 2666

風と光と二十の私と（坂口安吾）‥‥ 1056

風に立つ人よ　黄金半島・下北物語
（村元督）‥‥‥‥‥‥‥‥‥‥ 0402

風の音が聞こえませんか（小笠原
慧）‥‥‥‥‥‥‥‥‥‥‥‥‥ 1672

風の群像（杉本苑子）‥‥‥‥‥‥‥ 0242

風の暦（赤瀬川隼）‥‥‥‥‥‥‥
　　　0440, 0686, 1761, 2137

風の生涯（辻井喬）‥‥‥‥‥‥‥‥ 0248

風の姿（常盤新平）‥‥‥‥‥‥‥‥ 1532

風の又三郎（宮沢賢治）‥‥‥‥‥‥

　　　0539, 1028, 1990, 2221, 2744

風の行方（佐藤愛子）‥‥‥‥‥‥‥ 0172

風は西から（村山由佳）‥‥‥‥‥‥
　　　0715, 0787, 0857, 0989, 1850

数えずの井戸（京極夏彦）‥‥‥‥‥
　　　0478, 0848, 1125, 1500, 1677

家族の時代（清水義範）‥‥‥‥‥‥ 0090

家族ホテル（内海隆一郎）‥‥ 0582, 1150,
　　　1222, 1392, 1705, 1963, 2194, 2447

ガソリン生活（伊坂幸太郎）‥‥‥‥ 0055

かたちだけの愛（平野啓一郎）‥‥‥ 0132

語りつづけろ、届くまで（大沢在昌）
　‥‥‥‥‥‥‥‥ 0480, 0889, 1503

かちがらす（植松三十里）‥‥‥‥‥ 2388

褐色の祭り（連城三紀彦）‥‥‥‥‥ 0231

カットバック（今野敏）‥‥‥‥‥‥ 0227

河童（芥川龍之介）‥‥‥‥‥‥‥‥
　　　1026, 1989, 2220, 2522, 2756

ガーディアン（大村友貴美）‥‥‥‥ 0488

金沢城下絵巻・炎天の雪（諸田玲
子）‥‥‥‥‥‥‥‥‥ 1181, 1253

悲しみの港（小川国夫）‥‥‥‥‥‥ 0007

鐘—かね—（内田康夫）‥‥‥‥‥
　　　1278, 1315, 1789, 2098

花音（伊集院静）‥‥‥‥‥‥‥‥‥ 0240

雷沢の探検（平林治康）‥‥‥‥‥‥ 1359

神鳴山のカラス（中繁彦）‥‥‥‥‥ 1370

神の裁き（佐木隆三）‥‥‥‥‥‥ 0390,
　　　0650, 1107, 1868, 2058, 2405, 2722

紙の月（角田光代）‥‥‥ 0414, 0531, 0670,
　　　0887, 1178, 1250, 1562, 1924, 2640

神の手（久坂部羊）‥‥‥‥‥‥‥
　　　0416, 0741, 1126, 2419

カラコルムの風（工藤美代子）‥‥‥ 0286

空の拳（角田光代）‥‥‥‥‥‥‥‥ 0266

雁（森鷗外）‥‥‥‥‥ 1981, 2213, 2740

雁の橋（澤田ふじ子）‥‥‥‥ 0595, 1163,
　　　1235, 1413, 1716, 1974, 2206, 2461

下流の宴（林真理子）‥‥‥‥‥‥‥ 0204

華麗なる対決（小杉健治）‥‥‥‥‥
　　　0756, 1279, 1902, 2043, 2669

乾いた魚に濡れた魚（灰谷健次郎）
　‥‥‥‥‥‥‥‥‥‥‥‥‥ 0602,
　　　1170, 1242, 1419, 1723, 2009, 2510

450　　新聞連載小説総覧　平成期（1989〜2017）

作品名索引　　　くすこ

河井継之助 龍が哭く（秋山香乃）
　　　　　………… 0559, 1080, 1891, 2659
かわうその祭り（出久根達郎）…… 0037
川の光（松浦寿輝）……………… 0123
川の光2―タミーを救え！（松浦寿
　輝）…………………………… 0137
瓦版屋つれづれ日誌（池永陽）…… 0740,
　　　0811, 1063, 1299, 1499, 2639
観画談（幸田露伴）…… 1040, 2007, 2242
カンガルーマーチ（小鶴）……… 0553
かんかん橋を渡ったら（あさのあつ
　こ）…… 1067, 1129, 1433, 1927, 2646
かんかん橋の向こう側（あさのあつ
　こ）……………… 0558, 1077, 1936
甘苦上海（髙樹のぶ子）………… 0262
肝臓先生（坂口安吾）…………… 1058
官能小説家（高橋源一郎）……… 0031
奸婦にあらず（諸田玲子）……… 0257
寒雷（立松和平）………………… 0796

【 き 】

消えた教祖（澤井繁男）………… 1662
消えた春（牛島秀彦）…………… 2335
記憶の渚にて（白石一文）………
　　　0361, 0952, 1636, 1749, 2317
菊亭八百善の人びと（宮尾登美子）
　……………………………… 0080
危険な隣人（笹沢左保）…… 0576, 1143,
　　　1215, 1378, 1701, 1958, 2189, 2443
帰国児たちの甲子園（楡周平）…… 2418
輝山（澤田瞳子）……… 1087, 1689, 1896
絆（江上剛）………… 0470, 1050, 2764
木曽義仲（山田智彦）…………… 0326,
　　　0511, 0916, 1600, 1707, 2282
菊花の約（小泉八雲）…………… 2502
狐闇（北森鴻）…………………… 0460,
　　　1014, 1485, 1547, 2155, 2624, 2729
きのうの世界（恩田陸）………… 0408,
　　　0664, 0737, 0774, 0977, 1421,
　　　1495, 1878, 1920, 2072, 2161, 2684
君を見上げて（山田太一）……… 0079
脚本家の民宿（又吉栄喜）……… 2801

牛肉と馬鈴薯（国木田独歩）……… 2560
饗宴（高橋昌男）………………… 0247
きょうがきのうに（田中小実昌）…… 0076
梟首の島（坂東眞砂子）…… 0599, 1167,
　　　1239, 1417, 1720, 1979, 2211, 2464
京伝怪異帖（高橋克彦）………… 0102
京都感情案内（西村京太郎）
　……………… 1118, 1669, 1918
虚飾の都（志茂田景樹）… 0641, 1767, 2049
霧の王子（はまみつを）………… 1388
霧の密約（伴野朗）……………… 0014
亀裂（江波戸哲夫）……… 0726, 2104
銀河鉄道の夜（宮沢賢治）……… 0538,
　　　1027, 1994, 2226, 2467, 2750
銀河動物園（畑山博）……… 0567, 1134,
　　　1206, 1357, 1693, 1949, 2181, 2438
銀河の雫（髙樹のぶ子）………… 0317,
　　　0502, 0904, 1588, 1697, 2273
銀行 男たちの決断（山田智彦）… 0455,
　　　0730, 0800, 0877, 0970, 1772, 2108
銀行特命捜査（池井戸潤）… 0404, 0660,
　　　0771, 0975, 1020, 1490, 1776, 2738
銀婚式（篠田節子）……………… 0208
銀座のカラス（椎名誠）………… 0002
禁断のスカルペル（久間十義）…… 0272
銀の旗、学校を変えよう（島田淳子）
　……………………………… 2458
金の日、銀の月（井沢満）………
　　　0469, 1335, 1671, 2160, 2632
銀輪の覇者（斎藤純）…………… 0461

【 く 】

空想列車（阿刀田高）…………… 0683
空白の瞬間（安西篤子）………… 0450,
　　　0874, 0966, 1005, 1285, 1473,
　　　1802, 2052, 2146, 2341, 2611
草花たちの静かな誓い（宮本輝）
　……………… 0428, 1349, 1750,
　　　1890, 1939, 2129, 2385, 2658, 2779
草ひばり（小泉八雲）…………… 2505
草枕（夏目漱石）………… 2543, 2585
薬子のいる京（三枝和子）……… 1656

新聞連載小説総覧 平成期（1989〜2017）　**451**

くたか　　作品名索引

砕かれざるもの（荒山徹）‥‥‥‥‥ 1128
くちづけ（赤川次郎）‥‥‥‥‥‥‥ 0385,
　　　0645, 0692, 0762, 0835,
　　　1102, 1864, 2053, 2147, 2717
口笛鳥（道尾秀介）‥‥‥‥‥‥‥ 0064
屈折率（佐々木譲）‥‥‥‥‥‥ 0588, 0695,
　　1010, 1328, 1481, 1657, 2059, 2618
グッバイマイラブ（佐藤洋二郎）
　　‥‥‥‥‥‥‥ 0352, 0943, 1627, 2308
首討とう大坂陣—真田幸村（池波正
　太郎）‥‥‥‥‥‥‥‥‥‥‥‥ 1448
蜘蛛の糸（芥川龍之介）‥‥‥‥‥ 0541,
　　　1025, 1983, 2215, 2517, 2751
藏（宮尾登美子）‥‥‥‥‥‥‥‥ 0158
クラウドガール（金原ひとみ）‥‥‥ 0073
クレオパトラ（宮尾登美子）‥‥‥‥ 0011
黒い揚羽蝶（遠藤周作）‥‥‥‥‥
　　　　　0321, 0910, 1594, 2277
黒書院の六兵衛（浅田次郎）‥‥‥‥ 0269
くろふね（佐々木譲）‥‥‥‥‥‥‥ 0974

【け】

刑事たちの夏（久間十義）‥‥‥‥‥ 0245
軽蔑（中上健次）‥‥‥‥‥‥‥‥ 0004
化生怨堕羅（諸田玲子）‥‥‥ 0403, 1552
化生の海（内田康夫）‥‥‥‥‥‥
　　　　0336, 0927, 1611, 2292
気仙沼ミラクルガール（五十嵐貴
　久）‥‥‥‥‥‥‥‥‥‥‥‥‥ 1846
決壊（高嶋哲夫）‥‥‥‥‥‥‥‥
　　　0473, 1121, 1337, 1921, 2765
決戦 鍵屋ノ辻（池宮彰一郎）‥‥‥‥ 1543
決戦！関ケ原（天野純希, 冲方丁, 東
　郷隆, 宮本昌孝, 吉川永青）‥ 1452, 1520
決戦の時（遠藤周作）‥‥ 0437, 0566, 0754,
　　1090, 1460, 1897, 2036, 2326, 2703
下天を謀る（安部龍太郎）‥‥‥‥‥
　　　0347, 0938, 1622, 1730, 2303
幻炎（島田真祐）‥‥‥‥‥‥‥‥ 2542
幻覚（渡辺淳一）‥‥‥‥‥‥‥‥ 0113
剣客同心（鳥羽亮）‥‥‥‥‥‥‥
　　　0701, 0773, 2360, 2633

幻夏祭（皆川博子）‥‥‥‥‥ 0569, 1136,
　　1208, 1361, 1694, 1950, 2183, 2439
玄関風呂（尾崎一雄）‥‥‥‥‥‥ 2513
剣俠（国枝史郎）‥‥‥‥‥‥‥‥ 1830
幻日 原城攻防絵図（市川森一）‥‥‥ 2422
幻想探偵社（堀川アサコ）‥‥‥‥‥ 0425
幻談（幸田露伴）‥ 0549, 1038, 2005, 2241
県庁おもてなし課（有川浩）‥‥‥‥
　　0479, 0742, 1340, 2259, 2771

【こ】

恋歌書き（阿久悠）‥‥‥‥‥‥‥ 0380,
　　　0446, 0795, 0832, 1907, 2712
恋する家族（三田誠広）‥‥‥‥‥‥ 0098
恋雪譜 良寛と貞心尼（工藤美代子）
　　‥‥‥‥‥‥‥ 0703, 1052, 1296
恋せども、愛せども（唯川恵）‥‥‥ 0467,
　　0662, 1169, 1241, 1820, 2412, 2631
恋わずらい（高橋三千綱）‥‥‥‥‥
　　　0393, 0731, 1660, 1869, 2726
航海者（白石一郎）‥‥‥‥‥‥‥ 1541
高原の聖母（澤野久雄）‥‥ 0629, 1759, 2094
庚牛の渦（乾荘次郎）‥‥‥‥‥‥ 2074
荒神（宮部みゆき）‥‥‥‥‥‥‥ 0058
鋼鉄の叫び（鈴木光司）‥‥‥‥‥ 0657,
　　　0769, 0880, 1292, 1549,
　　　1816, 1973, 2064, 2626, 2733
幸福の不等式（高任和夫）‥‥‥‥‥
　　　0518, 1164, 1236, 1814, 2730
幸福の船（平岩弓枝）‥‥‥‥‥‥ 0389,
　　0648, 0729, 0764, 0837, 1105,
　　1401, 1479, 2107, 2404, 2721
高野聖（泉鏡花）‥‥‥‥ 0548, 1042, 2244
香乱記（宮城谷昌光）‥‥‥‥‥‥ 0187
声をたずねて、君に（沢木耕太郎）
　　‥‥‥‥‥‥‥‥‥‥‥‥‥ 0124
黒衣の宰相—小説・金地院崇伝（火
　坂雅志）‥‥‥‥‥‥‥‥‥‥ 0394,
　　0696, 1011, 1483, 1773, 1811, 2349
國難—蒙古来る（早坂暁）‥‥‥‥ 0178
告白（町田康）‥‥‥‥‥‥‥‥‥ 0116
国宝（吉田修一）‥‥‥‥‥‥‥‥ 0074

452　新聞連載小説総覧 平成期（1989〜2017）

作品名索引　　　さんか

黒龍の柩（北方謙三）‥‥‥‥‥‥ 0184
ここがロドスだ、ここで跳べ！（山
　川健一）‥‥‥‥‥ 0778, 1182, 1254,
　　1428, 1502, 2370, 2420, 2643, 2688
ここに地終わり海始まる（宮本輝）
　‥‥ 0371, 0438, 0633, 0718, 0960,
　　1277, 2037, 2134, 2392, 2600, 2786
午後の惑い（阿部牧郎）‥‥‥‥‥ 1530
こころ（夏目漱石）‥‥‥‥ 0060, 2593
55歳からのハローライフ（村上龍）
　‥‥‥‥‥ 0616, 0675, 0744, 0814,
　　0983, 1069, 1303, 1508, 1569, 1740,
　　1839, 1885, 1929, 2079, 2124, 2167,
　　2425, 2576, 2649, 2691, 2774, 2808
五足の靴の旅ものがたり（小野友
　道）‥‥‥‥‥‥‥‥‥‥‥‥‥ 2547
孤道（内田康夫）‥‥‥‥‥‥‥‥ 0219
虎頭八国伝（森福都）‥‥‥‥‥‥ 2013
ことことこーこ（阿川佐和子）‥‥ 1085,
　　1521, 1893, 1943, 2091, 2131
子供たち（平川虎臣）‥‥‥‥‥‥ 2567
5年3組リョウタ組（石田衣良）‥‥
　　0344, 0935, 1619, 1726, 2300
この日のために（幸田真音）‥‥‥ 1196,
　　1268, 1307, 1515, 1575, 1684, 2030
琥珀の夢―小説、鳥井信治郎と末
　裔（伊集院静）‥‥‥‥‥‥‥‥ 0276
拳の先（角田光代）‥‥‥‥‥‥‥
　　　　　0360, 0951, 1635, 2316
瘤取り（太宰治）‥‥‥‥‥‥‥‥
　　　　　1030, 1997, 2229, 2533, 2759
こぼれ星はぐれ星（宮下和男）‥‥ 1364
高麗之郡古志の路（中野不二男）‥ 1062
木洩れ日の坂（北原亞以子）‥‥‥ 0183
御用船帰還せず（相場英雄）‥ 0623, 0818,
　　1078, 1442, 1574, 1748, 1845, 1937,
　　2085, 2172, 2382, 2584, 2655, 2696
壺霊（内田康夫）‥‥‥‥‥‥‥‥ 1676
これから（杉山隆男）‥‥‥‥‥‥
　　　　0777, 1061, 1124, 1298, 2768
これからの松（澤田ふじ子）‥‥‥ 0016
ごん狐（新美南吉）‥‥‥‥‥‥‥
　　　　　0546, 1037, 2237, 2524
ゴンザとソウザ ペテルブルグの青

春（ねじめ正一）‥‥‥‥‥‥‥ 0451,
　　0647, 0763, 2198, 2343, 2403
こんにゃく売り（徳永直）‥‥‥‥ 2570

【さ】

財界風雲録 志に生きたリーダーた
　ち（塩田潮）‥‥‥‥‥‥‥‥‥ 2188
西郷首（西木正明）‥‥‥‥‥‥ 0507,
　　1323, 1801, 2103, 2338, 2716
最初の記憶（徳永直）‥‥‥‥‥‥ 2568
西遊記（平岩弓枝）‥‥‥‥‥‥‥ 0196
沙織さん（鳴門謙祥）‥‥‥‥‥‥ 2017
サーカスナイト（吉本ばなな）‥‥ 0746,
　　0853, 1074, 1346, 1746, 2083,
　　2170, 2380, 2430, 2694, 2776, 2811
坂の上の雲（司馬遼太郎）‥‥‥‥ 0292
桜田門外ノ変（吉村昭）‥‥‥‥ 0753,
　　1311, 1856, 2180, 2324, 2390
桜の森の満開の下（坂口安吾）‥‥ 1057
錯乱（池波正太郎）‥‥‥‥‥‥‥ 1445
策略（小泉八雲）‥‥‥‥‥‥‥‥ 2480
サザンスコール（髙樹のぶ子）‥‥ 0233
ザシキボッコの風（及川和男）‥‥ 0474
座礁（高杉良）‥‥‥‥‥‥‥‥‥
　　　0722, 1142, 1214, 1375, 1905
沙棗 義経になった男（平谷美樹）‥ 0532
沙中の回廊（宮城谷昌光）‥‥‥‥ 0029
殺意の呼出し（もりたなるお）
　‥‥‥‥‥‥‥ 1153, 1225, 1475
真田三代（火坂雅志）‥‥‥‥‥‥
　　　　0419, 0850, 1065, 1429
真田騒動―恩田木工（池波正太郎）
　‥‥‥‥‥‥‥‥‥‥‥‥‥‥‥ 1447
真田忍俠記（津本陽）‥‥‥‥‥‥ 0167
砂漠の岸に咲け（笹倉明）‥‥‥‥ 0159
さまよう霧の恋歌（高橋治）
　‥‥‥‥ 0313, 0900, 1584, 2269
彷徨える帝（安部龍太郎）‥‥‥‥ 1531
百日紅の咲かない夏（三浦哲郎）
　‥‥‥‥ 0324, 0913, 1597, 2280
残映（杉本章子）‥‥‥‥‥‥‥‥ 0017
讃歌（篠田節子）‥‥‥‥‥‥‥‥ 0038

新聞連載小説総覧 平成期（1989〜2017）　453

さんし　　　　　作品名索引

三十光年の星たち（宮本輝）⋯⋯⋯ 0207
山椒大夫（森鷗外）⋯⋯⋯⋯⋯⋯ 0545,
　　　1023, 1980, 2212, 2466, 2739
さんじらこ（芦原すなお）⋯⋯⋯⋯ 0174
三四郎（夏目漱石）⋯⋯⋯⋯⋯ 0063,
　　　1978, 2210, 2468, 2588, 2737
三代の風雪―真田信之（池波正太
　郎）⋯⋯⋯⋯⋯⋯⋯⋯⋯⋯ 1449
三人の二代目（堺屋太一）⋯⋯⋯ 0304,
　　　0418, 0612, 0673, 0707, 0779,
　　　0812, 0981, 1066, 1184, 1256, 1300,
　　　1431, 1504, 1565, 1679, 1735, 1782,
　　　1834, 1883, 1926, 2021, 2076, 2122,
　　　2165, 2371, 2421, 2644, 2689, 2806
三年長屋（梶よう子）⋯⋯⋯⋯⋯ 1579

【し】

潮の音、空の色、海の詩（熊谷達也）
　⋯⋯⋯⋯⋯ 0556, 0894, 1511, 2654
死骸にまたがった男（小泉八雲）⋯⋯ 2487
時空伝奇 瀧夜叉姫（井沢元彦）
　⋯⋯⋯⋯ 1008, 1913, 2152, 2346
獅子王（重松清）⋯⋯⋯⋯⋯⋯⋯ 0211
獅子の眠り（池波正太郎）⋯⋯⋯⋯ 1446
四十八人目の忠臣（諸田玲子）⋯⋯ 0209
静かな大地（池澤夏樹）⋯⋯⋯⋯ 0032
獅子頭（シーズトオ）（楊逸）⋯⋯ 0052
私説 山田五十鈴（升本喜年）
　⋯⋯⋯⋯ 0973, 1331, 2353, 2460
舌切雀（太宰治）⋯⋯⋯⋯⋯⋯⋯ 0535
失楽園（渡辺淳一）⋯⋯⋯⋯⋯⋯ 0243
私的休暇白書（佐野洋）⋯⋯⋯⋯⋯ 0087
信濃大名記（池波正太郎）⋯⋯⋯ 1444
死の藤に（徳冨蘆花）⋯⋯⋯⋯⋯ 2555
死の川を越えて（中村紀雄）⋯⋯⋯ 0858
始発駅（長部日出雄）⋯⋯⋯⋯⋯
　　　0442, 0721, 0792, 1372, 2707
私本平家物語 流離の海（澤田ふじ
　子）⋯⋯⋯⋯⋯⋯⋯⋯⋯⋯ 0316,
　　　0500, 0903, 1587, 1695, 2272
蛇（柴田よしき）⋯⋯⋯⋯⋯⋯⋯ 1663
斜影はるかな国（逢坂剛）⋯⋯⋯⋯ 0003

斜陽に立つ（古川薫）⋯⋯⋯⋯⋯ 0199
写楽阿波日誌（羽里昌）⋯⋯⋯⋯ 2042
十一代将軍徳川家斉 一五万両の代
　償（佐藤雅美）⋯⋯⋯ 0601, 0844, 1554
十六桜（小泉八雲）⋯⋯⋯⋯⋯⋯ 2476
シューカツ！（石田衣良）⋯⋯⋯⋯
　　　　　0476, 1560, 1829, 1923
宿神（夢枕獏）⋯⋯⋯⋯⋯⋯⋯⋯ 0044
呪縛（高杉良）⋯⋯⋯⋯⋯⋯⋯⋯ 0291
修羅と長良川（松田悠八）⋯⋯⋯ 1513
淳子のてっぺん（唯川恵）⋯⋯ 0626, 1199,
　　　1271, 1451, 1755, 2032, 2266, 2590
情歌（北原亞以子）⋯⋯⋯⋯⋯⋯
　　　0342, 0933, 1617, 1725, 2298
彰義隊（吉村昭）⋯⋯⋯⋯⋯⋯⋯ 0039
常識（小泉八雲）⋯⋯⋯⋯⋯⋯⋯ 2495
小説 小栗上野介（童門冬二）⋯ 0841, 0972
小説・小野篁一伝 米子加茂川偲ぶ
　川（伯耆坊俊夫）⋯⋯⋯⋯⋯ 1870
小説・亀井茲矩 波濤の彼方へ（伯耆
　坊俊夫）⋯⋯⋯⋯⋯⋯⋯⋯ 1866
小説 昭和怪物伝 小林一三（富永滋
　人）⋯⋯⋯⋯⋯⋯⋯ 0494, 2095
小説 昭和怪物伝 薩摩治郎八（丸川
　賀世子）⋯⋯⋯⋯⋯⋯⋯⋯ 0499
小説 昭和怪物伝 永田雅一（和巻耿
　介）⋯⋯⋯⋯⋯⋯⋯⋯ 0497, 2097
小説 昭和怪物伝 松永安左ヱ門（祖
　田浩一）⋯⋯⋯⋯⋯⋯ 0496, 2096
小説蓮如 此岸の花（百瀬明治）
　⋯⋯⋯⋯⋯⋯⋯⋯ 1155, 1227
湘南七里ケ浜物語―日周変動（軍司
　貞則）⋯⋯⋯⋯⋯⋯⋯⋯⋯ 0980
消滅～VANISHINGPOINT（恩田
　陸）⋯⋯⋯⋯⋯⋯⋯⋯⋯⋯ 0141
食人鬼（小泉八雲）⋯⋯⋯⋯⋯⋯ 2473
女系の総督（藤田宜永）⋯⋯⋯ 0617, 1189,
　　　1261, 1437, 1741, 2026, 2262, 2577
女傑松寿院―幕末に生きる（家坂洋
　子）⋯⋯⋯⋯⋯⋯⋯⋯⋯⋯ 2743
白梅の匂う闇（川田弥一郎）⋯⋯⋯ 0456,
　　　1160, 1232, 1809, 2620, 2724
白い航跡（吉村昭）⋯⋯⋯⋯⋯⋯ 0280
白いジオラマ（堂場瞬一）

作品名索引　　　せいき

.... *0682, 1895, 2664*
白い空（立松和平）............... *0081*
しろがね軍記―おんな忍者・世界
　魔耶路の回想（古川薫）.......... *1881*
白く輝く道（平岩弓枝）........... *0720,*
　0755, 0869, 0961, 1365, 1762, 2788
城盗り秀吉（山田智彦）............ *0092*
甚五郎異聞（赤瀬川隼）..... *0462, 0656,*
　0698, 1486, 1664, 2354, 2625, 2680
晋作蒼き烈日（秋山香乃）.......... *1823*
深重の橋（澤田ふじ子）........... *1819*
神州魔風伝（佐江衆一）.. *0637, 0793, 1794*
新宿鮫 風化水脈（大沢在昌）...... *0180*
新酒呑童子（小沢さとし）.......... *1373*
真珠夫人（菊池寛）............... *2116*
新説 剣豪丸目蔵人佐（渋谷敦）..... *2538*
新・地底旅行（奥泉光）........... *0035*
新徴組（佐藤賢一）...............
　　　　　0607, 0667, 1338, 2366
新とはずがたり（杉本苑子）
　............. *0312, 0899, 1583, 1690*
新・塙保己一物語 風ひかる道（本庄
　慧一郎）..................... *0864*
神秘（白石一文）................. *0214*
新三河物語（宮城谷昌光）.........
　　　　　0346, 0937, 1621, 2302
親鸞（五木寛之）............... *0348,*
　　0415, 0477, 0487, 0610, 0671,
　0705, 0939, 1064, 1339, 1623, 1678,
　1732, 1781, 1832, 1882, 1925, 2016,
　2075, 2121, 2164, 2256, 2304, 2804
親鸞 完結篇（五木寛之）......... *0358,*
　　0424, 0621, 0677, 0712, 0783,
　0949, 1075, 1193, 1265, 1306,
　1440, 1512, 1572, 1633, 1683, 1744,
　1843, 1888, 1934, 2028, 2082, 2127,
　2314, 2379, 2429, 2582, 2653, 2812
親鸞 激動篇（五木寛之）.......... *0353,*
　　0420, 0482, 0614, 0674, 0708,
　0780, 0813, 0944, 0982, 1068,
　1187, 1259, 1302, 1342, 1434, 1506,
　1567, 1628, 1680, 1737, 1837, 1884,
　1928, 2023, 2077, 2123, 2166, 2309,
　2374, 2423, 2574, 2647, 2690, 2807
新リア王（高村薫）............... *0254*

【す】

水軍遥かなり（加藤廣）...........
　　0356, 0947, 1631, 1742, 2312
水仙（太宰治）...................
　　1054, 2001, 2233, 2536, 2763
水仙月の四日（宮沢賢治）
　　　　　　　1993, 2225, 2749
水仙は見ていた（馬田昌保）........ *1283*
水葬海流（今井泉）
　　0727, 0967, 2105, 2195, 2613
推定有罪（笹倉明）............... *0725,*
　　0965, 1146, 1218, 1909, 2672
水霊（稲葉真弓）...............
　　0340, 0931, 1615, 1722, 2296
数鹿流ケ瀧（徳冨蘆花）........... *2553*
スキマワラシ（恩田陸）........... *1458*
宿世の恋（小泉八雲）............. *2504*
すずらん横町の人々（長堂栄吉）.... *2798*
捨て石（佐藤雅美）............... *2453*
捨てられない日（黒井千次）........ *0083*
ストロベリー・フィールズ（小池真
　理子）....................... *0127*
ストロベリーライフ（荻原浩）...... *0220*
スーパーマンの歳月（笹倉明）
　　....................... *2151, 2676*
すばらしい新世界（池澤夏樹）...... *0101*
素晴らしき家族旅行（林真理子）.... *0161*
すべて辛抱（半村良）............. *0181*
すみれぐさ（高橋忠治）........... *1360*

【せ】

青雲を行く（三好徹）............. *0630,*
　　0823, 0959, 1355, 1948, 2599, 2702
青雲遥かに（佐藤雅美）........... *0514*
精鋭（今野敏）................... *0059*
正義の基準（森村誠一）........... *0400,*
　　0843, 1115, 2112, 2355, 2734
正義の剣（佐木隆三）............. *1088*

新聞連載小説総覧 平成期（1989〜2017）　**455**

聖痕（筒井康隆）・・・・・・・・・・・・・・・・ 0056

正妻 慶喜と美賀子（林真理子）・・・・ 0422,
0781, 0892, 1070, 1343,
1436, 1570, 1930, 2025, 2376

青山一髪（陳舜臣）・・・・・・・・・・・・・・ 0110

青春の条件（森村誠一）・・・・・・・・・・
0410, 0665, 0808, 0885,
1120, 1558, 1879, 2636, 2685

聖将上杉謙信（小松重男）・・・・ 1003, 1100

青濤（北原亞以子）・・・・・ 0586, 0694, 0838,
1106, 1288, 1327, 1402, 2057, 2150

聖なる怠け者の冒険（森見登美彦）
・・・・・・・・・・・・・・・・・・・・・・・・・・・ 0050

政略結婚（高殿円）・・・・・・・・・ 1197, 1269

世界を創った男―チンギス・ハン
（堺屋太一）・・・・・・・・・・・・・・・・・ 0258

世界は俺が回してる（なかにし礼）
・・・・・・・・・・・・・・・・・・・・・・・・・・・ 0303

関ヶ原連判状（安部龍太郎）・・・ 0909, 1593

惜別（太宰治）・・・・・・・・・・・・・・・・・ 0537

惜別の海（澤田ふじ子）・・・・・・・・・・・ 0171

瀬越しの半六（東郷隆）・・・・・・・・・・
0517, 1162, 1234, 2622

絶海にあらず（北方謙三）・・・・・・・・
0339, 0930, 1614, 2159, 2295

雪辱―小説2・26事件（もりたなる
お）・・・・・・・・・・・・・・・・・・・・・・・ 0287

銭五の海（南原幹雄）・・・・・・・・・ 0906, 1590

ゼロ発信（赤瀬川原平）・・・・・・・・・・・ 0103

セロ弾きのゴーシュ（宮沢賢治）
・・・・・・・・・・ 1046, 1992, 2224, 2748

戦国幻野〜新・今川記〜（皆川博
子）・・・・・・・・・・・・・・・・・・・・・・・ 1533

戦国守札録（安部龍太郎）・・・・ 0453, 1806

戦力外通告（藤田宜永）・・・・・・・・・・
0343, 0526, 0934, 1618, 2299

【 そ 】

造花の蜜（連城三紀彦）・・・・・・・・・・
0528, 0809, 0979, 1060,
1123, 1297, 1780, 2365, 2766

草原の椅子（宮本輝）・・・・・・・・・・・ 0176

草原の風（宮城谷昌光）・・・・・・・・・・ 0134

相剋の森（熊谷達也）・・・・・・・・・・・
0519, 1016, 1976, 2065

早春賦（小浜清志）・・・・・・・・・・・・・・ 2792

葬送（福迫光英）・・・・・・・・・・・・・・・ 2731

象の背中（秋元康）・・・・・・・・・・・・・・ 0298

宗麟の海（安部龍太郎）・・・・・・・・・・ 2661

続・噴きあげる潮（有明夏夫）・・・・・ 2222

外ケ浜の男（田澤拓也）・・・・・・・・・・ 0417

その話はやめておきましょう（井上
荒野）・・・・・・・・・・・・・・・・・・・・・ 0225

空飛ぶ虚ろ舟（古川薫）・・・・・・・・・ 0384,
0579, 0643, 1101, 1324, 1910

空にみずうみ（佐伯一麦）・・・・・・・・・ 0143

空の上の家 ミス・ヴィードル号ミ
ステリー（瓜生利吉）・・・・・・・・・・・ 0405

空より高く（重松清）・・・・・・・・・・・・ 0120

それを愛とは呼ばず（桜木紫乃）・・・ 0747,
0854, 1844, 2171, 2381, 2431, 2777

それから（夏目漱石）・・・・・・・・ 0066, 2595

そろそろ旅に（松井今朝子）・・・・・・
0409, 1673, 1826, 2162, 2635

【 た 】

大逆転！（檜山良昭）・・・・・・・・ 0690, 2190

太公望（宮城谷昌光）・・・・・・・・・・・・ 0290

大黒屋光太夫（吉村昭）・・・・・・・・・・ 0186

第七官界彷徨（尾崎翠）・・・・・・・・・・ 1836

第二の接吻（菊池寛）・・・・・・・・・・・ 2115

ダイヤモンド・シーカーズ（瀬名秀
明）・・・・・・・・ 0521, 1551, 2627, 2736

高瀬舟（森鷗外）・・・ 1982, 2214, 2540, 2741

だから荒野（桐野夏生）・・・・・・・・・・ 0213

焚き火（平川虎臣）・・・・・・・・・・・・・・ 2565

たづねびと（太宰治）・・・・・・・・・・・・ 0534

韃靼の馬（辻原登）・・・・・・・・・・・・・・ 0264

ダビデの夏（押川國秋）・・・・・・・・・・ 2683

ダブル（服部真澄）・・・・・・・・・・・・・・ 0027

ダブルフェイス（久間十義）
・・・・・・・・・・・・ 0392, 1808, 2677

魂の沃野（北方謙三）・・・・・・・・・・・・ 0144

作品名索引　　　　てんき

魂萌え！（桐野夏生）‥‥‥‥‥‥‥ 0191
袂のなかで（今江祥智）‥ 1546, 1659, 2727
ダローガ（藤沢周）‥‥‥‥‥‥‥‥ 1017
ダン吉 南海に駆けた男（将口泰浩）
‥‥‥‥‥‥‥‥‥‥‥‥‥‥‥‥ 0305

【ち】

小さい太郎の悲しみ（新美南吉）‥‥ 2525
近くて遠い旅（坂上弘）‥‥‥‥‥‥ 0108
父と子の荒野（小林久三）‥‥‥‥‥
　　　　0379, 0689, 0759, 0830,
　　　1000, 1144, 1216, 2101, 2710
チッチと子（石田衣良）‥‥‥‥‥‥ 0202
地の日天の海（内田康夫）‥‥‥‥‥ 0259
チバレリューのめがね（高橋忠治）
‥‥‥‥‥‥‥‥‥‥‥‥‥‥‥‥ 1376
茶聖（伊東潤）‥‥‥‥‥‥‥‥‥‥ 0434,
　　　0991, 1523, 1855, 1946, 2178
茶碗の中（小泉八雲）‥‥‥‥‥‥‥ 2494
ちゃんぽん食べたかっ！（さだまさ
　し）‥‥‥‥‥‥‥‥‥‥‥‥‥‥ 0748,
　　　1348, 2086, 2383, 2432, 2656, 2778
チャンミーグヮー（今野敏）‥‥‥‥ 2810
忠五郎の話（小泉八雲）‥‥‥‥‥‥ 2498
注文の多い料理店（宮沢賢治）
‥‥‥‥‥‥ 1047, 1991, 2223, 2747
蝶々さん（市川森一）‥‥‥‥‥‥‥ 2416
丁半国境（西木正明）‥‥‥‥ 0570, 1137,
　　　1209, 1366, 1696, 1952, 2184, 2440
ちょちょら（畠中恵）‥‥‥‥‥‥‥
　　　　0672, 1180, 1252, 2770
散り椿（葉室麟）‥‥‥‥‥‥‥‥‥ 0481
チンギス・ハーンの一族（陳舜臣）
‥‥‥‥‥‥‥‥‥‥‥‥‥‥‥‥ 0018
沈黙の町で（奥田英朗）‥‥‥‥‥‥ 0054
沈黙のレシピエント（渥美饒児）‥‥ 1566
沈黙法廷（佐々木譲）‥‥‥‥‥‥‥
　　　　0362, 0560, 0953, 1637, 2318

【つ】

津軽双花（葉室麟）‥‥‥‥‥‥‥‥ 0222
津軽太平記（獏不次男）‥‥‥‥‥‥ 0396
椿と花水木 万次郎の生涯（津本陽）
‥‥‥‥‥‥‥‥‥‥‥‥‥‥‥‥ 0086
椿山課長の七日間（浅田次郎）‥‥‥ 0033
翼ある船は（内海隆一郎）
‥‥‥‥‥‥‥‥ 0964, 1766, 1861
つま恋（井沢満）‥‥‥‥‥ 0457, 0839,
　　　1329, 1407, 1810, 2348, 2619, 2725
つみびと（山田詠美）‥‥‥‥‥‥‥ 0279
徒然王子（島田雅彦）‥‥‥‥‥‥‥ 0047

【て】

停車場にて（小泉八雲）‥‥‥‥‥‥ 2507
ディス・イズ・ザ・デイ（THIS IS
　THE DAY）（津村記久子）‥‥‥‥ 0075
貞操問答（菊池寛）‥‥‥‥‥‥‥‥ 2114
手紙（東野圭吾）‥‥‥‥‥‥‥‥‥ 0185
敵対狼群（森村誠一）‥‥‥‥‥‥‥
　　　0391, 0651, 1109, 1969, 2406
摘蕾の果て（大崎善生）‥‥‥‥‥‥ 0471,
　　　0666, 1336, 1825, 2414, 2634
鉄塔家族（佐伯一麦）‥‥‥‥‥‥‥ 0253
鉄路有情（中井安治）‥‥‥‥ 1148, 1220
手のひらを太陽に！（真山仁）‥‥‥
　　　1127, 1505, 1835, 2373, 2645
手袋を買ひに（新美南吉）‥‥‥ 1036, 2527
でもくらしい事始め（塩田潮）‥‥‥ 2257
てるてる坊主の照子さん（なかにし
　礼）‥ 0333, 0924, 1608, 2289
田園発港行き自転車（宮本輝）‥‥‥ 1130
天下 家康伝（火坂雅志）‥‥‥‥‥‥ 0270
天涯の花（宮尾登美子）‥‥‥‥‥‥
　　　　0584, 1152, 1224, 1396,
　　　1706, 1965, 2054, 2196, 2448
天下を望むな―三矢軍記―（祖田浩
　一）‥‥‥‥‥‥‥‥‥‥ 1862, 2714
天球は翔ける（陳舜臣）‥‥‥‥‥‥ 0179

新聞連載小説総覧 平成期（1989〜2017）　**457**

てんく　　　　　　　　　　　　作品名索引

天狗風（宮部みゆき）　⋯　*0381, 0447, 0577,*
　　0834, 1001, 1321, 1908, 2143, 2713
天狗争乱（吉村昭）⋯⋯⋯⋯⋯⋯⋯⋯ *0009*
天狗藤吉郎（山田智彦）⋯⋯⋯ *0503, 0996,*
　　1094, 1371, 1465, 2100, 2607, 2670
天狗の話（小泉八雲）⋯⋯⋯⋯⋯⋯⋯ *2484*
天国への階段（白川道）⋯⋯⋯ *0917, 1601*
天地有情（邦光史郎）⋯⋯⋯⋯⋯⋯ *1645*
天地人（火坂雅志）⋯⋯⋯⋯⋯⋯⋯ *0407,*
　　0661, 0700, 1021, 1418, 1777, 2358
天の伽藍（津本陽）⋯⋯⋯⋯⋯⋯⋯⋯ *0283*
天の瞳（灰谷健次郎）⋯⋯⋯⋯⋯⋯ *0091*
天辺の椅子（古川薫）⋯⋯⋯⋯⋯⋯ *0157*
天明の密偵（中津文彦）⋯⋯⋯⋯⋯ *0464*
天佑なり（幸田真音）⋯⋯⋯⋯⋯⋯ *0355,*
　　0555, 0946, 1630, 1739, 2078, 2311

【 と 】

東京クルージング（伊集院静）
　　⋯⋯⋯⋯⋯⋯⋯⋯⋯⋯⋯ *0625, 1198,*
　　1270, 1443, 1751, 2031, 2265, 2586
TOKYO発千夜一夜（森瑤子）⋯⋯ *0005*
冬至祭（清水義範）⋯⋯⋯⋯⋯⋯
　　　　0736, 0883, 1877, 2413, 2742
逃走（薬丸岳）⋯⋯⋯⋯⋯⋯⋯ *1833, 2368*
等伯（安部龍太郎）⋯⋯⋯⋯⋯⋯⋯ *0267*
透明カメレオン（道尾秀介）⋯⋯⋯ *0620,*
　　1194, 1266, 1439, 1745, 2263, 2581
同僚の悪口（村松友視）⋯⋯⋯⋯⋯ *0165*
遠い花火（諸井薫）⋯⋯⋯⋯⋯⋯⋯ *1524*
遠き国の妹よ（市原麟一郎）⋯⋯⋯ *2234*
遠ざかる祖国（逢坂剛）⋯⋯⋯ *0593, 1161,*
　　1233, 1412, 1715, 1972, 2203, 2459
徳川御三卿　江戸の嵐（南原幹雄）
　　⋯⋯⋯⋯⋯⋯⋯ *0575, 0833, 1906, 2140*
独眼竜政宗（津本陽）⋯⋯⋯ *0506, 0760,*
　　1098, 1384, 1959, 2102, 2400, 2609
杜子春（芥川龍之介）⋯⋯⋯⋯⋯ *0544,*
　　　　1043, 1986, 2217, 2518, 2753
十津川警部　愛と死の伝説（西村京太
　　郎）⋯⋯⋯⋯⋯⋯⋯⋯ *0591, 1159,*
　　1231, 1408, 1713, 1971, 2202, 2457

突破屋（安東能明）⋯⋯⋯⋯⋯⋯ *1173,*
　　1245, 1557, 1824, 2071, 2361
トッピング（川上健一）⋯⋯⋯⋯⋯ *1935*
怒濤のごとく（白石一郎）⋯⋯⋯⋯ *0173*
隣りの若草さん（藤本ひとみ）
　　⋯⋯⋯⋯⋯⋯⋯⋯⋯ *0603, 1172,*
　　1244, 1420, 1724, 2010, 2247, 2519
とびはぜ（出水沢藍子）⋯⋯⋯⋯⋯ *2732*
翔べ 麒麟（辻原登）⋯⋯⋯⋯⋯⋯⋯ *0097*
とめどなく囁く（桐野夏生）⋯⋯⋯
　　　　0366, 0957, 1641, 2093, 2322
友衛家の茶杓ダンス♪（松村栄子）
　　⋯⋯⋯⋯⋯⋯⋯⋯⋯⋯⋯⋯⋯ *1667*
トリアングル（俵万智）⋯⋯⋯⋯⋯ *0114*
トロッコ（芥川龍之介）⋯⋯⋯⋯⋯ *0542,*
　　1024, 1984, 2216, 2516, 2752
泥棒令嬢とペテン紳士（高橋三千
　　綱）⋯⋯⋯⋯⋯⋯⋯⋯⋯⋯ *0369,*
　　0436, 0631, 0717, 0992, 1276,
　　1459, 1785, 2133, 2598, 2665, 2784
翔んでる警視正 オリエント急行事
　　件簿（胡桃沢耕史）⋯⋯⋯⋯ *0640,*
　　0723, 1282, 1469, 2141, 2711
とんび（重松清）⋯⋯⋯⋯⋯⋯
　　0338, 0929, 1613, 1721, 2294

【 な 】

泣かなかった弱虫（徳永直）⋯⋯⋯ *2569*
夏越さん（平川虎臣）⋯⋯⋯⋯⋯⋯ *2566*
夏の花（原民喜）⋯⋯⋯⋯⋯⋯ *2002, 2248*
夏の花 壊滅の序曲（原民喜）⋯ *2004, 2250*
夏の花 廃墟から（原民喜）⋯⋯ *2003, 2249*
夏の日の夢（小泉八雲）⋯⋯⋯⋯⋯ *2509*
七色の海（浅川かよ子）⋯⋯⋯⋯⋯ *1368*
七夜物語（川上弘美）⋯⋯⋯⋯⋯⋯ *0051*
ナポレオンの夜（藤本ひとみ）⋯⋯ *0295*
涙（乃南アサ）⋯⋯⋯⋯⋯⋯⋯⋯⋯ *1544*
名もなき毒（宮部みゆき）⋯⋯⋯⋯
　　　　0341, 0525, 0932, 1616, 2297
南獄記（与並岳生）⋯⋯⋯⋯⋯⋯⋯ *2805*
南総里見八犬伝（平岩弓枝）⋯⋯⋯ *0085*

作品名索引　　　はつか

【に】

にぎやかな天地（宮本輝）・・・・・・・・・・ 0117
憎まれ天使（鏑木蓮）・・・・・・・ 1681, 2648
にげだした兵隊（竹崎有斐）・・・・・・・ 2545
虹の彼方（小池真理子）・・・・・・・・・・・ 0193
虹の刺客（森村誠一）・・・・・・・・・・・・・・ 0501,
　0791, 0995, 1091, 1316, 1362, 1462,
　1647, 1858, 2099, 2329, 2397, 2604
西吉野朝太平記（童門冬二）・・・・・・・ 1770
にっぽん国恋愛事件（笹倉明）・・・・・ 0284
ニッポン泥棒（大沢在昌）・・・・・・・・・・ 0296
二天の影（島田真祐）・・・・・・・・・・・・・・ 2462
二百十日（夏目漱石）・・・・・・・・・・・・・・ 2587
二百年の子供（大江健三郎）・・・・・・・ 0112
日本海詩劇　波の翼（中井安治）
　・・・・・・・・・・・・・・・・・・・・・ 1135, 1207
日本再生　小説　重光葵（阿部牧郎）
　・・・・・・・・・・・・・・・・・・・・・・・・・・・・ 1653
日本侵略（麻生幾）・・・・・・・・・・・・・・・・ 0293
ニャーオーン（寺島俊治）・・・・・・・・・・ 1404
女賊（太宰治）・・・・・・・・・・・・・・・・・・・・ 0536
人形の墓（小泉八雲）・・・・・・・・・・・・・・ 2508
人魚を食べた女（山崎洋子）・・・・・・ 0454,
　0969, 1655, 1807, 2344, 2617, 2723
人間の幸福（宮本輝）・・・・・・・・・・・・・・ 0288
忍者月輪（津本陽）・・・・・・・・・・・・・・・・ 0140

【ぬ】

ぬばたま（藤堂志津子）・・・・・・・・・・・・ 0241
沼山津村（徳冨蘆花）・・・・・・・・・・・・・・ 2552

【ね】

猫月夜（立松和平）・・・・・・・・・・・・・・ 0652,
　0801, 0971, 1012, 1108, 1289,
　1482, 1914, 2060, 2154, 2678
猫の似づら絵師（出久根達郎）

・・・・・・・・・・・・・・・・ 0401, 0658, 0770,
　1019, 1489, 1550, 1874, 2113, 2356
ねたあとに（長嶋有）・・・・・・・・・・・・・ 0046

【の】

野菊の墓（伊藤左千夫）・・・・・ 0550, 2557
のっぴきならぬ（岩井三四二）・・・・ 0810
野に咲け、あざみ（芦原すなお）
　・・・・・・・・・・・・・・・・・・・・・ 2120, 2163
信長燃ゆ（安部龍太郎）・・・・・・・・・・・・ 0249
信康謀反（早乙女貢）・・・・・・・・・・・・・・ 1537
暢気眼鏡（尾崎一雄）・・・・・・・・・・・・・・ 2512

【は】

蠅の話（小泉八雲）・・・・・・・・・・・・・・・・ 2497
獏さんおいで（謝花長順）・・・・・・・・・・ 2799
薄暮（篠田節子）・・・・・・・・・・・・・・・・・・ 0261
幕末維新　風雲録（今川徳三）・・・・・・・ 1322
幕末の少年（いぶき彰吾）・・・・・・・・・・ 1398
舶来屋（幸田真音）・・・・・・・・・・・・・・・・ 0302
激しい夢（村松友視）・・・・・・・・・・・・・・ 0093
バサラ利家（津本陽）・・・・・・・ 1141, 1213
ばさらの群れ（童門冬二）・・・・・・・・・・ 0232
ばさらばさら（宮本昌孝）
　・・・・・・・・・・・・・・・・ 0590, 0878, 2061
橋の上（小泉八雲）・・・・・・・・・・・・・・・・ 2506
箸墓幻想（内田康夫）・・・・・・・・・・・・・・ 0182
走れ思徳（うみとく）続「琉球王女
　百十踏揚」（与並岳生）・・・・・・・・ 2815
走れメロス（太宰治）・・・・・・・・・・・・
　1029, 1995, 2227, 2531, 2757
はすの咲く村（高橋忠治）・・・・・・・・・・ 1400
旗本退屈男（佐々木味津三）・・・・・・・・ 2578
8月の果て（柳美里）・・・・・・・・・・・・・・ 0034
蜂と老人（尾崎一雄）・・・・・・・・・・・・・・ 2515
はちまん（内田康夫）・・・・・・ 0585, 1154,
　1226, 1399, 1708, 1966, 2197, 2449
発火点（真保裕一）・・・・・・・・・・・・・・ 0654,
　1484, 1774, 2156, 2351, 2408

発熱（辻原登） ･･･････････････････ *0250*

鳩を飛ばす日（ねじめ正一） ･･ *0376, 0757,*
1763, 1859, 1903, 2332, 2709, 2789

波止場浪漫（諸田玲子） ････････････ *0271*

鼻（芥川龍之介） ････････････････ *0543,*
1044, 1987, 2218, 2520, 2754

花ある季節（安西篤子） ･･････ *0565, 1132,*
1204, 1353, 1691, 1947, 2179, 2437

花筏（鳥越碧） ･･････････ *0413, 0669, 0704*

ハナコ─ロダンのモデルになった
女（秋元藍） ････････････････････ *1477*

花婚式（藤堂志津子） ･･･････････ *0589, 1158,*
1230, 1406, 1711, 1970, 2201, 2455

花咲舞が黙ってない（池井戸潤） ････ *0146*

花城家の鬼（はまみつを） ･･･････････ *1405*

はなとゆめ（冲方丁） ･･････････････ *0619,*
0711, 1073, 1305, 1510, 2169

花に背いて（鈴木由紀子） ･･･････
0655, 1015, 2205, 2623

花のき村と盗人たち（新美南吉）
･･･････････････ *1034, 2240, 2530*

花の小十郎はぐれ剣 鬼しぐれ（花
家圭太郎） ･･･････ *0604, 0807, 2362*

花吹雪のごとく（竹崎有斐） ･･･････ *2544*

華祭り（村田喜代子） ･･･････････ *2454*

花も嵐も 女優田中絹代の一生（古
川薫） ･･･････ *0395, 0768, 1872, 2063*

花ものがたり（福島次郎） ･･･････ *2452*

花櫓（皆川博子） ･･･････････ *0169*

花はさくら木（辻原登） ･･･････ *0040*

母の遺産（水村美苗） ･･･････ *0133*

バーバラが歌っている（落合恵子）
･･･････････････ *0001*

破片（小泉八雲） ･･･････ *2500*

浜名湖殺人事件（山村美紗） ･･･････ *1529*

春朧（高橋治） ･･･････ *0235*

バルス（楡周平） ･･････ *0786, 0856, 0896,*
0988, 1081, 1518, 1578, 1892, 2814

春に散る（沢木耕太郎） ･･･････ *0067*

春のオリオン（石原きくよ） ･･･････ *1377*

春の城（石牟礼道子） ･･･････ *0587, 1157,*
1229, 1403, 1709, 1968, 2199, 2451

パンドラの匣（太宰治） ･･････ *0533, 2772*

万波を翔る（木内昇） ･･･････ *0277*

【 ひ 】

秘花（連城三紀彦） ･･･････ *0329,*
0513, 0920, 1604, 1710, 2285

光ってみえるもの、あれは（川上弘
美） ･･･････ *0107*

光の王国 秀衡と西行（梓澤要）
･･･････ *0484, 0709*

光の大地（辻邦生） ･･･････ *0170*

光の指で触れよ・すばらしい新世
界Ⅱ（池澤夏樹） ･･･････ *0121*

彦九郎山河（吉村昭） ･･･････
0320, 0908, 1592, 2276

美女いくさ（諸田玲子） ･･･････ *0126*

ビストロ青猫 謎解きレシピ（大石直
紀） ･･･････ *1573*

備前物語（津本陽） ･･･････ *1911*

備前遊奇隊（田辺栄一） ･･･････ *1922*

ひそやかな花園（角田光代） ･･･････ *0206*

秀吉の活（木下昌輝） ･･･････ *0430,*
0681, 0751, 1200, 1272, 1309,
1351, 1454, 1754, 1783, 1851,
1942, 2176, 2387, 2435, 2699, 2781

ひとがた流し（北村薫） ･･･････ *0041*

人が見たら蛙に化れ（村田喜代子）
･･･････ *0030*

人びとの岬（笹倉明） ･･･････ *1538*

火神（竹山洋） ･･･････ *0466,*
0735, 0805, 1668, 1821, 2069, 2630

緋の河（桜木紫乃）
0367, 0564, 0958, 1642, 2323

火のみち（乃南アサ） ･･･ *0465, 0598, 0659,*
1166, 1238, 1333, 1818, 2066, 2681

ひびけ高原の空へ（高田充也） ･･･････ *1363*

美貌の功罪（植松三十里） ･･･････ *1564*

卑弥呼（久世光彦） ･･･････ *0094*

ひみつがいっぱいかくれてる！（と
みざわゆみこ） ･･･････ *1382*

姫の戦国（永井路子） ･･･････ *0237*

百姓の足、坊さんの足（新美南吉）
･･･････ *2239, 2529*

作品名索引　　　　　　　　　　　　ほつち

百年佳約（村田喜代子）‥‥‥‥‥ 0337,
　　　0522, 0928, 1612, 1719, 2293
百年の預言（髙樹のぶ子）‥‥‥‥‥ 0024
氷山の南（池澤夏樹）‥‥‥‥‥‥
　　　0350, 0941, 1625, 2020, 2306
標的 特捜検事・冨永真一（真山仁）
　‥‥‥‥‥‥‥‥‥‥‥‥‥‥‥ 0310
弘介のゆめ（羽生田敏）‥‥‥‥‥ 1393
閩人渡来記 三十六の鷹（亀島靖）‥ 2790
貧の意地（太宰治）‥‥‥‥‥‥
　　　1055, 2000, 2232, 2535, 2762

【ふ】

ファミレス（重松清）‥‥‥‥‥‥ 0268
風雲児（白石一郎）‥‥‥‥‥‥‥ 0088
風雲の城（津本陽）‥‥‥‥‥‥‥ 1539
風神雷神 Juppiter, Aeolus（原田マ
　ハ）‥‥ 0563, 0752, 0898, 1084,
　　　1131, 1687, 1894, 1945, 2436, 2662
富嶽百景（太宰治）‥‥‥‥‥‥
　　　1033, 1996, 2228, 2532, 2758
噴きあげる潮 小説・ジョン万次郎
　（有明夏夫）‥‥‥ 0498, 2182, 2705
普賢菩薩の伝説（小泉八雲）‥‥‥ 2486
武士猿（ブサーザールー）（今野敏）
　‥‥‥‥‥‥‥‥‥‥‥‥‥‥‥ 2803
武士マチムラ（今野敏）‥‥‥‥‥ 2816
ぶしゅうえんなみむら 武州・円阿
　弥村（正野三郎）‥‥‥‥‥‥‥ 0861
武神の階―名将・上杉謙信―（津本
　陽）‥‥‥‥ 0370, 0632, 0790, 0825,
　　　0867, 0993, 1089, 1313, 1788, 2601
父祖の地（尾崎一雄）‥‥‥‥‥‥ 2514
蕪村へのタイムトンネル（司修）‥ 1563
二つの橋（荒川法勝）‥‥‥‥‥‥ 0870
仏陀の小石（又吉栄喜）‥‥‥‥‥ 2817
ふなふな船橋（吉本ばなな）‥‥‥‥ 0065
冬の鎖 秩父夜祭殺人事件（海庭良
　和）‥‥‥‥‥‥‥‥‥‥‥‥‥ 0862
冬の標（乙川優三郎）‥‥‥‥‥‥ 0109
プラトン学園（奥泉光）‥‥‥ 0580, 1147,
　　　1219, 1389, 1703, 1961, 2193, 2446

振袖（小泉八雲）‥‥‥‥‥‥‥‥ 2501
ブレイブ・ストーリー（宮部みゆき）
　‥‥‥‥ 0732, 1112, 1290, 1410, 1661,
　　　1812, 2062, 2204, 2350, 2621, 2679
ブロードキャスト（湊かなえ）
　‥‥‥‥‥‥‥‥‥‥‥ 0627, 1201,
　　　1273, 1456, 1756, 2033, 2267, 2592

【へ】

屁（新美南吉）‥‥‥‥‥‥‥‥‥ 2526
兵学校の女たち（浜坂テッペイ）‥‥ 2018
平家（池宮彰一郎）‥‥‥‥‥‥‥ 0251
平成三十年（堺屋太一）‥‥‥‥‥ 0021
ペテロの葬列（宮部みゆき）‥‥‥ 0421,
　　　0483, 0554, 0743, 0851, 0891, 1186,
　　　1258, 1507, 1568, 1838, 2375, 2773
ベトナムの桜（平岩弓枝）‥‥‥‥ 0218
ペトロ（今野敏）‥‥‥‥‥‥‥‥ 0136

【ほ】

ほうき星（山本一力）‥‥‥‥‥‥ 0301
望郷の道（北方謙三）‥‥‥‥‥‥ 0260
暴虎の牙（柚月裕子）‥‥‥‥‥‥ 0492
放蕩記（村山由佳）‥‥‥‥ 0613, 1185,
　　　1257, 1432, 1736, 2022, 2260, 2573
法服の王国（黒木亮）‥‥‥‥‥‥ 0306
葬られた秘密（小泉八雲）‥‥‥‥ 2481
放浪記（林芙美子）‥‥‥‥‥ 1051, 2548
ぼくがきみを殺すまで（あさのあつ
　こ）‥‥‥‥‥‥‥‥‥‥‥‥‥ 0068
ボクの町（乃南アサ）‥‥‥‥‥‥ 0175
星からのはこ舟（和田登）‥‥‥‥‥ 1397
墓石の伝説（逢坂剛）‥‥‥‥‥‥ 0188
穂足のチカラ（梶尾真治）‥‥ 0608, 1177,
　　　1249, 1424, 1729, 2014, 2254, 2546
螢の橋（澤田ふじ子）‥‥‥‥‥‥
　　　0649, 1478, 1867, 2345
坊っちやん（夏目漱石）‥‥‥ 0540, 1022,
　　　1977, 2173, 2209, 2465, 2591, 2735
坊ちゃん忍者 幕末見聞録（奥泉光）

新聞連載小説総覧 平成期（1989～2017）　**461**

ほのお　　　　　　　　　作品名索引

‥‥‥‥‥‥‥‥‥‥‥‥‥ 0106

炎のなかへ（石田衣良）‥‥‥‥‥ 0230

ホーム・ドラマ（榊東行）‥‥‥‥‥ 0255

ぼろぼろ三銃士（永倉萬治）‥‥‥ 0459,
　　　0767, 1110, 1871, 1915, 2407

本を読む女（林真理子）‥‥‥‥‥ 0078

本能寺（池宮彰一郎）‥‥‥‥‥‥ 0177

奔馬の夢（津本陽）‥‥‥‥‥‥‥
　　　0328, 0919, 1603, 2200, 2284

奔流に生きる（嘉陽安男）‥‥‥‥ 2787

【ま】

マイストーリー　私の物語（林真理
　子）‥‥‥‥‥‥‥‥‥‥‥‥‥ 0061

魔王の愛（宮内勝典）‥‥‥‥‥‥
　　　0349, 0940, 1624, 1733, 2305

麻酔（渡辺淳一）‥‥‥‥‥‥‥‥ 0008

マスの大旅行（太田黒克彦）‥‥‥ 2572

また明日（群ようこ）‥‥‥‥‥‥
　　　0789, 0860, 1582, 1854, 2701

まだ見ぬ故郷（長部日出雄）‥‥‥ 0153

町衆の城（典厩五郎）‥‥‥‥‥‥ 1658

待ち遠しい（柴崎友香）‥‥‥‥‥ 0228

マチネの終わりに（平野啓一郎）‥ 0221

満水子1996（髙樹のぶ子）‥‥‥‥
　　　　　　0332, 0923, 1607, 2288

豆大福と珈琲（片岡義男）‥‥‥‥ 0062

魔物（大沢在昌）‥‥‥‥‥‥‥‥
　　　0845, 1049, 1295, 1778, 2746

護られなかった者たちへ（中山七
　里）‥‥‥‥‥‥‥‥‥‥‥‥‥ 0431,
　　　0561, 0821, 0897, 1519, 2660, 2780

迷いの旅籠（宮部みゆき）‥‥‥‥ 0274

マルセル（髙樹のぶ子）‥‥‥‥‥ 0210

満月の泥枕（道尾秀介）‥‥‥‥‥ 0223

【み】

澪通りひともし頃（北原亞以子）‥ 0758,
　　　0831, 1380, 1765, 1957, 2047

三日月物語（橋本治）‥‥‥‥‥‥ 0166

三島屋変調百物語 あやかし草紙（宮
　部みゆき）‥‥‥ 0365, 0956, 1640, 2321

三島屋変調百物語事続（宮部みゆ
　き）‥‥‥‥‥‥‥‥‥‥‥‥‥ 0130

湖のある街（林真理子）‥‥‥ 0372, 0634,
　　　0994, 1092, 1317, 1463, 1790, 1951,
　　　2039, 2136, 2328, 2394, 2602, 2706

水鳥の関（平岩弓枝）‥‥‥‥‥‥ 1535

水穂の国はるか（小沢さとし）‥‥‥ 1411

みそぎ川（下地芳子）‥‥‥‥‥‥ 2800

弥陀の橋は（津本陽）‥‥‥‥‥‥ 0105

乱舞―花の小十郎無双剣（花家圭太
　郎）‥‥‥‥‥‥‥‥‥‥‥‥‥ 0592,
　　　0879, 1111, 1330, 2110, 2352, 2728

道のない地図（牛丸仁）‥‥‥‥‥ 1409

ミッション建国（楡周平）‥‥‥‥‥ 0308

みどりの光芒（小嵐九八郎）‥‥‥ 1284,
　　　　　2050, 2144, 2339, 2401, 2610

ミーナの行進（小川洋子）‥‥‥‥ 0119

耳なし芳一（小泉八雲）‥‥‥‥‥ 2469

宮本武蔵 血戦録（光瀬龍）‥ 0373, 0439,
　　　0826, 0868, 1791, 2040, 2395, 2668

身は修羅の野に（島田真祐）‥‥‥ 2445

【む】

夢応の鯉魚（小泉八雲）‥‥‥‥‥ 2492

武蔵野（国木田独歩）‥‥‥‥‥‥ 2559

むーさんの背中（ねじめ正一）‥‥‥ 0750,
　　　1083, 1350, 1453, 1753, 1941, 2089

むじな（小泉八雲）‥‥‥‥‥‥‥ 2474

虫のいろいろ（尾崎一雄）‥‥‥‥ 2511

無人島のミミ（中沢新一）‥‥‥‥ 0125

無明山脈（梓林太郎）‥‥‥‥‥‥ 0724,
　　　0872, 1097, 1381, 1470,
　　　1799, 2048, 2142, 2337, 2608

群雲、大坂城へ（岳宏一郎）‥‥‥
　　　0733, 0842, 1113, 1775, 1815

紫匂う（葉室麟）‥‥‥‥‥ 0423, 0782,
　　　0893, 1072, 1438, 1571, 1842, 1887,
　　　1932, 2027, 2126, 2377, 2580, 2652

作品名索引　　　　　ゆめさ

【め】

名君の碑（中村彰彦）‥‥‥‥‥‥‥ 0388,
　　　0583, 0728, 1103, 1326, 1395, 1967
名君の門―戦国武将森忠政（皆木和
　　義）‥‥‥‥‥‥‥‥‥‥‥‥‥ 1919
めぐらし屋（堀江敏幸）‥‥‥‥‥‥ 0198
メコンの落日（石川文洋）‥‥‥‥‥ 2794
めざせ国境　決死の脱出（市原麟一
　　郎）‥‥‥‥‥‥‥‥‥‥‥‥‥ 2236
めだか、太平洋を往け（重松清）‥ 0816,
　　　0985, 1345, 1743, 1933,
　　　2081, 2378, 2428, 2693, 2775
めだかの学校（垣根涼介）‥‥‥‥
　　　0475, 0739, 1880, 2417, 2767
メタボラ（桐野夏生）‥‥‥‥‥‥‥ 0042
面一本（出久根達郎）‥‥‥‥ 0578, 1145,
　　　1217, 1385, 1702, 1960, 2191, 2444

【も】

もう、きみには頼まない―石坂泰
　　三の世界（城山三郎）‥‥‥‥‥ 0163
盲剣楼奇譚（島田荘司）‥‥‥ 0628, 1203,
　　　1275, 1457, 1758, 2034, 2268, 2596
孟嘗君（宮城谷昌光）‥‥‥‥‥‥ 0318,
　　　0504, 0905, 1589, 1700, 2274
もうひとつの季節（保坂和志）‥‥‥ 0025
もう一つの旅路（阿部牧郎）‥‥‥ 0684,
　　　0824, 1312, 1644, 2325, 2391
燃えて赤壁（赤羽堯）‥‥‥‥‥‥‥ 0382
最上義光（高橋義夫）‥‥‥‥‥‥‥ 0680
森へ行きましょう（川上弘美）‥‥‥ 0275
門（夏目漱石）‥‥‥‥‥‥‥ 0069, 2597
モンタルバン（島田真祐）‥‥‥‥‥ 2579

【や】

柳生十兵衛死す（山田風太郎）‥‥‥ 0155
約束の冬（宮本輝）‥‥‥‥‥‥‥‥ 0294

優しいおとな（桐野夏生）‥‥‥‥‥ 0131
やさしい季節（赤川次郎）‥‥ 0375, 0636,
　　0687, 1093, 1280, 1318, 1466, 1793,
　　1953, 2041, 2138, 2330, 2396, 2603
夜叉ケ池（泉鏡花）‥‥‥‥‥ 1053, 2245
野性のうた（宮下和男）‥‥‥‥‥‥ 1390
柳は萌ゆる（平谷美樹）‥‥‥‥‥‥ 0491
藪枯らし純次（船戸与一）‥‥ 0605, 1174,
　　1246, 1422, 1727, 2011, 2252, 2539
破られた約束（小泉八雲）‥‥‥‥‥ 2488
野望の谷（中堂利夫）‥‥‥‥ 1787, 2785
ヤマダ一家の辛抱（群ようこ）‥‥ 1287,
　　　1865, 1912, 2055, 2342, 2615
山の暮れに（水上勉）‥‥‥‥‥‥‥ 0152
山はあさやけ（井口紀子）‥‥‥‥‥ 1386
ヤマンタカ　新伝・大菩薩峠（夢枕
　　獏）‥‥‥‥‥‥‥ 0557, 0986, 1076

【ゆ】

悠久の波紋（堀和久）‥‥‥‥ 0568, 1899
勇士は還らず（佐々木譲）‥‥‥‥‥ 0012
ゆうとりあ（熊谷達也）‥‥‥‥‥
　　　0412, 0529, 0668, 0886,
　　　1122, 1497, 1827, 2638, 2686
夕映え（宇江佐真理）‥‥ 0702, 0978, 2118
遊平の旅（青野聰）‥‥‥‥‥‥‥‥ 0154
夕焼け小焼けで陽が昇る（小泉武
　　夫）‥‥‥‥‥‥‥‥‥‥‥‥‥ 0706
幽霊滝の伝説（小泉八雲）‥‥‥‥‥ 2493
雪女（小泉八雲）‥‥‥‥‥‥‥‥‥ 2475
ゆきずりの唇（連城三紀彦）‥‥‥‥ 0104
雪の夜の話（太宰治）‥‥‥‥‥‥
　　　1031, 1999, 2231, 2761
湯呑茶碗（半村良）‥‥‥‥‥‥‥‥ 0282
夢をまことに（山本兼一）‥‥‥‥ 0676,
　　　0745, 0852, 1071, 1682, 2427, 2651
夢源氏剣祭文（小池一夫）‥‥‥‥‥ 0162
夢心地の反乱（笹沢左保）‥‥‥‥‥
　　　0719, 1900, 2038, 2667
夢ざめの坂（陳舜臣）‥‥‥‥ 0493, 1760,
　　　1857, 1898, 2035, 2135, 2327, 2704

新聞連載小説総覧 平成期（1989～2017）　**463**

夢十夜（夏目漱石）・・・・・・・・・・・・・・・・ 0071

夢違（恩田陸）・・・・ 0351, 0942, 1626, 2307

夢時計（黒井千次）・・・・・・・・・・・・・・・
0325, 0915, 1599, 2281

夢どの与一郎（安部龍太郎）・・・ 1556, 1670

夢に殉ず（曽野綾子）・・・・・・・・・・・・・・ 0010

遊女のあと（諸田玲子）・・・・・・・・・・
0345, 0936, 1620, 1728, 2301

夢の通ひ路（村松友視）・・・・・・・・・・
0322, 0911, 1595, 2278

夢の工房（真保裕一）・・・・・・・・・・・・
1099, 1472, 1800, 1962

夢の設計図（牛丸仁）・・・・・・・・・・・・・ 1379

夢のまた夢（津本陽）・・・・・・・・・・・・
0315, 0902, 1586, 2271

夢みる木たち（寺島俊治）・・・・・・・・ 1383

愉楽にて（林真理子）・・・・・・・・・・・・・・ 0278

百合鷗（藤本恵子）・・・・・・・・・・・・・・・・ 1651

許されざる者（辻原登）・・・・・・・・・・・ 0201

緩やかな反転（新津きよみ）
・・・・・・・・・・・ 1291, 1414, 1873, 2111

揺れて（落合恵子）・・・・・・・・・・ 0574, 1140,
1212, 1374, 1699, 1956, 2187, 2442

【よ】

夜明け前の女たち（童門冬二）・・・・・ 0449,
0761, 1004, 1391, 1652,
2145, 2340, 2402, 2612, 2673

養安先生、呼ばれ！（西木正明）
・・・・・・・・・・・・・・・・・・ 0597, 1165,
1237, 1415, 1718, 1975, 2208, 2463

八日目の蟬（角田光代）・・・・・・・・・・・・ 0122

擁壁の町（貴志祐介）・・・・・・・・・・・・・・ 0273

横綱への道 輪島大士物語（杉森久
英）・・・・・・・・・・・・・・・・・・・・・ 1149, 1221

横道世之介（吉田修一）・・・・・・・・・・・・ 0203

与作とたんころ（中川承平）・・・・・・・ 1356

吉田松陰 大和燦々（秋山香乃）・・・・ 0486

義経の刺客（山田智彦）・・・・・・・・・・・・ 1526

余燼（北方謙三）・・・・・・・・・・・・・・ 0377,
0444, 0573, 0639, 0688, 0828,
1319, 1860, 1904, 2139, 2331

よその島（井上荒野）・・・・・・・・・・・・・・ 0151

四つの嘘（大石静）・・・・・・・・・・・・・・・・ 0297

世なおし廻状（高橋義夫）・・・・・・・・・
0653, 0840, 1013, 1545, 1813

黄泉がえり（梶尾真治）・・・・・・・・・・・・ 2456

黄泉がえりagain（梶尾真治）・・・・・・ 2594

余命一年の種馬（スタリオン）（石田
衣良）・・・・・・・・・・・・・・ 0615, 1188,
1260, 1435, 1738, 2024, 2261, 2575

夜に忍びこむもの（渡辺淳一）
・・・・・・・・ 0319, 0907, 1591, 2275

夜の哀しみ（三浦哲郎）・・・・・・・・・・・・ 0236

よろしく（嵐山光三郎）・・・・・・・・ 0524,
0884, 1039, 1171, 1243, 1492,
1555, 1822, 2006, 2070, 2117, 2359

【ら】

頼山陽（見延典子）・・・・・・・・・・・・・・・・ 2008

楽園（宮部みゆき）・・・・・・・・・・・・・・・・ 0299

羅生門（芥川龍之介）・・・・・・・・・・・・・・
1045, 1988, 2219, 2521, 2755

ラストダンス（もりたなるお）
・・・・・・・・・・・・・・・・・・ 0458, 2109

ラストドリーム（志水辰夫）・・・・・・・・ 0189

落花（澤田瞳子）・・・・・・・・・・・・・・・・・・ 0149

乱世が好き（岳宏一郎）・・・・・・・・・・ 0509,
0798, 1151, 1223, 1474, 1769, 1803

乱調（藤本宜永）・・・・・・ 0406, 1117, 1294,
1491, 1553, 1876, 2068, 2357, 2682

乱流―オランダ水理工師デレーケ
（三宅雅子）・・・・・・・・・・・・・・・・・・ 1461

【り】

リーチ先生（原田マハ）・・・・・・ 0622, 1195,
1267, 1441, 1747, 2029, 2264, 2583

理由（宮部みゆき）・・・・・・・・・・・・・・・・ 0020

琉球王女、百十踏揚（与並岳生）・・・・ 2797

竜と流木（篠田節子）・・・・・・・・ 1079, 1576

流氷の墓場（村松友視）・・・・・・・・・・ 0443,
0997, 1648, 2044, 2398, 2605

劉邦（宮城谷昌光） ················· 0216

竜は動かず 奥羽越列藩同盟顛末（上

田秀人） ······· 0427, 0713, 0895, 2813

料理通異聞（松井今朝子） ·········· 0624,

0679, 0749, 0785, 0819, 0987,

1516, 1685, 1752, 1847, 1938,

2087, 2174, 2384, 2433, 2657, 2697

【る】

ルーズヴェルト・ゲーム（池井戸

潤） ····················· 0611, 1183,

1255, 1430, 1734, 2019, 2258, 2571

【ろ】

ろくろ首（小泉八雲） ················ 2478

ロストワールド（林真理子） ········ 0100

蘆声（幸田露伴） ············· 1041, 2243

【わ】

和解（小泉八雲） ···················· 2485

わが殿（畠中恵） ······· 0433, 0822, 1310

吾輩は猫である（夏目漱石）

············ 1048, 2251, 2537, 2589

わが槍を捧ぐ（鈴木英治）

··················· 0618, 0710, 0984

忘れられた帝国（島田雅彦） ········ 0164

私をくいとめて（綿矢りさ） ········ 0072

私はテレビに出たかった（松尾スズ

キ） ···························· 0057

和太郎さんと牛（新美南吉）

··················· 1035, 2238, 2528

笑うハーレキン（道尾秀介） ········ 0138

ワラトべさん（平川虎臣） ··········· 2564

われに千里の思いあり（中村彰彦）

··················· 1176, 1248

我らが少女A（高村薫） ············· 0229

我らがパラダイス（林真理子） ······ 0224

挿画家名索引

【あ】

青井 秋
愛なき世界（三浦しをん）‥‥‥‥ 0148

赤井 稚佳
草花たちの静かな誓い（宮本輝）
‥‥‥‥‥‥‥ 0428, 1349, 1750,
1890, 1939, 2129, 2385, 2658, 2779
三十光年の星たち（宮本輝）‥‥‥ 0207
待ち遠しい（柴崎友香）‥‥‥‥‥ 0228

赤瀬川 原平
ゼロ発信（赤瀬川原平）‥‥‥‥‥ 0103

赤津 ミワコ
緋の河（桜木紫乃）‥‥‥‥‥‥
0367, 0564, 0958, 1642, 2323

赤松 きよ
野に咲け、あざみ（芦原すなお）
‥‥‥‥‥‥‥‥‥‥ 2120, 2163

安芸 良
家康、死す（宮本昌孝）‥‥‥ 2369, 2642
真田三代（火坂雅志）‥‥‥‥‥
0419, 0850, 1065, 1429
宗麟の海（安部龍太郎）‥‥‥‥‥ 2661
火神（竹山洋）‥‥‥‥‥‥‥‥ 0466,
0735, 0805, 1668, 1821, 2069, 2630

秋野 卓美
決戦の時（遠藤周作）‥‥‥‥‥
0437, 0566, 0754, 1090,
1460, 1897, 2036, 2326, 2703
彦九郎山河（吉村昭）‥‥‥‥‥
0320, 0908, 1592, 2276

秋野 靭子
日本再生 小説 重光葵（阿部牧
郎）‥‥‥‥‥‥‥‥‥‥‥‥ 1653

秋山 花
サーカスナイト（吉本ばなな）‥‥ 0746,
0853, 1074, 1346, 1746, 2083,
2170, 2380, 2430, 2694, 2776, 2811

安久利 徳
かくも短き眠り（船戸与一）‥‥‥ 0168
銀河の雫（髙樹のぶ子）‥‥‥‥‥ 0317,
0502, 0904, 1588, 1697, 2273
サザンスコール（髙樹のぶ子）‥‥ 0233
斜陽に立つ（古川薫）‥‥‥‥‥‥ 0199
山の暮れに（水上勉）‥‥‥‥‥‥ 0152

浅賀 行雄
愛しの座敷わらし（荻原浩）‥‥‥ 0045
TOKYO発千夜一夜（森瑤子）‥‥ 0005
擁壁の町（貴志祐介）‥‥‥‥‥‥ 0273

朝倉 摂
花橲（皆川博子）‥‥‥‥‥‥‥‥ 0169

朝倉 めぐみ
隣りの若草さん（藤本ひとみ）
‥‥‥‥‥‥‥‥‥‥ 0603, 1172,
1244, 1420, 1724, 2010, 2247, 2519

浅野 隆広
散り椿（葉室麟）‥‥‥‥‥‥‥‥ 0481
ペトロ（今野敏）‥‥‥‥‥‥‥‥ 0136

味戸 ケイコ
夢違（恩田陸）‥ 0351, 0942, 1626, 2307

東 啓三郎
朱紋様（皆川博子）‥‥‥‥‥‥‥ 0015
木曽義仲（山田智彦）‥‥‥‥‥‥ 0326,
0511, 0916, 1600, 1707, 2282
澪通りひともし頃（北原亞以子）
‥‥‥‥‥‥‥‥‥‥‥‥ 0758,
0831, 1380, 1765, 1957, 2047

東 光二
チャンミーグヮー（今野敏）‥‥‥ 2810
武士マチムラ（今野敏）‥‥‥‥‥ 2816

東谷 武美
天城女窯（加堂秀三）‥‥‥‥‥‥ 1525

安達 東彦
青柳の話（小泉八雲）‥‥‥‥‥‥ 2477
安藝之介の夢（小泉八雲）‥‥‥‥ 2482
生霊（小泉八雲）‥‥‥‥‥‥‥‥ 2496
因果話（小泉八雲）‥‥‥‥‥‥‥ 2483
乳母桜（小泉八雲）‥‥‥‥‥‥‥ 2471

あたち　　　　　挿画家名索引

梅津忠兵衛（小泉八雲）‥‥‥‥ 2491
閻魔の庁で（小泉八雲）‥‥‥‥ 2489
お亀の話（小泉八雲）‥‥‥‥‥ 2503
おしどり（小泉八雲）‥‥‥‥‥ 2470
お貞の話（小泉八雲）‥‥‥‥‥ 2479
訪はぬ墓（徳冨蘆花）‥‥‥‥‥ 2554
かあやん（徳冨蘆花）‥‥‥‥‥ 2556
鏡と鐘と（小泉八雲）‥‥‥‥‥ 2472
鏡の少女（小泉八雲）‥‥‥‥‥ 2499
果心居士の話（小泉八雲）‥‥‥ 2490
菊花の約（小泉八雲）‥‥‥‥‥ 2502
草ひばり（小泉八雲）‥‥‥‥‥ 2505
五足の靴の旅ものがたり（小野友
　道）‥‥‥‥‥‥‥‥‥‥‥‥ 2547
策略（小泉八雲）‥‥‥‥‥‥‥ 2480
死骸にまたがった男（小泉八雲）
　‥‥‥‥‥‥‥‥‥‥‥‥‥‥ 2487
十六桜（小泉八雲）‥‥‥‥‥‥ 2476
常識（小泉八雲）‥‥‥‥‥‥‥ 2495
食人鬼（小泉八雲）‥‥‥‥‥‥ 2473
宿世の恋（小泉八雲）‥‥‥‥‥ 2504
茶碗の中（小泉八雲）‥‥‥‥‥ 2494
忠五郎の話（小泉八雲）‥‥‥‥ 2498
停車場にて（小泉八雲）‥‥‥‥ 2507
天狗の話（小泉八雲）‥‥‥‥‥ 2484
夏の日の夢（小泉八雲）‥‥‥‥ 2509
人形の墓（小泉八雲）‥‥‥‥‥ 2508
蠅の話（小泉八雲）‥‥‥‥‥‥ 2497
橋の上（小泉八雲）‥‥‥‥‥‥ 2506
破片（小泉八雲）‥‥‥‥‥‥‥ 2500
普賢菩薩の伝説（小泉八雲）‥‥ 2486
振袖（小泉八雲）‥‥‥‥‥‥‥ 2501
葬られた秘密（小泉八雲）‥‥‥ 2481
耳なし芳一（小泉八雲）‥‥‥‥ 2469
夢応の鯉魚（小泉八雲）‥‥‥‥ 2492
むじな（小泉八雲）‥‥‥‥‥‥ 2474
破られた約束（小泉八雲）‥‥‥ 2488
幽霊滝の伝説（小泉八雲）‥‥‥ 2493
雪女（小泉八雲）‥‥‥‥‥‥‥ 2475
ろくろ首（小泉八雲）‥‥‥‥‥ 2478
和解（小泉八雲）‥‥‥‥‥‥‥ 2485

足立 ゆうじ
竜と流木（篠田節子）‥‥‥‥ 1079, 1576

安室 二三雄
走れ思徳（うみとく）続「琉球王
　女 百十踏揚」（与並岳生）‥‥‥ 2815
琉球王女、百十踏揚（与並岳生）
　‥‥‥‥‥‥‥‥‥‥‥‥‥‥ 2797

荒井 良二
ひそやかな花園（角田光代）‥‥ 0206

安良城 孝
イモと大和嫁（宮城賢秀）‥‥‥ 2796
灰燼の中から（瑞慶覧長和）‥‥ 2793

安里 英晴
あやめ横丁の人々（宇江佐真理）
　‥‥‥‥‥‥‥‥‥‥‥‥ 0334,
　　　0520, 0925, 1609, 1717, 2290
歌行燈（泉鏡花）‥‥‥‥‥‥‥ 2246
うめ婆行状記（宇江佐真理）‥‥ 0070
高野聖（泉鏡花）‥‥ 0548, 1042, 2244
四十八人目の忠臣（諸田玲子）‥ 0209
新徴組（佐藤賢一）
　　　　　0607, 0667, 1338, 2366
瀬越しの半六（東郷隆）‥‥‥‥
　　　　　0517, 1162, 1234, 2622
美女いくさ（諸田玲子）‥‥‥‥ 0126
夜叉ケ池（泉鏡花）‥‥‥‥ 1053, 2245

有田 巧
二百十日（夏目漱石）‥‥‥‥‥ 2587

安西 水丸
椿山課長の七日間（浅田次郎）‥ 0033
よろしく（嵐山光三郎）‥‥‥ 0524,
　　0884, 1039, 1171, 1243, 1492,
　　1555, 1822, 2006, 2070, 2117, 2359

安東 延由
悠久の波紋（堀和久）‥‥‥ 0568, 1899

【い】

飯野 和好
オレンジ・アンド・タール（藤沢

挿画家名索引　　　　　　　　　　いとう

周）‥‥‥‥‥‥‥‥‥‥‥‥ *0026*
宿神（夢枕獏）‥‥‥‥‥‥‥‥ *0044*
TOKYO発千夜一夜（森瑤子）‥‥ *0005*

いがらし みきお
カンガルーマーチ（小鶴）‥‥‥ *0553*

池澤 夏樹
すばらしい新世界（池澤夏樹）‥‥ *0101*

池田 進吾
空の拳（角田光代）‥‥‥‥‥‥ *0266*
拳の先（角田光代）‥‥‥‥‥‥
0360, 0951, 1635, 2316

池田 美弥子
赤い風〜三富新田物語（梶よう
子）‥‥‥‥‥‥‥‥‥‥‥ *0865*

池田 良則
オイッチニーのサン（高野澄）‥‥ *1674*
親指のマリア（秦恒平）‥‥‥‥ *1643*

池原 優子
ウマーク日記（大城貞俊）‥‥‥ *2802*

石井 正信
マチネの終わりに（平野啓一郎）
‥‥‥‥‥‥‥‥‥‥‥‥‥ *0221*

石部 虎二
天地有情（邦光史郎）‥‥‥‥‥ *1645*

居島 春生
野望の谷（中堂利夫）‥‥‥ *1787, 2785*

井筒 啓之
愛の乱暴（吉田修一）‥‥‥‥‥ *2424*
葦舟、飛んだ（津島佑子）‥‥‥ *0205*
海の時計（藤堂志津子）‥‥‥‥ *1536*
おもかげ（浅田次郎）‥‥‥‥‥ *0226*
恋歌書き（阿久悠）‥‥‥‥‥‥ *0380,*
0446, 0795, 0832, 1907, 2712
8月の果て（柳美里）‥‥‥‥‥ *0034*
花婚式（藤堂志津子）‥‥‥ *0589, 1158,*
1230, 1406, 1711, 1970, 2201, 2455

井筒 りつこ
めだかの学校（垣根涼介）‥‥‥
0475, 0739, 1880, 2417, 2767

いずみ 朔庵
輝山（澤田瞳子）‥‥ *1087, 1689, 1896*
料理通異聞（松井今朝子）‥‥‥‥ *0624,*
0679, 0749, 0785, 0819, 0987,
1516, 1685, 1752, 1847, 1938,
2087, 2174, 2384, 2433, 2657, 2697

伊勢田 邦貴
白く輝く道（平岩弓枝）‥‥‥‥‥ *0720,*
0755, 0869, 0961, 1365, 1762, 2788
夜明け前の女たち（童門冬二）‥‥ *0449,*
0761, 1004, 1391, 1652,
2145, 2340, 2402, 2612, 2673

磯倉 哲
猫の似づら絵師（出久根達郎）
‥‥‥‥‥‥‥‥ *0401, 0658, 0770,*
1019, 1489, 1550, 1874, 2113, 2356
みどりの光芒（小嵐九八郎）‥‥‥ *1284,*
2050, 2144, 2339, 2401, 2610

磯部 茂樹
天地有情（邦光史郎）‥‥‥‥‥ *1645*

板井 榮雄
恐ろしき一夜（徳冨蘆花）‥‥‥‥ *2551*
新説 剣豪丸目蔵人佐（渋谷敦）
‥‥‥‥‥‥‥‥‥‥‥‥‥ *2538*

板垣 しゅん（板垣 俊）
運命の花びら（森村誠一）‥‥ *1192, 1264*
禁断のスカルペル（久間十義）‥‥ *0272*
造花の蜜（連城三紀彦）‥‥‥‥
0528, 0809, 0979, 1060,
1123, 1297, 1780, 2365, 2766
ダブル（服部真澄）‥‥‥‥‥‥ *0027*

板垣 崇志
銀輪の覇者（斎藤純）‥‥‥‥‥ *0461*

市川 智子
ダイヤモンド・シーカーズ（瀬名
秀明）‥‥‥ *0521, 1551, 2627, 2736*

伊藤 彰剛
愉楽にて（林真理子）‥‥‥‥‥ *0278*

伊藤 香澄
牛肉と馬鈴薯（国木田独歩）‥‥‥ *2560*
武蔵野（国木田独歩）‥‥‥‥‥ *2559*

いとう　　　　　挿画家名索引

伊藤 三喜庵

椿と花水木 万次郎の生涯（津本
陽）‥‥‥‥‥‥‥‥‥‥‥‥‥ *0086*

伊藤 青子

陽炎の巫女たち（宮原昭夫）
‥‥‥‥‥‥‥‥‥‥ *0685, 1314, 1646*

伊藤 秀男

素晴らしき家族旅行（林真理子）
‥‥‥‥‥‥‥‥‥‥‥‥‥‥‥ *0161*

伊野 孝行

小説 小栗上野介（童門冬二）
‥‥‥‥‥‥‥‥‥‥‥‥ *0841, 0972*

井上 あきむ

いつか他人になる日（赤川次郎）
‥‥‥‥‥‥‥‥‥‥‥‥‥‥ *0530,*
0888, 1427, 1501, 2367, 2687
落葉同盟（赤川次郎）‥‥‥‥‥
0600, 0772, 0882, 1168,
1240, 1334, 1985, 2411, 2629
空想列車（阿刀田高）‥‥‥‥‥ *0683*

井上 茉莉子

愛犬ゼルダの旅立ち（辻仁成）‥‥ *0678,*
0817, 1347, 1514, 2084, 2695
ここがロドスだ、ここで跳べ！
（山川健一）‥‥‥ *0778, 1182, 1254,*
1428, 1502, 2370, 2420, 2643, 2688
花筏（鳥越碧）‥‥‥‥ *0413, 0669, 0704*

井上 よう子

記憶の渚にて（白石一文）‥‥‥
0361, 0952, 1636, 1749, 2317

祝迫 正豊

女傑松寿院―幕末に生きる（家坂
洋子）‥‥‥‥‥‥‥‥‥‥‥ *2743*

岩清水 さやか

オルゴォル（朱川湊人）‥‥‥‥
0849, 1831, 2641, 2769

岩田 健太朗

絶海にあらず（北方謙三）‥‥‥
0339, 0930, 1614, 2159, 2295

岩田 信夫

異人館（白石一郎）‥‥‥‥‥‥ *0019*

尾張春風伝（清水義範）‥‥‥‥‥ *1598*
家族ホテル（内海隆一郎）‥ *0582, 1150,*
1222, 1392, 1705, 1963, 2194, 2447

【 う 】

上田 敦士

吾輩は猫である（夏目漱石）‥‥‥ *2589*

上田 みゆき

のっぴきならぬ（岩井三四二）‥‥ *0810*

植松 利光

ゴンザとソウザ ペテルブルグの
青春（ねじめ正一）‥‥‥‥‥ *0451,*
0647, 0763, 2198, 2343, 2403
鳩を飛ばす日（ねじめ正一）
‥‥‥‥‥‥‥ *0376, 0757,*
1763, 1859, 1903, 2332, 2709, 2789

上村 真未

名君の門 戦国武将森忠政（皆木
和義）‥‥‥‥‥‥‥‥‥‥‥ *1919*

牛島 郁子

消えた春（牛島秀彦）‥‥‥‥‥ *2335*

卯月 みゆき

砕かれざるもの（荒山徹）‥‥‥‥ *1128*
剣客同心（鳥羽亮）‥‥‥‥‥‥
0701, 0773, 2360, 2633

謡口 早苗

ブレイブ・ストーリー（宮部みゆ
き）‥ *0732, 1112, 1290, 1410, 1661,*
1812, 2062, 2204, 2350, 2621, 2679

内澤 旬子

徒然王子（島田雅彦）‥‥‥‥‥ *0047*
とめどなく囁く（桐野夏生）‥‥
0366, 0957, 1641, 2093, 2322

内巻 敦子

ディス・イズ・ザ・デイ（THIS IS
THE DAY）（津村記久子）‥‥‥ *0075*

宇野 亞喜良

熱き血の誇り（逢坂剛）‥‥‥‥‥ *1542*
怪談（阿刀田高）‥‥‥‥‥‥‥

挿画家名索引　　　　　　　　　　おおつ

　　　　　　　　0327, 0918, 1602, 2283
火焔のリンガ（有沢創司）‥‥‥‥　0289
奸婦にあらず（諸田玲子）‥‥‥‥　0257
京伝怪異帖（高橋克彦）‥‥‥‥‥　0102
世界は俺が回してる（なかにし
　礼）‥‥‥‥‥‥‥‥‥‥‥‥‥‥　0303
韃靼の馬（辻原登）‥‥‥‥‥‥‥　0264
箸墓幻想（内田康夫）‥‥‥‥‥‥　0182
バーバラが歌っている（落合恵
　子）‥‥‥‥‥‥‥‥‥‥‥‥‥‥　0001
夢の通ひ路（村松友視）‥‥‥‥
　　　　　　　0322, 0911, 1595, 2278
許されざる者（辻原登）‥‥‥‥‥　0201
宇野 信哉
黒書院の六兵衛（浅田次郎）‥‥‥　0269
われに千里の思いあり（中村彰
　彦）‥‥‥‥‥‥‥‥‥‥‥　1176, 1248
うらた じゅん
朝顔男（唐十郎）‥‥‥‥‥‥‥‥　0128

【 え 】

江頭 路子
ブロードキャスト（湊かなえ）
　‥‥‥‥‥‥‥‥‥‥‥‥　0627, 1201,
　　　1273, 1456, 1756, 2033, 2267, 2592
江口 準次
これからの松（澤田ふじ子）‥‥‥　0016
遠田 志帆
はなとゆめ（冲方丁）‥‥‥‥‥‥　0619,
　　　　　0711, 1073, 1305, 1510, 2169
遠藤 彰子
刑事たちの夏（久間十義）‥‥‥‥　0245
讃歌（篠田節子）‥‥‥‥‥‥‥‥　0038
遠藤 拓人
オー！ ファーザー（伊坂幸太郎）
　‥‥‥‥‥‥‥‥‥‥‥‥　0527, 0738,
　　0846, 1059, 1423, 2012, 2363, 2415
秀吉の活（木下昌輝）‥‥‥‥‥‥　0430,
　　　0681, 0751, 1200, 1272, 1309,
　　　1351, 1454, 1754, 1783, 1851,

　　　　　　1942, 2176, 2387, 2435, 2699, 2781
竜は動かず 奥羽越列藩同盟顛末
　（上田秀人）‥ 0427, 0713, 0895, 2813

【 お 】

大上 敏夫
ダビデの夏（押川國秋）‥‥‥‥‥　2683
大崎 吉之
おばけの懸想（川本晶子）‥‥ 2073, 2119
大城 美千恵
閾人渡来記 三十六の鷹（亀島靖）
　‥‥‥‥‥‥‥‥‥‥‥‥‥‥‥‥　2790
大隅 泰男
こぼれ星はぐれ星（宮下和男）‥‥　1364
太田 國廣
揺れて（落合恵子）‥‥‥‥　0574, 1140,
　　　1212, 1374, 1699, 1956, 2187, 2442
太田 螢一
TOKYO発千夜一夜（森瑤子）‥‥　0005
大竹 明輝
恨みし人も（高橋義夫）‥‥‥‥‥　0505,
　　　0794, 1096, 1468, 1796, 2334, 2671
風の姿（常盤新平）‥‥‥‥‥‥‥　1532
華麗なる対決（小杉健治）‥‥‥
　　　　　0756, 1279, 1902, 2043, 2669
ここに地終わり 海始まる（宮本
　輝）‥ 0371, 0438, 0633, 0718, 0960,
　　　1277, 2037, 2134, 2392, 2600, 2786
正義の剣（佐木隆三）‥‥‥‥‥‥　1088
螢の橋（澤田ふじ子）‥‥‥‥‥
　　　　　0649, 1478, 1867, 2345
大竹 伸朗
魔王の愛（宮内勝典）‥‥‥‥‥‥
　　　　　0349, 0940, 1624, 1733, 2305
大津 英敏
終わりからの旅（辻井喬）‥‥‥‥　0036
三人の二代目（堺屋太一）‥‥‥‥　0304,
　　　0418, 0612, 0673, 0707, 0779,
　　　0812, 0981, 1066, 1184, 1256, 1300,
　　　1431, 1504, 1565, 1679, 1735, 1782,

新聞連載小説総覧 平成期（1989〜2017）　　**473**

おおつ　　　　　挿画家名索引

　　1834, 1883, 1926, 2021, 2076, 2122,
　　2165, 2371, 2421, 2644, 2689, 2806
　夢時計（黒井千次）‥‥‥‥‥‥
　　　　　0325, 0915, 1599, 2281

大塚 浩平
　捨て石（佐藤雅美）‥‥‥‥‥　2453

大沼 映夫
　生きている心臓（加賀乙彦）‥‥　0314,
　　0495, 0901, 1585, 1692, 2270
　世界を創った男―チンギス・ハ
　　ン（堺屋太一）‥‥‥‥‥‥‥‥　0258
　平成三十年（堺屋太一）‥‥‥‥‥　0021

大野 俊明
　天下 家康伝（火坂雅志）‥‥‥‥　0270
　平家（池宮彰一郎）‥‥‥‥‥‥‥　0251

おおの 麻理
　トリアングル（俵万智）‥‥‥‥‥　0114

大畑 稔浩
　天涯の花（宮尾登美子）‥‥‥‥
　　　　　0584, 1152, 1224, 1396,
　　1706, 1965, 2054, 2196, 2448

大矢 正和
　県庁おもてなし課（有川浩）‥‥
　　　　0479, 0742, 1340, 2259, 2771

岡田 啓介
　死の川を越えて（中村紀雄）‥‥‥　0858

岡田 航也
　バルス（楡周平）‥‥‥　0786, 0856, 0896,
　　0988, 1081, 1518, 1578, 1892, 2814

オカダ ミカ
　かたちだけの愛（平野啓一郎）‥‥　0132

岡田 嘉夫
　いよよ華やぐ（瀬戸内寂聴）‥‥‥　0246
　三日月物語（橋本治）‥‥‥‥‥‥　0166

崗田屋 愉一
　盲剣楼奇譚（島田荘司）‥‥　0628, 1203,
　　1275, 1458, 1758, 2034, 2268, 2596

岡村 昌明
　影のない訪問者（笹本稜平）‥‥
　　　　0468, 0663, 0806, 1493, 2745

岡本 かな子
　憎まれ天使（鏑木蓮）‥‥‥‥　1681, 2648

オカヤ イヅミ
　雨上がりの川（森沢明夫）‥‥‥‥　0788,
　　0859, 0990, 1352, 1581,
　　1852, 2177, 2663, 2700, 2782

小川 景一
　とびはぜ（出水沢藍子）‥‥‥‥‥　2732

小川 ひさこ
　水霊（稲葉真弓）‥‥‥‥‥‥‥
　　　　0340, 0931, 1615, 1722, 2296

おぐら ひろかず
　ちゃんぽん食べたかっ！（さだま
　　さし）‥‥‥‥‥‥‥‥‥‥‥‥　0748,
　　1348, 2086, 2383, 2432, 2656, 2778

尾崎 千春
　ペテロの葬列（宮部みゆき）‥‥‥　0421,
　　0483, 0554, 0743, 0851, 0891, 1186,
　　1258, 1507, 1568, 1838, 2375, 2773

小山内 仁美
　一瞬でいい（唯川恵）‥‥‥‥‥‥　0197

小沢 重行
　雁の橋（澤田ふじ子）‥‥‥　0595, 1163,
　　1235, 1413, 1716, 1974, 2206, 2461

小沢 信一
　化合―警視庁科学特捜班序章（今
　　野敏）‥‥‥‥‥‥‥　0890, 1341, 2372

押原 譲〔写真〕
　砂漠の岸に咲け（笹倉明）‥‥‥‥　0159

おーなり 由子
　ひとがた流し（北村薫）‥‥‥‥‥　0041

小野 利明
　愛炎（見延典子）‥‥‥‥‥‥　1964, 2674
　小樽 北の墓標（西村京太郎）‥‥‥　0192
　銀行 男たちの決断（山田智彦）‥‥　0455,
　　0730, 0800, 0877, 0970, 1772, 2108
　銀婚式（篠田節子）‥‥‥‥‥‥‥　0208
　藪枯らし純次（船戸与一）‥‥　0605, 1174,
　　1246, 1422, 1727, 2011, 2252, 2539

474　新聞連載小説総覧 平成期（1989〜2017）

挿画家名索引　　　かなも

恩地 孝四郎

パンドラの匣（太宰治）‥‥ *0533, 2772*

【か】

甲斐 大策

二天の影（島田真祐）‥‥‥‥‥ *2462*

影山 徹

アトミック・ボックス（池澤夏
樹）‥‥‥‥‥‥‥‥‥‥‥‥ *0215*
薄暮（篠田節子）‥‥‥‥‥‥ *0261*
氷山の南（池澤夏樹）‥‥‥‥‥
　　　0350, 0941, 1625, 2020, 2306

風間 完

漁火（高橋治）‥‥‥‥‥‥‥‥ *0022*
男の一生（遠藤周作）‥‥‥‥‥ *0234*
女（遠藤周作）‥‥‥‥‥‥‥ *0013*
黒い揚羽蝶（遠藤周作）‥‥‥‥
　　　0321, 0910, 1594, 2277
さまよう霧の恋歌（高橋治）
　　‥‥‥‥ *0313, 0900, 1584, 2269*
百日紅の咲かない夏（三浦哲郎）
　　‥‥‥‥ *0324, 0913, 1597, 2280*
城盗り秀吉（山田智彦）‥‥‥‥ *0092*
天狗争乱（吉村昭）‥‥‥‥‥‥ *0009*

梶 鮎太

財界風雲録 志に生きたリーダー
たち（塩田潮）‥‥‥‥‥‥‥ *2188*

梶山 俊夫

風の行方（佐藤愛子）‥‥‥‥‥ *0172*

柏本 龍太

幻日 原城攻防絵図（市川森一）‥ *2422*

一峰 大二

銭五の海（南原幹雄）‥‥‥‥ *0906, 1590*

かすや 昌宏

ごん狐（新美南吉）‥‥‥‥‥‥
　　　0546, 1037, 2237, 2524
小さい太郎の悲しみ（新美南吉）
　　‥‥‥‥‥‥‥‥‥‥‥‥ *2525*
手袋を買ひに（新美南吉）‥ *1036, 2527*

花のき村と盗人たち（新美南吉）
　　‥‥‥‥‥‥‥ *1034, 2240, 2530*
百姓の足、坊さんの足（新美南
吉）‥‥‥‥‥‥‥‥‥ *2239, 2529*
屁（新美南吉）‥‥‥‥‥‥‥ *2526*
和太郎さんと牛（新美南吉）
　　‥‥‥‥‥‥‥ *1035, 2238, 2528*

粕谷 侑子

湖のある街（林真理子）‥‥ *0372, 0634,*
　0994, 1092, 1317, 1463, 1790, 1951,
　2039, 2136, 2328, 2394, 2602, 2706

風 忍

親子三代、犬一匹（藤野千夜）‥‥ *0048*

片山 健

さんじらこ（芦原すなお）‥‥‥‥ *0174*
光ってみえるもの、あれは（川上
弘美）‥‥‥‥‥‥‥‥‥‥ *0107*

葛飾 北斎

数えずの井戸（京極夏彦）‥‥‥‥
　　0478, 0848, 1125, 1500, 1677

加藤 正音

尾張春風伝（清水義範）‥‥‥‥‥ *0914*

加藤 孝雄

果実祭（和田はつ子）‥‥‥‥‥‥
　　0463, 0596, 1114, 1332, 2157
危険な隣人（笹沢左保）‥‥ *0576, 1143,*
　1215, 1378, 1701, 1958, 2189, 2443

加藤 敏郎

風と雲の伝説 異聞太閤記（小林久
三）‥‥‥‥‥‥ *1786, 2393, 2666*

加藤 由利

二つの橋（荒川法勝）‥‥‥‥‥‥ *0870*

門坂 流

百年の預言（髙樹のぶ子）‥‥‥‥ *0024*

香取 正樹

風雲児（白石一郎）‥‥‥‥‥‥‥ *0088*

金沢 まりこ

幻想探偵社（堀川アサコ）‥‥‥‥ *0425*

金森 一意

乱流―オランダ水理工師デレー

新聞連載小説総覧 平成期（1989〜2017）　**475**

かなも 挿画家名索引

ケー（三宅雅子）・・・・・・・・・・・・・ *1461*

金森 達

宮本武蔵 血戦録（光瀬龍）・・ *0373, 0439,*
0826, 0868, 1791, 2040, 2395, 2668

金子 しずか

だから荒野（桐野夏生）・・・・・・・・・・ *0213*

我如古 彰一

脚本家の民宿（又吉栄喜）・・・・・・・・ *2801*

我如古 真子

仏陀の小石（又吉栄喜）・・・・・・・・・・ *2817*

鎌田 みか

白いジオラマ（堂場瞬一）
・・・・・・・・・・・・・・・ *0682, 1895, 2664*

神山 由美

にっぽん国恋愛事件（笹倉明）・・・ *0284*

亀子 誠

夢の設計図（牛丸仁）・・・・・・・・・・・・ *1379*

亀澤 裕也

明日の色（新野剛志）・・・・・・・・・・・
0485, 0815, 1191, 1263

柄澤 齊

無花果の森（小池真理子）・・・・・・・・ *0265*
ストロベリー・フィールズ（小池
真理子）・・・・・・・・・・・・・・・・・・・・・ *0127*
鉄塔家族（佐伯一麦）・・・・・・・・・・・・ *0253*
虹の彼方（小池真理子）・・・・・・・・・・ *0193*

川池 くるみ

翔んでる警視正 オリエント急行
事件簿（胡桃沢耕史）・・・・・・・・・ *0640,*
0723, 1282, 1469, 2141, 2711

川西 智尋

沙織さん（鳴門謙祥）・・・・・・・・・・・・ *2017*

川端 要一

風に立つ人よ 黄金半島・下北物
語（村元督）・・・・・・・・・・・・・・・・・・・ *0402*

川村 みづえ

イーストサイド・ワルツ（小林信
彦）・・・・・・・・・・・・・・・・・・・・・・・・・ *0160*
おかあさん疲れたよ（田辺聖子）

・・・・・・・・・・・・・・・・・・・・・・・・ *0082*

神崎 あきら

青雲遥かに（佐藤雅美）・・・・・・・・・ *0514*

管野 研一

絆（江上剛）・・・・・・・・ *0470, 1050, 2764*
暴虎の牙（柚月裕子）・・・・・・・・・・・・ *0492*

【き】

木内 達朗

孤道（内田康夫）・・・・・・・・・・・・・・・・ *0219*
新・地底旅行（奥泉光）・・・・・・・・・・ *0035*

菊川 有臣

花吹雪のごとく（竹崎有斐）・・・・・ *2544*

菊池 ひと美

枝豆そら豆（梓澤要）・・・・・・・・・・・ *0397,*
0594, 0803, 1487, 1548, 2409

木田 安彦

坊ちゃん忍者 幕末見聞録（奥泉
光）・・・・・・・・・・・・・・・・・・・・・・・・・・・ *0106*

北川 健次

天国への階段（白川道）・・・・ *0917, 1601*

北島 新平

七色の海（浅川かよ子）・・・・・・・・・・ *1368*
はすの咲く村（高橋忠治）・・・・・・・ *1400*
ひびけ高原の空へ（高田充也）・・・ *1363*
野性のうた（宮下和男）・・・・・・・・・・ *1390*
夢みる木たち（寺島俊治）・・・・・・・・ *1383*

北谷 しげひさ

狐闇（北森鴻）・・・・・・・・・・・・・・・・・・ *0460,*
1014, 1485, 1547, 2155, 2624, 2729
梟首の島（坂東眞砂子）・・・ *0599, 1167,*
1239, 1417, 1720, 1979, 2211, 2464

北村 治

勇士は還らず（佐々木譲）・・・・・・・ *0012*

北村 公司

あいつ（香納諒一）・・・ *0398, 0697, 0802*
エ・アロール それがどうしたの
（渡辺淳一）・・・・・・・・・・・・・・・・・・

0335, 0926, 1610, 2207, 2291
時空伝奇 瀧夜叉姫（井沢元彦）
‥‥‥‥‥ 1008, 1913, 2152, 2346
草原の椅子（宮本輝）‥‥‥‥‥ 0176
突破屋（安東能明）‥‥‥‥‥‥ 1173,
1245, 1557, 1824, 2071, 2361
夢の工房（真保裕一）‥‥‥‥‥
1099, 1472, 1800, 1962

北村 さゆり
悪友の条件（村松友視）‥‥‥‥ 1540
命もいらず名もいらず（山本兼
一）‥‥‥‥‥‥‥‥‥‥‥‥ 0411,
0776, 1425, 1498, 1675, 1828, 2637
迷いの旅籠（宮部みゆき）‥‥‥ 0274

北村 裕花
女系の総督（藤田宜永）‥‥ 0617, 1189,
1261, 1437, 1741, 2026, 2262, 2577

岐部 たかし（岐部 隆）
異端の夏（藤田宜永）‥‥‥‥‥ 0766
水葬海流（今井泉）‥‥‥‥‥‥
0727, 0967, 2105, 2195, 2613
花も嵐も 女優田中絹代の一生（古
川薫）‥‥‥‥ 0395, 0768, 1872, 2063

木村 桂子
理由（宮部みゆき）‥‥‥‥‥‥ 0020

木村 彩子
あかりの湖畔（青山七恵）‥‥‥ 0135

木村 美智子
國難一蒙古来る（早坂暁）‥‥‥ 0178
天地有情（邦光史郎）‥‥‥‥‥ 1645

清塚 紀子
めぐらし屋（堀江敏幸）‥‥‥‥ 0198
遊平の旅（青野聰）‥‥‥‥‥‥ 0154

【く】

具志堅 青鳥
奔流に生きる（嘉陽安男）‥‥‥ 2787

葛迫 幸平
葬送（福迫光英）‥‥‥‥‥‥‥ 2731

楠 伸生
余命一年の種馬（スタリオン）
（石田衣良）‥‥‥‥‥‥ 0615, 1188,
1260, 1435, 1738, 2024, 2261, 2575

楠 裕紀子
シューカツ！（石田衣良）
‥‥‥‥‥ 0476, 1560, 1829, 1923

国枝 英男
円空流し スタンドバイミー1955
（松田悠八）‥‥‥‥‥‥‥‥ 1494

久保田 眞由美
チッチと子（石田衣良）‥‥‥‥ 0202

熊井 正
朝露通信（保坂和志）‥‥‥‥‥ 0142

熊田 正男
そろそろ旅に（松井今朝子）‥‥
0409, 1673, 1826, 2162, 2635
徳川御三卿 江戸の嵐（南原幹雄）
‥‥‥‥ 0575, 0833, 1906, 2140
乱舞一花の小十郎無双剣（花家圭
太郎）‥‥‥‥‥‥‥‥‥‥‥ 0592,
0879, 1111, 1330, 2110, 2352, 2728
夢をまことに（山本兼一）‥‥‥ 0676,
0745, 0852, 1071, 1682, 2427, 2651
乱世が好き（岳宏一郎）‥‥‥‥ 0509,
0798, 1151, 1223, 1474, 1769, 1803

蔵本 秀彦
第二の接吻（菊池寛）‥‥‥‥‥ 2115

栗崎 英男
死の蔭に（徳冨蘆花）‥‥‥‥‥ 2555
沼山津村（徳冨蘆花）‥‥‥‥‥ 2552

黒岩 章人
すみれぐさ（高橋忠治）‥‥‥‥ 1360
ニャーオーン（寺島俊治）‥‥‥ 1404
春のオリオン（石原きくよ）‥‥ 1377
山はあさやけ（井口紀子）‥‥‥ 1386
与作とたんころ（中川承平）‥‥ 1356

黒鉄 ヒロシ
同僚の悪口（村松友視）‥‥‥‥ 0165

くわは　　挿画家名索引

桑原 武史
最上義光（高橋義夫）‥‥‥‥‥ *0680*

【け】

KEiKO＊萬桂
第七官界彷徨（尾崎翠）‥‥‥‥ *1836*

ケッソク ヒデキ
護られなかった者たちへ（中山七里）‥‥‥‥‥‥‥‥‥‥‥‥ *0431,*
　0561, 0821, 0897, 1519, 2660, 2780

【こ】

小泉 淳作
近くて遠い旅（坂上弘）‥‥‥‥ *0108*

合田 佐和子
軽蔑（中上健次）‥‥‥‥‥‥‥ *0004*

河野 健一郎
一夜城戦譜（祖父江一郎）‥‥‥ *0976*

河野 治彦
雨の狩人（大沢在昌）‥‥‥‥‥
　　0357, 0948, 1632, 2313
海と月の迷路（大沢在昌）‥‥‥ *0212*
語りつづけろ、届くまで（大沢在昌）‥‥‥‥ *0480, 0889, 1503*
カットバック（今野敏）‥‥‥‥ *0227*
銀行特命捜査（池井戸潤）‥ *0404, 0660,*
　0771, 0975, 1020, 1490, 1776, 2738
新宿鮫 風化水脈（大沢在昌）‥‥ *0180*
ニッポン泥棒（大沢在昌）‥‥‥ *0296*
発火点（真保裕一）‥‥‥‥‥ *0654,*
　　1484, 1774, 2156, 2351, 2408
魔物（大沢在昌）‥‥‥‥‥‥
　　0845, 1049, 1295, 1778, 2746

こうの 史代
荒神（宮部みゆき）‥‥‥‥‥‥ *0058*

鴻池 朋子
ぼくがきみを殺すまで（あさのあ

つこ）‥‥‥‥‥‥‥‥‥‥‥ *0068*

小坂 茂
道のない地図（牛丸仁）‥‥‥‥ *1409*

小坂 修治
ザシキボッコの風（及川和男）‥ *0474*

小崎 侃
蝶々さん（市川森一）‥‥‥‥‥ *2416*

小島 俊男
褐色の祭り（連城三紀彦）‥‥‥ *0231*

小杉 小二郎
発熱（辻原登）‥‥‥‥‥‥‥‥ *0250*

ゴトウ ヒロシ
あなたが消えた夜に（中村文則）
　‥‥‥‥‥‥‥‥‥‥‥‥‥ *0217*
手のひらを太陽に！（真山仁）‥
　　1127, 1505, 1835, 2373, 2645
乱調（藤田宜永）‥‥ *0406, 1117, 1294,*
　1491, 1553, 1876, 2068, 2357, 2682

後藤 美月
乙女の家（朝倉かすみ）‥‥‥‥
　　0359, 0950, 1634, 2315

小林 新一〔写真〕
恋雪譜 良寛と貞心尼（工藤美代子）‥‥‥‥‥ *0703, 1052, 1296*

小林 直未
神秘（白石一文）‥‥‥‥‥‥‥ *0214*

小林 秀美
浅き夢見し（赤瀬川隼）‥‥‥‥ *0387,*
　0646, 0836, 0875, 0968, 1104,
　2056, 2149, 2614, 2675, 2720
大奥の犬将軍（筆内幸子）‥ *1133, 1205*
湯呑茶碗（半村良）‥‥‥‥‥‥ *0282*

小林 万希子
虎頭八国伝（森福都）‥‥‥‥‥ *2013*
めだか、太平洋を往け（重松清）
　‥‥‥‥‥ *0816, 0985, 1345, 1743,*
　1933, 2081, 2378, 2428, 2693, 2775

小林 まみ
銀河鉄道の夜（宮沢賢治）‥‥‥ *2467*

挿画家名索引　　　　さくら

小林 由枝
　壺霊（内田康夫） ················ 1676

小林 葉子
　幕末の少年（いぶき彰吾） ······· 1398

小松 完好
　小説 昭和怪物伝 永田雅一（和巻
　耿介） ··················· 0497, 2097

小松 久子
　愛の流刑地（渡辺淳一） ·········· 0256
　遠い花火（諸井薫） ············· 1524
　はちまん（内田康夫） ····· 0585, 1154,
　　　1226, 1399, 1708, 1966, 2197, 2449
　プラトン学園（奥泉光） ··· 0580, 1147,
　　　1219, 1389, 1703, 1961, 2193, 2446
　本を読む女（林真理子） ·········· 0078

小宮山 逢邦
　ばさらばさら（宮本昌孝）
　················ 0590, 0878, 2061
　花の小十郎はぐれ剣 鬼しぐれ（花
　　家圭太郎） ········ 0604, 0807, 2362

【 さ 】

斎藤 俊雄
　花城家の鬼（はまみつを） ······· 1405

佐伯 佳美
　青空と逃げる（辻村深月） ······· 0145

酒井 駒子
　七夜物語（川上弘美） ············· 0051

サカイ ノビー
　穂足のチカラ（梶尾真治） ·· 0608, 1177,
　　　1249, 1424, 1729, 2014, 2254, 2546

酒井 昌之
　夕焼け小焼けで陽が昇る（小泉武
　　夫） ····························· 0706

酒井 信義
　うたかた（渡辺淳一） ············· 0077
　風の生涯（辻井喬） ··············· 0248
　グッバイマイラブ（佐藤洋二郎）

　············ 0352, 0943, 1627, 2308
　幻覚（渡辺淳一） ················· 0113
　麻酔（渡辺淳一） ················· 0008

坂井 榮雄
　私説 山田五十鈴（升本喜年）
　········ 0973, 1331, 2353, 2460

坂上 楠生
　にぎやかな天地（宮本輝） ······· 0117
　人間の幸福（宮本輝） ··········· 0288
　約束の冬（宮本輝） ··············· 0294

坂口 恵子
　石切り山の人びと（竹崎有斐） ··· 2541

坂口 綱男〔写真〕
　桜の森の満開の下（坂口安吾） ··· 1057

坂田 黎一
　にげだした兵隊（竹崎有斐） ······ 2545

阪本 トクロウ
　朝ごはん（川上健一） ············· 1344

坂本 寧
　草枕（夏目漱石） ················· 2543

さきや あきら
　寒雷（立松和平） ················· 0796

作田 えつ子
　おしゃれ童子（太宰治） ········
　　　1032, 1998, 2230, 2534, 2760
　瘤取り（太宰治） ··············
　　　1030, 1997, 2229, 2533, 2759
　水仙（太宰治） ················
　　　1054, 2001, 2233, 2536, 2763
　走れメロス（太宰治） ··········
　　　1029, 1995, 2227, 2531, 2757
　貧の意地（太宰治） ············
　　　1055, 2000, 2232, 2535, 2762
　富嶽百景（太宰治） ············
　　　1033, 1996, 2228, 2532, 2758
　雪の夜の話（太宰治） ··········
　　　1031, 1999, 2231, 2761

桜井 忠温
　坊っちやん（夏目漱石） ·········· 2173

新聞連載小説総覧 平成期（1989～2017）　**479**

桜庭 利弘
生くることにも心せき 小説・太宰治（野原一夫） ・・・・・・・・・・・・・ 0378

佐々木 啓成
エクサバイト（服部真澄） ・・・・・・・ 1496

佐々木 悟郎
獅子頭（シーズトオ）（楊逸） ・・・・ 0052
ホーム・ドラマ（榊東行） ・・・・・・・ 0255

佐々木 壮六
幻夏祭（皆川博子） ・・・・・・・ 0569, 1136, 1208, 1361, 1694, 1950, 2183, 2439

ささめや ゆき
ボクの町（乃南アサ） ・・・・・・・・・・・ 0175

佐多 芳郎
暗闘雨夜の月（笹沢左保） ・・・・・・・ 1528
南総里見八犬伝（平岩弓枝） ・・・・ 0085
孟嘗君（宮城谷昌光） ・・・・・・・・・・・ 0318, 0504, 0905, 1589, 1700, 2274

佐藤 泰生
朝の歓び（宮本輝） ・・・・・・・・・・・・・ 0238
甘苦上海（髙樹のぶ子） ・・・・・・・・・ 0262
マルセル（髙樹のぶ子） ・・・・・・・・・ 0210

佐藤 直樹
リーチ先生（原田マハ） ・・・ 0622, 1195, 1267, 1441, 1747, 2029, 2264, 2583

佐藤 文彦
南獄記（与並岳生） ・・・・・・・・・・・・・ 2805

佐藤 みき
かんかん橋を渡ったら（あさのあつこ） ・・ 1067, 1129, 1433, 1927, 2646
かんかん橋の向こう側（あさのあつこ） ・・・・・・・・・・・ 0558, 1077, 1936

佐藤 雄司
鍵谷茂兵衛物語 疑獄・尾去沢銅山事件（葉治英哉） ・・・・・・・・・・・・ 0399

三溝 美知子
マイストーリー 私の物語（林真理子） ・・・・・・・・・・・・・・・・・・・・・・・・・・ 0061

澤口 たまみ
アリアドネの糸―遙かなるカマイシ（松田十刻） ・・・・・・・・・・・・・・ 0472

沢野 ひとし
銀座のカラス（椎名誠） ・・・・・・・・・ 0002
外ケ浜の男（田澤拓也） ・・・・・・・・・ 0417
空の上の家 ミス・ヴィードル号ミステリー（瓜生利吉） ・・・・・・・ 0405

【し】

塩田 雅紀
口笛鳥（道尾秀介） ・・・・・・・・・・・・・ 0064

志田 弥広
水仙は見ていた（馬田昌保） ・・・・ 1283

七字 由布
気仙沼ミラクルガール（五十嵐貴久） ・・・・・・・・・・・・・・・・・・・・・・・・・・ 1846

篠田 桃紅
麗しき日日（小島信夫） ・・・・・・・・・・ 0095

柴田 長俊
神の手（久坂部羊） ・・・・・・・・・・・・・ 0416, 0741, 1126, 2419
恋雪譜 良寛と貞心尼（工藤美代子） ・・・・・・・・・・・・ 0703, 1052, 1296

柴田 ゆう
藍花は凛と咲き（米村圭伍） ・・・・・・・・・・・・・・・・・・・・・・・・ 1817, 2628

渋谷 重弘
燃えて赤壁（赤羽堯） ・・・・・・・・・・・・ 0382

島津 和子
川の光（松浦寿輝） ・・・・・・・・・・・・・ 0123
川の光2―タミーを救え！（松浦寿輝） ・・・・・・・・・・・・・・・・・・・・・・・・・ 0137

島田 雅彦
忘れられた帝国（島田雅彦） ・・・・・ 0164

島谷 晃
悪の華（立松和平） ・・・・・・・ 0572, 1139, 1211, 1369, 1698, 1954, 2186, 2441

志村 節子
捨てられない日（黒井千次） ・・・・・ 0083

下田 昌克

ウォーターゲーム（吉田修一）
.... 0363, 0954, 1638, 2319

下高原 健二

坂の上の雲（司馬遼太郎）....... 0292

春 蘆冠

小説・亀井茲矩 波濤の彼方へ（伯
耆坊俊夫）...................... 1866

白石 むつみ

人魚を食べた女（山崎洋子）..... 0454,
0969, 1655, 1807, 2344, 2617, 2723

白浜 鷗

政略結婚（高殿円）........ 1197, 1269

しりあがり 寿

官能小説家（高橋源一郎）....... 0031

新里 堅道

獏さんおいで（謝花長順）....... 2799

【す】

スカイ エマ

優しいおとな（桐野夏生）....... 0131

杉田 比呂美

名もなき毒（宮部みゆき）......
0341, 0525, 0932, 1616, 2297

杉山 新一

神の裁き（佐木隆三）............. 0390,
0650, 1107, 1868, 2058, 2405, 2722

杉山 喜隆

逃走（薬丸岳）............. 1833, 2368

鈴木 力

ダローガ（藤沢周）............. 1017

鈴木 透

西郷首（西木正明）............... 0507,
1323, 1801, 2103, 2338, 2716

鈴木 慶夫

泥棒令嬢とペテン紳士（高橋三千
綱）.......................... 0369,
0436, 0631, 0717, 0992, 1276,

1459, 1785, 2133, 2598, 2665, 2784

鈴木 理策〔写真〕

きのうの世界（恩田陸）......... 0408,
0664, 0737, 0774, 0977, 1421,
1495, 1878, 1920, 2072, 2161, 2684

春原 邦子

雷沢の探検（平林治康）.......... 1359

【せ】

勢 克史

家康の子（植松三十里）.......... 1301

【た】

高木 桜子

SOSの猿（伊坂幸太郎）........... 0129

高須賀 優

高原の聖母（澤野久雄）
.... 0629, 1759, 2094

高藤 暁子

放浪記（林芙美子）......... 1051, 2548

高野 文子

ねたあとに（長嶋有）............ 0046

高野 実

日本海詩劇 波の翼（中井安治）
.... 1135, 1207

高橋 憲彦

津軽太平記（獏不次男）.......... 0396

高橋 晴雅

くろふね（佐々木譲）............ 0974

高橋 雅博

果鋭（黒川博行）..... 1848, 2175, 2698

高山 文孝

相剋の森（熊谷達也）...........
0519, 1016, 1976, 2065

たぐち よしゆき

友衛家の茶杓ダンス♪（松村栄

子）‥‥‥‥‥‥‥‥‥‥‥ 1667

武田 典子

神の手（久坂部羊）‥‥‥‥‥
0416, 0741, 1126, 2419

田沢 茂

小説 昭和怪物伝 薩摩治郎八（丸
川賀世子）‥‥‥‥‥‥‥‥ 0499

花ある季節（安西篤子）‥‥ 0565, 1132,
1204, 1353, 1691, 1947, 2179, 2437

多田 和博〔監修〕

我らが少女A（高村薫）‥‥‥‥ 0229

辰巳 一平

小説 昭和怪物伝 松永安左ヱ門
（祖田浩一）‥‥‥‥‥‥ 0496, 2096

辰巳 四郎

推定有罪（笹倉明）‥‥‥‥‥‥ 0725,
0965, 1146, 1218, 1909, 2672

建石 修志

卑弥呼（久世光彦）‥‥‥‥‥‥ 0094

楯川 友佳子

その話はやめておきましょう（井
上荒野）‥‥‥‥‥‥‥‥‥‥ 0225

田中 靖夫

激しい夢（村松友視）‥‥‥‥‥ 0093

谷川 泰宏

クレオパトラ（宮尾登美子）‥‥ 0011

谷口 土史子

修羅と長良川（松田悠八）‥‥‥ 1513

束芋

悪人（吉田修一）‥‥‥‥‥‥‥ 0043

国宝（吉田修一）‥‥‥‥‥‥‥ 0074

たまい いずみ

赤かぶ検事奮闘記 三人の酒呑童
子（和久峻三）‥‥‥‥‥‥ 1007,
1394, 1476, 1654, 1805, 2106, 2719

玉井 泉

天地有情（邦光史郎）‥‥‥‥‥ 1645

田村 元

聖将上杉謙信（小松重男）‥ 1003, 1100

田村 能里子

TOKYO発千夜一夜（森瑤子）‥‥ 0005

丹下 京子

また明日（群ようこ）‥‥‥‥‥
0789, 0860, 1582, 1854, 2701

丹地 陽子

スキマワラシ（恩田陸）‥‥‥‥ 1457

【ち】

智内 兄助

藏（宮尾登美子）‥‥‥‥‥‥‥ 0158

ちば えん

ビストロ青猫 謎解きレシピ（大
石直紀）‥‥‥‥‥‥‥‥‥‥ 1573

長 新太

袂のなかで（今江祥智）
‥‥‥‥‥‥‥‥ 1546, 1659, 2727

【つ】

司 修

悲しみの港（小川国夫）‥‥‥‥ 0007

蕪村へのタイムトンネル（司修）
‥‥‥‥‥‥‥‥‥‥‥‥‥‥ 1563

塚本 やすし

とんび（重松清）‥‥‥‥‥‥‥
0338, 0929, 1613, 1721, 2294

月岡 良太郎

ぶしゅうえんなみむら 武州・円
阿弥村（正野三郎）‥‥‥‥‥ 0861

筑紫 直弘

アキとカズ 遥かなる祖国（喜多由
浩）‥‥‥‥‥‥‥‥‥‥‥‥ 0309

佃 二葉

ストロベリーライフ（荻原浩）‥ 0220

津田 櫓冬

チバレリューのめがね（高橋忠
治）‥‥‥‥‥‥‥‥‥‥‥‥ 1376

挿画家名索引　　とた

土橋 とし子

かわうその祭り（出久根達郎）　…　0037

ことことこーこ（阿川佐和子）　…　1085,
1521, 1893, 1943, 2091, 2131

ヤマダ一家の辛抱（群ようこ）　…　1287,
1865, 1912, 2055, 2342, 2615

筒井 伸輔

聖痕（筒井康隆）　………………　0056

坪谷 令子

乾いた魚に濡れた魚（灰谷健次
郎）　………………………　0602,
1170, 1242, 1419, 1723, 2009, 2510

天の瞳（灰谷健次郎）　…………　0091

鶴岡 伸寿

イエロー・サブマリン（山際淳
司）　……………………………　0285

【て】

デイビス, スミコ

TOKYO発千夜一夜（森瑤子）　…　0005

寺門 孝之

豆大福と珈琲（片岡義男）　………　0062

寺田 克也

ガソリン生活（伊坂幸太郎）　……　0055

寺田 順三

ミーナの行進（小川洋子）　………　0119

天明屋 尚

望郷の道（北方謙三）　…………　0260

【と】

堂 昌一

生きよ義経（三好京三）　………
0368, 0435, 0866, 1784

汚名（杉本苑子）　………………　0156

風の群像（杉本苑子）　…………　0242

白梅の匂う闇（川田弥一郎）　……　0456,
1160, 1232, 1809, 2620, 2724

甚五郎異聞（赤瀬川隼）　…　0462, 0656,
0698, 1486, 1664, 2354, 2625, 2680

青春の条件（森村誠一）　………
0410, 0665, 0808, 0885,
1120, 1558, 1879, 2636, 2685

天狗藤吉郎（山田智彦）　…　0503, 0996,
1094, 1371, 1465, 2100, 2607, 2670

信康謀反（早乙女貢）　…………　1537

本能寺（池宮彰一郎）　…………　0177

唐仁原 教久

愛ふたたび（渡辺淳一）　…　1190, 1262,
1304, 1509, 1840, 1886, 1931, 2080,
2125, 2168, 2426, 2650, 2692, 2809

戦力外通告（藤田宜永）　………
0343, 0526, 0934, 1618, 2299

空より高く（重松清）　…………　0120

沈黙の町で（奥田英朗）　………　0054

遠竹 弘幸

新酒呑童子（小沢さとし）　………　1373

水穂の国はるか（小沢さとし）　…　1411

鴇田 幹

幾世の橋（澤田ふじ子）　………
1471, 1650, 1798, 2336

彷徨える帝（安部龍太郎）　………　1531

白い航跡（吉村昭）　……………　0280

深重の橋（澤田ふじ子）　…………　1819

幕末維新 風雲録（今川徳三）　……　1322

バサラ利家（津本陽）　……　1141, 1213

風雲の城（津本陽）　……………　1539

武神の階—名将・上杉謙信—（津
本陽）　……　0370, 0632, 0790, 0825,
0867, 0993, 1089, 1313, 1788, 2601

名君の碑（中村彰彦）　…………　0388,
0583, 0728, 1103, 1326, 1395, 1967

世なおし廻状（高橋義夫）　……
0653, 0840, 1013, 1545, 1813

としフクダ

海の司令官—小西行長—（白石一
郎）　…………………………　0441,
0571, 0827, 0962, 1901, 2185, 2708

戸田 英二

天地有情（邦光史郎）　…………　1645

新聞連載小説総覧 平成期（1989〜2017）　**483**

とみさ　　挿画家名索引

とみざわ Y・まこと
ひみつがいっぱいかくれてる！
（とみざわゆみこ）・・・・・・・・・・・・ 1382

戸屋 勝利
地の日天の海（内田康夫）・・・・・・・・ 0259

とり・みき
消滅 ～VANISHINGPOINT（恩
田陸）・・・・・・・・・・・・・・・・・・・・・・・・・・・ 0141

【 な 】

内藤 謙一
運動会（平川虎臣）・・・・・・・・・・・・・・ 2563
面影（平川虎臣）・・・・・・・・・・・・・・・・・ 2562
子供たち（平川虎臣）・・・・・・・・・・・・ 2567
焚き火（平川虎臣）・・・・・・・・・・・・・・ 2565
夏越さん（平川虎臣）・・・・・・・・・・・・ 2566
ワラトべさん（平川虎臣）・・・・・・・・ 2564

中 一弥
麗しき花実（乙川優三郎）・・・・・・・・ 0049
桜田門外ノ変（吉村昭）・・・・・・・・・・ 0753,
1311, 1856, 2180, 2324, 2390
冬の標（乙川優三郎）・・・・・・・・・・・・ 0109
余燼（北方謙三）・・・・・・・・・・・・・・・・・ 0377,
0444, 0573, 0639, 0688, 0828,
1319, 1860, 1904, 2139, 2331

名嘉 睦稔
海のふた（吉本ばなな）・・・・・・・・・・ 0115

中井 久実代
帰国児たちの甲子園（楡周平）・・・ 2418

永井 秀樹
家康 不惑篇（安部龍太郎）・・ 0432, 0716,
1086, 1202, 1274, 1455, 1522, 1580,
1757, 1853, 1944, 2092, 2132, 2389

中江 蒼
青雲を行く（三好徹）・・・・・・・・・・・・ 0630,
0823, 0959, 1355, 1948, 2599, 2702

中川 学
津軽双花（葉室麟）・・・・・・・・・・・・・・ 0222
光の王国 秀衡と西行（梓澤要）

・・・・・・・・・・・・・・・・・・・・・ 0484, 0709

中島 イソ子
みそぎ川（下地芳子）・・・・・・・・・・・・ 2800

中島 恵可
声をたずねて、君に（沢木耕太郎）
・・・・・・・・・・・・・・・・・・・・・・・・・・・ 0124

中島 千波
姫の戦国（永井路子）・・・・・・・・・・・・ 0237

なかだ えり
幸福の不等式（高任和夫）・・・・・・
0518, 1164, 1236, 1814, 2730

中田 春彌
春に散る（沢木耕太郎）・・・・・・・・・・ 0067

中地 智
家族ホテル（内海隆一郎）
・・・・・・・・・・・・・・・・ 0582, 2194, 2447

仲地 のぶひで
メコンの落日（石川文洋）・・・・・・・・ 2794

長友 啓典
花音（伊集院静）・・・・・・・・・・・・・・・・・ 0240
養安先生、呼ばれ！（西木正明）
・・・・・・・・・・・・・・・・ 0597, 1165,
1237, 1415, 1718, 1975, 2208, 2463

中西 文彦
百合鷗（藤本恵子）・・・・・・・・・・・・・・ 1651

中野 耕一
新・塙保己一物語 風ひかる道（本
庄慧一郎）・・・・・・・・・・・・・・・・・・ 0864

中原 脩
化生の海（内田康夫）・・・・・・・・・・
0336, 0927, 1611, 2292

中村 賢次
モンタルバン（島田真祐）・・・・・・・・ 2579

中村 俊雅
銀の旗、学校を変えよう（島田淳
子）・・・・・・・・・・・・・・・・・・・・・・・・・ 2458

中村 麻美
河井継之助 龍が哭く（秋山香乃）
・・・・・・・・・・ 0559, 1080, 1891, 2659

挿画家名索引　　ねこし

天地人（火坂雅志）‥‥‥‥‥‥ 0407,
　　0661, 0700, 1021, 1418, 1777, 2358
吉田松陰 大和燦々（秋山香乃）‥ 0486

中山 忍
トッピング（川上健一）‥‥‥‥ 1935

灘本 唯人
君を見上げて（山田太一）‥‥‥ 0079
ぬばたま（藤堂志津子）‥‥‥‥ 0241

成田 君子
野菊の墓（伊藤左千夫）‥‥ 0550, 2557

成瀬 数富
天辺の椅子（古川薫）‥‥‥‥‥ 0157
流氷の墓場（村松友視）‥‥‥‥ 0443,
　　0997, 1648, 2044, 2398, 2605

【 に 】

西 のぼる
海の稲妻（神坂次郎）‥‥‥‥‥ 0244
女信長（佐藤賢一）‥‥‥‥‥‥ 0194
影ぞ恋しき（葉室麟）‥‥‥‥ 0364,
　　0562, 0955, 1639, 2090, 2320
雁（森鷗外）‥‥‥‥ 1981, 2213, 2740
観画談（幸田露伴）‥‥ 1040, 2007, 2242
下天を謀る（安部龍太郎）‥‥‥
　　0347, 0938, 1622, 1730, 2303
幻談（幸田露伴）‥‥‥‥‥‥‥
　　　　0549, 1038, 2005, 2241
黒衣の宰相―小説・金地院崇伝
　（火坂雅志）‥‥‥‥‥‥‥‥ 0394,
　　0696, 1011, 1483, 1773, 1811, 2349
山椒大夫（森鷗外）‥‥‥‥‥‥ 0545,
　　1023, 1980, 2212, 2466, 2739
私本平家物語 流離の海（澤田ふじ
　子）‥‥‥‥‥‥‥‥‥‥‥‥ 0316,
　　0500, 0903, 1587, 1695, 2272
神州魔風伝（佐江衆一）
　‥‥‥‥‥‥‥‥ 0637, 0793, 1794
関ヶ原連判状（安部龍太郎）
　‥‥‥‥‥‥‥‥‥‥‥ 0909, 1593
戦国幻野～新・今川記～（皆川博

子）‥‥‥‥‥‥‥‥‥‥‥‥‥ 1533
戦国守札録（安部龍太郎）‥ 0453, 1806
空飛ぶ虚ろ舟（古川薫）‥‥‥‥ 0384,
　　0579, 0643, 1101, 1324, 1910
太公望（宮城谷昌光）‥‥‥‥‥ 0290
高瀬舟（森鷗外）‥‥‥‥‥‥‥
　　　　1982, 2214, 2540, 2741
魂の沃野（北方謙三）‥‥‥‥‥ 0144
等伯（安部龍太郎）‥‥‥‥‥‥ 0267
怒濤のごとく（白石一郎）‥‥‥ 0173
信長燃ゆ（安部龍太郎）‥‥‥‥ 0249
夢どの与一郎（安部龍太郎）
　　　　　　　　　1556, 1670
蘆声（幸田露伴）‥‥‥‥‥ 1041, 2243

西風
ヤマンタカ 新伝・大菩薩峠（夢枕
　獏）‥‥‥‥‥ 0557, 0986, 1076

西川 真以子
それを愛とは呼ばず（桜木紫乃）
　‥‥‥‥‥‥‥‥‥‥‥‥‥ 0747,
　　0854, 1844, 2171, 2381, 2431, 2777

にしざわ さとこ
貞操問答（菊池寛）‥‥‥‥‥‥ 2114

西村 緋禄史
頼山陽（見延典子）‥‥‥‥‥‥ 2008

丹羽 和子
三四郎（夏目漱石）‥‥‥‥‥‥
　　　　1978, 2210, 2468, 2737
坊っちやん（夏目漱石）‥‥‥‥ 0540,
　　1022, 1977, 2209, 2465, 2735
吾輩は猫である（夏目漱石）
　‥‥‥‥‥‥‥‥ 1048, 2251, 2537

【 ね 】

猫将軍
Ｒ帝国（中村文則）‥‥‥‥‥‥ 0147

新聞連載小説総覧 平成期（1989〜2017）　**485**

【 の 】

野上 祇麿
男たちの大和（辺見じゅん）・・・・・・ *1119*

野尻 弘
天地有情（邦光史郎）・・・・・・・・・・・ *1645*

野田 竜太郎
こころ（夏目漱石）・・・・・・・・・・・・・ *2593*

野見山 暁治
きょうがきのうに（田中小実昌）
・・・・・・・・・・・・・・・・・・・・・・・・・・・ *0076*

【 は 】

箱崎 睦昌
小説蓮如 此岸の花（百瀬明治）
・・・・・・・・・・・・・・・・・・・・ *1155, 1227*

橋本 シャーン
TOKYO発千夜一夜（森瑤子）・・・ *0005*

長谷川 集平
エイジ（重松清）・・・・・・・・・・・・・・・ *0023*

畠中 光享
蛇（柴田よしき）・・・・・・・・・・・・・・・ *1663*
チンギス・ハーンの一族（陳舜臣）・・・・・・・・・・・・・・・・・・・・・・・ *0018*
天球は翔ける（陳舜臣）・・・・・・・・・ *0179*

畑中 純
風の又三郎（宮沢賢治）・・・・・・・・
0539, 1028, 1990, 2221, 2744
銀河鉄道の夜（宮沢賢治）・・・・・・
0538, 1027, 1994, 2226, 2750
告白（町田康）・・・・・・・・・・・・・・・・・ *0116*
水仙月の四日（宮沢賢治）
・・・・・・・・・・・・・・・ *1993, 2225, 2749*
セロ弾きのゴーシュ（宮沢賢治）
・・・・・・・・・・・ *1046, 1992, 2224, 2748*
注文の多い料理店（宮沢賢治）
・・・・・・・・・・・ *1047, 1991, 2223, 2747*

畑農 照雄
ダブルフェイス（久間十義）
・・・・・・・・・・・・・・ *0392, 1808, 2677*
独眼竜政宗（津本陽）・・・・・ *0506, 0760,*
1098, 1384, 1959, 2102, 2400, 2609
群雲、大坂城へ（岳宏一郎）・・・
0733, 0842, 1113, 1775, 1815
柳生十兵衛死す（山田風太郎）・・・ *0155*
夢ざめの坂（陳舜臣）・・・・ *0493, 1760,*
1857, 1898, 2035, 2135, 2327, 2704

服部 純栄
火のみち（乃南アサ）・・・・・・・・・・
0465, 0598, 0659, 1166,
1238, 1333, 1818, 2066, 2681

花井 正子
風立ちぬ（堀辰雄）・・・・・・・・ *0551, 2550*

花岡 道子
もうひとつの季節（保坂和志）・・・ *0025*

羽生 輝
海霧（原田康子）・・・・・・・・・・・・・・・ *0331,*
0516, 0922, 1606, 1714, 2287

ばば・のりこ
緩やかな反転（新津きよみ）
・・・・・・・・・・・ *1291, 1414, 1873, 2111*

浜田 悠介
曙の獅子 薩南維新秘録（桐野作人）・・・・・・・・・・・・・・・・・・・・・・・・ *2783*

濱田 ヨシ
スーパーマンの歳月（笹倉明）
・・・・・・・・・・・・・・・・・・・ *2151, 2676*

濱野 彰親
女と男の肩書（藤堂志津子）・・・・・・ *0281*

はまの としひろ
真珠夫人（菊池寛）・・・・・・・・・・・・・ *2116*

早川 司寿乃
恩讐の彼方に（菊池寛）・・・・ *0547, 2558*

林 幸
ちょちょら（畠中恵）・・・・・・・・・・
0672, 1180, 1252, 2770

はやし・ひろ

象の背中（秋元康）‥‥‥‥‥ *0298*

早野 正冬史

かがみ野の風（赤座憲久）‥‥‥‥ *1464*

原賀 隆一

こんにゃく売り（徳永直）‥‥‥‥ *2570*

最初の記憶（徳永直）‥‥‥‥‥ *2568*

泣かなかった弱虫（徳永直）‥‥‥ *2569*

マスの大旅行（太田黒克彦）‥‥‥ *2572*

原口 健一郎

獅子王（重松清）‥‥‥‥‥‥ *0211*

原田 たかし

天地有情（邦光史郎）‥‥‥‥‥ *1645*

原田 維夫

いすゞ鳴る（山本一力）‥‥‥‥
0606, 0775, 0847, 1175,
1247, 1559, 1779, 2253, 2364

おたふく（山本一力）‥‥‥‥‥ *0263*

香乱記（宮城谷昌光）‥‥‥‥‥ *0187*

沙中の回廊（宮城谷昌光）‥‥‥‥ *0029*

草原の風（宮城谷昌光）‥‥‥‥ *0134*

ほうき星（山本一力）‥‥‥‥‥ *0301*

三島屋変調百物語 あやかし草紙
（宮部みゆき）‥‥‥‥‥‥
0365, 0956, 1640, 2321

劉邦（宮城谷昌光）‥‥‥‥‥‥ *0216*

【ひ】

日置 由美子

屈折率（佐々木譲）‥‥‥‥ *0588, 0695,*
1010, 1328, 1481, 1657, 2059, 2618

東 弘治

幻炎（島田真祐）‥‥‥‥‥‥ *2542*

樋口 たつの

空にみずうみ（佐伯一麦）‥‥‥‥ *0143*

櫨田 春紀

小説・小野篁一伝 米子加茂川偲
ぶ川（伯耆坊俊夫）‥‥‥‥‥ *1870*

秀島 由己男

春の城（石牟礼道子）‥‥‥ *0587, 1157,*
1229, 1403, 1709, 1968, 2199, 2451

百鬼丸

異人館（白石一郎）‥‥‥‥‥ *0019*

黒龍の柩（北方謙三）‥‥‥‥‥ *0184*

ハナコーロダンのモデルになっ
た女（秋元藍）‥‥‥‥‥‥ *1477*

平岡 靖弘

藍色のベンチャー（幸田真音）‥‥ *1665*

平谷 美樹

沙棗 義経になった男（平谷美樹）

‥‥‥‥‥ *0532*

広島市立大学芸術学部

兵学校の女たち（浜坂テッペイ）

‥‥‥‥‥‥‥‥‥‥‥ *2018*

広瀬 きよみ

菊亭八百善の人びと（宮尾登美
子）‥‥‥‥‥‥‥‥‥‥ *0080*

【ふ】

傅 益瑤

翔べ 麒麟（辻原登）‥‥‥‥‥ *0097*

深井 国

あじさい日記（渡辺淳一）‥‥‥‥ *0300*

伊豆修善寺殺人事件（山村美紗）

‥‥‥‥‥‥‥‥‥‥‥ *1527*

大わらんじの男（津本陽）‥‥‥‥ *0239*

饗宴（高橋昌男）‥‥‥‥‥‥ *0247*

幸福の船（平岩弓枝）‥‥‥‥‥ *0389,*
0648, 0729, 0764, 0837, 1105,
1401, 1479, 2107, 2404, 2721

新とはずがたり（杉本苑子）
‥‥‥‥‥ *0312, 0899, 1583, 1690*

新リア王（高村薫）‥‥‥‥‥‥ *0254*

忍者月輪（津本陽）‥‥‥‥‥‥ *0140*

浜名湖殺人事件（山村美紗）‥‥‥ *1529*

備前物語（津本陽）‥‥‥‥‥‥ *1911*

水鳥の関（平岩弓枝）‥‥‥‥‥ *1535*

遊女のあと（諸田玲子）‥‥‥‥

ふかみ　　　　　挿画家名索引

　　　　　0345, 0936, 1620, 1728, 2301

深海 魚

アクアマリンの神殿（海堂尊）
　　　　　‥‥‥‥‥ 0354, 0945, 1629, 2310

福島 次郎

花ものがたり（福島次郎）‥‥‥‥ 2452

福田 隆義

虹の刺客（森村誠一）‥‥‥‥‥‥ 0501,
　0791, 0995, 1091, 1316, 1362, 1462,
　1647, 1858, 2099, 2329, 2397, 2604

福田 千恵子

夜に忍びこむもの（渡辺淳一）
　　　　　‥‥‥‥‥ 0319, 0907, 1591, 2275

福田 トシオ

青濤（北原亞以子）‥ 0586, 0694, 0838,
　1106, 1288, 1327, 1402, 2057, 2150

福田 美蘭

万波を翔る（木内昇）‥‥‥‥‥‥ 0277

福山 小夜

青葉と天使（伊集院静）‥‥‥‥‥ 0552
鋼鉄の叫び（鈴木光司）‥‥‥‥‥ 0657,
　　　0769, 0880, 1292, 1549,
　　1816, 1973, 2064, 2626, 2733
琥珀の夢―小説、鳥井信治郎と
　末裔（伊集院静）‥‥‥‥‥‥ 0276
東京クルージング（伊集院静）
　‥‥‥‥‥‥‥‥‥‥ 0625, 1198,
　1270, 1443, 1751, 2031, 2265, 2586

藤田 新策

ラストドリーム（志水辰夫）‥‥ 0189

藤田 西洋

町衆の城（典厩五郎）‥‥‥‥‥‥ 1658

フジモト・ヒデト

ルーズヴェルト・ゲーム（池井戸
　潤）‥‥‥‥‥‥‥ 0611, 1183,
　1255, 1430, 1734, 2019, 2258, 2571

フジモト マサル

聖なる怠け者の冒険（森見登美
　彦）‥‥‥‥‥‥‥‥‥‥‥‥ 0050

藤本 理恵子

備前遊奇隊（田辺栄一）‥‥‥‥‥ 1922

藤森 兼明

田園発港行き自転車（宮本輝）‥ 1130

二木 六徳

行くよスワン（寺島俊治）‥‥‥‥ 1358
神鳴山のカラス（中繁彦）‥‥‥‥ 1370

船久保 直樹

面一本（出久根達郎）‥‥‥ 0578, 1145,
　1217, 1385, 1702, 1960, 2191, 2444

舟越 桂

二百年の子供（大江健三郎）‥‥‥ 0112

船山 滋生

鐘―かね―（内田康夫）‥‥‥‥
　　　　　1278, 1315, 1789, 2098
空白の瞬間（安西篤子）‥‥‥‥‥ 0450,
　0874, 0966, 1005, 1285, 1473,
　1802, 2052, 2146, 2341, 2611

文月 信

異聞おくのほそ道（童門冬二）‥ 0512,
　0765, 1156, 1228, 1480, 2153, 2347
午後の惑い（阿部牧郎）‥‥‥‥‥ 1530
十一代将軍徳川家斉 一五万両の
　代償（佐藤雅美）‥ 0601, 0844, 1554

古山 拓

ガーディアン（大村友貴美）‥‥‥ 0488
柳は萌ゆる（平谷美樹）‥‥‥‥‥ 0491

【ほ】

穂積 和夫

あぶり繪（星川清司）‥‥‥‥‥‥ 0252
すべて辛抱（半村良）‥‥‥‥‥‥ 0181

堀内 肇

四つの嘘（大石静）‥‥‥‥‥‥‥ 0297

堀越 千秋

斜影はるかな国（逢坂剛）‥‥‥‥ 0003
遠ざかる祖国（逢坂剛）‥‥ 0593, 1161,
　1233, 1412, 1715, 1972, 2203, 2459

挿画家名索引　　　みき

人が見たら蛙に化れ（村田喜代
子）‥‥‥‥‥‥‥‥‥‥‥ *0030*
百年佳約（村田喜代子）‥‥‥‥ *0337,*
0522, 0928, 1612, 1719, 2293

【ま】

maegamimami
黄金夜会（橋本治）‥‥‥‥‥‥ *0150*
前田 比呂也
武士猿（ブサーザールー）（今野
敏）‥‥‥‥‥‥‥‥‥‥‥ *2803*
真喜志 勉
すずらん横町の人々（長堂栄吉）
‥‥‥‥‥‥‥‥‥‥‥‥ *2798*
早春賦（小浜清志）‥‥‥‥‥‥ *2792*
牧野 伊三夫
瓦版屋つれづれ日誌（池永陽）‥‥ *0740,*
0811, 1063, 1299, 1499, 2639
正子 公也
家康（安部龍太郎）‥‥‥‥‥‥ *0429,*
0490, 0714, 0820, 1082, 1308,
1450, 1517, 1577, 1686, 1849,
1940, 2088, 2130, 2386, 2434
政田 武史
怒り（吉田修一）‥‥‥‥‥‥‥ *0139*
増田 常徳
楽隊のうさぎ（中沢けい）‥‥‥‥ *0330,*
0515, 0921, 1605, 1712, 2286
益田 久範
夏の花 壊滅の序曲（原民喜）
‥‥‥‥‥‥‥‥‥‥‥ *2004, 2250*
松井 叔生
丁半国境（西木正明）‥‥‥ *0570, 1137,*
1209, 1366, 1696, 1952, 2184, 2440
マッカーラム, 万純
大姫と雉（大坪かず子）‥‥‥‥‥ *1354*
松川 寛
庚牛の渦（乾荘次郎）‥‥‥‥‥ *2074*

松林 モトキ
首討とう大坂陣―真田幸村（池波
正太郎）‥‥‥‥‥‥‥‥‥ *1448*
錯乱（池波正太郎）‥‥‥‥‥‥ *1445*
真田騒動―恩田木工（池波正太
郎）‥‥‥‥‥‥‥‥‥‥‥ *1447*
三代の風雪―真田信之（池波正太
郎）‥‥‥‥‥‥‥‥‥‥‥ *1449*
獅子の眠り（池波正太郎）‥‥‥ *1446*
信濃大名記（池波正太郎）‥‥‥ *1444*
松村 あらじん
亀裂（江波戸哲夫）‥‥‥‥ *0726, 2104*
松村 美絵
旗本退屈男（佐々木味津三）‥‥‥ *2578*
松本 小雪
官能小説家（高橋源一郎）‥‥‥‥ *0031*
松本 孝志
潮の音、空の色、海の詩（熊谷達
也）‥‥‥ *0556, 0894, 1511, 2654*
冬至祭（清水義範）‥‥‥‥‥‥
0736, 0883, 1877, 2413, 2742
真鍋 太郎
ぽろぽろ三銃士（永倉萬治）‥‥‥ *0459,*
0767, 1110, 1871, 1915, 2407
真鍋 博
朝のガスパール（筒井康隆）‥‥‥ *0006*
毬月 絵美
金の日、銀の月（井沢満）‥‥‥‥
0469, 1335, 1671, 2160, 2632
丸山 武彦
弘介のゆめ（羽生田敏）‥‥‥‥‥ *1393*

【み】

三木 謙次
透明カメレオン（道尾秀介）‥‥‥ *0620,*
1194, 1266, 1439, 1745, 2263, 2581
幹 英生
始発駅（長部日出雄）‥‥‥‥‥

新聞連載小説総覧 平成期（1989〜2017）　**489**

みすか　　　　　　　　挿画家名索引

0442, 0721, 0792, 1372, 2707

水上 多摩江

八日目の蟬（角田光代）‥‥‥‥‥ 0122

水上 みのり

下流の宴（林真理子）‥‥‥‥‥ 0204

淳子のてっぺん（唯川恵）‥ 0626, 1199,
1271, 1451, 1755, 2032, 2266, 2590

水口 理恵子

魂萌え！（桐野夏生）‥‥‥‥‥ 0191

涙（乃南アサ）‥‥‥‥‥‥‥‥ 1544

メタボラ（桐野夏生）‥‥‥‥‥ 0042

水野 真帆

楽園（宮部みゆき）‥‥‥‥‥‥ 0299

三井 永一

航海者（白石一郎）‥‥‥‥‥‥ 1541

横綱への道 輪島大士物語（杉森久
英）‥‥‥‥‥‥‥‥‥‥ 1149, 1221

満岡 玲子

紙の月（角田光代）‥ 0414, 0531, 0670,
0887, 1178, 1250, 1562, 1924, 2640

むーさんの背中（ねじめ正一）‥ 0750,
1083, 1350, 1453, 1753, 1941, 2089

三橋 遵

風の音が聞こえませんか（小笠原
慧）‥‥‥‥‥‥‥‥‥‥‥‥ 1672

水戸 成幸

藍の風紋（高橋玄洋）‥‥‥‥‥ 0638,
0829, 0998, 1281, 1764, 1955, 2045

銀河動物園（畑山博）‥‥ 0567, 1134,
1206, 1357, 1693, 1949, 2181, 2438

小説 昭和怪物伝 小林一三（富永
滋人）‥‥‥‥‥‥‥‥ 0494, 2095

大逆転！（檜山良昭）‥‥‥ 0690, 2190

まだ見ぬ故郷（長部日出雄）‥‥‥ 0153

皆川 明

森へ行きましょう（川上弘美）‥ 0275

皆川 千恵子

薬子のいる京（三枝和子）‥‥‥ 1656

南 伸坊

花はさくら木（辻原登）‥‥‥‥ 0040

三島屋変調百物語事続（宮部みゆ
き）‥‥‥‥‥‥‥‥‥‥‥‥ 0130

南川 史門

横道世之介（吉田修一）‥‥‥‥ 0203

峰岸 達

家族の時代（清水義範）‥‥‥‥ 0090

翼ある船は（内海隆一郎）
‥‥‥‥‥‥‥‥ 0964, 1766, 1861

てるてる坊主の照子さん（なかに
し礼）‥‥‥ 0333, 0924, 1608, 2289

ファミレス（重松清）‥‥‥‥‥ 0268

宮崎 光二

沈黙法廷（佐々木譲）‥‥‥‥‥
0362, 0560, 0953, 1637, 2318

宮崎 静夫

玄関風呂（尾崎一雄）‥‥‥‥‥ 2513

暢気眼鏡（尾崎一雄）‥‥‥‥‥ 2512

蜂と老人（尾崎一雄）‥‥‥‥‥ 2515

父祖の地（尾崎一雄）‥‥‥‥‥ 2514

虫のいろいろ（尾崎一雄）‥‥‥ 2511

宮嶋 康子

英雄の書（宮部みゆき）‥‥‥‥ 0200

手紙（東野圭吾）‥‥‥‥‥‥‥ 0185

人びとの岬（笹倉明）‥‥‥‥‥ 1538

宮本 恭彦

おたあジュリア異聞（中沢けい）
‥‥‥‥‥‥‥‥‥‥ 1561, 2549

三芳 悌吉

ばさらの群れ（童門冬二）‥‥‥ 0232

ミルキイ・イソベ

宇田川心中（小林恭二）‥‥‥‥ 0111

【む】

村井 けんたろう

黄泉がえりagain（梶尾真治）‥‥ 2594

村上 みどり

ロストワールド（林真理子）‥‥ 0100

村上 豊

青銭大名（東郷隆）・・・・・・・・・・・・・・ *0053*
アメリカ彦蔵（吉村昭）・・・・・・・・・ *0099*
陰陽師 生成り姫（夢枕獏）・・・・・・・ *0028*
この日のために（幸田真音）・・・・・ *1196,*
　　　1268, 1307, 1515, 1575, 1684, 2030
彰義隊（吉村昭）・・・・・・・・・・・・・・・・・ *0039*
新三河物語（宮城谷昌光）
　・・・・・・・・・・・・ *0346, 0937, 1621, 2302*
大黒屋光太夫（吉村昭）・・・・・・・・・ *0186*
天佑なり（幸田真音）・・・・・・・・・・・・ *0355,*
　　　0555, 0946, 1630, 1739, 2078, 2311
春朧（高橋治）・・・・・・・・・・・・・・・・・・・ *0235*
奔馬の夢（津本陽）・・・・・・・・・・・・・
　　　0328, 0919, 1603, 2200, 2284
弥陀の橋は（津本陽）・・・・・・・・・・・ *0105*
夢のまた夢（津本陽）・・・・・・・・・
　　　0315, 0902, 1586, 2271

村上 龍

インザミソスープ（村上龍）・・ *0096*
55歳からのハローライフ（村上
　龍）・・・・・・・・・ *0616, 0675, 0744, 0814,*
　　　0983, 1069, 1303, 1508, 1569, 1740,
　　　1839, 1885, 1929, 2079, 2124, 2167,
　　　2425, 2576, 2649, 2691, 2774, 2808

村田 紀美子

それから（夏目漱石）・・・・・・・・・・・・ *2595*

村田 涼平

美貌の功罪（植松三十里）・・・・・・・・ *1564*
紫匂う（葉室麟）・・・・・・・・・ *0423, 0782,*
　　　0893, 1072, 1438, 1571, 1842, 1887,
　　　1932, 2027, 2126, 2377, 2580, 2652
落花（澤田瞳子）・・・・・・・・・・・・・・・・・ *0149*

村松 秀太郎

失楽園（渡辺淳一）・・・・・・・・・・・・・・・ *0243*

室谷 雅子

夕映え（宇江佐真理）・・ *0702, 0978, 2118*

【め】

メグ ホソキ

恋せども、愛せども（唯川恵）・・・ *0467,*
　　　0662, 1169, 1241, 1820, 2412, 2631

【も】

毛利 彰

哀歌（曽野綾子）・・・・・・・・・・・・・・・・・ *0190*
夢に殉ず（曽野綾子）・・・・・・・・・・・・ *0010*

望月 ミネタロウ

炎のなかへ（石田衣良）・・・・・・・・・・ *0230*

本 くに子

つま恋（井沢満）・・・・・・・・・ *0457, 0839,*
　　　1329, 1407, 1810, 2348, 2619, 2725

元田 敬三〔写真〕

舶来屋（幸田真音）・・・・・・・・・・・・・・・ *0302*

百瀬 恒彦〔写真〕

声をたずねて、君に（沢木耕太郎）
　・・・・・・・・・・・・・・・・・・・・・・・・・・・・・・・・ *0124*

森 英二郎

かあちゃん（重松清）・・・・・ *0609, 1179,*
　　　1251, 1426, 1731, 2015, 2255, 2561

森 美夏

風神雷神 Juppiter, Aeolus（原田
　マハ）・・・・・・ *0563, 0752, 0898, 1084,*
　　　1131, 1687, 1894, 1945, 2436, 2662

森 流一郎

カシオペアの丘で（重松清）・・・・・ *0734,*
　　　0804, 0881, 1416, 1488,
　　　1666, 1916, 2067, 2158, 2410
これから（杉山隆男）・・・・・・・・・・
　　　0777, 1061, 1124, 1298, 2768
摘蕾の果て（大崎善生）・・・・・・・・・ *0471,*
　　　0666, 1336, 1825, 2414, 2634

森泉 岳土

よその島（井上荒野）・・・・・・・・・・・・ *0151*

もりた　挿画家名索引

守田 勝治
もう一つの旅路（阿部牧郎）‥‥ *0684,*
0824, 1312, 1644, 2325, 2391

森田 曠平
夢源氏剣祭文（小池一夫）‥‥‥‥ *0162*

もりた なるお
殺意の呼出し（もりたなるお）
‥‥‥‥‥‥‥ *1153, 1225, 1475*
雪辱―小説2・26事件（もりたなる
お）‥‥‥‥‥‥‥‥‥‥‥‥ *0287*
ラストダンス（もりたなるお）
‥‥‥‥‥‥‥‥‥ *0458, 2109*

森田 正孝
華祭り（村田喜代子）‥‥‥‥‥ *2454*

森本 忠彦
運命の別れ道（市原麟一郎）‥‥‥ *2235*
遠き国の妹よ（市原麟一郎）‥‥‥ *2234*
めざせ国境 決死の脱出（市原麟一
郎）‥‥‥‥‥‥‥‥‥‥‥ *2236*

文殊 四郎義博
おとこ坂 おんな坂（阿刀田高）‥ *0195*

門田 奈々
草枕（夏目漱石）‥‥‥‥‥‥‥ *2585*

【 や 】

八木 義之介
海の街道（童門冬二）‥‥‥‥‥
0374, 0635, 1138, 1210, 1792
天下を望むな―三矢軍記―（祖田
浩一）‥‥‥‥‥‥‥‥‥ *1862, 2714*

安岡 旦
エンドレスピーク―遠い嶺―（森
村誠一）‥‥‥‥‥‥‥‥ *0383, 0448,*
0642, 0691, 0797, 0873, 1002, 1387,
1768, 1863, 2051, 2192, 2715, 2795
座礁（高杉良）‥‥‥‥‥‥‥‥
0722, 1142, 1214, 1375, 1905

柳沢 達朗
阿修羅の海（浅田次郎）‥‥‥‥

0452, 0693, 1006, 1804, 2148
十津川警部 愛と死の伝説（西村京
太郎）‥‥‥‥‥‥‥‥‥ *0591, 1159,*
1231, 1408, 1713, 1971, 2202, 2457
無明山脈（梓林太郎）‥‥‥‥‥‥ *0724,*
0872, 1097, 1381, 1470,
1799, 2048, 2142, 2337, 2608

梁島 晃一
白い空（立松和平）‥‥‥‥‥‥ *0081*

矢野 徳
くちづけ（赤川次郎）‥‥‥‥‥ *0385,*
0645, 0692, 0762, 0835,
1102, 1864, 2053, 2147, 2717
化生怨堕羅（諸田玲子）‥‥ *0403, 1552*
天狗風（宮部みゆき）‥‥‥‥‥
0381, 0447, 0577, 0834,
1001, 1321, 1908, 2143, 2713

山口 晃
親鸞（五木寛之）‥‥‥‥‥‥‥ *0348,*
0415, 0477, 0610, 0671, 0705,
0939, 1064, 1339, 1623, 1678,
1732, 1781, 1832, 1882, 1925, 2016,
2075, 2121, 2164, 2256, 2304, 2804
親鸞 完結篇（五木寛之）‥‥‥‥ *0358,*
0424, 0487, 0621, 0677, 0712,
0783, 0949, 1075, 1193, 1265, 1306,
1440, 1512, 1572, 1633, 1683, 1744,
1843, 1888, 1934, 2028, 2082, 2127,
2314, 2379, 2429, 2582, 2653, 2812
親鸞 激動篇（五木寛之）‥‥‥‥ *0353,*
0420, 0482, 0614, 0674, 0708,
0780, 0813, 0944, 0982, 1068,
1187, 1259, 1302, 1342, 1434, 1506,
1567, 1628, 1680, 1737, 1837, 1884,
1928, 2023, 2077, 2123, 2166, 2309,
2374, 2423, 2574, 2647, 2690, 2807
母の遺産（水村美苗）‥‥‥‥‥ *0133*

山口 輝也
愛子と蘆花の物語（本田節子）‥ *2523*
怪童（島田真祐）‥‥‥‥‥‥‥ *2450*
死の蔭に（徳冨蘆花）‥‥‥‥‥ *2555*
数鹿流ケ瀧（徳冨蘆花）‥‥‥‥ *2553*
身は修羅の野に（島田真祐）‥‥ *2445*

山口 はるみ

正妻 慶喜と美賀子 (林真理子) … 0422,
0781, 0892, 1070, 1343,
1436, 1570, 1930, 2025, 2376

山崎 正夫

決戦 鍵屋ノ辻 (池宮彰一郎) ⋯⋯ 1543
水軍遥かなり (加藤廣) ⋯⋯⋯
0356, 0947, 1631, 1742, 2312
ナポレオンの夜 (藤本ひとみ) … 0295

山城 えりか

クラウドガール (金原ひとみ) … 0073

山田 ケンジ

精鋭 (今野敏) ⋯⋯⋯⋯⋯⋯ 0059
沈黙のレシピエント (渥美饒児)
⋯⋯⋯⋯⋯⋯⋯⋯⋯⋯ 1566

やまだ 紫

恋する家族 (三田誠広) ⋯⋯⋯ 0098

山西 ゲンイチ

ふなふな船橋 (吉本ばなな) ⋯⋯ 0065

山野辺 進

恩寵の谷 (立松和平) ⋯⋯⋯⋯ 0323,
0508, 0912, 1596, 1704, 2279
風の暦 (赤瀬川隼) ⋯⋯⋯⋯⋯
0440, 0686, 1761, 2137
霧の密約 (伴野朗) ⋯⋯⋯⋯⋯ 0014
私的休暇白書 (佐野洋) ⋯⋯⋯ 0087
呪縛 (高杉良) ⋯⋯⋯⋯⋯⋯⋯ 0291
天の伽藍 (津本陽) ⋯⋯⋯⋯⋯ 0283

山部 美雄

黄泉がえり (梶尾真治) ⋯⋯⋯ 2456

山本 祥子

わが殿 (畠中恵) ⋯⋯ 0433, 0822, 1310

山本 重也

満月の泥枕 (道尾秀介) ⋯⋯⋯ 0223
ゆうとりあ (熊谷達也) ⋯⋯⋯
0412, 0529, 0668, 0886,
1122, 1497, 1827, 2638, 2686

山本 タカト

やさしい季節 (赤川次郎) ⋯ 0375, 0636,
0687, 1093, 1280, 1318, 1466, 1793,
1953, 2041, 2138, 2330, 2396, 2603

山本 博通

赤かぶ検事奮闘記―琵琶湖慕情
殺しの旅路 (和久峻三) ⋯ 1467, 1795
恋わずらい (高橋三千綱) ⋯⋯⋯
0393, 0731, 1660, 1869, 2726

山本 文彦

満水子1996 (髙樹のぶ子) ⋯⋯⋯
0332, 0923, 1607, 2288

ヤマモト マサアキ

決戦！ 関ケ原 (冲方丁, 天野純希,
東郷隆, 吉川永青, 宮本昌孝)
⋯⋯⋯⋯⋯⋯⋯⋯⋯ 1452, 1520

山本 美次

夏の花 廃墟から (原民喜) ⋯⋯ 2249

山本 祐司

かあちゃん (重松清) ⋯⋯ 0609, 1179,
1251, 1426, 1731, 2015, 2255, 2561

山本 容子

静かな大地 (池澤夏樹) ⋯⋯⋯ 0032
光の大地 (辻邦生) ⋯⋯⋯⋯⋯ 0170

【ゆ】

結布

放蕩記 (村山由佳) ⋯⋯⋯ 0613, 1185,
1257, 1432, 1736, 2022, 2260, 2573

【よ】

横尾 忠則

愛死 (瀬戸内寂聴) ⋯⋯⋯⋯⋯ 0089
つみびと (山田詠美) ⋯⋯⋯⋯ 0279

横尾 智子

終わった人 (内館牧子) ⋯⋯⋯ 0426,
0489, 0784, 0855, 1889, 2128
5年3組リョウタ組 (石田衣良) ⋯
0344, 0935, 1619, 1726, 2300
笑うハーレクイン (道尾秀介) ⋯⋯ 0138

よこた　　　　　挿画家名索引

我らがパラダイス（林真理子）… 0224

横田 美砂緒

金沢城下絵巻・炎天の雪（諸田玲
子）……………… 1181, 1253
三年長屋（梶よう子）………… 1579
波止場浪漫（諸田玲子）……… 0271

横塚 繁

揚羽の蝶（佐藤雅美）………… 0386,
0581, 0644, 1286, 1325, 2718
海の蝶（高橋治）……………… 0445,
0871, 0963, 0999, 1095, 1320, 1649,
1797, 2046, 2333, 2399, 2606, 2791
カラコルムの風（工藤美代子）… 0286
義経の刺客（山田智彦）……… 1526

横松 桃子

永遠の朝の暗闇（岩井志麻子）
………… 0523, 1293, 1875, 1917
猫月夜（立松和平）…………… 0652,
0801, 0971, 1012, 1108, 1289,
1482, 1914, 2060, 2154, 2678

横山 博之

三四郎（夏目漱石）…………… 2588

吉川 省三

写楽阿波日誌（羽里昌）……… 2042

吉田 戦車

無人島のミミ（中沢新一）…… 0125
私はテレビに出たかった（松尾ス
ズキ）………………… 0057

吉田 光彦

火怨―北の耀星 アテルイ（高橋克
彦）………………… 0510,
0799, 0876, 1009, 1771, 2616
虚飾の都（志茂田景樹）
……………… 0641, 1767, 2049
晋作蒼き烈日（秋山香乃）…… 1823
天明の密偵（中津文彦）……… 0464
花に背いて（鈴木由紀子）
………… 0655, 1015, 2205, 2623

吉野 誠

夏の花（原民喜）……… 2002, 2248
夏の花 廃墟から（原民喜）…… 2003

吉原 英雄

京都感情案内（西村京太郎）
……………… 1118, 1669, 1918

吉松 八重樹

続・噴きあげる潮（有明夏夫）… 2222
噴きあげる潮 小説・ジョン万次
郎（有明夏夫）…… 0498, 2182, 2705

米倉 斉加年

真田忍俠記（津本陽）………… 0167

米谷 清和

夜の哀しみ（三浦哲郎）……… 0236

蓬田 やすひろ

かかし長屋（半村良）………… 0084
隠れ菊（連城三紀彦）………… 1534
河童（芥川龍之介）…………
1026, 1989, 2220, 2522, 2756
蜘蛛の糸（芥川龍之介）……… 0541,
1025, 1983, 2215, 2517, 2751
木洩れ日の坂（北原亞以子）… 0183
西遊記（平岩弓枝）…………… 0196
残映（杉本章子）……………… 0017
情歌（北原亞以子）
0342, 0933, 1617, 1725, 2298
惜別の海（澤田ふじ子）……… 0171
杜子春（芥川龍之介）………… 0544,
1043, 1986, 2217, 2518, 2753
トロツコ（芥川龍之介）……… 0542,
1024, 1984, 2216, 2516, 2752
鼻（芥川龍之介）……………… 0543,
1044, 1987, 2218, 2520, 2754
秘花（連城三紀彦）…………… 0329,
0513, 0920, 1604, 1710, 2285
ベトナムの桜（平岩弓枝）…… 0218
ゆきずりの唇（連城三紀彦）…… 0104
羅生門（芥川龍之介）…………
1045, 1988, 2219, 2521, 2755

依光 隆

父と子の荒野（小林久三）……
0379, 0689, 0759, 0830,
1000, 1144, 1216, 2101, 2710
夢心地の反乱（笹沢左保）
………… 0719, 1900, 2038, 2667

挿画家名索引　　わたほ

【り】

李 庚
青山一髪（陳舜臣）‥‥‥‥‥‥ *0110*

龍神 貴之
花咲舞が黙ってない（池井戸潤）
‥‥‥‥‥‥‥‥‥‥‥ *0146*

【わ】

和田 春奈
鬼の話（はまみつを）‥‥‥‥‥ *1367*
霧の王子（はまみつを）‥‥‥‥ *1388*
星からのはこ舟（和田登）‥‥‥ *1397*

和田 誠
イソップ株式会社（井上ひさし）
‥‥‥‥‥‥‥‥‥‥‥ *0118*

和田 義彦
正義の基準（森村誠一）‥‥‥‥ *0400,*
0843, 1115, 2112, 2355, 2734
敵対狼群（森村誠一）‥‥‥‥‥
0391, 0651, 1109, 1969, 2406

わたせ せいぞう
私をくいとめて（綿矢りさ）‥‥ *0072*

渡辺 恂三
消えた教祖（澤井繁男）‥‥‥‥ *1662*

渡邊 ちょんと
御用船帰還せず（相場英雄）
‥‥‥‥‥‥‥‥‥ *0623, 0818,*
1078, 1442, 1574, 1748, 1845, 1937,
2085, 2172, 2382, 2584, 2655, 2696
茶聖（伊東潤）‥‥‥‥‥‥‥‥ *0434,*
0991, 1523, 1855, 1946, 2178
わが槍を捧ぐ（鈴木英治）
‥‥‥‥‥‥‥ *0618, 0710, 0984*

渡邊 伸綱
決壊（高嶋哲夫）‥‥‥‥‥‥‥
0473, 1121, 1337, 1921, 2765

墓石の伝説（逢坂剛）‥‥‥‥‥ *0188*

渡辺 武蔵
天地有情（邦光史郎）‥‥‥‥‥ *1645*

わたべ めぐみ
風は西から（村山由佳）‥‥‥‥
0715, 0787, 0857, 0989, 1850

wataboku
かちがらす（植松三十里）‥‥‥ *2388*

新聞連載小説総覧 平成期（1989〜2017）　**495**

新聞連載小説総覧 平成期（1989〜2017）

2018年5月25日　第1刷発行

発　行　者／大高利夫
編集・発行／日外アソシエーツ株式会社
　　　　　　〒140-0013 東京都品川区南大井6-16-16 鈴中ビル大森アネックス
　　　　　　電話 (03)3763-5241（代表）FAX(03)3764-0845
　　　　　　URL http://www.nichigai.co.jp/
発　売　元／株式会社紀伊國屋書店
　　　　　　〒163-8636 東京都新宿区新宿 3-17-7
　　　　　　電話 (03)3354-0131（代表）
　　　　　　ホールセール部（営業）電話 (03)6910-0519

　　　　　　電算漢字処理／日外アソシエーツ株式会社
　　　　　　印刷・製本／光写真印刷株式会社

不許複製・禁無断転載　　《中性紙H-三菱書籍用紙イエロー使用》
〈落丁・乱丁本はお取り替えいたします〉
ISBN978-4-8169-2716-4　　　***Printed in Japan, 2018***

本書はディジタルデータでご利用いただくことが
できます。詳細はお問い合わせください。

作家名から引く 短編小説作品総覧

短編小説の作家名から、作品名と収録図書を調べることができる図書目録。読みたい作家の短編小説が、どの本に載っているかがわかる。「作品名索引」付き。

日本のＳＦ・ホラー・ファンタジー

A5・510頁　定価（本体9,250円＋税）　2018.1刊

夏目漱石、星新一、栗本薫、上橋菜穂子など1,025人の作品を収録。

日本のミステリー

A5・520頁　定価（本体9,250円＋税）　2018.2刊

江戸川乱歩、松本清張、夏樹静子、湊かなえなど609人の作品を収録。

海外の小説

A5・720頁　定価（本体9,250円＋税）　2018.2刊

O. ヘンリー、サキ、カズオ・イシグロ、莫言など2,052人の作品を収録。

歴史時代小説 文庫総覧

歴史小説・時代小説の文庫本を、作家ごとに一覧できる図書目録。他ジャンルの作家が書いた歴史小説も掲載。書名・シリーズ名から引ける「作品名索引」付き。

昭和の作家

A5・610頁　定価（本体9,250円＋税）　2017.1刊

吉川英治、司馬遼太郎、池波正太郎、平岩弓枝など作家200人を収録。

現代の作家

A5・670頁　定価（本体9,250円＋税）　2017.2刊

佐伯泰英、鳴海丈、火坂雅志、宮部みゆきなど平成の作家345人を収録。

文学賞受賞作品総覧　小説篇

A5・690頁　定価（本体16,000円＋税）　2016.2刊

明治期から2015年までに実施された主要な小説の賞338賞の受賞作品7,500点の目録。純文学、歴史・時代小説、SF、ホラー、ライトノベルまで、幅広く収録。受賞作品が収録されている図書1万点の書誌データも併載。

データベースカンパニー
日外アソシエーツ

〒140-0013　東京都品川区南大井6-16-16
TEL.(03)3763-5241　FAX.(03)3764-0845　http://www.nichigai.co.jp/